Vins Gallico

Respekt. Ein 'Ndrangheta-Krimi

Für Romana und Nino, die mir beigebracht haben, mich zu wehren.

Der Mut hat einen so kurzen Weg zu machen –
vom Herzen bis zum Kopf;
aber wenn er einen verlässt,
weiß niemand, wie weit weg er gehen wird.
Ernest Hemingway

Wurde die sizilianische Mafia und die neapolitanische Camorra bereits seit Jahrzehnten zum Topos berühmter Autoren wie Leonardo Sciascia, Andrea Camilleri, Roberto Saviano oder Nanni Balestrini, blieb das Kalabrien der 'Ndrangheta bis vor Kurzem ein weißer Fleck in der Kartographie der süditalienischen Literatur. Das ändert sich erst seit kurzem mit dem Aufkommen einer neuen Generation junger Schriftsteller, die mit sehr unterschiedlichen Strategien das Phänomen der 'Ndrangheta literarisch zu fassen versuchen. Als einer der führenden Vertreter dieser »neuen kalabresischen Literatur« gilt Vins Gallico, dessen Roman *Respekt* wir hiermit auch dem deutschsprachigen Publikum zugänglich machen.

Vins Gallico wurde 1976 in Melito di Porto Salvo in der Provinz Reggio Calabria geboren. Er arbeitete u.a. als Popkornverkäufer, Barmann und Uni-Dozent und verbrachte sieben Jahre in Deutschland. Heute lebt er als Buchhändler, Lektor und Autor in Rom. In Italien hat er sich bereits einen Namen mit Kurzgeschichten gemacht, für die er mehrere Preise erhielt. *Respekt* ist sein erster Roman. Vins Gallico wurde 2010 mit dem *Premio Belgioioso Giallo* für den besten italienischen Krimi-Erstling ausgezeichnet. 2011 wurde er für den *Premio Letterario Edoardo Kihlgren* nominiert, mit dem das beste italienischsprachige Erstlingswerk ausgezeichnet wird – und kam unter die drei Finalisten.

Vins Gallico

Respekt

Ein 'Ndrangheta-Krimi

Aus dem Italienischen von Max Henninger

Assoziation A

Titel der Originalausgabe: Portami Rispetto

Assoziation A | Gneisenaustr. 2a | D-10961 Berlin | Tel. +49 30 69 58 29 71
www.assoziation-a.de | berlin@assoziation-a.de | hamburg@assoziation-a.de
Titelgestaltung und Satz: kv | Printed in Germany
ISBN 978-3-86241-422-2

Prolog

I.

Giovanni drehte sich langsam um und knurrte: »*Mhrrr*, hol den Köter.« Ein kehliger Befehl, den es ohne Widerrede auszuführen galt.

Pasquale antwortete nicht. Vom dunklen Gesicht seines Vetters konnte er gerade so die Umrisse erkennen. Aber vorstellen konnte er es sich genau. Die letzten zehn Jahre hatte er ihn jeden Nachmittag beim Tressette-Spielen in der Bar auf der Piazza beobachtet. Inzwischen verriet ihm schon die Mimik, was für Karten sein Vetter in der Hand hielt. Gute Karten: Giovanni zog die Backen ein, wie ein neapolitanischer Mastiff, und strich sich über den großen schwarzen Schnurrbart. Schlechte Karten: Er schluckte hinter seinem Doppelkinn, das aussah wie ein orthopädischer Kragen.

»Los beweg dich«, zischte Giovanni wieder durch die Zähne. »Und ich will's nicht noch mal sagen müssen!«

Pasquale schnaubte. Reglos musterte er das von den Stämmen der Lärchen gerahmte Profil seines Vetters. Es war nicht mehr wie früher, als sie klein waren und nach Africo ans Meer gingen. Damals war Giovanni immer zum Chef erklärt worden, vom Opa oder vom Onkel aus Reggio, manchmal auch vom Patenonkel aus der Piana. Aber diesmal hatte niemand zu ihm gesagt: »Giuanninu, pass auf die Rotznasen auf. Vor allem auf deine Vetter, Pascali und Linuzzu.«

Diesmal war Don Rocco deutlich gewesen. »Ihr zwei«, hatte er gesagt. Er hatte sie auf eine Stufe gestellt. Ihr zwei ...

»Immer noch hier?«, hakte Giovanni nach. »Na los! Geh schon!«

Pasquale rührte sich nicht. Und als Giovanni drohend auf ihn zukam, den ambossförmigen Unterkiefer vorschiebend, packte er ihn am Ärmel. »Pass auf«, sagte er, an der Armeejacke ruckend. »Gehen wir zusammen, du und ich. Das ist besser.«

Giovanni wand sich, um dem Griff des anderen zu entkommen, doch Pasquales Hand schloss sich wie eine Zange um seinen Unterarm. Er schleppte ihn in den Wald und zog ihn hinter sich her, an den Himbeer- und Weißdornsträuchern vorbei bis zur Staubstraße, auf der sie geparkt hatten.

»Du holst ihn raus und ich binde den Stoff fest«, sagte Pasquale, auf den Kofferraum des Croma deutend.

Da drinnen wälzte sich das Viech, an dem sie den Stofffetzen befestigen wollten. Und knurrte.

Don Rocco hatte ihnen versichert, dass es sich um einen anhänglichen Hund handele. Der Hund hieß Gildo und er hatte ihn persönlich ausgesucht.

Doch Giovanni hatte ihm eine Überdosis Sedaxylan verabreicht, und jetzt lag Gildo brummend in einem Keller in Agatea, nicht ahnend, dass ihm die Spritze das Leben gerettet hatte. Zumindest vorübergehend.

Don Rocco kannte sich aus mit Hunden. Die Biester gefielen ihm. Seine Augen funkelten, als er das Urteil sprach: Es sei schade um Gildo, doch keiner sei besser geeignet.

Bis in die kleinsten Details beschrieb er den elastischen, drahtigen Körper, das kurze weiße Fell mit den scheckigen braunen Flecken, die hängenden Ohren, den treuen, friedlichen Blick.

Bracken sind nicht besonders schnell, deswegen eignet sich Gildo für diese Aufgabe, erklärte Don Rocco und ließ sich in seinen Chefsessel sinken. Hätten sie einen gebraucht, schnell wie eine Rakete, hätte er ihnen einen Whippet besorgt.

»Wisst ihr, was ein Whippet ist?«, fragte er sie.

Giovanni und Pasquale Cutrupi schüttelten beide den Kopf, ohne ein Wort zu sagen.

»Die mit den Mausgesichtern, nichts als Haut und Knochen. Weiß und grau, wie Samt. In England nimmt man sie für die Hasenjagd. Man findet sie sogar auf alten Felsmalereien.« Don Rocco trug seine Erläuterungen diesmal nicht im Dialekt vor. Zog beim Reden an seiner Zigarre.

Die Cutrupi-Vetter waren ungebildete Leute und wussten nichts von Windhund-Malereien aus längst vergangenen Jahrhunderten. Darum ließ Don Rocco das Thema wieder fallen und schärfte ihnen lieber noch einmal die Bedingungen ein. Erläuterte genauestens, warum er sie herzitiert hatte. Dann ließ er ihnen die Augen verbinden, wie bei ihrer Ankunft, als sie in den unterirdischen Bunker geführt wurden, und schickte sie fort.

Es war eine Ehre, ihn zu Gesicht zu bekommen, ihn leibhaftig zu sehen: ihn, Don Rocco Stillitani, nach dem die DIA, die Anti-Mafia-Behörde, schon seit über zehn Jahren fahndete wie nach kaum jemandem sonst.

Das hätte sie misstrauisch machen können. Doch nicht die Bohne. Sie ließen sich von seinen Versprechungen locken, Honig ums Maul schmieren. Hatten ihm alles abgenommen.

So wagten sich Giovanni und Pasquale am Abend des 13. August, fast zwei Jahre nach dem Duisburger Massaker, in dunkler Kleidung mit Giovannis altem Croma den Aspromonte hinauf. Fuhren in Richtung San Luca hoch und hielten auf Platì zu, um schließlich Kurs auf das Zentrum des Bermuda-Dreiecks der 'Ndrangheta zu nehmen.

Giovanni fuhr, ohne besondere Eile.

Sie hatten den ganzen Tag in Africo verbracht, am Meer. Einen Tag, der noch heißer und klebriger endete als er begonnen hatte. Gegen Abend war ein brennend heißer Schirokko aufgekommen, um Sand aus der Sahara und eine schweißdurchtränkte Nacht anzukündigen.

Aber der Wind würde ihnen noch gelegen kommen.

Vor ihrem Aufbruch in die Berge ging Giovanni in einer Kneipe in Sant'Anna auf die Toilette, mit einer Plastiktüte. Als er wieder herauskam, schüttelte Pasquale den Kopf: Jetzt fehlte nur noch eine Sturmhaube, und die Ninja-Verkleidung seines Vetters wäre perfekt gewesen. Was er denn vorhabe, fragte er ihn.

Giovanni war in seinem Stolz getroffen, sprang ins Auto, ließ den Motor an und fragte den Einäugigen, ob er statt blöde Witze zu reißen, auch den Eimer und den Gummischlauch mitgebracht habe. Sie etwa vergessen habe, vielleicht dort, wo auch sein dummes Hirn abgeblieben sei.

Pasquale blickte ihn finster an, sein einziges Auge weit aufreißend: »Auch das Zeitungspapier hab ich dabei.« Es war noch nicht zusammengeknüllt, um die »Bonbons« zu machen – falls die Bullen sie anhielten. Dann zeigte er ihm auch die Zigaretten und die Streichhölzer.

»Giuanninu, du kannst dich wegen allem und jedem über mich lustig machen, aber nicht wegen dem Auge«, fügte er auf seine leere Augenhöhle weisend hinzu. Alle wussten, dass Pasquale spöttische Bemerkungen über seine Einäugigkeit hasste.

Giovanni sagte nichts mehr, blieb stumm, seine Augen starr auf die Serpentinenstraße gerichtet, die den Aspromonte hinaufführte.

Schon beim ersten Halt am Stadtrand von San Luca hatten die Probleme begonnen. Ein Pfarrer aus Zomaro sollte den Cutrupi-Vettern Gildo übergeben. Aber der Hund weigerte sich, in den Croma zu steigen, wurde unruhig, und Giovanni, um den Pfarrer zu überzeugen, hatte es mit dem Beruhigungsmittel übertrieben. Zum Schluss lag der Hund mit ausgestreckten Pfoten vor ihnen, kollabiert.

Sie entschieden sich für Plan B, legten den Hund ins Auto und sperrten ihn in Pasquales Keller in Agatea. Das Viech war mordsschwer. Als sie es los waren, machten sie sich auf die Suche nach einem Ersatztier. Sie fanden es in Gestalt eines Bastards, der einen Olivenhain in der Nähe des Baches bewachte. Mit zwei Stockschlägen und dem Rest Xylazin-Hydrochlorid konnten sie ihn überzeugen, sich ihrem Ausflug anzuschließen.

Bevor sie ihn in den Kofferraum legten, kam Pasquale die Idee, ihm ein Seil ums Maul zu binden, eine Art Maulkorb. Eine gute Idee, denn während der Fahrt wachte der Bastard auf, war nervös. Sie hörten sein verzweifeltes Knurren, sein Gejaule, hörten, wie er sich hin- und herwälzte. Bestimmt pisste er ihnen den Kofferraum voll.

»Was ist? Hast du Angst um dein Auge?«, provozierte Giovanni.

Pasquale stieß ihn gegen den Croma. »Mach auf. Und sieh zu, dass er nicht abhaut.«

Giovanni richtete sich auf und tat, als würde er sich Staub von den Kleidern klopfen. Er schnitt mal wieder eine dieser lächerlichen Gangster-Grimassen, die er immer vor dem Spiegel probte.

Gut möglich, dass der Bastard einen Ausriss versuchen würde. Don Rocco wäre nicht erfreut.

»Hey«, sagte Giovanni, »Hilf mir.«

»Mach auf«, befahl ihm Pasquale.

Giovanni öffnete das Schloss. Während er vorsichtig die Haube anhob, blickte er zur Seite. Er wollte sichergehen, dass sein Vetter neben ihm blieb. Im diffusen Licht, das aus dem Inneren des Croma drang, wirkten sie deutlich älter, als in ihren Ausweisen stand.

Kaum hatten sie den Kofferraum einen Spaltbreit geöffnet, presste der Bastard auch schon sein Maul nach draußen und versuchte zu springen. Doch Pasquale trat ihm trotz seiner Einäugigkeit mit einem gezielten Tritt gegen die Schnauze. Der Hund prallte gegen die Kofferraumhaube, die nach oben schlug wie ein aufgerissenes Maul, um dann auf den Schädel des Tieres niederzuschnellen wie eine Guillotine.

»Packen wir ihn«, sagte Pasquale.

Der benommene Bastard leistete keinen Widerstand. Der Einäugige legte ihm ein zweites Seil um den Hals und band ihm den Stofffetzen an den Schwanz. Giovanni holte Schlauch und Eimer vom Rücksitz. Er steckte das eine Ende des Schlauchs in den Tank und sog am anderen. Das Benzin setzte sich in Bewegung. Der Sprit floss langsam und stetig. Pasquale ließ ihn den Eimer bis zur Hälfte füllen und befahl dann, den Benzinfluss zu stoppen.

»Schließ das Auto ab«, fügte er hinzu, »aber hol erst die Bonbons raus.«

Dann nahmen sie zum zweiten Mal den Weg in den Wald. Den hinkenden Bastard hinter sich her ziehend. Pasquale trug das Benzin und achtete darauf, nichts zu verschütten.

Tiefhängende, vom Schirokko getriebene Wolken pressten schwüle Meeresluft heran. Die Vettern wurden für einen Augenblick von der schmalen Mondsichel überrascht, die plötzlich zwischen den Wolken auftauchte. Dann verschwanden sie wieder im Gebüsch.

Die Cutrupis liefen etwa hundert Meter ins Dickicht hinein.

»Fangen wir hier an?«, fragte Giovanni.

Doch Pasquale bedeutete ihm weiterzugehen, hielt vor einer Steinlinde und sagte: »Hier!«

Giovanni war seinem Vetter jetzt vollkommen hörig. Er reichte ihm den Eimer. Pasquale tauchte erst den Schwanz des Bastards hinein, dann den Stoff. Dann zündete er den Fetzen an.

Der Bastard wurde schlagartig wach. Versuchte zu bellen, konnte seinen Kiefer aber nicht bewegen, knurrte und rannte direkt auf das Herz des Waldes zu, erschrocken von den Flammen, die ihn verfolgten und bald in einen vierbeinigen Kohlescheit verwandeln würden. Das Reisig, das er aufwirbelte und beim Laufen hinter sich herschleppte, hatte bereits Feuer gefangen.

»Du gehst rechts, ich links«, sagte Pasquale. »Nimm ein paar von den Bonbons.« Er reichte ihm die Papierknäuel, deren Enden an eine Bonbonverpackung erinnerten. »Wir sehen uns am Auto.«

Er hatte es eilig, nach Agatea zurückzukommen. Von seinem Balkon aus wollte er das Spektakel der Flammen genießen, die in die Nacht aufstiegen.

»Giuanninu«, fügte er fast väterlich hinzu. »Sieh zu, dass du dich nicht verbrennst.«

Don Peppe Parisi und seinen Leuten eine Brandwunde zu erklären, wäre schwierig geworden. Was hätten sie dazu sagen sollen? Dass sie zur anderen Seite übergewechselt waren wie niederträchtige Verräter?

Don Rocco Stillitani hatte ihnen versichert, dass sie sich keine Sorgen machen brauchten. Er hatte ihnen versprochen, sich um alles zu kümmern, niemand von der gegnerischen 'Ndrina würde ihnen auch nur ein Haar krümmen.

Und bis jetzt war Don Rocco Stillitani immer ein Ehrenmann gewesen.

II.

Georgios Elytis und Stamatios Seferis schliefen in Löffelchenstellung. Das machten sie nun schon seit einiger Zeit. Nach dem Sex kehrte Georgios Stamatios den Rücken zu und ließ sich umarmen. Stamatios presste sich an ihn, roch an seinen Haaren. Ineinander verkeilt und Händchen haltend schliefen sie ein. Es würde ihnen schwer fallen, wieder alleine zu schlafen. Aber sie wollten jetzt nicht an die Zukunft denken.

Zum ersten Mal fühlten sie sich wirklich frei, unbeschwert, ohne Schamgefühle. Hätten ihre Familien etwas vermutet, der Trainer, die Mannschaft, die Mitschüler – ihr Leben hätte eine andere Wendung genommen. Aber niemand wusste davon.

Sie gaben höllisch acht, seit dem vergangenen Winter, als ihre Geschichte begonnen hatte. Nur den ersten, unerwarteten Kuss unter der Dusche, süß und nass, gaben sie sich im Umkleidebereich.

In den Wochen danach scheute Georgios jede Gelegenheit, mit Stamatios allein zu sein. Er mied ihn wie die Pest. Selbst auf dem Spielfeld fielen sie eher durch ihre Distanziertheit auf. Die Spitzenspieler des PAOK Thessaloniki waren gehemmt, als ob sie sich nicht mehr leiden könnten. Die Tormaschine war ins Stottern geraten.

Bis Georgios es nicht mehr aushielt. Die schlaflosen Nächte, der verklärte Blick, das ständige Denken an Stamatios, an den Moment unter der Dusche und die Sehnsucht in seinem Unterleib zwangen ihn, etwas zu tun. Also fiel er ihm wieder in die Arme, drückte ihn an sich, nach einem Tor. Sie trafen sich in Kneipen, versuchten flüsternd, zu verstehen, was passiert war, und küssten sich im Dunkeln. Dann die nächtlichen SMS, die verstohlenen Begegnungen im Haus des einen oder des anderen. Und dann der erste richtige Sex unter tausendfachen Schwierigkeiten in dem Haus am Meer, das der Tante von Stamatios gehörte. Das ganze Frühjahr über suchten sie sich kleine Verstecke, entwichen über die mazedonischen Hügel, in abgelegene Grotten, einsame Waldstücke, irgendwelche Orte, die ihnen als Alkoven dienten.

Ihre Mannschaft erzielte seit Februar wieder Spielergebnisse, die sich sehen lassen konnten, angetrieben von dem Liebhaber- und Torschützenduo Elytis-Seferis.

Im Mai holten sie den Meistertitel, nach einer Serie von vierzehn Siegen. Und im Juni erhielten sie als griechischer Jugendmeister die Einladung zum »Viererturnier der Straße von Messina«, das im folgenden Monat stattfinden sollte.

Der Turnierort war vielleicht nicht der glamouröseste, aber das machte die Sache nicht weniger reizvoll. Natürlich dachten sie bei italienischen Stadien an das Olympiastadion, an San Siro und vielleicht noch an San Paolo. Aber nun war es eben das Granillo-Stadion in Reggio Calabria. Außer dem PAOK fuhren noch die Jungs von Olympique Marseille und von Valencia zur Straße von Messina, um gegen den dortigen Meister anzutreten. Es war eine hervorragende Gelegenheit, sich zu präsentieren. Und Georgios und Stamatios nutzten sie. Beide schossen in drei Spielen vier Tore und teilten sich den Titel des Torschützenkönigs. Die Franzosen gewannen das Turnier aufgrund des besseren Torverhältnisses.

Wegen der drückenden Hitze blieb das Stadion zwar halbleer, doch den aufmerksamen Augen der Talentscouts entging das Duo Elytis-Seferis nicht. Ihre Namen wurden auf zahlreiche Notizblöcke notiert und unterstrichen.

Die Idee davonzulaufen kam ihnen plötzlich, am letzten Tag. Stamatios schlug es vor und Georgios war sofort einverstanden.

Am Morgen der Abreise nach Thessaloniki schlichen sie sich aus dem Mannschaftshotel und erschienen nicht am Flughafen. Ihre Handys ließen sie ausgeschaltet, kauften ein leichtes Kuppelzelt, zwei Schlafsäcke, eine große Luftmatratze, einen Gaskocher und Campinggeschirr.

Als der Check-in-Schalter schloss, kämpfte ihr Trainer Pyrros Mitsotakis mit einem Wutanfalll. Auch er hätte gute Gründe gehabt, in Kalabrien zu bleiben. Stattdessen verordnete er sich die Rückkehr nach Thessaloniki.

Wie sollte er den Eltern und den anderen Jungs das Fehlen von Georgios und Stamatios erklären? Die beiden waren minderjährig und unterlagen seiner Aufsicht. Schließlich gab er bei der Flughafenpolizei eine Vermisstenmeldung auf und stieg, Sorge und Neid im Gepäck, zur übrigen Mannschaft ins Flugzeug, den gesamten heidnischen und christlich-orthodoxen Pantheon verfluchend.

Zur gleichen Zeit fragte Georgios, nur wenige Kilometer entfernt und sehr viel besser gelaunt, mit dem Rucksack auf den Schultern auf der Strandpromenade von Reggio: »Hier lang oder da lang?«

Stamatios entschied sich für die ionische Küste, vielleicht wegen des Ausblicks auf den rauchenden Ätna.

Beide wollten sich so schnell wie möglich von der Stadt entfernen. Reggio erinnerte zu sehr an Thessaloniki: der Spaziergang über die Via Marina, das Castello Aragonese, das ein bisschen wie der Weiße Turm aussah, die harten und finsteren Blicke, alles wie in Griechenland.

Außerdem nahmen sie sich die Zeit nur für sich und für sonst niemanden. Sie wollten raus aus der Zivilisation. Ein paar Wochen wildes Campen: Das war der Plan.

Stamatios wachte schlagartig auf. Das passierte ihm öfters, wenn er im Zelt schlief. Als Kind musste er mit seinen Eltern im Wohnwagen Urlaub machen. Hin und wieder hatten sie ihn und seinen älteren Bruder ins Hauszelt gesteckt, um ein wenig allein sein zu können. Dort hatte er meist kein Auge zu bekommen. Beim leisesten nächtlichen Geräusch hatte er geglaubt, auf der anderen Seite des Stoffes Monstergestalten zu erkennen: ein Wildschwein, einen Bär, eine Viper, einen Wolf.

Erst in diesen Tagen änderte sich das. Jetzt konnte er endlich schlafen. Vielleicht wegen Georgios. Oder der Erschöpfung, die sich einstellte, wenn die beiden kilometerweit durch den Wald gelaufen waren.

Doch jetzt konnte es keine Einbildung sein: Stamatios hörte das Geräusch immer noch, eine gellende Klage, begleitet von einem fieberhaften Stampfen, wie der Galopp eines Tieres, das in der Nähe des Zeltes herumraste.

Er spitzte die Ohren. Die Klagelaute wurden schwächer, das Galoppieren lauter. Er versuchte Georgios wachzurütteln, doch der wollte nichts davon wissen. Stamatios nahm seinen Mut zusammen, öffnete den Ausgang des Kuppelzeltes und lugte hinaus. Draußen sah er einen Feuerball, der sich wand und herumwälzte. Der einen Funkenschweif hinter sich herzog, wie ein Komet, der den Erdboden streifte. Unter den Flammen waren vier Pfoten zu erkennen, die ihrem eigenen Körper zu entkommen versuchten. Die Kometenspitze ließ die Form einer Hundeschnauze vermuten.

Stamatios rieb sich die Augen. Er trat ganz aus dem Zelt und erkannte, was um ihn herum geschah. Außer von der verrückten Feuerkugel wurde der Wald an verschiedenen Stellen von kleinen Brandherden erleuchtet. Es gab keine Zeit zu verlieren: Er kniete sich auf Georgios und schüttelte ihn grob, schrie ihn an, er solle aufstehen.

Georgios protestierte, murmelte, dass er mit den dummen Scherzen aufhören und ihn nicht beim Schlafen stören solle. Stamatios packte ihn an den Locken und zog so lange, bis Georgios sich aufrichtete und aus dem Zelt trat.

Im nächsten Augenblick dreht er wieder ab, zurück ins Zelt, um nervös nach der Taschenlampe zu tasten. Er knipste sie an und der schwache Lichtstrahl beleuchtete eine knappe Handbreit Gelände.

»Ich glaube nicht, dass wir Zeit haben, richtig zu packen«, sagte Stamatios. »Die Rucksäcke können wir aber mitnehmen.«

Der Brand schien gar nicht so schlimm. Es ging darum, jetzt so schnell wie möglich zu verschwinden, ohne Panik.

»Nur die Rucksäcke?«, fragte Georgios.

»Das Zelt abzubauen schaffen wir nicht mehr, wir lassen es hier und hoffen das Beste«, antwortete Stamatios. Er schlüpfte in seine Schuhe.

Georgios schulterte seinen Rucksack und half seinem Liebhaber, dasselbe zu tun. Die Rucksäcke waren nicht sehr schwer.

»Lass uns das Wasser mitnehmen und nicht rennen«, sagte Stamatios. »Wir gehen zügig, ohne zu rennen. Wir müssen die Ruhe bewahren.«

Sie wandten sich in Richtung Wald und beobachteten dabei den Feuerball. Er sprang jetzt nicht mehr von einer Seite zur anderen, sondern lag still da. War zu einem Scheiterhaufen geworden. Über dem Körper stieg eine zickzackförmige Flamme auf.

»Und wenn wir versuchen zu löschen?«, fragte Georgios.

»Das würde wir nie schaffen«, antwortete Stamatios. Er zeigte auf die anderen kleinen Feuerherde, die sich pilzartig vergrößerten. Dann forderte er Georgios auf, sich in die Richtung zu bewegen, in der es dunkel war.

Die Taschenlampe, die Georgios in der Hand hielt, erhellte gerade einmal die nächsten Baumstämme.

»Pass auf, wo du hintrittst«, sagte Stamatios. Einige Schritte weiter stolperte er selbst in einen Dornbusch. Die Dornen rissen in die Haut, als hätten sich seine Beine in Stacheldraht verheddert.

Georgios half ihm, sich zu befreien. Und während er ihn stützte, fuhr er zusammen.

»Dort, dort«, zeigte Georgios, plötzlich erleichtert.

»Was ist?«, fragte Stamatios.

»Ich dachte, ich hätte jemanden gesehen«, antwortete Georgios.

Er hatte sich nicht getäuscht.

Ganz in der Nähe waren zwei dunkle Profile zu erkennen, die sich näherten.

Georgios und Stamatios hatten keine Zeit, etwas zu sagen. Die aus dem Dunkel kommenden Gestalten warfen sich bereits auf sie. Schlugen mit Eisenstangen auf sie ein. Ein einziger, gut gezielter Schlag zertrümmerte den Schädel von Georgios. Stamatios hatte weniger Glück. Er bekam zwei Schläge ins Gesicht und verlor das Bewusstsein. Er wachte mit gebrochener Nase und zertrümmerten Zähnen auf, als die Flammen bereits seine Beine verzehrten.

III.

»Mach den Stengel aus«, sagte Rummenigge und zeigte auf die Zigarette. »Sonst regt sich Don Rocco auf.«

»Soll er sich doch aufregen, der Sack«, antwortete Bergomi und rauchte im Jeep weiter. Eine derartige Bemerkung hätte sich Domenico Quattrone, alias Bergomi, in der Öffentlichkeit, im Beisein anderer 'Ndranghetisti oder auch nur vor Fremden niemals erlaubt. Don Rocco hätte ihm anstelle seiner Zunge nur einen durchbohrten Stumpf gelassen.

Aber zu Rummenigge, der dem Meldeamt als Alessio Caridi bekannt war, hatte Bergomi ein hinreichend vertrautes Verhältnis, um auch einmal den Mund zu voll zu nehmen und schlecht vom Capobastone zu reden.

Dabei hielt sich Rummenigge nur umso pflichtbewusster an die Regeln und Hierarchien, je respektloser sich Bergomi über den Boss äußerte. »Deutscher als ein Deutscher.« Bergomi setzte sein Pokergesicht auf, während sein Partner seine Klagen vortrug.

Sie waren schon seit bald dreißig Jahren ein eingespieltes Duo, wie die Chips, die beiden Motorradbullen der California Highway Patrol aus der TV-Serie. Und wie die Chips hatten sie vergessen, was eine Beförderung ist.

Bergomi war von seinem Vetter Ciccio Quattrone rekrutiert worden, dem Sgarrista di Sangue der Stillitani-'Ndrina, gegen Ende der sechziger Jahre. Rummenigge war zur gleichen Zeit Mitglied der ehrenwerten Gesellschaft von Agatea geworden, dank der Fürsprache seines Onkel

Goffredo Caridi, mit dem aufkommenden und damals noch sehr jungen Don Rocco als Capobastone. Onkel Goffredo war Crimine der gerade einmal zwanzigjährigen Stillitani-'Ndrina, sozusagen der Kriegsminister. Eine Funktion, die er bis '86 ausübte, als er während der Fehde zwischen De Stefano und Imerti ausgeschaltet wurde.

Die Spitznamen »Bergomi« und »Rummenigge« gingen auf das Jahr '82 zurück, als die beiden von Picciotti d'Onore zu Cammorristi avancierten. Don Rocco übertrug ihnen in Absprache mit den Di Stefanos die Eintreibung der Schutzgelder in der Gegend südlich von Reggio. Domenico Quattrones Haut war dunkel, er trug einen Husaren-Schnauzer, die Brauen über seinen hellen Augen waren zusammengewachsen. Alessio Caridi dagegen wirkte fahl, mit hoher Stirn und rechteckigem Gesicht. Zum Endspiel der Fußball-WM in Spanien hatte die *Gazzetta dello Sport* ein Foto des achtzehnjährigen Bergomi veröffentlicht, wie er hinter Rummenigge herrannte. Irgendwem aus der 'Ndrina war die Ähnlichkeit aufgefallen, und so hatte man die beiden nach den Spielern benannt. Selbst ihre Schutzbefohlenen pflegten zu sagen: »Diesen Monat haben sich Bergomi und Rummenigge noch nicht blicken lassen.«

Mitte der 80er Jahre stiegen die beiden, mittlerweile Compari d'Anello, auf. Wechselten vom Geldeintreiben zu bedeutenderen Obliegenheiten. Don Rocco vertraute ihnen verantwortungsvollere Aufgaben an: erste Mafia-Warnungen per Autobombe, erste Erschießungen vom Motorrad aus, erste verschwundene Leichen.

Ihre wirtschaftliche und soziale Lage verbesserte sich dabei nicht sonderlich, obwohl ihre »Mitgift« erhöht wurde. Frau Bergomi und Frau Rummenigge gerieten nie in die Lage, Geld mit vollen Händen ausgeben zu können. Sie leisteten sich ein paar im Fernsehen beworbene Elektrogeräte, bekamen etwas Schmuck geschenkt, der sich nicht groß vom üblichen Modeschmuck unterschied, und einen Fuchspelz direkt von Don Rocco. Keine der beiden zog den Mantel jemals an, aus Angst, ihn zu ruinieren. Sie verwahrten ihn in ihren mit Mottenkugeln ausgelegten Kleiderschränken. Mag sein, dass Frau Serafina und Frau Mela auf dem Markt von Agatea jetzt respektvoller behandelt wurden. Aber sie warteten auch jeden Abend, den Blick aus dem Fenster gerichtet, auf die Heimkehr ihrer Gatten oder eine tragische Nachricht.

»Was für ein Leben«, beklagte sich Bergomi. »Nicht mal rauchen darf man.«

Von Rummenigge kam mal wieder die alte Leier, bloß nicht zu rauchen, wenn man jemandem auflauerte. So geboten es die Regeln, der gesunde Menschenverstand und die Erfahrung der Soldaten im Krieg. Eine glimmende Kippe hilft dem Feind. Sie zeigt ihm, wohin er zielen und schießen muss.

»Ich führ' keinen Krieg«, antwortete Bergomi.

»Ach nein?«, sagte Rummenigge. »Warum läufst du dann mit einer Pistole durch die Gegend? Vielleicht aus Spaß?«

Bergomi schüttelte den Kopf und war drauf und dran, die Kippe aus dem Fenster zu werfen, als ihn Rummenigge am Arm packte. »Ist 'ne Spur.«

Don Rocco hatte sie ermahnt. Sie durften nicht den kleinsten Hinweis auf ihren Aufenthalt am Berg hinterlassen. Sie waren zwar dort, aber sie durften nie dort gewesen sein.

Die Aufgabe war klar: die Cutrupis kaltmachen.

Don Rocco hatte ihm erzählt, was man ihm gesteckt hatte: Der Orbu – das Auge – und Giuanninu der Padrinu – der Pate – waren beauftragt, ein Feuer auf den Hügeln nördlich von Agatea zu legen. Auf eine solche Mitteilung musste reagiert werden: Die beiden Pyromanen steckten mit den Parisis unter einer Decke und der dritte Vetter, Linuzzo Cutrupi, leitete eine Canadair-Filiale. Welche Gründe sie auch immer haben mochten, niemand legte Feuer auf einem Berg zwei Schritte vor Agatea, ohne Don Rocco Stillitani vorher um Erlaubnis zu bitten.

Wenn sie auf Befehl von Don Peppe Parisi handelten, dann machte der sich eines Verstoßes schuldig, denn bei Brandstiftungen hatte man sich abzusprechen: über das Wo, das Wie, das Wann und das Warum. Sollten die beiden Cutrupis allein handeln, auf eigene Initiative, dann war es besser, wenn auch Don Peppe wusste, wer hinter der Brandstiftung steckte.

Don Rocco hatte zu ihnen gesagt: »Lasst sie das verdammte Feuer legen und ihre Leichen dort verrotten.«

Er wollte, dass das Feuer ausbrach und die beiden Leichen gefunden wurden, als Beweis, zusammen mit dem Auto. Deswegen behielten Bergomi und Rummenigge von ihrem Aussichtspunkt aus den Croma im Blick, der auf der Straße parkte. Sie hatten den Jeep zwei Serpentinen tiefer abgestellt, hinter einer Wand aus Feigenkakteen.

Vor zehn Minuten waren der Orbu und der Padrinu ausgestiegen, um das Gelände zu erkunden.

»Die werden für eine Weile verschwunden sein«, sagte Rummenigge, sein Blick wie hypnotisiert auf den Croma gerichtet.

Bergomi ergriff die Gelegenheit: »Dann rauch ich noch eine!«

»Du stinkst mir das Auto voll. Außerdem hab ich dir erklärt ...«, brach es aus dem anderen heraus, entgegen seiner üblichen, teutonisch unterkühlten Art.

Don Rocco bestand auf sauberer Arbeit.

Er hatte ihnen verboten, die Cutrupis zu erschießen.

Rummenigge schwebte vor, die beiden zu Boden zu prügeln und dann zu warten, bis das Feuer sie verschlang. Nicht einig war er sich mit Bergomi darüber, wie genau sie die beiden zu Boden prügeln sollten. Die Cutrupis waren keine kleinen Jungs mehr. Der eine war zwar blind, aber ziemlich massig, und der andere auch nicht gerade zierlich. Warum sie mit bloßen Händen angreifen?

»Alessiu, hör zu«, sagte Bergomi. Dabei legte er die Hand auf Rummenigges Schenkel und senkte die Stimme, als gäbe er ihm einen Rat, der für keine anderen Ohren bestimmt sei.

Genau in dem Moment hörten sie einen dumpfen, metallisch klingenden Schlag. Sie waren im Gespräch vertieft, hatten nicht aufgepasst. Am Kofferraum des Croma erblickten sie jetzt Giuanninu den Padrinu. Er hatte offenbar gerade etwas mit seinem Vetter besprochen.

»Erinnerst du dich noch, als er klein war?«, fragte Bergomi, in die Richtung zeigend.

Rummenigge antwortete nicht und Bergomi sprach nicht weiter. Doch beide dachten an den Jungen, flink wie eine Gazelle. Er hatte sich vom Hoffnungsträger der 'Ndrangheta von Agatea in eine Parodie seiner selbst verwandelt. Deswegen hatten sie ihm den Spitznamen »Padrinu«, »Pate«, verliehen: weil es ihm gefiel, wie Vito Corleone aufzutreten, obwohl ihm der Schneid fehlte. Man musste sich ja nur ansehen, wie er jetzt am Gummischlauch sog, um das Benzin aus dem Tank zu pumpen.

»Also mir gefällt die Birne vom Padrinu«, sagte Bergomi.

Rummenigge ignorierte die Anspielung. Er bedeutete Bergomi, still zu sein, und versuchte, leise sprechend, die Situation zusammenzufassen: Don Rocco kommt der Brand gelegen, aber es soll klar sein, wer ihn gelegt hat, also die Cutrupis. Deswegen galt es zu warten, bis sie ihre Arbeit getan hatten, um sie dann zu überraschen, irgendwo zwischen den Flammen und dem Fluchtweg. Dann, und erst dann, konnte man sie niederstrecken ...

»... mit den Stangen!«, insistierte Bergomi.

»Aber Don Rocco ...«, begann Rummenigge.

»Ich ficke Don Rocco!«, unterbrach ihn Bergomi und wandte sich zum Rücksitz. Dann fuhr er fort: »Ich nehm eine Stange mit. Du kannst ja machen, was du willst.«

»Mico, wenn du eine nimmst, dann ...«

Rummenigge sah noch einmal nach, was hinter den Feigenkakteen passierte. Die Cutrupis liefen jetzt auf dem Fußweg, mit einem übel zugerichteten Hund und einem Eimer voll Benzin. Er beschloss nun auch, kurzen Prozess zu machen, und nahm ebenfalls eine Eisenstange. Dabei warf er Bergomi einen scharfen Blick zu.

»Schhhhh ...«, machten sie beide, als sie aus dem Auto stiegen.

Die Cutrupis waren im Wald verschwunden. Sie hatten sie verloren. Rummenigge raste vor Wut. Er gab Bergomi die Schuld: »Ich hab doch gesagt, wir müssen aufpassen«, wiederholte er in einem trockenen, schneidenden Ton, der an ein Schnappmesser erinnerte.

Bergomi antwortete halblaut, dass es doch überhaupt kein Problem gebe. Schließlich mussten die Cutrupi-Vettern noch mal dort vorbeikommen, um zum Auto zurückzukehren. Dann würden sie ihnen eine kleine Überraschung bereiten.

Vor ihnen begann der Wald, Feuer zu fangen. Sie sahen den mittleren Feuerherd und die vielen kleineren Feuer drum herum.

»Madonna, was für ein Bild«, flüsterte Bergomi und wühlte in seinen Taschen. »Die beherrschen ihr Handwerk, die Cutrupis.«

Er fand die Schachtel Marlboro Light, aber bevor er sich eine anzünden konnte, riss Rummenigge sie ihm aus der Hand.

»Bist du bescheuert«, fuhr er ihn an und schloss die Hand um die Schachtel. Manchmal musste man ihn wie ein Kind behandeln. »Wenn wir hier fertig sind, bekommst du sie zurück.«

Bergomi reagierte nicht. Ihm war nicht nach Streit, ausgerechnet jetzt. Er hoffte nur, dass die Cutrupis nicht zu lange brauchen würden, damit er die konfiszierte Zigarettenschachtel so bald wie möglich zurückbekam. Rummenigge steckte die Marlboros in seine Jackentasche und sah sich wieder um. Um sich besser konzentrieren zu können, begann er mit der Stange zu spielen, als würde er ein Handtuch auswringen. Dann hörten sie den Schrei.

Genau genommen war es weniger ein Schrei als ein kleines, fast weiblich klingendes Aufstöhnen. Sie sahen in die Richtung, aus der das Geräusch gekommen war. Dort hinten war ein schwacher Lichtstrahl zu erkennen, genau dort, wo eine kleine Gestalt aus dem Wald trat. Don Peppe Parisi musste seine Leute wirklich schlecht bezahlen, wenn die mit diesen Billig-Taschenlampen unterwegs waren. Anhand des Schattenspiels erkannten sie, dass einer der beiden Cutrupis sich in einem Dornenstrauch verfangen hatte.

Rummenigge und Bergomi näherten sich von zwei Seiten. Sie hörten die Stimmen ihrer Opfer, obwohl sie nicht verstehen konnten, was sie sagten.

Dann ging alles sehr schnell.

Sie griffen sie im Dunkeln an. Die beiden waren unvorbereitet und reagierten nicht einmal. Rummenigge teilte gegen seinen Mann nur einen einzigen entscheidenden Schlag aus, von oben, während Bergomi seine Eisenstange zweimal gegen den zweiten Mann einsetzte. Er hielt sie wie einen Schläger und traf ihn zweimal im Gesicht, einmal von der einen und einmal von der anderen Seite.

Die beiden fielen wie Kartoffelsäcke zu Boden.

»Hast du die Taschenlampe mitgebracht?«, fragte Rummenigge, jetzt nicht mehr flüsternd.

Bergomi antwortete nicht.

Die Taschenlampe ihrer Opfer war beim Sturz erloschen.

»Los, weg hier«, sagte Bergomi und machte sich vorsichtig auf den Rückweg.

»Und die Stangen, was machen wir damit?«, fragte Rummenigge verärgert. Er passte auf, wo er die Füße hinsetzte. Und hoffte, dass sich Bergomi wegen der Eisenstangen schon etwas überlegt haben würde.

»Wir machen sie sauber und werfen sie ins Meer.«

Auf dem Grund des Ionischen Meers würde sie nie jemand finden. Höchstens ein Taucher, in ein paar Jahrzehnten, und der würde sie für industriearchäologische Fundstücke halten. Niemand würde die zwei Leichen mit den Eisenstangen in Verbindung bringen. Falls sich denn überhaupt ein Verdacht einstellen sollte. Was letztlich sehr unwahrscheinlich war.

Alles lief so, wie Don Rocco es gewünscht hatte. Auch wenn er Bergomi nicht die Genugtuung gönnen wollte, es zu sagen: Aber seine Idee war gut gewesen. Er gab ihm die Marlboros zurück.

Bergomi zündete sich eine Zigarette an und genoss ihr Aroma. Rummenigge sah ihn schief an. Er hatte vor fünf Jahren aufgehört, um sich das Gemecker seiner Frau nicht mehr anhören zu müssen. Er erinnerte Bergomi noch einmal daran, die Kippe nicht auf den Boden zu werfen.

Dann traten sie aus dem Dickicht, und blieben wie versteinert stehen.

Der Croma der Cutrupis stand nicht mehr dort, wo er vorher gestanden hatte.

Er war weg.

»Gib mir ne Kippe«, sagte Rummenigge.

Bergomi reichte ihm die Schachtel und das Feuerzeug. Er hatte ihn noch nie so besorgt gesehen.

1

Tina Romeo steckte auf der Brücke über dem Calopinace im Stau und fühlte sich wie in der Sauna. Ihr roter Seicento, ein altes Modell, hatte in einer Viertelstunde vielleicht vierzig Meter zurückgelegt. Die Innentemperatur entsprach der eines Elektrogrills. Die Wirkung der heruntergelassenen Fenster war rein optischer Natur: Von draußen kamen heiße Windstöße, Abgaswolken und Hupgeräusche, aber nichts, was an einen erfrischenden Luftzug erinnerte.

Tina verfluchte die Sparversion, für die sie sich entschieden hatte. Damals hatte sie starrsinnig auf die Klimaanlage verzichtet. Der Seicento war das Geschenk ihrer Eltern zum bestanden Schulabschluss.

Ihr Vater hatte darauf gepocht, ein paar Zusatzoptionen zu wählen, doch sie hatte die Standardausstattung genommen, anstatt sich über die Großzügigkeit ihrer Eltern zu freuen. Der übliche Stoizismus, heroisch und sinnlos, wie sie sich jetzt selbst vorwarf.

Nun bemühte sie sich, ihre Staunachbarn zu ignorieren, die sich in ihren verschlossenen Fahrzeugen der kühlen Brise aus der Klimaanlage erfreuten.

Tina konzentrierte sich auf die Straße und richtete ihren Blick auf den dampfenden Asphalt, während sich die Autoschlange im Schneckentempo vorwärts bewegte. Auf der Mitte der Brücke öffnete sich vor dem Seicento eine Lücke: Ein SUV war auf die Busspur ausgewichen. Tina rückte entschlossen hinein. Angesichts dieses Schachzuges wurde der SUV-Fahrer von Neid erfasst, als er sah, wie ihn der Seicento überholen wollte, überlegte sich die Sache noch mal anders, blickte von oben auf seine Rivalin, begann heftig zu hupen und schickte sich an, in die alte Fahrspur einzubiegen. Tina drehte sich zu dem Mann und lehnte sich mit der Andeutung eines Lächelns aus dem Fenster. Sie hob ihre Sonnenbrille an, schob sie in die schwarzen Haare und setzte ihren blendendsten sexy Blick auf.

Der SUV-Fahrer besänftigt, lächelte zurück, war schon fast dabei, sich zu entschuldigen, als Tina ihren Gesichtsausdruck abrupt änderte, so als hätte sie nur auf dieses Signal gewartet. Sie zog eine Grimasse und zeigte ihm den Mittelfinger, dann legte sie den Zeigefinger auf Mund und Nasenspitze und bedeutete ihm still zu sein. Der Mann guckte genau so lange verdutzt, wie sie brauchte, um sich einige Meter vorzuschleichen. Kaum hatte sich der SUV-Fahrer wieder gefangen, hupte er erneut wie ein Verrückter. Dabei stieß er eine Flut von Beleidigungen aus, die auf eine schwerwiegende Infragestellung von Tinas Sexualverhalten hinausliefen.

Tina ignorierte ihn. Sie war gut darin, Leute zu ignorieren, besonders unhöfliche. Und jetzt ging es darum, durchzuhalten. Nach der Brücke über dem Calopinace hätte sie es fast geschafft. Noch wenige Meter über den Fluss, der das Zentrum von Reggio von den südlichen Vierteln trennte, und sie würde in die Via Marina oder die Via San Francesco einbiegen können.

Die Sommerhitze ließ nicht nach. Tina öffnete den Sicherheitsgurt, der auf ihrer Haut einen Abdruck hinterlassen hatte, die Stirn voller Schweißperlen. Sie beugte sich zum Armaturenbrett, griff nach den Papiertaschentüchern, um sich das Gesicht zu trocknen. Als sie sich zur Seite lehnte, versprach der Schatten Erleichterung, doch das war eine Illusion. Sie musterte die elektronische Anzeige unter einem Apothekenschild am Kopf des Corso Garibaldi und las die Zahlen: 17.8.2009, 10:34, 37,2 Grad Celsius. Ihr Gehirn übersetzte: Die-jetzt-schon-glühend-heiße-Sonne-würde-in-ein-paar-Stunden-unerträglich-sein. Und sie war furchtbar spät dran. Sie beschloss, in der Redaktion anzurufen.

Rosalba, die Sekretärin, nahm ihren Anruf mit schwacher Stimme entgegen, betäubt von der Hitze.

Ungefähr zehn Minuten später gelang es Tina, den Stau hinter sich zu lassen. Aber bis sie das Büro erreichte, verging noch mal eine halbe Stunde. Weit und breit kein Parkplatz.

Schließlich fand sie einen der wenigen gebührenfreien Plätze in der Nähe der Villa Comunale. In den letzten Jahren hatten die Parkautomaten die historische Altstadt erobert und es gab nur noch zwei kleine Seitenstraßen der Via Marina, in denen man noch umsonst parken konnte. Tina verschaffte sich mit den Stoßstangen Platz. Sie brachte die an einen Baseballschläger erinnernde Lenkradsperre an und stieg aus.

Jetzt machte es keinen Sinn mehr zu hetzen. Ihre Verspätung überstieg bereits jedes zumutbare Maß und sie war eh der Meinung, auch einmal langsam machen zu dürfen. Es war Montag nach Mariä Himmelfahrt. Im Grunde war sie guter Dinge. Sie wollte es nicht zugeben, aber das Skype-Gespräch mit Pyrros letzte Nacht hatte ihre Stimmung trotz des traurigen Anlasses merklich gehoben.

Sie betrat die Redaktion und grüßte leicht ihre Hand hebend Rosalba. Rosalba grüßte mit mattem Blick zurück. Tina las der Sekretärin von den Lippen: »Diese Hitze bringt mich noch ins Grab.«

Sie sah sich um. Niemand sagte etwas. Leisen Schrittes ging sie zu ihrem Arbeitsplatz. Sie war sich fast sicher, noch mal davongekommen zu sein. Doch eine Stimme rief sie kurz vor der Türschwelle zurück. Die Stimme kam aus dem Büro des Abteilungsleiters. »Romeo«, hörte sie, »endlich! Komm her, ich muss mit dir reden.«

Tina drehte sich um. Die Tür zum Büro des Abteilungsleiters stand offen. Sie klopfte trotzdem.

»Hast du ein gutes Wochenende verbracht?«, wurde sie gefragt.

»Normal«, antwortete Tina, die die ganze Zeit zuhause verbracht hatte.

»Erinnerst du dich, was ich Freitag gesagt habe, dir und deinen Kollegen?«

Tina nickte. Sie hielt den Blick gesenkt, sah auf den abgetretenen Marmorboden. Bei den Worten »deinen Kollegen« begann es in ihren Ohren zu pfeifen.

»Ich habe euch nicht angewiesen, diese Woche pünktlich ins Büro zu kommen, weil es mir Spaß macht, die Despotin zu geben.«

Tina blickte auf. Vor ihr wickelte Luciana Polimeni einen Schopf Locken um Zeige- und Mittelfinger und suchte nach Spliss. Es war merkwürdig, sie hinter diesem Tisch sitzen zu sehen. Es war nicht ihrer.

»Ich sagte, keiner verlässt die Stellung«, fuhr sie fort, Tina anstarrend. »Denn ...«

»Denn wir sind arme Schweine, die nicht ans Meer dürfen«, unterbrach sie eine raue und tiefe Stimme hinter Tinas Rücken. »Warum beziehen wir nicht am Strand Stellung, Frau General?«

Tina drehte sich um und sah Gigi Barreca ins Büro kommen. Er trat mit kräftigem, schwerem Schritt näher und blieb neben ihr stehen, direkt vor der Polimeni. Tina verglich ihn mit einem Pinguin, weil er beim Gehen den Bauch als Massenmittelpunkt nutzte.

»Lucy, wir gehen doch schon auf dem Zahnfleisch. Wir schuften uns krank, machen keinen Urlaub, und hier drin geht man ein vor Hitze. Lass uns jetzt nicht auch noch auf einander herumhacken wegen einer kleinen Verspätung.«

»Gigi, wenn Verduci wüsste ...«

»Verduci lässt sich auf irgendeiner griechischen Insel die Eier braten«, antwortete Barreca. Tina wurde rot. Wie gerne hätte sie jetzt mit ihrem Abteilungsleiter getauscht.

»Lass sie in Ruhe, die Ärmste. Wir wissen doch alle, dass du eine klasse Vize-Chefin bist.«

Luciana Polimeni musterte ihren Kollegen von Kopf bis Fuß. Er war einige Jahre älter als sie. Sie arbeiteten bereits seit der Gründung der Zeitung zusammen. Sie kümmerte sich um den Nachrichtenteil, er sich um die Politik. Sie schätzten einander. Beiden hatte die Hauptredaktion in Cosenza schon eine Beförderung angeboten, die einen Ortswechsel bedeutet hätte, und beide hatten abgelehnt. Sie blieben lieber in Reggio.

Genau wie ihr Abteilungsleiter Giorgio Verduci. Auch er war seit 13 Jahren beim *Quotidiano*, seit dem 4. Juni 1996, dem Tag, an dem die Lokalredaktion in Reggio gegründet worden war. Wenn Verduci nicht da war, ließ er sich von Barreca oder der Polimeni vertreten.

Eine Art Auszeichnung. Oder Strafe.

Barreca hatte mehrmals zu verstehen gegeben, dass er keinen besonderen Wert darauf legte, für ihn einzuspringen. Aber Verduci machte ihm immer wieder mal eine lange Nase und ließ es ihn trotzdem machen. Dieses Mal war die Polimeni dran. Die Verantwortung, »den Laden allein zu schmeißen«, hatte sie gern auf sich genommen.

Jetzt bediente sie sich der Autorität ihrer provisorischen Position und reagierte: »Gigi, ich meine das ernst!«

Barreca tat, als würde er sie nicht hören. Er lächelte spöttisch und sah Tina an: »Wirf mal einen Blick auf deinen Schreibtisch. Lucy und ich haben eine Menge Arbeit für dich.«

Unter anderen Umständen hätte Tina protestiert. Sie war für Sport zuständig und hatte mit Lokalpolitik und dem Nachrichtenteil nichts zu schaffen. Aber sie wusste, dass sie sich jetzt nicht in der besten Lage befand, um ein gewerkschaftliches Donnerwetter zu veranstalten.

»Meine Sachen hab ich per Mail geschickt«, präzisierte die Polimeni genervt.

»Meine liegen auf dem Tisch«, verkündete Barreca. »Ach so, sei bitte so gut, die Tür anzulehnen, wenn du rausgehst. Lucy und ich haben noch ein Hühnchen miteinander zu rupfen.«

Tina hatte gehofft, die Tage etwas kürzer treten zu können. Sie hatte sich zwei entspannte Wochen vorgestellt.

Erstens: Der Chef war im Urlaub und hatte angekündigt, »mit Sicherheit nach dem 25. August« zurückzukehren, ohne einen genauen Tag zu nennen. Zweitens: Nachdem die Reggina-Mannschaft nun auch ihre Freundschaftsspiele gegen irgendwelche Dilettanten in irgendwelchen abgelegenen Alpenstadien hinter sich gebracht hatte, war nichts mehr los, was für den Lokalsport von Bedeutung gewesen wäre. Tina wusste genau, dass die sterbenslangweiligen Juli-Spiele, die auf Kosten von Amateurmannschaften mit Ergebnissen von 7:1 oder 12:0 endeten, und die endlosen Interviews mit Experten, die ihre Prognosen für die Meisterschaft zum Besten gaben, nur alte Tricks waren, um mehr Exemplare der *Gazzetta dello Sport* zu verkaufen, die Abo-Kampagnen anzuheizen und den Fans die neuen Spieler vorzustellen.

»Haben sie dich auch mit Extra-Arbeit eingedeckt?«, fragte Tommaso lispelnd vom Nebentisch.

»Ich weiß gar nicht, wo ich anfangen soll«, ächzte Tina und zeigte auf eine Mappe voller Zeitungsausschnitte und einen Zettel von Barreca: Sie sollte die Verhandlungen zur Wasserversorgung aus den letzten fünf Jahren durchsehen.

»Bavveca oder die Polimeni?«

»Das hier ist von Gigi, Poliwoman hab ich auf dem Rechner«, antwortete Tina und schaltete den Computer ein. »Wenn ich daran denke, dass ich genauso gut zuhause bleiben und mir die Weltmeisterschaft angucken könnte!«, fügte sie seufzend hinzu.

»Die Weltmeisterschaft?«, lispelte Tommaso erstaunt. »Ist die nicht nächstes Jahr in Südafrika?«

»Ja, die Fußballweltmeisterschaft. Aber jetzt ist Leichtathletikweltmeisterschaft, noch ein paar Tage lang. Bis die Kadettenmeisterschaft beginnt.«

Tommaso lächelte. Er verstand nichts von Sport und war schon stolz, den Ort der nächsten Fußballweltmeisterschaft zu kennen. Er traute sich nicht zu fragen, was denn eine Kadettenmeisterschaft sei, sondern sagte nur: »Ja, klar.«

»Wenn ich mich heute nur um meine eigenen Angelegenheiten kümmern müsste, dann hätte ich zuhause bleiben können und hätte nur alle zwei Stunden die Agenturmeldungen lesen müssen. Allerhöchstens hätte ich mich auf dem Sofa vor dem Fernseher ausgestreckt, mit aufgedrehtem Ventilator und einem Kaltgetränk in der Hand«, seufzte Tina und blickte zum Himmel. »Aber Poliwoman hat beschlossen ...«

»Heute Morgen ist sie noch pingeliger als sonst«, flüsterte Tommaso.

Niemand hätte sie hören können. Die anderen Journalisten aus der Redaktion waren im Urlaub. Rosalba war im Eingangsbereich ganz damit beschäftigt, sich unter möglichst geringer Verausgabung von Körperkraft Luft zuzufächern, und Giulio und Valerio, der Fotograf und der Grafiker, hatten sich in ihrem kleinen Büro verschanzt. Im Sommer hielten sie die Tür geschlossen, aus der festen Überzeugung, es sei bei ihnen kühler.

»Heute müsste Santini vorbeikommen«, lispelte Tommaso leise.

»Santini?«

»Santini, der Mozzarella-Hersteller.«

Tina sah ihn fragend an.

Tommaso blickte sich noch einmal um, bevor er das Geheimnis lüftete: »Von ihm war die Rede, als es um die Sponsoren ging.«

»Ach so«, sagte Tina. Ihr fiel die Werbung aus dem Lokalfernsehen ein. Eine üppig gebaute Schwarze räkelt sich und beißt in eine kleine Mozzarella. Drunter erscheint der Spruch: »Santini, innen lecker und weich ...«

»Deswegen streiten sich die beiden?«, fragte Tina und zeigte auf Verducis Zimmer, wo sich Gigi und Poliwoman eingesperrt hatten.

Tommaso zuckte mit den Schultern. »Sorry, darüber weiß ich nichts«, lispelte er.

»Und wenn *du* nichts weißt ...« sagte Tina und schaute in ihre Mails.

Keine Nachricht von Pyrros.

Die Polimeni dagegen hatte ihr vier fragmentarische Texte geschickt, die zu prüfen, auszubauen und Korrektur zu lesen waren, damit Artikel daraus wurden. Bei den drei ersten empfahl sie Tina, sich eventuell an freie Autoren zu wenden. Tina wusste, dass es nicht leicht sein würde, am Montag, dem 17. August und noch dazu mittags jemanden zu erreichen. Die erste Meldung betraf einen Kronzeugen, den man gerade aus dem Zeugenschutzprogramm entlassen hatte. Die Carabinieri hatten in seiner Wohnung eine Pistole Kaliber 32, Munition und fünf Gramm Kokain gefunden. Die zweite Meldung war die Bekanntmachung eines Abschiebescheids für sieben klandestine Migranten, ausgestellt nach der Bewilligung des jüngsten Sicherheitspakets. Die dritte Meldung bestand nur aus einer Presseerklärung der Küstenwache, die ihre Jet-Ski-Kontrollen verschärfen wollte.

Wie jeden Sommer tummelten sich Horden von Vollidioten zu nah am Strand. Allein an Mariä Himmelfahrt waren mehr als zwanzig Verstöße registriert worden, ohne dass es zu einer einzigen Beschlagnahme gekommen wäre.

Die vierte Meldung traf Tina wie eine Ohrfeige.

Gesendet: Mon 17. Aug 2009, 09:18
Von: lucinapolimeni@ilquotidiano.it
An: concettaromeo@ilquotidiano.it
Betreff: brand agatea

untersuchung brandfall agatea heute nacht abgeschlossen.
offizielle meldung zwei tote, bestätigung?
zeugenaussagen: zwei fremde letzte woche in der gegend gesehen.
vielleicht deine fußballer?
sofort hingehen, vor landespresse.
interviews, nimm fotografen mit.
wegen info zu agatea anrufen 331/0788576
lp

Das war ihr Gesprächstthema, letzte Nacht mit Pyrros, und überhaupt, seit er wieder in Thessaloniki war. Tina hatte sich umgehört, um etwas über die vermissten Jungs herauszufinden. Sie hatte sich an die Polizei gewandt und selbst Vermisstenfotos in den kleinen Ortschaften entlang der Küste verteilt. Aber die beiden waren wie vom Erdboden verschluckt. Pyrros hatte ihr gestanden, dass seine Sorge allmählich in Resignation umschlug und dass ihm Tinas Abwesenheit in solchen Momenten besonders zu schaffen machte. Die Leitung des PAOK hatte ihn nach diesem »Vorfall« sofort gefeuert. Pyrros sah das nicht als sein Hauptproblem an. Er würde schon bald auf einer anderen Trainerbank sitzen, seine Arbeitszeugnisse waren erstklassig. Aber sein Gewissen quälte ihn: die Mutter von Stamatios, die ihn jeden Tag anrief, um sich immer wieder die gleichen Einzelheiten über das Verschwinden ihres Sohns erzählen zu lassen, oder der Vater von Georgios, der ihn vor einigen Tagen vor der Haustür aufgelauert und angegriffen hatte. Pyrros hatte sich nicht verteidigt. Das Problem war, dass er dauernd vor Augen hatte, wie die beiden spielten, sagte er. Den beiden wurde eine große Zukunft vorausgesagt, wenn sie nicht ... Dann war Pyrros verstummt. Er hatte den Kopf zwischen die Hände genommen und geschüttelt.

Tinas Brust schnürte sich zusammen, als sie ihn so auf der anderen Seite des Bildschirms sah. Er fragte, wann sie sich wiedersehen würden, und sie lud ihn erneut nach Kalabrien ein, diesmal ganz unumwunden.

Er antwortete nur: »*Soon, very soon, please wait just a little ...*«

Es war ihr nicht gelungen, ihr bewegtes Lächeln vor der Webcam zu verbergen.

Wahrscheinlich zog sie jetzt, während sie im Büro den Computer anstarrte, die gleiche schwachsinnige Grimasse wie am Vorabend. Sie bemühte sich, so schnell wie möglich einen unauffälligen Gesichtsausdruck aufzusetzen, und vergewisserte sich, dass Tommaso sie nicht beobachtete.

War es möglich, dass die zwei Personen, die in den Flammen bei Agatea umgekommen waren, wirklich Seferis und Elytis waren? Es war nicht auszuschließen. Trotz der dramatischen Umstände dachte Tina an die Tage mit Pyrros zurück. Deswegen lächelte sie. Ein Lächeln, das der Situation nicht angemessen war. Sie schüttelte den Kopf und rügte sich selbst.

Im Büro des Abteilungsleiters warfen sich Barreca und die Polimeni die schlimmsten Vorwürfe an den Kopf.

»Du bist völlig unverantwortlich!« hörte Tina Barreca rufen. »Völlig unverantwortlich oder völlig bekloppt!«

»Was willst du denn? Dass ich selbst hingeh?«, antwortete die Polimeni. Dann kreischte sie: »Ich biete ihr eine große Gelegenheit. Ruf sie, ruf sie her und sag es ihr ...«

Tommaso sah vom Bildschirm auf. »Die beiden gehen sich an die Gurgel«.

Tina zuckte mit den Schultern.

Eine Sekunde später knarrte Verducis Tür und Barreca näherte sich verlegen. »Tina, komm doch mal einen Augenblick.« Er hob die Arme, wie um zu sagen, dass er nicht schuld sei.

Tina warf Tommaso einen bestürzten Blick zu. Er bedeutete ihr, ruhig zu bleiben.

Kaum im Büro, legte die Polimeni los: »Romeo, hast du deine Mails gelesen?« Tina nickte, während Barreca, an die Tür gelehnt, dazwischenzugehen versuchte: »Lucy ...«

»Lass mich ausreden, Gigi«, fing die Polimeni wieder an. »Romeo, du gehst jetzt nach Agatea und findest heraus, was dort oben passiert ist. Nimm den Fotografen mit«, fuhr sie fort und griff nach dem Telefonhörer. Sie wählte eine kurze Nummer. »Giulio? Raus aus deinem Loch. Ihr fahrt nach Agatea ... Ja, du und Romeo ... Jetzt sofort!«

»Giulietto und Romeo, welch romantische Liebesgeschichte.« Das war das einzige, was der verärgerte Barreca noch dazu sagen konnte.

»Entschuldigt, aber …« Tina hätte gern eine Erklärung bekommen, doch sie stoppte, da jemand an die Tür klopfte.

»Das ist ein Marktplatz hier, keine Zeitung«, schnaubte die Polimeni ungehalten. »Herein, was gibt's?«

Rosalba steckte den Kopf herein, außer Atem. Bevor sie sprach, wedelte sie mit dem Fächer. »Herr Santini ist da ... Soll ich ihn hereinbitten?«

Die Polimeni blieb einen Augenblick reglos, dann fasste sie sich wieder. Sie legte notdürftig die Locken auf ihren Schultern zurecht und fuhr sich mit der Hand über die Bluse, um die Falten zu glätten: »Rosalba, was fragen Sie noch? Bitten Sie den Herrn Doktor herein.«

Die Tür öffnete sich. Den Mann – rund, weich und fettig wie eine Mozzarella – erkannte Tina sofort wieder. Es war der SUV-Fahrer.

2

Angesichts des Zustands von Giulios Fiat Panda ließ Tina nicht weiter mit sich reden. »Vergiss es«, sagte sie trocken. »In der Karre fahr ich nicht.« Sie lief entschlossen auf den Seicento zu. Giulio nahm die Ablehnung seines Autos gelassen hin und folgte ihr.

»Schon mal in Agatea gewesen?«, fragte Tina und dachte, dass sie wohl die gesamte Strecke selbst fahren musste, hin und zurück. Giulio murmelte, dass er schon ein paarmal dort gewesen sei.

»Ich nie«, sagte sie und öffnete die Tür des Seicento, der seit über einer Stunde in der Sonne briet. Ein heißer Luftstoß schlug ihr entgegen, als stünde sie vor einem riesigen Fön. Sie beschloss, draußen im Schatten eines Hibiskus in der Nähe des Rathauses zu warten, und warf Giulio die Schlüssel zu, damit er auch die andere Autotür öffnete.

»Hast du alles dabei?«, fragte sie. Giulio zeigte ihr stolz seine Umhängetasche. Er war ein braver Junge und hatte nichts vergessen. »Hast du auch was zum Anziehen mitgenommen, falls es kalt wird?«

Giulio öffnete gerade die Autotür und bekam ebenfalls einen Stoß abgestandene Schwüle ab. »Falls es kalt wird?«, wiederholte er mechanisch. Er blickte sie verständnislos an, dann lachte er, um zu zeigen, dass er den Witz verstanden hatte.

»Das war kein Witz«, stellte Tina klar. »Ich fahre bei mir zuhause vorbei und nehme einen Pullover mit. Wir wissen nicht, wie lange wir dort zu tun haben.«

Gigi Barreca hatte ihr empfohlen, warme Kleidung mitzunehmen. »Du gehst in die Berge, vergiss das nicht«, sagte er, während die Polimeni und Santini über Geld diskutierten. »Und vergiss nicht, dass die Bergbewohner anders ticken als wir.«

»Du hast vergessen, dass *ich* aus den Bergen komme«, antwortete Tina.

»Red mit den Leuten von den Behörden, der Feuerwehr, der Polizei, den Förstern, dem Bürgermeister. Die anderen kannst du dir sparen«, fuhr Gigi fort. »Sie werden eh nicht mit dir sprechen wollen. Unsere Quelle solltest du nur anrufen, wenn es unbedingt nötig ist ...«

Tina dankte ihm und meinte noch, er solle sich keine Sorgen machen.

Es mussten vierzig Grad im Schatten sein. Sie tasteten sich ins Auto. Die Armaturen des Seicento waren aus schwarzem Plastik und glühend heiß. »Im Ernst: Wenn du bei dir zuhause vorbeischauen willst, dann jetzt oder nie«, sagte sie zu Giulio und achtete darauf, sich nicht an der metallenen Lenkradsperre zu verbrennen.

»Schon in Ordnung«, antwortete Giulio. Er half ihr, die Sperre auf dem Rücksitz zu verstauen. »Eine Klimaanlage hast du aber, oder?«

»Hab ich nicht«, antwortete Tina und warf den Motor an. »Mach einfach die Fenster auf.«

Der Verkehrsstau war wie ein Eiszapfen dahingeschmolzen. In der Mittagshitze wagte sich niemand auf die Straße. Tina überquerte den Calopinace, bog in die Via del Dopolavoro Ferroviario, erreichte das Granillo-Stadion und seufzte leise, als sie das Stadion hinter sich ließen. Sie hätte sich nie träumen lassen, eines Tages mit einem Trainer im Umkleideraum ...

Besser, nicht daran denken. Sonst kommen auch noch Hitzewallungen. Sie folgte dem Viale Aldo Moro bis zum O.ME.CA-Bahnhof und bog in Richtung Meer ab. Zweihundert Meter vor der Küste, nicht weit vom Bahnhof, fuhr sie in den Innenhof eines bescheidenen Mietshauses. Das Tor sah aus, als sei es schon lange kaputt.

»Ich geh rauf, hol meine Sachen und komm wieder«, versicherte sie beim Einparken.

Giulio sah sie an, entsetzt von der Vorstellung, allein im glühend heißen Seicento zurückzubleiben.

»Willst du mit raufkommen?«

Seine Augen strahlten.

»Los. Wir trinken noch einen Kaffee«, sagte Tina und stieg aus.

Giulio nahm die Einladung gerne an und trippelte ihr wie ein wohlerzogener Hund hinterher. Tina betrachtete sich und ihn in der Glastür, fand den Anblick komisch. Sie war gedrungen, trug Sandalen und eine Dreiviertelhose, die ihre kräftigen Waden, die einer Ex-Fußballspielerin, zeigte, während ihr ärmelloses Polohemd über ihrem Busen spannte. Hinter ihr war er: eine fast zwei Meter lange Bohnenstange, hager und mit einem Gesicht voller Akne-Narben, die er nur dürftig unter peinlich aussehenden Ponyfransen und einem struppigen Bart verbarg.

Sie hatte keine Ahnung, wie alt Giulio war. Um die zwanzig? Älter? Fünf Jahre jünger als sie? Zehn? Sie war versucht, ihn zu fragen, tat es aber nicht. Stattdessen klingelte sie.

Giulio schielte auf das Namensschild: Vinci-Romeo.

»Vinci ist mein Onkel«, erklärte Tina, während sie nach dem Schlüssel suchte. »Ich werde ihn darauf hinweisen, dass wir Gäste haben.«

Giulio hörte einen vagen Vorwurf heraus. Vielleicht war er zu aufdringlich. Er kreuzte die Arme über der Brust und hob die Schultern an: »Ich kann auch hier unten warten, wenn ...«

»Es ist nicht wegen dir«, beruhigte ihn Tina, als sie seine Verlegenheit bemerkte. »Mein Onkel ist etwas eigen.«

Der etwas eigene Onkel antwortete nicht. Tina steckte den Schlüssel ins Schloss und sperrte auf, was sie einige Mühe kostete.

»Müsste vielleicht mal geölt werden«, meinte Giulio.

»Nein, nein, mein Lieber.« Sie schwang den Zeigefinger rasch hin und her, wie den Zeiger eines Metronoms. »Es muss ausgetauscht werden. Ich weiß gar nicht mehr, wie oft ich es schon geölt habe.«

Sie nahmen den Aufzug. Giulio studierte die Wände und entdeckte ein verdächtiges Graffito: »*M & T, love forever*«, mit großem Herz.

Im fünften Stock stieg Tina aus und Giulio folgte ihr zaghaft. Sie bedeutete ihm, auf dem Treppenabsatz zu warten.

»Onkel?«, rief sie vom Eingang. »Onkel, bist du zuhause?«

Keine Antwort.

»Hab noch einen Augenblick Geduld«, sagte sie zu Giulio. »Ich gucke mal eben, ob er da ist.«

Tina sah in den beiden Schlafzimmern, auf dem Balkon, im Bad, im Wohnzimmer und schließlich in der Küche nach. Die Wohnung war leer. Sie schaltete die Stereoanlage aus, auf der eine Fredo-Viola-CD im Wiederholungsmodus lief, und leerte den Aschenbecher aus der Küche, dessen Inhalt noch nach Haschisch roch.

»Sturmfreie Bude, komm rein!«

»Darf ich?«, stotterte er. Er schlich auf Zehenspitzen, wie ein Dieb.

»Komm schon«, ermutigte ihn Tina vom anderen Ende des Flurs. »Es beißt dich keiner.« Sie setzte bereits Kaffee auf. »Wo du schon hier bist, pass du drauf auf«, sagte sie und zündete die Gasflamme unter der Espressokanne an.

Prompt war sie weg. In ihrem Zimmer steckte Tina die erstbesten Kleider in ihren Rucksack: einen Baumwollpullover und eine Jeans mit Schlag. Als sie sich streckte, um ihre Turnschuhe unter dem Schreibtisch hervorzuholen, fiel ihr Blick auf den Laptop. Sie war versucht, nachzusehen, ob Pyrros ihr geschrieben hatte. Sie ging zum Computer und hörte genau in dem Moment das Blubbern der Espressokanne: Der Kaffee war fertig. Sie blieb stehen und atmete mit geschlossenen Augen den Geruch ein.

»Kaffee ist fertig«, stammelte Giulio aus der Küche.

»Ich auch!« sagte sie und wandte sich vom Laptop ab.

Die Fernstraße 106 besteht aus 491 Kilometern enger Kurven, verbindet Reggio Calabria mit Taranto und ist mit einem nahezu endlosen Doppelstrich markiert, den so gut wie niemand ernst nimmt. Eine Strecke, die unseligerweise als »Straße des Todes« bekannt ist. Den Spitznamen bestätigen trockene Blumensträuße, in die Jahrtausende alten Felsen eingesetzte Gedenksteine und an den Leitplanken befestigte Holzkreuze.

Tina und Giulio achteten schon nicht mehr darauf. Genauso wenig wie auf die Landschaft. Obwohl das Panorama einen eindrucksvollen Anblick bot, wenn man von den Bauruinen absah, die wie zementene und steinerne Skelette aus dem Boden ragten. In Fahrtrichtung rechts sah man das Meer, eine azurblaue Tafel, und Sizilien, eine Landschaft, die sich in den Berghängen des Ätna zu verlieren schien. In Fahrtrichtung links erhoben sich die kahlen und gelblich-grünen Berge des Aspromonte.

Sie erreichten die Serpentine von Capo d'Armi, ohne ein Wort zu reden. Der Fahrtwind rauschte in den Fenstern des Seicento. Auf der Höhe von Annà überwand Giulio seine Trägheit und deutete auf den Felsen von Pentidattilo, der Stadt, die 1783 nach einem Erdbeben verlassen worden war und deren unbewohnte Häuser noch immer zwischen den fünf fingerartigen Berggipfeln hervorlugten. »Wenn ich heute Abend im Super-Lotto gewinne, bezahle ich die Restaurierung«, sagte er.

»Rein statistisch ist es wahrscheinlicher, dass du von einem Meteoriten erschlagen wirst«, antwortete Tina.

Pentidattilo, fünf Finger: eine Hand. Auch dort war sie mit Pyrros gewesen. Sie heftete den Blick auf die Straße und konzentrierte sich aufs Fahren. Hin und wieder trat sie mit einer nervösen, ruckhaften Geste aufs Gaspedal.

»Du bist wohl eine, die auf Brutal-Sex steht«, hatte der Fahrlehrer vor zehn Jahren ihren Fahrstil kommentiert. Sie hatte nicht geantwortet und am Ende der Stunde der Sekretärin mitgeteilt, dass sie den Kurs bei der Schule abbrechen werde und ihr Geld zurück wolle. Dann hatte sie den Fahrlehrer wegen sexueller Belästigung angezeigt. Die Führerscheinprüfung hatte sie wenige Monate später bestanden, als Autodidaktin.

Nach und nach ließen Giulio und Tina in weniger als einer Stunde die rostigen, nie in Gebrauch genommenen Schornsteine der Fabrik von Saline Ioniche, die überfüllten Strände von Marina di San Lorenzo und die Bremsschwellen zwischen Bova und Palizzi hinter sich. Hinter Brancaleone ging es langsamer voran. Die 106 führte mitten durch die kleinen Ortschaften, verwandelte sich in eine einzige lange Hauptstraße, eine Promenade. Gegen halb drei erreichten sie endlich Africo.

»Erinnerst du dich, ob man von hier aus da raufkommt?«, fragte Tina an einer Straßengabelung, an der außer San Luca und Platì auch Agatea geschrieben stand.

»Ich bin mir nicht sicher«, antwortete Giulio.

Tina blieb nichts anderes übrig, als dem Schild zu folgen, was Giulio veranlasste, in der Karte nachzusehen. Der Seicento quälte sich die von Schlaglöchern übersäte Bergstraße hinauf. An jedem Felsvorsprung entlang des Fahrbahnrands lagen stumpfe Felsen als Ersatzleitplanke.

»Sind wir richtig?«, fragte sie nach zehn Minuten Kurvenstrecke.

»Ja«, meinte Giulio, die Karte in der Hand.

Mit jedem Ort stieg die Zahl der Einschusslöcher im Ortsschild. Auf dem von Agatea war nur noch ein halbwegs lesbares G zu erkennen.

Tina war mit den Verhältnissen in den kleinen Ortschaften des Aspromonte vertraut. Sie war in Màrnoli aufgewachsen, auf der Seite des Tyrrhenischen Meeres, und hatte dort gelebt, bis sie achtzehn war. Auf gewisse Weise glichen sich alle kleinen Ortschaften mit den niedrigen Häusern, dem grauen oder ockerfarbenen Mauerwerk, den nachmittags leeren Stühlen auf der Straße neben den Haustüren. Die Fenster, die Ohren und Augen hatten, waren hinter geschlossenen Läden verborgen und die Piazza sah immer verschlafen aus. Die gleiche Architektur, die gleichen Muster.

»Was machen wir?«, fragte der Fotograf.

Tina hatte im Gegensatz zur Polimeni nicht die geringste Erfahrung in Sachen Reportage. Sie wirkte unentschlossen. Sicher, sie konnte alle Mannschaften aufzählen, in denen Roberto Baggio oder Bobo Vieri gespielt hatten, oder blitzschnell die Verteidigungstaktik eines Basketballteams durchschauen oder sich erinnern, wie viele Medaillen Italien bei den Olympischen Spielen in Los Angeles geholt hatte. Aber solche Fertigkeiten waren hier, mitten im Aspromonte, nicht sonderlich nützlich.

»Lass uns die Polizeiwache oder die Feuerwehrkaserne suchen«, schlug sie vor.

»Gibt es nicht«, klärte Giulio sie auf.

Sie hätte vorher dran denken und sich von Reggio aus informieren sollen. Aber als sie Santini in der Redaktion sah, war sie lieber so schnell wie möglich losgezogen. Der Ort war zu klein. Polizei und Feuerwehr hatten ihren Sitz in den Nachbarorten. Für die wenigen Einwohner genügten eine Kirche und drei Bars. Tina parkte vor der einzigen, die nicht an der Piazza lag.

»Fangen wir hier an«, sagte sie und schaltete den Motor aus.

Giulio wollte ihr die Lenkradsperre reichen. »Lass das Ding da liegen«, sagte sie. »Und versuch nicht mit irgendwelchen Objektiven und solchem Schnickschnack durch die Gegend zu laufen, sonst kommen die hier auf Ideen.«

Giulio nickte und hob die kleine Digitalkamera: »Schau.«

Er zeigte die gespeicherten Bilder. Er hatte während der Fahrt schon etwa fünfzig Fotos gemacht, ohne dass sie etwas bemerkt hatte.

»Ich mach es wie Spiderman«, erklärte er, die Bewegung nachahmend. Er hielt die Kamera in seinen großen Händen versteckt, dann krümmte er seinen Mittelfinger zum Handgelenk, als würde er gleich Spinngewebe verschießen: Er schoss ein Bild, ohne dass er die Blende bedienen musste.

»Die Leute merken nicht, dass sie fotografiert werden. Fotos machen, ohne hinzusehen, ist eine hervorragende Methode, wenn es darum geht,

Leichen zu verewigen«, erklärte er. Tina bemühte sich, dieser letzten Bemerkung nicht allzu viel Bedeutung beizumessen, und stieg aus dem Auto. Giulio folgte ihr. Vor der Bar sagte sie: »Ich geh als Erste rein.« Sie schob den Vorhang beiseite und stieg die zwei Stufen hinab.

Die Bar war schmuddelig. An den Spanholztischen nagte der Zahn der Zeit, die Bodenkacheln waren abgenutzt und der Ventilator produzierte mehr Lärm als frische Luft. Drinnen saßen ungefähr zehn Männer beim Kartenspiel. Wie nicht anders zu erwarten, drehten sie sich um und beäugten die Neuankömmlinge. Giulios Anwesenheit verhinderte Bemerkungen über die Unbekannte.

»Was für eine Hitze«, rief Tina, die Schnepfe spielend.

Der Mann hinterm Tresen musterte sie, warf kurz einen Blick auf Giulio und las dann weiter in der *Gazzetta del Sud*, dem lokalen Konkurrenzblatt.

»Eine Mandelmilch würde mir guttun«, schnatterte Tina und lächelte so dümmlich, wie sie konnte.

Der Mann hob die Augenbrauen, wandte sich an Giulio und schob das Kinn vor, um zu fragen, was er bestellen wolle. Giulio zuckte mit den Schultern.

»Also zwei«, schritt Tina ein und machte mit Zeige- und Mittelfinger ein V.

Mit enervierender Langsamkeit holte der Mann eine Flasche aus dem Kühlschrank und goss den weißlichen Inhalt in die Gläser.

»Ist es immer so heiß hier?«, fragte Tina auf eine Reaktion hoffend. Seit sie die Bar betreten hatte, mimte sie mit einer Hand die Bewegung eines Fächers nach. »Oder sind diese Brände daran schuld?«

»Schuld ist hier niemand«, antwortete der Mann.

Er stellte die Gläser auf den Tresen und kehrte seinen Kunden den Rücken zu. Er hatte sich Mühe gegeben, Italienisch zu sprechen, aber den Satz hatte er mit einem schweren hinterwäldlerischen Akzent ausgesprochen. Es war klar, dass nichts weiter über seine Lippen kommen würde.

»Aber jetzt ist der Brand doch gelöscht, oder?« Tina versuchte es noch mal. Der Mann hörte nicht mehr hin. Tina lief am Tresen entlang und stellte sich wieder neben ihn. »Was meinen Sie, können wir zum Aspromonte rauffahren?«

Der Mann bedachte sie mit einem verächtlichen Blick. Er antwortete missmutig und machte ebenfalls mit den Fingern ein V: »Zwei Euro.«

Tina legte das Geld auf den Tresen. Der Mann sah nicht einmal hin. Er schlug sich mit einem Handtuch auf die Schulter und ließ es dort hängen. Dann setzte er sich neben die Tressette-Spieler, um zuzuschauen.

»Na gut, dann schauen wir jetzt, dass wir weiterkommen«, sagte Tina laut. »Oder was meinst du, Schatz?« Sie wandte sich kokett an Giulio. Sie küsste ihn auf die Wange. Er wurde rot wie ein Schuljunge.

Sie ging raus und hielt direkt aufs Auto zu. »Lauter Stumme, wie in Màrnoli«, bemerkte sie.

Sie warf den Motor an und zeigte auf die kleine Straße, die weiter in die Berge führte. Das Feuer war an den Hängen des Monte Comito ausgebrochen und hatte sich über die gesamte Hochebene ausgebreitet, bis zum Careri-Bach.

»Versuchen wir es mal dort oben«, sagte sie.

3

Der Seicento quälte sich schnaufend den steilen Hang des Monte Comito hinauf.

»Nächstes Mal werde ich einen Jeep anfordern«, sagte Tina, als das Auto zum wiederholten Mal ins Schleudern geriet, weil die Hinterräder auf dem Splitt durchdrehten.

»Und ich ein Mittel gegen Übelkeit«, antwortete Giulio. »Falls ich wieder mit dir unterwegs sein sollte.«

Tina sah ihn scheel an und fuhr noch schwungvoller in die nächste Haarnadelkurve, wie um ihn zu reizen.

Der Landrover der Polizei stand direkt hinter der Kurve mitten auf der Straße, verdeckt von einer Wand aus Agaven und Feigenkakteen. Tina sah das Auto erst im letzten Augenblick und Giulio schrie laut auf, fest überzeugt, dass er beim Aufprall gleich mit dem Kopf voran durch die Windschutzscheibe knallen würde.

Tina stieg mit aller Kraft in die Fußbremse und riss die Handbremse hoch. Der Seicento quietschte, die Hinterräder blockierten und er schwenkte sein Heckteil wie ein Sambatänzer zur Seite. Giulios Körper ruckte hart gegen den Sicherheitsgurt, der ihn im Sitz hielt. Tina griff mit der rechten Hand wieder nach dem Lenkrad, spannte die Muskeln an und hielt es so fest, wie sie konnte, während das Auto übersteuerte. Der Seicento fegte in einer 180-Grad-Wende über den Asphalt, glitt zur Seite und kam wenige Zentimeter vor dem Landrover in schräger Stellung zum Stehen – präzise und stilvoll wie ein Eiskunstläufer.

Die beiden Beamten kamen erst, nachdem sich die Staubwolke wieder aufgelöst hatte, aus dem Staunen heraus. Bis vor wenigen Sekunden hatten sie im Schatten eines Olivenbaums gelegen, die Hände im Nacken gefaltet. Während des Bremsmanövers waren sie aufgesprungen und dann wie versteinert stehen geblieben.

»Du Blödmann!«, brüllte einer der beiden und lief hustend auf den anderen zu.

»Du Idiot«, rief der andere zurück. »Du Vollidiot!« Er warf sich seinem Kollegen entgegen.

Tina blieb reglos auf dem Fahrersitz, das Lenkrad immer noch fest im Griff. Sie gestattete sich einige tiefe Atemzüge mit geschlossenen Augen und geweiteten Nasenflügeln. Als die Polizisten neben ihr angekommen waren, stieg sie aus dem Wagen. Sie zitterte vor Schreck. Sie fluchte, als hätte sie es mit zwei gewöhnlichen Autofahrern zu tun: »Ihr habt wohl den Arsch offen!«

»Hoho, Signorina!«, rief der erste Beamte zurück. »Beruhigen Sie sich mal!«

Der andere Beamte verhielt sich professioneller. »Ihre Papiere, bitte.«

Tina wurde nun erst richtig klar, mit wem sie es zu tun hatte.

»Verzeihung«, sagte sie. »Entschuldigt.« Sie atmete tief durch, schnaufte ein paar Mal und strich sich über die Schläfen, versuchte sich zu beruhigen. »Aber so zu parken!« schickte sie zur Rechtfertigung ihres Ausbruchs hinterher. »Hinter einer Kurve ...«

Sie stieg wieder ins Auto und holte ihren roten Presseausweis.

»Wenn ich bitte auch Ihren Führerschein und die Fahrzeugpapiere sehen könnte«, sagte der Polizist mit venezianischem Akzent, noch nicht zufrieden.

Tina tat, als hätte sie ihn nicht gehört, und wandte sich dem anderen zu: »Wozu blockiert ihr denn die Straße hier?«

Der antwortete mit deutlich römischem Akzent: »Wegen dem Brand, Signorina!«

Tina blickte hinauf. Das Sonnenlicht strahlte ihr so heftig auf die Netzhaut, dass sie auf der Innenseite ihres Augenlides noch den gelben Umriss ihrer eigenen Iris erkannte, als sie die Augen schloss. Sie wartete, bis dieses Bild verschwunden war, rieb sich die Augen und öffnete sie wieder. Diesmal benutzte sie die Hand als Sichtschutz. Sie sah aus wie ein Indianerhäuptling, der über die Prärie blickt. Dort hinten war nicht einmal der Hauch eines Rauchschweifes zu erkennen, keinerlei Hinweis.

»Wir haben gehört, die Feuerwehr hat den Brand letzte Nacht gelöscht ... Wir wollten den Schaden besichtigen«, fuhr sie fort.

Die Beamten sahen sich kurz an. Tina dachte, dass sie noch jünger als Giulio sein mussten: kleine Jungs von weit her, deren Familien sich um ihre Kinder sorgten, die mit umgehängten Maschinengewehren in Kalabrien unterwegs waren.

»Die Straße ist gesperrt, Signorina«, sagte der Römer. »Da ist nichts zu machen.«

Der Venezianer stemmte, steif wie ein Besenstiel, die Hände in die Hüfte: »Ich habe Sie um Führerschein und Autopapiere gebeten.«

Tina schielte wieder zum Berg hinauf. »Wollt ihr wirklich die Presse an der Arbeit hindern? Hier, wo es tagelang gebrannt hat und der Brand erst gestern richtig gelöscht werden konnte?«

»Was dagegen?«, fragte der Römer und stellte sich ebenfalls vor Tina, um ihr die Sicht zu versperren.

Giulio, der die Szene aus dem Seicento heraus beobachtete, stieg just in diesem Moment aus und zeigte auf eine Stelle einige Kurven weiter oben: »Da stehen zwei Krankenwagen!«

Der Römer wandte sich seinem Kollegen zu. Dem fiel nichts ein außer: »Dürfte ich bitte auch Ihre Papiere sehen.«

»Jungs, ich verstehe euch ja«, sagte Tina entgegenkommend. »Reden wir Klartext ... Wir haben eine Nachricht erhalten, dass da oben zwei Tote liegen sollen. Könnt ihr das bestätigen? Oder wollt ihr, dass wir mit euren Chefs reden? Oder lasst ihr uns durch? Oder müssen wir erst mal kurz telefonieren?«

Diese Allüren einer Starjournalistin beherrschte die Polimeni sicher besser. Vielleicht musste die das mittlerweile gar nicht mehr spielen.

»Also, was machen wir?«, fragte der Römer.

»De Sanctis, die haben nein gesagt. Und nein heißt nein«, sagte der Kollege aufgebracht.

Tina holte ihr Telefon raus und hielt es hoch. Kein Empfang, nicht mal ein schwaches Signal. Sie dachte einen Augenblick darüber nach zu bluffen und so zu tun, als würde sie telefonieren.

»Kein Empfang«, kam ihr der Römer zuvor und erklärte, dass es um ganz Agatea herum kein Netz gab.

Tina ging wieder in die Offensive. »Also? Hat euer Vorgesetzter euch schon mal erklärt, was die Presse wissen darf und was nicht? Man kann den Leuten nicht einfach ihr Informationsrecht verweigern.«

Der Römer sah auf das Handfunkgerät an seinem Gürtel. Er nahm es instinktiv in die Hand. Er war gerade dabei, es aufzuklappen, als sein Kollege ihn zurückhielt: »De Sanctis, sie haben gesagt, wir sollen ihnen keinen Ärger machen!«

Tina hob ihre Sonnenbrille an. »Du bist doch nicht etwa Paolo De Sanctis? Lass dich mal ansehen ... Bist du wirklich ... Paolo De Sanctis, der Mittelstreckenläufer?«

Der Römer nahm die Mütze in die Hand, fummelte an ihr herum und setzte sie schief wieder auf. »Der von den *Fiamme Oro*, den Goldenen Flammen?«, präzisierte Tina ihre Frage.

Sichtlich verlegen sagte er: »Ja, ja, der bin ich.«

»Der Mann, der Francesco Panetta den italienischen Titel im Hindernislauf weggeschnappt hat?«

De Sanctis nickte wieder.

»Ich bin einer deiner größten Fans! Pass auf, wenn die hier rausbekommen, wer du bist, schneiden sie dir die Gurgel durch ... Du weißt, wie sehr sie hier den Panetta lieben? Fast schon wie den Gattuso!«

»Ach was, Panetta war ein ganz Großer, der eine ganz neue Lauftechnik erfunden hat, ich bin ein Nobody ...«

»Bordin war ein Läufer, der ...« versuchte der Venezianer sich einzubringen.

»Bordin tut nichts zur Sache«, schnitt Tina ihm das Wort ab. »Panetta war schlau, ein Fuchs, aber du, Paolo, hast nicht nur die besseren Beine, sondern auch ... Du läufst eleganter, geschmeidiger. Er hat zwar kleine Tricks für Notfälle drauf, ist aber so ein bisschen das Landei, um es mal deutlich zu sagen. Bei dir dagegen sieht man, dass du die Kenianer und die Äthiopier auf ihrem eigenen Terrain schlagen willst, und auch das Potenzial dazu hast. Klar, die Sehnenentzündung im Frühjahr, nachdem du ...« Tina hielt einen Moment inne. »... auf eine Laufzeit von acht Minuten, acht Sekunden und 49 Hundertstelsekunden gekommen bist, richtig?«

De Sanctis bekam leuchtende Augen. Sie sprach weiter: »Echt Pech! Du hättest jetzt in Berlin sein können, bei der Weltmeisterschaft!«

»Und Sie, junge Frau, woher wissen Sie das alles?«, fragte De Sanctis erstaunt.

»Hab ich dir schon gesagt, ich bin Journalistin.« Tina zeigte zum zweiten Mal den roten Ausweis. »Und ein Leichtathletik-Fan, außerdem ein Fan von dir ... Die Tatsache, dass du hier bist, heißt für uns natürlich, dass wir keine Chance haben.« Sie machte ein trauriges Gesicht, schob die Unterlippe übertrieben weit vor.

»Wie meinen Sie das?«, fragte De Sanctis. »Warum haben Sie keine Chance?«

»Na, selbst wenn es mir gelingen würde, dir davonzulaufen, du würdest mich wieder einfangen«, antwortete Tina und zuckte kokett mit den Schultern.

Die Botschaft war deutlich.

»Wir können Sie nicht durchlassen, ich schwöre es«, rechtfertigte sich De Sanctis.

»Wenn ihr uns natürlich ... einfach nicht bemerken würdet ...« Tina machte eine Pause. »Wir könnten mit dem Auto umkehren, und während ihr die Straße kontrolliert ... Sie haben euch doch nur den Befehl gegeben, die Straße zu kontrollieren, oder? Wir könnten übers Feld gehen und rüberschleichen, ohne dass uns jemand bemerkt ... wie viele andere Leute auch.«

»Schon möglich«, sagte De Sanctis. Es war ihm nicht entgangen, dass Tina ihm zugezwinkert hatte. Irgendwie war ihm die Journalistin sympathisch. »Auf die Seite da drüben achten wir zum Beispiel kaum. Wir gucken zwar hin und wieder mal rüber ... Aber wenn dort jemand den Berg hochsteigt, das bekommen wir nicht mit.«

»De Sanctis, *na giossa de serveo*!«, protestierte der Venezianer, aber niemand verstand ihn.

Tina setzte ihr breitestes Lächeln auf. »Nächstes Jahr, bei der EM in Barcelona ... Wir glauben an dich, Paolo. Und dann die WM in Doha ...«

De Sanctis taute jetzt richtig auf: »Und wenn sie in der Halle stattfindet, ich werd' mein Bestes geben!«

Während der Läufer-Polizist von mindestens einer Medaille träumte, stiegen Tina und Giulio in den Seicento. Der Venezianer brüllte ihnen hinterher, wollte immer noch Führerschein und Fahrzeugpapiere sehen. Sie hörten nicht auf ihn, parkten einige Kurven weiter unten am Rande des Abhangs und stiegen aus. Die Landschaft, die sich terrassenartig bis zum Meer hinab zog, bot einen atemberaubenden Anblick. Giulio blickte verträumt hinunter, als würde er halluzinieren. Tina musste ihn hinter sich herschleppen, während er weiter Fotos machte.

Sie kletterten den staubtrockenen Hang hinauf, auf den De Sanctis gewiesen hatte. Tina schien geradezu besessen davon, so schnell wie möglich nach oben zu kommen. Sie hatte vergessen, ihre Turnschuhe anzuziehen, und kletterte stattdessen in Sandalen. Beim dritten Dorn im Fuß begriff sie den Fehler, aber ihr Adrenalinpegel hinderte sie daran umzukehren. Sie beschränkte sich darauf, leise zu fluchen, und lief weiter. So hatte sie sich das mit dem »Sport-Journalismus« nicht vorgestellt.

Eine halbe Stunde später erreichten sie ihr Ziel.

Tina versuchte sich zu beherrschen, was ihr nur bedingt gelang. Sie spürte den Brechreiz aufsteigen. Sie zwang sich, den Cocktail aus Magensäure und Nahrungsresten wieder runterzuschlucken. Das Bild der verkohlten Leichen kehrte zurück. Kaum hatte sie sich im Unkraut hingekniet, stülpten sich Magen und Speiseröhre um. Sie erbrach sich auf allen Vieren über die stacheligen Blätter der Disteln.

Sie hörte, wie die Leute, die um die Leichen herumstanden, erstaunt fragten, was das für ein Gurgeln sei. Dann hörte sie, wie jemand befahl nachzusehen. Sie hörte, wie sich die Schritte näherten, unterbrochen von ihrem Husten und Speien. Sie hatte die Aufmerksamkeit auf sich gezogen und sich entdecken lassen wie eine Anfängerin. Sie bedeutete Giulio, sich so schnell wie möglich aus dem Staub zu machen. Er sah sie unentschlossen an. Sie machte ihm mit einer entschiedenen Geste klar, dass er sofort verschwinden müsse. Dann übergab sie sich erneut.

Giulio hatte entsetzliche Fotos gemacht. In journalistischer Hinsicht waren sie allerdings ein Vermögen wert und mussten unbedingt gerettet werden. Geschickt wie ein Steinbock sprang er davon. Trotz seiner Größe war er schon bald nur noch ein Schatten zwischen den Feigenkakteen, der gleich darauf ganz verschwunden war.

Tina blieb regungslos hocken. Zwei Typen standen nun vor ihr und forderten sie auf, sich nicht zu bewegen. Sie hatte auch nicht die geringste Absicht, dies zu tun. Sie hockte immer noch auf allen Vieren und hob den Kopf. An ihrem Mund klebte Erbrochenes. Sie bat die beiden um Papiertaschentücher. Und brauchte diese auch für die Tränen, die ihr die Wangen hinunterliefen. Was sie gesehen und gehört hatte, war einfach zu viel.

Zum Glück wurde sie nicht durchsucht, ihr Presseausweis nicht gefunden. Sie zog spontan ihre Geldbörse aus der Tasche und zeigte ihren Personalausweis. Die meisten der Anwesenden waren Polizisten, aber niemand kontrollierte ihre Daten.

In der allgemeinen Verwirrung konnte sie ihnen glauben machen, dass sie zufällig oder beinahe zufällig vorbeigekommen sei. Sie hatte natürlich von dem Brand vor einigen Tagen gehört, wusste aber, dass er gelöscht worden war und wollte sich jetzt, als leidenschaftliche Wanderin, die Schäden entlang der Wege ansehen.

Ein Mann um die vierzig, trotz seiner Freizeitkleidung wahrscheinlich ein Polizeichef, betrachtete auf diese Behauptung hin ihre Füße und rümpfte die Nase. Tinas sportliche Sandalen wirkten zwar bequem, wie geeignetes Schuhwerk für unwegsames Gelände sahen sie allerdings nicht aus.

»Haben Sie sich wegen der Leichen übergeben?«, fragte der mutmaßliche Chef.

Sie konnte unmöglich leugnen, die Leichen gesehen zu haben. Sie lagen ja gleich hinter ihr. Tina nickte.

»Die Mediziner untersuchen sie noch. Wir konnten sie noch nicht identifizieren«, fügte er hinzu und bestätigte damit Tinas Vermutung, dass es sich um einen ranghöheren Polizisten handeln musste. »Ich möchte Sie dringend bitten, sich diskret zu verhalten. Da wir noch nicht wissen, wer die Opfer sind, können wir auch die Familien nicht verständigen. Kurz, Sie haben hier rein gar nichts gesehen, alles klar?«

Tina nickte und dachte, dass jetzt auch schon die Staatsmacht die Sprache der Mafia sprach. Oder vielleicht war das schon immer so und sie bemerkte es bloß erst jetzt?

Es würde nicht leicht sein, die Leichen zu identifizieren. Was Tina gesehen und Giulio mit dem Zoom fotografiert hatte, war ein schwarzer Klumpen, ein Menschenknäuel mit verdorrter, verschrumpelter, verkohlter Haut. Den Gestank roch man noch aus fünfzig Metern Entfernung.

»Nehmen Sie die«, sagte der Chef und reichte ihr zwei Kapseln. »Ingwer«, erläuterte er. »Ich habe auch einen schwachen Magen.«

Tina nahm das Mittel gerne an. Sie bat um etwas Wasser, um es runterzuschlucken. Der Chef ließ einen seiner Männer eine Flasche Wasser bringen.

»Mein Vater gab mir immer wilden Fenchel, wenn ich Magenbeschwerden hatte«, fuhr er fort und reichte ihr einen Plastikbecher. »Aber hier wächst ja nicht mehr viel.« Er zeigte auf die schwarze, vom Feuer verwüstete Fläche.

Auch Tina kamen die Nelken- und Lavendelaufgüsse, die Minz- und Fencheltees in den Sinn, die ihre Mutter früher zubereitet hatte. Sie hatten sie vor dem Schlafengehen getrunken in ihrem feuchten kleinen Haus an den Hängen des Aspromonte.

»Folgen Sie der Straße nach unten. Sie werden dort auf einen unserer Streifenwagen stoßen«, sagte der Mann und bestätigte damit endgültig, dass er Polizist war. »Sagen Sie den Jungs, sie sollen Sie durchlassen. Falls sie Schwierigkeiten machen, sagen Sie ihnen, sie sollen mich anfunken.«

Tina stemmte eine Hand in die Hüfte und ging los.

»Aber ich denke mal, dass sie sich freuen werden, Sie wiederzusehen, Signorina Romeo«, sprach der Chef den Satz zu Ende.

Tina versteifte sich, drehte sich aber nicht um und lief weiter Richtung Tal. Am Landrover angekommen, warf sie dem Venezianer einen verächtlichen Blick zu und grüßte De Sanctis betont höflich: »Dann mach's mal gut!« sagte sie.

Der Römer lächelte sie an und klopfte sich leicht mit der Hand auf den Schenkel. Tina versuchte, das Lächeln zu erwidern. Aber aus der Maske der unbeirrbaren Journalistin, die sie unmittelbar nach dem knapp vermiedenen Unfall aufgesetzt hatte, war jetzt ein vom Schrecken gezeichnetes Antlitz geworden, mit schwarzen Augenhöhlen und eingefallenen Wangen.

Sie erreichte das Auto fast taumelnd. Giulio erwartete sie, an die Tür gelehnt. Es wurde Zeit, dass sie jemand oder etwas wieder in die Normalität zurückholte.

»Alles in Ordnung«, sagte sie und hob die Hände, bevor er auch nur eine einzige Frage stellen konnte. Dann zog sie ihr Telefon heraus und streckte es in alle vier Himmelsrichtungen. Doch auch hier absolut kein Empfang.

Als sie die Tür des Seicentos öffnete, kam ihr der bekannte heiße Luftstrom entgegen.

»Los, an die Arbeit«, sagte sie zu Giulio, stieg ein und setzte sich stoisch in die glühende Hitze.

Auf dem Weg ins Tal erreichten sie eine Stelle, an der sich eine schwache Funkverbindung aufbaute. Sie hatten Agatea bereits einige Kilometer hinter sich gelassen, als die Anzeige ein minimales Lebenszeichen von sich gab. Offenbar war in der ganzen Gegend der Mobilfunk gestört. Dort oben schien man wirklich vom Rest der Welt abgeschnitten zu sein. Tina wählte die Nummer der Zeitung und sah ein, dass es besser war, anzuhalten, um nicht im Abgrund landen.

Sie parkte scharf am Rand der Holperstraße. Giulio erkundigte sich nach dem Grund für diese Grausamkeit. Sie zeigte auf ihr Handy und stieg aus dem Auto, auf der Suche nach einem schattigen Winkel, in dem sie kurz allein sein konnte. Rosalba nahm ab und reichte sie an Barreca weiter, mit matter Stimme, als leiste sie Übermenschliches.

Kaum hatte Gigi bemerkt, wer am Apparat war, brach die Leitung auch schon zusammen, wie Tina dachte. Doch wenige Sekunden später rief er sie von seinem Privattelefon an, ließ sich kurz erzählen, was passiert war, und sagte: »Komm sofort zurück nach Reggio. Überleg dir während der Fahrt, wie du den Artikel schreibst. Ich melde mich wieder, bevor du das Büro erreichst. Wenn nicht, dann geh mit Giulio einen Kaffee trinken! Und sag ihm, er soll den Mund halten.«

Bevor sie antworten konnte, hatte er schon aufgelegt.

»Die Hitze wird ihm zu Kopf gestiegen sein«, dachte sie, leicht benommen. Sie verspürte das Bedürfnis nach einem seiner wertvollen Ratschläge, nach einem erhellenden Hinweis, was zu tun sei, nur deshalb hatte sie angerufen. Und er reagierte so? Vielleicht hätte die Polimeni sie doch besser beraten können, aber Gigi war ... Gigi war Gigi.

Sie kehrte zum Auto zurück, hatte aber keine Lust, gleich nach Hause zu fahren. Nicht zu wissen, ob es sich bei den beiden entstellten Leichen um die Jungs von Pyrros handelte, kam ihr vor wie eine Niederlage. Unschlüssig blieb sie vor dem Seicento stehen und blickte sich um. Im Schatten einer Felswand, über der sich der verkrustete Gipfel des Monte Comito erhob, lag Agatea.

Bleiben und weitere Fragen stellen oder sich wieder nach Reggio aufmachen? Vor Müdigkeit und Hitze gelang es ihr nicht, klar zu denken. Schon den ganzen Tag über stieg ihre Nervositätskurve an: die Standpauke der Polimeni, die Extra-Aufgaben in der Redaktion, die lange Fahrt nach Agatea, die Entdeckung der Leichen. Ganz zu schweigen von Pyrros. Pyrros, der ihre Gedanken beherrschte und ihr Magenkrämpfe verursachte.

Sie fügte sich Gigis Befehl und stieg in den Seicento. Dort sah sich Giulio die Fotos an, die er im Laufe des Tages aufgenommen hatte. Seine Art, sich von der Hitze abzulenken. Auch um halb fünf brannte die Sonne noch gnadenlos heiß vom Himmel.

»Zweihundertneunundvierzig«, sagte er zufrieden und ließ die Bilder noch einmal durchlaufen. Die letzten dreißig von den verkohlten Leichen.

Tina ließ den Motor an. Giulio verstand sein Geschäft und die Resultate waren hervorragend, achttausend Megapixel Auflösung, aber die Fotos wollte sie lieber nicht noch einmal sehen. Giulio vertiefte sich in ein Foto, dessen journalistischer Wert eher gering sein dürfte: Tina im Profil, am Steuer, hoch konzentriert.

»Also, zurück ins Büro«, sagte Tina, beinahe flüsternd.

Giulio erwartete keine weiteren Erklärungen. Als sie Bova erreichen, döste er ein.

Als er wieder aufwachte, war eine Stunde vergangen. Er blickte auf die Uhr und auf die Straße. Eigentlich hätten sie schon in Reggio sein müssen. Aber sie bewegten sich im Schritttempo über die Fernstraße. Sie steckten im Stau. Die Leute drängten sich vom Meer in die Stadt, verzichteten auf den Anblick des Sonnenuntergangs, um pünktlich zum Aperitif auf der Via Marina zu sein. Der Bürgermeister wollte aus Reggio so etwas wie das Rimini Süditaliens machen: das Barcelona Italiens, wie er zu sagen pflegte. Er förderte die Eröffnung von Strandbädern und Kiosken entlang der Promenade, engagierte leicht bekleidete Mädchen, ließ sie für teures Geld mit dem Hintern wackeln und stellte mitten auf der Straße Tennis- und Beach-Volleyball-Netze auf. Die Einwohner Reggios erwiesen ihm ihre Aufwartung, indem sie regelmäßig den »längsten Kilometer Italiens« aufsuchten, wie ein Stadtrat die Promenade getauft hatte. Giulio hustete. Sein Hals war trocken, sein Magen leer. Seit dem Frühstück hatte er nichts mehr zu sich genommen, abgesehen von dem Kaffee bei Tina und der Mandelmilch in Agatea.

»Hier kommen wir nicht vom Fleck«, sagte Tina an der Ausfahrt nach Occhio di Pellaro. »Probieren wir es mal so.« Sie bog in eine schmale Nebenstraße, die am Meer entlangführte. Giulio nickte.

»Was hältst du davon, wenn wir irgendwo eine Kleinigkeit essen?«, schlug sie vor, während sie durch den Ort fuhren.

So sehr sie auch auf Gigi wütend war, sie hatte beschlossen, seinen Anweisungen zu folgen und auf seinen Anruf zu warten, bevor sie wieder in der Redaktion aufschlug.

»Ich kenne einen Laden«, antwortete Giulio, der seinen Ohren nicht traute. Innerhalb weniger Stunden war er bei Tina zuhause gewesen und jetzt gingen sie schon zusammen in die Bar. Er zeigte ihr den Weg und ließ sie vor der Eisdiele parken. »Hier gibt es die beste Brioscia von ganz Kalabrien!«

»Mal sehen«, sagte Tina.

Mit Pyrros hatte sie auch eine Brioscia mit Eis gegessen. Die Eisdiele war eher enttäuschend gewesen, aber anschließend im Hotel hatten sie miteinander geschlafen.

Giulio bemerkte ihren abwesenden Blick. »Alles in Ordnung?«

Sie zwinkerte, tauchte die Spitze der Brioscia in ihr Eis und lächelte. »Ich denke über den Artikel nach«.

Das hatte sie schon während der Fahrt getan. Hatte sich die Grundregeln beim Schreiben einer Reportage in Erinnerung gerufen. Wenn es um Sport ging, hielt sie sich an kein vorgefertigtes Schema und schrieb ihre Seite in einer halben Stunde runter: präzise, gewandt, teilte aus, falls nötig. Aber eine Reportage war etwas anderes. Sie erinnerte sich an die fünf Ws – Wer? Was? Warum? Wo? Wann? – und an die klassische Dreigliederung: Aufhänger, Hauptteil und Schluss.

Tina würde mit den beiden verbrannten Körpern anfangen. (Wer?) Um wessen Leichen handelte es sich? Sollte sie die Vermutung schüren, es könnte sich um die zwei jungen Fußballer handeln? Und was war wirklich geschehen? Und vor allem weshalb? Das Einzige, was einigermaßen klar zu sein schien, war das Wo und ansatzweise das Wann.

»Niemals dem Augenschein vertrauen«, hatte ihr Gigi Barreca in ihrem ersten Jahr als Journalistin empfohlen.

»Ich könnte mit einem kurzen Rückblick beginnen, zum Beispiel auf das Inferno von Patti vor zwei Jahren oder den Brand im Peloponnes in Griechenland ...« Tina sprach, als würde sie laut nachdenken, um Giulio zu überzeugen, dass sie wirklich über den Artikel sinnierte.

Bei »Griechenland« stockte sie.

Das Klingeln ihres Handys bewahrte sie vor weiterem Nachsinnen. Gigi redete atemlos, verabredete sich mit ihr in einer halben Stunde vor der Villa Comunale, in der Nähe des alten Löwenkäfigs. »Abgesehen von ein paar Alten und ihren Pflegern wird dort kaum jemand sein«, erklärte er. Bevor Tina zustimmen konnte, hatte Gigi schon aufgelegt. Schon wieder.

»Das wird noch zu einer schlechten Angewohnheit«, sagte sie und warf die Reste der Brioscia in den Abfalleimer.

Giulio folgte ihr, immer noch an seinem Eis leckend.

Gigi Barreca saß auf einer Bank neben dem trockengelegten Teich. Er hatte ihnen den Rücken zugewandt. Aus der Ferne sahen sie, wie er sich vorbeugte und zwei Steinchen aufhob, die er einen nach dem anderen in die Luft warf, in ständiger Kreisbewegung.

»Was für ein guter Jongleur du bist!«, begrüßt Tina ihn lachend.

Gigi erschrak und ließ die Steinchen fallen.

»Ich werde alt, hab euch nicht bemerkt. Das hab ich als kleiner Junge gespielt«, rechtfertigte er sich. Dann hob er die Steinchen auf und lächelte: »Und ich hab's meinen Söhnen beigebracht, wenn ich mit ihnen hierhergekommen bin. Stellt euch vor, dort gab es Schwäne.«

Tina sah ihn misstrauisch an.

»Kommt, setzt euch. Du auf diese Seite, du auf die andere«, fügte er wehmütig hinzu.

»Gigi, ist alles in Ordnung?«

Barreca schlug einen anderen Ton an: »Ja, ja ... Es ist nichts.« Er schüttelte den Kopf: »Bei der Zeitung habe ich schon alles geregelt. Wegen der Artikel, die du Luciana noch schuldig warst ... Den über die Papierlosen habe ich selbst geschrieben, den über den Kronzeugen und den über die Jet-Skis habe ich an Michele Scordo abgegeben. Er war froh, mal wieder was zusammenschustern zu dürfen.«

Tina wusste nicht einmal, wie Scordo aussah. Sie erinnerte sich nur, dass von ihm immer als von dem schlechtesten Freien die Rede war. Normalerweise wandte sie sich nur in ausweglosen Fällen an ihn.

»Wozu die Geheimniskrämerei?«, fragte sie. »Warum treffen wir uns hier und nicht in der Redaktion?«

Gigi senkte noch einmal die Stimme: »Weil es ein Knüller werden könnte, was für die erste Seite.«

Tina zog eine Braue hoch.

»Dort, in Agatea, spricht ohne Erlaubnis keiner mit keinem«, sagte Gigi. »Nach dem bisschen, was du mir erzählt hast, glaube ich, dass die Meldung unter Verschluss gehalten wird.«

»Und von wem hat sie dann die Polimeni?«, unterbrach ihn Tina.

»Lucy ist ein Fall für sich. Außerdem konnte sie nichts bestätigen. Aber du kannst das. Wir haben doch jetzt Fotos, oder?«

»Giulio«, sagte Tina und bedeutete ihm, die Fotos zu zeigen. Giulio zog die Kamera hervor und wählte den Wiedergabemodus. Tina drehte sich um.

»Oh Gott«, war Gigis erster Kommentar. Dann klagte er nur noch ab und an über den Anblick. »Oh, wie schrecklich«, sagte er schließlich. »Erzähl mir alles genau ...«

Als Tina fertig war, fuhr sich Gigi Barreca mit der Hand über das Gesicht.

»Hast du einen Computer zuhause?«

Eine rhetorische Frage. Tina nickte. »Meinen Laptop.«

»Und hast du auch Photoshop, oder wie das heißt? Ich meine, kann Giulio bei dir seine Bilder bearbeiten?«

»Ich denke schon«, sagte Tina und zuckte mit den Schultern.

Giulios Augen leuchteten bei der Vorstellung, wieder mit ihr nach Hause zu gehen.

»Dann kommt um neun ins Büro, eine halbe Stunde vor Redaktionsschluss. Luciana wird nicht da sein, sie ist mit Santini nach Cosenza gefahren. Die müssen sich in der Hauptredaktion mit dem Dicken über unsere Finanzierung unterhalten. Mit etwas Glück sind wird morgen die einzige Zeitung, die die Meldung und die Fotos bringt. Wir bringen das im Lokalteil, als Ganzseiter. In Cosenza packen sie dich vielleicht sogar auf die erste Seite.

Wenn die Leute in Agatea diese Dinge auf ihre Weise regeln, dann hat niemand anderes Zugang zu diesen Bildern. Bis sie die Meldung rausgeben und die Fernsehteams wie die Fliegen anrücken, werden sie schon die Forensik in Parma kontaktiert und die Mediziner werden mit der Autopsie begonnen haben ... jedenfalls offiziell. Aber wir kommen ihnen zuvor.«

»Gigi, wie soll ich diesen Artikel denn schreiben?«, fragte Tina zaudernd.

»Du orientierst dich an den Erklärungen der Feuerwehr und des Forstamts, konzentrierst dich aber natürlich auf die beiden Opfer. Und auf ihre nicht bekannte Identität. Du benutzt sie als Aufhänger, dann erläuterst du den Brand, und zum Schluss stellst du wieder die Frage nach der Identität der beiden Leichen.«

Tina nickte wie eine Pennälerin.

Sie standen auf und gingen Richtung Strandpromenade. Es war frischer geworden an der Straße von Messina. In den Bars fanden sich allmählich die Leute zum Aperitif ein, im Hintergrund spielte Lounge-Musik.

Bevor sie auseinandergingen, legte Gigi väterlich seinen Arm um Tinas Schulter. »Meinen Glückwunsch«, sagte er. »Aber das Beste kommt erst noch.« Er ließ sie los und bog in Richtung Büro ab. »Bis später«, sagte er, ohne sich umzudrehen.

Tina blieb noch einen Augenblick stehen, um ihm nachzuschauen: Von hinten sah er wirklich aus wie ein Pinguin.

4

Auf dem Heimweg stiegen immer wieder die Bilder der beiden Leichen vor ihrem inneren Auge auf. Vermutlich würden sie diese Bilder noch viele Nächte lang verfolgen. Wie grauenhaft, so zu sterben! Zu spüren, wie der eigene Körper nach und nach von Flammen verzehrt wird, sich auflöst, verschmort ... Tina hatte sich den Tod noch nie so detailliert ausgemalt.

Giulio lenkte sie von ihren Gedanken ab: »Schauen wir doch mal unter *repubblica.it* nach.«

Tina begriff zuerst nicht. Dann erinnerte sie sich, dass die Polimeni gelegentlich Artikel für die Online-Ausgabe der *Repubblica* schrieb. Wie vor zwei Jahren, anlässlich des Massakers von Duisburg.

Tina Romeo, gestern noch unbekannte Sportjournalistin am Arsch der Welt, jetzt ebenfalls *Repubblica*-Journalistin? Sie ging auf Giulios Vision nicht ein und schwieg, bis sie den Hof erreicht hatten. Sie parkte und stellte den Motor ab. Vor der Haustür kam sie wieder zu sich. »Was sollen wir denn da nachschauen, Giulio?« sagte sie und klingelte. »Für uns interessiert sich doch kein Schwein.«

Ihr Onkel fiel ihr ein und sie hoffte, dass er sich noch irgendwo herumtrieb.

»Er ist sicher zuhause«, sagte sie abergläubisch und klingelte noch mal. Tina blickte auf die Uhr und berechnete die Reaktionszeit ihres Onkels. Sie nahm die Schlüssel aus der Tasche und kämpfte mit dem Schloss. Sie gingen schweigend hinauf.

Als sie aus dem Aufzug kam, bedurfte es keines Gegenbeweises mehr. Tina rollte mit den Augen. Der Onkel war zuhause.

Y' know
death don't have no mercy
in this land.

Ganz von einem alten Country Blues der Grateful Dead in den Bann gezogen, hatte Nino Vinci die Klingel weder das erste noch das zweite Mal gehört. Tina öffnete die Tür und erkannte seine raue Stimme, die die Musik der CD begleitete.

»Entschuldige mich mal eben«, sagte sie zu Giulio. »Ich bin gleich wieder da.«

Tina huschte hinein und lehnte die Tür hinter sich an, den wartenden Giulio zurücklassend. Die Bassvibrationen wurden schwächer. Giulio blickte neugierig zur Wohnung nebenan, die unbewohnt schien: Kein Name an der Klingel und keine Fußmatte vor der Tür. Die Musik wurde leiser, bis sie fast verstummte. Er kannte sich nicht aus, aber das Lied musste aus den 70ern oder noch älter sein.

»Nein, Onkel, ich bitte dich ... Lass mich ausnahmsweise mal nicht wie ein Vollidiot dastehen«, hörte er noch, bevor sich die Tür der Wohnung Vinci-Romeo wieder öffnete.

»Ist meine Nichte Concetta auf der Arbeit auch so eine Spaßbremse?«

Giulio wurde von der Frage überrumpelt. Er stand vornüber gebeugt und war noch mit der Begutachtung der Nachbarwohnung beschäftigt.

»Komm rein«, sagte der Mann auf der Türschwelle. »Du bist wohl der Kollege.«

Giulio nickte und schüttelte die ausgestreckte Hand.

»Nino Vinci, aber nenn mich einfach Nu, ist mir lieber.«

»Giulio.«

»Rauchst du?« Der Onkel bot ihm die Reste eines Joints an. Giulio bemerkte Tinas rügenden Blick.

»Wir müssen noch arbeiten«, antwortete er halbherzig.

»Onkel«, mischte sich Tina ein. »Mach wenigstens die Tür zu.« Sie wandte sich an Giulio: »Los, komm rein, er beißt nicht. Stimmt's, Nu?« Sie äffte seinen Tonfall nach.

Giulio setzte ein dümmliches Lächeln auf und trat vorsichtig ein. Nino Vinci schloss die Tür hinter ihm und ließ die beiden ein paar Schritte machen. Dann fing er laut an zu brüllen. Giulio fuhr zusammen.

»Onkel!« schrie Tina ihn an. Sie schämte sich in Grund und Boden, während ihr Onkel sich vor Lachen schüttelte.

Tina entschuldigte sich verlegen bei ihrem Kollegen.

»Macht doch nichts«, beruhigte Giulio sie.

Dann fiel es ihm ein. Der Name Nino Vinci hatte in seinem Kopf etwas klingeln lassen. Aber der Anblick des Mannes mit dem rundlichen Profil und dem Plüschtierkopf, der fast nur aus Bart- und Kopfhaar zu bestehen schien, überdeckte sofort wieder die Erinnerung. War dieser alte Woodstock-Freak wirklich Professor Vinci?

»Früher war er anders«, sagte Tina, als habe sie seine Gedanken gelesen.

»Ich weiß«, antwortete er.

Tina fragte lieber nicht, wie er das meinte. Sie wollte jeden Versuch des Onkels unterbinden, erneut die Aufmerksamkeit auf sich zu ziehen. Der wollte sie in ein Gespräch verwickeln: »Wollt ihr nicht wenigstens die Geschichte der Kommune von San Francisco hören?«

»Nein.«

»Oder der Fan-Karawane? Der Deadheads?«

»Nein!«

»Nicht mal die des Wall of Sound, des innovativsten Soundsystems der 70er?«

»Keinen Piep mehr, halt die Luft an«, sagte Tina zu ihrem Onkel, Giulio in ihr Zimmer hinter sich herziehend. »Jedenfalls nicht, bevor wir wieder rauskommen.«

»Ich ersticke, wenn ihr nichts macht«, röchelte der Onkel und tat so, als würde er sich Nase und Mund zuhalten. Seine Augen waren rot, seine Pupillen geweitet.

Tina schloss ab. Giulio konnte es kaum fassen. Hinter der Tür hörten sie Vincis Kommentar: »Ach, die Jugend!«

Dann schwoll die Musik wieder an:

Life may be sweeter for this I don't know.

Zuallererst kümmerten sie sich um die Fotos. Genau gesagt, gab Tina das Passwort ein und überließ dann Giulio den Computer. Sie setzte sich im Schneidersitz auf den Boden ihres kleinen Balkons und begann, mit Papier und Bleistift bewaffnet, den Artikel zu schreiben. Fünf Minuten Ruhe, dachte sie, und wurde prompt vom Klingeln des Telefons gestört. Um eine neuerliche Begegnung mit dem Onkel zu vermeiden, stürzte sie sich auf das schnurlose Gerät in ihrem Zimmer.

Ihre Eltern. Sie tauschten Nettigkeiten und Banalitäten aus. Wie üblich beschwerte sich die Mutter über ihre Altersgebrechen. Dieses Mal schien es Brust und Nieren am schlechtesten zu gehen, während das Hüftgelenk nicht mehr ganz so knarrte. Tinas Vater beschloss das Gespräch, nachdem er das Telefon an sich gerissen hatte, mit seinem üblichen: »Die bringt uns noch ins Grab mit ihrem Gejammer!«

Keiner der beiden erkundigte sich nach ihrem verrückten Onkel. Oder nach der Arbeit. Tina sprach oft mit ihren Eltern, fast jeden Tag, aber sie hatte nicht den Eindruck, dass sie ihr zuhörten.

Als Giulio ihr bedeutete, mit den Fotos fertig zu sein, hatte sie gerade mal die Gliederung und die ersten Zeilen zu Papier gebracht. »Okay«, sagte sie und setzte sich vor den Rechner. Sie tippte die ersten Sätze und öffnete das Archiv der Zeitung. Mit »Copy and Paste« fügte sie ein, was Caracciolo, der Vizedirektor des Forstamts, zuletzt zum Waldbrand von Agatea gesagt hatte. Am 16. August, als das Feuer schon so gut wie unter Kontrolle war, beschrieb Caracciolo den Schaden auf den über fünfhundert Hektar Gelände, von denen zweihundert Teil des Aspromonte-Nationalparks waren. Seine Bilanz enthielt zahlreiche Exemplare wertvoller Weißtannen, Ahorne, Buchen, Föhren und Eschen.

Wunderbare Bäume, deren Verlust allerdings in keinem Verhältnis zu dem zweier Menschenleben stand. Tina fragte sich, ob sie das auf diese Weise formulieren sollte. Ihre Finger stoppten. Sie bemerkte, dass Giulio sie die ganze Zeit anstarrte, und wurde verlegen.

»Würde es dir etwas ausmachen, mich zehn Minuten allein zu lassen?«

Giulio wurde rot: »Soll ich rübergehen?«

Sobald er die Tür hinter sich geschlossen hatte, verfiel sie der Versuchung, bei Skype nachzuschauen, ob Pyrros online war. Sie warf sich vor, nicht richtig bei der Sache zu sein, sagte sich, dass sie arbeiten müsse, schaute aber trotzdem nach. Zum Glück war er offline.

Was hätte sie ihm überhaupt gesagt? Handelte es sich bei den beiden Leichen um Stamatios und Georgios? Plötzlich fiel ihr ein: Poliwoman hatte ihr die Telefonnummer einer Person in Agatea gegeben. Gigi hatte ihr empfohlen, nur anzurufen, wenn es wirklich nicht anders ging. Doch sie wollte zusätzliche Informationen einholen.

Sie wählte die Handynummer des Informanten. Nach drei Mal Klingeln, ertönte das Besetztzeichen. Tina versuchte es noch mal und musste sich mit dem Anrufbeantworter einer Signorina WIND zufriedengeben.

Nach einer knappen Stunde hatte sie den Artikel endlich fertig. Sie war nicht zufrieden. Er schien ihr hölzern und holprig. Aber er musste raus, es war spät. Sie mailte ihn mit den ausgewählten Fotos an Gigis Adresse und sicherheitshalber auch an ihre eigene. Dann rief sie in der Redaktion an.

»Bist du fertig?«, fragte Barreca.

»Gerade abgeschickt«, gab Tina zurück. »Druck ihn aus, ich komme mit Giulio vorbei. Ist Valerio noch da?«

»Ich hab ihn an den Stuhl gefesselt«, antwortete Barreca.

»Wir sind in zehn Minuten da.«

Diesmal hatte Gigi einen ausgeglichenen Eindruck gemacht.

Sie atmete auf, fuhr den Rechner herunter und rief laut nach Giulio. Niemand antwortete. Sie fand ihn im Wohnzimmer, mit ihrem Onkel.

»Verstehst du? Der Name hat überhaupt keine Bedeutung«, sagte der Alte und drehte sich dabei eine Tüte. »Grateful Dead sind einfach zwei zufällig ausgewählte Wörter.«

Giulio nickte. Dann sagte er schwerfällig: »Die aber irgendwas bedeuten müssen …«

»Dankbarer Toter«, unterbrach sie Tina von hinten.

Die beiden Männer drehten sich erschrocken um. Sie spielte mit dem Autoschlüssel.

»Ausnahmsweise hast du recht, Onkel. Völlig bedeutungsfrei«, fügte sie nachdenklich hinzu. »Tote können gar nicht dankbar sein.«

Eine Stunde später genossen sie die schwache Brise, die von der Straße von Messina her alle anwehte, die sich auf der Via Marina etwas Erfrischung erhofften. Gigi hatte darauf bestanden, sie auf eine Gramolata einzuladen. Giulios Magen knurrte verzweifelt und Tina war so müde, dass sie nur noch nach Hause wollte. Doch Gigi gelang es, sie zu überreden: »Lasst uns wenigstens ein bisschen feiern.«

»Der Artikel ist zu rhetorisch, oder?«, fragte Tina. Sie tauchte den Löffel in die Sahne und mischte die Brombeercreme hinein.

Gigi zuckte mit den Schultern. »Ein bisschen vielleicht … Angemessen rhetorisch, würde ich sagen.«

Er war überzeugt, dass etwas gut dosierte Emphase neugierig machen konnte. Sogar Valerio, der Grafiker, sonst an seiner Umwelt völlig desinteressiert, hatte den Artikel neugierig gelesen. Und der Grafiker in Cosenza hatte Gigi die Zusage gegeben, auf der ersten Seite Platz für die Schlagzeile frei zu halten.

»Morgen müsst ihr wieder nach Agatea«, fuhr Gigi fort.

Tina nickte.

»Und vor allem konkurrierst du ab morgen mit den Haifischen.«

»Ich hätte gern mehr über die beiden herausgefunden«, sagte Tina.

»Warte mal, was dir deine grauen Zellen heute Nacht einflüstern und was du morgen noch rausbekommst«, antwortete Gigi. »Hab ein wenig Geduld.«

Sie verabschiedeten sich. Giulio und Tina verabredeten sich für den nächsten Morgen um acht Uhr bei ihr im Hof. Sie wollten los, bevor es richtig schwül wurde. Gigi wollte der Polimeni Bescheid geben.

Tinas Handy klingelte, als sie gerade die basballschlägerartige Lenkradsperre anbrachte. Sie war schon so gut wie zuhause. Nummer unbekannt, doch Tina meinte, sie schon mal gesehen zu haben. Eine männliche Stimme sagte: »Romeo?«

»Mit wem spreche ich?«

»Mit der Person, die vorhin nicht ans Telefon konnte. Und die jetzt nur wenig Zeit hat.«

Tina verstand. »Ich höre.«

»Vielleicht interessiert es Sie, zu erfahren, dass die zwei gegrillten Leichen, die Sie heute fotografiert haben, zwei wichtige Eigenschaften besitzen. Erstens: Sie trugen Rucksäcke und das Plastik ist mit ihrer Haut verschmolzen. Zweitens: Sie haben schwere Kopfverletzungen. Einem hat man sogar den Schädel gespalten.«

5

Angesichts der Bedingungen auf dem Berg hatten sie hervorragende Arbeit geleistet. Doch die Freude von Giovanni und Pasquale Cutrupi hielt am Abend des 13. August nicht lange an. Als Pasquale den Wald verließ, meinte er Stimmen zu hören. Manchmal hörte er Töne und Geräusche, deren Ursprung er sich nicht erklären konnte. Er wusste nicht, ob es ein Ohr- oder ein Kopfproblem war, und wollte auch gar nicht weiter darüber nachdenken.

Giovanni erwartete ihn neben dem Croma. Er konnte es jedenfalls nicht gewesen sein, der gesprochen hatte, denn die Geräusche waren aus der anderen Richtung gekommen. Er ging rasch zum Auto und beschloss, seinem Vetter nichts zu sagen. Zum ersten Mal seit ihrer Kindheit war es ihm heute Abend gelungen, ihm gegenüber so etwas wie Gleichheit durchzusetzen. An diesem Abend war er eigentlich sogar der Boss gewesen, dank der Worte Don Roccos, die ihm Zuversicht eingeflößt hatten. Er durfte keine Unsicherheit zeigen, jetzt wo er Giuanninu kleinbekommen hatte.

Wenige Schritte vor dem Croma meinte er aber schon wieder, etwas zu hören. Diesmal klang es wie ein verzweifelter Schrei. Er wandte sich dem Wald zu und horchte. Jetzt war nichts mehr zu hören, außer dem Knistern des Feuers.

»Fertig, Pasquale?«, fragte Giovanni.

»Eine Sache noch, Moment«, antwortete Pasquale und kam sogleich wieder zu sich. Er entsorgte Schlauch und Eimer, indem er sie mit dem im Behälter verbliebenen Benzin verbrannte. Giovanni stieg bereits ins Auto und pfiff die Melodie von *Für ein paar Dollar mehr*. Pasquale wartete, bis der Eimer geschmolzen war, und stieg erst in den Croma, als er sicher war, dass das Feuer auch diese letzten Beweise vernichten würde. Er machte Giovanni ein Zeichen loszufahren: Das Auto stank schon etwas nach verschmortem Plastik. Wenn die Bullen sie anhielten, würden sie sich verdächtig machen.

Giovanni warf den Motor an. Pasquale holte tief Luft und warf einen letzten Blick auf die Flammen: ein Spektakel. Sie hatten alles gemacht, wie Don Rocco es verlangt hatte. Sie hatten keine Spuren hinterlassen, für den Rest der Welt waren sie nie dort gewesen.

»Los fahr!«, befahl er seinem Vetter. »Los!«

»Nur die Ruhe«, antwortete Gianni. Er spielte sich schon wieder auf wie Marlon Brando als der Pate.

Bevor er den Gang einlegte, zeigte er mit dem Kinn Richtung Wald und machte einen Witz über ihren gemeinsamen Vetter Linuzzo, dem die Canadair-Filiale gehörte. »Wetten, dass sich Linuzzo nicht überanstrengt beim Löschen?«

Pasquale war derselben Meinung. Es würde mindestens ein paar Tage dauern, bis der Brand gelöscht war, da gab es nichts zu wetten: »Wir haben Schirokko, und bis die das löschen … Aber jetzt fahr endlich!«

Giovanni nahm den Fuß von der Kupplung, ein teuflisches Grinsen im Gesicht.

Bei der zweiten Kurve sahen sie das andere Auto. Wenige Meter unterhalb der Stelle, an der sie den Croma geparkt hatten, stand ein Jeep, ein Wrangler.

»Steig in die Eisen!«, befahl Pasquale.

Giovanni bremste. Er verfluchte sich selbst, dass er die Pistole nicht mitgenommen hatte. Allerdings hatte Don Rocco ihnen aufgetragen, sauber aus dem Haus zu gehen. Bei dieser Unternehmung durften sie nicht bewaffnet unterwegs sein. Vorsichtig näherten sie sich und kontrollierten, ob jemand im Auto saß. Der Jeep war leer. Pasquale musterte den Wagen in allen Einzelheiten. »Kennst du die Kiste?« fragte er seinen Vetter.

Giovanni blieb auf Höhe des Jeeps stehen. Der Wagen kam ihm irgendwie bekannt vor. Dann sagte er: »Sieht aus wie der von ...« Der Name wollte ihm nicht einfallen. »Der von dem Sohn von Quattroni, würde ich sagen.«

Pasquale riss die Augen auf und nickte. Der Jeep sah wirklich genau so aus wie der von Domenico Quattrone. Dem Quattrone, den alle in Agatea unter seinem Pseudonym Bergomi kannten, ein Mitglied der 'Ndrina von Don Rocco Stillitani. Bis vor wenigen Tagen ein Feind.

»Was zum Teufel macht Bergomi hier oben?«, fragte Pasquale.

Giovanni zuckte mit den Schultern: »Sein Bier.« Und fuhr weiter.

Während Giovanni sich auf die Straße Richtung Agatea konzentrierte, kamen Pasquale erhebliche Zweifel, dass Bergomi wirklich rein privat hier war.

Am nächsten Tag, dem 14. August, ließ Don Rocco nichts von sich hören. Auch am 15. nicht. Aber alles in allem fanden die Cutrupi-Vettern das verständlich, schließlich war der 15. August ja Ferragosto, Mariä-Himmelfahrt. Und ein Feiertag galt schließlich für alle. Für ihn genauso wie für sie und die ganze übrige Welt.

Pasquale verbrachte den Tag in den Hügeln, allein, und dachte nach. Er hätte Gildo mitnehmen können, aber er befürchtete, dass jemand ihn bemerken würde. Also gab er ihm eine weitere Beruhigungsspritze, damit er nicht bellte. Außerdem war er nicht zur Entspannung unterwegs, sondern um seine Zukunft zu planen. Er dachte an die Privilegien, die ihm Don Rocco in Aussicht gestellt hatte. Wie lange er wohl noch in Kalabrien bleiben musste? In Agatea hielt ihn nichts, höchstens Giovannis Familie. Sein Vater war vor zwanzig Jahren Opfer eines Auftragsmordes geworden, dessen Hintergründe sich kaum noch rekonstruieren ließen, und seine Mutter war kurz darauf an Kummer gestorben. Die Familie seines Vetters, der drei Jahre älter war als er, hatte ihn aufgezogen. Jetzt war es langsam an der Zeit, diesen dunklen Winkel zu verlassen.

Wenn Don Rocco ihn gebeten hätte ins Ausland zu gehen, hätte er keine Sekunde gezögert. Nach Australien oder nach Deutschland, egal wohin. Die Sprachen hätte er schon gelernt.

Giovanni dagegen hatte keinerlei Pläne. Er verbrachte Ferragosto mit seinen Eltern und seinen beiden Schwestern am Meer. Er verschlang die Lasagne, die seine Mutter zubereitet hatte. Er verspürte keine große Lust, über die Vor- und Nachteile seiner Arbeit für Don Rocco nachzudenken. Der zu erwartende Reichtum blendete ihn, und das angenehme Leben, das er sich davon versprach. Ihn erwartete nichts Geringeres als eine Beförderung in die Santa.

Für den Abend des 15. waren die beiden Cutrupi-Vettern bei Ciccio Ventura zum Stockfischessen eingeladen, zusammen mit anderen Mitgliedern aus der 'Ndrina von Don Peppe Parisi.

Ciccio Venturas illegal gebaute Villa lag an der Küste zwischen Africo und Sant'Anna, direkt an der Mündung des Laverde-Flusses.

Ventura ließ seine Frau Concetta den Tisch draußen decken, auf der Terrasse. An den Seiten des Tisches standen zwei neue Blaulampen gegen Mücken. Alle paar Sekunden hörte man ein knisterndes Geräusch. Fünfzehn Gäste waren gekommen, und alle hatten das Feuer in den Bergen im Blick. Auch Ciccio Ventura konnte es sehen, obwohl er am Kopfende saß, mit Blick zum Meer.

Mimmo Parisi, einer der Neffen Don Peppes, machte die Tischgäste immer wieder darauf aufmerksam. Mimmo war zwanzig Jahre alt, mit einen Bauch und einer Glatze wie ein alter Mann. Sein Onkel hielt nicht viel von ihm, er redete zu viel. Tatsächlich machte er im Laufe des Abends ständig unangemessene Bemerkungen. Er behauptete, außer dem Naturpark seien auch mindestens zweihundert Hektar des Parisi-Anwesens abgebrannt. Wer den Brand gelegt habe, würde keinen schönen Urlaub verbringen, sagte er ganz ernst.

Ciccio Ventura mutmaßte, es könnte einer der Stillitanis gewesen sein, doch Mimmo schüttelte den Kopf. Don Rocco und Don Peppe hätten in dieser Jahreszeit keinem Feuerteufel die Erlaubnis erteilt. Schließlich wüssten alle, dass es zu dieser Jahreszeit die Füße still zu halten galt. So lautete das Abkommen. Nichts, was Aufmerksamkeit erregen könnte, durfte bis zum Treffen am Wallfahrtsort der Madonna von Polsi geschehen.

»Wird wohl irgendein Bastard von Schäfer gewesen sein«, schlug Gigi Mandrione vor, einer der wenigen, der Mimmo schätzte.

Mimmo überzeugte diese Mutmaßung nicht, es ging doch nicht um Schafe. Er wusste ja, dass Don Peppe seine Jungs losgeschickt hatte, um herauszufinden, was geschehen war. Und denen war zu Gehör gekommen, dass in einem Olivenhain in der Nähe des Careri-Baches ein Hund fehlte. Wahrscheinlich von den Brandstiftern eingesetzt.

Pasquale schluckte, ließ sich aber nichts anmerken. Gildo war jetzt schon seit zwei Tagen in seinem Keller eingesperrt. Er dachte daran, dass der Hund jederzeit aufwachen konnte, sobald die Wirkung des Beruhigungsmittels nachließ. Selbst fehlende Hunde bemerkten sie. Er musste den Bracken loswerden, so schnell wie möglich.

»Es geht nicht um irgendwelche Hirten, denen der Schirokko einen bösen Streich gespielt hat«, sagte Mimmo Parisi. »Irgendwer wollte wirklich ein großes Feuer legen«, sprach der ältliche Junge weiter. »Jemand, der das Gleichgewicht innerhalb der 'Ndrangheta stören will.«

Giovanni und Pasquale Cutrupi blieben stumm. Mehr als einer wunderte sich, dass die beiden so still waren. Pasquale rechtfertigte sich, indem er behauptete, krank zu sein. Giovanni spielte mit und aß seine Portion Stockfisch nur ganz langsam auf, während alle anderen einen Nachschlag holten. Venturas Frau hatte ihn mit Zwiebeln, Sellerie, geschälten Tomaten, Rosinen, schwarzen Oliven und Pinienkernen zubereitet. Und geröstetes Brot dazu gereicht.

Pasquale ließ sämtliche Pinienkerne liegen. Sie schmeckten ihm nicht. Sein Tischnachbar, Rocco Caminiti, erklärte, mit Pinienkernen könne man ein Geschäft machen, aber Pasquale hörte nicht zu.

Die beiden Cutrupis brachen erst spät auf, sie wollten nicht auffallen. Mit dem Wein hielten sie sich zurück, im Gegensatz zu den anderen. Doch auch im Auto, auf dem Heimweg nach Agatea, schwiegen sie, starrten auf die Straße. Erst zuhause sagte Pasquale: »Warten wir einfach ab.«

Es gab keine andere Lösung. Wie hatten sie sich das eigentlich vorgestellt? Dass sie den Verein wechseln konnten wie Fußballspieler, die an eine andere Mannschaft verkauft wurden?

Don Rocco Stillitani hatte ihnen zugesagt, Quintini oder sogar Quartini zu werden. Nach ihrem Eintritt in die Santa, in die Società Maggiore, würden sie fernab von Agatea leben. Bei Don Peppe konnten sie von so was nur träumen. Ihr Leben würde nach dieser Entscheidung riskanter sein. Aber gingen sie nicht jeden Tag ein hohes Risiko ein?

Dann beruhigte Pasquale Giovanni, er solle sich keine Sorgen machen. Don Rocco würde sich schon zur rechten Zeit melden.

Giovanni setzte sein Mafioso-Gesicht auf, das er vor dem Spiegel eingeübt hatte: »Sorgen? Ich weiß überhaupt nicht, was das sein soll.« Er stieg aus. Der Schnurrbart an seinen Mastiff-Backen bebte, genau wie beim Kartenspiel. Und kaum war er im Haus, sperrte er sich im Bad ein. Durchfall.

Don Rocco meldete sich auch am 16. August nicht. Ein Sonntag. Und auch am Montag, dem 17., ließ er nichts von sich hören. Am Abend trafen die Cutrupis auf Bergomi. Sie sahen ihn aus der Ferne. Er saß am anderen Ende der Piazza, halb verdeckt von dem großen Blumenbeet, auf einer Bank, auf der die Jungs von Don Roccos ’Ndrina üblicherweise rumlümmelten.

Bergomi schien sich beobachtet zu fühlen. Er drehte sich ruckartig um, senkte den Blick, sobald er bemerkte, dass sie ihn anstarrten. Dann sah er wieder verstohlen zu ihnen hinüber.

»Als ob er ein Gespenst sehen würde«, flüsterte Giovanni.

Pasquale reagierte nicht.

Bergomi musste bemerkt haben, dass die Cutrupis über ihn sprachen. Pasquale kniff sein verbliebenes Auge zusammen und beobachtete ihn weiter. Er fragte sich, wie er sich gegenüber den Leuten um ihn herum verhalten sollte. Sie waren seine Blutsbrüder gewesen, doch er hatte sie verraten. Und diejenigen, die einmal seine Feinde waren, sollten jetzt Teil seiner Familie sein. Er begriff, dass er etwas unternehmen musste.

Vier Tage waren jetzt vergangen. Der Brand war gelöscht. Es war nicht normal, nichts zu wissen. Er musste sich mit Saso Laganà in Verbindung setzen, dem Mann, über den Don Rocco Stillitani ihn und seinen Vetter engagiert hatte. Sie mussten Saso fragen, wie es weitergehen sollte.

Giovanni stieß ihn an. »Verstehst du das?«

Pasquale schüttelte den Kopf. Nein, er verstand nicht. Er sagte nichts. Doch er machte ein erstauntes Gesicht.

Wer zum Geier waren die Toten im Wald? fragte er sich. Er erinnerte sich an die Schreie in der Nacht und an Bergomis Auto. Besorgt sah er sich um.

Saso Laganà hatte vielleicht eine Antwort auf seine Zweifel. Er musste sich so schnell wie möglich mit ihm treffen. Vielleicht war es aber auch das Beste, ihm aus dem Weg zu gehen und noch in dieser Nacht zu fliehen.

6

Tina stand auf, kurz bevor der Wecker klingelte. Sie kümmerte sich nicht um ihre Müdigkeit und hob die Jalousie zwei Fingerbreit an. Durch das offene Fenster drang der Geruch des Meeres, die Schreie der Möwen und das Knarren des Bahnübergangs.

Einen Augenblick später kam die krächzende Ansage des Bahnhoflautsprechers: Der Regionalzug nach Reggio Calabria Bocale, Abfahrt 7:23 Uhr, fuhr an Gleis zwei ab. Tina äffte die Stimme und das Ding-Dong-Geräusch nach.

Als sie hier einzogen war, hatte sie nicht schlafen können. Aber im Laufe der Zeit gewöhnte sie sich daran, und jetzt wirkte der Lärm schon fast beruhigend. Wirklich in Betrieb war der Bahnhof der O.ME.CA. nicht mehr. Der Warteraum war Vandalismus zum Opfer gefallen und diente als Hundeklo. Der Fahrkartenschalter war nur noch eine Abstellkammer, und Personal ließ sich schon lange nicht mehr blicken. Dennoch legten die Züge, die zur ionischen Küste fuhren, hier einen Zwischenhalt ein.

»Was für eine Scheißnacht«, dachte sie und rieb sich die Augen. Sie hatte kaum geschlafen. Es war einfach viel zu heiß. So war sie bei geöffneten Fenstern und heruntergelassenen Jalousien vor ihrem Laptop sitzen geblieben und hatte versucht, Pyrros zu erreichen. Aber Herr Mitsotakis schien sich in Luft aufgelöst zu haben. Tina stellte sich vor, wie er in einem halbseidenen Klub in Thessaloniki abstürzte, sich an einer Flasche Ouzo festhielt und bei irgendeinem verruchten Flittchen Trost suchte.

Wie hatte sie sich nur in so einen Typen verknallen können? Sie war fast dreißig, und er etwa zehn Jahre älter. Sie kannten sich kaum. Waren zwei Wochen zusammen gewesen, mehr nicht. Sie musste der Sache ein Ende bereiten.

Und doch verspürte sie das Bedürfnis, mit ihm zu sprechen. Über ihre Beklemmungen und das, was der Informant gesagt hatte. Dass er nichts über die Identität der Leichen wisse. Außer dass sie männlichen Geschlechts seien, zertrümmerte Schädel hätten, mit Plastik verschmolzen waren und jung wirkten. Alles Weitere würden die DNA-Untersuchung und der Befund des zahnmedizinischen Labors ergeben.

Sie öffnete die Jalousie und trat auf den Balkon. Die Luft war frisch, roch nach Pfirsichen und gesalzener Focaccia. Tina atmete tief ein und reckte sich. Sie drehte sich zum Meer, versenkte sich in seinen Anblick und versuchte, ihre schlechte Laune in die Wellen zu tauchen und untergehen zu lassen.

Sie beschloss, unter ihrem Kleid den Badeanzug anzuziehen. Als sie die Augen schloss und den Atem anhielt, hatte sie das Gefühl, sich bereits unter der Wasseroberfläche zu bewegen.

Giulio stapfte ungeduldig hin und her, als sie in den Hof kam, obwohl er es nicht eilig hatte, nach Agatea zu fahren. Auf der Motorhaube seines abgehalfterten Panda, den er neben Tinas Seicento geparkt hatte, hatte er ein kleines Frühstück ausgebreitet: ein fettiger Papierbeutel mit Hörnchen und zwei Plastikbecher Espresso.

»Fertig für die Landpartie?«, fragte sie ihn.

Sie stürzte den Espresso in einem Schluck hinunter und bedeutete ihm, ins Auto zu steigen. Giulio hatte gerade noch Zeit, das Frühstück einzusammeln. Mit quietschenden Reifen fuhren sie Richtung Fernstraße 106.

Sie fragte sich, ob sie Giulio von dem nächtlichen Telefongespräch mit dem Informanten erzählen sollte, beschloss aber, es zu lassen. Auch Giulio dachte nach und schwieg. Obwohl er sich eigentlich vorgenommen hatte, die Geschichte von Nino Vinci, dem Musiklehrer, zu erzählen, den er nach zehn Jahren wiedererkannt hatte.

Er kramte ein kleines Radio und einen Mini-Lautsprecher aus seinem Rucksack. »Macht es dir etwas aus, wenn ich Radio höre?«

Tina hatte nichts dagegen. Sie hörten den Schluss einer Nachrichtensendung. Im letzten Teil war von einem leichten Temperaturrückgang die Rede, von einem Wochenende voller Staus und von Bränden in ganz Süditalien. Die Sprecherin mahnte zur Vorsicht, um weitere Tragödien zu vermeiden. »Wie dieser Brand in Kalabrien vor einigen Tagen«, fügte sie mit trübseliger Stimme hinzu.

»Sieht aus, als sei die Nachricht raus«, bemerkte Tina.

Giulio hatte vergessen, die aktuelle Ausgabe der Zeitung zu kaufen. Er sagte es ihr, doch sie wollte lieber schnell nach Agatea fahren. Den Artikel würden sie später lesen.

An der Küste hinter Palizzi setzte das Radiosignal immer wieder aus. Der häufig unterbrochene Empfang störte nur noch. Giulio wechselt zur MP-3-Playlist. Zwischen den ganzen Emo-Punk-Belanglosigkeiten erkannte sie *Through the Monsoon* von Tokyo Hotel und *Girlfriend* von Avril Lavigne. Und vermisste fast schon Ninos Kiffer- und Retro-Musik.

Gegen zehn kamen sie an. Gleich nach der ersten Kurve hinter dem von Kugeln durchsiebten Ortsschild blickten Tina und Giulio sich ungläubig um. Sie waren zwar erst gestern hier gewesen, aber der Ort war kaum wiederzuerkennen.

»Was ist das denn? Ein Hollywood-Studio?«, bemerkte Tina, als sie endlich einen Parkplatz gefunden hatte. Sie quetschte den Seicento zwischen den Bus des öffentlichen Fernsehsenders Rai und den Wagen des lokalen Privatsenders Telespazio Calabria. Die am Freitagnachmittag noch verlassenen Straßen wimmelten nur so vor Presseleuten. Alle streckten sie ihre Handys in die Luft, doch keines hatte Empfang. Sie wirkten wie Marionetten an unsichtbaren Fäden.

»Arme Idioten«, sagte Tina.

Giulio zeigte auf die Straße, die sich um den Monte Comito wand und zum Tatort führte, wo sie gestern gewesen waren. Weit oben war eine lange Autoschlange zu erkennen.

»Lohnt sich nicht«, schnaubte ein Mann neben ihnen mit Turiner Akzent. »Die Polizei hat alles abgesperrt und die Leichen sind längst weg. Hab ich heute mehr als eine Stunde mit vergeudet.«

Tina zuckte mit den Schultern. Der Mann sprach weiter: »Die Type von der Lokalzeitung hat gestern ganz schön Schwein gehabt.«

Tina antwortete nicht, sondern nickte nur zustimmend. Giulio mühte sich, sein Lachen zu unterdrücken. Sie überquerten die Hauptstraße von Agatea in Richtung der Bar an der Piazza, erkannten aber schon aus der Ferne, dass es keinen Sinn machte. Am Eingang drängten sich die Kollegen wie die Fliegen. Sie bogen in eine Nebenstraße. Tina mochte keine Menschenmengen, auch nicht im Stadion. Sie konnte sich nicht daran gewöhnen, aber sie ertrug es. Doch hier in Agatea verdarben die Journalisten und Kameraleute die Stimmung des Ortes. Sie wanderten wie orientierungslose Statisten über eine Bühne, auf der die richtigen Schauspieler fehlten. Kaum war die Presse gekommen, hatten sich die Einwohner Agateas in ihre vier Wände zurückgezogen.

»Wir sind zu viele«, sagte Tina. Sie überlegte, wie sich die Leute in ihrem eigenen Ort angesichts einer solchen Invasion verhalten würden. In Màrnoli hätten sie sich auch verkrochen. Zumindest die Älteren. Sie hätten sie verflucht, diese aufdringlichen Schnüffler und diese verdammten Fotoapparate, die einem die Bilder und die Seele klauten. Warum zum Teufel sollten sie sich Unannehmlichkeiten bereiten, indem sie mit

Journalisten sprachen? Die kamen doch nur, um zu tratschen, herumzuschnüffeln und zu mäkeln. Wann hatte man die hier schon mal gesehen? Wozu ihnen vertrauen?

Tina dachte daran, wie ihre Eltern oder ihre Großmutter reagiert hätten. Dann blieb sie vor einem Lebensmittelladen stehen: Die Erinnerung an Màrnoli hatte sie auf eine Idee gebracht. Und da ihr Magen knurrte, beschloss sie, das Angenehme mit dem Nützlichen zu verbinden.

»Willst du was essen?«, fragte sie Giulio.

Der lehnte ab, noch dabei, die Hörnchen zu verdauen. Tina betrat das Geschäft. Der Fotograf folgte ihr und beobachtete, wie sie durch den Laden schlenderte. Sie ging nicht direkt auf den Tresen zu, sondern lief im Laden umher und wartete, bis der Verkäufer sie ansprach.

Der Alte musterte sie von Kopf bis Fuß. Schließlich fragte er, ob sie etwas Bestimmtes suche. Erst dann drehte sich Tina zu ihm und lächelte, den Blick gesenkt. Sie antwortete im tiefsten Dialekt und benutzte Worte, die Giulio nur ungefähr verstand. In einem einzigen Augenblick legten sich achtzehn im Herzen des Aspromonte verbrachte Jahre auf ihre Zunge. Giulio erahnte, dass sie ein Brot mit eingelegten Auberginen und Schweinswurst bestellt hatte. Der Alte beäugte Tina misstrauisch. Doch er musste den Bergdialekt wiedererkannt haben, auch wenn es der von der anderen, der tyrrhenischen Küste war.

»Welche sollen es denn sein?«, fragte er.

Mit falscher Arglosigkeit zeigte er auf zwei Behälter mit eingelegten Auberginen. Beide Töpfe waren ölig. Auf dem kleineren, weniger verschlissenen war der Ursprungs- und Verpackungsort der Auberginen vermerkt. Der andere, größere, trug kein Etikett und starrte vor Schmutz. Tina zögerte keinen Augenblick und zeigte auf den zweiten. »Diese natürlich«, sagte sie, als würde sich die Frage erübrigen.

Der Alte grinste zufrieden und holte die Auberginen aus dem Topf: »Selbst eingelegt«, sagte er stolz. Dann kam, während er die Wurst schnitt, die Frage, auf die Tina gewartet hatte. Er habe sie noch nie hier oben gesehen. Zu wem sie denn gehöre?

Tina wusste, im Aspromonte gehörte man immer zu irgendwem. Familie ist Eigentum, Familienzugehörigkeit ein Garantiestempel. Sie sei aus Màrnoli, einem Ort hinter Sant'Eufemia d'Aspromonte, erklärte sie. Ihr Vater war Micu, *u figghiu i Peppi u v'ddanu*. Ihr Stammbaum sagte dem Verkäufer herzlich wenig, stellte ihn aber dennoch zufrieden. Er nickte und behielt sie im Auge, während er ihr das Brot reichte.

Sie bewunderte zufrieden die Ciabattina und biss hinein. »Maria, *u sapiva*«, bemerkte sie mit zufriedenem Gesicht, »*ogghiu santu*!«

Der Alte lächelte. Er habe seinen besten Peperoncino genommen, um das Öl zu würzen. Die Schärfe ertrage nur, wer sie von Kindheit an gewöhnt sei. Tina hatte den letzten und entscheidenden Beweis ihrer kalabrischen Herkunft erbracht. Jetzt konnte sie offen reden.

Sie fragte den Verkäufer, ob er in den letzten Tagen einen jungen Mann gesehen habe, der ihr ähnlich sehe. Ihren Vetter, um genau zu sein. Er werde seit einer Woche vermisst. Seit sie vom Unglück der zwei Brandopfer gehört habe, mache sich die Familie noch mehr Sorgen als vorher. Sie beschrieb ihren erfundenen Vetter bis ins kleinste Detail: etwa achtzehn Jahre alt, nicht sehr groß, ziemlich hager, mit derselben Augenform wie sie und einem kaputten Schneidezahn.

Der Alte schüttelte den Kopf, versicherte ihr aber, dass keiner der beiden Toten dort oben ihr Vetter sein konnte. »Das waren Fremde«, sagte er mit geschlossenen Augen.

»Cuncettina«, rief der Alte, um seine Behauptung zu beweisen. »Cuncettinaaa, komm mal.« Aus dem Hinterzimmer kam eine rundliche Frau, etwa vierzig, mit hellen Augen und Damenbart.

»Reden Sie mit meiner Kleinen«, sagte der Alte.

Tina erklärte auch der Tochter Concetta ihr Problem. Dabei fügte sie noch einige dramatische Einzelheiten hinzu: ihre Tante, die seit Tagen völlig verzweifelt war, die Kusine, die nichts mehr essen wollte, den vor Schmerz verstummten Onkel.

Die Frau ließ sie reden. Dann sagte sie, dass es ihr leid tue, aber wenn das alles wegen der zwei verkohlten Toten sei, brauche sie sich keine Sorgen zu machen. Sie zählte an ihren Fingern ab und erklärte, vor einigen Tagen, um genau zu sein vor sechs, seien zwei Fremde in den Ort gekommen. »*Figghioleddi* «, sagte die Frau, höchstens achtzehn.

Tina machte ein zerknirschtes Gesicht. Ihr Vetter sei auch achtzehn, sagte sie.

Aber die Frau bestand darauf, dass keiner der beiden ihr Vetter sein könne. Die beiden hätten eine fremde Sprache gesprochen und kein Italienisch verstanden. Es sei nicht leicht gewesen, sich mit ihnen zu verständigen. Ihr Vater hätte es aufgegeben, Concetta sei zum Glück etwas geduldiger gewesen. Sie hatten auf Vorrat eingekauft. Einer der beiden hätte sich auf das von ihr zubereitete Brot gestürzt, als hätte er schon tagelang nichts mehr zwischen die Zähne bekommen. Concetta hatte versucht, ihm zu sagen, dass er lieber etwas langsamer essen solle, aber der hatte nicht zugehört. Nach dem ersten Bissen habe er rote Augen bekommen, sich auf die Brust geschlagen, die verbrannte Zunge rausgestreckt. Er habe furchtbar geflucht, aber ohne dass man irgendetwas verstanden habe. Der andere, ein Lockenkopf, habe ihn ausgelacht.

»Schienen etwas krank«, fügte sie hinzu.

»In welchem Sinne«, fragte Tina.

»*Ricchiuni*«, liebeskrank, diagnostizierte Concetta. Dabei senkte sie die Stimme und wedelte mit dem Zeigefinger hinter dem Ohr.

Passte das zur Beschreibung von Georgios und Stamatios? Pyrros hatte nicht erwähnt, dass die beiden schwul sein könnten. Aber Tina wusste, dass Homosexualität nichts war, was es in den Umkleideräumen der Fußballstadien nicht geben würde, eher im Gegenteil. »Ich danke Ihnen«, sagte sie, um das Spiel zu beenden, »im Namen meiner ganzen Familie.«

Tina und Giulio verließen das Geschäft und sahen sich an.

»Hierbleiben bringt uns jetzt nicht mehr weiter. Lass uns in die Redaktion zurückfahren«, sagte Tina. »Vorher würde ich aber gern mal ins Wasser, wenn du nichts dagegen hast.«

Giulio hatte überhaupt nichts dagegen. Sein Fantasiebild von Tina im Badeanzug verschwand allerdings sofort, als er den ersten Schuss hörte.

7

Auf den ersten folgte ein zweiter und dann ein dritter. Dann ertönte das Röhren der Motoren. Die erste Reihe der Journalisten auf der Piazza hatte gerade noch Zeit, ihre Kameras auf die Motorradfahrern zu richten, die in der Nebenstraße lauerten. Auf jedem saßen zwei Mann, ganz in Schwarz, mit leuchtenden Helmen und gesenktem Visier. Die Gewehre hoben sich protzig von ihren Umrissen ab.

Wenige Sekunden später legten die Fahrer den ersten Gang ein, ließen die Kupplungen ihrer Maschinen kommen. Die Auspuffrohre spien Abgase, die Reifen quietschten auf dem Asphalt und die Motorräder schossen pfeilschnell durch die Gassen von Agatea, während die Beifahrer mit Pistolen- und Maschinengewehren in die Luft ballerten.

Tina beobachtete einen Ausschnitt dieses Schauspiels aus einer Querstraße, auf der sie entlangliefen, als der erste Schuss knallte. Sie sah einige ihrer Kollegen blass werden und wie angewurzelt stehen bleiben.

Andere versteckten sich hinter Autos und wieder andere rannten los, um in einer der Gassen Deckung zu suchen. Einer von ihnen stieß, völlig aufgeschreckt, mit ihr zusammen. Tina fiel auf den Hintern. Der Journalist ignorierte ihre Flüche und rannte weiter.

Giulio half ihr auf die Beine. »Alles in Ordnung?«, fragte er besorgt. Sie antwortete nicht, sprang auf und stieß ihn zum Seicento.

Die Motorradfahrer nahmen die Straßen und Gassen von Agatea in Beschlag wie Stiere beim San-Fermín-Fest in der Altstadt von Pamplona. Sie hatten offenbar die Absicht, den Journalisten Angst einzujagen. Tina erinnerte sich an einen Vorfall in Neapel, als ein rumänischer Straßenmusiker bei einer solchen Imponieraktion sein Leben gelassen hatte. Getroffen von einem Querschläger.

Sie rannten zum Seicento, die Bresche nutzend, die das letzte Motorrad durch die Menge geschlagen hatte. Links und rechts von ihnen pressten sich Journalisten gegen die Mauern. Einige versuchten gar unter die Autos zu kriechen. Als sie den Seicento erreicht hatten, war es schon wieder still. Die Motorradfahrer schienen sich in Luft aufgelöst zu haben. Sie stiegen ins Auto, wo es schier zu heiß zum Atmen war.

»Verstehst du, was das soll?«

Tina schüttelte den Kopf. Beide trieften vor Schweiß.

Giulio kam wieder zu Atem und sah sich die Fotos an, die er in den letzten Minuten aus verschiedenen Winkeln geschossen hatte. Die ersten hatte er auf der Seitenstraße gemacht, von der die Motorradfahrer auf die Hauptstraße und dann weiter auf die Piazza gerast waren. Dann kamen Fotos, die er geschossen hatte, während sie zum Auto rannten. Fast die Hälfte der Bilder war verwackelt. Man sah Fernsehleute, im Begriff, ein Interview zu führen, um dann gemeinsam mit ihren Gesprächspartnern loszurennen; Fotografen, die ihre Stative umklammerten und die Beine in die Hand nahmen; türmende Reporter, die völlig verängstigt wirkten, als würden sie vor einem Tsunami fliehen. Und die Motorräder, die Fahrer, alle schwarz, die Nummernschilder überklebt.

»Wie viele waren das?«, fragte Tina. »Fünf?«

»Mehr«, sagte Giulio, die Fotos betrachtend. »Mindestens sieben.«

Tina schielte mit einem Auge auf die Fotos, mit dem anderen behielt sie die Straße im Blick. Draußen bildeten sich kleine Menschentrauben. Dem Augenschein nach war niemand ernsthaft verletzt, nur ein paar Kratzer und jede Menge Angst. Sie schöpfte Mut und stieg aus, um sich einer der Journalistentrauben anzuschließen. Gerade rang sich der erste Kollege dazu durch, den Vorfall zu kommentieren. Der schmächtige *Foglio*-Korrespondent meinte, wenn dieses Karnevalstreiben Zufall sei, dann sei er der dicke Giuliano Ferrara höchstpersönlich.

Niemand lachte über den Spruch, aber alle hatten plötzlich eine Meinung. Manche sprachen von einem Denkzettel der 'Ndrangheta, andere waren davon überzeugt, dass es sich um ein Ablenkungsmanöver handle. Wieder andere neigten zur These, dass es ein Streich der Ortsjugend sein könne. Alle beklagten, dass die Polizei nicht eingeschritten war, obwohl sich das Spektakel vor ihren Augen abgespielt hatte. Die angespannte Stimmung in Agatea war überdeutlich zu spüren.

Tina kehrte zum Auto zurück, wo Giulio auf sie wartete. Er saß auf der Motorhaube und sah sich immer noch die Fotos an.

»Ich weiß, eine richtige Journalistin würde bleiben«, sagte Tina. »Aber ich hab jetzt meine Meldung. Wollen wir los?«

Giulio nickte und stieg ins Auto, ohne die Augen von seinen Fotos zu nehmen.

Sie parkten ein paar hundert Meter vor dem Tunnel von Riace Capo d'Armi, leider nicht dem Riace der berühmten Bronzestatuen. Tina fuhr von der 106 ab und versuchte gar nicht erst, einen schattigen Platz zu finden. Auf der Höhe der Bahnunterführung entdeckte sie eine Parklücke, die für den Seicento wie gemacht schien. Kaum war sie ausgestiegen, rannte sie auch schon zum überfüllten Strand.

Sie zögerte im Anblick der Masse von Badenden.

»Versuchen wir's bei den Felsen?«, fragte sie Giulio, der hinter ihr hereilte. Er ruderte Einverständnis signalisierend mit den Armen.

Tina hielt auf die Felsgruppe zu ihrer Rechten zu. Eine schwer zu erreichende Stelle, an der sich fast nur junge Paare, zumeist Homosexuelle, aufhielten, die nicht gestört werden wollten.

»Was meinst du?«, fragte sie, zwischen zwei Felsen balancierend. Sie zeigte auf einen von den Wellen ausgefressenen, algenbedeckten Vorsprung, der direkt zum Wasser führte. Giulio stimmte zu, schien aber nicht sonderlich begeistert.

»Mach schon!«, spornte Tina ihn an.

Sie erreichten die kleine Bucht und Tina zog sich aus.

»Los, runter mit den Klamotten!«, forderte sie Giulio auf. Der schüttelte den Kopf. »Kommst du nicht mit?«, fragte sie verdutzt. Sie begriff nicht, wie man bei dieser Hitze auf ein Bad verzichten konnte. Vielleicht schämte sich Giulio, sich ihr in Unterhosen zu zeigen.

»Masochist«, legte sie nach, warf ihre Kleider aufs Geratewohl übereinander und sprang ins Wasser. Sie fühlte sich wie neugeboren.

Giulio sah, wie sie nach einer halben Ewigkeit wieder auftauchte, um Luft zu holen. Bestimmt dreißig Meter hatte sie zurückgelegt. Er konnte hören, wie heftig sie einatmete. Er blickte sich um. Vielleicht hatten auch andere bemerkt, wie lange sie unter Wasser war, und sich Sorgen gemacht. Doch die Paare hier waren mit anderen Dingen beschäftigt. Hinter einem Felsen knutschten ein Mann und eine Frau. Er versuchte, die Hand unter ihren Badeanzug zu schieben.

Giulio richtete seinen Blick wieder auf Tina, beobachtete ihre versessen wirkenden Schwimmstöße. Lichtreflexe tanzen um sie herum auf den Wellen. Zeitweise verschwand ihre Silhouette hinter den Felsen der Landzunge. Dann ging er ein paar Schritte zur Seite, bis er sie wieder im Blickfeld hatte. Jetzt schien sich ihr Eifer zu legen. Ihre Züge wurden ruhig und sorglos. Sie drehte sich auf den Rücken und ließ sich treiben.

»Wo bleibst du?«, hörte er sie rufen, während sie von einer Position in die andere wechselte. »Spring rein, los!«

Sie musste bemerkt haben, wie er sie anstarrte. Er schämte sich. »Nein, nein, ich pass auf die Sachen auf«, rief er auf die Kleider deutend.

»Es ist wunderbar«, Tina, winkte ihm zu. »Los, hab keine Angst.«

Giulio ruderte erneut mit den Armen, um das Angebot noch einmal auszuschlagen.

Einige Minuten später stieg sie aus dem Wasser, lief auf ihn zu und bespritzte ihn beim Ausschütteln der Haare. Sie legte sich rücklings in den Sand. Er schaute sie an und fuhr zusammen. Natürlich war ihm Tinas voller Brusen schon aufgefallen. Doch nun, beim Anblick dieses nassen, leicht fröstelnden Körpers, stockte ihm der Atem. Wie sexy, wenn sie sich mit klappernden Zähnen über Bauch und Schenkel streifte, um sich die Wasserperlen von der Haut zu streichen! Giulio lief puterrot an und versuchte alles zu unterdrücken, was ihm durch den Kopf schoss.

»Ich geh mal eben was erledigen«, sagte er und stand auf.

Tina blieb liegen, die Augen geschlossen. Wegzugehen schien ihm die einzige Möglichkeit, sie nicht wie ein Irrer anzuglotzen. Aber nachdem er ein paar Schritte von ihr weg war, konnte er der Versuchung nicht widerstehen, ein paar Fotos zu machen, wie ein Paparazzo.

»Schau mal, was ich mitgebracht habe!« rief er stolz, als er fünf Minuten später zurückkehrte.

Tina schien sich nicht bewegt zu haben. Sie öffnete die Augen und blickte auf die aktuelle Ausgabe des *Quotidiano.* Auf der ersten Seite prangte ihr Artikel, mit Giulios Fotos. Nur die Überschrift hatten sie geändert. *Tödliches Feuer,* stand in großen Lettern über dem Text.

Ihre Story, ihre erste große Story. Mehr würde ihr nicht vergönnt sein, wenn sie wieder zu ihrem üblichen Thema zurückkehrte. Sie las den Artikel noch einmal. Gedruckt und im Titelseitensatz kam er ihr irgendwie anders vor. Auch Giulios Foto wirkte knallhart, sehr professionell.

»Kompliment«, sagte Giulio.

»Die Hand drauf, Kumpel«, antwortete sie. Ihr Busen bebte, als sie einschlugen. Giulio wandte sich ab, im Versuch das Erzittern ihre Brüste zu ignorieren. »Das Meer hat den Strand verschlungen«, sagte er und zeigte auf eine Bucht zu seiner linken.

»Stimmt, vor zwanzig Jahren sah es hier noch ganz anders aus«, bestätigte sie.

Er begann von seinen Eltern zu erzählen, die früher in dieser Gegend ein Haus gemietet hatten.

»Wenn du nicht ins Wasser willst, trockne ich mich jetzt ab und wir gehen. Die Pflicht ruft«, sagte Tina.

Giulio wusste nichts zu erwidern. Er wäre lieber geblieben, um neben ihr in der Sonne zu schmoren und zuzusehen, wie die Meeresströmungen ineinander flossen, um am Horizont die Silhouette des stillgelegten Salzwerks zu fixieren oder den Kopf zurückgelegt, den bedrohlich wirkenden Felsvorsprung von Leucopetra anzustarren, der wie eine Guillotine über ihnen drohte.

Leucopetra, der »weiße Fels«. Warum die alten Griechen ihn wohl so genannt hatten? Vielleicht war die kalkgraue Masse damals leuchtend hell? »Nein, lass uns bleiben«, hätte er gerne geantwortet. Er wollte nichts weiter tun, als neben ihr verharrend den Blick über das Meer schweifen lassen.

Am frühen Nachmittag trafen sie in der Redaktion ein, ausgetrocknet und hungrig.

Rosalba reagierte nicht einmal, als sie vorbeiliefen. Es war zwar nicht so heiß wie am Tag davor, aber sie wirkte trotzdem tranig. Tommaso dagegen richtete sich auf, sobald sie den Raum betraten. Dann bemerkte er ironisch: »Schaut mal, wer da ist … Unsere Stars, die Journalistin des Jahres und der Gewinner des Pulitzer-Foto-Preises.«

Tina meinte, einen Hauch von Neid herauszuhören, spielte aber mit: »Tja, wir hatten eigentlich mit einem angemessenen Empfang gerechnet: eine Band, ein Buffet, was weiß ich …«

Gigi Barreca applaudierte aus seinem Sessel. »Bravo! Bravo! Gibt's Neuigkeiten?«, fragte er.

»Ich muss mit dir reden«, antwortete sie ernst.

»Nachdem du deine E-Mails kontrolliert hast, Romeo«, überraschte die Polimeni sie von hinten. Tina zuckte zusammen. Die Polimeni hatte sich wie eine Schlange an sie herangeschlichen. »Glaub nicht, dass dich dein heutiger Auftritt von den Niederungen der Redaktionsarbeit befreit«.

»Nein, nein. Genau genommen wollte ich auch mit …« Sie stockte. Wie immer wusste sie nicht, ob sie die Polimeni duzen oder siezen sollte.

»Mit mir sprechen?«, vollendete die Polimeni den Satz. »Du weißt, wo du mich findest.« Sie zeigte auf Verducis Arbeitszimmer.

Barreca versäumte nicht, die Polimeni zu necken: »Lucy, hast du Tina schon von Verduci erzählt?«

»Wann hätte ich ihr das denn sagen sollen? Durch Gedankenübertragung?«, platzte es aus der Polimeni heraus. »Kümmere du dich drum, Gigi, tu mir den Gefallen.«

»Alle einmal herhören! Verduci, unser geliebter Redaktionsleiter, hat sich an seine armen Schäfchen erinnert«, erklärte Barreca mit höhnischem Unterton. »Er hat heute Morgen angerufen, der Frohsinn in Person. Er hat von deiner Story gehört und gratuliert dir aufs herzlichste.«

Tina konnte sich ein Lächeln nicht verkneifen, korrigierte aber ihren älteren Kollegen: »Er gratuliert *uns*, meinst du wohl«, sagte sie und zeigte auf Giulio.

Gigi Barreca fuhr etwas verlegen fort: »Natürlich, natürlich … Er gratuliert *euch*, allen beiden.«

Von Giulio erntete Tina einen dankbaren Blick. Sie vergaß ihn nicht, wie die anderen es taten, dachte er.

»Tina, schau dir die Sachen an, die du schnell noch für Lucy erledigen sollst«, redete Gigi im väterlichen Tonfall weiter. »Schreib den Artikel über Agatea, danach reden wir.«

»Das geht nicht«, sagte Tina. »Über eben den Artikel wollte ich mit dir reden … und vielleicht auch mit ihr.«

»Erst die Pflicht«, wiederholte Gigi mit Nachdruck.

Giulios Magen knurrte so laut, dass es in der ganzen Redaktion zu hören war.

»Und ruft mal im Restaurant an und bestellt euch was zu essen«, fügte Gigi hinzu, bevor er vom Schreibtisch aufstand und in seinem Pinguinschritt davonlief, um sich mit der Polimeni zu besprechen.

Gesendet: Di, 18. Aug 2009, 09:18
Von: lucinapolimeni@ilquotidiano.it
An: concettaromeo@ilquotidiano.it
Betreff: 3 kleine sachen

Romeo,
überprüf mal diese drei Meldungen & schreib die Artikel.

1) Autobahnunfall Höhe Dreieck Scilla. Beteiligt: bekannter Apotheker aus Reggio (Santoro?) und Arzt orthopädisches Krankenhaus (wer?). Feuerwehreinsatz erforderlich, um Doktor aus Auto zu befreien (Toyota Yaris?). Feuerwehr und Krankenh. anrufen.
2) Vorbereitungen Bischofsbesuch Ionische Küste San Gregorio-Lazzaro, Besuchsprogramm, Kirchenweihen und heilige Messen (max. 500 Zeichen). Erzbischofskurie anrufen.
3) Genehmigung Palmi-Gremium: Einrichtung Fair-Trade-Geschäft im alten Gemeindefischmarkt, geplante Sanierung der Anlage, jetzt marode. Interviews Geschäftseigentümer (»Neuer Handel« oder »Andere Welt«? Weiß nicht mehr. Bei beiden probieren), auch Bürgermeister Palmi und/oder Stadträte.

Tina las die E-Mail mit einem Gesichtsausdruck, als würde sie Rizinus-Öl schlucken. Sie beschloss, auf Tommasos Solidarität zu setzen.

»Erzähl mir nichts, ich bitte dich«, unterbrach er sie, bevor sie loslegen konnte. Immerhin hatte sie eine große Story geschrieben, er dagegen …

»Verstehst du, was ich sage?«, fragte er, ohne seine Entrüstung zu verbergen. »Ich dachte, ich sei hier angestellt worden, damit ich mich um die Kultur kümmere. Weißt du, wovon mein heutiger Artikel handelt?« Er raufte sich die wenigen verbliebenen Haare. »Von einer Art Corrida.

Stierkampf! Verstehst du? Wild gewordene Dilettanten. Und ich muss darüber schreiben. Genug ist …«

Gigi Barreca kam in den Raum zurück und überhörte geflissentlich die letzten Worte. »Wenn es dir zu viel wird, können wir einen Teil von Michele schreiben lassen. Gestern war er ganz zufrieden.«

Tommaso blickte hoffnungsvoll zur Decke.

Gigi verpasste ihm einen Dämpfer: »Ich rede mit Tina.«

Tina wandte den Blick vom Bildschirm. »Wirklich? Vielleicht könnten wir ihm …« Sie stockte. Sie wusste nicht, welche der drei Meldungen sie loswerden wollte.

»Wie viele sind es denn?«, fragte Gigi.

Tina streckte nacheinander Zeige-, Mittel- und Ringfinger aus.

»Sollen wir sie alle von Michele schreiben lassen?«, fragte er leise.

»Wenn das geht …«

Gigi hob den Telefonhörer ab, blätterte in seinem Telefonbuch und wählte die Nummer. Michele Scordo nahm sofort ab. Er schien nur darauf gewartet zu haben. Er versprach, die Artikel bis acht Uhr zu liefern.

»Hat geklappt«, sagte Gigi beim Auflegen.

Tina frohlockte. Sie konnte sich dem Sport und Agatea widmen. In einer Dreiviertelstunde war sie mit den Sportartikeln durch. Im ersten schrieb sie über die Reggina, den Fußballclub von Reggio, sowie die letzten Vorbereitungen für die Zweitligameisterschaft. Sie ging auf die neu eingekauften und ausgeliehenen Spieler ein und die neue Offensivtaktik des Trainers. Im zweiten Artikel ging es um die lokalen Segelvereine und ihre Saisonplanung nach der Regatta auf der Straße von Messina, die von der Via Marina aus zu beobachten war.

»Fertig«, rief Tina Richtung Gigi und speicherte den letzten Artikel.

»Lass uns einen Moment rausgehen«, schlug er vor.

Sie willigte ungeduldig ein.

»Sollen wir Giulio mitnehmen?«, fragte er.

»Vielleicht später. Ich würde lieber kurz mit dir allein reden.«

»Lad mich auf einen Espresso ein«, sagte sie vor der Bar an der Ecke. Am Tresen entschied sie sich für einen Caffè Shakerato.

Beim Bezahlen schimpfte Gigi auf diese modernen Mätzchen. Dann er nahm sie beim Arm, und sie zogen einmal um den Block und quer über den Domplatz Richtung Kirche. Der Haupteingang stand offen. Orgelklänge tönten nach draußen.

»Gehen wir rein?«, fragte Tina.

»Müssen wir?«

Mit Religion hatten beide nichts am Hut, auch wenn Tina ihre religiöse Erziehung, den Katechismus und die Sonntagsmessen an der Seite ihrer Mutter nie vergessen würde.

Sie liefen den Gang des Kirchenschiffes entlang bis zur Orgel und weiter zur Sakristei.

»Willst du beichten?«, fragte Gigi leise.

»Nein, kein Bedarf nach Absolution«, sagte Tina, immer noch leicht nervös. Dann fasste sie sich ein Herz und erzählte von den eingeschlagenen Schädeln, von denen der Informant letzte Nacht berichtet hatte, von den Beobachtungen der Verkäuferin in Agatea, mit der sie heute Morgen geredet hatte, und vom Motorradüberfall. Gigi hörte ihr zu, ohne sie zu unterbrechen, wenn sie ins Stocken geriet.

»Hat er wirklich ›eingeschlagene Schädel‹ gesagt?«, fragte er zum Schluss, in der Hoffnung, sie falsch verstanden zu haben.

»Ja, das hat er gesagt. Oder etwas Ähnliches.«

»Aber warum hast du ihn denn angerufen?«, fragte Gigi leicht verärgert. Er hatte ihr geraten, sich nur in dringenden Fällen an den Informanten zu wenden.

»Er war es, der mich zurückgerufen hat«, rechtfertigte sich Tina.

»Und heute? Hast du schon von ihm gehört? Jetzt könntest du ihn ja fragen, ob er deine Theorie bestätigen kann«, sagte Gigi. »Jetzt, wo …«

Tina war sich nicht sicher, ob er das ernst meinte. Sie flüsterte ihm zu, sie nach draußen zu begleiten, zog das Handy aus der Tasche und wählte auf Höhe der Paulus-Statue die Nummer, die sie unter dem Namen »Agatino« gespeichert hatte. Er ließ sie gewähren, nahm seine Hand von ihrem Arm und ging diskret ein paar Schritte zur Seite. Offenbar hatte er es ernst gemeint. Der Anruf zu Agatino ging durch, doch niemand nahm ab. Die elektronische Ansage erklärte, der Teilnehmer sei nicht zu erreichen.

»Nada«, flüsterte Tina und hielt Gigi das Display entgegen.

»Wir müssen sofort mit Luciana reden«, sagte Gigi.

Die Besprechung fand in Verducis Arbeitszimmer statt. Die Polimeni zeigte sich unbeeindruckt. Offenbar kannte sie schon alle Einzelheiten, über die Tina berichtete. Nur der Motorradüberfall schien sie in leichtes Staunen zu versetzen.

»Anscheinend haben sich Don Rocco und Don Peppe geeinigt«, bemerkte sie.

»Ich bin nicht davon überzeugt«, sagte Barreca. »Ich glaube das nicht.«

Tina begriff, dass sie über die beiden Paten der Gegend sprachen.

»Außer der Motorradattacke hast du nichts Merkwürdiges beobachtet?«, fragte Poliwoman.

»Ich konnte ja schlecht … Mit diesen Irren an den Fersen.«

»Ruf noch mal an, los!«, unterbrach sie die Polimeni.

»Lucy!«

»Lass es, Gigi. Romeo, ruf noch mal unsere Quelle an!« Die Polimeni bezeichnete ihren Spitzel als »Quelle«. Das klang eleganter, professioneller: »Wenn du durchkommst, lässt du es zweimal klingeln und legst auf. Dann machst du das noch mal und wartest.«

Tina gehorchte. Als das Freizeichen ertönte, ließ sie zweimal klingeln, legte auf und wiederholte den Vorgang.

»Und jetzt warten wir«, sagte die Polimeni.

Wenige Augenblicke später brummte das Handy. Das Display zeigte einen Anruf von Agatino. »Ich höre«, meldete sich der Informant mit genervter Stimme. »Ich hoffe, Sie haben mir etwas zu sagen! Von meiner Seite gibt es nichts Neues, sonst hätte ich angerufen.«

»Können Sie bestätigen, dass es sich bei den beiden Opfern um Griechen handelt?«

»Denken Sie an die zwei verschwundenen Fußballspieler?«

»Elytis und Seferis.«

»Die Polizei hat die Zusammenarbeit mit dem Kommissariat von Thessaloniki beantragt. Die Knochen helfen ihnen bislang nicht weiter, aber ich kann Ihnen versichern, dass in den letzten dreißig Jahren in Italien niemand mehr solche Zahnfüllungen bekommen hat …«

»… dann waren es entweder keine Jugendlichen, oder sie kamen aus dem Ausland.«

»Dass es Jugendliche waren, habe ich Ihnen gestern schon gesagt, und ich kann es Ihnen noch mal sagen.«

»Eine andere Sache«, sagte Tina. »Diese Motorräder heute …«

Das Gespräch brach ab.

Tina legte das Telefon auf den Tisch.

»Kann sein, dass es sich um die beiden Fußballer handelt.« Eine Sekunde später korrigierte sie sich: »Ist sogar sehr wahrscheinlich.«

Sie berichtete von den Einzelheiten des Telefonats.

»Perfekt«, sagte die Polimeni.

Tina sah sie aus dem Augenwinkel an. »Was ist denn daran perfekt?« Und fragte sich, wie sie es Pyrros erzählen sollte.

»Romeo, du hattest zwei unbestätigte Meldungen: die Griechen und die eingeschlagenen Schädel. Wolltest du einen Artikel schreiben, der nur aus Mutmaßungen besteht? Jetzt kannst du mit der Spur der Fußballspieler beginnen und eine schöne, pathetische Sportlerbiografie schreiben. Die eingeschlagenen Schädel heben wir uns noch ein wenig auf … Vielleicht bis zum Tag vor der Veröffentlichung des offiziellen Autopsie-Befunds, oder?«

Tina nickte. Die Polimeni war vielleicht ein Arschloch, aber sie verstand ihr Geschäft.

»Dann geh ich mal …« sagte Tina und stand auf.

»Ach so, wegen der Motorräder«, hielt die Polimeni sie zurück. »Du schreibst am besten nur eine Kurzmeldung, nicht viel, drei Zeilen, als skurrile Anekdote.«

Tina kehrte an ihren Schreibtisch zurück. Sie kontrollierte ihre Mails und sah eine Nachricht von Pyrros. Ihr Herz begann zu klopfen. Das war die Quittung für die bösen Gedanken, die sie ihm letzte Nacht geschickt hatte. Bevor sie ins Bett gegangen war, hatte sie ihn unmissverständlich zum Teufel gewünscht.

Ihr sechster Sinn hatte nicht versagt. Sie hatte ihn richtig eingeschätzt. Herr Mitsotakis hatte tatsächlich die Nacht in einem Klub verbracht und getrunken. Nur ohne Flittchen. Er hatte sich mit dem Vater von Georgios betrunken, dem Mann, der ihn ein paar Abende vorher noch geschlagen hatte. Der Alkohol hatte beiden gut getan, schrieb Pyrros, so war es ihm jedenfalls vorgekommen.

Heute dagegen brummte sein Schädel. Ihr lief ein Schauer über den Rücken, als sie seinen englischen Ausdruck dafür las: »*a broken skull*«.

Jedenfalls weilte er noch unter den Lebenden. Sie atmete auf. Ihre Antwort fiel knapp aus: »*I'm working now. See u later. With love, T.*« Sie wusste, dass es kein leichtes Skype-Telefonat werden würde, das ihr am Abend bevorstand.

Den fertigen Artikel gab sie Gigi zu lesen, der zwei Kleinigkeiten verbesserte, die zu sehr nach »Krimi« aussahen. Dann schickte sie ihn zum Umbruch an den Grafiker, der noch die Fotos einbaute.

»Es reicht«, sagte sie und streckte sich.

»Geh nach Hause«, riet ihr Gigi. »Du siehst aus wie ein Panda-Bär, mit deinen Augenringen.«

»Zu Befehl«, antwortete Tina. Sie verließ die Redaktion mit einem flüchtigen Gruß.

»Bis morgen«, rief ihr die Polimeni hinterher.

Giulio hätte ihr gern vorgeschlagen, mit ihm ein Bier zu trinken, aber er war körperlich nicht dazu in der Lage, die Einladung auszusprechen.

Sein Fiat stand auch noch bei ihr im Hof. Aber Tina war schon weg. Er würde sich später mit ihren Fotos im Bikini trösten, dachte er wehmütig.

Auf der Via Marina herrschte das reinste Chaos. Tina ärgerte sich, ausgerechnet dort geparkt zu haben. Sie arbeitete sich im Schritttempo bis zum Circolo Velico vor. Wenn sie besser gelaunt gewesen wäre, hätte sie sich an den Absonderlichkeiten erfreuen können, die die lokale Fauna zu bieten hatte: durchtrainierte Männer in eng anliegenden Hemden mit hochgestelltem Kragen, aufgetakelte Frauen in gold- und silberglänzenden Miniröcken, die mit Armreifen, Halsketten und Halstüchern versuchten, ihre aus der Mode gekommenen Tätowierungen zu verbergen; betagte Paare, die wie vor einem halben Jahrhundert Seite an Seite liefen, sie bei ihm eingehakt, beide steif und in gestärkten Kleidern; und die Familienclans, die alle möglichen Varianten der Verwandtschaft und Nicht-Verwandtschaft aufwiesen.

Der Spaziergang des typischen Kalabriers endete unvermittelt am Hauptbahnhof. Hier hatten andere das Sagen. Unter der Garibaldi-Statue saßen die Polen und betranken sich, auf den Bänken unter den Seekiefern drängten sich erkennbar heruntergekommene Marokkaner. Auf dem Viadukt über dem Calopinace warteten osteuropäische Prostituierte auf ihre ersten Freier. Junge Mädchen von sechzehn oder siebzehn Jahren. In Tina stieg eine Stinkwut auf, wenn sie an ihnen vorbeikam. Wie war es möglich, dass die Polizei es nicht schaffte, ihre Zuhälter dingfest zu machen? Sie hatte Gigi danach gefragt.

»Die wollen nicht«, war seine Antwort.

»Und warum recherchiert die Polimeni das nicht?«, hatte Tina nachgesetzt.

»Die will auch nicht … oder kann nicht.« Hatte er das Gespräch beendet.

Zuhause angekommen, bemerkte Tina Giulios Panda. Sie hatte vergessen, dass er sein Auto hier abgestellt hatte. Sein Problem, dachte sie. Er war alt genug, um zu Fuß herzukommen und ihn zu holen.

Tina meisterte das übliche Problem mit der Haustür, ging nach oben und duschte sich das Salz von der Haut. Im Bademantel aß sie, was der Kühlschrank noch hergab, und ignorierte ihren bekifften Onkel, der entzückt von Velvet Underground sie vom Wohnzimmer aus lauthals mit *nipotina*, Enkelchen, ansprach: »Nipo … Tina!« Einer seiner Lieblingswitze.

Sie beschloss, dass es keinen Sinn machte, die Sache noch länger hinauszuzögern, schlüpfte in ihr Schlafshirt, obwohl es gerade erst acht Uhr abends war, fuhr den Computer hoch und wählte sich bei Skype ein.

Pyrros war online.

Wie immer, wenn sie im Begriff war, mit ihm zu sprechen, fühlte sie, wie sich ihr Pulsschlag auf angenehme Weise beschleunigte. Sie atmete durch und begann ihren Chat: »*I must tell you bad news …*«

8

Rummenigge rauchte seine Zigarette bis zum Filter, den Blick auf das Feuer gerichtet. Es wütete ungefähr dort, wo sie den Croma gesehen hatten. Er verharrte reglos, die ausgebrannte Kippe zwischen Daumen und Zeigefinger. Er konnte noch die Form des Eimers erahnen, den die Cutrupis mit Benzin gefüllt hatten, und der jetzt vor seinen Augen dahinschmolz.

Sie mussten sie knapp verpasst haben. Höchstens um ein paar Minuten.

Er warf die Kippe ins Feuer und schwor sich, nie wieder zu rauchen. Ein Schwur, den er schon ein paar Mal im Leben abgelegt hatte.

»*'Nda pigghiammu 'nto culu*, Mico«, sagte er zu Bergomi.

Bergomi atmete durch und fragte: »Was willst du damit sagen? Gibt es denn nichts, was wir tun können?«

Don Rocco hatte ihnen eine Aufgabe erteilt. Eine einfache Aufgabe, die sie nicht gemeistert hatten. Welche Folgen das haben würde, wusste Rummenigge nicht. Manchmal zeigte sich Don Rocco sehr großzügig. Aber es kam auch vor, dass man von niederen Chargen, die an ihrem Auftrag gescheitert waren, nie mehr etwas hörte. Sie tauchten einfach nicht mehr auf.

»Die waren doch tot, die zwei Drecksäcke?«, fragte Bergomi.

Rummenigge antwortete nicht. Er stellte wieder einmal fest, dass Bergomi zu rationalem Denken nicht in der Lage war.

»Los, gehen wir«, sagte er und bewegte sich Richtung Auto. »Vielleicht treffen wir sie noch auf der Straße.«

Dann gäbe es vielleicht noch eine Möglichkeit, den Plan auszuführen. Sie müssten nur improvisieren. Natürlich, es würde nicht leicht sein, sie umzubringen, den Croma an einen Ort zu schaffen, der einen unmittelbaren Zusammenhang zwischen den Cutrupis und dem Brand vermuten ließ, um dann erneut zu fliehen. Alles, ohne Spuren zu hinterlassen.

Bergomi hatte noch immer nicht verstanden.

Doch die Straße nach Agatea hinunter war verlassen. Sie fuhren mit hoher Geschwindigkeit und wirbelten eine Menge Staub auf. An der Ortsgrenze sahen sie ein, dass nichts mehr zu machen war. Die Cutrupis hatten sich in Luft aufgelöst. Bergomi bremste vor dem zerschossenen Ortsschild ab. Rummenigge befahl ihm anzuhalten.

Noch nie hatte ihn Bergomi in einem solchen Zustand gesehen. Er war immer ein wortkarger Typ gewesen, kalt, mit Pokergesicht, aber diesmal lag noch etwas anderes in seinem Schweigen und seinem Gesichtsausdruck. Er war gezeichnet von der Angst, zu scheitern.

»Die Stangen«, sagte Bergomi, um ihn abzulenken.

Rummenigge fluchte mit zusammengebissenen Zähnen. Sogar die blutbeschmutzten Eisenstangen hatte er vergessen. Wenigstens die mussten sie loswerden. Sie hatten schon eine verdammte Dummheit begangen, als sie sie auf den Rücksitz gelegt hatten, wo das Blut auf den Sitzbezug tropfte.

Um den Schaden zu begrenzen, wies er Bergomi an, in den Ort zu fahren und vor dem Haus zu parken. An einigen Fenstern erschienen bereits die ersten Neugierigen, um sich den Brand anzusehen.

Dieses Mal verstand Bergomi auf Anhieb. Schließlich war die Idee mit den Stangen von ihm gekommen. Er stieg aus dem Jeep und schlich in sein Haus, ein einstöckiges Gebäude aus groben Ziegelsteinen. Auf der Terrasse deuteten ein paar Zementpfeiler auf das Vorhaben, widerrechtlich ein Obergeschoss zu errichten. Wenige Sekunden später kam er mit einer Plastiktüte heraus, gefolgt von seiner Frau Serafina mit einem Tuch in der Hand: »Steck es ein«, sagte sie, als sei das Wischtuch so etwas wie seine Brieftasche.

Bergomi drehte sich genervt um, nahm das Tuch und verstaute es bei den anderen Sachen in der Tüte. Er verweigerte ihr den Kuss, den sie offenbar erwartete, und reichte die Tüte an Rummenigge, der sich mittlerweile am Rücksitz zu schaffen machte.

»Welche nehme ich?«, fragte er Bergomi, mehrere Flaschen Reinigungsmittel aus der Tüte ziehend.

»Was weiß ich?«

Rummenigge versprühte den Inhalt verschiedener Flaschen und rieb mit dem Tuch über den Sitzbezug, ohne sich um den rosafarbenen Schaum zu kümmern, der auf die Fußmatten tropfte. Die würden sowieso im Müll landen.

Eine halbe Stunde später stoppten sie den Jeep an der Küste zwischen San Nicola und der Straße von San Filippo. Vielleicht hatte der Strand wegen seiner steinigen Hügel dem Meer bis heute standgehalten, war nicht von ihm verschlungen worden, wie so viele andere entlang der ionischen Küste.

Sie sahen sich nach anderen Nachtschwärmern um. Die Luft war rein. Kurz vor der Strandlinie gingen sie ein paar Schritte auseinander. Fast zeitgleich warfen sie die mehr schlecht als recht gesäuberten Eisenstangen ins Meer. Verrichteten kommentarlos ihre Arbeit. Auf der Rückfahrt nach Agatea verteilten sie die Fußmatten in zwei Müllcontainer, die kilometerweit auseinanderlagen. Das Wischtuch warfen sie in einen dritten.

Als sie im Ort eintrafen, war es beinahe drei Uhr morgens. Agatea war hellwach, die Feuerwehrsirenen heulten. Bergomi parkte vor Rummenigges Haus.

Rummenigge sah, wie er sich eine Zigarette anzündete. Er hätte ihn beinahe um eine gebeten. Doch er ließ es bleiben. Mela hätte den Geruch bemerkt, und er wollte seinen Vorsätzen treu bleiben.

Aber er schaffte es nicht auszusteigen. Es schien ihm der richtige Moment, die Lage zusammenzufassen. Er liebte Zusammenfassungen. Es beruhigte ihn, die Ereignisse chronologisch zu ordnen, um sie logisch erscheinen zu lassen. Don Rocco hatte ihnen befohlen, die Cutrupis auszuschalten. Die hatten, aus welchem Grund auch immer, am Berg Feuer gelegt. Er sah, wie der Brand jetzt schon den Hügel über dem Flüsschen erreichte. Die Cutrupis hatten gute Arbeit geleistet. Sie dagegen nicht. Der Orbu und der Padrinu waren noch am Leben.

Bergomi nickte. Was konnten sie jetzt tun? Rummenigge schüttelte den Kopf. Nichts, jetzt einfach nichts. Hinter der Haustür wartete Mela. Das Beste wäre, erst einmal darüber zu schlafen, sagte er beim Aussteigen.

Rummenigge wälzte sich in den letzten Stunden der Nacht vom 13. auf den 14. August von einer Seite auf die andere. Albträume quälten ihn und gegen halb sieben schreckte er verschwitzt und irritiert aus einem zerfahrenen Schlaf. Er blickte sich um, erkannte das Zimmer, in dem er seit fast dreißig Jahren lag, und seine Frau, die ihm den Rücken zudrehte, aber einen Arm nach ihm ausstreckte. Er trank einen Schluck Wasser aus der Flasche auf dem Nachttisch und schlummerte wieder ein. So unruhig hatte er schon lange nicht mehr geschlafen.

Erst spät am Morgen quälte er sich aus dem Bett.

Aus der Küche ertönten die Stimmen Melas und seines zweijährigen Enkelkinds Alessio. Auf der Türschwelle blieb er stehen. Mela schwang Alessio auf dem Arm und tat, als würde sie ihn fallenlassen, woraufhin der Kleine lauthals lachte. Seine erstgeborene Caterina saß mit dem Rücken zu ihm und kommentierte das Spiel mit hoher Stimme: »Was macht denn die Oma da mit dir, ja was macht sie denn?«

Rummenigge unterbrach sie abrupt: »Was ist das für ein Bordell hier!« Caterina nahm das Schimpfen über den Lärm gelassen. Sie wusste, sein barscher Tonfall war einfach seine Art, sie und sein Enkelkind zu begrüßen.

»Was lachst du?«, fragte Rummenigge, und bedeutete seiner Frau, ihm das Kind zu reichen.

Mela gehorchte.

»Wie groß du geworden bist«, flüsterte er seinem Enkelkind zu.

Mit dem Kind auf dem Arm ging er zum Fenster. Auf dem Berg wüteten noch immer die Flammen. Alles in allem hatte er Glück gehabt im Leben, sinnierte er. Eine Frau und drei Töchter. Dank Caterina war er nun Großvater, und endlich gab es auch einen Jungen in der Familie. Sie hatten ihn Alessio genannt, nach ihm. Und nun war auch Rosa, seine zweite Tochter, schwanger. Bald würde er ein zweites Enkelkind bekommen.

Er hatte sich im Grunde immer an seiner Familie erfreut. Hatte sich nie sehr von ihr entfernt und war nie verhaftet worden. Und es war ihm, anders als Bergomi, gelungen, sein Haus gleich dreimal aufzustocken. Um jeder seiner Töchter und ihren Männern ein Zuhause zu bieten.

»Papa, Kaffee?«, fragte Caterina und riss ihn aus seinen Gedanken.

Rummenigge kehrte dem Fenster den Rücken zu und reichte Alessio seiner Tochter. Als er sich hinsetzte, um seinen Kaffee zu trinken, überkam ihn wieder die finstere Stimmung, mit der er aufgewacht war. Die Familie konnte seine Probleme nicht lösen. Er musste Don Rocco vom Misserfolg des vergangenen Abends berichten.

Er hatte seinen Kaffee noch nicht ausgetrunken, als er hörte, wie draußen sein Name gerufen wurde. Er ging zur Tür. Vor ihm stand Bergomi, bleich und müde.

»Also, was machen wir?«, fragte er besorgt.

Rummenigge brachte ihn mit einem stechenden Blick zum Schweigen.

»Komm rein und trink einen Kaffee.«

Bergomi trat ein, grüßte Mela, Caterina und Alessio und erkundigte sich nach dem Rest der Familie. Er versuchte sich so normal wie möglich zu benehmen. Rummenigge reichte ihm einen Kaffee. Das Klappern des Löffels am Tassenrand verriet Bergomis Nervosität.

»Micu und ich haben was zu erledigen. Kann sein, dass ich nicht zum Essen komme«, sagte Rummenigge, nachdem er seinen letzten Schluck genommen hatte.

Mela fragte nicht nach den Gründen. Sie wusste, dass der Hauptberuf ihres Mannes fragwürdig war und dass auch seine Arbeit auf dem Bau etwas mit Don Rocco zu tun hatte. Sie zog vor, die Einzelheiten nicht zu kennen. Und Rummenigge hätte sie ihr auch nicht erzählt.

Rummenigge und Bergomi liefen zur Piazza. Eine unerträgliche Schwüle hatte sich über Agatea gelegt. Die Temperaturen waren gestiegen, und das von den Cutrupis entfachte Feuer machte die Sache nicht besser. Auf den Bergen verlief der Kampf zwischen Feuer und Wasser noch zugunsten des Feuers, obwohl ein Canadair-Flugzeug den Brand wiederholt überflog und jedes Mal mehr als fünftausend Liter Wasser abwarf.

Bergomi zeigte auf den Flieger, der jetzt wieder Richtung Meer flog. Er hatte nachgedacht. Vielleicht sollten sie die Cutrupis doch töten.

Rummenigge sah ihn an, ohne zu reagieren. Bergomi zündete sich eine Zigarette an.

»Nein, wir müssen mit Mimmo Stillitani reden. Das ist es, was wir tun müssen.«

Mimmo Stillitani war einer von Don Roccos Adjutanten. Er war es, der sie wegen des Auftrags kontaktiert hatte. Er war ihre Ansprechperson. Sie mussten ihm so schnell wie möglich sagen, dass etwas schiefgegangen war. Und sie mussten ihn fragen, wie sie sich nun verhalten sollten.

Bergomi widersprach nicht. Rummenigge bemerkte, dass er seine übliche übermütige Art abgelegt hatte. Sie hatten sich wechselseitig beeinflusst. Gemeinsam liefen sie zur Bar auf der Piazza, für die sie zuständig waren. Sie schoben den Vorhang beiseite und traten ein.

»Hast du Mimmo gesehen?«, fragte Rummenigge den Mann hinter dem Tresen, ohne weitere Grußworte.

Der Mann zuckte die Schultern. Mimmo hatte sich nicht blicken lassen.

»Es ist dringend«, betonte Rummenigge.

Der Mann musterte ihn. Dann bückte er sich und reichte ihm ein Handy. Rummenigge hatte es schon ein paar Mal benutzt, das Telefon mit dem unregistrierten Anschluss, der nur in Agatea funktionierte. Die Gegend lag außerhalb der Reichweite der Anbieter TIM, WIND und Vodafone, deren Relaisstationen alle in weiter Entfernung standen. Mit normalen Handys hatte man in einem Umkreis von zwanzig bis dreißig Kilometern keinen Empfang. Doch für den nichtregistrierten Anschluss hatten sie zwei eigene Relaisstationen eingerichtet. So konnte man innerhalb des Gebiets jederzeit telefonieren.

Rummenigge wählte und ließ es lange läuten. Als Mimmo Stillitani abnahm, hatte Rummenigge gerade genug Zeit, seinen Namen zu sagen. Mit müder Stimme erklärte Mimmo, er sei bereits im Bilde. Und fügte hinzu, Don Rocco sei alles andere als zufrieden. Und dann meinte er, Rummenigge solle sich keine Sorgen machen und den Feiertag genießen. Don Rocco würde sie am 17. einbestellen, am Montag.

Er legte auf.

Rummenigge hielt ein paar Sekunden inne, bevor er dem Mann hinter dem Tresen das Handy zurückgab. Er bedeutete Bergomi, mit ihm hinauszugehen. Beim Gehen erzählte er, was Mimmo Stillitani soeben gesagt hatte. Sie mussten sich noch ein paar Tage gedulden, bevor sie erfuhren, was aus ihnen werden sollte.

9

Die Familien von Bergomi und Rummenigge verbrachten Ferragosto nicht zum ersten Mal zusammen. Einige Jahre lang hatten sie diese Tradition regelmäßig gepflegt. Erst seit Alessios Geburt waren Rummenigge und Mela nicht mehr zum Strandhaus von Mario Caridi gefahren. Auch ihre Töchter und deren Ehemänner hatten sich dort nicht blicken lassen. Es hatte keinen besonderen Grund dafür gegeben. Schuld war eine Reihe von Zufällen. 2007, nach dem Massaker von Duisburg, hielten alle in Agatea die Füße still. Im Jahr darauf war das Kind krank geworden.

Mario Caridi war ein Vetter von Bergomi und Rummenigge. Er war der älteste Sohn einer Tante Bergomis, die den Onkel von Rummenigge, den Bruder seines Vaters, geheiratet hatte. Wie viele aus der Malavita hatte sich Mario Caridi ein Häuschen am Meer gebaut, auf einem Grundstück, das eigentlich nicht zur Bebauung freigegeben war. Hatte es Mitte der 90er Jahre zwischen Ferruzzano Marina und Africo errichtet. Der Baustil – weiß verputzte Mauern, zwei Stockwerke, ein Schwimmbad – orientierte sich an Beverly Hills. Mario wünschte sich ein Haus wie das von Larry Hagman, dem Schauspieler aus *Dallas,* der J.R. spielte. Er war völlig vernarrt in die Fernsehserie.

Seine Freunde, Verwandten und Angestellten nannten ihn seit zwanzig Jahren J.R. Und das nicht nur wegen seiner hellen Augen und der Frisur: Seitenscheitel mit Schmalzlocke. In jüngerer Zeit hatte Mario Caridi sich im Hafen von Gioia als skrupelloser Bauherr hervorgetan, ganz im Stile seines Vorbilds. Ein in die USA ausgewanderter Vetter, der von seiner Leidenschaft für die Serie und seiner entfernten Ähnlichkeit mit dem Schauspieler wusste, schickte ihm in regelmäßigen Abständen weiße Cowboyhüte. Mario trug sie häufig und voller Stolz. Dann war er in Gioia Tauro schon von weitem zu erkennen. Bei den Verhandlungen über die Schiffslandungen riet man ihm davon ab, den Hut aufzusetzen, um sich nicht zur Zielscheibe zu machen. Der Unternehmer Ravano, Geschäftsführer der Firma Contship Italia, und die Mafiagruppen Piromalli-Molé und Bellocco-Pesce vereinbarten eine feste Abgabe von anderthalb Dollar für jeden im Hafen von Gioia gelöschten Container. Mario Caridi gelang es auch ohne Hut, eine Provision von vier Cent für sich herauszuschlagen. Das war nicht übermäßig viel, aber es reichte für den Bau seines Hauses und ein Leben in Wohlstand.

Doch zuletzt war er in Ungnade gefallen. Don Rocco Stillitani hatte ihn gebeten, sich aus sämtlichen Geschäften in Gioia zurückzuziehen und sich auf einen Auftrag in Agatea vorzubereiten. Mario Caridi hatte sich gefügt. Doch von dem neuen Auftrag war nichts zu sehen, weder 2008 noch 2009. So war er froh, seinen Vetter Rummenigge wiederzusehen. Er wusste, Rummenigge war ein Mann, dem Don Rocco vertraute.

Rummenigge traf mit der ganzen Familie ein. Und alle brachten dem Hausherren ein Geschenk mit: Mela gefüllte Peperoni und gebratene Auberginen; Caterina und ihr Mann Gregorio mit dem Kleinen eine volle Korbflasche selbst gekelterten Wein; Rosa mit Schwangerenbauch und ihr Mann Gigi eine Korbflasche mit fünfzehn Litern Essig; und schließlich Rosalba, die Jüngste, in Begleitung von Carmelo, einem kleinen Lehrer aus der Stadt, der sich in solchen Situationen ausgesprochen unwohl fühlte, war genötigt worden, Mario Caridi eine ganze Schinkenkeule zu opfern. Er hatte sie als Dankeschön von den Eltern eines Mädchens bekommen, dem er Nachhilfeunterricht erteilte.

Mario Caridi umarmte die ganze Dynastie seiner Vettern väterlicherseits. Aus dem Augenwinkel bemerkte er den sorgenvollen Blick, den sein anderer Vetter, Mico Quattrone, Rummenigge bei dessen Ankunft zuwarf.

Und es entging ihm auch nicht, dass Mico beim Essen mit Rummenigge ins Gespräch zu kommen versuchte. Gleich nach dem Espresso zogen sich die beiden zurück. Mario Caridi wusste, dass Bergomi und Rummenigge oft zusammenarbeiteten. Aber irgendetwas an ihrem Auftreten kam ihm nicht geheuer vor.

»Hast du was gehört?«, fragte Bergomi mit besorgter Stimme.

Rummenigge blickte sich um. Der Rest der Runde schien sich trotz Hitze und allzu üppiger Mahlzeit prächtig zu amüsieren.

»Weißt du doch«, antwortete Rummenigge genervt.

Übermorgen, übermorgen. Bergomi biss sich auf die Unterlippe.

»Normalerweise vertraue ich Don Rocco. Aber ich, mir …« Bergomi gelang es nicht, das merkwürdige Gefühl auszudrücken, das ihn quälte. Irgendwas ließ ihn nicht zur Ruhe kommen.

Rummenigge nippte an seinem Schnapsglas. Er tat unbeschwert. »Warten wir ab«, sagte er und zeigte auf die Runde. »Wir sind doch alle eine große Familie!«

Am 16. hörten sie nichts von Mimmo Stillitani. Und auch am 17. nicht, jedenfalls nicht bis zum Abend.

Rummenigge und Bergomi prüften alle paar Stunden, ob es Neuigkeiten oder Mitteilungen von Stillitani gab – nach dem klassischen Verfahren, das sie jetzt schon seit einigen Jahren benutzten. Sie schauten auch in der Bar vorbei. Doch dort hatte niemand den Adjutanten gesehen.

Sie trennten sich, als es Zeit fürs Abendessen wurde. Bergomi ging zu Serafina, Rummenigge kehrte bei Mela ein.

Er betrat das Haus und wunderte sich über die Dunkelheit. Er rief ein paarmal nach Mela, erhielt aber keine Antwort. Er machte das Licht in der Küche an. Am Küchentisch, auf Melas Stuhl, saß Domenico Stillitani. Und tat, was an diesem Ort verbotener war als irgendwo sonst. Er rauchte.

»Wo ist Mela? Was hast du mit ihr gemacht?«, brüllte Rummenigge mit verdrehtem Blick.

Mimmo Stillitani hob die Hände, wie ein Priester beim Segen. »Ruhig, Alessio, bleib ruhig.« Er senkte die Hände ganz allmählich, in einer verlangsamten Bewegung, die Rummenigge wieder zu sich kommen lassen sollte.

Rummenigge verharrte regungslos. Die Ader hinter seinem Ohr pulsierte. Er schluckte und bemühte sich um einen ruhigen Tonfall: »Mimmo, wo ist meine Frau?«

»Deine Frau macht einen Spaziergang auf der Piazza, mit deiner Tochter Caterina, deinem Schwiegersohn und deinem Neffen. Alle vier gehen friedlich spazieren, also beruhige dich. Ich habe sie gefragt, ob ich hier auf dich warten kann, habe ihnen erklärt, dass wir ein bisschen Ruhe brauchen und unter uns sein wollen. Deine Frau ist ein heller Kopf, sie hat mich sofort verstanden«, ergänzte Mimmo.

Rummenigge atmete erleichtert auf, aber die Sache war noch nicht ausgestanden. Er kam gleich auf den Punkt: »Was sagt Don Rocco?«

Mimmo Stillitani ließ die Kippe auf den Boden fallen und trat sie mit der Schuhsohle aus. »Er hat eine Lösung gefunden für euren Schlamassel. Keine ganz einfache, aber immerhin eine Lösung …«

Bergomi versuchte zu essen, aber er hatte keinen Appetit. Der Kloß im Hals wollte einfach nicht verschwinden. Er sah Serafina in die Augen. Sie sagte nichts und ihr Schweigen machte ihn nervös. Wütend brüllte er, dass sie den Rest ihres Lebens allein essen würde, wenn sie ihn weiterhin so behandelte. Serafina widersprach nicht, sie hatte sich daran gewöhnt. Sie wusste nicht, was sie dieses Mal falsch gemacht hatte, aber irgendetwas gab es immer.

Bergomi ging aus dem Haus und schlug die Tür hinter sich zu. Als er die Piazza überquerte sah er Mela, Caterina, Gregorio und Alessio spazieren gehen. Gregorio versuchte, seinem Sohn beizubringen, wie man Eis isst. Die Mutter und die Großmutter beobachteten ihn von hinten.

Bergomi erstarrte zur Salzsäule. Und brauchte ein paar Sekunden, bevor er zu ihnen gehen konnte, um mit einem aufgesetzten Lächeln zu fragen, wo sie denn den Familienvater gelassen hätten.

Mela antwortete ausweichend: »Zuhause.«

Bergomi musterte sie.

»Du kannst jetzt nicht hin«, fügte Mela hinzu. »Er hat Besuch.«

Domenico Quattrone nahm es mit Fassung.

Warum hatten sie nur Rummenigge kontaktiert? Würden sie sich auch bei ihm melden? Sollte er nach Hause und auf sie warten? Oder vielleicht im Internet nachsehen, ob es eine Nachricht gab. Aber er konnte mit dem verteufelten Ding nicht so gut umgehen wie Alessio.

Er grüßte Mela und die übrige Familie und ging zu den gemauerten Bänken vor der Bar. Dort, wo sich Don Roccos Leute immer trafen, direkt gegenüber den Bänken, auf denen Don Peppes Leute zusammenkamen. Hinter den Blumenbeeten sah er die beiden Cutrupi-Vetter, die ihn beobachteten. Dann flüsterte der Padrinu dem Orbu etwas ins Ohr. Der Orbu reagierte unzufrieden, behielt Bergomi aber im Blick. Bergomi hätte die beiden auf der Stelle kaltgemacht, vor aller Augen, hätte er nur seine Pistole und die Erlaubnis dazu gehabt.

Diese beiden Arschgesichter hatten ihm die Feiertage versaut. Abwarten. Rummenigge hatte gesagt, dass sie abwarten mussten. Sein ganzes Leben hatte er ihm vertraut.

Er wartete ab.

Ungefähr eine Stunde später erschien Rummenigge auf der Piazza. Er sah seinen Schwiegersohn Gregorio mit dem schlafenden Alessio auf dem Arm und die besorgten Gesichter von Mela und Caterina. Er sagte ihnen, sie könnten nach Hause und bat sie, Ruhe zu bewahren. Er wolle noch ein wenig auf der Piazza bleiben.

Die Frauen stellten keine Fragen und machten sich auf den Weg. Gregorio, stets um die Anerkennung seines Schwiegervaters bestrebt, wollte wissen, ob nicht wenigstens er bleiben sollte.

»Und der Kleine? Denk an deinen Sohn«, antwortete Rummenigge und zeigte auf Alessio.

Er wartete, bis sie außer Sichtweite waren. Dann ging er zu Bergomi.

»Also, was gibt's, was ist los?«, fragte Bergomi besorgt.

Um ihn herum lagen seine ausgedrückten Kippen. Er musste in der letzten Stunde eine ganze Schachtel geraucht haben.

»Alles in Ordnung«, antwortete Rummenigge.

Er sah sich um. »Ein paar letzte Sachen müssen noch getan werden.«

»Was für letzte Sachen?«, fragte Bergomi.

Rummenigge bedeutete ihm zu folgen. In der Mitte der Piazza sagte er: »Zu deinem Auto.«

Bergomi kniff die Augen zusammen: »Was willst du mit meiner Kiste?«

Rummenigge wollte überhaupt nichts mit Bergomis Auto, der Jeep musste einfach nur verschwinden. Befehl von Don Rocco. Die Cutrupis konnten das Auto kaum übersehen haben, und es war eine Spur, die zu Rummenigge und Bergomi führte.

Bergomi stöhnte: »Was soll das heißen, das Auto muss verschwinden?«

Rummenigge krümmte die Finger seiner rechten Hand wie einen Widerhaken und machte dann eine zuckende Bewegung mit dem Handgelenk. Sie mussten das Auto eine Böschung hinunterstoßen.

Bergomi wollte widersprechen, aber Rummenigge schnitt ihm das Wort ab: »Mico, da ist nichts zu machen.«

Bergomi presste die Lippen zusammen und fluchte zwischen den Zähnen. Der Jeep hatte ihn einiges gekostet. Und wer würde ihn dafür entschädigen? Don Rocco vielleicht?

Und am Abend des Brandes hatte Rummenigge auch noch vorgeschlagen, sein eigenes nagelneues Auto zu nehmen. Bergomi hatte darauf bestanden, im Jeep zu fahren.

Er lief zum Wagen, wie ein Mann, dem man soeben das Todesurteil verkündet hat. Rummenigge hielt sich einen halben Meter hinter Bergomi und beobachtete ihn nachdenklich. Klar, Bergomi hatte nicht die geringste Lust, sein Auto zu opfern. Aber sobald man ihm sagte, es handle sich um einen ausdrücklichen Befehl von Don Rocco, war sein ganzes Selbstbewusstsein dahin.

Bevor er sich in den Jeep setzte, ersuchte Bergomi noch einmal um Gnade. Sie konnten den Wagen doch eine Zeit lang verstecken. Er würde den Jeep einfach nicht mehr fahren, bis die Sache mit den Cutrupis geregelt wäre.

Rummenigge entgegnete nur: »Das hängt doch nicht von mir ab.«

Sie stiegen in den Jeep. Rummenigge ließ sich zu seinem eigenen Auto fahren, einem anthrazitgrauen Hyundai 120.

Er fasste den Plan noch einmal zusammen. Sie würden, jeder im eigenen Auto, den Ort verlassen, dann den Jeep an einer geeigneten Stelle die Böschung hinunterstoßen und danach im Hyundai zurückfahren.

Sie folgten der Bergstraße, die zum Monte Ruscione hinaufführte, nicht zum Monte Comito, wo die Cutrupis das Feuer gelegt hatten. Bergomi genoss das Brummen des Motors. »Eine Schande«, dachte er. Dreißigtausend Euro, die die Böschung hinuntersegeln sollten, wegen zwei brandstiftenden Arschlöchern.

Auf der Höhe der Straße nach Roncaglio sah Bergomi, wie Rummenigge mit den Scheinwerfern aufblinkte. Er hielt am Straßenrand, in der unbesiedelten Gegend, auf der landeinwärts gelegenen Bergseite. Niemand wohnte hier. Weder das Meer noch Agatea waren zu sehen. Rummenigge zeigte ihm die Stelle am Ende der kurzen, geraden Strecke, wo die Straße einen engen U-förmigen Bogen beschrieb. Auf der Außenseite der Kurve war ein balkonartiger Aussichtspunkt mit Blick auf den Aspromonte zu sehen. Er bot eine großartige Sicht auf den hellen Sternenhimmel. Vor allem aber handelte es sich um eine Stelle ohne jegliche Schutzvorrichtung. Weder Mauer noch Leitplanke.

»Wie willst du es machen?«, fragte Bergomi.

Rummenigge sagte nichts. Er wollte den Vorschlag nicht selbst aussprechen. Aber er zeigte mit dem Kinn auf die Stelle.

»Nein, Alessio, vorher spring ich selbst runter.«

Tatsächlich hätte es eines ausgebildeten Stuntmans bedurft … Von Bergomi war kaum zu erwarten, den Jeep über die gerade Strecke zu preschen und dann im letzten Moment abzuspringen.

Rummenigge schluckte.

Er sagte Bergomi, dass er das Auto bis zur Kurve fahren und dann am Abhang anhalten solle. Von dort würden sie es hinunterstoßen.

Bergomi unternahm einen letzten Versuch. Rummenigge schüttelte den Kopf. Der Jeep wäre auch neu lackiert wiederzuerkennen.

Bergomi warf den Motor an und fuhr bis zum Rand des Abhangs. Für einen kurzen Augenblick überkam ihn eine beunruhigende Vorahnung. Was, wenn das ein abgekartetes Spiel war? Wenn ihn Rummenigge jetzt samt seinem Auto hinunterstieß? Wenn Mimmo Stillitani Rummenigge den Befehl erteilt hatte, ihn auszuschalten?

Er drehte sich um. Rummenigge fuhr mit dem Hyundai heran. Instinktiv zog Bergomi die Handbremse und öffnete die Tür. Er war bereit, herauszuspringen. Rummenigge trat aufs Gaspedal und stoppte hinter dem Jeep. Dann stellte er den Motor ab. Bergomi atmete auf.

Nein, er hatte nicht versucht, ihn samt Wagen den Abhang hinunterzustoßen. Wollte er ihn wirklich umbringen, hätte er dieses ganze Theater nicht nötig. Er würde ihm einen Kopfschuss verpassen und fertig.

Wie kam er dazu, solche Sachen zu denken? Sie waren seit Jahren ein eingefleischtes Team, sie waren Trauzeugen und Vettern dritten Grades. Von Rummenigge hatte er nichts zu befürchten.

Bergomi stieg aus dem Jeep und zündete sich eine Zigarette an.

»Mit den Händen?«, fragte er entmutigt.

Rummenigge nickte und stieg ebenfalls aus seinem Wagen. Er erklärte, dass es keine gute Idee wäre, den Jeep mit dem Hyundai hinunterzudrücken. Es würde Spuren an seinem Auto hinterlassen. Und überdies sei die Motorhaube des Hyundai niedriger als die hintere Stoßstange des Jeeps.

Rummenigge und Bergomi stemmten ihre Hände gegen den Kofferraum des Jeeps und beugten sich nach vorn.

»Auf drei«, sagte Rummenigge und begann zu zählen.

Sie spannten die Muskeln an, aber der Jeep bewegte sich keinen Zentimeter. Bergomi biss auf die Zigarette zwischen seinen Zähnen, und Rummenigge straffte seinen Körper. Ohne Ergebnis. Sie ließen ab.

»Die Handbremse«, mutmaßte Rummenigge.

Bergomi schlug sich mit der Hand gegen die Stirn.

»Natürlich, du hast Recht!«

Doch er rührte sich nicht, nachdem er die Worte gesprochen hatte. Etwas an Rummenigges Blick gefiel ihm nicht. Er sah sich im Jeep sitzen und die Handbremse lösen, während Rummenigge den Wagen hinunterstieß. Noch bevor er sich das Ende der Szene ausgemalt hatte, lief Rummenigge selbst nach vorne und löste die Bremse.

Bergomi machte sich Vorwürfe. Noch immer hegte er solch unbegründete Befürchtungen. Sie drückten erneut gegen das Heck des Jeeps. Er bewegte sich. Sie mussten ihm den nötigen Schwung versetzen, damit er nicht am Rand der Böschung hängen blieb.

»Los, los!«, brüllte Rummenigge.

Bergomi schloss die Augen vor Anstrengung. Der Jeep rutschte ihm unter den Händen weg und er dachte, dass Rummenigge stark war wie ein Ochse. Erneut spannte er die Muskeln an. Gleich würde der Wagen hinabstürzen.

Dann fühlte er die dumpfe Kraft Rummenigges auf seinen Körper einwirken. Spürte den Stoß und die Leere vor sich. Doch es war zu spät. Rummenigge hatte ihm das linke Bein weggeschlagen und stemmte sich mit beiden Händen gegen Bergomis Rücken.

Es dauerte nur einen Augenblick. Er konnte gerade noch sehen, wie der Jeep vor ihm in die Tiefe stürzte. In der Dunkelheit war der Grund des Abhangs nicht zu erkennen. Reflexartig schloss er die Augen, bevor er auf den Felsen aufschlug. Seinen Schrei hörte er nicht.

10

Pyrros forderte sie auf, das noch mal zu sagen. Sein Ton war barsch. Vielleicht hatte er sie nicht richtig verstanden, sie sprachen ja Englisch.

Tina versuchte ihren trübsinnigen Gesichtsausdruck zu verbergen, doch es wollte ihr nicht gelingen. Sie tat sich schwer, die Nachricht zu überbringen. Pyrros wollte den Artikel übersetzt haben, so wie er am nächsten Morgen in der Zeitung erscheinen würde. Tina bat ihn um Geduld, sie brauchte noch einen Moment.

In diesem heiklen Augenblick tat sich eine Kluft zwischen ihnen auf. Pyrros schüttelte den Kopf und brüllte: »*Fuck*!« Es folgten weitere Flüche auf Griechisch. Sein Geschrei hallte in ihren Ohren nach. Sie sah, wie Pyrros Kopfhörer und Mikrofon abnahm. Er presste seinen kahlen Schädel zwischen die Hände und verschwand aus dem Bild.

Sie saß reglos vor dem Bildschirm, den Blick auf die leere Wand gerichtet. Die Wand einer Wohnung in Thessaloniki, die sie vielleicht nie betreten würde. Vor der vergilbten Wand standen ein Stuhl und ein Plastiktisch, offenbar für wenig Geld gekauft.

Sie verkleinerte das Skype-Fenster, öffnete die Datei mit ihrem Artikel und las den Text noch einmal. Auch dieses Mal war sie der restlichen Landespresse voraus. In jedem Sommer gab es eine Meldung, die durch die Zeitungen geisterte. Meist ein Kriminalfall, der den Ferien eine besondere Note verlieh. So wie in den letzten Jahren bei Via Poma, Olgiata oder Garlasco. Vielleicht war 2009 Agatea an der Reihe. Das hofften jedenfalls ihre Kollegen, die die gewagtesten Spekulationen über die Identität der Brandopfer anstellten.

Tina wusste die Antwort. Eine Antwort, die ihren Liebhaber in Verzweiflung stürzte. Es handelte sich um die Leichen von Georgios Elytis und Stamatios Seferis, die im Feuer verkohlt waren. Darauf deuteten die zahnmedizinische Untersuchung, die Zeugnisse der örtlichen Kleinhändler und die allgemeine Rekonstruktion der Ereignisse hin. Nur hinsichtlich dieses letzten Aspekts blieb noch Raum für Mutmaßungen. Noch ließ sich darüber spekulieren, wie genau die beiden Hoffnungsträger des griechischen Fußballs gestorben waren. Die Information über die geborstenen Schädel hielt Tina vorerst zurück, auch um keine Aufmerksamkeit auf ihre Quelle zu lenken.

Plötzlich riss sie die Stimme aus dem Kopfhörer aus ihren Gedanken: »*Tina, I'm sorry, I know it's not your fault.*«

Sie klickte das Skype-Fenster auf und sah Pyrros mit bebendem Kinn, einer Hand, die ununterbrochen über den kahlen Schädel strich, und einem vollen Glas nebelgrauer Flüssigkeit. Wahrscheinlich Tsipouro, eine Art Ouzo mit Wasser verdünnt, den Pyrros literweise trinken konnte. Auf seinem Schädel glänzten kleine Schweißperlen.

Der Mann, der ihr in Kalabrien mit jeder Geste ein Gefühl von Sicherheit und Stärke vermittelt hatte, schien jetzt schwach und zerbrechlich. Eine brüchige Stimme fragte sie, warum sie ihm nicht früher Bescheid gegeben habe. Sie hatte den passenden Moment abwarten wollen, rechtfertigte sie sich.

Ihr schlechtes Gewissen meldete sich. Sie war schwimmen gegangen und hatte es fertiggebracht, sorglos im Wasser zu planschen.

Pyrros wollte wissen, ob man die Eltern der beiden Jungs informiert hatte. Tina zuckte mit den Schultern. Sie wusste es nicht.

Pyrros schüttete seinen Tsipouro hinunter und heulte sich aus. Mit Dimitri, dem Vater von Georgios, der ihn vor wenigen Tagen noch geschlagen hatte, hatte er sich gestern Abend betrunken. Und er, er habe ihn verraten. Die Eltern der Toten müssten ihn dafür hassen, dass er nicht in der Lage gewesen war, ihre Söhne zu schützen.

Er solle aufhören, sich selbst zu bemitleiden, antwortete sie. Er sei nicht schuld an dem, was geschehen war.

Pyrros schwieg und stierte in die Webcam. Er fragte, ob die Körper noch erkennbar seien. Tina verneinte.

Sie gab ihm ein Zeichen, kurz zu warten. Dann schickte sie ihm ein paar Bilder aus der Datei »Giulio/fotoagatea«, ohne sie selbst noch einmal anzusehen.

Als er sie öffnete, stockte ihm der Atem. Wieder verschwand er aus dem Bildschirm und kehrte mit einem weiteren Glas Schnaps zurück.

»*I'll come tomorrow with the first flight*«, presste er hervor.

Sie stotterte ein »okay«, unterdrückte ihre aufwallenden Gefühle und fragte ihn, wann er landen würde.

Pyrros wusste es nicht, würde ihr aber eine Nachricht schicken.

Sie könne ihn auch am Flughafen von Lamezia abholen, falls er von Rom keinen Anschlussflug nach Reggio bekommen würde.

»*Okay ... Thanks a lot for your patience and for all that you make*«, sagte Pyrros mit Kusshand.

Tina erwiderte die Geste, drückte die Taste mit dem roten Hörer und machte einen Freudensprung. Und schämte sich, unter solchen Umständen glücklich zu sein.

Sie fand keine Ruhe.

Die Tonband-Ansagen krächzten vom Bahnhof herüber und schreckten sie jedes Mal auf, wenn sie im Begriff war einzuschlafen. Eigentlich hatte sie sich an den Glockenton, der die Ansagen ankündigte, die mechanische Lautsprecherstimme, das Knarren der Bahnschranke und die Brandung des nahen Meeres gewöhnt. Doch heute schwoll alles zu einem ohrenbetäubenden, rhythmischen Lärm an.

Schon morgen würde sie Pyrros wiedersehen. Vor einem Monat, am Tag seiner Ankunft in Reggio Calabria, hatten sie sich auf der Pressekonferenz anlässlich des »Viererturniers der Straße von Messina« kennengelernt.

Die französische Mannschaft war bei der Pressekonferenz nicht anwesend. Ihre Maschine hatte sich verspätet. Der spanische Trainer gab erste Interviews in holprigem Italienisch. Die Übersetzerin für die Griechen war ausgefallen, und so waren Tina und Pyrros die einzigen Anwesenden, die sich in vernünftigem Englisch unterhalten konnten. Also übersetzte sie die Fragen ihrer Kollegen und die Antworten von Pyrros.

Der PAOK-Trainer erinnerte sie vage an Terry O'Quinn als John Locke in *Lost*. Die gleiche Glatze, der gleiche Körperbau, nur die Augen waren nicht hell, sondern pechschwarz. Sein Blick wirkte stechender, orientalischer.

Ihr gefiel sein ironischer Unterton, mit der er auf die Banalitäten ihrer Kollegen und die Schmeicheleien des Bürgermeisters antwortete. Und sie staunte über die Kentnisse von Mister Mitsotakis, was die politische Situation in Italien anbelangte. Klar, die erotischen Abenteuer von *Papi* verbreiteten sich auf der ganzen Welt. Aber dieser Mann wusste fast mehr über den Bau der Brücke über die Straße von Messina als sie selbst.

Nach der Pressekonferenz bedankte sich Signore Mitsotakis für ihre unschätzbare Unterstützung. Tina nahm seine Komplimente lächelnd entgegen. Fast automatisch fragte er, ob sie noch auf einen Drink mitkomme. Sie lehnte ab. Sie müsse noch vor 21 Uhr einen Artikel über die Schwimmweltmeisterschaft in Rom zu Ende schreiben. Schlug aber vor, den Drink später nach dem Abendessen zu nehmen.

Mit einer Abfuhr hatte er gerechnet, mit einem Gegenvorschlag nicht. Jedenfalls nicht mit einem solch direkten, ausgerechnet von dieser eher schüchtern wirkenden Sportjournalistin.

Nach dem Abendessen müsse er mit seiner Mannschaft ins Hotel zurück, um sicherzustellen, dass alle früh ins Bett gingen. Erst danach könne er sich mit ihr treffen, war seine Antwort.

Sie schrieb ihre Handy-Nummer auf einen abgerissenen Notizzettel und sagte, sie erwarte ab zehn Uhr seinen Anruf.

Tina arbeitete bis halb zehn, vertrieb sich in der Hoffnung, Pyrros würde sich kurz nach zehn melden, noch ein wenig die Zeit und machte sich um zwanzig nach zehn unentschlossen als Letzte in den Räumen des *Quotidiano* auf den Heimweg. Nun würde sie duschen und sich ordentlich rausputzen. Warum sollte sie nicht entschieden weiblich auftreten? Das Handy auf dem Waschbeckenrand, legte sie Schminke auf, zog die Lidschatten nach und verfeinerte mit etwas Rouge. Um Mitternacht schminkte sie sich wieder ab und zog das eigens ausgewählte Kleid aus.

Um viertel nach zwölf rief Pyrros an. Ihr erster Impuls war, nicht abzunehmen. Doch dann drückte sie die grüne Taste.

Der Grieche entschuldigte sich für den späten Anruf. Es sei nicht leicht gewesen, die Jungs ins Bett zu bringen. Und fragte vorsichtig, ob sie sich noch mit ihm treffen wolle.

Tinas Mund verzog sich unwillkürlich zu einem Lächeln und lehnte, um einen strengen Ton bemüht, ab.

Pyrros trug ihr »*It's too late*« mit Fassung, um gleich: »*And tomorrow for a lunch*?« zu fragen.

Nach einer kurzen Kunstpause sagte sie zu.

Nach einer leichten Trainingseinheit am nächsten Morgen gab er der Mannschaft bis 17 Uhr frei. Abends würden sie ihr erstes Spiel gegen ihre Gastgeber, die Reggina, bestreiten.

Mittags trafen sie sich in der Via Marina. Er trug noch immer die leichte Trainingshose und das offizielle PAOK-Polohemd. Tina wollte ins Matteotti, wegen des Aperitifs. Im Winter verbrachten dort vor allem die Bank- und Büroangestellten ihre Mittagspause. Im Sommer quoll es über vor Touristen, die mit ihren Sandalen den Sand hineinschleppten.

Tina bestellte zweimal den Haus-Aperitif, ohne Pyrros zu fragen.

Sie aßen kalte Pasta, gebratenes eingelegtes Gemüse, Oliven und tranken den süßlichen Cocktail. Pyrros betete, dass keiner seiner Jungs vor dem Spiel eine solche Mahlzeit anrührte. Das Gesöff erschien ihm völlig ungenießbar, und er fragte, ob es nicht möglich sei, einen Tsipouro zu bekommen. Tina gab die Frage an den Kellner weiter, doch der sah sie an, als käme sie vom Mars.

Sie kamen schnell ins Gespräch. Erst über Fußball und den neuen Stil, der sich zur Freude Pyrros' allerorten durchsetzte. Weder hätte Griechenland den Europameistertitel 2004 noch Italien den WM-Titel 2006 verdient. Der spanische Fußball sei das Maß aller Dinge. Pyrros plädierte im Fußball wie im Leben für das Wagnis.

Tina bohrte nach. Wann sei eine Taktik als mutig, wann als leichtfertig zu bezeichnen? Pyrros lächelte. Natürlich gebe es einen Unterschied zwischen Mut und Unüberlegtheit. Trotzdem ziehe er die Unüberlegtheit der Ängstlichkeit vor. Lieber zu fünft stürmen und sich Gegentore einfangen als ein langweiliges null zu null.

Tina hatte vor wenigen Tagen gegenüber ihrem Kollegen in einem völlig anderen Zusammenhang eine ähnliche Meinung vertreten. Gigi Barreca, der das neue Buch von Roberto Saviano las, hatte sie gefragt, wie mutig ein Journalist sein müsse. Saviano zahle einen hohen Preis. Sein Mut, sich für eine bessere Gesellschaft einzusetzen, mache es ihm unmöglich, ein einigermaßen angenehmes Leben zu führen.

Barreca hatte ihr zu verstehen gegeben, dass auch er Dinge wisse, die die 'Ndrangheta ziemlich nervös machen würden, dass er aber niemals darüber schreiben würde. Es sei unklug und würde letztlich nichts nützen.

Pyrros kannte *Gomorra*. Er hatte die griechische Übersetzung gelesen und den Autor wegen seines Mutes bewundert.

Tina war davon nicht überzeugt.

Saviano, ungefähr in ihrem Alter, hatte nichts mehr vom Leben. Wenn das Mut bedeutete, dann zog sie es vor, nicht allzu mutig zu sein.

»*Our life is just one, just now*«, fügte sie hinzu.

Pyrros sah sie mit demselben Blick an, den sie schon am Vortag bemerkt hatte. Er schlug vor, sie solle ihn zum Hotel begleiten.

Tina wollte sich schon von ihm verabschieden, als er sie auf sein Zimmer einlud.

Mutig, dachte Tina, und willigte mit einem kurzen »okay« ein.

Während der zehn Tage, die er mit der Mannschaft in Reggio Calabria verbrachte, schliefen sie jeden Tag miteinander. Im Hotel, am Strand, in der Umkleidekabine des Granillo-Stadions, wo sie der Hausmeister fast entdeckt hätte.

Der PAOK hinterließ bei dem Turnier einen guten Eindruck. Die Mannschaft schaffte es nur aufgrund des etwas schlechteren Torverhältnisses nicht auf den ersten Platz, wurde aber ausdrücklich für ihr offensives und beherztes Spiel nach vorne gelobt. Und die Experten waren sich einig, in den beiden Spielern Georgios Elytis und Stamatios Seferis die Glanzlichter des Turniers gesehen zu haben. Ihr Trainer war bester Laune und fühlte sich in seiner Arbeit vollauf bestätigt.

Die Nacht vor der Abreise verbrachten Tina und Pyrros im Hotel. Als sie am Morgen erwachte, schlief er noch. Sie stand auf und schlüpfte in ihre Kleider. Sie dachte, es sei das Beste, ohne Abschied zu verschwinden. Auch wenn ihr im Laufe der letzten Tage klar geworden war, dass es um mehr als nur eine Bettgeschichte ging.

Er hörte sie, bevor sie davonhuschen konnte.

»*Where are you going*?«, fragte er schlaftrunken, bevor sie die Tür zuzog.

Tina blieb regungslos stehen. Sie hätte ihm nicht erklären können, warum sie verschwinden wollte. Sie kroch ins Bett zurück und schlief ein letztes Mal mit ihm.

»*See you soon*«, sagte er zum Abschied mit entschlossener Stimme, als sei es das Selbstverständlichste der Welt.

Später, vom Flughafen aus, hatte er sie noch einmal angerufen. Einen Augenblick lang hatte Tina gehofft, er hätte es sich anders überlegt und würde die Mannschaft alleine fliegen lassen. Doch er hatte überaus besorgt geklungen und erklärt, dass es ein großes Problem gebe. Dann hatte er von den beiden fehlenden Spielern berichtet. Er glaubte, es handle sich um eine zufällige Verspätung oder allenfalls einen typisch jugendlichen Ausreißversuch, der sich nach ein paar Tagen wieder erledigt haben würde. Er hatte sie gebeten, Augen und Ohren offen zu halten und ihn sofort zu informieren, falls es irgendwelche Neuigkeiten über die beiden geben sollte. Er müsse jetzt mit dem Rest der Mannschaft abreisen. Doch in den folgenden Tagen spitzte sich die Situation dramatisch zu. Die Jungs schienen spurlos verschwunden zu sein. Pyrros wurde von der PAOK-Führung wegen Verletzung der Aufsichtspflicht gefeuert, und die Eltern der beiden erhoben schwerwiegende Vorwürfe gegen ihn. Dann folgte die Meldung über den Brand. Zwei Wochen nach dem Verschwinden der beiden war es sehr wahrscheinlich, ja fast sicher, dass sie nicht mehr lebten.

Während dieser beiden Wochen waren Pyrros und Tina über Internet in Verbindung geblieben. Sie hatten sich über Skype gesehen und gehört, und sie hatten viel geredet. Auch über ein mögliches Wiedersehen.

Morgen würde es so weit sein. Unter unglückseligen Umständen allerdings, ganz anders, als Tina es sich vorgestellt hatte.

Das Handy auf ihrem Nachttisch klingelte.
Tina saß aufrecht im Bett.
Viertel vor sechs, die schlaflose Nacht ging zu Ende.
Sie dachte an Pyrros.
Es war nicht Pyrros.
Es war Agatino.

11

Giulio war nach dem Aufwachen noch nie besonders schnell in Gang gekommen. An diesem Morgen gab er sich alle Mühe. Er trank einen dreifachen Espresso, wusch sich das Gesicht und putzte sich schnell die Zähne. Tinas Anruf hatte ihm keine Wahl gelassen.

Sie erwartete ihn vor der Wohnung, im Seicento. Schon seit einigen Minuten. Sie saß vornübergebeugt im Auto, mit verschränkten Armen, die Stirn auf das Lenkrad gestützt.

Als Giulio sie erblickte, stoppte er abrupt. Einen Moment lang befürchtete er das Schlimmste. Vor seinen Augen erschienen seine eigenen Fotos von Menschen, die man im Auto ermordet hatte. Doch ihre Haltung schien völlig natürlich. Tina versuchte nur, ein wenig Schlaf nachzuholen. Sie atmete tief, fast, als würde sie schnarchen.

Vorsichtig öffnete er die Beifahrertür. Er wollte sie nicht unwirsch wecken.

»Guten Morgen«, sagte er schüchtern. Er wartete, bis sie ihm aus ihren halboffenen Augen einen schrägen Blick zuwarf. Dann stieg er ein.

»Mmm«, brummte sie, »du hast es geschafft«, und warf den Motor an.

»Wohin geht's?«

»Derselbe Ausflug wie gestern und vorgestern.«

»Und warum so früh?«, traute sich Giulio noch zu fragen.

»Wir wollen schon mal einen Tisch reservieren«, gab Tina zurück, damit er den Mund hielt. Ihr war nicht nach Plaudern zumute.

Reggio dämmerte noch vor sich hin. Die Luft roch frisch und unverbraucht, ein leichter Luftzug wehte über die Anschlussstraßen, die auf die Fernstraße 106 führten, zwischen den Wohnhäusern der Stadtmitte und dem Panorama illegaler Rohbauten.

»*The best time of a day*«, hatte Pyrros gesagt, als sie einmal die ganze Nacht wach geblieben waren. Mit dem klaren Licht, einer leichten Brise auf der Haut und der durch Möwenschreie unterbrochenen Stille wurde jeder Küstenort an einem frühen Sommermorgen zum Paradies auf Erden. Selbst eine Stadt wie Reggio Calabria.

In wenigen Stunden würde sie ihn wiedersehen. Sie umklammerte das Lenkrad und hoffte, in den Bergen von Agatea nicht allzu viel Zeit verbringen zu müssen.

»Wir müssen uns was anschauen«, begann sie, als sie die Schnellstraße erreicht hatten. »Es gibt Neuigkeiten.«

Giulio war so arglos zu fragen: »Woher weißt du das?«

»Hat mir ein Vögelchen zugezwitschert«, antwortete Tina knapp.

Giulio konnte sich nicht zurückhalten: »Wer ist denn das Vögelchen?«

Tina warf ihm einen stechenden Blick zu. Aber genau das hatte sie sich natürlich auch gefragt. Doch er durfte es nicht.

Natürlich rätselte sie über die Identität des Mannes, dessen Nummer sie unter »Agatino« gespeichert hatte. Natürlich fragte sie sich, warum er sie an diesem Morgen so dringend sprechen wollte. Vorerst könne er nichts Genaueres sagen, müsse sich aber so bald wie möglich an einem bestimmten Ort mit ihr treffen, war seine Ansage gewesen.

Zwischen den Spurts auf den wenigen geraden Streckenabschnitten und den scharf genommenen Kurven versuchte Tina, ihre Schlüsse zu ziehen. Agatino musste ein Polizist sein, auf jeden Fall musste er mit der Staatsmacht zu tun haben. Vielleicht ein Gerichtsmediziner? Er kannte auffällig viele Einzelheiten aus der Untersuchung der Leichen, die seit dem Morgen, an dem ihr Artikel im *Quotidiano* erschienen war, nicht mehr namenlos waren. Oder es war sogar der Polizeichef, dem sie am Fundort der Leichen von Georgios und Stamatios begegnet war.

Als sie Agatea erreichten, schlug die Kirchenglocke gerade halb neun. Sie fuhren durch den Ort in Richtung Monte Comito. Etwa fünfhundert Meter nach dem Ortsschild auf der linken Seite, so die Auskunft des Informanten, sollten sie darauf stoßen.

Tina hatte nicht die leiseste Ahnung, was sie dort finden würden.

Sie forderte Giulio auf, die Augen offenzuhalten. Sie konzentrierte sich auf die kurvige Straße und scannte mit dem anderen Auge die Umgebung ab. Ringsum erhoben sich die kahlen Berge über einer Landschaft aus Felsen und Gestrüpp. Weiter oben strahlte der Aspromonte eine trügerische Ruhe aus. An den Gebirgshängen zogen sich die Wälder hinauf, die schon die Schiffsbauer des alten Rom zu schätzen gewusst hatten und an denen heute Entführer Gefallen gefunden hatten.

Giulio entdeckte das Auto auf der Staubstraße, die zu einem ebenen Vorsprung führte, gleich hinter einer Reihe von Feigenkakteen.

»Dort!«, brüllte er, und Tina stieg in die Eisen. Am Telefon hatte der Informant ihr empfohlen, auf jede Kleinigkeit zu achten und jedes Detail zur Kenntnis zu nehmen. Aus Tinas Sicht eine überflüssige Aufforderung. Auf Details zu achten war Teil ihrer Arbeit.

»Siehst du den alten Fiat?«, fragte er.

Tina nickte. »Los, lass uns aussteigen.«

Sie hörte das Brummen eines Motors und dachte, sie hätte vergessen, den Seicento abzustellen. Sie drehte sich um. Doch Giulio wies, seine Kamera schon in der Hand, auf das Auto hinter den Feigenkakteen.

»Ein Croma, würde ich sagen«, flüsterte er, während sie sich dem Auto näherten.

Tina hörte ihm schon nicht mehr zu. Sie behielt den Wagen im Blick und suchte bei jedem Schritt nach etwas Auffälligem. Dornen eines trockenen Brombeerstrauchs bohrten sich in ihre Ferse. Wieder hatte sie vergessen, feste Schuhe anzuziehen. Sie blieb stehen und zog die Dornen heraus, einen Schmerzensschrei unterdrückend.

»Ist jemand da?«, fragte sie, immer noch flüsternd. Ihre eigene Stimme gefiel ihr nicht. Sie rief nun lauter: »He, da hinten, ist da jemand?«

Bis zum Auto waren es noch ungefähr dreißig Meter. So früh am Morgen war es unwahrscheinlich, dass sich ein Pärchen hierhin zurückgezogen hatte. Außerdem hätten die den Motor abgestellt. Giulio bemerkte den Schlauch zuerst. Instinktiv folgte er seinem Reflex, zu fotografieren, bevor er Tina am Arm packte und sie darauf hinwies. Zehn Meter von der Motorhaube des Croma entfernt, konnten sie das Nummernschild erkennen. Tina schnupperte in der Luft, aber es war nichts zu riechen.

»Kohlenmonoxid riecht man nicht«, klärte Giulio sie auf.

Der Schlauch führte vom Auspuff durch ein Rückfenster ins Innere des Autos. Auf dem Fahrersitz lag ein korpulenter Mann mit schwarzem Schnurbart, das Gesicht zur Grimasse verzerrt, die Augen halboffen. Tina blieb vor der Autotür stehen und beobachtete ihn einige Sekunden. Lange genug, um festzustellen, dass er nicht mehr atmete. Dann rannte sie los, ohne auf die Disteln und Brombeerstrauchdornen zu achten, die schmerzend in ihre Füße stachen.

Sie beugte sich vornüber. Da sie nicht gefrühstückt hatte, erbrach sie nur etwas Magensaft. Das schien sich zu ihrer Standardreaktion zu entwickeln, sobald sie auf den Tod traf.

Giulio folgte ihr, um zu helfen. Aber sie schickte ihn unwillig fort. Sie richtete sich auf und wischte den Mund mit Blättern ab. Dann blickte sie wieder in Richtung Croma.

»Rufen wir die Polizei«, sagte sie entschlossen.

Sie zog das Handy aus der Tasche. Doch natürlich gab es keinen Empfang. Wie im gesamten Umland von Agatea. Sie mussten ein paar Kilometer weiter, weg von diesem Kaff, um wieder mit der Welt Kontakt aufnehmen zu können.

Tina dachte an die Worte des Informanten. Auf jede Einzelheit achten, auf das kleinste Detail.

»Sind wir sicher, dass er tot ist?«, fragte Giulio.

Tina war davon überzeugt. Sie hatte ihn lange genug beobachtet, um festzustellen, dass er sich nicht bewegte, nicht atmete. Sie wusste, dass sie Spuren hinterlassen würden, wenn sie die Tür öffneten, um sich vom Ableben des Mannes zu überzeugen. Vielleicht würden sie auch andere Spuren verwischen. Vor allem war es ein Schritt, der nicht mehr rückgängig zu machen sein würde.

Sie stockte.

Dann öffnete sie die Tür und tastete nach der Halsschlagader des Mannes. Kein Pulsschlag. Sie hielt ihm eine Hand vor Nase und Mund. Keine Atmung. Sie legte die Hand auf sein Herz. Er war tot.

Bevor sie sich aus dem Auto zurückzog und sich aufrichtete, stellte sie instinktiv den Motor ab. Als sie sich nach vorne beugte, um den Schlüssel umzudrehen, bemerkte sie die rechte Hand des Mannes an der Handbremse. Daneben lag ein Zettel.

»Ich selbst legte das Foier«, lautete der erste Satz. Geschrieben in einer ungelenken, unsicheren Handschrift. Der Tote war erwachsen, aber die Schrift hätte auch die eines Zweitklässlers sein können.

Tina stieg zitternd aus dem Auto. Sie rang nach frischer Luft. Das Kohlenmonoxid im Auto war geruchslos. Giulio hatte sie darauf hingewiesen, dass man sich zunächst wie betrunken fühlte. Doch ihr Kopf war völlig klar. Sie öffnete sämtliche Türen des Autos.

»Du hast dich schmutzig gemacht.«

Giulio zeigte aus gebotener Entfernung auf den hellroten Streifen über ihrer linken Brust. Sie berührte den Fleck. An der Spitze ihres Zeigefingers blieb etwas Rot zurück. Sie begriff, um was es sich handelte. Dann bemerkte sie die tiefe Schürfwunde am linken Puls des Mannes. Das Blut war fast vollständig geronnen. Die Aufschürfung zog sich von den Venen ausgehend um das gesamte Handgelenk herum.

Komisch, er hatte auch versucht, sich die Pulsadern aufzuschneiden. Und das auf solch merkwürdige Weise.

»Moment«, unterbrach sie zu Giulio, rieb sich voller Abscheu die Blutspuren von Daumen und Zeigefinger und nahm den Zettel in die Hand. Sie ließ Giulio ein Foto davon machen, dann las sie laut vor:

»Ich selbst legte das Foier. Ich tat es für die Herde meines Vaters, ohne sein Wissen, damit die Schafe besser Gras haben. Ich bin ser traurig wegen der toten Jungen. Ich will nicht das mich meine Familie für einen Morder helt. Ich bin kein Morder. Ich habe das nicht gewolt. Ich bitte um Vergebung für meine Sunden.«

Tina zögerte einen Augenblick. Giulio, der auf dem Display seiner Kamera mitlas, verstand, dass sie das Wort nicht entziffern konnte. Er vergrößerte das Bild.

»Das ist die Unterschrift. Ich würde sagen, da steht … Giovanni Cutrupi.«

»Ich würde sagen, wir rufen jetzt die Polizei«, antwortete Tina und lief zum Seicento.

12

Sie hatte den Tod noch nie aus solcher Nähe erlebt. Vielleicht würde sie im Laufe der Zeit besser damit klarkommen. Aber sie konnte wahrlich nicht behaupten, sich bis jetzt in irgendeiner Form daran gewöhnt zu haben. Drei Leichen in drei Tagen. Zwei verkohlt und zusammengekrümmt. Dagegen erschien die dritte fast harmlos. Der Mann sah aus, als würde er schlafen. Für eine vierte hatte sie trotzdem keinerlei Bedarf.

Sie fuhren die Bergstraße des Monte Comito nach Agatea hinunter, als Giulio noch einmal Cutrupis Botschaft vorlas. Der arme Sünder hatte sich umgebracht und dabei auf einem Blatt Papier gestanden, der Brandstifter vom 13. August und der unwillentliche Mörder der beiden griechischen Jungen zu sein.

Tina war ratlos. »Ich glaub das nicht. Irgendwas stinkt an der Sache.«

Im Ort hielten sie an. In ganz Agatea waren keine Journalisten mehr zu finden. Durch die Veröffentlichung der Namen der Toten hatte Tina den medialen Spannungsbogen zunichte gemacht und die von ihren Kollegen produzierte Seifenblase zum Platzen gebracht.

Sie stiegen aus und sahen sich um. In Agatea gab es keine Polizeiwache, aber vielleicht traf man auf einen Polizisten oder Carabinieri: auf der Piazza, auf der kleinen Promenade oder vor dem Rathaus hinter der Kirche.

Und womöglich würde die Staatsmacht nach dem Auftritt der Motorradgang etwas mehr Autorität demonstrieren. Aber nirgendwo war auch nur die Spur eines Polizisten zu sehen. Doch es schien ihr nicht sonderlich ratsam, sich allzu auffällig nach der Polizei zu erkundigen.

Während sie sich umschaute, lief Giulio zum Kiosk an der Piazza und kam mit einem Stapel Zeitungen zurück. Sie überflog die Schlagzeilen und fand ihren Namen auf der Titelseite des *Quotidiano*, verzichtete aber darauf, den Artikel noch einmal zu lesen. Eine weitere von Gigi Barrecas Lektionen: Geht ein Projekt zu Ende, mach dir nicht allzu viele Gedanken über das Ergebnis. »Solltest du es je auf die erste Seite schaffen, sieh zu, dass es nicht bei der einen Titelstory bleibt.« Als er ihr das gesagt hatte, hingen ihre Chancen auf eine Titelstory noch an den Spielergebnissen der Reggina oder den Ergebnissen der wenigen kalabrischen Spitzensportler.

»Keine Polizei weit und breit! Wir müssen runter nach Africo«, sagte Tina und runzelte die Stirn.

Schon die ganze Zeit über war Giulio ihr ungewöhnlicher Gesichtsausdruck aufgefallen. Eine Spur von Unruhe, die in ihren Zügen spielte. Giulio hatte während der Fahrt Fotos von ihr gemacht. Sie hatte es wie immer nicht bemerkt. Und er meinte, auf ihrem Gesicht einen Ausdruck ungeduldiger Erwartung zu erkennen, offenbar aufgrund der Nachrichten des Informanten. Doch auch nach dem Fund von Cutrupis Leiche war der Gesichtsausdruck nicht verschwunden.

»Was ist los? Träumst du wieder?«, riss ihn Tina aus seinen Überlegungen. Sie schnippte mit den Fingern vor seiner Nase.

»Ich habe nachgedacht.«

»Ich denke auch nach«, antwortete Tina und lief zum Seicento. »Kannst du dir vorstellen, dass man nachdenken kann, während man etwas anderes tut? *Multitasking*, schon mal gehört?«

»Nein, nie«, gab er die Provokation zurück und stieg ins Auto, verharrte aber abrubt, noch mit einem Bein auf der Straße, zog die Kamera aus der Tasche und fummelte daran herum.

»Da siehst du's«, bohrte Tina weiter. »Während du nach einem Foto suchst, könntest du dich auch schon ins Auto setzen, damit wir loskommen.«

Giulio starrte auf die Fotos von Cutrupis Leiche.

»Tina, woher hast du das gewusst?«

Natürlich, der Informant hatte es ihr gesagt. Eine Quelle fragt man nicht, woher sie ihre Informationen hat. Sie hat sie und fertig. Aber: Wenn der Informant etwas mit der Polizei zu tun hatte, warum waren dann keine Polizisten oder Carabinieri vor Ort? Kamen ihre Informationen etwa aus einer ganz anderen Ecke? Die Sache mit Cutrupi gefiel ihr nicht. Sie hatte ihn als Erste entdeckt, dank des Hinweises.

»Giulio, wir sind rein zufällig dort vorbeigefahren, ist das klar?« Sie bemühte sich, so überzeugend wie möglich zu klingen.

»Aber wenn …«

»Zufällig, Giulio! Oder wie zum Geier willst du das der Polizei erklären?«

Der Fotograf nickte.

Tina ließ ihm meist nur die Möglichkeit, schweigend zuzustimmen. Aber sie sah schön aus, wenn sie sich bemühte, die entschlossene Frau zu spielen. Als sie sich der Küste näherten, hatten sie endlich wieder Empfang. Kaum war der dritte Streifen auf dem Display zu sehen, hielt Tina an und wählte die 113.

»Guten Morgen, ich habe ein Auto mit einer Leiche gefunden …«

»Könnten Sie das bitte wiederholen?«, antwortete eine Stimme, die klang, als hätte man sie gerade erst zum Telefondienst verdonnert – wahrscheinlich eine Praktikantin.

Tina wiederholte, was sie gesagt hatte und ergänzte das wenige um eine Ortsangabe: »Nicht weit von Agatea.«

»Agatea, sagen Sie? Das ist in Kalabrien, oder?« Die Praktikantin war offensichtlich überfordert.

Tina bestätigte.

»Einen Augenblick bitte, ich stelle Sie zu meinen Kollegen aus Kalabrien durch«, entledigte sich die Praktikantin rasch der Angelegenheit.

Tina erklärte ihrem neuen Gesprächspartner, dass sie ein Auto und eine Leiche gefunden hatten, in der Nähe von Agatea. Den Telefonisten schien die Nachricht zu erleichtern. »Ach so, ein Auto und eine Leiche in der Nähe von Agatea?«

»Genau.«

»Dann ist alles klar, wir sind schon seit ein paar Stunden vor Ort.«

»Das ist unmöglich.«

»Junge Frau, meine Kollegen sind seit sieben Uhr morgens auf der Straße nach Roncaglio, seit ein Jeep …«

»Eben, ich spreche nicht von einem Jeep … Es geht um einen alten Croma, und da drin liegt ein Typ, der sich umgebracht hat. Glaube ich.«

»Sind Sie noch vor Ort? Ich würde gerne Ihre Personalien aufnehmen.«

Tina legte auf.

Sie stieg ins Auto und fragte Giulio nach der Straße Richtung Roncaglio. Giulio schlug die Karte auf. Tina starrte auf ihr Handy. Seit einigen Minuten hatten sie wieder Empfang. Hätte sie jemand erreichen wollen, müsste jetzt eine Nachricht erscheinen. Doch nichts, obwohl Pyrros vom »ersten Flug« gesprochen hatte.

Sie wusste, dass es nur wenige Flüge von Thessaloniki nach Kalabrien gab. Einen Direktflug nach Lamezia Terme, der am späten Nachmittag ankam, gegen sechs. Ansonsten noch Flüge nach Reggio über Rom oder Mailand, die alle erst nach 22 Uhr ankamen.

Sie wägte ab, ihm eine Nachricht zu schicken. Sie könnte ihm schreiben, dass sie die nächsten Stunden nicht erreichbar sein würde, dass sie sich aber bemühen würde, ihn am Flughafen abzuholen. Sobald sie wusste, an welchem Flughafen er ankam, Reggio oder Lamezia. Nein, es war besser, ihn in Ruhe zu lassen, nach dem Schock des Vortages.

»Es ist die andere Straße«, unterbrach sie Giulio und zeigte auf die Landkarte, als hätte er gerade Amerika entdeckt. »Siehst du? Von Agatea aus fährt man nicht den Monte Comito hoch, so wie wir, sondern den Monte Ruscione. Dort kommt man auf die Straße nach Roncaglio.«

Tina benötigte keine weiteren Erklärungen. Sie wendete und fuhr zurück.

Am Monte Ruscione trafen sie auf eine Kolonne geparkter Autos und über dreißig Schaulustige, die in die Schlucht schauten. Darunter auch einige Journalisten vom Vortag. Die wenigen, die nach der Veröffentlichung der Namen der beiden Leichen nicht wieder abgereist waren. Auch wenn diese von offizieller Seite erst noch bestätigt werden mussten. Des Weiteren standen zwei Streifenwagen und ein Feuerwehrauto am Straßenrand.

Nur von dort war einigermaßen zu erkennen, was in die Schlucht gestürzt war: ein völlig verbeulter Jeep, der eine Reihe metallener Einzelteile über die Felsen verstreut hatte. Auf einer Felsspitze der Körper eines Mannes, dessen Becken in skurrilem Winkel vom Oberkörper wegknickte, darunter ein Blutteppich.

In unmittelbarer Nähe standen zwei Polizisten und ein Mann in Zivil, der gestikulierend in ein Funkgerät sprach.

Oben bemerkte Tina einen weiteren Mann in Zivil, ebenfalls mit Funkgerät. Um ihn herum Journalisten in Respekt erheischendem Abstand. Sie erwarteten eine Erklärung oder hofften auf eine unüberlegte Äußerung. Tina erkannte ihn sofort. Es war der Typ mit dem schwachen Magen und den Ingwerpastillen. Der Mann, den sie für den Chef hielt. Wenn nicht gar für ihren Informanten.

Sie näherte sich den Journalisten. Hörte, wie ein Radio-Reporter in sein Mikrofon sprach.

Ein Schäfer hatte in der Dämmerung des gestrigen Abends die Überreste eines Jeeps entdeckt. Die ersten Helfer hatten in der Nähe des Autos eine Leiche gefunden und den Tod des Mannes festgestellt. Die Dunkelheit und das unwegsame Gelände hatten bislang eine genauere Untersuchung verhindert. Der Unfallhergang konnte noch nicht geklärt werden. Falls es sich überhaupt um einen solchen handelte. Es ließ sich zwar über menschliches Versagen oder ein Bremsproblem mutmaßen. Erklärungsbedürftig schien aber, warum der Mann außerhalb des Autos lag. War es möglich, dass er aus dem Wagen geschleudert worden war? Sicher war jedenfalls, dass es sich um einen Jeep handelte. Ein Wrangler, angemeldet auf den Namen Domenico Quattrones, eines Vorbestraften aus der Gegend. Ersten Gerüchten zufolge war der Tote kein anderer als eben dieser Quattrone.

Der Journalist beschloss seine Aufnahme mit Mutmaßungen über den Zusammenhang zwischen dem Motorradkorso und der Brandstiftung. Nach Tinas Ansicht wagte sich ihr Kollege mit dieser Rekonstruktion der Ereignisse etwas zu weit vor. Genau wie Giulio. Nur, dass es bei diesem körperlich zu verstehen war.

Tina sah ihn über die Böschung gebeugt, die Kamera weit nach vorne gerichtet. Sein Oberkörper ragte schwebend über den Abgrund. Eine Hand auf den Boden gestützt, in der anderen den Fotoapparat, versuchte Giulio das Gleichgewicht zu halten. Auch einer der Polizisten erkannte die Gefahr, abgesehen davon, dass sich der Fotograf jenseits der rotweißen Absperrung aufhielt.

Der Polizist brüllte, Giulio solle sich sofort von der Schlucht entfernen. Giulio kroch ein Stück zurück und richtete sich langsam auf. Inzwischen hatten sich die anderen Journalisten umgedreht, um die Szene zu beobachten. Ein solches Verhalten schien für sie inakzeptabel. Eine Sache für Paparazzi. Ein Journalist der *Gazzetta del Sud* erkannte Giulio, stieß einen Sermon gemurmelter Beleidigungen aus und bedachte ihn mit bösen Blicken.

In diesem Augenblick des Durcheinanders fixierte Tina unmittelbar vor dem Absperrband den Polizeichef, um Kontakt mit ihm aufzunehmen.

Der Mann senkte sein Funkgerät und musterte sie. Er lächelte kalt, aber nur einen Augenblick lang. Dann sah er wieder weg. Tina war nicht klar, ob er sie nicht erkannt hatte oder ob es sich um ein Zeichen handelte, dass nur sie beide verstehen konnten.

Sie sprach einen Polizisten im abgesperrten Bereich an, einen Jungen mit misstrauischer Miene.

»Ich muss mit Ihrem Vorgesetzten sprechen«, sagte Tina und zeigte auf den Chef.

»Die Pressekonferenz findet später statt«, sagte der Polizist selbstsicher.

»Ich stelle ihm schon keine dummen Fragen«, setzte Tina nach. »Er wird wohl eher Fragen an mich haben.«

Der Polizist sah sie verwirrt an.

»Ich sage ihm Bescheid, warten Sie.«

Er lief zum Chef, sprach leise ein paar Worte und zeigte auf Tina.

Der Chef drehte sich noch mal zu ihr um.

»Romeo war Ihr Name, wenn ich mich nicht irre ...« sagte er in galligem Tonfall, als er auf sie zukam. »Sind Sie auch diesmal rein zufällig hier, als leidenschaftliche Wanderin?«

Tina schluckte.

»Schon komisch, dass ihr Sonntagsspaziergänger anschließend Artikel schreiben dürft, die auf die erste Seite kommen.«

»Ich bin als Privatbürgerin hier, die Ihnen etwas mitzuteilen hat.«

»Ich höre«, sagte der Polizeichef spöttisch.

»Ich habe heute Morgen einen Toten gefunden ...«

Ein paar Sekunden Schweigen.

»Ein Typ, der geschrieben hat, er habe sich umgebracht. Ich hab' ihn in einem Auto gefunden«, sagte Tina. »Aber vielleicht wissen Sie ja schon Bescheid.«

»Was soll das heißen? Von was für einem Mann reden sie?«, platzte es barsch aus dem Polizeichef heraus.

Tina schreckte zurück. Sie hatte einen Fehler gemacht. Er wollte nicht als Informant enttarnt werden, natürlich nicht.

»Wo ist der Mann?«, fuhr der Polizeichef fort, immer noch in Rage.

Tina zeigte auf die Straße nach Agatea.

»Auf der anderen Seite, am Fuß des Monte Comito«, antwortete sie zögerlich.

»Warum haben Sie uns nicht sofort informiert?«

»Dort, wo er liegt, gibt es keine Funkverbindung«, sagte Tina. »Aber wenn Sie wollen, kann ich Ihnen die Stelle auf der Karte zeigen.«

»Von wegen Karte«, sagte der Polizeichef und packte sie am Arm. »Sie kommen mit.«

13

Giulio, noch immer hinter dem Absperrband im verbotenen Bereich, aus dem ihn der Polizist jetzt verjagte, sah hinter dem Gewirr aus erhobenen Händen, Foto- und Aufnahmeapparaten, wie Tina mit Inspektor Modafferi sprach. Sah, wie dieser sie am Arm packte und wegführte. Er bemerkte Tinas verwirrten Blick, als sie sich unter dem rotweißen Band durchbückte, das der Inspektor für sie hochhielt, und fuchtelte mit den Armen. »Tina!« rief er, während die Journalisten die Szene ungläubig verfolgten.

Tina wandte sich zu ihm und drehte den Zeigefinger in kreisenden Bewegungen durch die Luft: Wir sehen uns später.

Wie, später? fragte sich Giulio, ohne die Gelegenheit zu verpassen, ein paar Fotos von ihr und dem sich entfernenden Inspektor Modafferi zu schießen.

Der Polizeichef ließ ihren Arm los.

»War er bei der Entdeckung der Leiche dabei?«, fragte er trocken.

Tina nickte.

Doch anstatt Giulio herbeizuzitieren, lief er geradeaus weiter. Wahrscheinlich wollte er mit ihr allein sein. Vielleicht würde er ihr im Gespräch unter vier Augen verraten, dass er der Informant war. Vielleicht würde er sie zurechtweisen für ihr voreiliges Verhalten.

»Gabrielli, komm mal her«, befahl er einem Beamten, der bei einem der beiden geparkten Streifenwagen stand.

Der Beamte näherte sich.

»Halt das mal«, sagte der Polizeichef und überreichte ihm das Funkgerät. »Hast du was zu schreiben?«

Der Beamte krustelte in seinen Taschen.

Der Polizeichef holte einen Notizblock und einen Kugelschreiber aus der ledernen Gürteltasche, die er an seiner Jeans trug.

»Schreib alles auf, was dir Dr. Russo von dort unten berichtet«, sagte er. »Jedes Wort, und verlier mir nicht den Kugelschreiber. Ich komm bald wieder.«

»Zu Befehl, Herr Inspektor«, antwortete Gabrielli und nahm Haltung an.

Der Polizeichef seufzte. »Nicht so steif, Gabrielli. Gib mir mal den Autoschlüssel.«

Sie stiegen in den drückend heißen Punto der Polizei. Der Polizeichef startete und schaltete die Klimaanlage an.

»Ich«, sagte er, während er das Auto wendete und Richtung Agatea fuhr, »bin Inspektor Roberto Modafferi.«

»Tina Romeo«, antwortete sie und reichte ihm spontan die Hand.

Roberto Modafferi: Den Namen hatte sie schon gehört.

»Freut mich, Romeo. Aber ich wusste schon, wie Sie heißen«, fügte er mit zweideutigem Lächeln hinzu.

Er schüttelte ihr rasch die Hand, bevor er den Gang wechselte. Im Punto wurde es langsam kühler. Und es herrschte Schweigen.

Giulio sah sie ins Auto steigen und davonfahren.

Wo brachte er sie hin? Er kannte Modafferi vom Sehen. Er zählte ihn zu den ernst zu nehmenden Polizisten. Auch Gigi Barreca hielt große Stücke auf ihn.

Giulio hatte ihn am Fundort der Leichen von Georgios und Stamatios gesehen, als er hinter einem Felsen versteckt die Fotos schoss.

Ein Gerücht besagte, er sei ein Playboy. Giulio glaubte das nicht. Modafferi hatte einfach eine starke Ausstrahlung, die nicht mit seiner Uniform zusammenhing. Tatsächlich hatte er ihn noch nie in Uniform gesehen. Modafferi brüstete sich nicht mit den zwei goldenen Fünfecken, die Giulios Vater, ein Inspektor der Gefängnispolizei, so gerne zur Schau stellte.

Modafferi trug Markenjeans und je nach Jahreszeit ein Hemd, das immer locker über dem Gürtel hing, oder einen Pullover, dazu sportliche Schuhe und die immer gleiche Gürteltasche. Die Haare kurz, pflegte er seinen Dreitagebart mit einem Gesichtsausdruck, der zwischen Arglosigkeit und Ausgebufftheit changierte. Trotz seiner lässigen Art hatte er sich die Bewunderung seiner Kollegen gesichert.

Seine Laufbahn war makellos. 1999 hatte er als Quereinsteiger an einer Ausschreibung teilgenommen und war in der landesweiten Prüfung ohne jegliches Empfehlungsschreiben auf den zweiten Platz gekommen. Auf Titel oder Rang wurde bei der Prüfung kein besonderer Wert gelegt, und Modafferi war damals gerade noch im zulässigen Alter. Er war dreißig, mit einem Doktor in klassischer Literatur. Als er von der Ausschreibung hörte, legte er die Keramiken von Chalkis und die Herodot-Übersetzungen beiseite und widmete sich der Prüfungsvorbereitung. Nach acht Monaten des Studiums hatte er es geschafft. Warum er vor nunmehr zehn Jahren zur Polizei gewechselt war, bei der er nie Karriere machte, blieb sein Geheimnis. Dass er nie Karriere machte, schien ganz oben beschlossen worden zu sein. Modafferi war zu ehrlich, zu integer.

Und Giulio konnte sich nicht vorstellen, dass er ein Playboy war. Es passte einfach nicht zu ihm. Doch jetzt war er mit Tina davongefahren. Während Giulio zurückblieb wie ein Fisch auf dem Trockenen.

Aber was wollte er eigentlich mehr? In den letzten Tagen war Giulio Tina näher gekommen, als er vor kurzem auch nur zu träumen gewagt hätte. Er war bei ihr zuhause und mit ihr zusammen am Meer gewesen. Die fünf Jahre Altersunterschied waren kein Hindernis. Bei Tina spielte das Alter keine Rolle. Dieser griechische Trainer, mit dem sie angeblich ein Techtelmechtel gehabt haben sollte, war deutlich älter als sie. Bestimmt mehr als zehn Jahre. Giulio hatte es anfangs nicht geglaubt. Doch dann hatte er sie zusammen im Seicento gesehen.

Er blickte auf die Uhr. Schon seit einer halben Stunde waren die beiden nun weg. Wie lange würden sie ihn hier noch warten lassen?

Tina schwieg die ganze Fahrt über. Sie fühlte sich nicht wohl auf dem Beifahrersitz.

Pyrros dagegen war der ideale Mit- und Beifahrer. Er war nie angespannt, auch nicht beim Überholen auf kurviger Strecke. Nur hin und wieder stellte er Touristenfragen: wo sie waren, wie etwas hieß. Tina antwortete und er bat sie, dasselbe auf Italienisch zu sagen. Als ob er die Sprache lernen wollte. Sie konnte nur ein paar Worte Griechisch: *paracalò*, *efkaristò*, *kalimera* und *kalispera*.

Noch immer hatte er nichts von sich hören lassen, dachte Tina mit Blick auf ihr Telefon, das schon wieder keinen Empfang anzeigte.

Modafferi verlangsamte, als sie Agatea erreichten. Das Auto-Funkgerät hörte auf zu krächzen und wechselte zu einem leisen Piepton.

»Und? Soll ich zum Monte Comito hochfahren?«, fragte Modafferi, während sie sich kleinmachte, um nicht im Polizeiauto gesehen zu werden. Tina nickte, als sei das die klarste Sache der Welt.

Sie durchquerten den Ort und bogen auf die Straße, die zum Berg hochführte.

»Sie sagen mir, wo und wann ich anhalten soll«, sagte der Inspektor, sobald sie die erste Kurve erreichten.

Sie betrachtete ihn von der Seite. Meint er es ernst oder stellt er sich dumm, fragte sie sich. Sicher wollte er sie auf die Probe stellen. Tina versuchte sich an die Stimme des Informanten zu erinnern und sie mit der des Mannes neben ihr in Verbindung zu bringen. War es dieselbe? Schwer zu sagen.

»Noch ein paar Kurven«, sagte Tina.

Zweihundert Meter vor der Stelle, an dem der Croma stand, kam ihr die Idee.

Sie ließ ihn an den Feigenkakteen vorbeifahren, ohne etwas zu sagen. Dabei beobachtete sie, wie er den Fuß vom Gaspedal nahm und unauffällig in Richtung Croma blickte, um dann weiterzufahren. Bastard, dachte Tina. Er wusste, wo das Auto stand, wollte es aber nicht zugeben.

»Entschuldigen Sie«, sagte sie ein paar Sekunden später mit gespieltem Bedauern. »Ich habe nicht aufgepasst.«

Modafferi bremste. »Sind wir schon vorbei?«

Tina musterte ihn. Spielte er oder spielte er nicht?

»Nun?«, bohrte der Inspektor nach. »Sind wir vorbei?«

»Wenden Sie bitte«, sagte Tina. »Rückwärtsfahren ist gefährlich.«

Modafferi legte nach dem umständlichen Wendemanöver auf der schmalen Straße gerade den zweiten Gang ein, als Tina ihn erneut stoppte.

»Hier, hier ist es!«, sagte sie und zeigte nach rechts.

Modafferi sah sie missmutig an und parkte in einer Ausbuchtung neben der Straße.

Er stieg aus. Tina zeigte auf das Heck des Croma. Für einen kurzen Moment liefen ihr verschiedene Szenarien durch den Kopf: Der Croma war leer, der Zettel mit Cutrupis Geständnis fehlte, Cutrupis Schädel war von Kugeln durchlöchert.

Sie ließ Modafferi voraneilen, während sie auf Brombeerstacheln und Disteln achtete.

Alles war genau wie vorher.

Der zur Seite geneigte Mann, der Zettel, die Wunde.

Modafferi lief um den Croma herum, sah sich den Schlauch an, der ins Rückfenster führte, warf einen Blick auf die Reifen und suchte vergeblich nach einer Bremsspur. Dann wandte er sich der Leiche zu, blieb aber in respektvoller Entfernung.

Er wirkte unsicher, ging ein paar Schritte zurück, legte eine Hand auf den Magen und schloss die Augen. Dann nahm er die Ingwerpastillen aus seiner Gürteltasche und schluckte zwei Kapseln.

»Giovanni Cutrupi«, sagte er, als er sich dem Auto wieder näherte. Den Zettel hatte er noch nicht gesehen. »Auch Giuanninu der Padrinu genannt. Ein kleiner Fisch aus der ’Ndrina von Don Peppe Parisi.«

Tina erschien diese ganze Inszenierung lächerlich. Wollte er sie mit seinem Scharfsinn beeindrucken? Es war doch klar, dass er den Namen des mutmaßlichen Selbstmörders kannte. Schließlich hatte er sie hierher gewiesen. Modafferi zog seine Latexhandschuhe aus der Gürteltasche, streifte sie über und öffnete die Autotür.

Er begutachtete die Leiche aus der Nähe und kontrollierte den Inhalt der Taschen. Eine Geldbörse mit 70 Euro und ein eingeschaltetes Handy, dessen Display keinen Empfang und einen niedrigen Ladestand anzeigte. Der Inspektor lief um das Auto herum, um sich durch die gegenüberliegende Tür wieder hineinzubeugen. Ohne ihn in die Hand zu nehmen, las er den Zettel mit Cutrupis Geständnis.

»So ein Quatsch«, stieß er hervor und richtete sich auf.

Auch er glaubte also nicht daran.

»Wieso?«, fragte Tina sofort.

»Kommen Sie, Romeo, ich zeig Ihnen was …«

Tina lief zu ihm. Der Inspektor roch angenehm, trotz der Schwüle schien er nicht zu schwitzen. Modafferi ging wieder auf die Seite des Autos, auf der Cutrupi saß und zeigte ihr die Verletzungen am Handgelenk.

»Sie haben ihn ans Lenkrad gefesselt«, sagte er und zeigte auf die Kerben im Kunststoff.

»Irgendwer war hier und hat ihm beim Sterben zugesehen«, fuhr der Inspektor fort. »Ein Tier wie Cutrupi hätte sonst einfach das Lenkrad herausgerissen.«

»Außerdem …«

Tina schluckte. Plötzlich schoss ihr durch den Kopf, warum Cutrupi nicht unbeabsichtigt den Tod der beiden Jungs verschuldet haben konnte. Die eingeschlagenen Schädel. Warum hatte sie nicht gleich daran gedacht?

Modafferi sah sie an.

»Außerdem hätten Sie mich darauf hinweisen müssen, dass Sie im Auto waren. Sie wissen, dass Sie die Spurensicherung erschwert haben?«, sagte er missbilligend.

»Wie kommen Sie denn darauf?«, gab Tina widerwillig zurück.

Er zeigte auf ihr Shirt.

»Ist das Cutrupis Blut?«

Tina hob instinktiv die Hand vor die Brust.

»Ist was Cutrupis Blut?«

»Und Sie haben den Motor abgestellt … Es wird ein bisschen schwierig sein, der Spurensicherung zu erklären, wie Ihre Fingerabdrücke hierherkommen. Falls die Spurensicherung das überhaupt überprüft. Ich habe nur eine Bitte. Ich weiß, welchen Beruf Sie ausüben. Trotzdem sollten Sie die Geschichte mit dem Selbstmord für ein paar Tage vergessen. Es ist die Geschichte, die man uns glauben machen will. Versuchen wir den Grund herauszufinden, bevor wir falsche Meldungen in Umlauf setzen. Wollen Sie Parisi den Brand in die Schuhe schieben? Ich verstehe nicht, welche Rolle die beiden Jungen in dieser Sache gespielt haben.«

»Vielleicht waren sie nur zufällig dort und Cutrupi ...« Tina sprach den Satz nicht zu Ende.

Modafferi warf ihr einen zornigen Blick zu.

»Sie haben wohl nicht gesehen, wie die beiden zugerichtet waren.«

»Ich würde lieber nicht darüber reden.«

»Sie waren nicht nur verbrannt ...«

»Vielleicht hat Cutrupi sie überrascht. Er wollte keine Zeugen, also hat er ihnen die Schädel eingeschlagen.«

Modafferi wurde bleich. »Woher wissen Sie das mit den eingeschlagenen Schädeln?«

Er stellte sie schon wieder auf die Probe.

»Offizielles Untersuchungsergebnis. Macht in meinen Kreisen seit ein paar Tagen die Runde«, antwortete sie.

Der Inspektor riss sich die Handschuhe von den Händen und warf sie auf den Boden.

»Romeo, in Ihren Kreisen machen für meinen Geschmack ein paar Sachen zu viel die Runde«, blaffte er und lief zum Punto.

War er der Informant oder nicht?

Spielte er ihr was vor oder steckte er hinter den Telefonhinweisen?

Tina folgte ihm zum Streifenwagen. Einen Moment lang dachte sie darüber nach, ihn direkt zu fragen. Sie hätte die Frage ausdrücklich gestellt, ohne Umschweife. Vielleicht konnte sie ihm das Display ihres Handys zeigen und fragen, ob Agatinos Nummer dieselbe war wie seine. Oder sie konnte ihn anrufen und warten, ob sein Handy klingelte.

Sie stiegen in den Punto. Im Auto war es wieder glühend heiß.

»Was macht denn noch so die Runde, in Ihren Kreisen, abgesehen von den eingeschlagenen Schädeln?«, fragte er.

»Nichts«, beteuerte sie und wurde ob Modafferis Informantentätigkeit immer unsicherer. Sie zog es vor, ihn nicht in Bedrängnis zu bringen. Er sollte keinen Verdacht schöpfen. Sich womöglich noch die Nummer Agatinos aufschreiben.

»Heute Abend kommt eine Delegation aus Griechenland. Die Eltern der Jungen, ein paar Kollegen von der Polizei. Sie sollen die Leichen identifizieren«, sagte Modafferi resigniert. »In Wirklichkeit kommen sie nur, um sie abzuholen. Die beiden … Na ja, Sie haben ja gesehen, wie man sie zugerichtet hat. Aber was erzähl ich Ihnen? Sie wissen ja schon alles.«

Tina nickte mit abwesendem Blick. Pyrros würde Teil der Delegation sein.

»Um wie viel Uhr kommen sie an?«

»Gegen zehn«, sagte der Inspektor und lenkte den Wagen in Richtung Agatea. Als sie den Ort erneut durchquerten, waren beide in Gedanken sichtlich woanders.

Modafferi sah sich um, als sei der Ort ein magischer Würfel. Als könne er dessen Geheimnis durch ein paar präzise abgestimmte Bewegungen lüften, durch eine nach reiflicher Überlegung sich plötzlich einstellende Eingebung. Doch er konnte Agatea nicht in die Hand nehmen, konnte den Ort nicht drehen und wenden.

»Zwischen gestern und heute Nacht haben sie Cutrupis Selbstmord inszeniert. Cutrupi war einer von Parisis Leuten. Und dort hinten im Abgrund liegt Quattrone, einer von Stillitanis Männern. Ein Vorfall, der zeitlich mehr oder weniger mit dem Selbstmord zusammenfällt. Und vor ein paar Tagen die beiden Griechen … Können Sie sich darauf einen Reim machen, bei all dem, was in Ihren Kreisen so die Runde macht?«

Tina hörte nicht zu, konzentrierte sich auf ihr Handy. Auf dem Display erschien der erste Balken und zeigte einen schwachen Empfang. Pyrros hatte sich noch immer nicht gemeldet.

14

Gegen drei Uhr nachmittags schreckte Tina vom Handyklingeln auf, das den Klang der ersten Wandtelefone nachahmte. Sie saß am Steuer und fuhr die Fernstraße 106 hinunter. Ihre linke Körperseite briet in der Sonne über dem Ionischen Meer. Auf dem Straßenabschnitt zwischen Palizzi und Bova glitten die Autos mit 90 Stundenkilometern dahin. Hin und wieder legte ein überschwänglicher Fahrer einen Zwischenspurt ein und wechselte auf die Überholspur.

»Wer ist das?«, fragte Tina und zeigte nervös mit dem Kinn auf die Tasche zu Giulios Füßen.

Nach dem dritten Klingeln verstand Giulio endlich, was sie von ihm wollte.

»Darf ich?«, fragte er und hob die Tasche auf.

»Beeil dich«, polterte sie ihn an.

Das Telefon läutete weiter, während Giulio in der Tasche wühlte. Er fand Tampons und eine Packung Kaugummi. Er spürte das Vibrieren des Telefons, aber er fand es nicht.

Leicht panisch sah er zu Tina, die mit einem verärgerten Seitenblick antwortete. Er gab sich nicht geschlagen, fand einen Notizblock, eine Haarklammer, einen Schlüsselbund, ein Buch. Beim zehnten Läuten hielt er das Telefon in der Hand.

»Und?«, bellte Tina ungeduldig.

»Hier steht ›Agatino‹.«

»Leg's wieder weg«, sagte sie, als das Telefon verstummte. »Das ist ein Vetter aus Màrnoli«, rechtfertigte sie sich etwas übereilig.

Kaum hatte Giulio das Telefon zurück in die Tasche gelegt, läutete es erneut.

Tina verstieg sich gerade zu einem gewagten Überholmanöver. Die Serpentinen über der Küste konnten einen glauben machen, man sei beim Grand Prix in Monte Carlo. Giulio wurde blass.

»Soll ich läuten lassen?«, fragte er und klammerte sich am Griff über dem Fenster fest.

»Geh ran. Drück die grüne Taste und halt es mir ans Ohr.«

Giulio kramte das Telefon hervor, nahm den Anruf entgegen und hielt es Tina hin.

»Hallo?« Tina machte ein verdutztes Gesicht, blieb still und atmete tief aus. »Aber nein, Gigi, wir wollten dich gerade anrufen. Ich weiß, dass es einen Berg Sachen zu erledigen gibt. Noch eine gute halbe Stunde, dann sind wir da.«

Um vier saßen sie in der Redaktion. Gigi hatte sie in Verducis Büro geladen. Die Polimeni war nicht da.

»Wo ist unsere Chefin?«, fragte Tina, als Barreca die Tür schloss. Sie wussten, dass es Poliwoman nicht gefallen hätte, sie in diesem Zimmer zu sehen. Sie betrachtete es als ihr eigenes, solange der Redaktionsleiter fort war.

Barreca streckte die Arme aus, grinste wie ein Honigkuchenpferd und setzte sich hinter den Schreibtisch.

»Erzählt mir von dort oben«, eröffnete Gigi das Gespräch und blickte Tina an.

»Zeig sie ihm«, sagte Tina.

Giulio reichte Gigi Barreca seine Canon: »Rechts drücken, um zum nächsten Bild zu wechseln.«

Barreca hielt das Gerät hilflos in der Hand. Giulio lief um den Schreibtisch und drückte selbst, um das erste Foto anzuzeigen. Er setzte sich wieder, nachdem Gigi ihm bedeutet hatte, dass er nun verstanden habe.

Tina berichtete zuerst von der Entdeckung des mutmaßlichen Selbstmörders Giovanni Cutrupi und dessem Abschiedsbrief, dann von dem mutmaßlichen Unfall Domenico Quattrones, der mit seinem Jeep in eine Schlucht gestürzt war.

Währenddessen sah sich Gigi die Bilder an.

Als Tina endete, war Gigi bei den Fotos angelangt, die Tina zeigten, während sie mit Modafferi davonzog.

»Wo führt dich dieser hübsche junge Mann denn hin?«, fragte er verschmitzt und zeigte auf das Display.

Tina verstand nicht sofort. Giulio war schneller: »Das ist Inspektor Modafferi.«

»Stimmt, er sah mir schon von hinten aus wie unser Känguru-Polizist.«

Tina runzelte die Stirn.

»Wir nennen ihn so wegen dem Ding hier ...«

»Wegen der Gürteltasche.«

»Ich bin mit ihm zu Cutrupi zurückgefahren«, erklärte Tina.

Gigi nickte und faltete die Hände über seinem dicken Bauch wie ein Priester.

»Giulio, würde es dir was ausmachen, uns einen Augenblick allein zu lassen?«, wies er Gigi aus dem Büro.

»Und?«, fragte er als Giulio draußen war. »Wie war's mit Modafferi?«

»Gigi, sag mir die Wahrheit. Ist Modafferi der Informant?«

Barreca beugte sich vor und stützte die Ellbogen auf den Tisch. Er nahm sein Gesicht in die Hände. »Modafferi ... Weißt du was, an den hab ich überhaupt nicht gedacht.« Und nach kurzer Pause. »Schon möglich, nach dem bisschen, was ich darüber weiß. Aber mein Gefühl sagt mir: Eher nicht.« Er sah Tina wieder an. »Warum fragst du?«

»Es war der Informant, der mir heute Morgen sagte, wo ich Cutrupis Leiche finden würde«, erklärte Tina. »Er hat mich angerufen und mir eine Stelle oberhalb von Agatea genannt, wo mich eine Überraschung erwarte. Als ich mit Modafferi dort ankam, hatte ich den Eindruck, dass er die Stelle schon kannte. Er war am Steuer, und er hat genau dort gebremst. Außerdem hat er Cutrupi sofort erkannt.«

»Modafferi kennt die ganze Malavita des Küstengebiets. Das zählt also nicht …«

»Gib mal den Fotoapparat«, sagte Tina.

Sie überflog die Bilder und zeigte Gigi ein Foto des toten Cutrupi im Auto, auf dem das verletzte Handgelenk und die abgeriebene Stelle am Lenkrad zu sehen waren.

»Er sagt, Cutrupi sei gefesselt worden. Und er ist sich sicher, dass es kein Selbstmord war. Deswegen bat er mich, die Meldung nicht zu veröffentlichen. Er ist der Ansicht, jemand will die Brandstiftung und den Tod der Griechen einem Boss aus der Gegend zuschieben.«

»Die Cutrupis arbeiten für Don Peppe Parisi. Der hier war ein kleiner Fisch, ein Dummkopf, der sich wie ein Pate aufgeführt hat. Aber so einen Selbstmord zu inszenieren, der ja ganz offensichtlich keiner ist, bedeutet, Parisi zu entlasten. Wer immer Cutrupis Selbstmord inszeniert hat, hat Parisi einen großen Gefallen getan, wenn die Geschichte so veröffentlicht wird.«

Tina sah ihn verwirrt an. Sie versuchte, seiner Überlegung zu folgen. Modafferi meinte also, jemand wolle Parisi den Selbstmord Giovanni Cutrupis in die Schuhe schieben. Gigi Barreca behauptet das Gegenteil: Jemand wolle Parisi entlasten, denn der Selbstmord sei vorgetäuscht.

»Wusstest du, dass ein anderer Cutrupi, ein Vetter des Toten, glaube ich, die Canadair-Flugzeuge vermietet, mit denen die Brände gelöscht werden?«, fügte Gigi hinzu.

»Da hat aber einer viele Eisen im Feuer«, schnaubte Tina.

»Würde ich jetzt so nicht formulieren«, stichelte Barreca. Sie hatte den etwas geschmacklosen Wortwitz gar nicht bemerkt.

»Woher wusste der Informant die Sache mit Cutrupi?«

Gigi schüttelte den Kopf: »Ich habe keine Ahnung.«

»Und warum waren vor mir keine Polizisten vor Ort?«

Sie schwiegen. Barreca spielte mit einem Kugelschreiber von Verducis Schreibtisch, auf dem der Name eines Kandidaten der vergangenen Wahlen prangte. Tina holte mehrmals hörbar Luft, bei jedem Mal tiefer als zuvor.

Dann stoppte sie, als sei sie plötzlich zu sich gekommen: »Er hat mich sogar noch einmal angerufen.«

»Wer?«

»Der Informant … eine Minute vor deinem Anruf, auf der Fahrt hierher.«

»Was wollte er?«

»Ich kam nicht rechtzeitig ran.«

Gigis Gesichtsmuskeln spannten sich.

»Ich ruf ihn zurück«, sagte Tina und holte ihr Handy aus der Tasche.

Gigi schlug mit beiden Handflächen auf den Schreibtisch. »Ich hab doch gewusst, dass wir dich da rauslassen sollten. Genau das habe ich zu Luciana gesagt. Es war leichtsinnig von ihr …«

»Wo rauslassen?«, fragte Tina, ohne ihn anzusehen. Sie konzentrierte sich auf ihr Telefon, das immer noch keine Nachricht von Pyrros zeigte.

»Vergiss es«, wiegelte er ab. »Geh dort rüber und schreib den Artikel über diese Sache in Agatea. Sag mir Bescheid, wie viele Sportkolumnen du hast und ob Lucy dir was aufgedrückt hat.«

Tina blickte hoch: »Vorhin am Telefon meintest du, ein Riesenberg Arbeit warte auf mich. Ist noch irgendwas anderes?«

»Nur, dass wir mehr miteinander reden müssen«, antwortete er und rang sich ein Lächeln ab. »Auf mich kannst du dich verlassen, Mädchen«, fügte er hinzu.

Tina stand auf und ging hinter den Schreibtisch. Sie beugte sich runter, um ihn in den Arm zu nehmen. »Gigi, du machst dir zu viele Gedanken wegen dieser Geschichte.«

»Was für ein anrührendes Bild«, bemerkte die Polimeni und trat ins Büro.

Tina und Gigi lösten sich voneinander. Der Mund Gigis zu einem väterlichen Lächeln verzogen.

Tina sagte nur: »Ich gehe«, senkte den Blick und verschwand, ihre Gesichtshaut schamrot angelaufen.

15

Eine ganz normale Gegend

Ich bin in keiner ganz normalen Gegend geboren. Man kann eine Gegend wie diese nicht als normal bezeichnen. Man merkt es an Kleinigkeiten. Daran, wie sich die Leute verhalten. Wie sie in der zweiten Reihe parken und den Strand verdrecken, wie sie auf der 106 fahren und herumbrüllen. Daran, wie sie uns Frauen ansehen und über uns denken.

Winzige Einzelheiten, die ein vollständiges Desinteresse am öffentlichen Wohl verraten, an den Menschen- und Bürgerrechten, an gutem Benehmen. Eine Gegend, die voll ist von Blinden, Tauben, Mitwissern und Mördern.

Vor zwei Tagen berichtete diese Zeitung auf der Titelseite über den »Unfalltod« zweier junger Griechen auf den Hängen des Monte Comito. Georgios Elytis und Stamatios Seferis waren zwei Hoffnungsträger des PAOK Thessaloniki. Sie wären vielleicht eines Tages nach Italien gekommen, um in einer Erstliga-Mannschaft zu spielen. Nun sind sie tot. Getötet von einem Brandstifter.

Brände sind etwas ganz Normales in dieser Gegend, die selbst keine ganz normale ist. Heute Morgen ist wenige hundert Meter vom Zentrum von Agatea, auf der Straße zum Monte Comito, eine Leiche in einem Fiat Croma entdeckt worden. Die Leiche eines geständigen, an Kohlenmonoxid erstickten Selbstmörders. Dies ist der Wortlaut von Giovanni Cutrupis Abschiedsbrief: »Ich selbst legte das Foier. Ich tat es für die Herde meines Vaters, ohne sein Wissen, damit die Schafe besser Gras haben. Ich bin ser traurig wegen der toten Jungen. Ich will nicht das mich meine Familie für einen Morder helt. Ich bin kein Morder. Ich habe das nicht gewolt. Ich bitte um Vergebung für meine Sunden.«

Wir veröffentlichen das Schreiben, ohne die Rechtschreibfehler des Verstorbenen zu korrigieren. Nicht, um ihn zu verhöhnen, sondern weil wir es für angemessen halten, seine Ignoranz zu verdeutlichen. Seine und die aller, die nicht begreifen wollen, dass das Zusammenleben mit anderen Menschen bedeutet Verantwortung zu übernehmen. Feuer legen bedeutet, den Tod anderer zu riskieren. Im Fall von Giovanni Cutrupi ist genau das geschehen. Sein Geständnis nützt nun nur noch wenig.

Sachverständige haben Cutrupi mit einem bekannten Vertreter der örtlichen Malavita in Verbindung gebracht: Giuseppe Parisi, vorbestrafter Anführer einer in der Gegend aktiven 'Ndrina.

In dieser nicht ganz normalen Gegend kann es durchaus sein, dass Cutrupis Selbstmord keiner war. So wie es auch durchaus sein kann, dass der Tod von Georgios Elytis und Stamatios Seferis kein bloßer Unfall war. Unser Quellen geben uns zu verstehen, dass die Gerichtsmediziner bei ihrer Untersuchung der beiden verkohlten Leichen schwere Kopfverletzungen entdeckt haben. Die Polizei hat diese Meldung nicht bestätigt, ihren Wahrheitsgehalt aber auch nicht dementiert. Aus dem offiziellen Befund scheint jedenfalls hervorzugehen, dass die beiden jungen Fußballspieler auf brutale Weise geschlagen wurden.

Aber das alles ist hier in Kalabrien vielleicht ganz normal.

So wie es auch ganz normal ist, dass man letzte Nacht in der Nähe von Agatea, auf der Straße nach Roncaglio, das Auto eines weiteren Vorbestraften aus der Gegend gefunden hat. Domenico Quattrone ist mit seinem Jeep in eine Schlucht gestürzt. Wir müssen es natürlich für etwas ganz Normales halten, dass sein Körper außerhalb des Wagens aufgefunden wurde.

Ein weiterer ganz normaler Vorfall.

So geht unser Leben jeden Tag weiter.

Alles ganz normal.

Tina zählte die Anschläge: Mehr als dreitausend. Reichlich. Sie schickte Gigi den Text per E-Mail. Ihr war klar, dass der Artikel keine richtige Reportage war, eher etwas für die Meinungsseite. Die Polimeni würde sie in der Luft zerreißen. Wahrscheinlich würde sie von ihr verlangen, den Artikel noch mal zu schreiben.Das war ihr egal. Sie war schlecht gelaunt, angespannt. Sollte es so kommen, würde ihr das Schreiben etwas Ablenkung verschaffen. Sie stellte auf die Schnelle zwei Sportartikel zusammen. Einen über die WM in Berlin, wo Usain Bolt im Halbfinale einen guten Zweihundertmeterlauf hingelegt hatte, während Caster Semanya wohl trotz tausendfacher Polemiken den Frauen-Achthundertmeterlauf gewinnen würde. Tina dachte darüber danach, wie sie sich fühlen würde, wenn sie von der ganzen Welt zu hören bekäme, dass sie nicht wie eine Frau aussehe und mit Sicherheit ein Mann sei.

Wieder der Blick auf ihr Handy. Immer noch keine Antwort. Langsam wurde sie sauer. Und machte sich Sorgen. Bevor sie mit dem Artikel über Agatea anfing, hatte sie eine SMS an Pyrros geschrieben: »*When will you arrive? I'm waiting for you, Mister Pyrrodot.*«

Sie hatte gehofft, ihre Ironie würde ihm gefallen und er würde sie nicht warten lassen wie Godot. Doch das war bereits vor einer Stunde.

Gigi kam an ihren Schreibtisch.

»Sagen wir mal, dass der Artikel nicht ganz das ist, was wir üblicherweise eine Reportage nennen«, wedelte er mit dem ausgedruckten Text. »Mit den fünf Ws haben wir abgeschlossen?«

Tina gestand ein, dass er recht hatte: »Ich hab das so aus dem Bauch heraus getippt.«

»Bene! Ich lass es dir durchgehen. Mal schauen, was Luciana sagt. Vielleicht nehmen wir zwei Fotos dazu: eins von Cutrupis Abschiedsbrief und das vom Jeep.«

»Soll ich ihn zu ihr rüberschicken?«, fragte Tina und öffnete ihre E-Mails.

»Ich kann ihr auch gleich diesen Ausdruck geben. Aber schreib noch, dass Quattrone einer von Stillitanis Leuten war, damit sich die Mafiosi nicht über ungleiche Behandlung beschweren können.«

Tina nickte: »Gut, ich füge es ein und schick es ihr per Mail.«

In diesem Augenblick läutete das Handy auf ihrem Schreibtisch. Sie warf einen schnellen Blick darauf. Er war es. Pyrros, endlich.

Doch während ihre Hand noch danach griff, verstummte das Telefon auch schon wieder. Er hatte nur einmal läuten lassen. Nur ein elendes, niederträchtiges, jungenhaftes Mal.

Gigi bemerkte Tinas erzürnten Gesichtsausdruck und verkroch sich ins Grafikerbüro.

Wenige Sekunden später kam die SMS. Tina öffnete sie widerwillig, fest davon überzeugt, ihr Telefonanbieter teile ihr mit, dass sie um 17:22 Uhr einen Anruf erhalten hatte.

Doch was sie las, war: *»C u later«*.

See you later.

Schlimmer als Godot. Er ließ sie warten, ohne irgendetwas Genaues zu sagen. Tina schnaubte. Sie wollte mit dem Fuß auf den Boden stampfen, hielt sich aber zurück.

»Schlechte Nachrichten?«, mischte sich der lispelnde Tommaso ein. »Du siehst aus wie ein wütender Stier.«

Sie hatten noch kein Wort gewechselt, seit sie aus Agatea zurück war. Tommaso hatte sie die letzten Tage ziemlich von oben herab behandelt. Tatsächlich hatte er das vorher auch getan. Aber zu seiner üblichen Überheblichkeit war jetzt noch eine abfällige und gereizte Haltung gekommen.

»Kümmere dich um deinen eigenen Scheiß«, sagte Tina unmissverständlich.

»Wie reden Sie denn, Romeo«, wurde sie von der Polimeni unterbrochen, bevor sich der Kulturredakteur erbosen konnte.

Tina drehte sich um und warf auch der Polimeni einen bösen Blick zu.

»Die Artikel über Agatea und für den Sportteil sind fertig?«

Tina hielt sich zurück und nickte.

»Dann kannst du dich ja endlich um die Nachricht kümmern, die ich dir heute Morgen geschickt habe.«

»Was für eine Nachricht?«

»Ich hab dir gegen elf eine Mail geschickt. Du hast wohl einen Filter eingerichtet, damit ich im Spam-Ordner lande ...«

Tina dachte nach. Sie hatte ihre Mails kontrolliert, sobald sie in die Redaktion gekommen war. Vielleicht gab es ein Problem mit dem Netz. Vielleicht hatte sie deswegen die Mail von der Polimeni nicht bekommen. Und möglicherweise auch nicht die Nachrichten von Pyrros.

Sie setzte sich wieder an den Schreibtisch und öffnete den Spam-Ordner. Tatsächlich, da war die Nachricht von der Polimeni. Aber keine von Pyrros.

»Ja, hier ist sie«, rief sie Polimeni zu.

»Schick mir die Artikel.«

»Sie ist wirklich im Spam-Ordner gelandet. Vielleicht wegen der Anhänge.«

Die Polimeni nickte mit sarkastischem Lächeln. »Klar, warum sonst?«, zischte sie und machte kehrt.

Tina beobachtete, wie Barreca ihr entgegenkam und sagte: »Ach, Lucy, dich hab ich gesucht!«

Tina wandte sich Tommaso zu. Der tat, als würde er eifrig schreiben, hochkonzentriert.

»Ihr könnt mich alle mal«, fauchte sie zwischen zusammengebissenen Zähnen, während sie nachsah, was Poliwoman ihr aufgehalst hatte.

Zwei Stunden später war sie mit den Artikeln durch. Im ersten ging es um die Besetzung des neuen Wim-Wenders-Films. Ein Kurzfilm über Integration, inspiriert von Erzählungen der Migranten in Badolato. Der deutsche Regisseur suchte ein Kind, das er als Hauptdarsteller Ben Gazzara und einigen Komparsen an die Seite stellen konnte. Gedreht werden sollte im September in Badolato und Scilla. Tina wunderte sich, warum dieses Thema nicht Tommaso, dem Kulturredakteur, überlassen wurde.

Wenn er den Artikel morgen in der Zeitung lesen würde, würde er dahinter sicherlich ihren neuesten Versuch vermuten, ihm den Rang abzulaufen.

Im nächsten Artikel ging es um ein frisch verheiratetes Paar, das in der Nähe von San Giorgio Margeto eine Marihuana-Plantage betrieben hatte. Die beiden schienen völlig überrascht, als man sie wegen illegalem Cannabis-Anbau und illegalem Strom- und Wasserbezug verhaftete, und erklärten, sie seien sich keiner Straftat bewusst.

Tina war mit den Artikeln nicht zufrieden. Zu holprig, zu umständlich.

Sie konnte jetzt nur noch an eins denken: Pyrros. Alle paar Sekunden schielte sie auf ihr Telefon. Es schien schon zu einem Tick zu werden.

Barreca und die Polimeni hatten das Büro der Grafiker schon vor geraumer Zeit verlassen. Die Polimeni hatte zu ihrem Artikel über Agatea nichts gesagt.

Klar!

Plötzlich fiel ihr ein, dass sie ihn ihr noch gar nicht geschickt hatte. Vielleicht hatte sie Gigis Ausdruck gelesen. Sicherheitshalber schickte sie ihn als Mail mit Anhang an *lucianapolimeni@ilquotidiano.it* und fuhr den Computer herunter. Sie hatte nicht vor, den ganzen Abend in der Redaktion zu verbringen. Sie räumte ihren Schreibtisch auf und verabschiedete sich von Gigi: »Mich braucht ihr heute Abend nicht mehr, oder?«

»Geh nur«, antwortete er.

»Tschüss, ihr alle«, sagte sie leise, in der Hoffnung, dass niemand ihren Abgang bemerken würde.

Kurz vor der Tür angekommen, sprang Giulio von seinem Platz auf und folgte ihr: »Tina.«

Sie rollte mit den Augen und drehte sich um. Rosalba war vor etwa einer halben Stunde gegangen. Ihre Anwesenheit hätte Giulio vielleicht zögern lassen.

»Nur eine Kleinigkeit. Mein Auto steht noch bei dir. Vielleicht nimmst du mich kurz mit, damit ich es abholen kann?«

Er lief rot an. Er hatte ihr eine Falle gestellt.

»Oder du bietest mir gleich den Rundum-Service. Heute Morgen hast du mich abgeholt, dann kannst du mich doch heute Abend auch nach Hause fahren, oder?«, zwinkerte er.

Der Junge wird frech, dachte Tina.

»Na los, komm«, sagte sie, nicht eben begeistert.

Im Auto sprachen sie kein Wort. Giulio hatte in der Redaktion nur mit Photoshop herumgespielt. Dass sie allein mit Modafferi losgezogen war, hatte er noch nicht ganz verkraftet. Aber er wusste nicht, wie er es ihr sagen sollte.

Tina fuhr den Hügel zur Ottimati-Kirche hinauf, überquerte die Piazza Castello und bog zu den drei Brunnen ab. Für den jungen Mann fuhr sie einen gehörigen Umweg, aber sie wollte auf jeden Fall vermeiden, dass er sich zu ihr einlud. Die Flüge aus Rom und Mailand würden in ein paar Stunden landen. Auch so ließ sich also die Zeit totschlagen.

Kürzlich hatte sie noch mit Pyrros vor den Brunnen gestanden und ihm erzählt, wie sehr sich die Stadt in den letzten zehn Jahren verändert habe. Als sie nach Reggio gezogen war, hielten viele Bewohner die Bronzestatuen noch für eine Art Bergquelle. Sie standen Schlange, um ihre mitgebrachten Flaschen zu füllen. Das Wasser schmeckte ziemlich übel. Es war immer salziger geworden, wie das Leitungswasser bei vielen zuhause, bis es schließlich völlig ungenießbar wurde.

Giulio beobachtete sie aus dem Augenwinkel, aber er traute sich nicht, sie anzusprechen. Auf der Via Reggio Campi parkte Tina vor dem Doppelhaus. Giulio sah sie an, ohne etwas zu sagen. Sie beging den Fehler, sich zu ihm umzudrehen. Plötzlich spürte sie seine Hand im Nacken und seine Lippen, die sich auf ihren Mund pressten.

Sie brauchte ein paar Sekunden, bevor sie ihn von sich wegstieß, und verblüfft sagte: »Giulio?«

Wäre sein Blick nicht so entrückt gewesen, hätte er bemerkt, dass sie ihn geradezu angewidert ansah. Doch Giulio fuhr sich durch die Haare und flüsterte: »Sag jetzt nichts, ich bitte dich.«

Tina sagte tatsächlich nichts. Sie schüttelte den Kopf, während Giulio im Hauseingang verschwand.

»Auch Flöhe müssen mal husten«, brummelte sie vor sich hin, als sie den Gang einlegte.

Nu Vinci war nicht zuhause. Der Onkel war ausgeflogen, vielleicht zum Fischen. Vielleicht ans Meer, um in einem der wenigen Lokale, in denen er noch kein Hausverbot hatte, zu rauchen und Wein zu trinken. Aber wenn ihn einer der Stammkunden »Professor Vinci« nannte, bekam er gleich schlechte Laune. Seine Zeit als Lehrer war vorbei und er wollte nicht mehr daran erinnert werden.

Tina sah auf die Uhr – viertel nach acht – und prüfte dann auf ihrem Laptop die Ankunftszeiten der Flüge. Der Flug aus Rom landete um 22:05 Uhr, der aus Mailand um 22:30 Uhr. Die Fahrt von ihrer Wohnung zum Flughafen dauerte normalerweise nur ein paar Minuten. Um diese Zeit würden nicht viele Autos unterwegs sein. Sie beschloss, ihre Wohnung aufzuräumen. Pyrros war noch nie bei ihr gewesen. Sie hatten sich an allen möglichen Orten getroffen, aber nie bei ihr.

Tina dachte daran, dass sie nun hier miteinander schlafen würden.

Sie sammelte einige hingeworfene Kleidungsstücke ein und räumte sie in den Schrank. Sie stellte die Schuhe in die Kammer und warf ihre auf dem Boden verteilte Schmutzwäsche in die Waschmaschine. Sie fegte den Sand vom Boden, wischte Staub und entfernte ein Spinnennetz aus der Zimmerecke. Dann nahm sie eine lange, heiße Dusche.

Als sie sich die Haare getrocknet hatte, zeigte die Küchenuhr viertel vor zehn. Trotz ihres Appetits verzichtete sie auf einen Imbiss.

Sie wollte mit Pyrros zu Abend essen.

Wie ein normales Paar.

16

Alessio Caridi zwang sich, ruhig zu bleiben. Er hatte sich unnötig aus der Fassung bringen lassen. Das war nicht sein Stil. Wenn man ihn Rummenigge nannte, dann nicht nur, weil er so deutsch und quadratisch wirkte, sondern auch, weil er in jeder Situation einen klaren Kopf behielt.

In fast jeder.

Gegenüber Mimmo Stillitani war er seinem Ruf nicht gerecht geworden.

Er war überrascht, ihn am intimsten Ort seines Hauses anzutreffen, in der Küche, an Melas Platz. Nach dem ersten Schreck hatte er sich gefangen, seine Gedanken geordnet. Er wusste, wen er vor sich hatte. Sie arbeiteten für dieselbe Person. Und er wusste um die Gefahren, denen seine Lieben aufgrund dieser Arbeit ausgesetzt waren.

Wenn Domenico Stillitani ihm versicherte, es gehe ihnen gut, dann konnte er ihm nur glauben. Er setzte sich und hörte sich die Lösung an, die ihm Don Rocco von diesem rauchenden Mann in seiner Küche vorschlagen ließ. Nachdem er und Mico Quattrone durch die Verwechslung der beiden armen Teufel mit den Cutrupis solch ein Durcheinander angerichtet hatten.

Die Lösung bestand aus drei Schritten. Alles musste so ablaufen, dass zwischen dem einen und dem nächsten Akt nur wenig Zeit verging.

Was den letzten Teil der Lösung anging, so verstand Rummenigge nicht einmal den Beweggrund für diesen Befehl. Weder wusste er, wer diese Frau war, noch was sie mit ihm und Bergomi zu tun hatte.

Vor allem konnte er nicht abschätzen, wie lange sich seine »Sühne« hinziehen würde. Mimmo Stillitani konnte ihm das auch nicht sagen.

Rummenigge ließ Don Roccos Gesandten zwei weitere Kippen auf dem Fußboden ausdrücken. Als Mimmo Stillitani gegangen war, sammelte er sie auf, wischte die Asche von den Fliesen und riss das Fenster auf. Fast wäre er in Versuchung gekommen.

Er nahm den kleinen Koffer, den Mimmo Stillitani auf dem Küchentisch hinterlassen hatte, und stellte ihn, ohne hineinzusehen, in seinen Hyundai 120.

Dann ging er zum ersten Akt über.

Er lief auf die Piazza und sichtete die Lage. Don Peppes Leute hielten sich wie üblich in der Ecke schräg gegenüber von Don Roccos Leuten auf. Seine Lieben spazierten im neutralen Bereich herum und schienen sich bester Gesundheit zu erfreuen. Seine Frau Mela, seine Tochter Caterina mit ihrem Mann Gregorio, sein erstgeborener Enkel Alessio, der auf dem Arm seines Vaters schlief.

Wie stolz er gewesen war, Opa zu werden!

Mela war die Erleichterung anzusehen, als sie ihn erblickte. Sie hatte aus Mimmo Stillitanis Besuch geschlossen, dass etwas entschieden nicht in Ordnung war. In der Nachdrücklichkeit, mit der sich Mico Quattrone nach ihrem Mann erkundigt hatte, und seinem starken Bedürfnis, ihn zu treffen, fand sie diesen Eindruck bestätigt.

Rummenigge schickte seine Familie rasch nach Hause, als er sah, wie Mico Quattrone im Marschtempo auf ihn zukam. Der Spitzname haftete ihm zwar noch an, aber er sah Peppe Bergomi nicht mehr ähnlich. Nicht so wie damals, als sie zusammen ihre Karriere in der ehrenwerten Gesellschaft begonnen hatten. Andererseits hatte er selbst ja auch kein weizenblondes Haar mehr.

Mico Quattrone wirkte nervös, er schwitzte. Alessio Caridi führte ihn von der Piazza weg.

Beide warteten seit Tagen auf einen Hinweis von Don Rocco. Mimmo Stillitani, der Adjutant ihres Bosses, hatte gesagt, er werde sich am 17. August melden, und er hatte Wort gehalten. Aber er hatte sich nur bei Alessio gemeldet.

Rummenigge machte die Sache kurz. Don Rocco verlangte, dass sie das Auto verschwinden ließen, mit dem sie in der Brandnacht unterwegs gewesen waren. Die Cutrupis könnten es erkannt haben.

Bergomi versuchte verzweifelt, seinen Wrangler zu retten, doch Rummenigge ließ nicht mit sich reden. Er forderte Bergomi auf, ihn zu seinem Hyundai 120 zu begleiten, um mit beiden Autos den Monte

Ruscione hochzufahren. Als sie die Straße nach Roncaglia erreichten, meinte Rummenigge, sie seien hoch genug. Er blendete wie besprochen mit den Scheinwerfern auf, um Bergomi zum Anhalten zu bewegen. Einen genauen Plan hatte er nicht. Er hatte keine Zeit gehabt, sich einen zu überlegen. Das war vielleicht auch besser so. Er wusste, wie absurd der Befehl war.

Aber er hatte beim Ablegen seines Eides Treue geschworen. Die 'Ndrangheta war der Baum des Wissens, die große Eiche, an deren Fuß der Capobastone oder die Mammasantissima standen. Den Stamm bildeten die Sgarristi, die Krone die Camorristi. Die Zweige waren die Picciotti und die Blätter die Onorati. Dann gab es noch die Blätter, die im Begriff waren, zu Boden zu fallen. Das waren die Infamen, die zum Tode Verurteilten.

Mit aufgestochenem Finger, einem Tropfen Blut und dem kleinem Bildnis des Erzengels Michael hatte er geschworen, die große Eiche, der er angehörte, zu verteidigen und die Verräter für ihre Vergehen zu bestrafen.

Mimmo Stillitani hatte ihn daran erinnert. Es gab verschiedene Vergehen: Nachlässigkeiten und Fehler.

Er, Rummenigge, hatte in der Brandnacht eine Nachlässigkeit begangen und würde jetzt dafür Buße tun. Die monatlichen Zuwendungen würde die 'Ndrina ihm nicht streichen, aber er musste für Don Rocco etwas Bedeutendes tun.

Er musste Bergomi bestrafen, für den Fehler, den dieser begangen hatte. Don Rocco hatte ein Abhörgerät in Bergomis Auto installieren lassen. Und Bergomis arrogante Sprüche hatten Don Rocco gar nicht gefallen, während er Rummenigges Loyalität zu schätzen wusste. Ein Satz von Bergomi hatte ihm besonders wenig gefallen: »Soll er sich doch aufregen, der Sack.«

In Verbindung mit der missglückten Aktion bedeutete dieser Satz Bergomis Todesurteil. Wegen dieser sieben Worte, die Bergomi nie hätte aussprechen dürfen, musste Rummenigge ihn jetzt auf die letzte Reise schicken.

Jetzt, da Bergomi den Jeep am Rande der Schlucht geparkt hatte, hätte er ihn hinabstoßen können. Doch irgendetwas hinderte ihn daran. Er fühlte sich niederträchtig, wie ein richtiger Scheißkerl. Er brachte es nicht fertig, aufs Gaspedal zu treten. Er stellte sich das Entsetzen Bergomis vor, der doch sein Trauzeuge und Vetter dritten Grades war.

Er stieg aus dem Auto und stellte sich daneben. Bergomi musste verstanden haben, was los war. Er konnte seine Angst riechen. Er musste ihm einen Ausweg lassen. Musste ihn auffordern, wegzurennen, jetzt.

Erst im letzten Augenblick, als sie schon das Auto über den Abhang schoben, kapierte Alessio Caridi was los war. Dass Bergomi nicht mehr zu retten war. Wenn er es nicht tat, würde es ein anderer tun.

Auf der einen Seite stand seine Familie. Seine Töchter, seine Frau, sein Enkel. Auf der anderen der redselige Bastard Bergomi. Die Redseligkeit war es, die ihn verurteilt hatte. Es stimmte. Er, Rummenigge, würde sich zu einem Dreckskerl machen. Doch er würde seine Familie beschützen.

Er stellte Bergomi ein Bein und stieß ihn mit dem Jeep die Schlucht hinab.

Er hörte den Aufschlag auf dem Felsen, den hallenden Schrei. Er sah nicht einmal nach, ob Bergomi tot war. Niemand konnte einen Sturz aus dieser Höhe überleben.

Den ersten Schritt zur Lösung des Problems hatte er getan. Und sich dabei nicht allzu viel Zeit gelassen, wie er meinte.

Bevor er sich dem Hyundai zuwandte, sah er in den Sternenhimmel. Bergomis Schrei hallte im Zirpen der Grillen nach, tausend Sternenaugen hatten ihn beobachtet. Rummenigge öffnete den Mund und sog die saubere Luft ein.

Er würde nichts bereuen.

Knapp zwanzig Minuten später parkte er den Wagen hinter den Häusern der beiden Cutrupis, auf der Quergasse neben der Werkstatt des Schmieds. Das wäre weniger auffällig, dachte er. Hier war die Straße fast unbeleuchtet und es gab kaum Fenster, aus denen man ihn hätte beobachten können. Noch einmal fiel sein Blick auf den kleinen Koffer, den Mimmo Stillitani ihm mit der Zusicherung überreicht hatte, er würde alles Nötige darin finden. Wieder hielt er sich zurück, ließ den Koffer geschlossen.

Die Cutrupis wohnten direkt nebeneinander, im Abstand von zwanzig Metern. Don Roccos Forderung war unmissverständlich. Sie musste die Schuld treffen. Wie ursprünglich geplant. Oder wenigstens einen der beiden.

Nur dass es diesmal anders vorzugehen galt. Mimmo Stillitani hatte ihm eine mögliche Variante dargelegt.

Im Grunde hatte er verdammtes Glück gehabt, dachte Rummenigge. Er begriff, dass die Bestrafung Bergomis auch als abschreckendes Beispiel an seine Adresse gedacht war. Zuerst hatte er geglaubt, Don Rocco verzeihe ihm wegen seiner großen Familie, seiner schwangeren Tochter, seinem Enkelkind Alessio. Aber so war es nicht. Bergomi, der niemanden hatte außer Serafina, war gestorben, weil er einen Fehler begangen und wie ein Infamer geredet hatte. Rummenigge lebte noch, weil er den Mund gehalten hatte.

Bei den Cutrupis hatte Don Rocco auch nicht an die Verwandten gedacht. Er hatte ihm ausrichten lassen, sich nicht weiter um Pasquale, den Orbu, zu kümmern, denn der war Waise und hatte weder Frau noch Kinder.

Mimmo Stillitani hatte ihm erklärt, dass er Giovanni Cutrupi überzeugen konnte, ein Geständnis abzulegen und sich selbst zu beschuldigen, indem er dessen Frau und Kinder bedrohte. Ja, so lief das. Man musste es sich immer wieder bewusst machen. Hatte man eine Familie, war man leichter unter Druck zu setzen. Nichts anderes lehrten die Erpressungen, an denen er selbst seit Jahren beteiligt war.

Der Croma Giovanni Cutrupis stand ein paar Meter vor seinem Hyundai. Das bedeutete nicht, dass Giuanninu zuhause war. Er hatte die beiden Vetter vor kurzem noch auf der Piazza gesehen. Aller Wahrscheinlichkeit nach waren sie jetzt noch dort. Auch Pasquale Cutrupis Auto stand in der Nähe. Ein weißer Regata, der nur alle Jubeljahre gefahren wurde. Beim Anbblick des Wagens, war Rummenigge sicher, dass sich beide noch im Ort aufhielten.

Er konnte die Uhr am Armaturenbrett auch im Dunkeln erkennen. Fast Mitternacht. Er durfte nicht gesehen werden, wie er fast unmittelbar vor der Haustür der Cutrupis im Auto saß und wartete. Wie ein Hund im Hundehäuschen. Aber er wollte auch nicht aussteigen. Man hätte ihn leichter erkannt.

Und es war in Agatea selten ein gutes Zeichen, wenn jemand nachts an irgendeiner Ecke herumstand.

Er machte sich klein hinter dem Lenkrad. Es war gut, dachte er, dass mit Bergomi auch der Jeep in die Schlucht gestürzt war. Im Hyundai hatten sie noch nie einen Auftrag ausgeführt. Nichts an dem Auto erinnerte ihn an Erfahrungen, die er mit Bergomi geteilt hatte. Mela hatte nicht gewollt, dass Bergomi das Auto vollraucht. Ob Don Rocco auch den Hyundai abhören ließ?

Rummenigge betrachtete den Beifahrersitz und strich mit der Hand über den Kunststoffbezug. Ohne diese Nervensäge von Bergomi zu warten, war sehr viel weniger anstrengend. Nur die Zeit verging bei weitem nicht so schnell. Dann fiel sein Blick auf den kleinen Koffer, den ihm Stillitani gegeben und den er vor den Beifahrersitz gestellt hatte. Er hob ihn auf und legte ihn auf den Sitz. Dieses Mal öffnete er ihn.

Wie erwartet, lag alles Nötige bereit.

Pasquale kehrte als erster zurück. Er lief zügig, auch wenn er etwas unentschlossen wirkte. Er hielt sich dicht an den Häuserwänden und blickte sich vorsichtig um.

Rummenigge schoss durch den Kopf, dass der Orbu irgendwas gemerkt haben musste. Alle im Ort wussten, dass er der Klügere der beiden Vettern war.

Pasquale lief wenige Meter vor Rummenigge vorbei. Hinter dem Lenkrad kauernd, konnte Rummenigge den Hausschlüssel in der Hand des Orbu sehen.

Dann verschwand er in der Eingangstür und knipste das Licht an. Rummenigge fiel auf, dass auch im Souterrain das Licht anging. Was geht der um diese Uhrzeit in den Keller, fragte er sich.

Rummenigge behielt das Haus mit einem Auge im Blick und überwachte mit dem anderen die Straße.

Von Giovanni keine Spur. Bestimmt prahlte er in der Kneipe mit seinen Heldentaten. Kaum einer nahm ihn noch ernst, aber es gab immer Leute, die auf seine übertriebenen Geschichten neugierig waren. Wo holte er nur diese Stories her?

Sicher würden bald auch über Bergomis Tod Legenden kursieren.

Rummenigge stellte sich Serafinas Gesicht vor, wenn sie die Nachricht von Micos Verschwinden erhielt. Wie würde sie reagieren? Würde sie sich sogar befreit fühlen? Würde sie glücklich sein, nicht länger auf die Nachricht warten zu müssen? Wie würde sie ihn ansehen. Würde sie begreifen, dass es seine Hand gewesen war, die Mico in den Abgrund gestoßen hatte?

Er dachte an die vielen Nächte, in denen Mela wach geblieben war und auf ihn gewartet hatte. An all die Stunden, die verstrichen waren, bevor er zurückkam. Nächte wie diese. Er wusste ja auch heute nicht, wie lange er brauchen würde. Erneut sah er auf die Uhr. Eine weitere halbe Stunde war vergangen.

Fünfzehn Minuten nach eins erschienen die Umrisse Giovanni Cutrupis auf der Straße. Endlich. Rummenigge lauschte den Schritten auf dem Gehweg und dem Gezischel.

Anscheinend war Giovanni betrunken und führte Selbstgespräche.

Hätte sich Rummenigge weiter über das Lenkrad gereckt, hätte er gesehen, wie Giuanninu der Padrinu sich in einen heldenhaften, mit Soundeffekten angereicherten Monolog verstieg.

»… mit einem Griff die Pistole und peng peng, zwei Schüsse in die Beine«, tat er gerade kund, als ihn Rummenigge von hinten überraschte.

»Ruhig Blut, Pistolero. Sonst erwischen dich selbst zwei Schüsse, gleich hier vor der Haustür«, zischte Rummenigge und drückte Giovanni Cutrupi seine halbautomatische Pistole in die Rippen.

Der Padrinu schien schlagartig nüchtern.

»Du spielst mit dem Feuer«, raunzte er zurück und hob wie auf Knopfdruck die Hände. Er wusste noch nicht, wer hinter ihm stand.

»Los, in dein Auto«, befahl ihm Rummenigge.

Giovanni atmete durch. Sein Blick fiel auf das Haus seines Vetters Pasquale, in dem noch Licht brannte. Sie hätten zusammenziehen sollen, dachte er.

Rummenigge führte ihn zur Tür des Croma. Giovanni öffnete die Zentralverriegelung.

»Dahin. Mach's dir bequem.« Rummenigge zeigte auf den Fahrersitz.

Giovanni gehorchte. Jetzt sah er Rummenigges Gesicht.

»Verdammte Hurenscheiße«, fluchte er, während Rummenigge um den Croma lief, die Pistole auf Giovannis Kopf gerichtet.

Giovanni versuchte zu verhandeln: »Wenn das wegen dem Feuer ist …«

»Lass den Motor an und fahr los«, unterbrach ihn Rummenigge. Er zog den Koffer auf die Knie und hielt Giovanni seine 6,35er an die Schläfe. Er wollte so schnell wie möglich weg hier.

Pasquale Cutrupi erkannte das Motorgeräusch des wegfahrenden Croma und schaltete das Licht aus. Irgendwas war faul. Das behauptete sein Vetter schon die ganze Zeit. Er entsicherte seine Waffe und tastete sich leisen Schrittes zur Tür. Gildo folgte ihm.

Pasquale sah gerade noch, wie der Croma in die Straße Richtung Monte Comito einbog. Was hatte sein Vetter jetzt wieder für Flausen im Kopf? Er musste betrunken sein. Es hatte keinen Sinn, mit ihm über Flucht zu reden. Auch nüchtern hätte er es nicht eingesehen. Für ihn gab es nur einen Ausweg. Abhauen, mit dem bisschen Gepäck, dem Hund und dem Regata. Er würde warten, bis sich die Wogen geglättet hatten, dann würde er zurückkehren, vielleicht. In dieser Zwickmühle, in die sie geraten waren, eingekeilt zwischen Don Rocco und Don Peppe, hatte er den klarsten Blick auf ihre Lage. Auch wenn sie ihn wegen seiner Einäugigkeit verspotteten.

17

»Noch ein Wort und ich leg dich um. Hier mitten auf der Straße.«

Rummenigges Drohung hätte kaum wirksamer sein können. Giovanni Cutrupi verstummte auf der Stelle.

»Dort geht's lang«, sagte Rummenigge und zeigte auf die Straße zum Monte Comito.

Der Padrinu erinnerte sich daran, wie er vor vier Nächten mit seinem Vetter Pasquale die gleiche Strecke gefahren war. Er dachte an die Hinfahrt, an die dunkle Kleidung, wie in Actionfilmen, spürte den Adrenalinschub, genau wie bei den Vorbereitungen für die Brandstiftung. Er sah den betäubten Hund vor sich und den Ersatzhund. Und er erinnerte sich an das herrische Verhalten Pasquales, als es darum ging, das Feuer zu legen. Auf der Rückfahrt hatten sie Quattrones geparkten Jeep entdeckt, und sie waren misstrauisch geworden.

War diese Entdeckung nun der Grund, weshalb ihn Rummenigge mit seinem Besuch beehrte? Oder hatten der Deutsche und sein Partner Bergomi ebenfalls die Seite gewechselt? Hatten sie sich Don Peppe Parisi angeschlossen? Wollte Rummenigge ihn jetzt dafür bestrafen, dass er sich auf die Seite Don Roccos geschlagen hatte?

Er schüttelte den Kopf.

In der 'Ndrangheta gab es keinen Verrat.

Nie. Fast nie.

Bei ihm und Pasquale war es etwas Besonderes. Mit Nachahmern war nicht zu rechnen. Und es war fraglich, ob man bei ihnen überhaupt von Verrat sprechen konnte. Es ging eher um eine Beförderung. Don Rocco hatte ihnen einen dermaßen hohen Betrag in Aussicht gestellt, dass ihnen keine Wahl blieb. Sie hätten nicht ablehnen können. Der Wechsel von der kleineren zur größeren Società würde ihr Leben grundlegend verändern. Ihre Alltagsprobleme wären gelöst. Sie würden einer strahlenden Zukunft entgegensehen. Jeder 'Ndranghetista träumte davon, zur Santa zu gehören.

Ungefähr 500 Meter vom Ort entfernt, wies Rummenigge ihn an, abzubiegen. Giovanni Cutrupi nahm den Fuß vom Gas und bog nach links ab. Er spürte die Kiesel, die unter dem Gewicht des Croma zermahlen wurden wie Kaffeebohnen. Einige schlugen gegen die Karosserie, wenn die Reifen über den Schotter rutschten.

»Halte dort bei den Feigen an«, befahl Rummenigge und zeigte auf die Reihe Feigenkakteen.

Cutrupi stoppte hinter den Kakteen, wie ihm geheißen. Währenddessen öffnete Rummenigge den kleinen Koffer, den ihm Mimmo Stillitani gegeben hatte.

»Hierhin mit den Pfoten«, sagte Rummenigge und klopfte gegen das Lenkrad.

Cutrupi gehorchte, stellte den Motor ab und legte die Hände aufs Lenkrad. Rummenigge legte ihm in einer schnellen Bewegung die Handschellen an. Mit dem linken Handgelenk hing der Padrinu nun am Lenkrad fest.

»Was zum...«, begann er.

»Du sollst die Klappe halten!«, unterbrach ihn Rummenigge und drückte ihm die Pistole an die Schläfe.

Cutrupi verstummte.

Erst jetzt bemerkte er die Latexhandschuhe, die Rummenigge während der Fahrt angezogen haben musste. Giuanninu erschauerte. Die Handschuhe ließen nichts Gutes vermuten. Er verfluchte sich dafür, nicht aufgepasst zu haben. Hätte er sich mehr auf den Lauf der Pistole konzentriert, hätte er gemerkt, dass Rummenigge für einen Moment nicht auf ihn gezielt hatte. Wie hätte er sonst diese verdammten Handschuhe anziehen können?

»Wir schreiben ein Diktat. Wie auf der Schule, verstehst du?«

Ohne eine Antwort abzuwarten, reichte ihm Rummenigge Papier und Stift.

Cutrupi lehnte den Papierblock mit der freien Rechten aufs Lenkrad, hielt ihn mit der Linken fest und ergriff dann den Stift.

»Komm bloß nicht auf die Idee, Dummheiten machen zu wollen«, drohte Rummenigge und begann zu diktieren.

Nach wenigen Worten war klar, was Rummenigge vorhatte. Der Padrinu würde sich selbst beschuldigen. Er sei der Brandstifter vom 13.

August, und es sei um besseres Weideland gegangen. Dazu würde er sich auch noch die Schuld am Tod der beiden Jungen aufhalsen.

Als er das mit den beiden Jungen schreiben sollte, stoppte Cutrupi.

»Dafür bekomm ich zehn Jahre!«, klagte er, ohne seine Lage zu begreifen.

Rummenigge sah ihn an und bemitleidete ihn ob seiner Dummheit. Nein, erklärte er, man würde ihn nicht verhaften. Für ihn gab es keine Hoffnung mehr. Während er ihm das Todesurteil ausstellte, durchsuchte er seine Taschen und fand das Handy. Er überlegte, ob er es ausstellen sollte. Verzichtete aber darauf, auch wenn es keinen Empfang anzeigte. Vielleicht hatte Cutrupi noch eine Chipkarte für eine andere Nummer. Vorausgesetzt, dass sie in der 'Ndrina der Parisis eine eigene Nummer hatten. Er wollte keinen Hinweis auf die Uhrzeit hinterlassen, zu der er das Handy ausschaltete.

Dann durchsuchte er den Padrinu nach Waffen, ohne etwas zu finden.

»Du läufst durch die Gegend wie ein Infamer.«

Der Mafiakodex verlangte, zu jedem Zeitpunkt bewaffnet zu sein, ob mit Pistole oder Messer.

Giuanninu fühlte sich ertappt. Ja, er war unbewaffnet aus dem Haus gegangen. Er hatte sich umgezogen und das Messer in der anderen Hose vergessen.

»Caridi, lass uns zwei Minuten warten«, bat er.

Er konnte noch nicht begreifen, dass man ihn verurteilt hatte. Das Ganze schien ihm unwirklich, wie ein Spiel. Als hätte sich das jemand gerade erst ausgedacht, um ihn in einen Albtraum zu versetzen.

Rummenigge drückte den Lauf kraftvoll an Cutrupis Schläfe und stellte klar, dass er ihm nicht erlaubt hatte, irgendwas zu sagen. Schreiben sollte er, mehr nicht.

»Ich wusste nichts von den beiden Jungs.«

»Du schreibst es trotzdem.«

Gott und seine Familie müsse er um Vergebung bitten, sagte Rummenigge.

Cutrupi schrieb, wie ihm diktiert wurde, und setzte seine Unterschrift darunter. Rummenigge las den Brief und warnte Cutrupi erneut, er würde ihn bei der geringsten Bewegung erschießen.

Cutrupi rührte sich nicht und wartete, bis Rummenigge fertiggelesen hatte. Dann fragte er vorsichtig, ob er jetzt sprechen dürfe. Rummenigge schüttelte den Kopf. »Den Autoschlüssel«, sagte er und streckte die freie Hand aus. Cutrupi reichte ihm den Schlüssel.

»Sprich laut, ich hör dir zu«, gab Rummenigge nach und stieg aus, den Koffer in der Hand.

»Wir sind auf derselben Seite«, erklärte Cutrupi.

Rummenigge hörte kaum hin. Er war damit beschäftigt, einen Schlauch aus dem Köfferchen zu kramen und eines seiner Enden über den Auspuff zu stülpen.

Cutrupi trug in dramatischem Tonfall vor, warum Rummenigge ihn gehen lassen solle. Er erzählte von der Unterredung mit Saso Lagana, von der Begegnung mit Don Rocco und dessen Auftrag, mit seinem Vetter auf dem Berghang Feuer zu legen.

Fantasie hatte Giuanninu der Padrinu, dachte Rummenigge, das musste man ihm lassen. Ein guter Schauspieler war er auch. Er wälzte sich auf dem Fahrersitz wie ein Schwein, schwitzte und wimmerte und beschwor, dass er die Wahrheit sage.

Rummenigge ließ das Fenster der hinteren Seitentür genau so weit herunter, bis das andere Ende des Schlauches durch den Schlitz passte. Dann setzte er sich wieder in den Croma.

»Wirf den Motor an«, sagte er.

»Wir sind doch Blutsbrüder«, versuchte es Cutrupi voller Pathos.

»Du und ich sind überhaupt nichts, und Blutsbrüder schon gar nicht«, wies ihn Rummenigge zurecht. »Und jetzt mach endlich den Motor an.«

Der Padrinu begann winselnde Laute auszustoßen, während er den Motor anstellte.

»Wir sind doch auf derselben Seite«, jammerte er weiter.

Nein, es gab überhaupt keine Seiten, dachte Rummenigge. Vor ein paar Stunden erst hatte er einen seiner Blutsbrüder umgebracht. Einen seiner richtigen Blutsbrüder.

»Ich gebe dir eine letzte Chance. Die Koppel!«

Cutrupi schöpfte Hoffnung. Rummenigge gab ihm tatsächlich eine letzte Chance. Er musste nur die drei Namen der Koppel sagen.

Als man ihn in die 'Ndrina von Don Peppe Parisi aufgenommen hatte, war ihm gleich zu Anfang eingeschärft worden, niemals die Namen der Koppel zu vergessen. Die Namen des Capobastone, des Crimine und des Contabile. Eine Art Passwort, das nur kannte, wer zur 'Ndrina gehörte.

Die Koppel von Don Peppe Parisi kannte Cutrupi genau, doch er hatte sich nicht die Mühe gemacht, die entsprechenden Namen für die 'Ndrina von Don Rocco Stillitani zu lernen. Außerdem war er ja gerade in die Santa aufgestiegen.

Er schüttelte den Kopf, die Namen fielen ihm nicht ein.

Das Auto füllte sich mit Kohlenmonoxid. Es war nichts zu riechen, nichts zu sehen. Er würde sterben, ohne es zu merken. Rummenigge erklärte ihm, dass es besser so sei. Sollte er auch nur versuchen, den Motor abzustellen, zu hupen oder sich sonst wie zu widersetzen, würde er ihn übel zurichten und anschließend seine beiden Schwestern aus Agatea holen, dann seinen Vater und zum Schluss seine Mutter. Er würde alle vor seinen Augen umbringen, der Reihe nach, und erst zum Schluss ihn, den Padrinu.

Giovanni riss sich zusammen. Nur ein leiser Fluch kam noch über seine Lippen: »*Pezzu i fangu, 'nfami.*«

»Verdammtes Dreckstück, Verräter«, glaubte Rummenigge zu vernehmen, und zielte weiter auf Cutrupi. Er blieb im Dunkeln stehen und beobachtete das Auto, die Halbautomatische in der einen, das Köfferchen in der anderen Hand.

Wieder das Zirpen der Grillen und die Augen der Sterne.

Hin und wieder zerrte Cutrupi an den Handschellen. In einer kreisenden Bewegung, als würde er sich die Hand abschrauben wollen, versuchte er sich zu befreien.

Er war wirklich nicht der Hellste, dachte Rummenigge.

Als er davon überzeugt war, dass Cutrupi das Bewusstsein verloren hatte und nicht simulierte, öffnete er die Wagentür, die Pistole weiter auf den Padrinu gerichtet. Er löste die Handschellen von Cutrupis Gelenk. Der Idiot hatte sich tief ins Fleisch geschnitten. Er tastete nach dem anderen Handgelenk. Der Pulsschlag war nur mehr ein verhaltenes, leises Beben, wie Schritte in hohem Schnee. Rummenigge legte die Handschellen zurück in den Koffer, die Selbstbeschuldigung neben den Fahrersitz und schloss die Tür.

Er blieb noch eine halbe Stunde, um sicherzugehen, dass sich Cutrupi auch wirklich umbrachte, wie es seine Pflicht war.

Alessio Caridi kam im Morgengrauen nach Hause. Der Schatten, den er im ersten Sonnenlicht warf, war lang und formlos. Alles war still, als er wieder in den Ort zurückkehrte, bis auf den hysterischen Schrei eines

Hahns. Leisen Schrittes betrat er sein Haus und ging ins Schlafzimmer. Im Haus gegenüber brannte noch Licht: Serafina hatte es angelassen, in Erwartung ihres Mannes Mico. Wahrscheinlich war sie eingeschlafen. Bergomi fand sie fast immer schnarchend vor, trotz des Lichtes, wie er ihm einmal erzählt hatte.

Mela dagegen war wach. Alessio merkte es an ihrem Brummen, als er ins Bett schlüpfte. Sie lag mit dem Rücken zu ihm gekehrt.

»Alles in Ordnung«, flüsterte er ihr ins Ohr.

Sie antwortete nicht, sondern griff nach seinem Arm und legte ihn sich auf die Brust.

Es beruhigte Alessio Caridi, sie zu umarmen. Er war ihr Beschützer. Jetzt musste er nur noch den dritten Teil der Lösung angehen, dann war seine Familie außer Gefahr. Aber heute Nacht würde er nicht mehr daran denken. Er hatte schon genug getan.

Er fiel in einen tiefen Schlaf aus dem er erst spät erwachte.

Ein großes Durcheinander erwartete ihn.

Alle im Ort wussten bereits seit dem Vorabend, dass zwei Jungs bei dem Brand ums Leben gekommen waren, aber niemand rechnete damit, dass sich die Nachricht im ganzen Land verbreiten würde. Normalerweise gingen solche Nachrichten einfach unter. Jetzt aber hatte eine junge Lokaljournalistin des *Quotidiano* eine Titelstory daraus gemacht.

Wegen dieses Artikels war Agatea am Morgen des 18. August voll von Journalisten, Fernsehkameras und Fotografen.

Mela erzählte, dass man kaum mehr über die Straße kam, so viele Leute waren da. Und dann: »Alessio, Jungs auf Motorrädern waren hier, haben wild in die Luft geballert, *ci fu nu burdellu,* das reinste Bordell.« Während sie vom Motorradkorso erzählte, kochte sie ihm einen Kaffee.

Rummenigge schlürfte vorsichtig einen Schluck der heißen Flüssigkeit. Das mit den Motorradfahrern passte zu Don Peppe Parisi. Eine typische Aktion für ihn. Ein bisschen alte Schule vielleicht. Eine symbolische Machtdemonstration. Medial hoch wirksam, aber ansonsten zu kaum etwas gut.

Er zog sich an, ging aus dem Haus und hoffte, nicht auf Serafina zu treffen. Sie hätte ihn sicher mit Fragen überhäuft. Gleichzeitig wunderte er sich, dass Mico Quattrones Frau noch nicht an seiner Tür geklingelt hatte.

In der Bar an der Piazza schnappte er sich die Zeitung und las den Artikel auf der Titelseite, von dem ihm Mela erzählt hatte.

Er las ihn von Anfang bis Ende.

Er bemühte sich, sein Erstaunen zu verbergen, als er sah, dass der Name am Ende des Artikels derselbe war wie der Name der Frau, um die er sich ab morgen zu kümmern hatte.

18

»Commendatore, das ist doch nicht Ihr Ernst? Um Ihnen alles von Anfang an zu erklären, müsste ich den Stammbaum der 'Ndrangheta seit den Zeiten von Osso, Mastrosso und Carcagnisso aufzählen. Sie kennen doch das Lied?« Don Rocco nahm einen Zug aus seiner Zigarre, schloss die Augen und sang in seinem Tenor: »*Tri cavalieri da Spagna si partiru / pi fondari li reguli sociali / leggi d'onori, di sangu e di guerra / leggi maggiori, minori e criminali …*«

»Herr Stillitani.«

Don Rocco sah den Mann, der ihm gegenüber saß und seine Darbietung unterbrochen hatte, erstaunt an. In seinem Blick war etwas Unbewegliches, Steinernes.

Der Mann zögerte einen Moment. Dann sagte er leicht verlegen: »Ich wusste nicht, dass Sie ein solch talentierter Sänger sind. Aber …«

»Ich danke Ihnen, Commendatore«, fuhr Don Rocco barsch dazwischen und verstummte.

Sein Schweigen hielt ungewöhnlich lange an.

Der Mann verstand, was von ihm erwartet wurde. »Ich bitte um Entschuldigung, wenn ich Sie unterbrochen habe, Herr Stillitani, aber ich habe nicht damit gerechnet, dass wir uns über Legenden aus dem 16. Jahrhundert unterhalten würden.«

Don Rocco fixierte ihn noch immer, fest auf seine Zigarre beißend. Hinter der Wolke aus Rauch weitete sich sein Mund zu einem arroganten Lächeln. Sein Gegenüber konnte dem Blick nicht standhalten. Er senkte die Augen und rümpfte die Nase, als zöge er eine Linie Kokain ein.

Ein Schauer lief ihm über den Rücken. Vielleicht war er zu weit gegangen: »Je weniger Zeit wir hier verbringen …«, tastete er sich vor und versuchte, so entschlossen wie möglich zu klingen.

»Commendatore, ich merke, wir sind derselben Meinung«, ergriff Don Rocco erneut das Wort. Anders als sein Gegenüber modulierte er seinen Tonfall mit der Geschmeidigkeit eines Schauspielers: »Ich wollte

Sie nicht auf den Arm nehmen mit dem Lied. Aber immerhin haben Sie mir bestätigt, dass für uns beide ein Wort zu wenig wäre, und zwei zu viel. Das richtige Maß, Commendatore. Kaum etwas im Leben ist schwerer zu lernen, als das richtige Maß zu halten. Niemand kann es uns beibringen.«

Der Mann blickte verstohlen zur Seite.

»Maß halten, abwägen, überlegen. Sie wissen das besser als ich«, fuhr Don Rocco fort. »Commendatore, die Griechen, unsere Vorfahren, haben immer gesagt: ›Niemals sich der Hybris schuldig machen.‹ Und das bedeutet: Stelle fest, was du erreichen kannst, und strebe nicht mehr an als das. Denn wer sich verrechnet, muss dafür bezahlen. Und bei uns wird teuer bezahlt. Zehnfach, möchte man sagen. Keine falsche Bescheidenheit, Commendatore. Ich glaube, vom Rechnen verstehe ich etwas. Und so ist alles, was wir tun, auch diese Begegnung heute, Teil einer Rechnung, die mir, Ihnen und anderen zum Vorteil gereichen wird. Sofern wir nicht übertreiben. Indem wir etwa wie Machiavellisten handeln. So drücken Menschen Ihres Bildungsstandes das doch aus.«

»Herr Stillitani, es ist wirklich eine Freude, Ihnen zuzuhören. Aber wir kommen nicht zur Sache«, sagte der Mann. »Offen gesagt erkenne ich weder Ihr Ziel noch auch nur die Mittel …«

Auf seine Stirn traten die ersten Schweißtropfen, perlten an den Schläfen auf. Er wischte sie weg, spürte seinen Puls schlagen. Jahrelang hatte er daran gearbeitet, das immer gleiche Pokergesicht aufzusetzen. Nun drohten die Früchte dieser Übung in wenigen Minuten zunichte gemacht zu werden.

»Aber Commendatore, hören Sie doch auf, mich so zu nennen. ›Herr Stillitani‹ nennen mich Polizisten und Richter.«

»Eben.« Die Augen seines Gegenübers leuchteten auf.

Don Rocco lachte. »Ach, Sie feixen, Commendatore. Ich weiß wohl, welche Rolle Sie normalerweise geben. Aber hier reden wir anders miteinander! Nennen Sie mich Don Rocco, wie alle anderen auch. Jetzt, wo wir mit offenen Karten spielen. Sie wollen wissen, was passiert ist? Ich kann es Ihnen in zwei Minuten erklären.«

Er machte es sich auf dem Sessel bequem, reckte die Brust und rieb sich die Hände – eine Geste, die irgendwie an Andreotti erinnerte. »Sie wissen, dass Peppe Parisi und ich Rivalen sind. Seit Jahren kämpfen wir um Agatea und die umliegenden Gebiete. Seit er, der alte Peppuzzu, auf den falschen Zug gesprungen ist …«

»Wie meinen Sie das, den falschen Zug?«, unterbrach ihn erneut sein Gegenüber. Noch bevor er die Frage zu Ende formuliert hatte, bemerkte er seinen erneuten Fehler. Er beschwor sich, nicht mehr zu reden, als würde er Don Rocco verhören.

Don Rocco grinste und gab zu verstehen, dass er seinem Gegenüber dessen berufsbedingte Angewohnheiten nachsehe. Er setzte seine Erzählung fort: »Es geht um das Bündnis, das er während des Krieges mit den Imertis geschlossen hat. 1985, um genau zu sein. Aber ich denke, für Sie ist das ein offenes Geheimnis. Sie wissen ja, dass sich Parisi mit den Imertis verbündet hat, während ich mich an die De Stefanos gehalten habe. Vor dem Krieg kümmerte sich jeder – verzeihen Sie meine vulgäre Redeweise – um seinen eigenen Scheiß. Jeder kontrollierte sein lokales Territorium, und beim Treffen zum Fest der Madonna von Polsi haben wir uns immer geeinigt, wenn es irgendwelche Probleme gab. Aber dann kam die Geschichte mit der Brücke. Ach, Commendatore, die 'Ndrangheta wusste natürlich längst von der Brücke über die Straße von Messina. Es ging nicht mehr um Entführung, Mord, Kokain oder Waffenschmuggel. Es ging darum, den entscheidenden Schritt zu wagen und selbst Unternehmer zu werden, wie die Camorra und die Cosa Nostra. In Riggiu haben wir uns abgeschlachtet wie Hunde, *comu cani.*«

Don Rocco hielt inne. Ihm waren ein paar Worte im Dialekt herausgerutscht, was ihm nicht gefiel. Er war stets bemüht, seine Redeweise der seines jeweiligen Gesprächspartners anzupassen. Er räusperte sich und erzählte weiter: »Die Stadt war gespalten. Auf der einen Seite die De Stefanos, die Libris, die Teganos, auf der anderen die Imertis, die Condellos, die Risminis und die Serrainos. Ich war auf der Seite der De Stefanos, Peppuzzu bei den anderen. Nach dem Krieg war die 'Ndrangheta nicht mehr dieselbe. Es gab die Teilung in drei Distrikte: den Hafen, also Gioia Tauro, die Stadt und die Berge, also Locride.«

»Don Rocco, wissen Sie, wie lange ich mich schon mit der Malavita in Kalabrien befasse?«

Don Rocco zog eine Grimasse, wie um zu sagen: Mehr oder weniger.

»Seit mehr als zwanzig Jahren«, erklärte der Commendatore. »Und ich meine ziemlich genau Bescheid zu wissen, auch über die damaligen Ereignisse.« Er hob ebenfalls die Brust und rutschte an den Rand des Sessels. Während Don Rocco gesprochen hatte, hatte er sich vorgenommen, nicht auf sich herumtrampeln zu lassen. Er war hier, um mit diesem Kriminellen einen Pakt zu schließen, auf Augenhöhe, entsprechend den Regeln der Bruderschaft, der er eigens zu diesem Zweck beigetreten war.

»Commendatore, wenn Sie so genau Bescheid wissen, möchte ich Sie nicht weiter langweilen … Ganz wie Sie wollen. Fangen wir also mit dem Feuer an?«

»Sie haben das organisiert, oder nicht?«

»Aber selbstverständlich, Commendatore«, fuhr Don Rocco fort, ohne seine Zufriedenheit zu verbergen. »Ich war es, der den Befehl gab. Ich habe mich an diese zwei Infamen gewendet, die Cutrupis. Der einzige halbwegs Zuverlässige aus der Familie ist ein durchaus fähiger Mann, Linuzzu. Sie kennen ihn. Er betreibt die Canadair-Filiale und verdient jeden Sommer Millionen, indem er seine Flugzeuge an den Staat vermietet. Außerdem hat er den Vorzug, den Mund halten zu können und seine Gebühren pünktlich zu zahlen. Aber die anderen beiden Vettern, die waren nicht den Dreck unter dem Fingernagel wert. Sie gehörten zu Peppuzzu Parisis Leuten, taten aber wenig bis nichts für ihn, nicht einmal gewöhnliche Picciotti waren sie. Sie waren günstig zu haben. Einer, Giuanninu der Padrinu, die reinste Witzfigur … Er gefiel sich darin, den Mafioso zu geben, aber es war wirklich nur gespielt. Der andere, der Orbu, ist ein bisschen geradliniger. Natürlich, auch er hat sich letztlich als Trottel entpuppt, aber immerhin hat er sich nicht ganz so dämlich verhalten. Um es kurz zu machen: Ich bat einen meiner Adjutanten, auf die beiden Cutrupis zuzugehen und ihnen auszurichten, dass ich sie sprechen wolle. Die haben keine Sekunde nachgedacht, sondern sofort eingewilligt. Begreifen Sie, Commendatore, was für eine Einfalt! Da kommt einer zu ihnen und sagt: Wollt ihr euch mal eben mit dem Rivalen eures Bosses treffen, mit seinem Hauptfeind? Und die sagen sofort ja. Nicht nur Drecksäcke, sondern auch noch richtige Einfaltspinsel! Der Plan, den ich ihnen vorgestellt habe, war einfach. Sie sollten den Flecken Erde hinter Agatea in Schutt und Asche legen. Wozu, das habe ich ihnen natürlich nicht gesagt. Sie haben sofort angebissen. Sie glaubten wirklich, ich würde sie in die Santa … Das haben die glatt gefressen.«

»Ihnen, Don Rocco, geht es natürlich um etwas ganz anderes, als die Hänge des Monte Comito und seine Umgebung zu verwüsten. Warum hätten Sie sonst die Cutrupis damit beauftragt? Brandstifter werden Sie unter Ihren eigenen Leuten genug haben.«

»Mehr als Sie glauben«, versicherte Don Rocco. »Die Jungs freuen sich wie die Kinder, wenn sie zündeln dürfen. Wie auch immer … Wie Sie sagen, der Gesamtplan sah anders aus. Zwei von meinen Leuten sollten die Cutrupis umbringen, gleich nach der Brandstiftung, und die Leichen liegen lassen. So hätte ich zwei Fliegen mit einer Klappe geschlagen. Erstens wäre mir das Feuer bei der weiteren Umsetzung des Plans sehr nützlich gewesen, und zweitens würde ich behaupten können, dass Peppuzzu Parisi gegen die Regeln verstoßen hat, denn Brandstiftungen sind mit allen aus dem Territorium abzusprechen. Beim Treffen in Polsi hätte ich dann die anderen gegen ihn aufgebracht. Aber meine Leute haben Mist gebaut. Sie haben zwei Jungs, die mit der Sache nichts zu tun hatten, mit den Cutrupis verwechselt und umgebracht. Die Cutrupis sind nach Hause gefahren, ohne dass ihnen ein Haar gekrümmt worden wäre. Verstehen Sie? Als ich letzten Donnerstag ins Bett stieg, dachte ich noch: Jetzt bricht das Feuer aus, gelegt von den Cutrupis, und – verzeihen Sie das Bild – dem Peppuzzu brennt der Arsch. Am nächsten Morgen stehe ich auf und der, der sich um die beiden kümmern sollte, sagt mir: ›Don Rocco, wir haben die Falschen erwischt.‹ Was konnte ich da noch tun?«

»Sie konnten hoffen, dass die Wahrheit nicht ans Licht kommt«, sagte der Mann. »Aber so kam es nicht. Als die Leichen der armen Teufel gefunden werden, tun Sie, was Sie können, um Verwirrung zu stiften. Aber irgendwer lässt die Nachricht durchsickern. Und heute dieser Artikel in der Zeitung. Die Presse verbreitet die Nachricht, und in Agatea geben sich die Journalisten die Klinke in die Hand.«

»So war es leider«, sagte Don Rocco betrübt.

»Also veranstalten Sie das kleine Spektakel mit den Motorrädern. Sie wollen die Journalisten erschrecken, verwirren, ihnen klarmachen, dass sie in Agatea nichts zu suchen haben. Sieben Motorradfahrer, die in alle Richtungen schießen. Natürlich konnten die Journalisten auf die Idee kommen, es handle sich nur um einen Jungenstreich. Wichtig war, dass sie es mit der Angst bekommen.«

Don Rocco nickte. »Sie haben das fast perfekt rekonstruiert, Commendatore. Aber mit diesem Motorradspektakel habe ich nichts zu tun. Das ist Don Peppes Stil, er will sich nicht mit Schreibern und Störenfrieden herumschlagen müssen. Die Sachen, die ich organisiere, laufen anders. Auf eine werden Sie auf der Straße von Agatea nach Monte Comito stoßen, auf eine andere in Richtung Roncaglio. Diese Dinge habe ich organisiert, um aus dem Schlamassel zu kommen. Ein Telefongespräch, ein paar Minuten am Computer genügen dafür, wie Sie wissen. Schon ist alles wieder in Ordnung.«

Der Commendatore schüttelte den Kopf. Er konnte nicht glauben, dass die italienische Abhörtechnik so schlecht funktionierte. Er würde gern mehr darüber erfahren, wie es diesen Leuten immer wieder gelang, ihre Dinger vor der Nase der Staatsmacht zu drehen. Er wusste, dass in Agatea die Handynetze WIND, TIM und 3 versagten. Und er hatte geahnt, dass es ein weiteres, geschütztes Netz geben musste.

Den 'Ndranghetista, den er vor sich hatte, interessierten weder die einfachsten moralischen Grundsätze noch die traditionelle Herangehensweise der Mafia. Auch die Kultur, der Don Rocco fraglos Ideen und Verhaltensmodelle verdankte, war ihm letztlich gleichgültig. Den Mann verblüffte die Offenheit gegenüber der Moderne, die Leidenschaft für neue Technologien. Von wegen Landeier.

»Gianninu der Padrinu hat sich umgebracht, der Ärmste. Noch hat niemand seine Leiche gefunden«, fuhr Don Rocco fort. »Er glaubte wohl, man würde ihn verhaften und wegen vorsätzlichen Mordes verurteilen.«

Der Mann, der ihm gegenübersaß, merkte sich diese Worte.

»Und dann hatte auch noch einer der beiden, die den Schlamassel angerichtet haben, das Pech, in eine Schlucht zu stürzen ... So, jetzt habe ich Ihnen alles verraten und vielleicht die Überraschung verdorben.« Don Rocco öffnete die Arme. »Ich konnte nicht anders handeln. Es sind nur noch wenige Wochen bis zum Fest der Madonna von Polsi. Könnte man den Brand auf mich zurückführen, wäre das ein Desaster ...«

»Und der andere Cutrupi? Den haben Sie nicht kaltgemacht?«

»Commendatore, was für hässliche Worte. Ich habe Ihnen von einem Selbstmord und einem Unfall erzählt, und Sie sprechen von Mord«, antwortete Don Rocco. »Wie dem auch sei, Pasquale Cutrupi ist quicklebendig. Ich hoffe, dass ich ihm in nächster Zeit nicht begegne. Er ist ein Infamer und es juckt mich in den Fingern. Wenn er hier säße, ich würde ihn eigenhändig erwürgen, diesen Verräter.«

Don Roccos Gegenüber spürte, wie sich seine Kehle zuschnürte. Don Rocco war gefährlich. Unwillkürlich versuchte er aus dem Augenwinkel hinter sich zu schauen. Der Boss verstand, dass es reichte. »Commendatore, Sie müssen mich entschuldigen. Ich verabschiede mich.«

Er stand auf, während der Mann verdutzt sitzenblieb. »Wie? Sie wollen gehen?«

Don Rocco hörte nicht auf ihn und reichte ihm die Hand. Dem Mann blieb nichts weiter übrig, als seinerseits aufzustehen und Don Rocco die Hand zu schütteln.

»Das richtige Maß, Commendatore, das richtige Maß. Wir kennen uns erst seit der Versammlung der Bruderschaft. Auf das richtige Maß kommt es bei einem ersten Treffen an. Einige meiner Geheimnisse haben Sie erfahren. So, wie ich früher oder später auch einige der Ihren erfahren werde. Glauben Sie mir, es ist besser, wenn Sie jetzt gehen. Warten wir ab, wie sich die Dinge entwickeln. Meine Picciotti werden Sie hinausbegleiten. Sie mögen zwar der Santa angehören wie ich, aber Sie werden begreifen, dass … Oder?«

Der Mann fügte sich in Don Roccos Entscheidung. Viel hatte er nicht erreicht. Abgesehen davon, dass er einen Verbrecher, nach dem die Anti-Mafia-Behörde fahndete wie nach kaum einem anderen, aus der Nähe gesehen hatte.

»Darf ich Sie etwas fragen, Don Rocco? Wie viel hat Sie die Gesichtsoperation gekostet?«

»Die habe ich in Marseille machen lassen, in einer Klinik, die keine Werbung nötig hat«, antwortete Don Rocco. »Angesichts der Tatsache, dass mich noch nicht einmal meine Frau wiedererkannt hat, würde ich sagen, sie war jeden Cent wert. Aber Sie, Commendatore, sollten Ihr Gesicht behalten, Sie sind ein gut aussehender Mann.«

Don Rocco strich sich mit den Händen über die Wangen. »Seien Sie ehrlich, wie finden Sie es? Gefällt es Ihnen?«

»Ich hätte Sie nie erkannt.«

Don Rocco nickte. »Ich weiß«, sagte er zufrieden. »Commendatore, wir sehen uns in einigen Tagen. Ich melde mich auf die übliche Weise.«

Ohne dass Don Rocco irgendetwas berührt oder gesagt zu haben schien, öffnete sich hinter dem Commendatore eine Tür. Vier kräftig gebaute Männer traten ein und legten ihm eine Augenbinde um.

»Ach, eins noch, Commendatore. Die Legende von Osso, Mastrosso und Carcagnosso ist älter als das 16. Jahrhundert, sie geht auf das Jahr 1300 zurück. Und nun, Picciotti, hört zu: Ich möchte, dass ihr den Commendatore königlich behandelt.« Beim Erteilen seines Befehls zwinkerte Don Rocco dem Mann zu, der der Anführer zu sein schien.

19

Tina hörte das Dröhnen der Motoren über sich.

Sie hob den Kopf zum Himmel. Er hatte eine purpurne Farbe angenommen, die nichts Gutes erwarten ließ. Sie folgte den regenschweren Wolken, die der abendliche Schirokko am Ende dieses schwülen Tages über die Stadt jagte. Sie entdeckte das im Landeanflug befindliche Flugzeug. Die verschiedenen Lichter an den Tragflächen waren zu erkennen. Der Tower musste dem Piloten die Landeerlaubnis erteilt haben. Bevor das Dröhnen nachließ, verschwand der Flieger aus ihrem Blickfeld.

Nervös sah sie zur Uhr. Fünf vor zehn.

Sie versuchte es noch mal mit dem Schlüssel, aber das Schloss klemmte. Sie zwang sich, ruhig zu bleiben, langsam vorzugehen. Sich nicht von der Panik überwältigen zu lassen, vom Schweiß in den Achselhöhlen, vom Herzrasen. Nach ihrer Berechnung würde sie den Flughafen in wenigen Minuten erreichen. Und jetzt ließ sich die Lenkradsperre, die aussah wie ein Baseballschläger, nicht lösen.

Tina stieg aus. Sie musste ihre Aufregung in Schach halten. Sie überprüfte noch einmal die Sperre. Ein Gummigriff und eine Metallstange, wo bei einem Baseballschläger das Holz gewesen wäre. Normalerweise ließ sich das Ding problemlos lösen. Ausgerechnet jetzt, wo sie es eilig hatte ...

»Nipo ... Tina«, rief sie jemand von hinten.

Die Stimme ihres Onkels, die seiner Weinfahne vorausging.

»Gib her«, sagte er und nahm ihr die Schlüssel aus der Hand.

Tina wollte nicht. Sie musste los und hatte keine Zeit für seine Scherze.

Ihr Onkel ignorierte sie und machte sich an der Lenkradsperre zu schaffen. Bevor sie sich ein zweites Mal beschweren konnte, hörte sie das Klicken des Schlosses.

»Bitte schön«, antwortete ihr Onkel und zog eine Augenbraue hoch.

Tina riss den Schlüssel an sich und drückte ihrem Onkel einen schmatzenden Kuss auf die Wange. Nino Vinci frohlockte und setzte zu weiteren Späßen an, doch Tina kehrte ihm den Rücken zu und sprang in den Seicento.

Der Flughafen von Reggio Calabria hatte etwas Modellhaftes. Eine graue, rechteckige Schachtel, einstöckig, davor eine winzige Landebahn. Pyrros wunderte sich über die Häuser, die dicht am Zaun standen. Ein Flugzeug, das nicht rechtzeitig zum Stehen kam, wäre mitten in das Wohngebiet gerast.

Das Flugzeug geriet beim Landeanflug in Turbulenzen, schwankte in der Luft. Pyrros blieb ruhig. Er war auch während seines An- und Abflugs anlässlich des Viererturniers ruhig geblieben. Die Straße von Messina wirkte wie ein Trichter, in dem unterschiedliche Luftströmungen aufeinandertrafen, und die kurze, zwischen Meer und Bergen eingekeilte Landebahn machte es den Piloten nicht leicht.

Doch heute war die Landung besonders hart. Viele Passagiere stemmten sich gegen die Vordersitze. Einige schrien laut auf, bevor sich die Spannung in erleichterten Applaus entladen konnte.

Pyrros wartete, bis alle Passagiere ausgestiegen waren. Er beobachtete die Delegation der Angehörigen und griechischen Polizisten aus angemessener Distanz. Er griff als Letzter seine Tasche und ging die Treppe hinunter.

Die Berge vor ihm erinnerten ihn an den Flughafen von Rhodos, der nur wenige Kilometer von seinem Heimatort entfernt war. Das Gebäude dort hatte allerdings zwei Stockwerke und war mindestens dreimal so groß. Mit dem Flughafen von von Thessaloniki er natürlich nicht zu vergleichen.

Gebeugten Hauptes schritt er zum Terminal.

Er sah sie sofort. Sie stand an eine Säule gelehnt, die Hände auf die Knie gestützt, nach Atem ringend. Sie schien gerannt zu sein, um pünktlich zu dieser nicht getroffenen Verabredung zu erscheinen.

Pyrros hatte sich ihre Begegnung mehrmals vorgestellt. Und jedesmal lief die Szene anderes ab. Einmal überaus stürmisch, das andere Mal verhalten und distanziert. Seine wirren Gefühle waren nur einer der Gründe, weshalb er ihr seine genaue Ankunftzeit verschwiegen hatte.

Einen Moment lang sahen sie sich an, zwischen ihnen die Barriere, die den Gepäckabholbereich vom übrigen Flughafen trennte. Dann drehte sich Pyrros weg. Er hatte nur eine Tasche dabei und könnte diesen Flughafenbereich sofort verlassen. Er wartete. Nicht alle Mitglieder der Delegation waren nur mit Handgepäck unterwegs. Pyrros schielte auf Dimitri, den Vater von Georgios, der seine Frau stützte. Er beobachtete die Eltern von Stamatios. Herr und Frau Seferis gingen gebeugt. Sie hatten nicht nur an ihren Koffern zu tragen. Auf ihnen ruhte die Last der Verzweiflung. Und die sinnlose Hoffnung, es könnte sich bei keinem der Körper im Leichenschauhaus um den ihres Sohnes handeln.

Pyrros stellte sich hinter die Delegation und vermied, Tinas Blicke zu kreuzen. In Thessaloniki hatte er Dimitri um Erlaubnis gebeten, mitreisen zu dürfen. Dimitri hatte schließlich eingewilligt. Er wusste, dass Pyrros keine Schuld traf, doch der Schmerz über den Verlust seines Sohnes ließ ihn wanken.

In dieser Situation war das Letzte, was Pyrros wollte, dass sie ihn gleich bei der Ankunft eine junge Italienerin umarmen sahen und daraus ihre Schlüsse über die Gründe seiner Reise zogen. Er vermied es, sich Tina zuzuwenden, und hielt sich hinter der Delegation. Die Polizei von Reggio begrüßte ihre griechischen Kollegen und die Angehörigen der Opfer.

Tina beobachtete alles. Wie Pyrros mit geneigtem Haupt zum Terminal kam. Seinen verstohlenen Blick in ihre Richtung. Die Schamhaftigkeit, mit der er seine Augen wieder senkte. Seinen kläglichen Versuch, sich hinter der Gruppe zu verstecken, die ihn offenkundig als Eindringling betrachtete.

Nachdem sie eine Stunde die Wohnung geputzt und nicht einmal eine SMS von ihm erhalten hatte, gelang es ihr nur mit großer Mühe, ihren Zorn zurückzuhalten. Und jetzt versuchte Pyrros, ihr auch noch aus dem Weg zu gehen.

Nun gut, sie hatte ihm nicht gleich erzählt, dass es sich bei den beiden Leichen um die der Jungen handelte. Sie wollte es ihm auf möglichst schonende Weise mitteilen, zu einem Zeitpunkt, den sie für den besten hielt. Aber musste man wegen einiger Stunden so reagieren?

Sie näherte sich wütenden Schrittes der Gruppe, sah sie aus dem Gepäckabholbereich kommen und verfolgte die offizielle Begrüßung der griechischen durch die italienische Polizei. Sie sah in die Gesichter über den Uniformen. Modafferi schien nicht dabei zu sein.

Sie wandte sich noch einmal Pyrros zu. Zwischen ihnen lagen nur wenige Meter. Er starrte sie an, eindringlich, als wolle er ihr eine telepathische Mitteilung zukommen lassen.

Tina war erleichtert. Die Spannung zwischen ihnen war wieder zu spüren. Ihr Mund formte sich zu einem Lächeln. Pyrros blieb ernst. Sie wäre ihm noch im selben Augenblick um den Hals gefallen, hätte ihn mit Küssen überschüttet, hätte Pyrros ihr nicht dieses Zeichen gegeben.

Er bedeutete ihr, zu warten, bevor sie irgendetwas tat oder sagte.

Der italienische Polizist, der zum Empfang beordert worden war, kannte das englische Wort für »Leichenschauhaus« nicht. Oder er vermied es und ersetzte es bewusst durch das neutrale »*there*«. Sie könnten jetzt gleich »dorthin« fahren, gab er zu verstehen. Oder wollten sie lieber erst ins Hotel?

Dimitri war nicht auf die vollständige Übersetzung der Frage angewiesen. Er antwortete barsch, das sei keine gottverdammte Vergnügungsreise. Der Übersetzer milderte den Satz ab, als er ihn vom Griechischen ins Englische übertrug.

Der italienische Polizist nahm Dimitris Reaktion zur Kenntnis und stimmte sofort zu. Er würde sie auf der Stelle »dorthin« führen. Pyrros wusste nicht, wo dieses »dort« war, und es gelang ihm nicht, sich unauffällig in eines der Autos zu setzen, die für die Delegation reserviert waren. Er wandte sich an Tina, die den Schlüssel des Seicento hochhielt. Sie würde ihn an den Ort fahren, den niemand zu nennen wagte.

Pyrros nickte, wahrte aber weiterhin einige Meter Abstand zu ihr. Er folgte der Delegation aus dem Flughafen und wartete, bis sie Platz genommen hatten. Dimitri half seiner Frau in den Dienstwagen. Die vielleicht vierzigjährige Frau bewegte sich, als leide sie an Altersschwäche.

Erst als die Gruppe vom Flughafen abgefahren war, drehte sich Pyrros zu Tina um. Sie stand nicht mehr hinter ihm. Er drehte sich um die eigene Achse und suchte mit den Augen das Gelände ab. In der Taxi-Spur näherte sich ruckweise ein Seicento.

20

Sie küssten sich flüchtig. Er hielt inne und flüstert: »*Sorry, but I can't, now.*«

Sie antwortete mit einem herben Lächeln und strich ihm über die Glatze.

Dann sagte sie: »*Let's go to the morgue.*«

Sie hatte keine Ahnung, woher sie das Wort kannte. Vielleicht aus einer alten Erzählung von Edgar Allan Poe.

Sie verfielen in Schweigen. Pyrros verharrte regungslos, wie versteinert auf die schlecht beleuchtete Fahrbahn starrend.

Tina wollte ihm tausend Dinge sagen und ebenso viele fragen. Doch sie begriff, dass Pyrros von Selbstvorwürfen zerfressen wurde, und nahm sich vor, sein Schweigen zu respektieren.

Nachdem sie den Wachmann belogen hatte, fuhr sie auf den reservierten Parkplatz und parkte den Seicento in der zweiten Reihe. Die Delegation schritt gerade in den Haupteingang. Pyrros sah sie in etwa fünfzig Metern Entfernung vorbeiziehen. Stamatios' Mutter hatte trotz der nächtlichen Dunkelheit ihre Sonnenbrille aufgesetzt. Dimitri hingegen betrachtete den stürmischen Himmel, die regenschwangeren Wolken in der warmen Luft, und stützte dabei den Arm seiner Frau. Pyrros legte seine Hand auf Tinas Oberschenkel. »*Please, leave me alone.*«

»*Ask for the ›camera mortuaria‹, okay? I'll be waiting for you here*«, sagte sie nur. Sie hoffte, dass er sie noch einmal küssen würde, bevor er ausstieg, doch er tat es nicht.

Sie sah ihn der Delegation hinterherrennen. Vom Himmel fielen die ersten Regentropfen.

Saverio Scuderi arbeitete seit fast zwanzig Jahren in den Vereinigten Spitälern als Leichenbeschauer. Seine Kollegen fassten sich abergläubisch an die Eier oder formten den Zeigefinger und den kleinen Finger zur Hörnergeste, wenn er an ihnen vorbeilief. Scuderi wusste das, versuchte es aber zu ignorieren.

Wenn er außerhalb des Krankenhauses das Wort »Leichenbeschauer« in den Mund nahm, hoffte er immer, dass es niemand mit dem Leichenschauhaus der *Spitäler* in Verbindung brachte.

Letztlich war er aber ganz zufrieden mit seiner Arbeit. Schon während des Studiums sah er ein, dass er dem Druck, an vorderster Front gegen den Tod zu kämpfen, nicht standhalten würde. Behandelnder Arzt, das war nichts für ihn. Welchen Sinn hatte es, jemanden zu heilen, in der utopischen Hoffnung, ihn vor einem Ende zu bewahren, das doch unvermeidlich war? Krankheiten zu diagnostizieren und zu versuchen, sie aus der Welt zu schaffen, schien ihm absurd. Dagegen überkam ihn ein Gefühl der Sicherheit, wenn er aktiv wurde, nachdem der Tod bereits eingetreten war.

Er war ein kleiner Mann um die fünfzig, mit roten Wangen und einem fast völlig kahlen Schädel. Er trug eine Brille mit rauchfarbenen Gläsern. Er hätte sich bereitwillig zu einer politischen Karriere entschlossen, hätte ihn der *Partito Democratico* als einigermaßen hochrangigen Kandidaten aufgestellt. Er gehörte dem Flügel um Walter Veltroni an. Ein ruhiger Typ, stets gut vorbereitet und eher wortkarg.

Als er über die Sprechanlage gerufen wurde, kam er aus dem Leichenschauhaus und hatte nicht den geringsten Zweifel über den Anlass dieses Besuches. Man hatte ihm bereits gesagt, dass die Angehörigen aus Griechenland anreisen würden, um die Leichen zu identifizieren. Nur selten kamen größere Gruppen zu ihm ins Untergeschoss. Oft einigte man sich darauf, dass die Leiche nicht ins Leichenschauhaus der Vereinigten Spitäler, sondern nach Hause geschafft wurde. Auch wenn der

Betreffende im Krankenhaus gestorben war. Es genügte, einen anderen Todeshergang anzugeben.

Scuderi selbst hatte seine verstorbene Cousine nach Hause bringen lassen, damit die Familie eine Totenwache und eine anständige Beerdigung organisieren konnte, wie es sich gehörte.

Die Leichen, die bei ihm landeten, wurden auf eine Bahre gelegt, zugedeckt und mit einem Schildchen am großen Zeh versehen. Scuderi musste ab dem vermuteten Todeszeitpunkt 15 Stunden warten und dann das Ableben bestätigen.

Die Leichen der griechischen Jungs sahen aus wie verkohlte Holzscheite. Ihre ursprüngliche Erscheinung war nicht mehr zu erkennen. Der Pathologe musste bei der Obduktion ganz schön ins Schwitzen geraten sein. Jeder hätte auf den ersten Blick geglaubt, dass sie ihren Verbrennungen erlegen waren. Aber Dr. Mafrici hatte sich nicht täuschen lassen.

Natürlich vermerkte er die Verbrennungen vierten Grades in seinem Bericht. Aber Mafrici hatte an beiden Leichen schwere Kopfverletzungen festgestellt. Bei einem der beiden Jungs waren das Hinterhauptbein und das Scheitelbein zertrümmert. Einen solchen Schlag überlebte niemand.

Dem anderen waren sieben Zähne ausgeschlagen worden, Nasen- und Stirnbein waren gebrochen. Seine Kopfverletzung war möglicherweise nicht tödlich gewesen. Als Todesursache kamen bei ihm mit hoher Wahrscheinlichkeit die Verbrennungen infrage.

Wie auch immer es zum Tod der beiden gekommen sein mochte, Scuderi saß im Untergeschoss und bescheinigte ihn. Von ihm wurde der Tod offiziell bestätigt, für den italienischen Staat und für die Damen und Herren, die jetzt vor ihm standen und seine beiden Gäste wieder mitnehmen wollten, um sie zu beerdigen.

Der Polizist Megalizzi aus Reggio Calabria erläuterte Dr. Scuderi, worum es ging. Scuderi hatte in der Zeitung bereits einiges darüber gelesen und unterbrach ihn. »Zur Leichenidentifizierung sind nur die Angehörigen zugelassen«, sagte er und nahm ein zweifach gefaltetes Blatt aus der Tasche.

»Auf Grundlage des Artikels 141 habe ich bereits die Urkunde aufgesetzt. Sie sieht eine amtliche Unterschrift vor«, erklärte Scuderi.

Megalizzi zögerte nicht und setzte zur Unterschrift an.

»Schon geschehen«, kam ihm Scuderi zuvor. »Inspektor Modafferi hat vor ein paar Stunden unterschrieben.«

Die Delegierten wurden unruhig. Es gelang ihnen nicht, dem Gespräch zu folgen. Der Übersetzer war ins Stocken geraten.

Pyrros trat nach vorn.

»*I go in, if it's okay*«, sagte er in der Annahme, dass unklar sei, wer zuerst hineingehen sollte.

Er war weder ein Angehöriger, noch ein Beamter oder gar ein Polizist.

Die Eltern der Jungen sahen ihn erstaunt an, ebenso die griechischen Polizisten.

Pyrros erklärte ihnen, dass er reingehen würde, wenn sie es wollten. Um ihnen den Anblick zu ersparen. Er kenne die Beschreibungen aus der Presse und das Foto, das im *Quotidiano* erschienen war. Vielleicht sei es besser, andere Erinnerungen an die eigenen Kinder zu behalten.

Dimitri erwiderte dem ehemaligen PAOK-Trainer, dass er selbst sehen wolle, wie man seinen Sohn zugerichtet habe. Doch er habe nichts dagegen, wenn Pyrros mitkomme.

Auch Vassili Seferis, der Vater von Stamatios, hatte keine Einwände.

Um bürokratische Prozeduren zu vermeiden, bat Megalizzi den Leichenbeschauer, die drei Herren hineinzulassen. Scuderi wies sie hinein und schloss hinter sich die grüne Metalltür.

»*Here one room without dead mans*«, erklärte er unbeholfen und zeigte auf die hintere Wand des Vorzimmers, in das sie eingetreten waren. Das Zimmer war winzig und diente eher als Garderobe. An zwei Wänden standen angerostete Schränke. Scuderi öffnete den Schrank auf der linken Seite.

»*Here*«, sagte er und zeigte auf ein paar grüne Kittel und Schuhbedeckungen.

Er mimte die Bewegungen, die seine Besucher in der von ihm gezeigten Reihenfolge ausführen sollten. Hose umschlagen, Schuhbedeckung anlegen, Kittel anziehen, Gesichtsmaske anlegen.

Die Griechen folgten den Gesten und kleideten sich an.

»*There*«, fuhr Scuderi fort und zeigte jetzt nach oben, »*church.*« Um zu verdeutlichen, dass über ihnen die Kapelle lag, bekreuzigte er sich.

Pyrros warf ihm einen verärgerten Blick zu.

Angesichts Pyrros' Reaktion sagte er schnell. »*There dead mans*«, und öffnete die hintere grüne Tür.

Pyrros hatte keine konkrete Vorstellung vom Aussehen eines Leichenschauhauses. Der Raum, in den Scuderi sie führte, war etwa dreißig Quadratmeter groß. Makellose PVC-Paneele verbargen die meisten Schimmelspuren an den Wänden. An der Decke kreiste ein altersschwacher Ventilator. Die weißen Bodenfliesen glänzten wie Carrara-Marmor. Das Edelstahlwaschbecken war gründlich gereinigt. Daneben standen Bahren, auf der anderen Seite des Raums ein Glasschrank mit Arbeitsgeräten. Anders als erwartet, stieg Pyrros weder Leichen- noch Blutgeruch in die Nase, nur der süßliche Duft eines chemischen Lösungsmittels.

»*There dead man*«, skandierte Scuderi, zeigte auf zwei Metalltüren und öffnete sie im gleichen Atemzug.

Niemand reagierte.

Vor ihnen sahen sie sechs Fächer der Kühlzelle, drei auf jeder Seite. Scuderi legte die Hände auf die Haltegriffe der beiden mittleren Fächer, als eine Metalltüre zu knarren begann. Er stoppte sie mit dem Fuß.

»*Ready*?«, fragte er, bevor er den Inhalt der Fächer hervorzog.

Pyrros sah die Väter der beiden Jungen an, nahm ihre zustimmenden Blicken entgegen und nickte.

Die Körper waren nicht wiederzuerkennen. Die Haut war nur noch ein verkohlter Belag, der mit den Muskeln verschmolzen war und sich wie Stoff um die Knochen gelegt hatte. Die verunstalteten Schädel ließen vielleicht noch einen schmerzverzerrten Ausdruck erahnen. Auf der Brust waren die Streifen der Rucksackriemen zu erkennen, die mit den Körpern verschmolzen waren.

Vassili Seferis und Dimitri Elytis sahen sich ratlos an. Keiner der beiden war in der Lage, seinen Sohn zu identifizieren. Man konnte nicht einmal den einen vom anderen Körper unterscheiden.

Vassili legte eine Hand auf seinen Bauch. Dr. Scuderi schritt rechtzeitig ein. Er führte Vassili zu dem nur wenige Schritte entfernten Waschbecken, drehte das Wasser auf und legte ihm ein Papierhandtuch auf die Schulter.

Während sich der Vater von Stamatios übergab, untersuchte Dimitri weiter die Leichen. Er lief um die Fächer, um sie von allen Seiten zu betrachten, und konzentrierte sich auf Einzelheiten, die ihm auf den ersten Blick entgangen waren. Das Feuer hatte die Füße mitsamt den Turnschuhen verzehrt. Die mit dem zerronnenen Gummi der Schuhsolen verschmolzenen Zehenknochen erinnerten an Füße von Wasservögeln.

Pyrros achtete weniger auf die Leichen als auf Dimitri, der sich wie ein verwundetes Tier durch das Leichenschauhaus schleppte. Seine gestrafften Arme, die angespannten Muskeln, die hervortretenden Venen.

Wahrscheinlich hätte ihn bei der geringsten Berührung der Schlag getroffen.

Für Dimitri schienen die Schädel eine fast unmenschliche Form angenommen zu haben, wie zerborstene Ostereier.

Scuderi antwortete, bevor sie ihn fragen konnten: »*The head ... yes.*« Er mimte die Geste eines Schlags und dann das auf den Schlag folgende Zerbersten des Kopfes.

»*What?*«, fragte Pyrros.

Der Doktor wiederholte die Geste. »*No burn ... the head no burn ... the head boooom.*«

»*What is about the teeth?*«, fragte Pyrros und deutete auf seine Zähne.

»Kaputt!« antwortete Scuderi und zeigte auf eine der Leichen. »*Seven* kaputt«, ergänzte er und wiederholte zum zweiten Mal seine Darstellung des Schlags.

Pyrros schüttelte den Kopf. Er wandte sich an Dimitri und erklärte ihm, was der Leichenbeschauer gemeint haben könnte. Dimitri nickte und ging zu Vassili, der aufgehört hatte, sich zu übergeben, und ihn auf Griechisch bat, ihn nach draußen zu begleiten.

»*Just a minute*«, wandte sich Pyrros an Scuderi.

Dann sah auch er sich die Leichen genauer an und entdeckte einen schmalen Silberstreifen am jeweils rechten Handgelenk der beiden Jungs. Er wies den Leichenbeschauer darauf hin.

»*Yes*«, sagte Scuderi, wenig beeindruckt.

Es waren die Reste silberner Armbänder. Aber wie sollte er das in seinem holprigen Englisch erklären? Scuderi schwor, sich nächstes Jahr ernsthaft dem Studium der englischen Sprache zu widmen.

»*Something like this?*«, hakte Pyrros nach und deutete auf das lederne Armband an seinem linken Handgelenk.

Scuderi nickte strahlend. Der Grieche hatte verstanden.

»*Yes*«, präzisierte er, »*but no with leather, with silver.*«

Pyrros hörte ihm schon nicht mehr zu.

Eine Szene mit Georgios und Stamatios kam ihm lebhaft in Erinnerung. Er hatte Stamatios angebrüllt, der ihn als Idiot beschimpfte. Stamatios hatte im Training, nur wenige Tage vor dem Viererturnier, seinen Mitspieler Elias Papandreu verletzt, den besten Verteidiger der Mannschaft. Pyrros hatte sich aufgeregt, schließlich hatte er den Spielern tausendmal erklärt, dass sie ihre Piercings, Ohrringe, Halsketten und Armbänder abzulegen hatten, auch beim Training. Stamatios hatte sich bei seinem an der Backe blutenden Mitspieler entschuldigt und das Armband abgelegt. Pyrros war aufgefallen, dass Georgios vom Spielfeld rannte und ein zweites Armband auf die Ersatzbank legte.

Pyrros war während des Spiels mehrfach zur Ersatzbank gegangen, um ein paar Spielkombinationen zu notieren. Und ihm war aufgefallen, dass beide Armbänder identisch aussahen, ohne weiter darüber nachzudenken.

Nach dem Spiel hatte er mitbekommen, wie die beiden diskutierten, wem welches Armband gehöre.

Als Pyrros sagte, die Armbänder sähen doch vollkommen gleich aus, zuckten die beiden verlegen mit den Schultern. »Trainer, das sind Geschenke«, erklärte Georgios.

Pyrros hatte gegrinst. »Denkt nicht so viel an die Frauen, Jungs«, hatte er gesagt, in der festen Überzeugung, dass seine besten Spieler von zwei jungen Fans mit denselben Schmuckvorlieben bewundert wurden.

Vassili und Dimitri kehrten ins Leichenschauhaus zurück und übergaben Dr. Scuderi eine Mappe. Wenn es keine andere Möglichkeit gäbe, dann würden sie dies als Nagelprobe akzeptieren, als letzten Schritt zum Verlust jeglicher Hoffnung und zur Gewissheit, dass sie ihre Söhne niemals lebendig wiedersehen würden.

Scuderi verstand nicht, was sie wollten, bis Dimitri den Inhalt eines gelben Umschlags herauszog. Eine Röntgenaufnahme von Georgios' Zähnen.

Scuderi betrachtete die Aufnahme. Er erkannte zwei alte, schlecht gemachte Füllungen an den oberen Backenzähnen, und eine noch unbehandelte Karies auf dem zweiten unteren Backenzahn.

Er verglich die Aufnahmen mit den Gebissen der Leichen.

Das Gebiss der Leiche mit den ausgeschlagenen Zähnen stimmte nur in Ansätzen überein. Für den Vergleich mit dem weitgehend intakten Gebiss nahm er sich mehr Zeit.

Schließlich fand er den Mut, um den Griechen ins Gesicht zu sehen und zu nicken.

21

Tina hatte sich vorgenommen, im Auto auf Pyrros zu warten, obwohl ihr das nicht leicht fiel. Sie war froh, als das Sommergewitter endlich über ihr niederging und ihr die Entscheidung im Seicento sitzen zu bleiben, erleichterte. Zur Choreographie des Gewitters gehörten grell aufleuchtende Blitze, tiefes Donnergrollen und abbrechende Äste, die über den Parkplatz wirbelten.

Ein solches Unwetter hatte es schon lange nicht mehr gegeben. Im Juli war ein merkwürdiges Wetterphänomen aufgetreten, das sich in wiederholten monsunartigen Wolkenbrüchen zur Abenddämmerung zeigte. Aber solch ein Gewitter? Nein.

Jetzt ging der Regen in harten Hagel über. Der Seicento hielt den Eisgeschossen stand. Die Körner prasselten auf die Motorhaube und spritzen nach allen Seiten davon. Das Schiebedach wurde zum Klangbecken eines wilden Trommelwirbels. Auf den Scheibenwischern legten sich Eiskristalle übereinander wie die Quadrate des Computerspiels Tetris.

Sie erinnerten Tina an ihren Großvater, der bis in die frühen 60er Jahre als Eistransporteur gearbeitetet hatte, wie sie aus den Erzählungen ihrer Mutter wusste. Die besonders gerne davon sprach, wenn im Sommer die Quecksilbersäule Richtung 40 Grad kletterte. Sie selbst hatte nur noch eine ungenaue Vorstellung von dem Mann, der sie immer auf Distanz gehalten hatte. Ausgerechnet sie, seine erste Enkelin, hatte der Alte fast völlig ignoriert. Sie konnte sich an keine Geste der Zuneigung erinnern und an kaum ein Wort, das er an sie gerichtet hatte. Wenn sie einmal für kurze Zeit mit ihm allein gewesen war, hatte er sie nicht beachtet.

Nur eine Szene haftete ihr im Gedächtnis. Schon auf dem Totenbett, wandte er sich an sie. In schneidend kaltem Tonfall flüsterte er ihr drei Worte zu: »*Russighiati. Iapri l'occhi.*« Drei Worte, die Tina nicht verstanden hatte und die ihr auch heute noch Rätsel aufgaben. Trotzdem hatte sie bei seiner Beerdigung geweint. So schemenhaft sie sich an ihren Großvater Concetto Canale auch nur erinnern konnte, so sehr war er für sie doch zu einer geradezu epischen Gestalt geworden, ein titanenhafter und starrköpfiger Held.

Befördert wurde dies Bild durch ihre Mutter, wenn sie davon erzählte, wie er im Winter tiefe Löcher gegraben, eine Schicht Blätter hineingelegt, Schnee darüber geschüttet und alles mit Farn und Erde bedeckt hatte. Von weit oben, von den Hängen des Aspromontano hatte er die fertigen Eisblöcke ins Küstengebiet geschafft, wo er sie vornehmlich an die Adligen verkaufte. Daneben transportierte er Holz und Wein. Doch dem Eis kam eine besondere Bedeutung zu. In schmerzhaftem Tonfall hatte Tinas Mutter von seiner Verzweiflung erzählt, als sich elektrische

Kühlsysteme und Kühlschränke auch in dieser von archaischen Ritualen geprägten Gegend ausbreiteten.

Die alte ländliche Welt war den Angriffen des Fortschritts nicht gewachsen.

Ein Donnerschlag riss Tina aus ihren Gedanken.

Die Scheiben des Seicento waren rundum beschlagen. Es war noch keine halbe Stunde vergangen, seit Pyrros ins Leichenschauhaus gelaufen war. Doch der Hagelregen hatte nachgelassen.

Sie fragte sich, ob die Delegation schon wieder herausgekommen war und Pyrros sie übersehen hatte, stieg aus dem Seicento und blieb stehen, um den Himmel zu betrachten. Die Luft roch frisch und klar, doch morgen würde es wieder höllisch heiß werden.

Tina wandte sich dem Eingang des Krankenhauses zu, konnte sich aber nicht entschließen, in die Katakomben hinabzusteigen.

Den Mann, der sich hinter einer Reihe Autos versteckte und sie beobachtete, bemerkte sie nicht.

22

Alessio Caridi tat, was man ihm befohlen hatte.

Man hatte ihm gesagt, er solle sich um sie kümmern, und genau das machte er jetzt. Kaum hatte er sich von der Nacht erholt, in der er dem Padrinu und Bergomi ins Jenseits verholfen hatte, nahm er auch schon die Spur der Frau auf.

Über Mimmo Stillitani hatte Don Rocco ihm den Schlafplatz in Reggio angewiesen, für die wenigen Stunden Schlaf, die er sich gestatten konnte. Ein Schuppen am Meer, nicht weit von dem Haus, in dem Tina Romeo wohnte.

Rummenigge hatte früher schon einmal von dem Schuppen Gebrauch gemacht, als er mit Bergomi im Südviertel Schutzgeld eintrieb. Und er erinnerte sich an die Nacht, in der sie sich dort umziehen mussten, weil sie sich mit dem Schmierfett eines Rollgitters auf dem Viale Aldo Moro eingesaut hatten, an dem sie eine Bombe anbrachten.

Bergomi hatte ihm erzählt, dass er mehrfach mit Prostituierten in den Schuppen gegangen war. Was für ein Idiot, dieser Mico Quattrone! Auch jetzt, nach dem Tod Bergomis, konnte er sich noch darüber aufregen. Aber der Schuppen war ein guter Ort, wenn man nicht auffallen wollte. In einer gottverlassenen Gegend an einer kleinen Straße gleich links nach dem Bahnübergang. Man stieß höchstens mal auf ein Pärchen, das allein sein wollte.

Alessio Caridi war am späten Nachmittag eingetroffen. Er hatte ein paar Sachen abgestellt und den Zustand der Liege überprüft, bevor er wieder in den Hyundai gestiegen und losgefahren war.

Dann parkte er unweit des Hoftors, das ihm Mimmo Stillitani genannt hatte.

Gegen halb acht sah er Tina Romeo nach Hause kommen und durch eine der Türen auf der linken Seite des Hauses gehen.

Er stieg aus und erkundete den Hof. Er las den Namen auf dem Klingelschild am Aufgang F und berechnete, welche Fenster zu Tinas Wohnung gehören mussten. Seine Mutmaßung bestätigt sich, als wenige Sekunden später im fünften Stock das Licht aufflammte.

Rummenigge entschied, dass der Hof kein geeigneter Ort sei. Sieben Eingänge und mehrere Dutzend Fenster, von denen aus man beobachtet werden konnte. Jede Menge Zeugen. Den kurzen Spaziergang hatte er sich genehmigt, weil es bereits duster und der Hof schlecht beleuchtet war. Vom Hyundai aus hatte er ohne Mühe den fünften Stock, den Aufgang F und Romeos Seicento im Blick.

Gegen 21 Uhr 45 trat Tina aus dem Haus. Sie schien Probleme mit der Lenkradsperre zu haben.

Rummenigge griff zur Pistole. Er war bereit, aus dem Hyundai zu springen. Don Rocco hatte ihm seine Aufgabe deutlich genug klar gemacht.

Plötzlich näherte sich ein schwankender Trunkenbold, beugte sich in den Seicento und half ihr offensichtlich mit der Lenkradsperre. Sie bedankte sich mit einem Kuss und raste davon.

Rummenigge dachte, es könnte sich um diesen Vinci handeln, dessen Name er auf dem Klingelschild neben dem von Romeo gelesen hatte. Doch er hatte keine Zeit, das zu überprüfen. Er folgte ihr zum Flughafen und sah sie zum Ankunftsbereich rennen.

Nervös wartete er, bis sie wieder herauskam. Hatte sich einen Augenblick lang sogar vorgestellt, sie wäre ihm vor der Nase davongeflogen. Am Flughafen standen mehr Polizisten herum als normalerweise, aus welchem Grund auch immer. Vielleicht wurde irgendein Politiker erwartet.

Zwanzig Minuten später sah er die Romeo aus dem Terminal rennen, ins Auto steigen und in die Taxi-Spur preschen. Die Polizeiautos fuhren davon.

Ein kahler, muskulöser Mann stieg zu ihr in den Seicento. Sie umarmtem sich kurz und folgten den Polizeiwagen bis zum Krankenhaus.

Romeo fuhr auf den oberen Parkplatz und der Glatzkopf rannte eilig ins Krankenhaus. Die Romeo blieb sitzen und wartete, während es draußen zu stürmen anfing. Als der Schauer nachließ, stieg sie aus.

Rummenigge tat das Gleiche und hielt sich in einem Abstand von dreißig Metern.

Er schlich Leuten nicht gern hinterher, Frauen schon gar nicht. Er kam sich dabei wie ein Polizist vor. Oder schlimmer, wie ein Perverser.

Der Mann namens Pyrros kam Schlag Mitternacht aus dem Krankenhaus. Er verabschiedete sich von einem Dutzend Leute, darunter auch einige Polizisten, und schüttelte jedem die Hand. Rummenigge meinte zu erkennen, dass er zuletzt einen anderen Mann umarmte. Die Romeo, die auf dem Parkplatz herumspazierte, als würde sie sich nicht dafür interessieren, wartete anscheinend darauf, dass er zu ihr kam.

Sie trafen sich vor dem Seicento.

Von seinem Beobachtungsposten aus konnte Rummenigge nicht hören, worüber sie redeten. Sie standen sich gegenüber. Der Mann sprach und die Frau nickte. Die linke Hand in der Tasche, strich er sich mit der rechten über die Glatze. Sie verlagerte ihr Körpergewicht von einem Bein aufs andere, wie ein Metronom. Dann schaute sich der Mann um. Das letzte Polizeiauto fuhr gerade davon. Sie umarmten sich und küssten sich heftig.

Rummenigge sah weg. Spannen, das hatte ihm noch gefehlt!

Die beiden stiegen in den Seicento und fuhren Richtung Gebbione, dem Stadtviertel, in dem Tina wohnte.

Rummenigge sah sie in den Hof gehen. Wieder hatte es Probleme mit der Lenkradsperre gegeben, und auch die Tür zu Aufgang F ließ sich nicht gleich öffnen.

Don Rocco hatte gesagt, dass auch im Hausgang jemand sein könnte, der dort nicht sein sollte, weshalb es besser sei zu warten.

Die beiden Turteltauben knutschten vor dem Aufzug. Sie bemerkten ihn nicht. Rummenigge schüttelte den Kopf. Die Frau nahm den Glatzkopf mit nach Hause, wo noch dieser andere Mann, dieser Vinci, dort wohnte. Zum Glück hatte er seine Töchter besser erzogen.

Er wartete, bis das Licht im fünften Stock anging. Dann kehrte er in den Schuppen zurück. Er stellte den Wecker und schlief schnell ein.

Die Pritsche war noch feucht vom Regen, den der Sturm hineingeblasen hatte.

23

Sie liebten sich langsam, auf der Seite liegend, mit den Gesichtern zueinander. Tina biss ins Kissen, um nicht zu schreien. Pyrros kam und umarmte sie, als wolle er sie zerdrücken. Dann entspannten sich seine Muskeln und er ließ sich zurückfallen.

»*Thank you*«, flüsterte er und küsste ihren Nacken.

Pyrros war hundemüde, aber wieder einigermaßen mit sich im Reinen, nicht mehr so schuldbeladen.

Er begann, zu akzeptieren, was sie im Auto gesagt hatte. Es war nicht seine Pflicht gewesen, die beiden Tag und Nacht zu beobachten. Georgios und Stamatios waren keine Kinder mehr. Sie waren einfach in ein grässliches, absurdes Unglück gelaufen.

Der Handywecker musste schon ein paar Mal geklingelt haben. Tina stellte ihn ab und setzte sich auf den Bettrand. Sie fühlte sich erschlagen. Ihr Rücken schmerzte und ihr Hals war steif. Sie rieb sich die Augen und versuchte sich zu orientieren. Es roch nach verschwitztem Bettzeug. Sie erschrak und drehte sich schlagartig um. Pyrros schnarchte leise hinter ihr. Er schlief in Schräglage. Sein Oberkörper hing halb aus dem schmalen Bett.

Ihre Schmerzen verflüchtigten sich bei seinem Anblick. Sie überprüfte noch mal die Uhrzeit und hätte nichts lieber getan, als sich wieder hinzulegen. Doch das war nicht möglich. Gigi Barreca hätte sie an den Haaren in die Redaktion geschleift, nach dem Aufruhr, den sie in Agatea verursacht hatte.

Beim Waschen versuchte sie, so leise wie möglich zu sein, obwohl sie Lust hatte, lauthals zu singen. Sie zog sich an und setzte Kaffee auf. Sie trank zwei Tassen in kleinen Schlucken.

Ihr Onkel schlief. Wie gestern Abend, als sie mit Pyrros nach Hause gekommen war.

Sie hinterließ jedem der beiden einen Zettel, um sie über die Anwesenheit des jeweils anderen aufzuklären. Den Zettel für ihren Onkel steckte sie in das Kästchen, in dem er sein Dope aufbewahrte. Den Zettel für Pyrros legte sie auf den Nachttisch.

Rummenigge sah sie um viertel nach neun herauskommen. Er hatte vergessen, seinen Rasierer mitzunehmen. Jetzt störten ihn die Bartstoppeln. Er fühlte sich schmutzig und nahm sich vor, die nächste Nacht zuhause zu schlafen. Er wollte nach Agatea zurück und sich waschen, neue Kleider einpacken, Mela und die Mädchen sehen. Er hatte das Bedürfnis, im eigenen Bett zu schlafen und sich zu duschen. Die Nacht im Schuppen war unerträglich gewesen. Die Feuchtigkeit war ihm in alle Poren gedrungen. Zum Glück wurde er nicht so schnell krank. Nur etwas Schleim hatte sich in seinen Bronchien angesammelt.

Er spuckte genau in dem Moment aus, als Romeos Seicento an seinem Hyundai vorbeizog und den Viale Aldo Moro Richtung Stadion hinabfuhr. Rummenigge startete den Motor und folgte ihr.

Tina warf einen Blick in den Rückspiegel. Sie sah ihr Gesicht, die dunklen Ringe unter den Augen. Kaum wiederzuerkennen. Doch sie ließen sie lebenserfahrener aussehen. Und trotz des wenigen Schlafs sprühte sie vor Lebenslust und Energie. Der Verkehr auf der Calopinace-Brücke störte sie nicht, und die aufkommende Hitze machte ihr nichts aus.

Um das Redaktionsgebäude herrschte der übliche Parkplatzmangel. Tina gelang es, unerlaubterweise vor der Kurie des Erzbischofs zu parken, gleich hinter dem Dom. Der Wachmann war nicht da und die Schranke zwischen dem Hof der Kurie und der Straße stand offen. Sie lief durch die Passage, die hinter dem Dom bis zur Piazza hinabführte und kam neben der Liberia Paoline heraus. Vor dem Kiosk an der Ecke stand eine lange Schlange.

Zunächst wunderte sie sich. Dann fiel ihr ein, dass am Abend die Superlotto-Zahlen gezogen wurden. Das höchste Preisgeld, das es in Italien je gegeben hatte, 120 Millionen Euro. Sie musste unbedingt daran denken, selbst auch noch einen Schein auszufüllen. Aber erst in der Mittagspause. Sie schritt durch den Eingang in der Via Cavour, ging in den ersten Stock hinauf und öffnete schwungvoll die Tür zu den Redaktionsräumen des *Quotidiano.*

Und stieß gleich auf Luciana Polimeni.

Die Polimeni stand vor Rosalbas Schreibtisch im Eingangsbereich. Sie empfing sie mit einem breiten, etwas zu ironischen Lächeln, sagte aber nichts. Rosalba blieb stumm. Die Hitze überforderte sie. Tina grüßte die beiden Frauen und lief zu den Büroräumen.

Die Journalisten, die sich nicht im Urlaub vergnügten, hatten sich bereits alle eingefunden. Sie wirkten aufgewühlt. Am Schreibtisch gegenüber saß Tommaso. Er beobachtete sie wortlos und wandte sich dann wieder seinem Desktop zu.

»Tut mir leid wegen gestern«, sagte Tina. Sie nahm an, das Schweigen ihres Kollegen gehe auf das Zerwürfnis des Vortags zurück. »Sind ziemlich anstrengende Tage.«

»Schon in Ordnung«, lispelte Tommaso, ohne aufzublicken.

Doch er klang nicht aufrichtig. Tommaso war verärgert, weil sie den Artikel über Wenders geschrieben hatte, dachte Tina.

Am anderen Ende des Zimmers stand Gigi Barreca. Er sah sie schräg an und sprach dabei ins Telefon. In drohendem Tonfall sagte er, die Sache mit den versunkenen Schiffen würde früher oder später sowieso rauskommen, mit allen zu erwartenden Folgen, Beweise und Genehmigungen hin oder her.

Konnte es sein, dass sie von allen komisch behandelt wurde, oder bildete sie sich das nur ein?

Sie schaltete ihren PC ein und hatte es zum ersten Mal seit Wochen nicht eilig, in ihre Mails zu sehen. Der Korrespondent, an dem ihr am meisten lag, schlief noch in ihrem Bett.

Sie las flüchtig die Agenturmeldungen und sah sich die Webseiten der *Gazzetta* und des *Corriere dello Sport* an. Dann öffnete sie eine neue Word-Datei, um ihre gestrigen Notizen in einen Artikel zu verwandeln.

Auf dem Block neben der Tastatur standen ein paar Stichworte: Reggina vor der Meisterschaft, Athletik-Weltmeisterschaft, Basketball Viola. Sachen, die sie schon tausend Mal durchgekaut hatte. Sie würde kaum mehr als eine Stunde dafür brauchen.

Merkwürdigerweise lag noch kein Zettel von Gigi mit den Aufgaben da, die sie vom Büro aus erledigen sollte. Ihr kam die Befürchtung, das verringerte Pensum könnte auf eine weitere Fahrt nach Agatea hinauslaufen. Nicht gut, denn sie wusste noch immer nicht, wie lange Pyrros bleiben würde, und wollte so früh wie möglich aus dem Büro. Sie hatte ihm zumindest die Zusage abgerungen, nicht gleich wieder abzureisen und sie auf dem Laufenden zu halten, was er als Nächstes tun wolle.

Schließlich öffnete Tina ihre Mails. Auch von Poliwoman keine Nachricht. Dafür vier Spam-Mails. Eine von einer ehemaligen Schulfreundin, die ihr eine Facebook-Freundschaft anbot, und zwei Nachrichten von Giulio.

Gesendet: Mittwoch, 19. Aug 2009, 22:13
Von: giuliocotroneo@ilquotidiano.it
An: concettaromeo@ilquotidiano.it
Betreff: heute

Liebe Tina,

es ist schwierig auszudrücken, was ich in diesem Moment empfinde. Vielleicht ist es auch sinnlos, es dir zu erklären, denn ich denke, du weißt es schon. Weil du es verstanden hast oder weil es sonnenklar ist. Ich kann dir sagen, dass das, was ich heute getan habe, der Kuss im Auto, etwas ist, was ich schon lange tun wollte. Heute konnte ich mich nicht mehr zurückhalten. Wie auch immer: Wenn du darüber reden willst, werden wir Gelegenheit genug dazu haben.

»Kuss«

Giulio

Das hatte sie völlig vergessen. Giulio hatte gestern versucht, sie zu küssen, als sie ihn im Auto nach Hause gefahren hatte. Sie hatte ihn weggestoßen, und dann hatte sie den gewagten, fünf Sekunden langen Annäherungsversuch wieder verdrängt. Er dagegen musste noch darüber sinniert haben. Und dann hatte er ihr diese Mail geschrieben.

Sie las auch die zweite Mail, die er einige Stunden später abgeschickt hatte.

Gesendet: Don, 20 Aug. 2009, 01:49
Von: giuliocotroneo@ilquotidiano.it
An: concettaromeo@ilquotidiano.it
Betreff: Präzisierung

Ich möchte auf jeden Fall, dass sich zwischen uns nichts ändert. Das heißt, natürlich will ich, dass sich etwas ändert, aber wenn es mit uns nicht in die eine Richtung geht, dann soll es auch in die andere nicht … Ich weiß, dass ich mich nicht sehr deutlich ausdrücke, aber du hast schon verstanden, oder? ;-)

G.

P.S. Ich denke noch daran, mein Auto bei dir abzuholen. Sonst müsste ich mich ja weiter von dir fahren lassen.

Tina schüttelte den Kopf. Giulio schrieb wie ein Teenager. Wahrscheinlich hatte er den ganzen Abend auf eine Antwort gewartet. So wie sie auf Nachrichten von Pyrros. Herzerweichend, der arme Junge.

Gigi Barrecas barsche Stimme schreckte sie auf: »Wozu rede ich eigentlich mit dir?«

Tina sah ihn vor ihrem Schreibtisch.

»Hatte ich dir nicht gesagt, du sollst die Korrektur wegen der 'Ndrina der Stillitanis einarbeiten?« Er zeigte auf Tinas Artikel, der es wieder auf die erste Seite des *Quotidiano* geschafft hatte. Tina schlug sich mit der Hand vor die Stirn. Natürlich hatte er ihr gesagt, sie solle die Korrektur einarbeiten, aber die SMS von Pyrros hatte sie abgelenkt und dann hatte sie es vergessen. In Satz gegangen war die unkorrigierte Fassung des Artikels, ohne den Hinweis auf die 'Ndrina von Domenico Quattrone.

»Ich hab es erst gemerkt, als ich der *Repubblica* die Abdruckerlaubnis gegeben habe.«

Tina sah ihn verdutzt an: »Wem hast du sie gegeben?«

»Sag nicht, dass du's nicht weißt. Glaubt dir eh keiner«, mischte sich Tommaso lispelnd ein.

Barreca sah ihn scharf an. Tommaso hielt den Mund.

»Wovon redet ihr?«, fragte Tina.

»Guck mal auf die Homepage der *Repubblica*.«

Tina klickte auf den Link zur *Repubblica* und wartete, bis ihr Rechner die Seite hochgeladen hatte. Im Textfeld auf der rechten Seite las sie ihren Namen unter der Überschrift *Eine ganz normale Gegend*.

Sie sah Barreca an: »Wow!«

Barreca blieb ernst.

»Gigi, warum bist du so sauer?«, fragte sie.

»Weil du deine Leser nicht richtig informierst, deswegen! Zwei Tote werden gefunden. Dass beide umgebracht wurden, ist so gut wie sicher. Und du erwähnst nicht die Tatsache, dass sie zwei rivalisierenden Clans angehören.«

Tina starrte auf den Bildschirm und entdeckte den Text von Roberto Saviano. Er kommentierte den Artikel, den sie in einem Zug heruntergeschrieben hatte. Sie konnte nicht umhin, zufrieden zu lächeln.

»Diese junge Frau ist nicht in einer ganz normalen Gegend geboren. Denn, da hat sie Recht, Kalabrien ist keine ganz normale Gegend.«

»Gigi«, versuchte sie ihren Mentor zu beschwichtigen. »Weißt du was?«

Barreca sah sie finster an.

»Ich bin überhaupt nicht in Kalabrien geboren. Behaltet es für euch, aber ich bin Sizilianerin.«

Tommaso runzelte die Stirn: »Auch das noch.«

»Meine Mutter hat mich im Krankenhaus von Messina zur Welt gebracht«, erklärte sie.

Gigi blaffte sie erneut an: »Versuch einfach nächstes Mal, etwas sorgfältiger zu formulieren, ja?«

Tina verstand nicht, warum ihn ihr Fehler dermaßen beschäftigte. Klar, es fehlte der Hinweis auf die Stillitanis, aber den konnte man ja in der heutigen Ausgabe nachreichen.

Sie fand nicht, dass es sich um eine dermaßen schwerwiegende Auslassung handelte. Nach ihrer Ansicht übertrieb Gigi Barreca die Sache.

Aber wenn es so sein sollte, so war er nicht der Einzige.

24

»Wer ist diese verdammte Schlampe, Tochter einer verfluchten Hure?«, platzte es aus Don Peppe Parisi heraus, als er im *Quotidiano* blätterte. Er machte ein angewidertes Gesicht, als habe man ihn gezwungen, nicht eine Zeitung, sondern einen Eimer Fäkalien in der Hand zu halten.

Die zwei Personen, die ihm gegenüberstanden, konnten seine Mimik im Dunkeln kaum erkennen. Parisi war über achtzig und konnte kaum lesen. Seine Augen waren in einem so schlechten Zustand, dass er nur gedämpftes Neonlicht im Bunker ertrug. Mittlerweile schaltete in seiner Gegenwart niemand mehr das Licht an, sonst brüllte er gleich los, die Augen würden brennen, ihm weh tun. Der Arzt seines Vertrauens glaubte nicht, dass es sich um ein reines Augenleiden handelte. Sicher, Don Peppe hatte den Altersstar, wie einige seiner Angehörigen sagten, aber die Lichtempfindlichkeit führte der Arzt auf eine Nerven- und Gefäßerkrankung zurück. Der Patient lehnte jedoch mit dem Hinweis darauf, dass nach ihm gefahndet werde, jeden weitergehenden Arztbesuch und jede weitergehende Untersuchung ab. In seinem Alter sei es völlig normal, halbblind zu sein, eine Behandlung würde nur eine Menge Ärger bereiten.

Und so verbrachte er den Großteil seiner Zeit im Dunkeln. Um fernzusehen, setzte er eine Sonnenbrille auf, und das Essen wurde seinen seltenen Tischgästen bei Kerzenschein gereicht. Auch das Zimmer, in dem er sich mit seinen Verwandten und engsten Mitarbeitern traf, war in

Halbdunkel gehüllt. Dennoch erkannte Don Peppe Parisi den eigenen Namen auf der Titelseite des *Quotidiano* ohne Mühe. Er spuckte heftig auf die Zeitung und zielte dabei auf den Namen der Autorin. Dann zerriss er die Titelseite, knüllte sie zusammen und warf sie den beiden Männern vor die Füße.

Der eine war Giorgio Parisi, Don Peppes dritter Sohn, der andere sein Enkel Guido Parisi. Giorgio machte Guido ein Zeichen und Guido hob unwillig das zerknüllte Papier auf.

»Wie viele Leute lesen diesen Dreck?«, fragte Don Peppe.

»Grob geschätzt lesen etwa hunderttausend Leute entweder die Print- oder die Online-Ausgabe«, antwortete der Enkelsohn verschüchtert.

Der Alte fluchte. »Früher hat man hier in Kalabrien nur die *Gazzeta* gelesen!« Er schlug mit der Faust auf den Tisch.

Guido breitete die Arme aus. Er fand es nicht weiter tragisch, dass die *Gazzeta del Sud* in Kalabrien ihr Monopol verloren hatte. Und leitete kurz zur zweiten Neuigkeit über, die er dem Alten zu verkünden hatte: »Opa, da ist noch was, was du wissen musst.«

»Was zum Teufel ist los heute Morgen?«, grummelte Don Peppe.

»Der Artikel ist auch auf der Webseite der *Repubblica* veröffentlicht.«

»Was sagst du? Wer zum Geier ist jetzt dieser Wepp?« Der Alte verstand offenbar nichts.

Guido Parisi hatte kürzlich an der Mailänder Wirtschaftsuni seinen Doktor gemacht. Er war der erste Akademiker des Clans. Mit seiner Ausbildung hätte ihm eine Karriere als Leiter einer norditalienischen Fabrik oder einer kleineren Luxemburger Bank offen gestanden. Stattdessen war er vor einem Jahr nach Kalabrien zurückgekehrt, um seinen Verwandten unter die Arme zu greifen. Die brauchten jemanden, der die Bankkonten in Ordnung brachte und für den Großvater die Investitionsplanung übernahm.

»Der Artikel ist im Computer erschienen«, erklärte Giorgio. Er hatte sich vor einiger Zeit schon einmal die Mühe gemacht, dem Vater das Internet zu erklären.

Don Peppe nickte und sah Guido an.

Manchmal sprachen der Großvater und sein Enkelkind einfach nicht dieselbe Sprache, dachte Giorgio. Wenn es dem Jungen gelang, das mit seinem akademischen Titel erworbene Überlegenheitsgefühl abzulegen, dann wusste er den analytischen Geist und die Intuition des Alten zu schätzen. Doch ihm fehlte die Fähigkeit, sich in einfachen Worten auszudrücken, wie Giorgio das konnte. Darum musste er oft zwischen den beiden vermitteln.

»Er wird von mindestens einer halben Million Leute angeklickt«, erklärte Guido in schonungsloser Direktheit. »Es gibt auch einen Kommentar von Saviano.«

»Wer ist denn das jetzt wieder?«, fragte Don Peppe.

»Der das Buch über die Camorra geschrieben hat«, antwortete Giorgio.

Don Peppe Parisi nickte. Er hatte ein paar Mal von dem Infamen reden gehört, der die Namen der Camorristi verraten hatte. »Dieser infame Hurensohn!« protestierte er.

Er atmete schwerfällig. Aus seiner Brust stieg ein Röcheln.

In den letzten Wochen hatte sich ein Unglück nach dem anderen zugetragen, als ob jemand den bösen Blick auf ihn geworfen hätte. Ende Juli beschlagnahmte das Finanzamt im Zuge seiner *Operazione Delfino* im Kanal von Sizilien eine Waffenlieferung. Bei der Hälfte der Lieferung handelte es sich um neue Waffen für seine 'Ndrina. Ein harter Schlag, der ihn sowohl finanziell als auch in seinem Ansehen traf.

Kurz vor Ferragosto dann das Feuer auf dem Monte Comito. Fünfhundert Hektar Land brannten ab, mehr als die Hälfte davon Staatseigentum, das zum Naturpark Aspromonte gehörte. Aber die Ländereien um den Park herum gehörten ihm, Don Peppe Parisi. Einige Dutzend Hektar Wein, ein paar Mandelbaumplantagen, einige hundert Feigenbäume und ein großes Feld, auf dem Olivenbäume angebaut werden sollten – alles verbrannt.

Natürlich war es nicht der Verlust der Bäume und Pflanzen, der ihm Sorgen bereitete. Das Problem war, das er unter einem Teil dieses Geländes lebte. Sein unterirdischer Bunker, ein spartanisch eingerichteter, von Schimmel befallener Klotz, wo er im Dunkeln lebte wie ein Maulwurf, lag genau unter der verbrannten Erde. Es machte ihn nervös, dass plötzlich Polizisten über seinem Kopf herumschwärmten und Journalisten herumkrakeelten.

Vielleicht hatte das Durcheinander aber auch seine gute Seite. Immerhin war er aus seiner Trägheit erwacht. Das Feuer ließ ihn die Ohren spitzen. Don Peppe begriff, dass er nicht mehr der Jüngste und schon seit längerem nicht mehr richtig auf der Hut gewesen war. Irgendwer hatte versucht, ihm eins auszuwischen. Brände sind keine Pilze, sie schießen nicht einfach aus dem Boden. So ein Berghang geht nicht von selbst in

Flammen auf, es muss schon jemand seinen Teil dazu tun. Und in dieser Gegend durfte das niemand ohne seine Erlaubnis und ohne die von diesem Dreckschwein Rocco Stillitani.

Er überlegte, wer die Lage seines Bunkers kannte. Weniger als zwanzig Leute. Sie waren alle vollkommen vertrauenswürdig. Hätte er mit der Justiz oder sonst wem irgendwelchen Ärger bekommen, dann wäre es ihnen auch an den Kragen gegangen.

Und doch hatte ihm sein Enkel Guido gerade die Nachricht vorgelesen, dass einer seiner Leute gestanden hatte. Dieser Stümper von Giovanni Cutrupi, der dann auch noch auf die glorreiche Idee gekommen war, Selbstmord zu begehen.

Das mit dem Selbstmord war Quatsch. Das Motiv auch. Die Geschichte war an viel zu vielen Stellen einfach nicht überzeugend. Don Peppe ahnte, dass irgendwer versuchte, ihn aufs Kreuz zu legen.

Bis zu dem Treffen in Polsi, wo er die anderen Capobastoni wiedersehen würde, waren es noch zwei Wochen. Die Regierung hatte angekündigt, dass noch dieses Jahr mit dem Bau der Brücke über die Straße von Messina begonnen werden solle. Viele 'Ndranghetisti hatten sich in Bewegung gesetzt, um Bündnisse zu schmieden, Intrigen zu spinnen und sich ihren Teil des Kuchens zu sichern. Don Peppe hatte sich dagegen um seine eigenen Angelegenheiten gekümmert und keinerlei Abkommen geschlossen. Er konzentrierte sich auf die wichtigsten Fragen, die sich aus seinen jüngsten Schwierigkeiten ergaben. Sie betrafen vor allem jene Personen, die auf dem Berghang über Agatea Feuer gelegt hatten. Wer hatte den Befehl erteilt? Und warum hatte Giuanninu sich umgebracht und diese Botschaft hinterlassen?

Er musste herausfinden, von welcher Ecke diese Entwicklungen ausgingen und den Menschen ausfindig machen, der ihm so übel mitspielte.

»Und was schreibt dieser infame Saviano?«, fragte Don Peppe seinen Enkelsohn.

»Nein, nein, Saviano hat nichts mit der Meldung zu tun«, antwortete Guido verdutzt. »Ich hab dir doch gesagt, dass der Artikel von dieser Tina Romeo ist.«

»Stimmt, hatte ich vergessen ... Diese Schlampe!« Don Peppe schüttelte den Kopf. »Schickt jemanden zu dieser Romeo … Sie muss einen Denkzettel bekommen.«

Guido sah seinen Vater an. Wenn es um Rechtsfragen oder Immobilien ging, brauchte er keinen Rat. Im Gegenteil, es war ihm sogar lästig, wenn sich jemand anderes dazu äußerte. Aber wenn es um reine 'Ndrangheta-Angelegenheiten ging, war er der ahnungsloseste Mensch der Welt. Giorgio nickte.

»Eine Katze?«, fragte er sicherheitshalber.

Don Peppe Parisi dachte darüber nach, dann schnalzte er ablehnend mit der Zunge. Es genügte nicht, ihr eine abgeschlachtete Katze vor die Tür zu legen, sie würde womöglich nicht mal verstehen, dass es sich um eine Warnung handelt. Und selbst ein Strick hätte wohl nicht die gewünschte Wirkung.

»Macht ihr das Auto platt!«, beschloss Don Peppe.

Weder Guido noch Giorgio dachten auch nur daran, ihm zu widersprechen. Giorgio überlegte schon, wem er den Auftrag erteilen konnte.

25

Don Peppe Parisi atmete tief durch. Die Belüftungsanlage war trotz des Feuers vorige Woche in akzeptablem Zustand. Von jedem der vier Zimmer verlief ein Belüftungsrohr nach draußen. Die Rohre hatten nicht wirklich unter dem Feuer gelitten.

In der Nacht des Brandes hingegen hatte Don Peppe befürchtet, wie eine Ratte zu ersticken.

Es gab zwei Eingänge zum Bunker. Der eine wurde nur von ihm benutzt und führte über eine Sprossenleiter direkt an die Erdoberfläche. Don Peppe quälte sich alle paar Nächte hinauf, um sich die Beine zu vertreten. Er schätzte die frische Luft und die opake Erscheinung, die die Landschaft im Mondschein annahm. Tagsüber ging er nie raus, schon allein wegen des Sonnenlichts. Und schließlich war es riskant, denn er hätte gesehen werden können.

Bei dem anderen Eingang handelte es sich um einen Tunnel, der bis zum Werkzeugschuppen seines Vetters Michele Fotìa führte. Zwei unterirdische Kilometer, die es fast auf allen Vieren zurückzulegen galt. In einem Notfall wäre er körperlich kaum mehr in der Lage gewesen, diese Anstrengung auf sich zu nehmen.

Don Peppe stellte sich eine Polizeirazzia vor, und seine Augen wurden klein vor Wut. Die Vorstellung, entdeckt zu werden und tief gebückt durch den Stollen flüchten zu müssen, widerte ihn an.

Wenn sie ihn jetzt hier suchten, dann würde diese Frau daran schuld sein. Diese Schlampe, die in der Zeitung seinen Vor- und Nachnamen nannte und ihn als den Anstifter des Brandes bezeichnete. Ausgerechnet ihn, der einen Scheiß damit zu tun hatte. Die Zeiten hatten sich geändert. Jetzt konnte eine Frau sich schon den Luxus leisten, lesen und schreiben zu lernen. Es genügte ihnen nicht wie früher, einfach ihren natürlichen Pflichten nachzugehen: aufs Haus zu achten, das Essen zuzubereiten, die Kinder aufzuziehen wie eine gute Mutter und mit ihrem Mann zu bumsen.

Was für eine hässliche Wendung die Dinge genommen hatten. Früher war alles anders gewesen. Einfach besser.

Er dachte an seinen Vater und seinen Schwiegervater, die beide verstorben waren, und fragte sich, wie sie sich in dieser Situation verhalten hätten. Er faltete die Hände im Nacken und schloss die Augen. Dieses Experiment hatte er schon mehrmals gemacht, immer mit guten Ergebnissen.

Vor sich sah er die Verfilmung seines Lebens, eine Art Zusammenfassung seiner wichtigsten Erlebnisse.

Peppe Parisi war unter dem Faschismus geboren und während des Zweiten Weltkriegs aufgewachsen. Der erste von acht Brüdern, von denen nur drei die Geburt, die Krankheiten und die entbehrungsreiche Kindheit überlebt hatten. An diese Lebensphase hatte er seltsamerweise keine klare Erinnerung.

Bei der ersten Szene, an die er sich richtig erinnern konnte, war er ungefähr dreizehn. Zusammen mit seiner Familie hatte er sich einige Tage in einem Bahntunnel versteckt, um sich vor den Bomben der Amerikaner in Sicherheit zu bringen.

Sein Vater Luciano hatte ihm bei der Gelegenheit einen Grundsatz beigebracht, von dem er sein ganzes Leben profitiert hatte: Echte Männer befehlen, die anderen sind *fimmini*, Weiber. Und Weiber haben den Mund zu halten und sich zu fügen.

Dieser Grundsatz war ihm nicht nur durch Worte, sondern auch durch Taten vermittelt worden. Gegen die Frauen, die während der Bombardierungen befürchteten, lebendig begraben zu werden, und drauf und dran waren davonzulaufen, hatte Luciano Parisi ein einziges, nie versagendes Mittel. Einen Satz heftiger Ohrfeigen. Genauso sprang er auch mit jenen um, die Angst hatten, ihre Lebensmittelvorräte könnten ausgehen, und dabei erwischt wurden, wie sie andere beklauten. Die bekamen ebenfalls einen Satz Ohrfeigen.

Peppes Vater war schon als junger Mann ein Ehrenmann. In der Gegend hoch angesehen, der auch andere Familien beschützte. Die anderen Ehemänner und Väter stimmten seinen Methoden zu, ohne mit der Wimper zu zucken. Auch wenn er gegen ihre eigenen Frauen und Töchter wütete.

Die den Frauen vorbehaltene Behandlung hatte allerdings auch Peppe ein paar Jahre später zu spüren bekommen, als er seine Bewunderung für den Dieb und Brigant Musolino gestanden hatte. Er erinnerte sich gut daran. Der Vater hatte ihn schonungslos geohrfeigt und sicherheitshalber ein paar stramme Gürtelhiebe hinterhergeschickt. Er hatte es ausgehalten. Hatte die Tränen niedergekämpft, obwohl die Hände seines Vaters schwer waren wie Ziegelsteine. Noch heute konnte man die Narben, die die Gürtelschnalle auf seinem Rücken hinterlassen hatte, sehen. Schließlich erklärte Luciano Parisi seinem Sohn, dass Musolino, nachdem er jahrelang wegen einer völlig unsinnigen Geschichte untergetaucht war, seine letzten Tage in einem Irrenhaus zubrachte. Ehrenmänner waren eine Sache, Briganten eine andere. Briganten waren nichts als Hühnerdiebe, ermahnte der Vater seinen Sohn.

Peppe Parisi hatte in jenem Jahr, in dem Italien zur Republik erklärt wurde, seine Mafiakarriere begonnen, unter Aufsicht seines Vaters.

Vom Contrasto Onorato stieg er '48 zum Giovane d'Onore auf, und dann '51 zum Picciotto. Den Blutschwur zum Camorrista legte er 1955 ab, nur wenige Tage, bevor Corrado Alvaro im *Corriere della Sera* einen Artikel veröffentlichte, in dem erstmals das Wort »'Ndrangheta« vorkam. Die Landespresse hatte den Begriff bis dahin noch nicht verwendet, und doch war es Alvaro zufolge in Kalabrien üblich, mit 'Ndranghetisti zu verkehren. Ja, es galt sogar als förderlich.

Einige Monate später, im Herbst '55, wurde Luciano Parisi vor den Augen seines Sohnes von Beamten des Polizeidirektors Marzano abgeführt. Der Staat versuchte durchzugreifen. Der Präfekt Cesare Mori hatte in Sizilien eine Großrazzia gegen die Cosa Nostra angeordnet, und Polizeidirektor Carmelo Marzano eiferte ihm in Kalabrien nach. Luciano Parisi war einer von 271 Verhafteten. Peppe Parisi würde nie vergessen, wie sein Vater das Haus verlassen hatte. Er trug Handschellen. Doch er ging aufrecht wie ein Ehrenmann und strahlte eine würdevolle Erhabenheit aus. Er spuckte vor den Polizisten aus und blickte ihm, seinem Sohn, dabei tief in die Augen. Ohne ein Wort zu sagen. Ein Blick, mit dem er ihm seine Stellung übertrug.

Und Peppe Parisi, bereits im Mannesalter, nahm die Verantwortung an.

Käme es heute zu einer ähnlichen Situation, wären sein Enkelkind oder sein Sohn dann in der Lage, sein Werk fortzusetzen? Würden sie dieselbe Kraft, denselben Willen aufbringen?

Don Peppe Parisi wechselte die Position. Er stand auf, lief um den Schreibtisch und starrte auf die beiden leeren Sessel, in denen eben noch Guido und Giorgio gesessen hatten. Guido war ein heller Kopf, aber ohne Schneid. So viel er von Geschäften verstand, so wenig verstand er von der Mafia. Und er war jung, zu jung. Sein Sohn Giorgio, sein Drittgeborener, war praktischer veranlagt, aber nicht sehr schlau, und es fehlte ihm an Ausgebufftheit.

Er fürchtete, dass ihn beide enttäuschen würden.

Er setzte sich in den Sessel zurück, faltete die Hände im Nacken und schloss die Augen. Er hatte seinen Vater nicht enttäuscht. Luciano Parisi war Mitte der 60er Jahre aus dem Gefängnis gekommen, als sich die Dinge in der Gegend und in der Familie bereits unwiderruflich verändert hatten.

Agatea war größer geworden. Die Einwohnerzahl hatte sich verdreifacht, die Zahl der überwiegend illegalen Gebäude auf den Berghängen mehr als verdoppelt. Zum Bevölkerungswachstum leistete Peppe selbst seinen Beitrag, nachdem er Graziella Macrì, die Tochter von Don Antonio Macrì, geheiratet hatte. Don Antonio, für ihn jetzt Onkel 'Ntoni, galt als der zukünftige Boss der Locride-Familie.

Graziella gebar im März 1961 Zwillinge, Donatella und Giuseppina. Im März 1964 war Giorgio auf die Welt gekommen.

Dank seiner neuen Verwandten stieg Peppe nun rasant auf: Vom Camorrista zum Sgarrista und damit zum Crimine, dem »Kriegsminister« des Caposocietà Pasquale Sergi, der seinen Vater während dessen Haftzeit ersetzt hatte.

Onkel 'Ntoni setzte allerdings kein allzugroßes Vertrauen in Sergi. Er hielt ihn für ein Weichei, das sich seinem Schwiegersohn unterordnen sollte. Nach einer heftigen Auseinandersetzung mit Peppe fand man Sergi im Sommer 1961 am Strand von Bocale II. an Händen und Füßen gefesselt, mit den eigenen Genitalien im Mund. Den Ermittlungen zufolge hatte Peppe Parisi nichts mit dem Mord zu tun. Aber er wurde dadurch im Alter von dreißig Jahren zum neuen Caposocietà der 'Ndrina von Agatea. Und erhielt den Titel Don. Don Peppe Parisi.

Seine Laufbahn schien vorgezeichnet. Mit Onkel 'Ntoni verstand er sich vom ersten Augenblick an. Peppe akzeptierte die neue Strategie der

'Ndrangheta, ohne mit der Wimper zu zucken. Sie bestand darin, sich in nächster Zeit auf Entführungen zu konzentrieren, um mit möglichst geringen Ausgaben und wenig Aufwand in kurzer Zeit viel Geld zusammenzubekommen.

Er selbst fuhr mehrfach in den Norden, meist ins Piemont, um die Beziehungen zu Teilen der 'Ndrine von Platì und Africo zu stärken, die sich in die Provinzen von Turin und Alessandria abgesetzt hatten oder dorthin verbannt worden waren.

Als man Luciano Parisi schließlich aus dem Gefängnis entließ, zeigte er sich angesichts der neuen Kräfteverhältnisse in Agatea zwar verwirrt, aber durchaus zufrieden. Sein Sohn hatte die Führung übernommen, auserwählt von einem Mann, zu dem alle aufsahen.

Was Don Peppe anging, so zögerte er keinen Augenblick. Als man seinen Vater entließ, sprach er mit seinem Schwiegervater und bat ihn, Luciano in Anbetracht seines Alters und seiner Verdienste wieder die frühere Machtposition zu verleihen. Die Position also, die Don Peppe mittlerweile selbst eingenommen hatte.

Onkel 'Ntoni willigte ein. Unter der Bedingung, dass Luciano den von seinem Sohn eingeschlagenen Kurs fortsetzte. So organisierten Luciano und Peppe als Doppelführung der 'Ndrina von Agatea Ende der 60er bis Anfang der 70er Jahre etwa ein Dutzend Entführungen. Die meisten gingen schnell und problemlos über die Bühne. Das Lösegeld wurde innerhalb weniger Wochen gezahlt und die Geiseln unversehrt freigelassen.

Als Peppe mit Onkel 'Ntoni über den glatten Verlauf der Entführungen diskutierte, ließ der Boss der Locride-Familie durchblicken, dass es ein Abkommen zwischen der 'Ndrangheta und staatlichen Vermittlern gab, Leute, die sich am Rande der Legalität bewegten. Der junge Don Peppe verstand, dass es sich um die okkulten Mächte handeln musste, auf die wahrscheinlich auch die anderen Chefs der damaligen 'Ndrangheta zurückgriffen: Don Mommo Piromalli, der im Raum Gioia regierte, und Don Mico Tripodo, dessen Herrschaft sich über die Stadt Reggio erstreckte.

Die okkulten Mächte, die die 'Ndrine anlässlich des Staatsstreichs von Junio Valerio Borghese 1970 um Unterstützung gebeten hatten. Männer in Uniform.

Luciano und Peppe Parisi hatten sich geschworen, niemals mit Männern in Uniform zusammenzuarbeiten.

Vielleicht war das der Fehler gewesen, dachte Don Peppe Parisi. Vielleicht hätte er damals mit Polizisten, Militärs und korrupten Richtern reden sollen. Wäre er mit ihnen zusammen den Freimaurern beigetreten, müsste er heute womöglich nicht unter der Erde hausen.

Aber er befolgte die Weisungen von Onkel 'Ntoni, der sich gegen den Drogenhandel aussprach und das schnelle Geld aus den Entführungen jetzt in Immobilien investierte. So versuchte Onkel 'Ntoni den Capobastone von Reggio auszustechen. Und bezahlte einen hohen Preis dafür. Sie legten ihn 1975 in Siderno um, auf der Straße nach Zammarriti.

Sein Tod läutete die blutigste Phase des ersten 'Ndrangheta-Kriegs ein. Und natürlich wurden auch die Parisi hineingezogen. Peppes Vater, Luciano, wurde direkt vor seiner Haustür von Gewehrkugeln durchsiebt. Und Don Peppes Tochter Donatella, verschwand spurlos.

Bis dahin hatte die 'Ndrangheta von kleinen Kindern die Finger gelassen. Don Peppe glaubte, man habe Donatella umgebracht und ihre Leiche entsorgt. Bis er einige Jahre später, als der Krieg vorbei war, von einem jungen Mann namens Rocco Stillitani hörte, das Mädchen sei noch am Leben und in Sicherheit.

Stillitani stand damals am Beginn seiner Karriere als 'Ndranghetista. Don Peppe bat um Einzelheiten. Doch der junge Stillitani äußerte sich nicht weiter.

Ein paar Jahre später, während des zweiten 'Ndrangheta-Kriegs, wurden sie endgültig zu Feinden.

Vielleicht hätte er ihn foltern sollen, den Rotzbengel. Wie alt war Rocco Stillitani Mitte der 70er Jahre? Keine zwanzig. Und er hatte sich erlaubt, die Einzelheiten über das Schicksal seiner damals 14-jährigen Donatella zu verschweigen.

Und er, Don Peppe, war dumm genug, ihm kein Haar zu krümmen. In der wagen Hoffnung, dass er eines Tages kommen würde, um ihm zu gestehen, wo seine Tochter versteckt wurde.

Don Peppe schüttelte den Kopf. Normalerweise spielte sich in seinem Erinnerungskino eine andere Geschichte ab. Sie handelte von seiner ruhmreichen Karriere als 'Ndranghetista, nicht von den Dramen eines Vaters. Nur manchmal übernahmen andere Kräfte die Regie. Dann kam es zu solchen Schnitzern.

Doch der Verlust seiner Tochter wog schwer. Keine seiner Untaten berührte ihn. Doch immer, wenn er an Donatella dachte, kamen ihm die Tränen. Auch jetzt wurden seine Augen feucht. Er trocknete sie nicht, denn es schien ihm, als täten sie seinen geschädigten Pupillen und seiner Lederhaut gut. Und mit getrübtem Blick war es einfacher, die Wirklichkeit zu akzeptieren.

Er, Giuseppe Parisi, war ein einsamer alter Mann.

26

Die Lage hatte sich im Laufe des Morgens nicht geändert. Tina hätte nicht von Mobbing gesprochen. Niemand behandelte sie schlecht oder tyrannisierte sie. Man schien sie einfach nicht zur Kenntnis zu nehmen. Seit der kurzen Abreibung, mit der Gigi Barreca sie begrüßt hatte, hatte er kein Wort mehr an sie gerichtet. Und die Poliwoman ignorierte sie, seit sie gekommen war.

Nur Giulio näherte sich hin und wieder ihrem Schreibtisch und verzog sich wieder, wenn er ihrem finsteren Blick begegnete.

Um halb drei hatte sie zwei der drei Artikel für den Druck fertig. Beim dritten wollte sie nur noch die aktuellsten Entwicklungen ergänzen. Die einzige Unbekannte im Artikel über die Athletik-Weltmeisterschaft spielte Usain Bolt. Tina hätte gewettet, dass der Jamaikaner auch den x-ten Rekord brechen würde. Aber machte es Sinn, bis abends in der Redaktion auf das tatsächliche Ergebnis des 200-Meter-Laufs zu warten?

Zwanzig vor drei. Immer noch keine Nachricht von Pyrros. Er müsste längst wach sein. Der Mann war nicht gerade die Zuverlässigkeit in Person. Vielleicht saß er mit ihrem Onkel auf dem Wohnzimmersofa, rauchte eine Tüte und diskutierte mit ihm über die Musik der Sixties.

Letztlich hatte sie nichts zu verlieren. Fragen kostet nichts. Sie stand auf und ging zu Gigi Barreca.

»Ich bin so gut wie fertig. Hast du noch was für mich?«

Barreca schüttelte den Kopf mit bemüht finsterem Blick.

Gigis Wut hielt selten lange an. Schon gar nicht, wenn sie sich auf Tina bezog.

»Und sie?«, fragte Tina auf den leeren Schreibtisch der Polimeni zeigend.

»Wenn sie dir nicht geschrieben hat, wird sie nichts für dich haben«, antwortete Barreca.

Tina biss sich auf die Lippe. Jetzt war der richtige Moment.

»Also kann ich gehen?«, fragte sie.

»Mit einem Text bin ich noch nicht ganz fertig, den schicke ich dir per Mail«, sagte Tina, bevor er antworten konnte. Sie stand nach vorne gebeugt, die Hände auf der Brust gefaltet wie beim Gebet.

»Du verheimlichst mir doch nichts?«, platzte es aus Gigi Barreca heraus.

Tommaso blickte neugierig hinter seinem Bildschirm hervor.

»Nichts, was mit der Zeitung zu tun hätte«, lächelte Tina.

Barreca breitete die Arme aus. »Meinen Segen hast du«, antwortete er ein Lächeln andeutend.

»Ich frag sie auch noch«, sagte sie und fasste sich ein Herz, um in das Büro der Polimeni zu gehen.

»Sie macht Mittag«, entfuhr es Tommaso.

Tina drehte sich zu ihrem Kollegen um. Barreca bedeutete ihm bereits, den Mund zu halten.

»Du weißt, wo die Tür ist«, sagte Barreca fast flüsternd. »Schick mir den Artikel nicht zu spät und mach keinen Unsinn.«

»Okay, Papa«, flüsterte sie.

Barrecas verständnisvolles Lächeln erstarrte. Tina war zu weit gegangen. Auf Kinder durfte man ihn nicht ansprechen.

»Mach schon, hau ab«, befahl er und bemühte sich, jede Spur von Gefühl aus seinem Gesicht zu tilgen.

Rummenigge vermied es grundsätzlich, sich auf öffentlichen Toiletten die Hände zu waschen. Letzte Nacht hatte er in einem feuchten, schimmeligen Schuppen geschlafen, da musste er jetzt nicht anfangen, sich Gedanken über Hygiene zu machen. Doch im Toilettenvorraum begegnete er einem Vater, der sein Kind ermahnte, sich nach dem Pipi die Hände zu waschen. Der Kleine warf ihm einen altklugen Blick zu, als er dabei war, am Waschbecken vorbeizulaufen. Rummenigge wollte kein schlechtes Beispiel geben. Er schätzte Eltern, die ihre Kinder vernünftig erziehen. Doch in der Toilette der Bar hingen weder Papiertücher noch ein elektrischer Trockner. Rummenigge zwinkerte dem Kleinen zu, schüttelt die Wassertropfen mit wilden Bewegungen von den Händen und rieb sie aneinander. Das Kind lachte und tat es ihm nach. Der Vater bedankte sich.

Rummenigge verließ die Toilette, während die beiden noch mit der Prozedur beschäftigt waren. Er ging zum Tresen und bestellte zögernd Tramezzini. Die meisten Leute hier aßen das. Er verstand nicht, wie die

Leute davon satt wurden. Aber es war klar, dass er an einem Ort wie diesem kein Brot mit Kochwurst bekommen würde.

»Was gerade da ist«, antwortete er auf die Frage des Mannes hinter dem Tresen.

»Zum Mitnehmen oder hier essen?«, wollte der Junge noch wissen, die Brotzange über die Auslage haltend.

»Zum Mitnehmen«, antwortete Rummenigge ungeduldig.

Mit der Papiertüte in der Hand ging er zurück auf den Corso Garibaldi. Früher oder später musste die Frau ja rauskommen.

Die Straße war menschenleer. Nur die wenigen Angestellten, denen man den Urlaub versagt hatte, irrten umher und suchten etwas Essbares oder einen schattigen Winkel. Rummenigge verstand nicht, wie man sein ganzes Leben so zubringen konnte. Sakko und Krawatte tragen, in der Pause in Tramezzini beißen oder einen Espresso trinken.

Er bog in die Via Cavour und setzte sich auf eine Stufe, unweit des Eingangs zur Redaktion des *Quotidiano*. Der Balkon über der Treppe würde ihm mindestens eine halbe Stunde Schatten spenden.

Noch bevor er in den ersten Tramezzino beißen konnte, trat Tina aus dem Gebäude. Sie überquerte mit schnellen Schritten den Domplatz und ging auf die Libreria Paoline zu.

Rummenigge sah sich um und folgte ihr. Er musste sichergehen, nicht bemerkt zu werden. Wahrscheinlich ging die Frau zu ihrem Auto zurück. Auch Rummenigge hatte seinen Wagen im Hof hinter dem Dom geparkt. Ihr über den Treppenaufgang, der von der Buchhandlung zur Kurie führte, zu folgen, wäre zu auffällig. Besser wäre es, um die Kathedrale herumzulaufen und den Hof vom anderen Ende aus zu betreten. Rummenigge entschied sich für die zweite Option. Als er beim Parkplatz ankam, sah er Tina aufgeregt mit dem Wachmann streiten. Sie saß im Seicento hinter der geschlossenen Hofschranke.

Rummenigge lief unbemerkt vorbei zu seinem Hyundai. Der Wachmann beschwerte sich über Tinas unerlaubtes Parken auf dem Hof. Erst als sich Rummenigge mit dem Hyundai hinter den Seicento einreihte, öffnete er die Schranke, nicht ohne auch ihn zu fragen, ob er eine Parkerlaubnis habe. Der rundliche, etwa sechzigjährige Mann mit dem Gesicht eines pensionierten Messdieners sah ihn ernst an.

»Nein. Ich habe falsch geparkt. Entschuldigen Sie.« Rummenigge wollte es kurz machen, denn Tina verschwand bereits aus seinem Blickfeld.

Bevor der Wachmann antworten konnte, trat Rummenigge aufs Gaspedal und ließ den Dicken fassungslos zurück. Es war eine dieser Szenen, über die sich Mico Quattrone köstlich amüsiert hätte. Rummenigge blieb immer cool, während er sich einen Ast lachte.

Tina trat scharf auf die Bremse. Sie sah Pyrros und ihren Onkel vom Strand kommen. Bewaffnet mit einen Eimer und zwei Angelruten, gestikulierend wie alte Freunde. Das Gehupe hinter ihr brachte sie wieder zu sich. Der Fahrer schimpfte und zog mit quietschenden Reifen an ihr vorbei. Tina schickte ihn zum Teufel und hielt am Straßenrand. Sie stieg aus dem Seicento und lief auf die beiden zu. Es war wie am Flughafen: Sie wollte sich Pyrros an den Hals werfen, auf der Stelle mit ihm nach Hause und ins Bett. Doch die Anwesenheit des Onkels hemmte sie.

»Ciao«, sagte sie schüchtern aus einigen Metern Entfernung.

Pyrros lächelte und wandte sich Nino Vinci zu.

Rätselhaft, normalerweise war ihr Onkel für Fremde unerträglich. Was hatten die beiden zu bereden? Warum wirkten sie, als würden sie sich schon lange kennen? Und woher kamen die Angelruten?

Pyrros reichte ihr den Eimer, in dem drei Meeräschen im Salzwasser lagen, jede fast zwanzig Zentimeter lang.

»Für heute Mittag oder heute Abend«, erklärte ihr Onkel.

»Habt ihr die etwa hier an der Capannina gefischt?«, fragte Tina beunruhigt. Ihr Onkel musste doch wissen, dass ein paar Meter weiter die Abwässer der Südstadt ins Meer geleitet wurden.

Pyrros versuchte das Gespräch zwischen Onkel und Enkeltochter zu verstehen.

»Der Mann ist eine Naturgewalt«, rief Tinas Onkel und klopfte Pyrros auf die Schulter.

Tina konnte es nicht glauben.

»Wenn du wüsstest, wie gut wir uns unterhalten haben«, fuhr ihr Onkel fort.

Nino Vinci machte nicht das übliche höhnische Gesicht und wirkte auch nicht so dösig, wie wenn er sich als »Nu« vorstellte. Er meinte es ernst. Tina schaute in die Gesichter der beiden. Doch die Sonne blendete sie.

»Kann ich dich um einen Gefallen bitten?«, fragte ihr Onkel in feierlichem Tonfall. »Würdest du mir den Seicento für ein paar Stunden ausleihen?«

Es musste Jahre her sein, dass Nino Vinci das letzte Mal gefahren war. Sein Führerschein war bestimmt längst abgelaufen. Tina fragte Pyrros auf Englisch, ob er meine, dass sie in den nächsten Stunden das Auto brauchen würden.

»*Maybe not*«, antwortete er zwinkernd. Es waren die ersten Worte, die sie seit der letzten Nacht miteinander wechselten.

Tina schüttelte den Kopf. Sie konnte es gar nicht glauben und reichte ihrem Onkel den Schlüssel. Nino Vinci bedankte sich und pumpte alle Luft aus seinem Körper, bevor er zum Auto lief. Er wirkte wie jemand, der eine wichtige Entscheidung getroffen hat.

»*What did you do with him?*«, fragte sie Pyrros.

Anstatt zu antworten, küsste er sie.

Lange würde er das nicht aushalten.

Aber seine »Sühne« konnte sich noch bis wer weiß wann hinziehen. Don Rocco hatte ihm von Mimmo Stillitani ausrichten lassen, dass er die Frau beobachten sollte, bis er weitere Befehle erhielt.

Aber ohne einen Partner, mit dem er sich hätte abwechseln können, und ohne die richtige technische Ausstattung war es fast unmöglich, diese Bullenarbeit zu erledigen.

Rummenigge ahnte, dass ihm weniger Mikrofone und Nachtsichtgeräte fehlten als Bergomi. Die Zeit verging schleppend langsam und er musste immer bei der Sache bleiben. Bergomi fehlte ihm als Arbeitskollege und auch als Mensch, als Freund. Auch wenn sie sich nie als Freunde betrachtet hatten. Sie waren die Taufpaten ihrer Kinder und darüber hinaus Blutsbrüder gewesen, das genügte doch.

Die Frau hatte sich schon wieder merkwürdig verhalten. Nach einem gewagten Bremsmanöver auf der Via Gebbione parkte sie ungeschickt am Straßenrand, lief zu den beiden Männer, sprach kurz mit ihnen und gab dem Älteren, dem Säufer von gestern Abend, den Autoschlüssel. Sie blieb mit dem anderen zurück, küsste ihn und ging mit ihm in ihre Wohnung.

Rummenigge verzog angewidert das Gesicht und parkte den Hyundai vor dem Hof. Eigentlich hätte er wegen der Klimaanlage den Motor laufen lassen müssen. Aber mit laufendem Motor rumzustehen wäre zu auffällig gewesen.

Im Übrigen hatte er nicht den Eindruck, dass die beiden die Wohnung so schnell wieder verlassen würden. Das war der Augenblick, um die Tramezzini zu essen. Er aß mit wenig Appetit und stieg aus, um einen Schluck aus dem Trinkbrunnen zu nehmen. Das Wasser schmeckte widerlich.

Er setzte sich zurück ins Auto. Die Blechkiste war glühend heiß. Er dachte darüber nach, was wohl in den nächsten Stunden und Tagen passieren würde. Er begann zu schwitzen. Bevor er eine halbwegs klare Vorstellung entwickeln konnte, fielen ihm die Augen zu und er schlief ein.

27

Sie redeten und liebten sich. Es war anders als vor zwei Wochen, als Pyrros das erste Mal nach Reggio gekommen war. Ein intensiveres, tiefer gehendes Gefühl. Wie ein Stromstoß, der ihren Körper durchzuckte.

Tina spürte den Körper dieses Mannes, seine rhythmischen Bewegungen. Ein erwachsener, vom Alter gezeichneter Körper, rau und kräftig.

Pyrros versprach, sie nach Rhodos mitzunehmen. Ihr die Buchten, die steinigen Berge, den Ort zu zeigen, an dem er geboren wurde.

Sie kämen beide aus wunderbaren, harten und herben Gegenden, die durch Menschenhand zerstört würden, fügte er hinzu. Pyrros wusste von den Verschandelungen der Landschaft, die auf das Konto der kalabresischen 'Ndrangheta gingen, von den grässlichen Neubauten, der zerfallenden Infrastruktur, der verschmutzten Küste. In Rhodos war es nicht viel anders. Die Bauunternehmen machten sich auf der ganzen Insel breit und verwandelten sie in einen Erlebnispark für Touristen. Noch gab es einige wenige unberührte Ecken. Landzungen, auf denen man den Blick unverstellt bis zum Horizont schweifen lassen konnte. Strände, an denen der Sand golden durch das kristalline Wasser leuchtete.

Dort wollte er mit Tina hin, bevor es dafür zu spät war.

»*Too late for what*?«, fragte Tina und streichelte seinen Rücken.

»Verzeihung, wären Sie so freundlich, mir zu sagen, wie spät es ist?«, fragte Alberto Corsaro einen Passanten.

Der Mann, vielleicht fünfzig, zeigte ihm die Uhr. Halb vier.

»So spät schon, verdammte Scheiße!« sagte Corsaro.

Rocco Papalia sah seinen Begleiter entgeistert an. Je öfter er ihn ermahnte, sich unauffällig zu verhalten, umso häufiger erlaubte er sich solche Scherze. Würde er ihn erneut kritisieren, erwiderte Corsaro womöglich, dass das seine Methode sei, sich seiner Umgebung anzugleichen, um die Aufmerksamkeit nicht auf sich zu ziehen.

»Ist sie im Haus?«, fragte Rocco.

Alberto nickte, sie war zuhause.

Die beiden beobachteten die Via Gebbione. Die Straße zum Meer, an der früher die alten Zisternen, die *gebbie,* waren, mit denen man die Felder bewässerte.

In den Hof des Hauses zu gelangen, wäre nicht das Problem. Sie besahen den Ort, an den sie sich begeben hatten, um Don Peppe Parisis Befehl auszuführen. Keine Frage, der Schlampe hier im Hof das Auto anzuzünden würde nicht ganz einfach sein. Zu viele mögliche Zeugen, zu jeder Tageszeit. Es gab mindestens fünfzig Balkone und doppelt so viele Fenster. Und ein Bekannter von Don Peppe betrieb ein paar Meter weiter eine Disko. Sie war bis spät in die Nacht geöffnet, es würden also ständig Leute vorbeikommen.

»Siehst du den Seicento?«, fragte Rocco in breitem Dialekt.

Alberto Corsaros Antwort bestand in einem Nasenstüber. »Sprich Italienisch, Rocco!«

Der Alte stierte ihn an, als denke er ernsthaft darüber nach, ihn auf der Stelle zu töten.

»Lass uns jetzt keinen Blödsinn machen, Partner«, sagte Corsaro, als ihm klar wurde, dass er mit dem Nasenstüber eine Dummheit begangen hatte. Romeos roter Seicento war nirgends zu sehen.

Man hatte ihnen gesagt, dass die Romeo tagsüber wohl nicht zuhause sein würde. Die Schlampe verbrachte den Großteil ihrer Zeit in der Redaktion des *Quotidiano*, wenn sie nicht gerade anständigen Leuten das Leben schwermachte.

Jetzt hieß es warten.

Außerdem mussten sie ja noch alles vorbereiten. Nicht, dass es sich um komplizierte Vorbereitungen gehandelt hätte. Sie mussten nur einen vollen Benzinkanister besorgen und den richtigen Moment abwarten, das war's auch schon. Eine Prozedur, die sie schon Dutzende Male durchgeführt hatten. Scheibe einschlagen, Benzin auf die Sitze, Streichholz hinterher. Benzin auf einen Vorderreifen, anzünden. Das Feuer fraß sich bis zum Motor.

Und tschüss, Auto.Unterm Strich wäre es für Romeo kein großer Verlust gewesen. Es ging darum, ihr einen Denkzettel zu verpassen, bevor Schlimmeres passierte.

Nino Vinci parkte den Seicento im schmalen Schatten der Zypressen vor dem Condera-Friedhof. Ein altes Pink-Floyd-Lied kam ihm in den Sinn und er schloss die Augen. Er fühlte sich *comfortably numb*, obwohl er noch keine Tüte geraucht hatte. Jetzt war der richtige Moment.

Er lief zum Haupteingang des Friedhofs, ging an der Kapelle vorbei und bog in den dritten Fußweg auf der linken Seite. Er passierte die neuen zweistöckigen Blöcke, die man in den letzten zwanzig Jahren errichtet hatte und die auf jeder der beiden Ebenen Platz für Hunderte von Gräbern boten.

Vinci erreichte den zweiten Block. Er richtete seinen Blick auf das verstaubte Foto einen halben Meter über ihm. Dann zog er die Rollleiter ganz in der Nähe heran und stieg hinauf.

Auf der vierten Stufe verharrte er und sah sich um. Niemand weit und breit. Er beugte sich zur Wand.

»Ciao«, sagte er und blickte schüchtern auf das vernachlässigte Grab. »Du erkennst mich wohl nicht wieder, was?«

Er wusste, dass er sich sehr verändert hatte. Seit dem Tod seiner Frau waren fast zehn Jahre vergangen. Ein Tumor hatte sie innerhalb weniger Wochen dahingerafft. Nicht einmal genug Zeit, um eine Chemotherapie zu beginnen. Der Priester hatte es bei der Beerdigung gesagt: Alles war viel zu schnell gegangen.

Aber was hieß zu schnell? Auch wenn es Monate, Jahre oder Jahrzehnte gedauert hätte, es wäre auch zu schnell gewesen.

Man könne froh sein, dass Rosella wenigsten nicht lange leiden musste, wollten ihn einige Verwandte und Freunde trösten.

Einen Scheiß könne man froh sein, hatte er geantwortet. Rosella war tot.

Nino Vinci hatte sein bisheriges Leben aufgegeben und alles anders gemacht, um den Schmerz zu betäuben. Wenn sie nicht mehr da war, dann war er es auch nicht mehr.

Er hatte die Stelle in der Schule aufgegeben und sich zu einem alten Hippie gemacht. Hatte einen Weg eingeschlagen, den er zu Rosellas Lebzeiten völlig ausgeschlossen hatte.

Jetzt las er ihren Namen auf dem Marmor und fuhr mit dem Zeigefinger über die Inschrift. Rosella Romeo. Sie hatten sie unter ihrem Mädchennamen begraben. Das Grab war schwarz vor Staub und sein Finger war bereits völlig verdreckt, bevor er das erste »R« ganz nachgezeichnet hatte.

Nino Vinci sah das erloschene Grablicht an, die rostige Kupfervase. Irgendeine fromme Seele musste in den letzten Wochen Chrysanthemen hingelegt haben, denn unten waren noch einige trockene Blüten- und Blattreste. Vielleicht ein Vetter oder ein alter Freund. Oder ein Fremder, der sich erbarmt hatte. Er selbst hatte den Friedhof bis jetzt nur ein einziges Mal betreten, als die Leichenbestatter den Sarg ins Fach geschoben und die Öffnung mit Kalkstein zugemauert hatten, ein Ziegel nach dem anderen. Um den Marmor, das Foto und den übrigen Grabschmuck hatte sich Tinas Familie gekümmert.

Er sah sich noch einmal um, nahm den Kupferkelch und stieg die Leiter hinunter. Er leerte die Blumenreste und den halben Fingerbreit Schmutzwasser aus der Vase, spülte sie an der Wasserfontäne und legte sie auf den Boden. Er lief ein paar Mal zwischen dem Grab und der Fontäne hin und her, kletterte die Leiter auf und ab. Auf einer Sitzbank fand er eine Zeitung, mit der er den Stein notdürftig putzte. Er betrachtete das Foto von Rosella. Er hatte es nicht gemacht. Und er konnte sich nicht erinnern, wo und aus welchem Anlass es gemacht worden war. Er verließ den Friedhof und ging zum Blumenladen gleich um die Ecke.

Fast rennend, hetzte er zum Grab zurück, einen riesigen Strauß roter Rosen im Arm. Er stellte die Rosen in die Vase, kletterte die Leiter hinauf und küsste inbrünstig das Foto.

Pyrros schlug vor, sich wieder anzuziehen. Tina sah ihn an, als hätte er in der Kirche geflucht. Sie schüttelte den Kopf und zuckte mit den Schultern: »*If you want …*« Dann sprang sie aus dem Bett.

Zwei Stunden waren bereits vergangen, und ihr Onkel konnte jeden Moment zurück sein.

Nino Vinci war ein toleranter Typ und schien die Anwesenheit von Pyrros bereits vollkommen akzeptiert zu haben. Trotzdem wollte sie sich nicht gern von ihrem Onkel im Bett erwischen lassen.

Sie verstand noch immer nicht, mit welchem Trick ihn Pyrros dazu gebracht hatte. Ihr Onkel bekam Tobsuchtsanfälle, wenn man den Friedhof auch nur erwähnte. Und jetzt hatte er sich nach wenigen Stunden mit Pyrros zu einem Gang entschlossen, den er über zehn Jahre hinweg nicht machen wollte.

Tina wandte sich zu ihrem Liebhaber. Er starrte sie an. Sie nahm befriedigt zur Kenntnis, dass er den Vorsatz, sich anzuziehen, anscheinend gerne wieder aufgegeben hätte. »*What are you looking at?*« fragte sie.

Pyrros lächelte: »*You.*«

Er stieg ebenfalls aus dem Bett und las seine Kleider auf.

Sie halfen sich gegenseitig beim Anziehen und alberten herum wie Kinder. Schließlich machte sie Kaffee. Er ging mit einer Tasse Espresso ans Fenster. Der zum Meer hin gelegene Hof war deutlich kleiner als der vordere, auf dem die Autos standen.

Die Hausklingel unterbrach ihre Zweisamkeit. Wenn es nach ihr gegangen wäre, hätten sie sich sofort in ein anderes Universum beamen können. Nur sie beide.

Anscheinend war sie dabei, sich zu verlieben. Oder hatte es schon getan. Wieder ertönte die Hausklingel. Pyrros fragte, ob sie nicht öffnen wolle. Tina schnaubte und drückte gedankenversunken auf den Türöffner. Dann öffnete sie die Wohnungstür. Sie war sich sicher, dass der Onkel zurück sei.

»Pyrros«, sagte sie in erhöhter Stimmlage. »*Give me a definition for falling in love.*«

Er zuckte mit den Schultern. Wie sollte man das definieren?

»*It's different for everyone*«, stammelte er, als das metallische Geräusch durch den Gang hallte, das der Aufzug von sich gab, wenn er den fünften Stock erreichte. Jemand öffnete und schloss die angelehnte Wohnungstür.

»Onkel, bist du's?«, fragte Tina vorsichtshalber.

Und rief ein zweites Mal, als keine Antwort kam.

Kurz schreckte sie der Gedanke auf, Giulio könnte auf die glorreiche Idee gekommen sein, seinen Fiat Panda abzuholen und jetzt bei ihr reinschneien. Sie lief Richtung Wohnungstür, um ihm zuvorzukommen.

28

Nach über einer Stunde Warterei sahen Corsaro und Papalia einen roten Seicento in den Hof fahren. Sie meinten, einen nicht mehr ganz jungen Mann am Steuer zu sehen, waren aber nicht ganz sicher.

Corsaro erkannte das Nummernschild als das der Schlampe, wie es ihnen gesagt worden war.

Vorsichtig näherten sie sich dem Hoftor, warteten, bis der Seicento geparkt hatte. Aus dem Auto stieg eine Art Penner. Ihr erster Eindruck hatte nicht getrogen. Das war ganz sicher nicht die Romeo. Es hatte zwar geheißen, sie wirke ein bisschen männlich, aber sie sollte deutlich kürzere Haare und dicke Titten haben.

Rummenigge erwachte völlig nassgeschwitzt. Im Hyundai war es mörderisch heiß, selbst bei geöffneten Fenstern.

Der Kopf war auf die Brust gesunken, und in den Falten an seinem Hals stand der Schweiß. Ein Speichelfaden klebte am Kinn und er hatte einen bitteren Geschmack im Mund. Vielleicht von der Mayonnaise auf den Tramezzini. Er war nicht gewohnt, solchen Schweinkram zu essen. Er stieg aus, um noch einen Schluck aus dem Trinkbrunnen an der Kreuzung zu nehmen. Da bemerkte er die beiden Personen, die auf das Tor vor dem Hof zugingen.

Sie kehrten ihm den Rücken zu und konnten nicht sehen, dass er sie beobachtete. Rummenigge machte einen Schritt zur Seite und erkannte ihre Gesichter im Profil. Den Namen des einen kannte er nicht, aber er wusste, dass er für die Corsaro-Fotìa-Familie arbeitete, die mit Don Peppe Parisi verbandelt war. Der andere war Rocco Papalia, genannt Sciummini, der Affe, wegen seiner langen Arme und seiner hängenden Schultern. Kleine Fische, die an der ionischen Küste höchstens als Geldeintreiber oder Autozündler einen gewissen Ruf hatten. Leute, die sich keiner direkten Auseinandersetzung stellten, sondern nur dazu gut waren, das eine oder andere Auto anzuzünden. Leute, die für Denkzettel zuständig waren, mehr nicht.

Rummenigge grinste zufrieden. Jetzt, wo er die beiden im Visier hatte, war das Ende seiner Sühne in Sicht.

»Onkel?«, rief Tina zum dritten Mal.

Sie ging bis zur Wohnungstür und sah ihn im Flur stehen.

Nino Vinci betrachtete nachdenklich sein Spiegelbild, als würde er sich nicht wiedererkennen. Der ungepflegte graumelierte, fast weiße Bart. Die dunklen Augenringe. Die Haut mit den von Mitessern geweiteten Poren. So hatte er sich nicht in Erinnerung. Vor allem der hohle Blick war ihm fremd. Ein Blick, der die Realität nicht mehr zu erfassen vermochte.

»Onkel, alles in Ordnung?«

Vinci drehte sich zu ihr. »Hier, der Autoschlüssel«, stammelte er weiter in den Spiegel schielend.

Tina brachte nicht den Mut auf, ihm weitere Fragen zu stellen. Sie nahm den Schlüssel und kehrte zu Pyrros zurück.

Das Verhalten ihres Onkels schien ihr noch besorgniserregender als üblich. Seine alltäglichen Spinnereien beunruhigten sie nicht so sehr wie dieses neue Gebaren. Pyrros erwartete sie am Durchgang zur Küche. »*Trying to forget that we have to die.*« Dabei zeigte er mit dem Finger auf sie und betonte jede Silbe.

Zu vergessen versuchen, dass man sterben muss. Tina übersetzte die Antwort auf die Frage, die sie ihm gestellt hatte.

Pyrros zog die Augenbraue hoch. Das war es, was es für ihn bedeutete, sich zu verlieben. Nicht mehr an den Tod denken, mit offenen Armen weitergehen, dem Wind entgegen.

»Okay«, sagte sie zögerlich. »*I will think about it*«, und nach einer Pause: »*Shall we go?*«

Pyrros wusste nicht, wo sie hinwollte.

»*Let's go to the mountains!*« schlug Tina vor.

Wenige Minuten später waren sie auf der Straße Richtung Gambarie.

Während der Fahrt über die Serpentinen des Aspromonte fiel ihr siedend heiß ein, dass sie den Artikel über die Leichtathletikweltmeisterschaft fertig schreiben musste. Und natürlich hatte sie vergessen, Lotto zu spielen. Den ersehnten Sechser würde heute sowieso niemand tippen, tröstete sie sich.

Pyrros genoss die frische Luft, die durchs offene Fenster strömte.

Der Seicento fuhr im Schatten der gewaltigen Kastanien, die die Straße säumten. Die Farben und Formen der Pflanzen hatten sich seit den ersten Anhöhen verändert. Die Obst- und Olivenbäume der mediterranen Macchia waren der Flora des Vorgebirges gewichen.

Den grauen Volkswagen, der ihnen im Abstand einer Serpentine folgte, bemerkten sie nicht.

Corsaro und Papalia lehnten sich in jeder Kurve zur Seite, um sicherzustellen, dass sie das Pärchen noch vor sich hatten. Die Schlampe und der Typ verschwanden in jeder Serpentine vorübergehend aus ihrem Blickfeld. Plötzlich sahen sie den Seicento am Straßenrand stehen. Corsaro war zu dicht aufgefahren, und es blieb ihm nichts anderes übrig, als vorbeizuziehen. Die Schlampe hielt in der Kurve kurz vor dem »Schicksalswald«.

Offenbar suchte sie einen abgelegenen Fleck, um sich mit dem Typen zu vergnügen. Es war ja sonnenklar, was die beiden hier oben wollten. Romeo und der Typ entfernten sich vom Seicento und gingen in den Wald. Als Corsaro und Papalia oberhalb der nächsten Kurve stoppten, hörten sie die beiden lachen und Englisch sprechen.

Sie fuhren noch ein paar Serpentinen weiter und Corsaro hielt an. Papalia war dagegen. Er fand die Straße zu schmal und zu gewunden. Wie zur Bestätigung näherte sich ein Auto von hinten und kam nur mit Mühe an ihnen vorbei.

Papalia schlug vor, weiterzufahren, bei der ersten Gelegenheit zu wenden und dann in der gleichen Kurve anzuhalten wie der Seicento. Sie würden nur wenige Sekunden brauchen, um ihren Auftrag auszuführen und könnten, ohne vorher drehen zu müssen, wieder zurückfahren.

Corsaro hatte nichts einzuwenden. Er folgte dem Hyundai, der sie eben überholt hatte, bis sie eine Stelle fanden, an der sie umkehren konnten.

Tina hüpfte wie ein kleines Mädchen und hielt Pyrros an der Hand, bis der eindrucksvolle Stamm einer Kastanie ihren Weg versperrte. Sie drehte sich um, biss sich auf die Unterlippe und lehnte sich gegen die raue Baumrinde. Sie zog Pyrros zu sich. Sie begannen, sich auszuziehen.

»*The condoms*«, flüsterte Tina.

Ohne Kondome zu vögeln, wollte sie nicht zur Gewohnheit werden lassen.

»*I forgot them in the car*«, erklärte sie.

Pyrros knöpfte die Hose zu und machte sich auf den Weg zum Auto. Tina sah ihn Richtung Straße eilen.

Sie waren vielleicht hundert Meter in den Wald gegangen. Der angenehme, sommerliche Schatten, die Einsamkeit und Ruhe, das leichte Rauschen der Blätter. Abgeschnitten von der Außenwelt klang alles wie Lou Reeds *Perfect Day*, das ihr Onkel so liebte.

Dann fuhr ihr das Geräusch berstenden Glases und der Schrei von Pyrros durch Mark und Bein. Der perfekte Tag schien wie ein Spiegel zu zerbrechen. Als sie der nächste Schrei erreichte, löste sie sich aus ihrer Erstarrung und rannte los.

Pyrros sah einen Mann die Scheiben einschlagen, während ein anderer einen Kanister Benzin über dem Seicento leerte. Der scharfe Geruch stach in seine Nase. Reflexartig stieß er einen Schrei aus und verfluchte diese Vandalen auf Griechisch.

Corsaro beachtete ihn kaum und goss das letzte Benzin in den Innenraum des Seicento. Papalia stieß ihn weg. Der Typ von dieser Schlampe war jetzt keine zwanzig Meter mehr entfernt. Corsaro blieb ruhig und befreite sich aus Papalias Griff. Geistesgegenwärtig zündete er ein Streichholz an und warf es ins Auto. Als Pyrros den Seicento erreichte, fraßen sich die Flammen bereits durch den Fahrersitz.

Solche Situationen kannte er aus dem Kino. Aber er wusste nicht, wie er das Feuer daran hindern sollte, sich auszubreiten. Das Erste, was ihm einfiel, war die Tür auf der Beifahrerseite aufzureißen, aus der noch keine Flammen loderten.

Doch ihm war klar, es würde ihm nicht gelingen, das Feuer zu löschen. Er hatte weder Feuerlöscher noch Wasser, noch eine Decke. Am Fuß des Beifahrersitzes sah er die Lenkradsperre, die einem Baseballschläger glich.

Wildentschlossen griff er sie und stürzte den beiden Zündlern hinterher, die auf dem Weg zu ihrem eigenen Auto waren.

Tina sah, wie Pyrros keulenschwingend den Männern folgte. Sie sprangen in das vor dem Seicento stehende Auto.

Den raubtierhaften Ausdruck auf Pyrros' Gesicht hatte sie noch nie gesehen.

Mit voller Wucht schlug er im Vorbeirennen auf die Heckscheibe des anderen Autos. Die Sprünge im zersplitternden Glas formten ein unregelmäßiges Spinnennetz.

Pyrros holte zu einem weiteren Schlag aus, als er bemerkte, dass das Auto ruckartig zurücksetzte. Doch Pyrros war schon auf der Vorderseite und drosch auf die Motorhaube ein. Alles ging blitzschnell. Das Auto setzte noch ein paar Meter zurück, dann trat der Zündler am Steuer aufs Gaspedal und das Fahrzeug schoss nach vorn. Pyrros wurde vom Kühlergrill erfasst, schlug mit dem Rücken auf die Motorhaube, zerbrach die Windschutzscheibe und versperrte dem Fahrer die Sicht. Das Auto streifte fast den brennenden Seicento und prallte auf den Stamm einer Buche.

Pyrros schlug gegen den Baum am Straßenrand, wie von einer Sprungfeder gestoßen.

Corsaro und Papalia wussten, dass sie in der Scheiße steckten, sobald der Typ ihre Heckscheibe eingeschlagen hatte. Jetzt waren sie wiedererkennbar, auffällig, alles andere als anonym. Dass diesen Irren eine solche Wut packen würde, damit hatten sie einfach nicht gerechnet. Corsaro blieb nichts anderes übrig, als ihn zu überfahren. Als ob das nicht genug wäre, hatte der Typ auch noch ihre Windschutzscheibe zertrümmert. Und dann die Scheiße mit dem Baum.

Papalia befühlte noch die Schnittwunde in seinem Gesicht, als Corsaro ausstieg und die Lage abschätzte. Sein Partner verlor Blut, der Seicento stand in Flammen. Der Typ, dieses Arschloch, der versucht hatte den Helden zu spielen, lag reglos am Boden.

Schöne Scheiße. Don Peppe würde nicht zufrieden sein.

Zu allem Überfluss hielt jetzt auch noch die Schlampe den Baseballschläger in der Hand. Sie stand einige Meter vor ihm und setzte eine aggressiv wirkende Mine auf.

Rummenigge fand sie, wie sie im Handgemenge miteinander kämpften. Der Typ aus der Corsaro-Fotià-Familie und die Romeo. Beide zerrten an der baseballschlägerartigen Lenkradsperre. Wenige Meter weiter brannte der Seicento, den er die letzten zwei Tage beobachtet hatte.

Rummenigge wartete ab und verfolgte die Entwicklung des Kampfs. Wenig überraschend gelang es dem Mann, die Romeo wegzustoßen und die Lenkradsperre an sich zu reißen. Das war sein Moment. Bevor der Mann zuschlagen konnte, schreckte ihn Rummenigge auf, indem er die Hupe seines Hyundai betätigte. Verblüfft hielt der Drecksack inne, die Lenkradsperre auf halber Höhe, und drehte sich zu Rummenigge um.

Plötzlich ertönte ein Knall. Corsaro stürzte zu Boden und schrie vor Schmerz. Er hatte die Pistole nicht sehen können, mit der Rummenigge auf seine Beine zielte. Papalia quälte sich im selben Moment aus dem Auto und fing sich einen Treffer auf Kniehöhe ein.

Tina spürte ein paar Tropfen Urin ihren Schenkel hinablaufen. Das Blut der beiden Männer sickerte nur wenige Zentimeter von der Stelle in die Erde, an der Corsaro sie fortgestoßen hatte. Es gelang ihr, den aufsteigenden Brechreiz zu unterdrücken.

»Beweg dich«, befahl Rummenigge und zeigte auf die offene Tür seines Hyundai. Und auf Pyrros weisend: »Er muss ins Krankenhaus.«

29

»Und abgesehen von diesen Kratzern?«, fragte Gigi Barreca und musterte sie von Kopf bis Fuß.

»Abgesehen davon, geht's mir gut«, sagte Tina und streckte ihm ihren verbundenen Arm entgegen. »Kann sein, dass Sitzen in den nächsten

Tagen ein bisschen unangenehm wird. Mein Arsch sieht aus wie ein verkohltes Steak.«

Gigi Barreca nickte.

»Den Artikel über Bolt hab ich geschrieben. Hab deinen Text vom letzten Mal benutzt«, fuhr Barreca in beruhigendem Ton fort. »Tommaso hat mir mit Copy-and-Paste geholfen, und den neuen Rekord hab ich auch drin.«

Er wollte nicht, dass es sich anhörte, als würde er sich beschweren.

Tina sah erneut zum Eingang der Notaufnahme.

»Es heißt jetzt nicht mehr Erste Hilfe«, versuchte Barreca sie abzulenken und zeigte auf das Schild, auf dem *DEA* stand, *Dipartimento d'Emergenza e Accettazione*, Notfall- und Aufnahmeabteilung. »Ich wusste nicht, dass sie den Namen geändert haben.«

Tina schluckte. »Gigi, sagst du mir bitte, was zum Geier du von mir willst?«

Barreca ließ sich nicht aus der Fassung bringen. Er räusperte sich und fragte: »Würde es dir was ausmachen, mir zu erzählen, was passiert ist?«

Tina schnitt eine Grimasse und blickte weiter auf die Uhr an der Wand. Es war fast zehn Uhr abends. Pyrros war seit über drei Stunden da drin und niemand sagte ihr irgendetwas.

Sie verharrten minutenlang, ohne ein Wort zu sprechen.

»Auf welche Zeit ist Bolt gekommen?«, fragte Tina. Sie bemühte sich, die Tränen zurückhalten.

»Weiß ich nicht mehr. Aber es soll eine großartige Zeit sein … Bestimmt weniger, als ich brauchen würde, um zwanzig Meter zu rennen.«

»Wir können sowieso nur warten, oder?«

Gigi nickte und öffnete die Arme. Tina warf sich ihm entgegen.

Dann fasste sie in groben Zügen zusammen, was geschehen war, seit sie Pyrros kennengelernt hatte. Sie hatten sich verliebt, das war eigentlich alles.

Gigi Barreca wunderte sich kein bisschen. Dass sie sich in letzter Zeit verändert hatte, war ihm längst aufgefallen. Sie hatte aufgekratzt und etwas neurotisch gewirkt, und zuweilen schusselig. Und man hatte ihm das Gerücht zugetragen, Mister Mitsotakis hätte seiner Lieblings-Sportjournalistin den Kopf verdreht. Barreca ärgerte sich über das absurde Gefühl väterlicher Eifersucht, das in ihm aufstieg. Vielleicht wegen des Altersunterschieds. Oder die Plötzlichkeit, mit der Tina von dieser Leidenschaft erfasst worden war. Dabei hasste er die süditalienischen Familienpatriarchen dafür, dass sie ihre Töchter als persönlichen Besitz betrachteten. Und Tina war nicht einmal seine Tochter. Obwohl er in ihr mehr sah als eine Schülerin oder Kollegin.

Sie erzählte von den ersten heimlichen Begegnungen im Juli, von den Telefongesprächen und den letzten zwei Tagen, die Tina und Pyrros zusammen verbracht hatten. Dann erzählte sie ihm haarklein, was am Nachmittag passiert war.

»Und du hast keine Ahnung, wer dieser Mann sein könnte?«, unterbrach Gigi. »Du hast ihn nie zuvor gesehen?«

Tina schüttelte den Kopf. »Er kam aus dem Nichts. Der Seicento brannte, Pyrros knallte aufs Auto und gegen den Baum und dieses Arschloch stieg aus dem Auto. Was hätte ich tun sollen? Das Erste, was mir in den Sinn kam, war, ihm den Kopf einzuschlagen, diesem Scheißkerl. Also heb ich den Baseballschläger auf ...«

Gigi verdrehte die Augen. »Wozu hat denn jemand wie du einen Baseballschläger im Auto?«

»Meine Lenkradsperre«, erwiderte Tina, als verstehe sich das von selbst. Und erzählte weiter: »Wie gesagt ... Während ich auf diesen Scheißkerl losgehe, hält auf einmal ein Auto. Dieser Typ steigt aus und schießt, bevor mir der Mistkerl den Kopf spalten kann. Den Baseballschläger hatte er mir nämlich schon abgenommen. So, ganz plötzlich ... Er schießt auf den Scheißkerl, und auch auf den anderen, der mir den Seicento angezündet hat. Danach sagt er: ›Beweg dich!‹«

Wir laden Pyrros ins Auto. Er lässt mich einen Krankenwagen rufen. Und er befiehlt mir, nichts von dem zu erzählen, was ich gesehen habe. Dann fahren wir Richtung Krankenhaus ...«

Gigi Barreca schnaubte besorgt. Aus Tinas Schutzengel wurde er nicht schlau.

»Aber damit nicht genug. Als der Krankenwagen von Reggio kommt, versperrt der Typ den Weg, hält mitten auf der Straße. Die Sanitäter laden Pyrros auf die Bahre. Bevor ich Zeit habe, ihnen die Situation zu erklären, ist der Typ schon wieder abgefahren, Richtung Berge.«

»Würdest du ihn wiedererkennen?«

»Ich glaub schon. Allerdings hat er mir davon abgeraten.«

»Dir ist schon klar, dass sie dich in ein paar Stunden mit Fragen löchern werden?«

Tina blickte wieder auf die Uhr an der Wand.

»In ein paar Stunden hab ich andere Sorgen«, sagte sie gereizt.

Gigi begriff, dass es besser war, nicht zu insistieren.

Bergomi hätte die Aktion bestimmt gefallen. Wegen des Gewaltspektakels und der drastischen Entscheidung, die Rummenigge getroffen hatte. Ob Don Rocco auch so begeistert sein würde, war allerdings eine andere Frage. Er hatte Rummenigge befohlen, die Frau zu beschützen, und was kam dabei heraus?

Die Romeo war im Krankenhaus gelandet, ihr Auto abgefackelt und ihr Begleiter war in einem üblen Zustand. Und dann lagen dort oben vier Kugeln aus einer Sig Sauer herum, die eine qualifizierte Spurensicherung zur Stillitani-'Ndrina führen würde. Ganz zu schweigen von dem Staub, den die Untersuchung der Leichen von Corsaro und Papalia aufwirbeln würde.

Er musste sie töten. Sie hatten ihm keine andere Wahl gelassen. Hätte er nicht eingegriffen, hätten sie die Romeo erschlagen. Zuerst wollte er es bei Knieschüssen belassen, noch als er die Romeo und den Griechen ins Auto geladen hatte und Richtung Stadt gefahren war. Im Auto hatte er die Frau nicht angesehen und sie mehrmals bedroht. Er hatte ihr gesagt, dass sie ihn nicht anstarren solle. Aber er wusste, sie würde ihn ohne weiteres wiedererkennen.

Erst nach und nach wurde ihm klar, welch schweren Fehler er begangen hatte. Die Romeo war nicht diejenige, von der die größte Gefahr für seine Anonymität ausging. Wenn er die beiden Nieten, Papalia und seinen Partner, erkannt hatte, dann hatten sicher auch sie begriffen, wer er war. Er konnte sie nicht leben lassen. Deswegen hatte er, nachdem er dem Krankenwagen aus Reggio den Weg versperrt hatte, die Sanitäter den Schwerverletzten in den Krankenwagen tragen lassen und war, während sie damit beschäftigt waren, dahin zurückgerast, wo der Seicento immer noch brannte.

Es waren zwanzig Minuten vergangen, aber auf die kalabrische Omertà war Verlass. Ein Auto stand in Flammen, ein zweites hatte sich um einen Baum gewickelt und am Boden lagen zwei Verletzte. Aber niemand hatte angehalten. Rummenigge sprang aus dem Hyundai, versicherte sich, dass ihn niemand beobachtete, und erledigte Corsaro und Papalia per Genickschuss. In der Hoffnung, dass es ihnen zwischenzeitlich nicht gelungen war, mit ihren Leuten Kontakt aufzunehmen. Er fuhr nach Reggio und nahm von dort die 106 nach Agatea. Jetzt musste ihm nur noch einfallen, wie er die Episode am besten Don Rocco beibringen sollte. Er war sich nicht einmal sicher, ob er überhaupt nach Hause fahren durfte. Ob seine Sühne vollzogen war. Sollte er die Romeo weiter beschützen? War die Gefahr noch gar nicht vorüber?

Seine Sehnsucht nach seinem Bett, seiner Frau und seiner Familie war zu groß, um sich anders zu entscheiden. Er presste den Fuß aufs Gaspedal und freute sich auf die Frische des sauberen Betttuchs, das Mela in Erwartung seiner Rückkehr sicher schon über das Ehebett gespannt hatte.

Tina versuchte nachzuvollziehen, was ihr der Notarzt soeben betont distanziert mitteilte. Dass Herr Mitsotakis im Koma lag. Genauer gesagt, hatten die operierenden Ärzte beschlossen, ihn in ein künstliches Koma zu versetzen, um dem Körper Gelegenheit zu geben, sich zu erholen. Die Prognose des weiteren Verlaufs war angesichts vier gebrochener Rippen, eines zertrümmerten Oberschenkels, eines Blutergusses in der Lunge, der Wunden am Kopf und eines Schädeltraumas schwierig.

Im Koma, wiederholte Tina.

Gigi fragte den Arzt, wie lange das dauern würde. Der Arzt, ein Milchgesicht um die dreißig, der nur ungern mit Besuchern sprach, öffnete die Arme. Er wiederholte, dass man abwarten müsse. Es könne sich um wenige Stunden handeln, oder aber …

Er sprach den Satz nicht zu Ende.

Tina hörte schon nicht mehr hin. Vor ihrem geistigen Auge stiegen zum x-ten Mal die Bilder des Geschehens auf. Das Auto, das Pyrros mitriss, die eingeschlagene Windschutzscheibe, der Aufprall am Baum, das Blut in Pyrros' Gesicht, das ihm aus Nase und Mund rann. Aber da war Pyrros noch bei Bewusstsein. Er hatte etwas gesagt, was sie nicht verstanden hatte, vielleicht auf Griechisch. Sie hatte versucht, ihn bei Bewusstsein zu halten. Hatte gesagt, dass sie bald im Krankenhaus sein würden. Einen Augenblick lang hatte sie befürchtet, sie und der Fremde würden das Falsche tun. Vielleicht hätten sie ihn am Boden liegen lassen sollen. Aber der Fremde hatte sehr entschieden gewirkt.

Als der Rettungswagen kam, hatte Pyrros bereits das Bewusstsein verloren. Tina hatte mit Verweis auf ihre Schürfwunden auf dem Beifahrersitz Platz genommen. Von dort konnte sie nicht sehen, was hinter ihr vor sich ging. Sie hörte nur, wie darüber diskutiert wurde, was mit Pyrros zu tun sei.

Was die Fahrt anbelangte, so hatte sie einen Filmriss und sah sich erst wieder im Krankenhaus neben der Krankenbahre bis zur Tür der Notaufnahme rennen.

»Kann er daran sterben?«, fragte Tina, als sei sie aus einem tiefen Schlaf erwacht.

Der Arzt wandte sich bereits ab. Gigi hatte ihm gerade versichert, dass sie die Eltern des griechischen Trainers benachrichtigen würden, und fragte sich, warum das Krankenhaus das nicht selbst machen konnte.

»Besteht die Gefahr, dass er stirbt?«, fragte Tina noch einmal.

»Wir alle können sterben«, antwortete der kleine Arzt lakonisch.

»Er will ja nicht sterben«, flüsterte Gigi ihr zu, als sei es eine Frage des Wollens.

Tina nickte. »Ich bleibe heute Nacht hier.«

»Wir haben ihn sediert, er wird nicht aufwachen«, teilte der Arzt mit und eilte davon.

»Meinst du nicht, es wäre besser, dich auszuruhen?«, schlug Barreca vor. »Ich fahr dich nach Hause.«

Tina schüttelte den Kopf. »Danke, Gigi, fahr du nur. Ich bleibe hier«, sagte sie. »Allein«, fügte sie hinzu, bevor er protestieren oder vorschlagen konnte, ihr Gesellschaft zu leisten.

30

Es war nur eine Kurzmeldung, aber Gigi Barreca bestand auf ihrer Veröffentlichung. Es war spät und die Zeitung war bereits gesetzt. Doch eine solche Nachricht konnte man nicht einfach verschweigen. Eine Kollegin war Opfer eines gewaltsamen Angriffs geworden. Es war nicht hinzunehmen, dass die Zeitung, für die sie arbeitete, dazu nicht Stellung bezog.

Er redete so lange auf den Grafiker in Cosenza ein, bis dieser das Layout änderte und die Kurzmeldung einfügte, nur wenige Minuten vor Druckbeginn.

Barreca bediente sich knapper, präziser Sätze, um die Solidarität der Kollegen auszudrücken und die Unmenschlichkeit der Angreifer zu denunzieren, von denen nur zu hoffen war, dass die Polizei sie so bald wie möglich fasste. Er achtete darauf, nicht von einem Einschüchterungsversuch der Mafia zu sprechen, stellte aber einen Bezug zwischen »der schändlichen Tat und den neuesten, mutigen Recherchen Tina Romeos« her.

Barreca verließ die Redaktionsräume in der Via Cavour erst, nachdem er sicher war, dass man den *Quotidiano* mit den von ihm gewünschten Änderungen an die Kioske ausliefern würde. Nach dem dritten Telefonat mit dem Hauptsitz der Zeitung machte er sich auf den Heimweg.

Er wohnte in einer Querstraße des Corso Garibaldi. Punkt 23 Uhr bog Barreca in die Via Camagna ein und ging den Hügel hinauf. Den Weg zu Fuß zurückzulegen war schon seit Jahren seine einzige körperliche Betätigung.

Gigi Barreca betrat den Hausflur der Nummer 14. Der Flur war aus Kunstmarmor und mit Motiven von Reggio zu Beginn des 19. Jahrhunderts geschmückt. Im ersten Stock öffnete Gigi die zweite Tür auf der rechen Seite. Ein ranziger Geruch schlug ihm entgegen. Abgestandene Luft und Modergeruch. Seine Wohnung stank. Barreca machte ein angewidertes Gesicht. Er kümmerte sich zu wenig um die Wohnung, in der sich in den letzten zwanzig Jahre außer ihm zumeist niemand aufgehalten hatte.

Gigi Barreca dachte an seine Frau. Seine *Ex*-Frau, korrigierte er sich. Und an die Kinder, die ohne ihn aufgewachsen waren.

Er knipste das Licht im Flur an und ging geradewegs ins Schlafzimmer. Er zog sich unwillig aus, warf die Kleider auf den Boden, schlüpfte in einen leichten Schlafanzug und legte sich in ein Bett, dessen Laken voller Löcher war. Er kümmerte sich nicht um das Licht im Gang. Er betrachtete das Foto auf dem Nachttisch, dann schaltete er die Schirmlampe aus und schüttelte den Kopf. Wie hatte er nur alles so verkommen lassen können? Giovanna, Davide und Luca lächelten ihm zufrieden aus dem Bilderrahmen entgegen. Warum war die Wohnung nicht voll weiterer Fotos, auf denen er und Giovanna im Alter und die Kinder als Erwachsene zu sehen waren?

Warum hatten sie ihn verlassen?

Weil er ein starrköpfiger alter Bock war, besessen von seiner Arbeit. Weil er spät nach Hause kam und damals vierzig Zigaretten am Tag rauchte.

Weil er ein Egoist war, der keine Vorstellung davon hatte, was es bedeutet, für die Familie etwas zu opfern, setzte das Gespenst seiner Ex-Frau nach.

Gigi Barreca schloss die Augen und schnitt eine traurige Grimasse. Er hätte alles gegeben, um die Vorhaltungen noch einmal von der echten Giovanna zu hören.

Am Morgen des 21. August 2009 erschien im *Quotidiano* die Kurzmeldung, in der die Redaktion ihre Solidarität mit Tina Romeo bekundete. Dazu musste die Zeitung auf eine andere Meldung verzichten, die in enger Verbindung mit der Solidaritätsbekundung stand. Die gewissenlosen Täter befanden sich bereits in den Händen der Polizei. Sie waren schneller gefunden worden, als Barreca sich vorstellen konnte: noch in der gleichen Nacht. Beunruhigend war nur eins. Sie waren beide tot.

Bei der Polizei war gegen 20:30 Uhr ein anonymer Anruf eingegangen. Der Anrufer wies sie auf die ausgebrannten Reste eines Autos an der Bergstraße zwischen Arasì und Gambarie hin. Von dem zweiten Auto und den beiden am Boden liegenden Leichen sagte er nichts.

Die beiden jungen Beamten des zuerst am Tatort eintreffenden Streifenwagens wurden mit einer Situation konfrontiert, die sie deutlich überforderte. Sie wussten nicht, wie sie sich verhalten sollten, und forderten Verstärkung an.

Neben den zur Verstärkung erscheinenden Carabinieri kam auch ein Streifenwagen der Polizei, in dem Inspektor Modafferi saß, dessen Ruf als Spürhund weithin bekannt war. Trotzdem verblüffte er die beiden Carabinieri mit seiner sofortigen Identifizierung der Leichen.

»Das ist Alberto Corsaro ... Und der da ist Rocco Papalia«, sagte er und legte sich eine Hand auf den Bauch. »Aus der 'Ndrina von Parisi.«

Modafferi lief dabei in weitem Bogen um die Opfer, um sich alsbald an einem Baum zu übergeben. Die Carabinieri sahen ihn eine kleine Flasche aus seiner Gürteltasche ziehen und ein paar Kapseln daraus hinunterschlucken.

»Eine Hinrichtung«, ergänzte er mit lauter Stimme.

Einer der Carabinieri ging auf ihn zu.

»Wir haben nichts angerührt, wirklich überhaupt nichts, Inspektor. Ich schwöre«, versicherte er.

Modafferi beachtete ihn nicht weiter. Er holte ein paar Gummihandschuhe aus der Gürteltasche und beugte sich über Corsaro.

»Siehst du das hier?«, fragte er den jungen Carabiniere und zeigte auf das Knie. »Sie haben ihm erst ins Bein und dann in den Nacken geschossen. Zwischen den beiden Schüssen ist einige Zeit vergangen.«

Mehr sagte Modafferi nicht, aber der junge Carabiniere hatte selbst eine Art Pressverband bemerkt, mit dem Corsaro anscheinend die Blutung zu stoppen versucht hatte. Er hatte ihn aus seinem zerrissenen Hemd gefertigt.

Papalias Hände dagegen hielten immer noch seinen Oberschenkel umklammert.

»Der Mörder hat ihnen in die Knie geschossen, dann hat er sie schmoren lassen, vielleicht auch ausgefragt, und dann erst hat er sie umgebracht«, schloss der Inspektor.

Manches an dieser Rekonstruktion ergab noch keinen Sinn. Wie die beiden Autos zum Beispiel. Das eine war ausgebrannt, während das andere frontal auf den Baum geprallt war. Die Eindellung auf der Motorhaube, erinnerte an die Umrisse eines menschlichen Körpers. Zudem hingen Stofffetzen am Kühlergrill, die nicht von den Kleidern der Toten stammen konnten.

Modafferi wies an, die Halter der beiden Fahrzeuge zu ermitteln. Ein anthrazitfarbener Volkswagen, Nummernschild DT216GB, und ein roter Seicento, dessen Nummernschild nur noch teilweise lesbar war.

Gegen zehn Uhr abends meldete sich die Carabinieri-Zentrale zurück und gab des Rätsels Lösung preis. Der Volkswagen gehörte tatsächlich Corsaro Alberto, geboren in Platì am 15. Dezember 1971. Der Seicento gehörte nicht Rocco Papalia, wie Modafferi zunächst vermutet hatte, sondern einer gewissen Tina Romeo, geboren in Messina am 22. März 1980.

Während Modafferi auf den Rückruf wartete, notierte er verschiedene Mutmaßungen über den Tathergang in sein Notizbuch.

Er schrak unvermittelt aus seinen Gedanken auf, als der Name Tina Romeo fiel.

Er fand sie schlafend auf einem Plastikstuhl im Flur der Notfall- und Aufnahmeabteilung. Die Uhr an der Wand zeigt halb drei Uhr nachts. Um diese Zeit war die ehemalige Notaufnahme menschenleer.

Er hatte sie im Krankenhaus gesucht, auf der Intensivstation und auf der Chirurgischen Abteilung. In der Aufnahme hatten sie ihm bestätigt, dass sie im Krankenwagen eingetroffen war, zusammen mit einem Notfall. Einem Typen namens Pyrros Mitsotakis. Modafferi brauchte einen Moment, um eins und eins zusammenzuzählen. Er erkundigte sich bei der Schwester nach dem Patienten, dem es offenbar schlecht ging, und erhielt die Bestätigung, dass es sich um einen Griechen handelte, der, wie er sofort schloss, möglicherweise an der Schießerei in den Bergen beteiligt war. Man musste kein Genie sein, um sich zusammenzureimen, warum Tina die Nacht über im Krankenhaus geblieben war. Gerüchte über die Sportjournalistin und den Trainer waren selbst ihm zu Ohren gekommen.

Der Romeo musste einiges an diesem Mitsotakis liegen, wenn sie sich in diesem verdreckten Flur auf einem unbequemen Stuhl den Rücken ruinierte.

Modafferi setzte sich zu ihr. Der Plastikstuhl quietschte. Zwischen sich und Tina ließ er einen Platz frei. Er gab sich keine Mühe, leise zu sein. Im Gegenteil, er hoffte, sie würde aufwachen. Doch sie blieb in tiefem Schlaf versunken.

Er rüttelte vorsichtig an ihrer Schulter.

Tina öffnete einen Spaltbreit die Lider, erkannte ihn aber nicht sofort.

»Sie warten am falschen Ort«, begann Modafferi. »Sie haben ihn auf die Intensivstation verlegt.«

Tina versuchte, die Augen zu öffnen.

»Ich glaube, morgen werden Sie ihn, mit etwas Glück, durch eine Glasscheibe betrachten können.«

Wen hatten sie auf die Intensivstation verlegt? Tina sah sich um, fasste sich an ihren verbundenen Arm und spürte den Schmerz im Oberschenkel.

Dann sprang sie auf die Beine und riss die Augen weit auf. »Pyrros!« schrie sie.

Modafferi hielt sie fest. »Romeo, beruhigen Sie sich.«

Tina blickte auf die Uhr und fragte. »Wo haben sie ihn hingebracht?«

»Er liegt auf einer anderen Station, in ein künstliches Koma versetzt«, antwortete Modafferi. »Und jetzt setzen Sie sich.«

Tina befreite sich aus seinem Griff. »Ich will hier weg.«

Modafferi folgte ihr zum Ausgang des Krankenhauses, ohne etwas zu sagen.

Sobald sie die Schwelle überschritten hatten, schlug er ihr vor, irgendwo einen Kaffee zu trinken. Tina überlegte und fragte: »Wo ist die Intensivstation?« Sie sah auf den Haupteingang der Vereinigten Spitäler.

Modafferi fand sich damit ab, wieder hineingehen zu müssen, in der Hoffnung, der Kaffeeautomat würde funktionieren.

Vor der verschlossenen Tür der Intensivstation musste Tina einsehen, dass die Patienten keinen nächtlichen Besuch empfangen durften. Tagsüber konnten sie wie Tiere im Zoo durch eine Glasscheibe betrachtet werden, sediert und mit Schläuchen im Arm. Zwischen 17:00 und 19:00 Uhr, auch an Feiertagen.

Modafferi reichte ihr einen Plastikbecher. »Trinken Sie, Romeo. Nehmen Sie einen Schluck und erzählen Sie mir, was für einen Ärger Sie sich da gerade eingehandelt haben.«

Tina nahm den Kaffee, lehnte sich mit dem Rücken an die Wand und stützte sich, ein Bein angewinkelt, mit dem Fuß an der Mauer ab.

»Ich hab mir das ganz sicher nicht ausgesucht«, antwortete sie. Sie nahm einen Schluck und machte ein angewidertes Gesicht.

»Wer hat Ihren Freund so zugerichtet?«

Tina dachte an die Drohungen des Unbekannten. Sie durfte nichts von ihm erzählen. Letztlich hatte der Typ ihnen das Leben gerettet.

Der Inspektor setzte nach. »Sie hinterlassen eine Spur von Leichen, Romeo. Und Sie haben gesehen, was passiert, wenn man es mit bestimmten Leuten zu tun bekommt.«

Tina gab ihm den leeren Becher zurück. »Völlig ungenießbar, das Zeug.«

»Was ist passiert, gestern Nachmittag? Wir haben heute Nacht Ihr ausgebranntes Auto und gleich daneben zwei Tote gefunden, ermordet …«

Tina versuchte, sich nichts anmerken zu lassen, musste aber sichtlich schlucken.

»Beide sind hingerichtet worden. Eine Kugel im Bein, eine im Kopf«, fuhr der Inspektor fort.

Sie drehte sich abrupt um, als sie die letzten Worte hörte. »Wie, im Kopf?«, fragte sie überrascht.

Der Fremde hatte auf jedes dieser beiden Arschlöcher einen Schuss abgegeben. Auf Knie-, nicht auf Kopfhöhe.

»Ach so, keine Kugel im Kopf? Und was erzählt man sich diesmal so in Ihren Kreisen?« Modafferis Stimme schwoll an. »Als ich sie gefunden habe, klebten nämlich ihre Hirne auf dem Asphalt. Und ich kann Ihnen versichern, da Sie das ja nachvollziehen können, dass mein Magen den Anblick nicht ertragen hat.«

Warum schwieg sie, fragte sie sich. Wen schützte sie? Einen Mafioso? Einen Geheimdienstagenten?

»Ich kann Ihnen nur bestimmte Dinge erzählen, andere nicht. Geben Sie sich damit zufrieden und stellen Sie keine weiteren Fragen.«

31

Seit dem gestrigen Nachmittag hatte sie nicht mehr auf ihr Telefon geschaut. Jetzt zeigte es sechs SMS und acht verpasste Anrufe an. Sie wusste, dass man sie wohl den ganzen nächsten Tag nicht in Ruhe lassen würde.

Von Giulio kam nicht nur die Hälfte der Anrufe, er hatte ihr auch vier der sechs SMS geschickt. Keine der SMS, alle im gleichen honigsüßen und zugleich vorwurfsvollen Ton gehalten, erwähnte den Autobrand oder Tinas Krankenhausaufenthalt. Drei waren bereits vorher abgeschickt worden, die vierte fast zeitgleich, oder nur wenig später.

Eine andere SMS war von Gigi Barreca. Giacomo Placanica, ein befreundeter Arzt, hatte ihn angerufen, um ihm mitzuteilen, dass man die Kollegin, mit der er ihn wenige Wochen zuvor getroffen hatte, ins Krankenhaus eingeliefert habe. Als Tina auf Gigis Anrufe nicht reagierte, war er zur Notaufnahme gerast.

Die letzte SMS war gegen viertel nach drei geschrieben worden und kam von Tinas Onkel. Er nahm an, dass sie und Pyrros heute Nacht nicht mehr nach Hause kommen würden.

Zumindest was sie anbelangte, täuschte er sich. Sie war bereits wieder zuhause. Von vier bis fünf Uhr morgens wälzte sich Tina im Bett und versuchte zu schlafen. Dann wurde sie ruhiger, schlief ein und schnarchte leise vor sich hin.

In der frühmorgendlichen Presseschau tauchte der Name Tina Romeo nicht auf. Aber um neun war er in den Online-Ausgaben der Tageszeitungen zu lesen. Die *Repubblica* setzte den Artikel wieder in den Kasten auf der rechten Seite, oberhalb der vielen Bilder und Videos zu Kuriositäten und Tratsch. Diesmal war Tina allerdings nicht Autorin, sondern Thema des Beitrags. Auch die Webseite des *Corriere della Sera* beschäftigte sich mit ihr. Dort wurden vermutete Einzelheiten des Brandanschlags aufgezählt. Die Vorfälle nach dem Autobrand konnte der Autor des Beitrags allerdings nicht rekonstruieren. So wie ihm auch jegliche Erklärung dafür fehlte, warum aus der Brandstiftung ein Blutbad geworden war.

Die Radio- und Fernsehnachrichten griffen das Thema ab zehn Uhr morgens auf, als Tina noch schlief. Gegen elf weckte sie das Klingeln ihres Festnetztelefons. Nino Vinci hatte offenbar keine Lust aufzustehen, und der Anrufer ließ es hartnäckig weiterläuten. Erst der Gedanke, dass es jemand vom Krankenhaus sein könnte, verhalf Tina aus dem Bett.

Sie schleppte sich wie ein Zombie zum Telefon. Als sie die Stimme der Polimeni hörte, ärgerte sie sich, dass sie sich einen Ruck gegeben hatte.

»Guten Morgen, Romeo. Wir fragen uns, wie es dir heute geht.« Poliwomans trillernde Stimme klang fremd und distanziert. Wie sehr sie wirklich um Tina besorgt war, wurde deutlich, als sie nicht einmal eine Antwort auf ihre Frage abwartete.

»Hier fragen alle nach dir.«

Tina stellte sich Gigi und Giulio vor, wie sie vor Verducis Schreibtisch standen, hinter dem die Polimeni immer noch saß, und das Gespräch mithörten.

»Denk dran, dass hier auf der Straße schon ein paar Fernsehteams stehen, die dich interviewen möchten. Ich wollte sie nicht zu dir nach Hause schicken.«

»Sehr freundlich«, schnaubte Tina, ohne auch nur zu versuchen, ihre Gereiztheit zu verbergen.

»Jetzt mal abgesehen von den Fernsehleuten, um die kann ich mich schon kümmern, wenn dir nicht danach ist ... Ich wollte wissen, ob du's heute noch in die Redaktion schaffst. Oder möchtest du dich krankmelden?«

Tina brauchte einige Sekunden, um sich darüber klar zu werden. Hier zu warten, bis sie Pyrros im Krankenhaus besuchen durfte, würde unerträglich sein. Und jetzt, wo sie wach war, würde sie auch nicht so schnell wieder einschlafen können.

»Ich komme in einer Stunde«, antwortete sie heiser.

»Lass dir ruhig Zeit, Romeo, du musst dich nicht beeilen«, hörte sie noch vom anderen Ende der Leitung. Ohne sagen zu können, ob der Ton Tadel oder geheucheltes Verständnis ausdrückte.

Sie legte auf und wählte die Nummer des Krankenhauses. Sie musste sich mit besonderem Nachdruck erkundigen, bevor ihr gesagt wurde, dass es nichts Neues gäbe. Herr Mitsotakis lag weiter im Koma und eine weitergehende Prognose sei noch nicht möglich.

Schließlich schaltete sie das Handy an. Es in der Nacht gleich wieder auszuschalten, hatte sich als hervorragende Idee erwiesen. Auf der Anzeige erschien eine endlose Liste von verpassten Anrufen und Nachrichten, alle von Unbekannten. Sie löschte alles und lehnte zwei Anrufe ab, beide von einer unterdrückten Nummer. Dann schaltete sie das Handy wieder aus.

Kurz bevor sie die Wohnung verließ, schlurfte ihr Onkel mit glasigem Blick in den Gang.

»Nipo … Tina«, sagte er und nahm einen Klumpen Haschisch aus seiner Vorratsschachtel. Nino Vinci hatte wieder seinen üblichen trostlosen Ausdruck angenommen. Als ob der Friedhofsbesuch vom Vortag nie stattgefunden hätte.

»Weißt du, was ich heute Morgen mache?«, fragte er scheinheilig.

Tina ignorierte seine Frage und verschwand im Flur, um nach dem zweiten Autoschlüssel zu suchen.

»Ich denke mal, ich rauch ein paar Tüten und hör ein bisschen King Crimson. Während du malochen gehst.«

Erst als Tina die Schlüssel zum Seicento in der Hand hielt, fiel ihr ein, dass ihr das nichts nützte. Ihr Auto hatte sich in ein formloses Stück Metall verwandelt.

Die Bushaltestelle war ungefähr vierhundert Meter von ihrer Haustür entfernt. Tina ging gemächlichen Schrittes und sah sich dabei um. Sie wartete fast zwanzig Minuten auf die Nr. 14. Der Bus war halb leer, doch die Luft war stickig und heiß. Tina schien der einzige italienische Fahrgast zu sein.

In der Redaktion stand Luciana Polimeni wie ein Star vor den Mikrofonen von *Rai News 24* und breitete sich über die Tugenden des *Quotidiano* und die Vielseitigkeit seiner Journalisten aus: Tina Romeo konnte Sportartikel schreiben oder eine Reportage, so wie sie selbst zurzeit in Vertretung die Redaktion leitete.

Tina machte sich die Tatsache zunutze, dass sie niemand erkannte, schlug einen Bogen um die Kameras und die Kollegen vom Fernsehen und setzte sich an ihren Schreibtisch. Rosalba merkte nicht einmal, dass sie hereingekommen war, so sehr konzentrierte sie sich auf das Interview mit der Polimeni. Sie bewegte ihren Fächer gegen die Hitze nur hin und wieder, mehr aus Trägheit als aus Überzeugung.

Gigi Barreca schenkte ihr ein Lächeln. »Wie geht's dem Arm?«, fragte er vom anderen Ende des Büros.

»Unerträglich heiß hier drunter«, schnaubte sie und zeigte auf den Verband.

Sie fuhr den Rechner hoch und überflog die Klebezettel auf ihrem Schreibtisch.

Gigi näherte sich auf Zehenspitzen ihrem Schreibtisch.

»Ich hab einen Freund, der ist Arzt in den Vereinigten Spitälern«, flüsterte er. »Der hat mir gestern Bescheid gegeben. Wenn du willst, kann er sich um den Verband und die Medikamente kümmern. Ich kann dich später zu ihm begleiten, wenn du möchtest.«

Tina nickte, wenig überzeugt. »Lass uns am Nachmittag noch mal drüber reden, ja?«

»Oder ich leih dir mein Auto. Wie's dir lieber ist.«

»Danke, Gigi, das ist nett von dir.«

Barreca zuckte mit den Achseln, als sei es das Mindeste, was er für sie tun könnte, und kehrte an seinen Platz zurück. Tina sah zu Poliwoman hinüber.

»Romeo ... Na, wie geht's?«, fragte sie mit lauter Stimme.

Die Frage erreichte Giulio durch die geschlossene Tür seines Büros. Wenige Sekunden später streckte er seinen Kopf heraus. Tina hob noch einmal ihren verbundenen Arm. »Geht schon«, sagte sie.

Das geheuchelte Interesse der Polimeni und Giulios bohrender Blick gingen ihr auf die Nerven.

»Ich dachte, ich verschone dich mit der Presse«, sagte die Polimeni. »Ich hoffe, das ist dir recht!«

»Das ist echt prima«, antwortete Tina lässig.

Luciana Polimeni überhörte den ironischen Unterton und fuhr fort: »Merk dir, Romeo, das ist deine Chance. Du hast eine Spur aufgenommen. Bleib dran ... und lass dich nicht ablenken. Du wirst sehen, eines Tages wirst du's mir danken.«

»Okay«, sagte Tina verdutzt.

Die Poliwoman drehte eine Pirouette auf ihren Absätzen und bat Rosalba, die nächste Journalistengruppe hereinzubitten.

Giulio dagegen stand nun reglos vor ihr. Sie ließ ihn gar nicht erst zu Wort kommen: »Jetzt nicht, Giulio, bitte.«

Der Fotograf biss sich auf die Unterlippe. »Sobald du reden willst ... Ich bin hier«, säuselte er und verschwand in seinem Büro.

Tina spürte ein Stechen im Bauch. Sie atmete tief durch und versuchte ein paar Ideen für die Sportspalten zu sammeln. Die Zweitliga-Meisterschaft, die Athletik-Weltmeisterschaft ... Nichts zu machen. Im Kopf hatte sie nur das, was sie schon den ganzen Morgen zu verdrängen suchte. Pyrros im Koma liegend.

Sie zwang sich, nachzusehen, was die Zeitungen über sie schrieben.

Sie las ihren Namen, als sei es der einer Fremden.

32

Die Macht der Worte

Welche Macht hat ein Wort? Und welche Macht haben Wörter, die zu einem Satz zusammengesetzt sind? Oder zu einem Zeitungsartikel? Haben Worte die Macht, die Gesundheit des Mannes wiederherzustellen, den ich liebe? Können sie ihn mir gesund und wohlbehalten zurückgeben?

Können sie die Uhr zurückdrehen und mich wieder in die vergangene Woche versetzen?

Ich habe mich bis vor vier Tagen nur mit Sport beschäftigt und Artikel über Sport geschrieben. Ich sah mir Fußballspiele, Fahrradrennen, Basketballturniere, Leichtathletikwettkämpfe an und führte ein sorgloses Leben. Heute erfahre ich aus den Schlagzeilen, dass ich in Gefahr bin: Die 'Ndrangheta bedroht mich.

Gestern wurde das Auto angezündet, das mir meine Eltern zum Schulabschluss geschenkt haben, und der Mensch, in den ich mich verliebt habe, ist schwer verletzt worden.

Am Ort, an dem dieser Anschlag stattfand, wurden die Leichen von Rocco Papalia und Alberto Corsaro gefunden – beide Mitglieder der 'Ndrina des Don Peppe Parisi.

Den Namen Parisis habe ich bereits in einem früheren Artikel genannt, zu dem Roberto Saviano freundlicherweise einen Kommentar geschrieben hat. Ich kann daraus nur schließen, dass ich dafür bestraft worden bin, die Nennung des Namens eines kleinen Mafia-Bosses ›riskiert‹ zu haben.

So mächtig sind Worte also!

Könnte ich noch einmal zurück, dann würde ich den Artikel nicht schreiben. Ich würde mir ein Leben wünschen, in dem ich mit solchen Verbrechern nichts zu tun habe. Da das aber nicht geht, bleibt mir nichts anderes übrig, als mich meiner Situation zu stellen. Um mich zu schützen, kann ich mich nur erneut meiner Worte bedienen.

Wenn es Giuseppe Parisi war, der das alles veranlasst hat, nur, weil sein Name »unnötigerweise« genannt worden ist, dann möchte ich ihn daran erinnern, dass er nicht Gottes Statthalter auf Erden ist und ich seinen Namen aussprechen und aufschreiben kann, so oft ich will, genauso wie jeder andere Mensch in einem freien Land. Das geht so: Don Peppe Parisi, Don Peppe Parisi, Don Peppe Parisi.

Was die zwei ermordeten Personen angeht, so habe ich bei den zuständigen Stellen meine Zeugenaussage gemacht und werde mich in der Presse nicht dazu äußern, weder im Quotidiano noch im Gespräch mit Kollegen.

Heute Nachmittag war ich stark versucht, nachzugeben und keinen Satz mehr niederzuschreiben, nicht einmal ein Wort. Aber ich habe begriffen, dass ich dann tot wäre. Dass die Worte mich retten können. Mich und alle anderen, die hier leben, in einer Gegend, die von einigen wenigen Kriminellen kontrolliert wird.

Ich würde mir wünschen, dass Worte tatsächlich die Macht hätten, sie fortzujagen.

Dass es genug wäre, aufzuschreien: VERSCHWINDET!

Tina las den Artikel noch einmal. Er erschien ihr banal.

Immerhin ging es ihr besser, jetzt wo sie sich ausgekotzt hatte. Es war fast vier Uhr nachmittags. Sie hatte Gigis und Giulios Einladungen ausgeschlagen und keine Mittagspause gemacht. Sie hatte die Zeitungsberichte über das gestrige Attentat überflogen und sich über Kopfhörer einige Radio- und Web-TV-Beiträge angehört. Sehr gefreut hatte sie sich über eine Bemerkung von Lirio Abbate, der ihre Arbeit als Journalistin mit dem Ausleuchten der dunklen und schmutzigen Winkel eines Hinterhofes verglich, im Interesse der Öffentlichkeit. »Und dann merkst du, dass du ein Dummkopf bist.« Einen Satz von Abbate hatte Tina noch im Ohr. »Niemand will dort hinsehen, in diese Winkel. Sie gucken lieber in die andere Richtung, auch wenn du sie am Ärmel zupfst.«

Danach hatte sie sich zu ein paar Zeilen für die Sportseite durchgerungen. Schließlich hatte sie mehr instinktiv als durchdacht *Die Macht der Worte* geschrieben. Schon wieder ein Text, der mit Journalismus-Lehrbüchern nicht viel zu tun hatte Schon wieder ein oberflächlicher, unvermittelter Gefühlsausbruch, kritisierte sie sich selbst.

Jetzt, wo der Artikel fertig war, traute sie sich nicht, ihn Gigi zu zeigen. Sie kam sich lächerlich vor, als sie die Datei an eine E-Mail anhängte und sich nicht entscheiden konnte, sie abzuschicken. Einen Capobastone der 'Ndrangheta griff sie frontal an, aber das Urteil ihres Kollegen fürchtete sie.

Sie blickte vom Bildschirm zu der Prozession von Journalisten mit ihren Mikrofonen und Kameras. Sie erkannte Sandro Ruotolo, begleitet von zwei Kameramännern.

Auch Luciana Polimeni hatte ihn sofort bemerkt, denn sie näherte sich ihm mit katzenhaftem Lächeln. »Sandro, was für eine Freude!« Ruotolo ignorierte die elegante Frau. »Einen Moment nur, bitte«, sagte er und zeigte auf Tina. Die Polimeni blieb wie versteinert stehen, als er an ihr vorbei und zu Romeos Schreibtisch ging. Er zog ein Foto aus der Hosentasche und verglich das Gesicht darauf mit dem der jungen Frau vor sich.

»Tina Romeo?«, fragte Ruotolo und reichte ihr die Hand.

Tina klickte automatisch den Sendebutton und schickte die Mail an Gigi, bevor sie die Begrüßung entgegennahm.

»Können wir das Interview gleich hier machen?«, fragte er lächelnd.

»Natürlich nur wenn Sie einverstanden sind«, fügte Ruotolo hinzu.

Tina blickte fragend zu Gigi. Der war in seine Arbeit vertieft. Vielleicht öffnete er gerade die Datei, die sie ihm geschickt hatte.

»Es dauert nicht lange, oder?«, fragte Tina und errötete.

Das Aufstellen der Kameras, Lampen und Mikrofone nahm mehr Zeit in Anspruch als das Interview selbst. Ruotolo war sehr freundlich, verzichtete aber auch nicht auf seinen scharfen Ton. Zum Schluss, als die Kameras und die Mikrofone ausgeschaltet waren, sagte er: »Vielleicht haben Sie es nicht mit Absicht gemacht oder nicht gewusst, aber Sie haben einen Schritt getan, der kaum mehr rückgängig zu machen ist. Hals und Beinbruch. Und denken Sie daran, dass es ganz normal ist, Angst zu haben.«

Als Ruotolo zum Ausgang lief, wandte sich Tina zu Gigi. Barreca hatte dem Gespräch gelauscht, während er weiterarbeitete.

»Er ist ein guter Journalist«, sagte Gigi. »Wusstest du, dass die Camorra seine Cousine umgebracht hat? Nur so, aus Versehen! Manchmal wird man nicht gefragt, auf welcher Seite man steht. Wir stecken alle mittendrin, das kann jedem passieren.«

Tina zog die Augenbrauen hoch. »Gigi, vielleicht wäre es dir lieber gewesen, wenn du das Interview gegeben hättest.« Sie lächelte schüchtern. Barreca schüttelte den Kopf, lächelte ebenfalls und fragte: »Was soll ich mit diesem Text machen, den du mir geschickt hast?«

»Entweder du veröffentlichst ihn oder er kommt in die Tonne«, antwortete sie.

»Was möchtest du denn, das ich tue?«

Tina zögerte. »Ich hab ihn dir geschickt, damit du ihn veröffentlichst, und dann hätte ich gern, dass du mich zum Krankenhaus begleitest, wie du es angeboten hast.«

Barreca warf einen Blick auf den Stapel unerledigter Arbeit.

»Ich reich deinen Text an Luciana weiter. Soll sie entscheiden«, beschloss Gigi. »Pack deine Sachen zusammen, dann fahren wir los.«

Tina steckte ihr Handy in die Handtasche, stand auf und sagte: »Ich bin so weit.«

Pyrros lag weit hinten. In dem grünen Kittel und mit den Beatmungsgeräten war er fast nicht wiederzuerkennen. Sein Gesicht war voller Blutergüsse. Sie folgte seinen langsamen Atemzügen und kontrollierte den Bildschirm, der seinen Pulsschlag anzeigte. Die Zahlen konnte sie nicht lesen, aber die Linie auf der Anzeige verfolgen, die Gipfel und Täler, die sich aus der Geraden heraus formten.

Minuten später fragte sie sich, welchen Sinn es hatte, länger hierzubleiben und den Mann anzustarren, den sie liebte. Die durchsichtige Trennscheibe zog eine noch deutlichere Grenze zwischen seinem Zustand und ihrem.

»*Camòn*«, flüsterte sie, ohne dass jemand sie hören konnte, »*camòn, man*!«

Sie ballte die Hand zur Faust und presste die Fingernägel in die Handfläche.

33

Mela Caridi öffnete den Fensterladen einen Spaltbreit, ohne die Kette vom Haken zu lösen. Sie hatte ihren Mann an seinem Klopfen wiedererkannt, wollte sich aber versichern, dass er es wirklich war. Wie er es ihr beigebracht hatte.

»Jesus sei Dank«, sagte sie und öffnete die Tür. »Komm rein.«

Bevor er die Türschwelle überschritt, zog Alessio die Schuhe aus und reichte sie seiner Frau. Mela griff sie mit Zeige- und Mittelfinger. Sie wusste, was sie zu tun hatte. Später, in der Kammer, würde sie das Leder der Mokassins bürsten und alle Spuren von den Sohlen beseitigen. Den freien Arm legte sie um den Hals ihres Mannes. Dann küsste sie ihn.

Er war verschwitzt und strömte einen herben Geruch aus, sein Stoppelbart stach. Und sie sah, wie müde er war, und entdeckte den Blutfleck an der Hose. Alessio zog sich aus, sobald sich die Tür hinter ihm geschlossen hatte.

»In die Wäsche oder weg damit?«, fragte sie, die Hose hochhaltend, die er ihr zugeworfen hatte.

»Nur waschen«, meinte er. Wegschmeißen musste man sie nicht.

Das Blut musste das des Griechen oder der Frau sein. Er hatte sich sicher nicht mit dem von Corsaro oder Papalia beschmutzt.

Ob die beiden Infamen vor ihrem Tod noch die Gelegenheit hatten, ihn zu beschuldigen? Hatten sie irgendeinen anderen Scheißkerl aus ihrem Clan angerufen und ihm mitgeteilt, dass er ihnen in die Knie geschossen hatte? Dann hätte er ein Problem. Und nicht nur er. Dann steckten alle in der Scheiße. Dann würde es in Agatea zu einer verdammten Fehde kommen. Er hätte sie gleich umlegen müssen, die kleinen Zündler. Unter der heißen Dusche entspannte er sich allmählich.

Im Bademantel setzte er sich an den alten Computer im Wohnzimmer. Alessio Caridi wählte sich ins Internet ein und öffnete Facebook. Er loggte sich unter der E-Mail-Adresse *barbarasolcini@libero.it* ein und tippte das Passwort. Es war noch nicht sehr lange her, dass er so etwas gelernt hatte.

Barbara Solcini war das Pseudonym einer achtzehnjährigen Brünetten, mit vorstehendem Kinn, die auf dem Profil-Foto etwas wehmütig lächelte. Rummenigge aktualisierte seinen Facebook-Status. Man hatte ihm befohlen, möglichst wenige Worte zu benutzen. Auf die Frage »Woran denkst du?«, antwortete er: »Barbara Solcini möchte, dass er sich schnell meldet.«

Er verließ die Facebook-Seite und gab die Adresse eines Blogs ein, den er verwaltete: »Fabios verrückte Welt.« Er machte einen kurzen Eintrag mit jeder Menge Rechtschreibfehler. Er schrieb, dass er sich mit einigen seiner Vettern gestritten habe. Seiner Schwester habe das nicht gefallen. Es tue ihm leid, dass er sie nicht besser in Schutz genommen habe. Aber das sei auch so gut wie unmöglich, wenn man allein gegen alle antreten müsse.

Er las den Text noch einmal. Das schien deutlich genug für jeden, der mit der Metapher vertraut war. Er verließ den Blog und überlegte, ob er noch eine ausführlichere E-Mail schreiben sollte, um sich weniger auf die Intuition des anderen verlassen zu müssen.

Als das neue System eingeführt wurde, ließ Don Rocco seinen Leuten ausrichten, dass sie E-Mails als letzte Möglichkeit anzusehen hatten. Besser, er wartete ab, ob seine Facebook- oder Blog-Einträge kommentiert wurden. Gleichzeitig hoffte er, dass niemand sofort antworten würde, obwohl oder weil ihn die Sorge plagte, Don Rocco könnte sein Vorgehen als neuerliches Versagen werten.

Jetzt wollte er nur eins: etwas Sauberes anziehen und schlafen. Mela hatte ihm den Leinen-Schlafanzug aufs Bett gelegt. Er schlüpfte hinein, legte sich zu ihr und brummte zufrieden.

Mela weckte ihn am späten Morgen. Sie hätte ihn länger schlafen lassen, hätte nicht Mimmo Stillitani in der Küche auf ihn gewartet.

Er kam in letzter Zeit ein bisschen oft, ging es ihr durch den Kopf, als sie ihren Mann wachrüttelte. Seit Mimmo Stillitanis letztem Besuch war Mico Quattrone unter ungeklärten Umständen in eine Schlucht gestürzt. Und ihr Mann, Alessio, hatte Serafina noch nicht einmal sein Beileid ausgesprochen, obwohl Mico sein Partner gewesen war. Das hatte sie ihm gestern Abend vorgehalten. Zum Glück war es nicht das Einzige gewesen, womit sie ihren Mann bedacht hatte.

Alessio Caridi schlurfte im Schlafanzug in die Küche. Mimmo Stillitani saß am Tisch und spielte mit Alessios Enkelsohn.

»Du bist Indianer und ich Cowboy, einverstanden?«, schlug Stillitani dem Jungen vor. Dann streckte er Daumen und Zeigefinger zu einer Pistole, zielte auf die kleine Faust des Jungen und machte: »Peng, peng.« Der Kleine lachte, während ihn seine Mutter Caterina skeptisch beobachtete. Auch Alessio Caridi gefiel die Szene nicht.

»Ich zieh mir nur kurz was an«, sagte er trocken zu Mimmo Stillitani.

In diesem Augenblick sah er sein halbes Leben vor sich ablaufen. Er griff sich irgendwelche Kleider und steckte die Pistole in die Hose, ohne darauf zu achten, ob man sie sah.

Alessio Caridi trat in die Küche und bedeutete Mimmo Stillitani, dass er bereit sei. »Gehen wir?«

Mimmo Stillitani küsste das Kind auf die Stirn und Caterina und Mela auf die Wange. »Was für eine schöne Familie du hast. Jedes Mal, wenn ich zu Besuch komme, denke ich, dass du ein glücklicher Mann sein musst«, bemerkte er, bevor sie hinausgingen.

Sie liefen einige Meter, ohne zu reden.

Hätte er ihm vorgeschlagen, ins Auto zu steigen, dann hätte Alessio Böses geschwant. Aber er machte keinen derartigen Vorschlag. Er schien auch allein gekommen zu sein.

»Erzähl mir, was passiert ist«, begann Stillitani. »Was ist los mit dem alten Rummenigge?«

Der alte Rummenigge erzählte es ihm.

Sie tranken einen Espresso vor dem Fernseher der Bar, während ein Bericht über den Anschlag auf Tina Romeo und den zweifachen Mord im Aspromonte gesendet wurde. Sie achteten nicht auf die Bemerkungen um sie herum.

»Die Sache fängt an, ein bisschen viel Staub aufzuwirbeln«, sagte Mimmo Stillitani leise. Rummenigge zwang sich, cool zu bleiben.

»Und das nicht zuletzt wegen dir.«

Er nahm es mit Fassung.

»Don Rocco will, dass du weitermachst. Bei dem Durcheinander, das diese Signorina anrichtet, schafft sie es noch, dass sie wirklich umgebracht wird. Weißt du, was es den Staat kostet, sie unter Begleitschutz zu stellen?«

Rummenigge zuckte mit den Schultern. Was hatten sie mit dem Staat zu schaffen? Und warum schützten sie diese Frau überhaupt?

Er wusste, dass er auf diese Fragen keine Antworten bekommen würde. Und dass er keine Wahl hatte. Mimmo Stillitani war deutlich genug gewesen. Vorhin, in der Küche, vor seiner Frau, seiner Tochter und seinem Enkelkind.

Die Zeit der Sühne war noch nicht zu Ende.

Am späten Nachmittag war Rummenigge wieder zur Stelle und hielt sich unauffällig im Hof des Mietshauses auf, in dem Tina Romeo wohnte. Seit der Seicento ausgebrannt war, wusste er nicht mehr, worauf er achten sollte. Er würde hier warten, bis sie nach Hause kam. In den Fernsehnachrichten hatte es geheißen, dass es dem Griechen schlecht gehe. Es war schon bemerkenswert, dass er überhaupt noch lebte, dachte Rummenigge.

34

»Schichtwechsel! Beeilung, die Damen und Herren, heraus mit ihnen!«, rief der Krankenpfleger in entschiedenem Ton. Er streckte die Arme aus und lief jetzt vom hinteren Ende des Flurs Richtung Eingang, im Versuch, die Angehörigen der Patienten hinauszukomplimentieren.

Tina zögerte nicht, als sie ihn herannahen sah. Sobald die Angehörigen die Tür durchschritten hatten, rückte die nächste Gruppe von Besuchern heran. Diejenigen, die besorgt auf die letzten zehn Minuten der Besuchszeit gewartet hatten.

Gigi wartete an der gleichen Stelle, an der sie sich verabschiedet hatten. Barreca war klug genug, nichts zu fragen. Sie gingen wortlos zum Auto.

»Willst du fahren?«, fragte Barreca. Vielleicht würde ihr die Ablenkung gut tun.

Tina nahm das Angebot an. Gigi reichte ihr den Schlüssel. Sein Sohn Davide, der Psychologe, wäre sehr zufrieden mit ihm gewesen. Kurz bevor sie das Verlagsgebäude erreichten, versicherte ihr Gigi noch einmal, dass sie jederzeit über alles mit ihm reden könne.

»Glaubst du, die wollen mich umbringen?«

Gigi schüttelte den Kopf. »Nein, das glaube ich nicht.«

Plötzlich hatte er es eilig, in die Redaktion zu kommen. Er wollte verhindern, dass Tinas letzter Artikel veröffentlicht wurde.

»Geh nach Hause und ruh dich aus«, sagte er. »Du kannst das Auto ruhig ein paar Tage behalten.«

Tina dankte ihm, setzte ihn ab und fuhr nach Hause.

Rummenigge sah sie aus dem Skoda steigen und staunte, dass es solche Autos überhaupt noch gab. In Agatea hatte nur einer so einen Wagen gefahren. Ein Typ, den man in den 80er Jahren als Kommunisten beschimpft hatte.

Besonderes Taktgefühl oder Diskretion hatte ihr Onkel nur selten bewiesen. Um Tagesnachrichten scherte er sich schon lange nicht mehr. Sonst hätte er sich die Frage sparen können. »Entschuldige, Tina, aber was ist denn aus dem gut aussehenden Mann geworden, den du neulich mitgebracht hast?«

Seitdem waren nur etwas mehr als 24 Stunden vergangen. Stunden, die wie Blei auf ihr lasteten. Nino Vinci wusste von nichts, nichts über Pyrros, den ausgebrannten Seicento, die Krankenhausbesuche, die Interviews. Aber wie schaffte er es, auch ihren Verband zu übersehen?

Im Hintergrund lief Pink Floyd, das Album *A Saucerful of Secrets*. Ninos glasiger Blick zeigte ihr, dass er gerade die x-te Tüte geraucht haben musste.

Er lebte in seiner eigenen Welt, hatte beschlossen, in eine andere Dimension zu fliehen. Wenn man ihn schon nicht auf den Planeten Erde zurückholen konnte, musste man wenigstens versuchen, ihm Botschaften zu senden, dachte Tina.

»Onkel, in den letzten Tagen sind viele Dinge passiert, die mein Leben wahrscheinlich verändern werden. Und vielleicht auch deines.«

Nus Lächeln spielte zwischen Schwachsinn und Neugier. Er bedeutete ihr durch eine Kopfbewegung, ihm aufs Wohnzimmersofa zu folgen. Er konnte es gar nicht erwarten, dass sich sein Leben änderte.

Nino Vinci griff zur Fernbedienung und drückte die Musik leiser. »Ich hör dir zu«, sagte er und holte einen Klumpen Haschisch aus seiner Zauberkiste.

Tina sparte es sich, die Ereignisse der letzten Tage zu erzählen und machte es kurz: »Pyrros wird ein paar Tage fort sein. Er dürfte aber wiederkommen.«

»Hoffen wir's«, antwortete ihr Onkel und hielt den Haschischklumpen über das Feuerzeug. »Der scheint ganz in Ordnung zu sein.«

Tina nickte: »Ja, ist er.«

»Und wie wird er mein Leben verändern? Möchte er hier einziehen?« Vinci zerbröselte den Klumpen über dem Tabak einer Zigarette. »Werden wir alle drei eine große Familie?«

»Nein, darum geht es nicht«, sagte Tina.

Nino Vinci wippte mit dem Kopf, im Rhythmus von *Corporal Clegg*.

Tina beobachte ihn beim Bau der Tüte. Sah, wie er das überschüssige Zigarettenpapier abbrannte, die Spitze mit der Zunge anfeuchtete und zufrieden den ersten Zug nahm. Im Wohnzimmer verbreitete sich ein süßlich-würziger Geruch.

»Was hast du denn am Arm?«

Er hatte den Verband tatsächlich bemerkt.

»Ich hab' mir wehgetan«, antwortete sie.

»War er das?«, fragte ihr Onkel besorgt.

»Nein, nein. Im Gegenteil, er hat versucht mich zu beschützen.«

»Hab ich doch gesagt. Der Typ ist in Ordnung.«

»Ist er«, antwortete Tina erneut. Dann ballte sie die Hand zur Faust und streckte Zeige- und Mittelfinger aus. Eine Geste, die sie seit der Uni nicht mehr gemacht hatte. »Willst du?«, fragte ihr Onkel erstaunt und reichte ihr die Tüte. Tina nahm einen tiefen Zug. Der Rauch brannte in der Kehle. Sie bekam einen Hustenanfall. Dann nahm sie einen zweiten und ließ den Rauch langsam durch Nase und Mund ausströmen.

»Luciana, sie haben ihr Auto abgefackelt. Sie haben ihren Freund fast umgebracht, und ihr geht es auch nicht gerade blendend. Wollen wir eine Märtyrerin aus ihr machen?« Gigi Barreca war außer sich.

»Gerade jetzt, wo sie im Rampenlicht steht, können wir ihr helfen. Wenn sie aus der Öffentlichkeit verschwindet, dann ist sie ein Niemand, und die verputzen sie zum Frühstück.« Luciana Polimeni stützte beim Sprechen die Hände auf Verducis Schreibtisch. »Und wenn dir der Artikel nicht gefallen hat, warum hast du ihn mir überhaupt geschickt? Du hättest ihn ja gleich in die Tonne treten können!«, setzte sie nach.

»Erstens habe ich gedacht, du würdest ihn nie durchgehen lassen. Zweitens …« Barreca zögerte und fügte dann halblaut hinzu: »Begreifst du, dass es sich um eine schwerwiegende Anschuldigung handelt? Sie weiß gar nicht, was sie riskiert.«

»Wir beschweren uns dauernd, dass sich die Journalisten nichts trauen. Jetzt versucht es mal eine, und wir wollen sie gleich wieder entmutigen? Was sag ich! Du willst, dass wir sie zensieren.«

Lucianas Einwände waren stichhaltig. So stichhaltig wie falsch. Aufgesetzt, scheinheilig. Barreca wusste es.

Die Polimeni interessierte sich nicht im Geringsten für die Pressefreiheit oder für den direkten Angriff auf einen Capobastone der 'Ndrangheta. Sie interessierte sich dafür, die Aufmerksamkeit der Medien auf den *Quotidiano* zu lenken, vor allem in der kurzen Zeit, in der sie der Redaktion vorstand.

»In Cosenza haben sie schon mit dem Umbruch begonnen«, sagte Luciana, als sei nichts mehr zu machen. »Vertrau mir, Gigi. Du lässt dich zu sehr von deinem Instinkt leiten. Du siehst die Sache nicht rational.«

Barreca schnaubte. Vielleicht hatte sie Recht. Er betrachtete die Sache nicht analytisch. Vielleicht hatte ihn der Wunsch, Tina zu schützen, wichtige Aspekte aus dem Auge verlieren lassen.

»Ich hab den Artikel auch an die *Repubblica* geschickt«, fuhr die Polimeni fort. »Sie ist ja nicht die erste Journalistin, die über die 'Ndrangheta schreibt. Wir haben das auch gemacht, und ich würde nicht sagen, dass wir damit unglücklich geworden sind.«

Ja, er hatte instinktiv gehandelt, als er in die Redaktion geeilt war, um die Veröffentlichung von Tinas Artikel zu verhindern. Aber ausschließlich rational hatte er noch nie gehandelt, wenn es um wichtige Angelegenheiten ging. Und er hatte sich keineswegs immer getäuscht.

Er hatte es Tina selbst gesagt, damals, als er sie anlernte: »Ein Journalist ohne Instinkt ist wie eine Fledermaus ohne Radar.«

35

Diesmal erhob sich Don Rocco Stillitani, um ihn zu begrüßen.

Bei ihrer ersten Begegnung hatte er ihn sofort in den Büroraum seines Bunkers führen lassen. Er hatte ihn gebeten, Platz zu nehmen. Erst dann hatte er einem seiner Picciotti befohlen, ihm die Augenbinde abzunehmen. Der Blick des Mannes hatte sich auf ihn gerichtet wie eine Kamera. Ein Mann um die fünfzig, gut gebaut, der entspannt in einem Ledersessel saß und eine Zigarre rauchte. Eine Begegnung, die eines Mario Puzo würdig gewesen wäre. Diesmal war es Don Rocco selbst, der den Knoten der Augenbinde löste.

»*Fiat lux*, Commendatore«, flüsterte er ihm ins Ohr. »Ich hatte nicht damit gerechnet, Sie schon so bald wiederzusehen, aber nun ...«

Der Mann rieb sich die Augen und reichte ihm mit leicht vernebeltem Blick die Hand.

»Machen Sie es sich bequem, Commendatore. Machen Sie es sich bequem.«

Der Mann tastete nach dem Sessel und setzte sich. Er wartete, bis sich seine Augen wieder an das Licht gewöhnt hatten, dann sah er sich um, während Don Rocco hinter dem Schreibtisch Platz nahm. Es war der gleich Raum wie beim letzten Mal. Auch diesmal konnte er nicht mit Sicherheit sagen, ob der Raum unter der Erde lag. Hinter dem Vorhang war Licht, aber es musste kein Tageslicht sein.

»Nun, Commendatore? Wie ist es Ihnen in der Hauptstadt ergangen?«

»Gut, Herr Stillitani. Auch wenn ich gerne noch ein paar Tage geblieben wäre.«

»Commendatore, es tut mir leid, dass ich Sie stören musste. Das Problem ist, dass Sie mir mehr Gefallen tun, als ich nötig habe.«

Der Mann runzelte die Stirn.

Beim letzten Tête-à-Tête hatte er den Kürzeren gezogen. Er hatte sich von diesem Malavitoso einschüchtern lassen, der doch sein Geschäftsfreund war, sein Ordensbruder. Er hatte sich vorgenommen, beim nächsten Treffen eine andere Taktik anzuwenden und sich psychologisch vorzubereiten. Doch er hatte nicht damit gerechnet, dass es bis zum nächsten Treffen nur wenige Tage dauern würde.

»Ich tue Ihnen keine Gefallen, Herr Stillitani. Wir treffen Absprachen. Das ist etwas anderes«, antwortete der Mann.

»Und war das hier vielleicht Teil unserer Absprachen?«

Don Rocco zog ein Exemplar des *Quotidiano* aus der Schublade seines Schreibtisches. Der Mann sah nach dem Datum: Samstag, 22. August.

»Die Zeitung von heute, wie Sie sehen. Ich möchte Ihre Aufmerksamkeit vor allem auf den Leitartikel lenken, *Die Macht der Worte*. Lesen Sie ihn in Ruhe, Commendatore, lesen Sie ihn. Wir haben Zeit.«

Während er redete, zündete er sich eine Zigarre an.

»Sie rauchen nicht, oder?«

»Ich hab aufgehört«, antwortete der Mann, in die Lektüre vertieft. Er erkannte den Namen der Journalistin. Auch wenn der Artikel nicht gezeichnet gewesen wäre, den Stil der jungen Frau hatte er schon beim ersten Satz erkannt.

Langsam übertrieb sie etwas, dachte er. Und der *Quotidiano* tat sich selbst auch keinen Gefallen, indem er solches Zeug veröffentlichte. Er musste mal mit Luciana darüber reden. Sie hätte sich nicht dazu hinreißen lassen dürfen, der jungen Frau so viel Platz einzuräumen.

»Commendatore, ich habe wirklich kein Interesse daran, dass Sie diesen Leuten Informationen zuspielen. Ich wundere mich, dass Sie sich bei einem solchen Vorhaben einer Zeitung dieses Zuschnitts bedient haben. Aber das ist Ihre Sache. Oder Sache desjenigen, der Ihnen zu dieser Wahl geraten oder Sie dazu genötigt hat.«

»Herr Stillitani, Sie wissen genau, für wen ich arbeite.«

»Nein, Commendatore. Was ich genau weiß ist nicht, für wen Sie arbeiten, sondern wofür. Die Personen ... wechseln in einen anderen Bereich, treten zurück, bekommen Lust, ihr Gesicht auf einem Wahlplakat zu sehen ... A propos Gesicht. Was ich Sie letztes Mal nicht gefragt habe: Sehen Sie, an wem ich mich orientiert habe?« Don Rocco zeigte auf sein eigenes Gesicht.

Der Mann schüttelte den Kopf.

»Sean Connery. Meine Frau schätzt ihn sehr.«

»Warum sagen Sie, dass ich Ihnen einen Gefallen getan habe, Herr Stillitani? Was hab ich mit dieser Sache zu tun?«

»Ich hab Ihnen letztes Mal gestanden, dass ich Peppe Parisi am Boden sehen will. Und Sie treten eine Kampagne gegen ihn los. Sehr freundlich von Ihnen. Vielleicht ein wenig übertrieben.«

Der Mann antwortete nicht. Das Mädchen, dem Luciana die Berichterstattung über Agatea überlassen hatte, schaffte es nicht nur, zur falschen Zeit am falschen Ort zu sein. Sie war vor allem auch impulsiv und kannte keine Halbheiten.

»Allerdings kann ich Ihnen sagen, dass sich dieses Kreuzfeuer gut in meinen Plan fügt.«

»Herr Stillitani, Sie haben auch letztes Mal von einem Plan gesprochen. Damals sagten Sie, wir würden später darüber sprechen. Wann – später? Warum nicht gleich? Ich bin eigens angereist!«

Don Rocco nahm einen Zug aus seiner Zigarre. »Sie schaffen es einfach nicht, mich Don Rocco zu nennen.«

»Und Sie schaffen es nicht, meine Fragen zu beantworten.«

Das war ihm mit zu viel Nachdruck über die Lippen gekommen. Er musste lernen, sich besser zu beherrschen.

»Commendatore, warum fangen Sie nicht wieder an zu rauchen? Das würde Sie entspannen.«

Er nahm noch einen Zug.

»Wussten Sie, dass ich einer der wenigen bin, die sofort einverstanden waren, als Richter Larusso Ihren Eintritt in die Società vorschlug? Wir hatten früher schon Leute vom Geheimdienst, Commendatore. Komische Leute, um die Wahrheit zu sagen. Die anderen Brüder sind in der Regel gegen den Eintritt von Agenten, denn sie trauen keinen Spionen, die machen sie misstrauisch. Und wissen Sie, wieso? Weil Sie und Ihresgleichen, Commendatore, die Einzigen sind, die mit ihrem Eintritt in die Santa nicht nur ein Doppelleben führen, sondern gleich ein Dreifachleben. Ich brauche Ihnen die Regeln nicht erklären, Commendatore. Die kennen Sie besser als ich. Früher war es keinem 'Ndranghetista erlaubt, mit Menschen in Uniform zu sprechen. Jetzt dagegen ist es eine der bevorzugten Vorgehensweisen. Wir brauchen Sie und Sie brauchen uns. Polizisten, Richter, Ärzte, Anwälte, Industrielle, Politiker, Freiberufler aller Art. Alle leben ganz anständig. An ein paar Abenden im Jahr werden sie ihrem Alltagsleben untreu und erinnern sich, dass sie Santisti sind, mit dem Ziel, ihr wirkliches Leben zu verbessern, die Normalität, aus der sie kommen. Aber Sie, Commendatore, haben andere Gründe. Sie haben bereits ein vorgetäuschtes Alltagsleben. Was sind Sie offiziell? Bankangestellter? Das ist es doch, was Ihre Familie denkt, wenn ich mich nicht täusche. Tatsächlich führen Sie aber ein Doppelleben. Sie sind ein Geheimagent, Leiter des Inlandsnachrichtendienstes SISDE. Sie bemühen sich um Informationen, die für die Sicherheit des Staates von Bedeutung sind. Das ist jedenfalls die Rolle, die Sie spielen. Und jetzt öffnet sich eine weitere Tür, Commendatore. Ein weiterer doppelter Boden. Sie sind Santista geworden.«

Dem Mann gelang es, seinen Blick während des ganzen Monologs nicht von Don Rocco abzuwenden.

»Und Sie, Herr Stillitani, wer sind Sie? Was unterscheidet Sie so von mir?«

Don Rocco legte seine Zigarre bedächtig in den Aschenbecher.

»Die Geschichte meiner Familie, Commendatore. Eine Geschichte von Respekt und Ehre. Ansonsten bin auch ich ein Santista. Wie Sie und die anderen 31.«

Nicht mehr als 33. Eine alte Regel der ursprünglichen Feme, die man merkwürdigerweise beibehalten hatte. Die Mitglieder konnten nicht mehr an der Zahl sein als die Lebensjahre Christi.

Der Mann hatte den Tod eines anderen Santistas abwarten müssen, bevor er in die höheren Ränge der ehrenwerten Gesellschaft aufgenommen werden konnte. Fast zwei Jahre Wartezeit, um ins Innere des Apparats vorzudringen. Jetzt, wo er drin war, wurde er ungeduldig.

Don Rocco ließ ihn Zeit verlieren, redete um den heißen Brei herum und antwortete nicht auf seine Fragen.

»Herr Stillitani, kommen wir noch auf den Plan zu sprechen?«, fragte der Mann.

»Wie eilig Sie es haben, Commendatore. Wissen Sie, dass Sie mich fast schon nervös machen?«

Der Mann schluckte. Er dachte daran, was er alles getan hatte, um es bis hierher zu schaffen, um die Organisation so weit zu unterwandern. Er hatte lächerliche Formeln auswendig gelernt, im Dialekt verfasste Schriftstücke, verabredete Antworten. Alles, um zu bestimmten Personen vorzudringen. Eine dieser Personen saß ihm jetzt gegenüber: Don Rocco Stillitani, der Informatiker-'Ndranghetista. Der Capobastone, der über Internet kommunizierte, das System auf Trab gebracht hatte, über eine Zukunftsvision verfügte. Der die traditionellen Zettel mit ihren verschlüsselten Botschaften, die Pizzini, zerrissen und die Möglichkeiten der Informationstechnologie entdeckt hatte.

Er versuchte, sich wieder zu fassen: »Ich wollte Sie nicht drängen, Herr Stillitani, entschuldigen Sie. Ich wollte nur bestätigen, dass ich Ihnen zur Verfügung stehe, wenn ich Ihnen bei der Durchführung des Plans behilflich sein kann. Wenn Sie mir davon erzählen wollen … Letztes Mal haben Sie von Vorteilen für sich und mich gesprochen.«

Don Rocco nickte. Er machte es sich in dem Sessel bequem.

»Wissen Sie, Commendatore, warum ich Peppe Parisi aus dem Spiel haben will? Es geht dabei nicht nur um Persönliches, auch nicht nur ums Geschäft. Ich tue es für ein besseres Kalabrien … unter anderem.«

»Was genau bedeutet es für Sie, ihn ›aus dem Spiel‹ zu haben?«

»Es ist schon richtig, wenn der Staat hin und wieder mal ins Schwarze trifft. Wenn ihm eine bedeutende Verhaftung gelingt. Ich werden versuchen, Sie wissen zu lassen, auf welchem Weg sich unser Peppuzzu zum Treffen in Polsi begibt. Sie aber, Commendatore, müssen mir garantieren, dass zu diesem Zeitpunkt nur er allein verhaftet wird.«

Der Mann nickte fast unmerklich.

»Geben Sie mir Ihr Wort, Commendatore? Ihr Wort als Santista?« Der Mann zögerte. Dann nickt er wieder. »Signor Stillitani, ich gebe Ihnen meinen Wort. Aber welchen Unterschied macht es für Sie, wenn Parisi verhaftet wird?«

»Einen großen, Commendatore. Einen sehr großen Unterschied.«

Der Mann versuchte die Vorteile des Abkommens, das er gerade schloss, für Stillitani abzuschätzen. Es gelang ihm nicht, es mit dem Wertesystem der ehrenwerten Gesellschaft in Einklang zu bringen.

In der Santa galten andere Regeln als in der niederen Gesellschaft. Den Mitgliedern der Santa war erlaubt, Beziehungen zu den Institutionen zu unterhalten, und der Verrat an Angehörigen wurde geduldet. Es war kein Problem, einen Gegner zu denunzieren. Aber es war nicht die Methode, die man bisher angewandt hatte. Man entledigte sich seiner Gegner nicht, indem man sie den Gefängniswärtern überließ.

»Und was wollen Sie im Gegenzug?«

»Ein gutes Wort beim Infrastruktur- oder Umweltamt.«

»Wegen der Brücke?«, fragte der Mann sofort.

»Nein, es geht nicht um die Brücke. Das ist gelaufen. Es geht um eine Deponie.«

»Was für eine Deponie?«

Don Rocco beugte sich zu dem Mann und sah ihm in die Augen: »Die Mülldeponie, die ich genau dort bauen werde, wo es gebrannt hat. Dort oben, in der Nähe von Agatea.«

Der Mann sah Don Rocco verdutzt an. Von einem solchen Vorhaben hatte er noch nichts gehört.

»Ich habe es Ihnen doch schon gesagt, Commendatore. Ich setze mich für ein besseres Kalabrien ein.«

36

Der Ritus wurde Anfang August zelebriert, nach Sonnenuntergang, in der Nähe von Gioiosa Ionica. In einem Gebäude, das aussah wie der Werkzeugschuppen eines Bauernhofes.

Der Mann wurde von Richter Larusso vorgestellt. Der Richter war bei der Disputation in Abwesenheit des Mannes als dessen Bürge aufgetreten. Seit Jahren umschmeichelte er schon den Richter. Jetzt zahlte es sich endlich aus.

Nach der Disputation holte Larusso ihn aus dem Bauernhaus, in dem er zu warten angewiesen worden war. Er begleitete ihn bis zur Türschwelle des Schuppens und ließ ihn zuerst eintreten. Der Mann war sich beim Übertreten der Schwelle bewusst gewesen, welchen Schritt er machte. Es würde kein Zurück mehr geben.

Das Licht im Schuppen war schummrig. Auf dem Tisch flackerten Kerzen. Lichtreflexe fielen auf ein Gewehr und einen Dolch, auch das Schimmern einer goldenen Nadel war zu sehen, außerdem die Umrisse einer Zitrone und ein Glas.

Der Mann wusste, dass das Glas mit Wasser gefüllt war, wahrscheinlich mit vergiftetem.

Jemand hinter ihm rief mit hoher Stimme: »Wer Waffen hat, zeige sie! Wehe dem, bei dem sich Spiegel, Messer oder Rasierklingen finden! Der erhalte Messerstiche in den Rücken. Erlauben Sie, Meister der 'Ndrina?«

Hinter dem Tisch antwortete eine Stimme: »Wir erklären uns einverstanden.«

Für den Mann war offensichtlich, dass sich der Befehl, etwaige Waffen zu überreichen, nur an ihn richtete. Es gehörte zum Ritus, unbewaffnet zu sein. Er überrreichte die eigens mitgebrachte Beretta. Die anderen mussten schon zuvor ihre Waffen abgegeben haben.

Die Stimme hob wieder an: »Im Namen von Giuseppe Garibaldi, Giuseppe Mazzini und Giuseppe La Marmora frage ich, wonach haben Sie sich auf die Suche begeben?«

Der Mann räusperte sich. »Nach Ehre, Treue und Blut«, antwortete er mit fester Stimme.

»Sind Sie ein Kannibale?«, fragte die Stimme.

»Nein, ein Blutgefäß. Das Blut fließt aus der Ader eines Bruders heraus und in meine hinein.«

Sie wiesen ihn an, näher an den Tisch zu treten. Aus dem Halbschatten näherte sich eine Gestalt, nahm ihn an der Hand und stach ihn mit der Goldnadel in Daumen, Zeige- und Mittelfinger. Die Präzision, mit der sie das tat, ließ ihn darauf schließen, dass es jemand sein musste, der es gewohnt war, diese Handlung zu vollziehen. Ein Chirurg vielleicht.

Er presste die blutenden Fingerkuppen zusammen und ließ das Blut auf die Zitrone tropfen.

»Jetzt, Bruder, ist die Sonne dein Vater«, sprach die Stimme hinter dem Tisch weiter. »Der Mond ist deine Mutter, und deine Zahl ist vierundzwanzig.«

Dem Mann fiel sogleich der Wechsel von der Sie- zur Du-Form auf. Er wartete darauf, dass sie ein Bildnis des Erzengels Michael hervorholten. Man hatte ihm berichtet, dass dem Bildnis üblicherweise der Kopf abgerissen und es dann verbrannt wurde. Die Tatsache, dass nichts dergleichen geschah, beunruhigte ihn einen Moment lang.

»Bruder«, fuhr die Stimme fort. »Bis jetzt haben wir dich als einen Christen gekannt, der weder frei noch ungebunden ist und nicht unserer Gesellschaft angehört. Doch von diesem Augenblick an bist du Kraft des Wortes zum Santista geworden, und also erkennen wir dich als einen der Unseren an. Schwörst du im Namen von Giuseppe Garibaldi, Giuseppe Mazzini und Giuseppe La Marmora deinen Brüdern und der Santa die Treue?«

»Ich schwöre«, antwortet der Mann entschlossen.

»Als Santista wird man nicht über dich richten können. Begehst du einen Fehler, wirst du selbst über dich richten müssen. Tust du es nicht, tun es die Kapuzenträger statt deiner. Unser Erkennungszeichen ist die Berührung an der Schulter. Oder das Kreuzen der Arme vor der Brust in Form eines Andreaskreuzes. Erinnere dich: Du trägst das goldene Kreuz. Das Kreuz Giuseppe Giustis, Karls des Großen und Giuseppe Formas. Wenn du glaubst, einem der Unseren in der Öffentlichkeit zu begegnen, dann greif dir ans Kinn und streich dir über den Bart, wie unser Meister Giuseppe Garibaldi. Dein Santista-Bruder wird dasselbe tun. Bist du dir nicht sicher, frag ihn nach dem Namen des Vaters. Antwortet er mit dem wahren Namen des Vaters, dann ist er keiner von uns. Ist er aber einer unserer Brüder, dann wird er dir sagen, sein Vater sei die Sonne. Bist du mit diesen Regeln einverstanden?«

Der Mann nickte: »Vollkommen einverstanden, Bruder.«

»Mit der Erlaubnis von Giuseppe Garibaldi, Giuseppe Mazzini, Giuseppe La Marmora und allen anwesenden Santisti gehen wir nun zur Abstimmung über diesen weisen Kameraden und Bruder über. Wir erkennen dich von diesem Augenblick als geweihten, bestätigten und dieser Körperschaft der Società der Santa zugehörigen Santista an. Wir erkennen dich an, weil es in den Abkommen und Vorschriften des Kodex der Società so befohlen ist.«

Die Versammlung antwortete einstimmig: »So sei es!«

Dann bestätigte jeder Santista seine Zustimmung: »Einverstanden, Bruder« – »Überaus einverstanden.«

Sie stimmten dreimal ab. Dann zeigte sich der Zeremonienmeister. Er trat hinter dem Tisch hervor und reichte dem neuen Adepten die Hand. Anschließend taten es ihm alle gleich. Händeschütteln und Glückwünsche.

Der Mann beschloss das Ritual mit der Formel der Neo-Santisti. Er nahm den Dolch in die Hand und sagte: »Ich schwöre bei der Spitze dieses Dolches, dass ich der Gesellschaft der Santa treu sein und sie beschützen werde, auch auf Kosten derer, die nicht zu meinen Brüdern zählen. Ich schwöre, meine weisen Kameraden von der Bruderschaft der Santisti zu beschützen und die gesamte siebte Generation abzuerkennen, so sie denen zu schaden droht, in deren Anwesenheit ich mich heute befinde.«

Während des Schwurs reichte ihm ein anderer Santista das Glas mit dem vergifteten Wasser als Memento Mori. »Ja, ich bedenke, dass ich sterben muss«, antwortete er und zeigte die blutige Zitrone und das Gewehr.

»Warum sehen Sie mich so an, Commendatore?«, fragte Don Rocco. »Glauben Sie mir vielleicht nicht?«

Der Mann schüttelte den Kopf. Die Erinnerung an den vor einigen Wochen abgehaltenen Initiationsritus beschlich ihn im denkbar ungünstigsten Moment. Er sah die Bilder des Rituals vor sich wie einen Film, in dem er sich kaum wiedererkannte. Doch er war der Mann, dem man die Fingerkuppen blutig gestochen hatte.

»Ich verstehe nicht, wie ich Ihnen bei diesem Projekt behilflich sein könnte.«

Don Rocco breitete die Arme aus: »Sie können mir überaus behilflich sein, Commendatore …«

Er griff in die Schublade seines Schreibtisches, holte einen Ordner hervor, öffnete ihn und breitete Architekturskizzen und Landkarten vor sich aus. »Im Dezember wird mit dem Bau der Brücke begonnen. So ist es jedenfalls vorgesehen. Doch es wird wohl die üblichen Verzögerungen geben. Für mich wäre wichtig, Commendatore, dass ein Teil des Infrastruktur-Budgets für das andere Bauvorhaben zurückgelegt wird.«

Don Rocco zeigte auf den Grundriss eines Bauwerks, das der Mann nicht richtig erkennen konnte.

»Das ist die Deponie, die ich erwähnt habe«, sagte Don Rocco stolz. »Das Gebiet um Agatea soll eines der modernsten Abfallentsorgungszentren im gesamten Mittelmeerraum werden, das ist mein Traum. Sie sind ein gebildeter Mann, Sie werden doch verstehen?«

»Was gibt es da zu verstehen?«

»Ich möchte meine Gegend nicht zur Müllhalde machen. Ich stelle mir dieses Projekt als eines vor, das auch in Schweden, Deutschland oder Kanada gebaut werden könnte, auf dem neusten technologischen Stand.« Don Rocco zeigte auf einen anderen Prospekt. »Sehen Sie diese Geräte? Das sind die modernsten Zentrifugen und Öfen, die es gibt. Ich werde dafür sorgen, dass die Gegend sehr viel sauberer wird, als sie es jetzt ist. Ganz Kalabrien würde sauberer werden.«

Der Mann achtete auf jedes Wort, das Don Rocco sprach, auf jedes Lokaladverb, jeden Adjektiv. Er hoffte, einen Hinweis auf die Lage des Bunkers aufzuschnappen, in den er gebarcht worden war.

»Sehen Sie sich diese Karte an, Commendatore. Genau hier käme die Anlage hin.«

Der Mann sah, dass es sich tatsächlich um die Gegend handelte, in der es gebrannt hatte.

»Ich verstehe immer noch nicht, was ich zu Ihrem Plan beitragen kann, Herr Stillitani«, sagte er.

»Ich brauche eine Gesetzesverordnung, Commendatore.«

Der Mann konnte ein Lachen nicht unterdrücken. »Herr Stillitani, wen glauben Sie vor sich zu haben? Ich bin ein einfacher Funktionär, auf die Regierung habe ich keinen Einfluss.«

Don Rocco fuhr ihn harsch an. »Sie wissen, an wen Sie sich zu wenden haben.«

Der Mann schüttelte den Kopf. »Herr Stillitani, Sie wollen, dass ich mich für eine Ad-hoc-Gesetzesverordnung zu diesem Bauvorhaben einsetze. Ist das Ihr Ernst? Das wird nicht gelingen.«

»Das wird bei jeder gewagten Unternehmung gesagt«, antwortete Don Rocco. »Dasselbe hat man einmal über die Entdeckung Amerikas oder die Eroberung des Weltalls gesagt. Mein Vorhaben scheint mir sehr viel bescheidener zu sein.«

Der Mann überlegte. Ganz Unrecht hatte Don Rocco nicht. Dem Mann war es schon zweimal gelungen, auf dem Schachbrett der Gesetzgebungsverfahren ein paar Figuren zu bewegen. Die Verabschiedung einer Gesetzesverordnung hatte er allerdings noch nicht bewirkt.

»Versuchen Sie mich zu verstehen, Herr Stillitani. Eine Gesetzesverordnung ist eine bedeutende Angelegenheit. Und Sie bieten mir im Gegenzug die Verhaftung eines flüchtigen Verbrechers. Ich kann mich des Eindrucks nicht erwehren, dass das Abkommen sehr zu Ihren Gunsten ausfällt. Wie soll ich das den Leuten erklären, die …«

»Sie sagen, es sei eine Frage der Ausgewogenheit, Commendatore?«, unterbrach ihn Don Rocco. »Wie viele Capobastoni wollen Sie? Zwei, drei, fünf? Ist das der Verhandlungsspielraum, der Ihnen vorschwebt?«

»Ich kann Ihnen jetzt nicht mehr sagen. Hier nicht. Ich muss in Rom erst ein paar Leuten treffen.«

»Es besteht keine Eile, Commendatore.« Don Rocco setzte ein schräges Lächeln auf. Er konnte sich ein Sprichwort aus seinem Dialekt nicht verkneifen: *»A iatta presciarola fici i iatticeddi orbi.«*

Der Mann sah ihn fragend an.

»Die hastige Katze gebiert blinde Kätzchen«, übersetzte Don Rocco und schwieg.

Der Malavitoso schien die Unterredung als beendet zu betrachten, auch wenn er sich nicht gleich verabschiedete wie beim letzten Mal.

Der Mann zog Bilanz. Don Rocco hatte herausgefunden, dass er es war, der Informationen an die Presse lieferte. Er hatte ihn um Unterstützung auf Regierungsebene gebeten und im Gegenzug die Verhaftung eines verdatterten alten Bosses angeboten. Auch dieses Treffen war kein Erfolg gewesen, dachte der Mann, so viel war klar.

»Noch etwas, Commendatore. Dieses Mädchen, Ihre Journalistin, versuchen Sie doch, sie nächstes Mal besser zu schützen. Wenn in Gambarie nicht einer meiner Leute gewesen wäre, gäbe es jetzt ein Schreibtalent weniger.«

Der Mann zuckte. Man hatte ihn über den Hergang des Attentats informiert. Doch ihm war nicht klar gewesen, um wen es sich bei Romeos Retter handelte. Die Polizei versuchte noch seine Identität zu ermitteln. Jetzt lüftete Don Rocco das Geheimnis, und damit stellte sich eine Frage von viel größerer Tragweite. Der Mann wusste, dass er wahrscheinlich keine Antwort bekommen würde. Er versuchte es trotzdem: »Was hatte denn einer Ihrer Leute dort zu suchen?«

Don Rocco lächelte und stand auf. Er ging auf den Mann zu und nahm die Augenbinde von der Armlehne des Sessels. »Sie sind ein neugieriger Mann, Commendatore. Das kann ein Vorzug sein, aber auch ein Charakterfehler.«

»Und was ist es in diesem Fall?«, fragte der Mann und ließ sich die Augen verbinden.

»Weder das eine noch das andere«, antwortete Don Rocco und zog den Knoten fest.

Der Mann hörte, wie sich die Tür öffnete. Er hörte die Schritte der beiden Leibwächter, die ihn zum Flughafen von Lamezia zurückbringen würden. Wieder eine Autofahrt von anderthalb Stunden.

Sie packten ihn bereits an den Armen und führten ihn hinaus, als er noch einmal die tiefe Stimme Don Roccos vernahm: »Commendatore, haben Sie Verwandte in der Gegend von Massa Carrara?«

»Es ist eine der wenigen italienischen Städte, in denen ich nie gewesen bin.«

»Schade, Commendatore. Sonst hätte ich Ihnen geraten, ein paar Lottoscheine auszufüllen. Vielleicht hätten Sie heute gewonnen.«

Der Mann drehte sich mit verbundenen Augen um. »Was soll das heißen?«

»Manchmal, Commendatore, frage ich mich, ob man Ihnen und Ihren Kollegen die wirklich interessanten Geheimnisse nicht doch immer wieder vorenthält.«

37

Tina erwachte mit trockenem Hals und schwerem Schädel, ein lästiges Hintergrundgeräusch in den Ohren. Sie hatte acht Stunden geschlafen.

Sie streckte sich, das Hintergrundgeräusch hielt an. Sie blickte auf ihr Handy. Es war ausgeschaltet. Sie schaltete das Gerät ein, um nach der Uhrzeit zu sehen. Neun Uhr, sie musste sich in der Redaktion blicken lassen. Eine lange Serie von Vibrationen kündigten die eingegangenen SMS an.

Schließlich verstummte das Hintergrundgeräusch.

Nach einer kurzen Unterbrechung begann es von neuem. Die Hausklingel. Jemand hatte geklingelt und beschlossen, hartnäckig zu bleiben.

Tina stand auf. Damit, dass sich ihr Onkel von seiner Matratze löste, war nicht zu rechnen. Sie fürchtete, es könnte Giulio sein oder irgendein Journalist oder einer mit einem neuen »Denkzettel«. Wobei sie Ersteres für am wahrscheinlichsten, Letzteres für am unwahrscheinlichsten hielt.

»Wer ist da?«, fragte sie genervt.

Aus dem Scheppern der Gegensprechanlage erkannte sie die Stimme Modafferis.

Mit dem Inspektor hatte sie nicht gerechnet.

»Entschuldigen Sie die frühe Störung«, sagte Modafferi, als er aus dem Fahrstuhl trat. »Ich muss dringend mit Ihnen sprechen.«

»Treten Sie ein«, sagte Tina und zeigte auf die Tür zum Wohnzimmer. »Ich mache mich schnell frisch und setze einen Kaffee auf. In fünf Minuten kann ich vielleicht noch nicht mit Ihnen reden, aber Zuhören müsste gehen.«

Kurz darauf kam sie mit Kaffee zurück und sah ihn die Plattensammlung ihres Onkels betrachten. »Großartige Platten«, kommentierte er beeindruckt.

»Von meinem Onkel, sind nicht meine«, antwortete Tina.

Und fügte schnell hinzu, »die auch nicht«, als sie den Aschenbecher voll aufgerauchter Tüten bemerkte, der direkt vor Modafferis Nase stand. Dann wechselte sie das Thema und bot ihm eine Tasse Kaffee an.

Modafferi schüttelte den Kopf und zeigte auf seinen Bauch. »Auch den verträgt mein Magen nicht.«

Tina setzte sich ans Ende des Sofas, von wo aus sie Modafferis Gesicht unauffällig beobachten konnte.

»Nun, Inspektor? Ich bin ganz Ohr«, sagte sie und nahm einen Schluck Espresso.

Modafferi griff in seine Gürteltasche und zog eine gefaltete Zeitungsseite hervor.

»Können Sie mir erklären, warum Sie so etwas machen?«, fragte er mit ernster Miene. Und hielt ihr die Titelseite des *Quotidiano* hin.

Tina las *Die Macht der Worte*. Sie zog die Augenbrauen hoch: »Das ist mein Job, Inspektor. Wie Sie ja schon Gelegenheit hatten herauszufinden.«

Modafferi reagierte allergisch: »Sie spielen mit dem Feuer, Romeo. Wollen Sie ermordet werden? Wer immer Ihnen zu dieser Attacke auf Peppe Parisi geraten hat, scheint nicht zu wissen, mit wem Sie es hier zu tun haben. Das ist einer von der alten Schule, der keine Respektlosigkeit duldet.«

»Ich finde auch nicht, dass er mir besonders viel Respekt entgegengebracht hat«, bemerkte Tina und zeigte auf ihren Verband.

»Hören Sie mir zu, Romeo. Sie haben mich nicht verstanden. Ist Ihnen klar, mit wem Sie sich da anlegen?«

»Mit einem alten Sack, der versucht, mein Leben zu ruinieren?«

Modafferi schnaubte. Das Mädchen war überheblich und naiv. Er versuchte gelassen zu bleiben.

»Ich halte es für sinnvoll«, sagte der Inspektor, »dass Ihnen angesichts der Umstände einige meiner Jungs aus angemessener Entfernung Gesellschaft leisten. Jedenfalls vorläufig.«

»Und wann soll das Gesellschaftleisten Ihrer Prügelknaben losgehn?«, fragte Tina den Kopf schüttelnd.

»Sie stehen schon unten, wenn Sie sie kennenlernen wollen …«

Keiner der drei konnte älter als 25 sein. Sie hatten in Tinas Augen etwas von dem fanatischen und stumpfen Gesichtsausdruck eines Selbstmordattentäters an sich. Bereit, sich zu opfern, wofür auch immer.

»Filippo Latella«, »Carlo Gangemi«, »Pasquale Curatola«, stellten sie sich nacheinander vor.

Tina schüttelte ihnen die Hand. Am Ende der Vorstellungsrunde hatte sie die Namen schon wieder vergessen.

»Sie werden Ihnen in angemessenem Abstand folgen, in Zivil, wie Sie sehen«, erläuterte Inspektor Modafferi und zeigte auf einen in der Nähe geparkten Fiat Uno. »Wenn Sie mir dann noch den Gefallen tun würden, das hier anzuziehen …«

Modafferi öffnete den Kofferraum des Wagens und holte eine kugelsichere Weste heraus.

Tina rollte mit den Augen: »Wollen Sie, dass ich an einem Hitzschlag zugrunde gehe?«

»Tragen Sie sie wenigstens abends, wenn Sie ausgehen«, versuchte Modafferi ihr entgegenzukommen.

»Es ist viel zu heiß, um so was anzuziehen«, beschloss Tina.

Die laue Brise des Vortags war längst dem Schirokko gewichen. Eine schwüle Hitze rückte vom Meer heran wie ein Urteil.

»Machen Sie's gut, Romeo«, wandte sich Modafferi ab. Wobei es ihm gelang, ihr die Weste in die Hand zu drücken. »Ihr auch, Jungs.«

Latella, Gangemi und Curatola standen stramm.

Modafferi sah sie entnervt an: »Wozu tragt ihr überhaupt Zivil? Latella, du sagst mir sofort Bescheid, wenn euch irgendwas auffällt. Ich hoffe, bis Montag nichts von euch zu hören.«

Als er sich bereits ein Dutzend Schritte entfernt hatte, drehte er sich nochmal um. »Schönes Wochenende euch allen.«

Wochenende?, dachte Tina verblüfft.

Es war noch keine Woche vergangen, seit sie das erste Mal nach Agatea gefahren und in den perversen Mechanismus geraten war, der sie bis an diesen absurden Punkt gebracht hatte. Es genügt eine Kleinigkeit, und das ganze Leben änderte sich. Ein paar Tage, eine Entscheidung, richtig oder falsch. Ein kurzer Moment und was eben noch stabil schien, bricht auseinander, nimmt einen anderen Verlauf, für immer.

»Jungs, ich nehme an, wir müssen jetzt so tun, als würden wir uns nicht kennen«, sagte Tina in der Hoffnung, dass es wirklich so wäre. Sie hatte keine Lust, sich mit ihnen beschäftigen zu müssen.

»Wäre vielleicht besser«, antwortete Latella unentschieden.

»Dann geh ich jetzt in die Redaktion«, sagte Tina. »Ihr tut, was ihr tun müsst.«

Sie stieg in Gigis Skoda und fuhr los. Der graue Uno fuhr hinterher.

In angemessenem Abstand folgte ihnen Rummenigge in seinem Hyundai. Alessio Caridi hatte alles im Blick, was sich vor ihm abspielte. Weniger Aufmerksamkeit widmete er dem, was sich hinter ihm abspielte. Denn dort reihte sich ein viertes Auto in die Karawane ein.

Im Redaktionsbüro des *Quotidiano* floß die Zeit an diesem Samstag wie ein zähflüssiger Strom dahin. Bis zur Mittagspause zerstreute sich Tina mit Internet-Recherchen und der Auswertung des ersten Spieltags der Zweitliga-Meisterschaft. Auch Gigi verließ die Redaktion gegen elf. Damit blieb ihr kaum etwas anderes übrig, als Giulios nachdrücklich vorgetragene Einladung zum gemeinsamen Mittagessen anzunehmen. Sie gingen in die Bar gegenüber.

»Ich hab heute Morgen deinen Artikel gelesen«, brummte er und biss in seinen Tramezzino.

»Der Nächste«, dachte Tina. Und erwartete eine erneute Standpauke. Doch Giulio war völlig unbesorgt, was die Konfrontation mit Peppe Parisi anbelangte.

»Du hast geschrieben, das sei der Mann, den du liebst …« Giulios Stimme bebte.

Tina errötete. Ja, das hatte sie geschrieben. Sie hatte sich vor Tausenden von Lesern mit einer Liebeserklärung blamiert, die der Mann, dem sie galt, nicht lesen konnte.

»Entschuldige, aber, du und ich …« Giulio konnte nicht weitersprechen.

Tina legte nach: »Giulio, ich weiß nicht, was du für Flausen im Kopf hast. Du und ich …« Sie stockte, um den Schlag abzumildern. »Es tut mir leid, aber zwischen dir und mir ist nichts.«

Giulio steckte es besser weg, als Tina erwartet hatte.

»Und der Kuss im Auto?«

Tina schluckte ihren letzten Bissen.

»Mach dir keine Sorgen«, beruhigte sie ihn und deutete auf den Eingang zur Redaktion. »Wegen eines Kusses werde ich dich nicht an den Pranger stellen.«

Giulio fehlten die Worte. Im Gehen sagte Tina noch: »Ich lad dich ein.«

Er sah sie an der Kasse zahlen und kurz darauf den Domplatz überqueren. Giulio erwachte erst aus seiner Erstarrung, als sie hinter der Ecke des Tabakgeschäfts verschwunden war, vor dem die Leute Schlange standen, um ihre Lottoscheine abzugeben. Er rannte aus der Bar und eilte ihr bis zur Redaktion des *Quotidiano* hinterher. Auf dem letzten Treppenabsatz holte er sie ein und legt seine Hand auf ihre Schulter: »Tina«, versicherte er in heldenhaftem Ton: »Ich lasse nicht locker.«

»Giulio, ich gebe dir jetzt einen Rat. Lass es bleiben. Du verschwendest deine Zeit.«

»Und du? Verschwendest du etwa nicht deine Zeit?«, fragte der Fotograf in einem Anflug von Stolz.

38

Guido Parisi sah sich schon in Miami. Er hatte einen Kurzaufenthalt und daran anschließend eine einwöchige Karibik-Kreuzfahrt geplant. Pünktlich zum letzten Teil der Zusammenkunft, die während des Festes der Madonna von Polsi stattfinden sollte, würde er wieder in Kalabrien sein.

Er hatte nichts Besonderes vor. Nur, sich auf der Reise sämtliche Wünsche zu erfüllen. Er würde alles kaufen, was ihm gefiel, ohne Rücksicht auf den Preis. Vor allem würde er alles tun, wozu er Lust hatte, und auch dabei sollte Geld keine Rolle spielen. Er hatte sich nur eine Bedingung gestellt: Er würde allein reisen, völlig unbehindert. Er wollte nicht belästigt werden und er wollte auch keine Beobachter.

Nun drohte alles anders zu kommen.

Vor einigen Tagen hatte der Alte beschlossen, sich als Ehrenmann zu gerieren und das Auto der Journalistin anzünden zu lassen, die es gewagt hatte, seinen Namen in den Schmutz zu ziehen. Wie üblich war es ihm nicht gelungen, seinem Vater zu widersprechen. Sie hatten zwei Armleuchtern aus der Gegend den Auftrag erteilt. Die beiden Nieten hatten es geschafft, bei der Sache draufzugehen. Und sie hatten dabei ziemlich viel Staub aufgewirbelt.

Zu den vielen wichtigen Dingen, die er bei seinem Studium in Mailand gelernt hatte, zählte Guido Parisi die Einsicht, dass man seine Partner stets mit Bedacht aussuchen sollte. Er verstand nicht, warum sich seine Familie immer wieder auf solche Schmalspurganoven einließ, die mehr Schaden als Nutzen anrichteten.

Sollte er einmal in die Lage kommen, die 'Ndrina zu leiten, würde sich in organisatorischer Hinsicht eine Menge ändern. Es war nicht nur eine Frage des Ansehens, sondern auch der Investition.

Was die Finanzen anging, hatte er in den letzten Monaten bereits einen bedeutenden Kurswechsel eingeleitet. Seiner Familie war aufgrund der mangelnden Finanzplanung eine Menge durch die Lappen gegangen. Sie hatte es versäumt, in die neuen, Gewinn versprechenden Märkte einzusteigen. Das hatte sich vor allem seit 2001 als unvorteilhaft erwiesen. Aber dank seines Eingreifens hatte sich die Finanzlange seit dem Frühjahr merklich verbessert.

Miami.

Den Urlaub hatte er sich verdient. Nur dass der Alte jetzt schon wieder eine Zeitung in der Hand hielt und sie mit Wucht gegen den Schreibtisch schlug.

»Papa, beruhige dich, denk doch mal nach!« Giorgio Parisi versuchte die richtigen Worte zu finden, um seinen Vater zu besänftigen. Aber ihm fehlten überzeugende Argumente. Stattdessen wiederholte er immer wieder: »Papa, komm, beruhig dich, denk doch mal nach!«

Es gab wirklich nicht viel mehr zu sagen. Die Situation spitzte sich dramatisch zu.

Papalia und Corsaro waren tot aufgefunden worden, nachdem sie Romeos Auto angezündet hatten. Mann hatte ihnen in die Knie geschossen und sie dann per Genickschuss erledigt. Und die Schlampe hatte für die Meinungsseite der Samstagsausgabe einen rührseligen, aber publikumswirksamen Artikel gegen Don Peppe geschrieben.

»Es muss etwas geschehen«, schimpfte der alte Parisi, »die Frau muss sterben.« Und zwar so, dass ihr Tod eine deutliche Sprache sprach. Mit dem Mund voll Scheiße, abgeschnittener Zunge und abgeschnittenen Händen. Als Warnung an alle Schreiberlinge, die es wagten, sich mit einem Patriarchen anzulegen.

Guido versuchte, den Wutausbruch seines Großvaters zu stoppen. »Nichts könnte kontraproduktiver sein!«

»Mit abgeschnittenen Pfoten!«, antwortete Don Peppe verärgert.

Der Junge hatte auf seine Kosten in Mailand studiert, jetzt hielt er allen Vorträge. Bloß weil er es verstand, sein, Don Peppes, Kapital anzulegen, hatte er noch lange nicht das Recht, sich so zu benehmen.

Guido ignorierte den Ausbruch und versuchte es noch mal. »Opa, wir haben ein Problem zu lösen und ein paar Sachen zu analysieren.«

»Ah großartig, wir haben zu analysieren!«, unterbrach ihn Don Peppe. Es gefiel ihm nicht, wie sein Enkel redete.

»Das Problem ist doch, dass wir diese Romeo aufhalten müssen. Oder nicht?« Guido wandte sich seinen Gesprächspartnern zu.

Giorgio nickte. Der Alte seufzte ob dieser banalen Aussage.

»Aber bevor wir es tun, müssen wir herausfinden, warum sie dir das Leben schwer macht. Von wem bekommt sie ihre Informationen? Arbeitet sie wirklich nur für diese Zeitung oder bezahlt sie noch jemand anders? Wenn wir das nicht in Erfahrung bringen, machen wir sie kalt und haben gleich den nächsten am Hacken. Und können von vorn anfangen.«

Die Überlegung schien Don Peppe vernünftig. Er hatte letztes Mal auch versucht herauszufinden, ob die Romeo in jemandes Auftrag arbeitete. Aber er wollte Guido nicht Recht geben. Immerhin hatte sein Enkel eingeräumt, dass die Schlampe auf jeden Fall umgebracht werden musste. Vielleicht bekam der Junge ja doch langsam ein bisschen Schneid.

»Scannen wir mal alle Ereignisse der letzten Zeit durch«, fuhr Guido fort. »Worin liegt eigentlich das Negative unseres Trends?«

»Was ist in letzter Zeit gegen uns gelaufen?«, übersetzte Giorgio.

»*U sequestru ill'armi a lugghiu*«, sagte Don Peppe.

»Der bewaffnete Überfall …«, wiederholte Guido, nahm sein iPhone und machte sich im Halbdunkel des Zimmers Notizen. »Hat die Romeo irgendwas damit zu tun? Hat sie schon im Juli Artikel gegen dich geschrieben?« Er googelte.

Don Peppe Parisi hatte nicht die leiseste Ahnung, wovon sein Enkel sprach.

Die Suchergebnisse popten sofort auf. Guido hatte sich dafür eingesetzt, den Bunker mit einem vernünftigen WLAN-Anschluss zu versehen. Für den Fall, dass er hier zu arbeiten hatte. »Nein, über die beschlagnahmten Waffen im Juli hat diese Luciana Polimeni geschrieben. In dem Artikel wird dein Name nicht erwähnt. Was noch?«, fragte Guido.

»*U 'ncendiu 'cca supra!*«, antwortete Don Peppe und zeigte an die Decke.

»Das Feuer über dem Bunker, da kam die Schlampe ins Spiel«, ergänzte Giorgio.

Guido tippte etwas ins Gerät und schüttelte den Kopf. »Das stimmt so nicht ganz. In ihrem ersten Artikel über das Feuer erwähnt sie uns nicht. Erst nachdem Cutrupis Leiche gefunden wurde, hat sie angefangen, von Opa zu schreiben. Vielleicht kommt es gar nicht so sehr auf diese Romeo an und auf das, was sie schreibt. Wir müssen herausfinden, warum Cutrupi, einer von uns, so einen Unsinn angestellt hat. Ab da bekommt die Berichterstattung auch eine andere Tendenz.«

»Der Padrinu war zwar ein bisschen komisch, etwas durchgeknallt. Aber so dämlich war er nun auch wieder nicht ...« Don Peppe wurde aus der Brandstiftung und Giovanni Cutrupis Bekennerschreiben einfach nicht schlau.

»Ich hab irgendwie den Eindruck, dass sich hinter dieser Geschichte noch etwas anderes oder jemand anderes verbirgt.«

Don Peppe reagierte verärgert. Auf was wollte sein Enkel jetzt bloß wieder hinaus? Und wozu redete er so geschwollen?

»*Che boli riri*?«, fragte er ungeduldig.

Ja, warum zum Geier lachte er auch noch? Giorgio sah seinen Sohn an. Auch ihm ging Guidos Getue auf die Nerven.

»Verrätst du uns verdammt noch mal, was du damit meinst?«, drängte er.

»Es ist, als würde jemand Opas Handlungen kontrollieren, jeden seiner Schritte. Und dieser Jemand kommt ihm jedes Mal zuvor. Lässt alles gegen ihn wirken. Die Romeo beschreibt nur die einzelnen Episoden, aber was wirklich beunruhigend ist, ist die Entwicklung, die sich in diesen Ereignissen abzeichnet. Warum legt einer von uns Feuer, um sich dann umzubringen? Warum sterben die anderen beiden, die ihr Auto anzünden sollten? Wer beobachtet Opas Handlungen? Gibt es einen Maulwurf oder mischt sich jemand von außen ein?«

Daran, dass er einen Spion im Haus haben könnte, hatte Don Peppe nie auch nur denken wollen. Er fand die bloße Vorstellung verletzend. Keiner seiner Angehörigen konnte so infam sein.

»Nein, das muss irgendein Drecksack sein, der nicht zu uns gehört«, antwortete er entschieden. Zum Wort »Drecksack« fiel ihm sofort ein Name ein. »So einer wie Rocco Stillitani zum Beispiel.«

Giorgio nickte. Stillitani hatte schon ein paar Wochen nichts von sich hören lassen. Er war offenbar bemüht, keine Aufmerksamkeit auf sich zu ziehen.

Don Peppes Narbe am Rücken meldete sich und erinnerte ihn an den stechenden Schmerz einer alten Wunde. Das Schweigen über Donatella, seine Tochter, peinigte ihn noch immer, obwohl mehr als dreißig Jahre vergangen waren. Er hätte ihn als jungen Mann umbringen sollen, diesen Bastard von Stillitani. Dafür, dass er ihm nicht geholfen hatte, seine Tochter wiederzufinden.

Im Halbschatten sah Guido, wie sein Onkel die Fäuste ballte. Er bemühte sich, das Gespräch wieder auf eine rationale Ebene zu bringen. »Angenommen, Stillitani steckt hinter dieser Sabotage. Warum sollte er so etwas tun? Welchen Gewinn würde er daraus ziehen?«

»Die Vorherrschaft über diese Gegend, zum Beispiel«, antwortete Giorgio. »Denkst du vielleicht, dass sei nichts?«

»Nein, aber warum sollte er gerade jetzt darauf kommen? Außerdem: Wie hätte er jeden unserer Schritte im Voraus erraten können?«

Das waren Fragen, auf die Giorgio und Don Peppe keine Antwort hatten.

»Fangen wir mal so an: Hinter Tina Romeo verbirgt sich jemand oder etwas. Wir wissen nicht genau, was. Es könnte Stillitani sein, aber das interessiert uns erst mal nicht. Der *first step* muss sein, der schlechten *publicity* ein Ende zu setzen.«

»Die Schlampe muss krepieren wie ein Tier«, unterbrach ihn Don Rocco wütend.

»Opa, wenn wir sie jetzt umbringen, machen wir sie zur Märtyrerin. Denk an Saviano. Einer, den keiner kannte. Der irgendwelchen Unsinn über die Casalesis schrieb. Sie machen ihn zum Helden, also müssen sich Richter und Polizei in Bewegung setzen. Sie fangen an mit den Beschlagnahmungen, den Steuerprüfungen … Wir wollen doch keine Schlagzeilen über die Parisi, oder? Wir wollen doch nicht im Rampenlicht stehen?«

»Ich scheiß auf deine Strategien! *Dda buttanazza m'aviva purtarti rispettu* – die Schlampe hätte mir Respekt zeigen müssen. Ich scheiß auf die Polizei, die Richter …« Don Rocco kochte vor Wut.

»Papa, denk doch mal nach«, versuchte es Giorgio. Er wollte hören, was Guido noch zu sagen hatte.

»Opa, du darfst sie nicht umbringen … So eine musst du restlos vernichten!«, brachte sich Guido wieder ein. Er versuchte es mit Rhetorik.

»Wir müssen sie diskreditieren. Wir müssen sie für ihre Unverschämtheiten bestrafen, indem wir Gleiches mit Gleichem vergelten. Wir müssen sie unglaubwürdig machen. Dann, wenn wir sie so weit haben, können wir sie an die Schweine verfüttern.«

Don Rocco blies die Luft aus, wie ein schnaubender Stier. Er stand vom Sessel auf und lief um den Schreibtisch zu seinem Sohn und Enkelsohn.

»Hak dich ein«, befahl er und hielt seinem Drittgeborenen den Ellbogen hin.

Giorgio nahm ihn am Arm. Sie liefen durch den Gang, die Wände mit den Händen abtastend. »*I ddocu*!«, sagte Don Peppe und zeigte auf den Fernsehraum.

Giorgio führte ihn zum Sofa vor dem Fernseher. Don Peppe ließ sich fallen. Er nahm seine Sonnenbrille von dem kleinen Tisch neben der Armlehne und setzte sie auf. »*Dduma a missa*.«

Es war halb zwölf. Giorgio ging zum Fernseher und schaltete ihn ein. Auf Rai Uno wurde die Messe übertragen.

»Wir machen es so, wie du gesagt hast! Wenn es nicht funktioniert, dann machen wir es so, wie ich sage!«, beendete Don Rocco das Gespräch. Dann bekreuzigte er sich.

Guido nickte und sagte: »Ich werde möglichst noch heute Abend alles in die Wege leiten.«

Es würde nicht leicht sein, eine Medienkampagne gegen die Romeo loszutreten. Jetzt, so wenige Tage vor seiner Abreise nach Miami.

Er musste den Bunker verlassen, in die Stadt zurückkehren, ein paar Anrufe erledigen. Und sich mit seinem Vater auf eine Strategie einigen, die den Alten zufrieden stellte. Es ging nicht um einen schnellen Auftragsmord, sondern darum, die Romeo zu zermürben.

Dann fiel ihm wieder die Frage ein, die er seit gestern Abend stellen wollte. »Opa, kennst du jemanden in der Toskana?«

»Warum?«, fragte Don Peppe und starrte auf den Bildschirm.

»In der Gegend um Massa Carrara hat jemand 120 Millionen Euro gewonnen. Gestern Abend, im Lotto. Es wäre gut zu wissen, wer jetzt Besitzer dieses Kapitals ist«, erklärte Guido.

»Lass mich beten.«

Da war nichts zu machen: Er war nicht mehr gewillt, über den eigenen Tellerrand hinauszusehen. Aber er war der Familienvater und er als Enkelsohn musste seine Engstirnigkeit akzeptieren.

Er lief durch den Gang und betrat den Tunnel, der vom Bunker zum Haus der Fotiàs führte. Sein Vater folgte ihm.

In Dunkeln dachte er an die kristalline Farbe des Atlantiks und die gleißende Sonne von Miami, die ihm die Haut bräunen würde. Im Grunde kroch er nur durch diesen Tunnel, um später wie ein König leben zu können.

39

»Du schaffst es!«

Tina stand reglos vor dem Fotokopierer und ignorierte Tommaso.

»Es ist keine leichte Aufgabe, aber wir glauben an dich«, setzte er in einem noch spöttischeren Ton nach.

Keine Reaktion, sie starrte weiter ins Leere. Er musste ihr auf die Schulter tippen. Sie zuckte.

»Entschuldige«, sagte sie mit abwesendem Blick. »Willst du zuerst?«

»Wie viel hast du denn?«, fragte der lispelnde Tommaso zurück.

Tina sah auf das Blatt, das sie in der Hand hielt.

»Nur das«, erklärte sie mit vernebeltem Blick, als hätte sie das Blatt selbst gerade erst bemerkt.

»Na dann los, oder?«, sagte Tommaso und öffnete für sie den Deckel des Fotokopierers. »Bitte schön, Madame.«

Tina legte das Blatt aufs Vorlagenglas und schluckte. Seit ihrem ersten Besuch auf der Intensivstation vermied sie es, Glasoberflächen zu berühren. Der bloße Anblick von Fenstern, Windschutzscheiben und Aquarien bereitete ihr Unbehagen.

Tommaso drückte für sie die grüne Taste, ohne den Deckel zu schließen. Das Licht aus dem Kopierer blitzte über ihr Gesicht.

»Was ist heute überhaupt für ein Tag?«, fragte sie.

Noch hatte kein Arzt die Diagnose gestellt, aber Tommaso war sicher, dass Tina unter plötzlich hereinbrechendem Burnout litt. Er nahm die Fotokopie aus dem Gerät und reichte sie ihr: »Mittwoch … Heute ist Mittwoch, der 26. August«, antwortete er. »2009, versteht sich.«

Tina lief zu ihrem Schreibtisch und wiederholte Wochentag und Datum.

Mittwoch, 26. August. Seit dem Abend des vergangenen Donnerstags lag Pyrros nun auf der Intensivstation der Vereinigten Spitäler. Seit dem darauffolgenden Tag verbrachte Tina jeden späten Nachmittag damit, Schlange zu stehen, um ihn durch eine Glasscheibe anzusehen. Seit Samstag war der Begleitschutz, den Modafferi ihr auf dem kurzen Dienstweg verschafft hatte, überall dabei.

Tina betrachtete die Kopien auf ihrem Schreibtisch. Die Tage seit Samstagnachmittag waren für sie genau wie diese Blätter. Fotokopierte Tage, die ihr Schlaf und Energie raubten, ihre Lebenskraft aussogen.

»Hast du nachgesehen?« Gigi Barreca stand vor ihrem Schreibtisch.

Tina sah auf, begriff, dass er den Beschluss des Stadtrats meinte, den sie analysieren sollte, und schüttelte den Kopf: »Tut mir leid, Gigi, noch nicht.«

»Komm, mach das doch bitte mal.«

Er gab sich Mühe, sie zu beschäftigen und verhielt sich außerordentlich verständnisvoll. »Hast du den Stadtrat angerufen?«

Tina griff zum Handy. Seit Tagen ließ sie es so gut wie unangetastet. Nur um die SMS und die Benachrichtigungen über verpasste Anrufe zu löschen, schaltete sie es ein. Ihre Eltern hatten sich bitter darüber beklagt, dass sie aus den Fernsehnachrichten erfahren mussten, was passiert war. Ihren Besuch konnte sie nur durch das Versprechen, selbst zu ihnen nach Màrnoli zu kommen, sobald die Sache ausgestanden war, abwenden.

Sie tippte die Buchstaben MAL ein und wählte den Anschluss von Stadtrat Mallamaci. Vom Flur der Redaktion drangen Passagen aus der neunten Symphonie von Beethoven zu ihr herüber. Angestimmt von jemandem, den sie zu kennen glaubte.

»Giorgiooo!«

Gigi Barreca sprang auf und eilte auf den Besucher zu, um ihn zu begrüßen.

»Gigi, du siehst ein ums andre Mal schlimmer aus«, sagte Verduci und ließ sich von seinem Kollegen umarmen. Auch Tommaso und Tina standen auf, um ihren Redaktionsleiter in Empfang zu nehmen.

»Willkommen zurück, Herr Doktor«, lispelte Tommaso.

Verduci schüttelte Tommaso die Hand und wandte sich an Tina.

»Unser Star!«, bemerkte er und öffnete die Arme.

Ehe sie sich versah, umklammerte er sie und drückte ihr zwei Küsse auf die Wangen. Tina zweifelte nicht an den journalistischen Fähigkeiten des kleinen Mannes, der wie ein Hercule Poirot in Taschenformat wirkte.

»Dann erzähl doch mal, was man in Agatea so redet«, sagte Verduci. »Du schreibst schon ein paar Tage nicht mehr darüber, obwohl der Zeitpunkt günstig wäre.«

Sie wusste nichts zu antworten. Ihr Redaktionsleiter hatte nicht Unrecht. Es schien ihr wie eine Ewigkeit her zu sein, dass sie mit dem Informanten telefoniert oder sich auf den Hang des Monte Comito begeben hatte.

»Wir legen jetzt wieder los«, versicherte die Polimeni. »Wir haben nur auf deine Rückkehr gewartet, um mit dir darüber zu reden.«

»Luciana!«, sagte Verduci mit aufgesetztem Charme.

»Willkommen zurück, mein Lieber«, antwortete Poliwoman und umarmte ihn.

Tina zog sich zu ihrem Schreibtisch zurück. Instinktiv wählte sie die Nummer von Agatino, ließ es zweimal läuten und legte auf. Dann rief sie noch mal an.

Die Stimme am anderen Ende der Leitung empfing sie mit den Worten: »Was halten Sie davon, wenn wir uns in den nächsten Tagen treffen?«

»Ich sage Ihnen noch, wann und wo«, fügte der Informant hinzu und brach das Gespräch ab.

Tina starrte auf das Display. Am Nachmittag würde sie Pyrros besuchen.

Doch sie hatte nicht das Gefühl, dass die nächsten Tage sich noch gleichen würden wie eine Fotokopie der anderen.

40

Fast wären sie sich direkt begegnet.

Rummenigge trank einen Espresso und verließ gerade die Bar auf dem Weg zu seinem Aussichtspunkt in der Via Cavour.

Die Beschattung zehrte an ihm. Das war keine Vorhölle, sondern die Hölle selbst. Zu allem Überfluss musste er seit Samstag auch noch drei

Bullen im Auge behalten. Das hatte er Don Rocco per Facebook wissen lassen, als er Sonntagnacht zum Schlafen nach Hause gefahren war.

Er war nach Mitternacht in Agatea angekommen und hatte den Status von »Barbara Solcini« geändert, um in verschlüsselter Form auf die Polizisten hinzuweisen. Dann legte er sich ins Bett. Um halb fünf klingelte der Wecker. Er musste zurück nach Reggio. Mit einer vielsagenden Antwort im Gepäck: »Bravo Barbara, weiter so.«

Und wenn er daran dachte, dass Mimmo Stillitani die Nerven gehabt hatte, ihn zu fragen, was aus dem alten Rummenigge geworden sei …

Den alten Rummenigge machten sie fertig mit diesem Beschattungsauftrag, den schlaflosen Nächten, dem schlechten Essen. Mit Bergomi an seiner Seite wäre es anders gewesen. Er hatte es nicht einmal geschafft, auf die Beerdigung seines Partners zu gehen. Die Beerdigung des Mannes, mit dem er jahrelang zusammengearbeitet und den er vor wenigen Tagen in eine Schlucht gestoßen hatte. Vielleicht war es besser so. Er hätte es nicht fertiggebracht, Serafina sein Beileid auszusprechen, ohne sich etwas anmerken zu lassen.

Rummenigge behielt Romeos Begleitschutz im Auge. Die drei Jungs flanierten vor der *Quotidiano*-Redaktion an der Ecke Corso Garibaldi auf und ab. Sie rauchten, um unauffälliger zu wirken. Nichts an ihren Bewegungen ließ erahnen, dass Romeo gerade das Gebäude verlassen hatte, zusammen mit Barreca.

Fast wären sie zusammengestoßen, als Caridi um die Ecke bog.

»Ich schwöre, dass du das missverstanden hast«, versuchte Barreca sich zu entschuldigen.

Tinas Aufmerksamkeit war ganz auf ihren Kollegen gerichtet: »Gigi, es ist doch nichts dabei. Du musst dich nicht rechtfertigen.«

Für einen Augenblick befand sich Caridi in ihrem Blickfeld. Zum Glück bemerkte sie ihn nicht. Er senkte den Kopf und ging schneller. Der Begleitschutz schien erst recht nichts registriert zu haben.

Durch ihre Anwesenheit war Rummenigge genötigt, den Abstand zwischen sich und der Frau zu vergrößern. Andererseits fiel es ihm leichter, an ihr dran zu bleiben wie bei ihren Krankenhausbesuchen. Er musste nicht mit hineinschleichen, sondern konnte von draußen einen der Bullen im Auge behalten, den sie regelmäßig am Haupteingang postierten.

Angesichts seiner Erschöpfung schien ihm das ein akzeptabler Kompromiss. Die Erschöpfung zehrte an ihm. Sie machte ihn fertig.

Seit ein paar Tagen beschlich ihn ein merkwürdiges Gefühl, und er wurde unruhig. Vielleicht war es nur die Müdigkeit. Er war nicht abergläubisch, aber manchmal kam es ihm vor, als würde nicht er die Romeo und die Bullen beschatten, sondern als würde er selbst beschattet. Als ob ihm Bergomis Gespenst auf den Fersen sei.

Manchmal drehte er sich ruckartig um. Doch da war niemand.

Gespenster sind unsichtbar.

»So hab ich das nie gesagt«, meinte Gigi Barreca.

»Gigi, es interessiert mich nicht, wie du es gesagt hast. Aber wenn du es so sehr drauf anlegst, dich bei mir zu entschuldigen, dann muss ich mich doch fragen, was du nun wirklich von mir hältst ...«

Tina hielt die Schlüssel zum Skoda in der Hand. Sie hatte das Auto auf dem Domplatz geparkt. Vielleicht verhinderte ihr Begleitschutz ja, dass sie ein Knöllchen bekam.

»Aber was willst du denn, was soll ich schon von dir denken?« Gigi schien sich fast zu schämen. »Du bist meine Lieblingsschülerin, ich betrachte dich fast als Tochter und ...«

»Weißt du, wenn ich ehrlich bin, macht mich das neugierig«, gestand Tina und setzte sich in den Skoda. »Ich wüsste schon gern, was die Polimeni über mich denkt.«

Barreca setzte sich auf den Beifahrersitz. »Ich weiß nicht mal, was Lucy über mich denkt, obwohl wir seit bald zwanzig Jahre zusammenarbeiten!«

Tina ließ den Motor an.

»Aber was hat sie Verduci denn gesagt?«, insistierte sie.

»Dass du dickköpfig genug bist, um Reporterin zu werden.«

»Genau so hat sie das gesagt?«

»Nein. In Wirklichkeit hat sie gesagt, du bist so ein Scheiß-Dickkopf, dass du eigentlich nur als Reporterin zu gebrauchen bist.«

Tina lächelte. Sie hatte noch den Satz ihrer Mutter im Ohr, dass sie keine Tochter, sondern einen Bock bekommen habe.

»Heute ist der letzte Tag, an dem ich zu deinem Freund fahre«, sagte Tina und hob ihren verbundenen Arm.

»Über mein früheres Privatleben wirst du ja schon alles erfahren haben.«

Tatsächlich schien Dr. Placanica mit seinen Erzählungen über Barreca und dessen Ex-Frau noch nicht am Ende zu sein.

»Mir fehlen noch die letzten Details«, scherzte Tina. »Aber es reicht schon, um dich zu erpressen.«

Der Parkplatz des Krankenhauses war komplett belegt. Tina bat Gigi, einen Platz zu suchen, während sie schon hineinging und sich zum Krankenbesuch anmeldete. Ohne auf eine Antwort zu warten, raste sie zum Haupteingang und zwang den Begleitschutz so zur Eile. Latella und Gangemi mussten ihr hinterherrennen, ihr Kollege Curatola suchte einen Parkplatz.

Seit ihr der Informant vor einer halben Stunde ein persönliches Treffen angeboten hatte, fühlte sie sich merkwürdig vitalisiert. Sie rannte, um sich für den Besuch einzutragen, und bekam die Zeit zwischen 18:00 und 18:10 Uhr zugeteilt. Dasselbe Bild wie am ersten Tag. Ein ausgestreckter, stummer, an lebenserhaltende Geräte angeschlossener Mann.

Jetzt war es genug.

Es war sinnlos, auf ihrer Seite der Scheibe in gleicher Weise dahinzuvegetieren. In Gedanken entschuldigte sie sich bei Pyrros. Sie würde ihn nicht mehr besuchen, solange er sich in diesem Zustand befand. Sie wollte die Bastarde festnageln, die ihn so zugerichtet hatten. Jeden, auch den Letzten von ihnen.

»*See you soon*«, flüsterte sie.

41

Wie einen Kamera-Zoom bewegte sie ihren Blick von Sizilien weit drüben bis hinab zu ihren großen Zehen. Zuerst der violette Sonnenuntergang über den Bergen hinter Messina, die schummrigen Lichter, die entlang der Küste aufflackerten, das blaue lichtdurchlässige Meer, die Schatten ferner Schiffe. Dann die Lichtreflexe auf den Wellen, die Kräuselungen, wenn das Meer die alten Wellenbrecher im Wasser versinken ließ, das von der Flut eingenommene Ufer und der schmaler werdende Streifen schmutzigen schwarzen Schotters. Und ihre Fußspitzen, umgeben von Kippen und Flaschenscherben.

Tina nahm einen letzten tiefen Atemzug. Die Lunge voll Jod und Abwassergestank.

»Los Jungs, wir können gehen«, sagte sie und drehte ihren Gedankenstrom ab.

Der Strand lag nicht völlig verlassen. Am Calopinace hatten sich einige Fischer postiert. Und auf Höhe des Flughafens waren zwei letzte

– mutige oder leichtsinnige – Schwimmer unterwegs. Latella, Curatola und Gangemi bildeten ein Dreieck um sie. Dann liefen sie zu viert zur Wohnung.

Vor einer halben Stunde hatten sie die Autos im Hof abgestellt, wo Giulios verbeulter Panda immer noch herumstand.

Tina hatte sich vorgenommen, nach Agatea zu fahren, sich kopfüber in die Recherchen zu stürzen und den Mann, der Pyrros so zugerichtet hatte, Blut spucken zu lassen. Nur dass sie nicht wusste, wie und wo sie anfangen sollte. Es schien ihr das Klügste, auf Neuigkeiten des Informanten zu warten.

Um ihre Gedanken zu ordnen, war sie zu Fuß zum Strand gelaufen, über die Überführung am O.ME.CA-Bahnhof, vorbei an der Brache, die vor Jahren als Fußballplatz und Pferdeauslauf gedient hatte. Jetzt legten sie denselben Weg in umgekehrter Richtung zurück.

»Kommt ihr mit rauf?«, fragte sie vor dem Hauseingang. Die Polizisten sahen sich verwundert an. In den letzten Tagen hatten sie die Wohnung von drei Punkten aus beobachtet. Einer postierte sich im fünften Stock, ein anderer im Erdgeschoss und der Dritte blieb im Auto. Gegen halb elf gingen sie und ließen das Haus unbewacht, sofern ihnen nichts Verdächtiges aufgefallen war. Der Inspektor war deutlich gewesen. Ihr Auftrag war nicht offiziell und sie hatten dafür keine Sonderzahlung zu erwarten. Sobald die richterliche Anordnung zum Begleitschutz vorliege, würden sie von Profis abgelöst. Bis dahin war es besser als nichts, wenn Romeo wenigstens tagsüber bewacht würde, hatte Modafferi gemeint.

»Signorina«, sagte Latella. »Lassen Sie uns doch einfach so weitermachen wie bisher.«

»Wie ihr wollt«, antwortete Tina und kämpfte wie üblich mit dem Türschloss.

Gangemi verabschiedete sich auf seinen Posten im Uno. Curatola begleitete sie bis zum Erdgeschoss, Latella folgte ihr in den Aufzug. Auf Höhe des zweiten Stocks hörten sie durchdringendes Bassgewummere und Schlagzeug. »Wohl von meinem Onkel«, sagte Tina und zuckte mit den Schultern. Latella war ihm ein paar Mal begegnet.

»Er ist ein alter Freak, aber fast taub«, rechtfertigte sich Tina im vierten Stock, als die Musik weiter anschwoll. Im fünften wurde die Lautstärke des Progressive-Rock-Stücks für jeden unerträglich, mit oder ohne Hörschwäche. Zum Glück war die Nachbarwohnung unvermietet.

Latella ging als Erster aus dem Aufzug. Er schielte um die Ecke und checkte das Treppenhaus. Nichts. Er machte Tina ein Zeichen. Sie wies ihn auf die angelehnte Wohnungstür hin. Der Polizist schluckte. Er zögerte kurz und stellte sich dann schützend vor sie und nahm das Aussehen eines eingeschüchterten Jungen an.

»Bleiben Sie, wo Sie sind«, sagte er in wenig überzeugendem Tonfall.

Er zog seine Pistole aus dem Halfter und tastete sich in die Wohnung vor. Tina ignorierte seinen Befehl und folgte ihm. Wahrscheinlich hatte ihr Onkel vergessen, die Tür zu schließen, und war bei aufgedrehter Stereoanlage auf dem Sofa eingeschlafen.

Nino Vinci lag im Wohnzimmer. Aber nicht auf dem Sofa.

Er lag auf dem Boden, die Hand- und Fußgelenke hinter dem Rücken gefesselt, die Augen geschlossen, einen Streifen Klebeband über dem Mund und Blut an den entblößten Händen und Füßen. Tina rannte an Latella vorbei, der sich für ihren Geschmack zu vorsichtig bewegte.

»Onkeeel!«, schrie sie und beugte sich über den gefesselten Körper.

Nino Vinci riss die Augen auf, sein Blick leidend und schutzlos. Erst dachte er, *die* seien zurückgekehrt, mit seiner Nichte als Geisel.

Tina riss ihm das Klebeband vom Mund. Nino Vinci wand sich vor Schmerz.

»Entschuldige, Onkel. Entschuldige«, sagte Tina und strich ihm über die Stirn. »Was ist passiert? Wie geht's dir?«, löcherte sie ihn.

Latella bemühte sich, die Situation wieder in den Griff zu bekommen: »Sind sie noch hier?« Nino Vinci schüttelte den Kopf. »Ich glaub nicht.«

»Okay, jetzt können Sie ihn fragen, wie es ihm geht«, versuchte Latella einen professionellen Tonfall und ging los, um sich in den anderen Zimmern umzusehen.

»Ruf Modafferi an!«, schrie Tina, während sie ihren Onkel losband. Latella antwortete nicht.

Tina stand auf. »Ich komme gleich zurück«, flüsterte sie.

Sie fand Latella am Ende des Flurs, starr vor Schreck. Der Flur führte zu den letzten beiden Zimmern, dem Bad und dem Schlafzimmer ihres Onkels. Latella hielt die Pistole im Anschlag. Sie ließ ihn seinen Text herunterbeten, während sie die Nummer des Inspektors wählte.

Fünf Minuten später stürmte Modafferi ins Wohnzimmer, begleitet von Gangemi und Curatola.

»Wie haben Sie es geschafft, so schnell hier zu sein?« Der Inspektor ignorierte Latellas Frage. Er lief zur Stereoanlage, ging in die Hocke und schaltete die ohrenbetäubende Musik aus. Talking Heads, schoss es ihm durch den Kopf.

»Brauche ich die hier?«, fragte er, als er aufstand, und zeigte auf das Fläschchen mit den Ingwerkapseln.

»Eher nicht … Oder vielleicht eine. Ich hatte keine Probleme. Bitte, hier lang …« Sie führte ihn zum Schlafzimmer, wohin sie den Onkel gebracht hatten.

Modafferi bemerkte die Blutspuren im Wohnzimmer und im Flur. Er ging ans Bett und beugte sich über Nino Vinci. Er brummte, als er dessen Hände und Füße sah.

»Haben wir wenigstens schon einen Krankenwagen gerufen?«, fragte er Latella.

»Das nützt jetzt nichts mehr«, antwortete Vinci kleinlaut.

»Wir bringen Sie sofort ins Krankenhaus«, sagte Modafferi. »Können Sie aufstehen?«

Modafferi bedeutete seinen Leuten, ihm beim Aufstehen zu helfen. Der Onkel stand allein auf und lief hinkend auf den Fersen. Er wollte nicht getragen werden.

Der Inspektor nahm Tina beiseite. »Konnten Sie mit ihm reden?«, fragte er.

»Genug, glaube ich.«

»Jungs, fahrt den Herrn ins Krankenhaus. Ich und …« Modafferi stockte »Ich komme mit der Signorina nach.«

»Und?«, fragte Modafferi, als die vier gegangen waren.

Er lief durch die Wohnung und sah sich um. Tina folgte ihm, als erkenne sie ihre eigene Wohnung nicht wieder.

»Sie waren zu dritt. Sie klingelten an der Haustür und stellten sich als Journalisten vor. Als er aufmachte, um sie abzuwimmeln, verschafften sie sich mit Gewalt Zutritt. Sie haben ihn gefesselt, meine Schubladen ausgeräumt und den Laptop mitgenommen.«

»Was war in den Schubladen?«, unterbrach sie Modafferi und ging in ihr Zimmer.

Das Zimmer erinnerte ihn an die immergleichen Studentenbuden. Abgesehen von dem durchwühlten Bett und den leeren, zu Boden geworfenen Schubladen schienen die Verbrecher nichts angerührt zu haben.

»Ein paar Fotos, uralte Briefe, ein bisschen Schmuck … Dinge, die mir am Herzen lagen, aber nichts Wichtiges.«

»Und der Laptop?«

»Entwürfe für Sportartikel, Aufzeichnungen zu meinen Recherchen in Agatea, verschiedene Dokumente, weitere Fotos, Videos. Nicht so viel …« Tina versuchte die Sache herunterzuspielen. »Nichts, was so geheim und brisant wäre, dass es sich lohnen würde, meinen Onkel so zuzurichten.«

»Warum haben sie ihn gefoltert? Hat er eine Ahnung, was sie noch suchten?«

»Sie wollten wissen, ob ich anderswo im Haus irgendwas verstecke. Um sicherzugehen, dass mein Onkel sie nicht anlügt …« Sie machte eine Pause. »Sie haben ihm an jedem Fuß und jeder Hand einen Nagel ausgerissen. Und nach Einzelheiten aus meinem Privatleben gefragt …« Der Kloß in ihrem Hals wurde dicker. »Es ist alles meine Schuld …«

Modafferi hoffte, dass sie nicht ausgerechnet jetzt anfing zu heulen. Er hatte keine Lust, seine Zeit mit pathetischen Trostworten zu verlieren.

»Gehen wir?«, fragte er und schritt zum Flur.

Tina unterdrückte ihr Schluchzen. »Ich bringe Menschen in Schwierigkeiten, die überhaupt nichts mit der Sache zu tun haben.«

»Romeo, die größten Schwierigkeiten haben Sie immer noch selbst«, sagte Modafferi und öffnete die Wohnungstür. »Und? Kommen Sie jetzt oder nicht?«

»Ich kann nicht mehr ständig zu diesem verdammten Krankenhaus und wieder nach Hause fahren«, antwortete Tina.

»Wenn das alles ist, dann ist das Problem schon gelöst. Ihr Onkel liegt im Morelli-Krankenhaus, nicht in den Vereinigten Spitälern.«

Die Morelli-Poliklinik war ein erst kürzlich fertiggestelltes Gebäude im Süden der Stadt. In einem Viertel, aus dem Bürgermeister Scopelliti vor ein paar Jahren alle Roma ausgewiesen hatte.

Tatsächlich war die 208, das »Zigeunerghetto«, bloß umgezogen. Manche lebten auch nebenan, in den Straßen entlang der Via Sbarre Centrali. Andere hatten sich in den Norden verzogen und lebten jetzt außerhalb der Stadtgrenze auf dem Hügel von Arghillà. Um die 208 herum existierte jedoch weiterhin das phantomartige Auto-Ersatzteillager. Gruppen kleiner Gauner klauten Klein- und Mittelklassewagen, um sie den Eigentümern dann gegen einen lächerlich niedrigen Betrag zurückzugeben. Wenn die Eigentümer nicht zahlten, wurden die Autos demontiert und in Einzelteilen verkauft.

»Erst heute habe ich mit Richter Tramontana gesprochen, damit er ihnen einen richtigen Begleitschutz stellt«, sagte Modafferi beim Einparken.

»Mir nützt das nichts«, sagte Tina.

»Das sehe ich anders.«

Sie stiegen aus und liefen zum Eingang des Krankenhauses.

»Nützlicher wäre es für die Menschen, die mir nahestehen. Meine Eltern zum Beispiel.«

Modafferi schüttelte den Kopf. Er folgte ihr nun schon seit vier Tagen. Er hatte sich die Situation genau angeschaut, mit Gangemi, Curatola und Latella im Vorfeld. Und am Samstag hatte er etwas Unerfreuliches bemerkt. Einen Hyundai, der sich hinter dem Skoda und dem Uno eingereiht hatte. Und er hatte den Mann am Steuer erkannt. Alessio Caridi, alias Rummenigge, einer von Don Rocco Stillitanis Leuten, der Romeo weder am Samstag noch an den folgenden Tagen aus den Augen gelassen hatte.

Modafferi verriet Tina nichts von seiner Entdeckung. Aber er überlegte sich, mit den Jungs vom Begleitschutz darüber zu reden. Rummenigge könnte ihm auf die Schliche gekommen sein, als er so schnell in Tinas Wohnung aufschlug.

Curatola wartete im Empfangsbereich auf sie.

»Wo ist er?«, fragte Tina.

»Er wird verarztet, Signorina. Wir können ihn gleich mit nach Hause nehmen«, antwortete der Polizist.

Modafferi ließ sie mit Curatola allein. »Entschuldigt mich bitte, ich muss telefonieren.« Der Inspektor nahm die dem Haupteingang gegenüberliegende Pforte und umkreiste den gesamten Komplex, vorbei an den im Halbdunkel liegenden Parkplätzen. Er brauchte ein paar Minuten, bis er den Hyundai fand.

Rummenigge saß am Steuer.

Modafferi beobachtete ihn aus gebührendem Abstand. Caridi schien gegenüber der Journalistin keine besonders bedrohlichen Absichten zu hegen. Hätte er ihr in den letzten Tagen etwas antun wollen, hätte er schon Gelegenheit gehabt, zur Tat zu schreiten. Und es schien wenig wahrscheinlich, dass er es war, der Vinci so zugerichtet hatte. Modafferi war sich ziemlich sicher, ihn auch nachmittags im Auge behalten zu haben.

Stillitani ließ die Romeo beschatten, während die Journalistin seinem traditionellen Gegner, Don Peppe Parisi, das Leben schwermachte, warum? Die Antwort war so offensichtlich und unwahrscheinlich, dass Modafferi sie fast nicht zu glauben wagte. Er beschützte sie.

Die Romeo hatte ihm den Anschlag in der Nähe von Gambarie geschildert. Rummenigge war der Mann. Er war dort eingeschritten. Um sich zu vergewissern, bedurfte es keines großen Aufwands. Er musste Romeo nur ein Foto von Caridi zeigen und sie würde ihm den Verdacht bestätigen. Oder er brachte ihr gleich den Mann selbst. Dann konnte man ihm gleich ein paar Fragen stellen.

Hinter den Autos geduckt, näherte er sich dem Hyundai von der Seite. Jetzt waren es nur noch wenige Meter. Noch ein Dutzend Schritte und er würde vor der Fahrerseite des Autos stehen. Mehr als ein paar Sekunden würde er nicht brauchen. Rummenigge wandte sich urplötzlich dem Inspektor zu. Als hätte ihn eine Stimme aufgefordert, genau jetzt in diese Richtung zu blicken. Er sah ihn kommen, die Hand nach der Wagentür ausgestreckt.

Modafferi konnte das Gesicht in der Dunkelheit des Wagens nur schemenhaft erkennen, aber er konnte sich die weit aufgerissen, überraschten und erschrockenen Augen vorstellen. Es gelang ihm noch, das Auto kurz zu berühren.

Rummenigges Reflexe waren erstklassig. Er warf den Motor an und raste mit quietschenden Reifen davon.

42

Er hatte also Recht gehabt. Er war nicht im Begriff, den Verstand zu verlieren. Er wurde wirklich verfolgt und beschattet. Er hatte es doch gespürt, dass er jemanden an den Fersen hatte.

Die Bestätigung seines Gefühls wurde ihm sofort zum Selbstvorwurf. Rummenigge sammelte seine Gedanken und warf sich vor, nicht aufgepasst zu haben. Wie oft hatte er Bergomi gesagt, dass man immer alles im Auge behalten musste, wenn es einem nicht an den Kragen gehen sollte? Und jetzt hatte er sich in einer Stunde gleich zweimal überraschen lassen.

Das erste Mal, als er sah, wie der Mann in Romeos Wohnung rannte. Als sei er aus dem Nichts aufgetaucht. Rummenigge hatte instinktiv entschieden, nicht einzuschreiten. Der Mann trug zwar Zivil, war aber ein Bulle. Das roch man gegen den Wind.

Er sah ihn auch mit dem Jungen, der im Uno Wache schob. Sie waren die Treppe hochgerannt. Wenige Minuten später kamen die drei Milchgesichter mit dem lädierten Bärtigen heraus, der bei der Romeo wohnte.

Rummenigge hatte gewartet. Einige Minuten später traten auch die Romeo und der Polizist vor die Tür. Er folgte ihnen bis zum Morelli-Krankenhaus und ging in Wartestellung. Und plötzlich ist der Bulle da und will ihm ins Auto springen. Zum Glück hatte ihn auf dem Parkplatz eine merkwürdige Vorahnung beschlichen. Als hätte er die Stimme Micos gehört. Das Gespenst Bergomis.

Gespenst, was für ein Scheiß!

Er war noch mal davongekommen. Aber sie hatten ihn jetzt identifiziert. Er musste Don Rocco mitteilen, dass der Polizist ihn entdeckt hatte, und ihn informieren, dass irgendjemand Romeos bärtigen Mitbewohner nach Strich und Faden malträtiert hatte. Möglich, dass sie beim nächsten Mal oben auf die Romeo warten würden. Er würde dann nichts tun können, um ihr zu helfen.

Das war ein guter Vorwand, um nach Agatea zurückzufahren und den Capobastone zu überzeugen, dass seine Sühne immer sinnloser wurde. Er konnte sie nicht mehr beschützen.

Auf der 106 überlegte er, wie er die Situation seines Alter Ego auf Facebook so eindringlich wie möglich schildern konnte.

Inspektor Modafferi stand draußen vor dem Haupteingang. Tina, die drei Polizisten und der reichlich mit Schmerzmitteln und Medikamenten versorgte Nino Vinci trafen ihn auf dem Weg zum Parkplatz, nachdem sie minutenlang vergeblich gewartet hatten. Tina meinte, in Modafferis Gesichtszügen etwas Düsteres auszumachen.

»Schlechte Neuigkeiten?«

Der Inspektor schüttelte den Kopf.

»Ihr Telefongespräch scheint nicht nur lang, sondern auch unangenehm gewesen zu sein«, bohrte Tina nach.

»Hätte schlimmer sein können«, antwortete Modafferi.

»Wenn Sie sich eines Tages entscheiden sollten, ein bisschen mehr mit mir zu reden, ersparen wir uns vielleicht den nächsten Ärger«, fügte er hinzu.

»Als ob es genügen würde, euch Polizisten irgendwas zu sagen …«

Modafferi reagierte schon lange nicht mehr auf solche Provokationen. Auch wenn es ihn ärgerte, mit dem restlichen Polizeiapparat gleichgesetzt zu werden.

Als sie in den Hof einbogen, sah sich Tina unverhofft in eine Diskussion mit Modafferi und den Beamten verstrickt. Wenigstens einer von ihnen sollte sie ab sofort nachts in ihrer Wohnung bewachen.

Tina lehnte entschieden ab. Sie wollte sich für den Rest des Abends in ihre vier Wände zurückziehen können, ihr Zimmer aufräumen, nachsehen, was man ihr tatsächlich entwendet hatte, und überlegen, welche Dateien sich auf dem gestohlenen Laptop befanden.

Die Vorstellung, einen Bewaffneten in der Wohnung zu haben, gefiel ihr nicht. Vor allem wollte sie ungestört sein.

Nachher würde sie den Informanten anrufen. Wenn er sich noch heute Nacht mit ihr treffen wollte, würde sie sofort hingehen, ohne sich irgendwem erklären zu müssen.

»Wir tun, was Sie uns befehlen, Inspektor«, ergab sich Latella in sein Schicksal. Gleichzeitig hoffte er, Modafferi würde ihn nicht allzu sehr beim Wort nehmen. Sie waren müde und wollten nach Hause.

»Danke, Jungs.«

Der Inspektor wühlte in seiner Gürteltasche und holte Notizblock und Stift hervor. »Ruht euch aus. Morgen früh seid ihr wieder hier, bevor diese Verrückte aus dem Haus geht. Bevor ihr verschwindet, eine Sache noch …« Er notierte etwas auf seinem Block.

»Gehen wir besser woanders hin, um zu reden?«, unterbrach ihn Gangemi. Er drehte die Augen zum ersten Stock des Aufgangs F, von wo sie jemand durch eine Jalousie hindurch beobachtete. Modafferi verstand und ging zum offen stehenden Hoftor. Tatsächlich wollte er genau das. Der Begleitschutz sollte bemerkt werden. Alle Mieter sollten es wissen, es sollte sich herumsprechen, dass Tina Romeo Leibwächter hatte und diese auch brauchte.

»Curatola, du fängst morgen ein bisschen später hier an«, sagte Modafferi. »Zuerst gehst du auf die Wache und lässt dir Fotos und alles, was wir über Alessio Caridi alias Rummenigge haben, geben. Er gehört zur 'Ndrina der Stillitanis in Agatea.« Er reichte ihm den Zettel mit Caridis Namen.

»Zu Befehl, Herr Inspektor«, sagte der Beamte.

»Es geht auch mit weniger Emphase«, antwortete Modafferi spöttelnd. Er konnte diese Strammsteherei nicht leiden.

»Wenn Curatola mit den Fotos zurück ist, haltet die Augen offen. Dieser Caridi hält sich in letzter Zeit ein bisschen zu oft in Romeos Nähe auf. Wenn ihr ihn seht, haltet ihn fest. Ich muss mit ihm reden. Und jetzt ab ins Bett.«

»Gehen Sie nicht auch, Inspektor?«, fragte Latella.

»Ich bleibe noch ein wenig«, antwortete Modafferi.

Dem Onkel und seiner Nichte gelang es sogar, über die Art zu lächeln, in der Nino Vinci seine Gabel halten musste. Mit vier Fingern, ohne Daumen, als halte er einen Dolch. Dann bettelte ihr Onkel so lange, bis sie ihm ein paar Tüten drehte. Sie ließ ihn im Wohnzimmer mit seiner Genesis-Scheibe allein. Jetzt war sie sicher, ungestört auf dem Balkon telefonieren zu können. Sie vollzog die übliche Prozedur, um mit dem Informanten Kontakt aufzunehmen. Zweimal klingeln lassen, dann auflegen und noch mal anrufen.

»Ich höre. Aber ich habe nicht viel Zeit«, kam die barsche Antwort.

»Man hat bei mir eingebrochen. Was ist mit dem Treffen?«

»Nicht vor dem Wochenende.«

»Das könnte zu spät sein.«

»Samstag.«

»In Ordnung«, antwortete Tina.

»In den Gärten der Villa Comunale. Neun Uhr morgens, auf der letzten Bank vor der Via Marina.« Er legte auf.

Wo wir zu Schulzeiten zum Knutschen waren, dachte sie. Sie wusste nicht, was sie von dem Treffen zu erwarten hatte. Aber sie begann schon jetzt, ihm nervös entgegenzufiebern.

Um fünf vor elf meldete sich jemand über die Gegensprechanlage.

»Tina, alles in Ordnung?« Es war Barreca.

»Gigi, was machst du hier um diese Uhrzeit?«

»Kann ich raufkommen?«

Tina drückte den Türöffner.

Modafferi beobachtete die Szene aus dem offenen Fenster seines Autos. Gigi Barreca kam im Taxi. Von einem befreundeten Arzt aus dem Morelli-Krankenhaus hatte er erfahren, was ihrem Onkel passiert war. »Ein Haufen Klatschmäuler, deine Arztfreunde«, bemerkte Tina. »Ich kann keinen Schritt tun, ohne dass du es mitkriegst.«

Noch eine der Regeln, die Barreca als »Geheimnisse des guten Journalisten« bezeichnete. Man brauchte einen großen Bekanntenkreis, der einem ständig Neuigkeiten zuspielte, ohne dass man sich eigens darum bemühen musste.

Tina fasste die Ereignisse des Nachmittags und Abends zusammen. Sie schloss mit einer Absichtserklärung. »Natürlich habe ich Angst, aber wenn ich jetzt aufhöre, nehmen die mich auseinander. Verstehst du? Sie sind überall, sie sind um mich herum. Sie lauern den Leuten auf, die mir nahestehen. Wen trifft es als nächstes? Meinen Vater, meine Mutter? Dich?«

»Vielleicht dich«, sagte Barreca nachdenklich.

»Gigi, ich brauche deinen Rat. Aber du musst mir auch einen Gefallen tun ...«

»Wenn ich das kann.«

Tina legte Gigi ihre Bitte auseinander.

Ja, er würde das tun können, doch er schien nicht sehr überzeugt.

Tina flehte ihn an. Gigi stand auf, das Handy in der Hand, und ging auf den Balkon. Als er zurückkam, sagte er, dass die Sache morgen über die Bühne gehen könne.

Tina umarmte ihn, um sich zu bedanken. »Zeit für mich, schlafen zu gehen. Und für dich, nach Hause zu fahren.«

»Ich rufe ein Taxi.«

»Warte, vielleicht kann dich Modafferi fahren.«

Sie schauten den Balkon hinunter, während Tina die Nummer wählte. Im Hof klingelte Modafferis Handy.

»Was gibt's?«, antwortete er gereizt.

»Hören Sie, Inspektor. Warum fahren Sie meinen Kollegen Barreca und sich selbst nicht nach Hause, anstatt hier unten Zeit zu verlieren und auf ihren Schlaf zu verzichten?«

»Schlafen kann man in dieser Hitze nicht«, antwortete Modafferi. »Aber schicken Sie Ihren Kollegen nur herunter, ich dreh gern mal eine Runde.«

43

Sie erinnerte sich nicht mehr, was sie geträumt hatte. Aber sie hatte eine unruhige Nacht verbracht.

Der Kaffee beschleunigte ihr Aufwachen, konnte ihrem Gedächtnis aber nicht auf die Sprünge helfen.

Bevor sie die Wohnung verließ, warf Tina einen Blick auf ihren Onkel. Er schnarchte behaglich, die Schmerzmittel hatten ihre Wirkung nicht verfehlt. Zur Sicherheit rief sie in der Redaktion an und ließ sich Gigi geben.

»Es bleibt bei heute Nachmittag?«

»Klar«, bestätigte er.

»Gigi, ich wollte heute früh kurz zu meinen Eltern fahren, wenn das für euch in Ordnung ist. Kannst du Verduci Bescheid sagen?«

»Der sitzt hier vor mir. Einen Moment.«

Nervös wartete sie auf die Antwort.

»Kein Problem, sagt der Boss«, ließ Gigi wissen.

»Ich versuche, gleich nach der Mittagspause in der Redaktion zu sein. Sonst sehen wir uns später.«

»Komm nicht so spät. Luciana sitzt im Durchgangsbereich und wartet auf dich.«

Tina grinste zufrieden. Poliwoman war wieder mit redaktioneller Arbeit und dem Nachrichtenteil beschäftigt.

»Die Sportberichte schaff ich sicher«, sagte sie.

»Du weißt, was sie heute Nachmittag von dir erwarten«, sagte Gigi und verabschiedete sich.

Sie würden einen Artikel erwarten, in dem sie das niederschrieb, was sie zuvor in die Kamera gesprochen hatte.

»Macht es Ihnen wirklich nichts aus?«, fragte Tina. Sie waren schon am Bretelle-Dreieck und steuerten die Zufahrt zur Autobahn Salerno-Reggio Calabria an.

»Ist das Ihr Ernst, Signorina? Nein, im Gegenteil, es erleichtert uns die Arbeit«, sagte Latella.

Tina stellte sich vor, wie er antwortete: »Um ehrlich zu sein, Signorina, es geht uns ziemlich auf den Sack, dass wir Sie jetzt auch noch in Ihr Kaff fahren sollen.«

»Die Strecke ist schwer zu fahren«, erklärte Tina. »Im Skoda meines Kollegen hätte ich mich nicht sicher gefühlt. Den Sprit zahl jedenfalls ich.«

»Sie machen wohl Witze«, sagte Gangemi. »Das ist doch nicht der Rede wert.«

»Aber man hört doch jeden Tag, die Polizei habe nicht einmal Geld, um ...«

»Wir hätten Ihnen ja sowieso folgen müssen«, antworte Latella und klopfte auf das Armaturenbrett.

Am Rasthof Villa San Giovanni machten sie Halt, um zu tanken. Gangemi blieb beim Wagen und rief Curatola an, um ihm zu sagen, dass er sich mit seinen Recherchen auf der Polizeiwache Zeit lassen könne. Sie würden den ganzen Morgen unterwegs sein.

Während Gangemi telefonierte, lud Tina Latella zu einem Kaffee ein.

Sie tranken schweigend. Latella bewies schon die ganze Zeit, dass er nicht in der Lage war, ein bisschen Smalltalk zu machen. Tina verspürte sowieso keine Lust zu reden. Sie interessierte sich weder für ihre Familienverhältnisse noch für die Gründe ihrer Berufswahl. Eigentlich waren ihr die drei Polizisten eher unsympathisch. Auch wenn sie wusste, dass sie letztlich sogar ihr Leben für sie riskieren mussten. Aber sie konnte sich nur noch auf ihre eigenen Interessen konzentrieren. Auf Pyrros, den Schutz ihrer Freunde und Familie. Und darauf, wie sie Don Peppe Parisi ans Kreuz nageln und sein Netzwerk zerschlagen konnte.

Sie nahm einen Kaffee im Plastikbecher für Gangemi mit. Der junge Polizist trank ihn in einem Zug aus und zündete sich neben der Zapfsäule eine Zigarette an.

»Das ist doch die Stelle, wo sie die Brücke bauen, oder?«, fragte er beim ersten Zug und zeigte auf die Straße von Messina.

»Sieht so aus«, antwortete Tina und stellte sich die neue Riesenbaustelle in dieser ohnehin schon verschandelten Landschaft vor.

»Entschuldige, aber bist du nicht von hier?«, fragte sie Gangemi.

Die Nachnamen der drei Polizisten waren typisch für die Gegend um Reggio, und nichts an ihren Akzenten deutete auf eine andere Herkunft hin.

»Natürlich, wir sind alle aus der Gegend. Aber Carlo ist derjenige, der gern über Politik redet«, warf Latella ein.

Carlo Gangemi ignorierte die Bemerkung seines Kollegen und sog so viel Nikotin ein, wie es ihm in der kurzen Zeit möglich war, bevor auch er ins Auto stieg.

Sie bogen wieder auf die Autobahn Salerno-Reggio Calabria ein und passierten eine Baustelle nach der anderen, bis sie Seminara erreichten. Latella bog an der Straßengabelung in Richtung Sant'Elia ab.

Màrnoli lag wenige Kilometer jenseits von Taurianova, zu den Bergen hin. Sie fuhren eine Viertelstunde über die engen Serpentinen, die sich um die Gipfel des Aspromonte wanden. Latella schlug sich gut. Er schaltete viel und fluchte heftig.

Tina fragte sich jedes Mal aufs Neue, wenn sie hierherkam, wie sie diesen Ort einmal als ihr Zuhause hatte ansehen können. In Màrnoli mit seinen zweitausend Einwohnern waren so ziemlich alle miteinander verwandt. Der Màrnoli gewidmete Abschnitt des Telefonbuchs enthielt gerade mal 29 Nachnamen.

Die Ankunft eines fremden Autos, und sei es nur eines Unos, sorgte sofort für Aufmerksamkeit. Noch dazu wenn ein bekanntes Gesicht darin zu sehen war. Sie wies Latella an, vor dem letzten Haus im Ort zu parken, stieg aus und klingelte.

»Wer ist da?«, krächzte es aus dem Fenster im dritten Stock. Eine alte Dame mit mahagonirot gefärbten Haaren zeigte sich am Fenster. Unter der Haut zeichneten sich die hervorstehenden Backenknochen ab. Ihre unglücklichen Augen lagen tief in ihren Höhlen.

»Meine Tochter«, rief die Frau, als sie Tina sah. Sie verschwand, um wenig später die Haustür aufzustoßen und ihre Tochter zu umarmen. Sie küsste ihr wiederholt die Wange, schnell wie ein Specht, und bat sie herein.

»Was für eine Überraschung! Wie lange ist das her!« In der Betonung ihrer Worte schwang sowohl Zufriedenheit als auch Ermahnung.

»Wer sind die Jungs im Auto?«

»Das sind Polizisten, Mama.«

Ihre Mutter hielt sich die Hand vor den Mund. »Jesus Christus, was wollen die von dir?«

»Die wollen nichts von mir. Die sind hier, um mich zu beschützen.«

»Tinuzza, was hast du angestellt?«

»Nichts Schlimmes, Mama, glaub mir.«

»Und die Wunde hier!«

»Ist schon fast verheilt.« Tina bewegte ihren Arm. »Siehst du? Alles in Ordnung! Wo ist Papa?«, versuchte sie das Thema zu wechseln.

»Er wird bestimmt gleich hier sein«, sagte die Mutter, Tinas Annahme bestätigend, dass sich die Nachricht von ihrer Ankunft wie ein Lauffeuer verbreiten würde.

Tina fand kein Gesprächsthema. Je länger sie ihre Mutter betrachtete, umso weniger Ähnlichkeit vermochte sie mit ihr zu entdecken. Sie entschied sich, die Gebrechen ihrer Mutter anzusprechen, und hörte sich ihren ausführlichen Bericht an, bis der Vater in seiner üblichen gekrümmten Haltung durch die Tür trat.

»Tinuzza! Hin und wieder denkst du also doch noch ans uns!«

Tina stand auf, um ihn zu umarmen. Er pflegte nicht die unangenehme Angewohnheit, sie abzuküssen. Jetzt, wo beide Eltern da waren, konnte sie den wahren Grund ihres Besuchs ansprechen.

»Ich muss mit euch reden«, sagte sie ernst.

Ihre Eltern blickten sich beunruhigt an. Sie hatten nicht den Eindruck, dass ihre Tochter gute Neuigkeiten mitbrachte. Tina nahm das etwa 25 Jahre alte Foto von der Vitrine, das in einem goldfarbenen Holzrahmen steckte und sie als kleine Fee verkleidet beim Karneval zeigte. »Möglicherweise will mir jemand in nächster Zeit an den Kragen«, sagte sie.

»Was bedeutet das, Cosimu?«, wandte sich die Mutter an den Vater.

»Ich werde von einem Mafioso verfolgt.«

Cosimo Romeos Gesicht verfinsterte sich.

»Und es kann sein, dass er, um mir etwas anzutun, euch etwas anzutun versucht«, fuhr seine Tochter fort. »Ich habe Leute, die mich beschützen.« Sie zeigte aus dem Fenster zu den Polizisten. »Aber wer achtet auf euch?«

Tina stellte das Foto zurück. Als ihre Mutter mit ihr schwanger ging, war sie ungefähr im gleichen Alter wie Tina heute.

»Wir haben selbst Leute, die uns helfen können, wenn's drauf ankommt«, antwortete der Vater. Er dachte an jemand Bestimmtes. Der konnte sie schützen. Und er würde sich auch um Tina kümmern, sie mussten ihn nur darum bitten: *»Poti iutari puru a ttia.«*

»Nein, Papa«, mit deinen Kumpels aus dem Ort will ich nichts zu tun haben. Ich wollte euch nur sagen, dass man für euch vielleicht auch ein paar Polizisten abstellen wird. Wenn euch irgendetwas auffällt, zögert bitte nicht, ruft sofort die Polizei an. Sofort, hört ihr!«

»Tinuzza, u sai comu ragiunamu nui autri ccà a Màrnoli …«

Ja, Tinuzza wusste nur zu gut, wie man in Màrnoli über solche Dinge dachte. Sie wusste, wie ihre Eltern zu staatlichen Organen standen. Sie trauten ihnen genauso wenig wie alle anderen im Ort. Und schon gar nicht den Carabinieri und Polizisten.

»Papa«, sagte Tina. »Ich bitte dich, halte die Augen offen. Nimm diese Nummer.« Sie schrieb Modafferis Handynummer auf einen Zettel. »Sagt ihm, dass ihr meine Eltern seid.«

Es war nicht leicht, sich loszueisen, ohne die Einladung zum Mittagessen anzunehmen. Doch sie blieb hart, kehrte zu ihrem Begleitschutz zurück und entschuldigte sich für die lange Wartezeit.

»Warten ist vielleicht auch Arbeit. Aber es macht nicht so müde«, sagte Latella.

»Mich macht es unendlich müde«, antwortete Tina.

44

Curatola ließ sich an der Ausfahrt Reggio Nord-Cardinale Portanova abholen, an dem Autobahndreieck, an dem ihn ein Streifenwagen auf dem Weg zur Strandpromenade von Scilla abgesetzt hatte. Er stieg in den Uno, die Papiere unterm Arm, die er auf der Wache besorgt hatte. Er schilderte seinen Kollegen den anstrengenden Morgen, den er hinter sich hatte. Sogar auf das Mittagessen hatte er verzichten müssen, um das Material aus dem Archiv zusammenzutragen.

Gangemi frohlockte. Genau das Gegenteil der freien Stunden, um die er Curatola beneidet hatte. Um ihm noch mehr zuzusetzen, erzählte er von ihrem Ausflug ins Umland und den Schwertfischrouladen, die sie in einem Laden in Bagnara gekauft hatten. »Der Wahnsinn, Kollege!« Latella ging ins Detail, um Curatola richtig fertigzumachen.

Der Weg zum Rathaus führte an den Vereinigten Spitälern vorbei. Tina schaute hinüber. Es würde der erste Tag sein, an dem sie Pyrros nicht besuchte.

»Das ist er, Jungs«, sagte Curatola und zeigte Gangemi eines der Fotos. »Der könnte tatsächlich schon um uns rumgeschlichen sein.«

Er beugte sich vor, um auch Latella das Foto sehen zu lassen. Tinas Blick streifte das Foto. »Wer soll das sein?«, schrie sie mit schriller Stimme und riss Curatola das Foto aus der Hand. Sie sah darauf den Mann, der sie gerettet hatte, der auf die beiden Bestien geschossen hatte. Der Mann, dem Pyrros die Chance verdankte, zu überleben.

»Alessio Caridi. Ein 'Ndranghetista aus Agatea«, antwortete Curatola. Und bereute sofort, den Mund aufgemacht zu haben.

»Kennen Sie ihn, Signorina?«, fragte Gangemi, um die Sache wieder auszubügeln.

Ein Erinnerungsbruchstück, ein Bild. Sie hatte ihn noch einmal gesehen. Ihn, diesen Mann, hatte sie ein zweites Mal gesehen. Sie waren mit den Schultern zusammengestoßen. Aber sie konnte sich nicht mehr erinnern, wo oder wann das passiert war. Einer der Jungs hatte gesagt, dass er um sie herumschlich. Vielleicht war sein Einschreiten doch kein Zufall gewesen.

Tina zog vor, den Kopf zu schütteln. »Weiß Modafferi Bescheid?«, schnaubte sie.

»Er hat uns beauftragt, nach ihm zu suchen«, klärte Latella auf und machte es nur noch schlimmer.

»Kann ich das Foto behalten?«, fragte Tina.

»Signorina, da bekomme ich Ärger ...«

»Nur für ein paar Stunden.«

Curatola ließ sich überreden.

Der Sitz des Fernsehsenders RAI befand sich in dem Gebäude, in dem auch das Rathaus untergebracht war. Tina hatte Gigi Barreca noch einmal angerufen und ihn gebeten, seiner Bekannten die im *Quotidiano* erschienen Artikel über Agatea zu mailen.

Kurz vor drei Uhr parkte der Uno vor dem Haupteingang. Das Gebäude war ein grauer Zementblock mit verspiegelten Fenstern, wie sie in den 80er und 90er Jahre vielerorts gebaut worden waren. Gangemi und Curatola begleiteten Tina bis zum Empfangsbereich, wo der vertrödelte Portier sich eine lange Folge sinnloser Formalitäten ausdachte. Nach fünf Minuten, er klaubte gerade das x-te Formular hervor, ertönte hinter ihm eine Stimme: »Herr Niccolosi, bitten Sie Signorina Romeo herein.«

Caterina Larizza war eine mächtige Person. Vielleicht sogar die Mächtigste von denen, die kein politisches Amt innehatten. Sie war kürzlich zur Leiterin der Regionalredaktion des Nachrichtenmagazins TG3 aufgestiegen und reiste oft zwischen den Redaktionen in Cosenza, Reggio und Catanzaro hin und her.

»Tina, herzlich willkommen«, sagte sie im gleichen kühlen Ton, mit dem sie auch den Portier zurechtgewiesen hatte. »Die beiden jungen Herren warten draußen.«

Gangemi und Curatola unternahmen nicht mal den Versuch, zu widersprechen.

Tina begrüßte Catarina Larizza mit einem etwas unsicheren Handschlag. Die Frau glich der Beschreibung, die Gigi Barreca von ihr gegeben hatte bis aufs Haar. Sie war ein 1,60 Meter großes Nervenbündel, mit umherfliegenden Locken, die unter Strom zu stehen schienen, einer Adlernase, einer flachen Brust und einem indianerhaften, olivfarbenen Teint. Als sie die TG3-Redaktion übernommen hatte, hatte Gigi Tina gestanden, dass er Larizza zu den Menschen zählte, denen er sich am engsten verbunden fühle. Trotz ihres herrischen Charakters.

Larizza kam schon auf dem Weg zum zweiten Stock zur Sache.

»Der gute Luigi hat deinen Vorschlag, ein Exklusivinterview zu den Vorfällen in Agatea zu machen, nur kurz angedeutet. Er hat mir übrigens erzählt, was gestern passiert ist. Ich weiß es zu schätzen, dass du vor unserem Interview nicht damit an die Öffentlichkeit gegangen bist.« Tina nickte wie ein Schulmädchen.

»Ich denke, die Monologform wird für dich am besten sein, im Stil von *Dark Room*. Kennst du doch, oder? Du setzt dich hin, erzählst in aller Ruhe, was zu erzählen ist. Wir kümmern uns dann um den Schnitt. Was meinst du?«

»Für mich wäre das prima«, sagte Tina.

Sie liefen durch den Flur der Verwaltung zur Redaktion.

»Die Redaktion hier in Reggio ist wirklich ein Loch«, bemerkte die Redaktionsleiterin. »Wir haben nur ein winziges Aufnahmestudio und senden so gut wie nie live.«

Die Larizza öffnete die Tür zu einem etwa dreißig Quadratmeter großen Raum. Auf einem Stativ stand die Fernsehkamera bereits auf den Sessel gerichtet, ebenso wie die beiden Reflektoren. Unter dem Sessel lag eine Lampe, die den schwarzen Hintergrund beleuchtete.

»Du kannst es dir ja schon mal bequem machen und dich mit der Kamera anfreunden. Gleich kommen die Techniker zum Soundcheck.«

Tina ließ sich auf das schwarze Kunstleder sacken und erlitt den ersten Schweißausbruch.

Dann sah sie sich noch mal die Notizen an, die sie auf der Rückfahrt von Màrnoli gemacht hatte.

»Du warst noch nie im Fernsehen, oder?«, fragte die Larizza.

»Ich hab eine Menge Sport-Interviews gemacht«, antwortete Tina. »Aber auf der anderen Seite der Barrikade.«

»Wir schicken dich nicht zur Stylistin. So wirkst du authentischer.«

Tina hatte nichts einzuwenden.

»Wenn du einen Fehler machst, dich verhaspelst oder wenn dir ein Satz zu geschraubt vorkommt, mach dir keine Sorgen. Du fängst den Satz einfach von vorn an, wir schneiden das dann zurecht. Okay?«

Tina bezweifelte, dass sie in der Lage sein würde, eventuelle Fehler zu bemerken und Sätze von vorn zu beginnen, ohne den Faden zu verlieren. Aber sie nickte. Die Techniker standen schon in der Tür.

»Sagt Bescheid, wenn sie fertig ist, Jungs«, wandte sich die Larizza an sie und verschwand im Flur.

Tina sah sie an diesem Nachmittag nicht wieder.

»Und? Wie ist es gelaufen?«

Barreca tat gleichmütig, obwohl er vor Neugier fast platzte.

Die Polimeni spitzte die Ohren. Sie wusste nur ungefähr, warum Romeo nicht schon längst in der Redaktion war, wollte aber nicht nachfragen.

»Wir gucken es uns später an, oder?«, antwortete Tina. »Wenn sie damit fertig sind …«

»Und Caterina? Was für einen Eindruck hat sie auf dich gemacht?«

»Professionell. Und sehr gut vorbereitet. Natürlich schickt sie dem lieben Luigi einen herzlichen Gruß.«

»Worüber redet ihr?«, lispelte Tommaso. Anders als die Polimeni konnte er seine Neugier nicht beherrschen.

»Hab etwas Geduld. Vielleicht wird auch gar nichts draus«, antwortete Tina und reizte die Neugier ihrer Kollegen damit zusätzlich.

»Darf ich wenigstens erfahren, weshalb ich dir sechs Stunden freigegeben habe?«, fragte Verduci von der Schwelle seines Büros aus. »Los, komm her und erzähl.«

Tina berichte ihm hinter verschlossener Tür. Als sie das Büro des Redaktionsleiters wieder verließ, spielte ein schelmisches, zufriedenes Lächeln um ihren Mund. Das Lächeln verschwand sogleich wieder, als sie die E-Mails auf ihrem Rechner sah. Die Polimeni hatte keine Zeit verloren. Sie sollte nicht nur über die jüngsten Spielergebnisse der Reggina berichten, sondern auch zu den Kulturveranstaltungen des Sommers 2009 recherchieren und einen Blick auf einige Prozessakten werfen, bei denen es um eine Untersuchung ging, über die die Polimeni im Text der E-Mail keine Einzelheiten mitteilen wollte.

Doch nachdem sie die angehängten Dateien überflogen hatte, wurde ihr klar, dass Poliwoman ihr auf dem Silbertablett die Möglichkeit servierte, Don Peppe Parisi erneut zu Leibe zu rücken.

Unter den Dokumenten fand sie die Akten des Großprozesses von Crotone, der 1995 an das Amtsgericht von Varese übergeben worden war.

Damals war Parisi zu drei Mal lebenslänglich verurteilt worden. Auf den beigelegten Fotos sah Tina zum ersten Mal das Gesicht ihres Ge-

genspielers. Ein Mann mit stumpfem Blick, platter Nase und Strichmund. Das war also das Arschgesicht, das ihr das Leben ruinierte.

Sie zügelte ihren Eifer und zwang sich, der Reihe nach vorzugehen. Den Artikel über die Reggina erledigte sie innerhalb von zwanzig Minuten. Dagegen machte ihr die Recherche zum Finanzgebaren des Kulturreferenten ziemlich zu schaffen. Sie verlor eine Menge Zeit damit, die vielen Zahlen zu überprüfen, die angesichts des Kulturangebots der Stadt einfach nicht stimmen konnten.

Punkt sieben ertönte die Erinnerungsfunktion ihres Handys. Sie unterbrach das Studium der Zahlen und öffnete die TG3-Seite. Sie hörte den Nachrichten-Stream über Kopfhörer, um keine Aufmerksamkeit auf sich zu ziehen. Das Interview wurde am Ende der landesweit ausgestrahlten Sendung gezeigt: »Die junge Journalistin Tina Romeo fordert auf TG3 den Parisi-Clan heraus und lüftet das Geheimnis um den kürzlich im Aspromonte verübten Doppelmord. Sehen Sie dazu den Bericht von TG3 Kalabrien, den wir im Anschluss senden.«

Mit dem Ertönen der Erkennungsmelodie der Regionalredaktion trat Gigi ein, der sie schon seit einiger Zeit beobachtet hatte. Er hockte sich hinter sie und bat sie, die Kopfhörer auszustecken und den Lautstärkeregler aufzudrehen. Kurz darauf versammelten sich alle Anwesenden hinter Tinas Schreibtisch, neben Gigi standen Verduci, Giulio, Rosalba und Valerio.

»Tina Romeo, eine Art weiblicher Roberto Saviano, erzählt TG3 Kalabrien in einem Exklusivinterview, was am vergangenen Donnerstag, dem 20. August, wirklich auf den Bergen des Aspromonte geschehen ist.«

Tina erschien, von der Standkamera ins Bild gesetzt.

»Guten Abend, liebe Zuschauer und Zuschauerinnen. Ich weiß, dass viele von Ihnen gar nicht wissen, wer ich bin. Bis vor wenigen Tagen sagten mir die Namen von Journalisten, die von der Mafia bedroht werden, auch nicht viel. Abgesehen von einigen tragischen Ausnahmen wie Siani, Impastato und Alfano gibt es bis heute vieles, was ich über die Mafia nicht weiß. Auch die Namen der Kollegen, die ihr zum Opfer gefallen sind, kenne ich nicht alle. Mein Name ist jedenfalls Concetta Romeo, alle nennen mich Tina. Ich arbeite normalerweise als Sportjournalistin. Vor zwei Wochen hat sich mein Leben radikal geändert. Und zwar in folgender Weise …«

Tinas Blick wirkte entschlossen. Es waren ihre Handbewegungen, die verrieten, wie aufgeregt sie war.

»… wie es auch jedem von Ihnen hätte passieren können. Ich glaube nicht, dass meine jetzige Lage viel mit meiner beruflichen Tätigkeit zu tun hat, und werde versuchen, das zu beweisen. Die Zeitung, für die ich arbeite, ist der *Quotidiano della Calabria*. Um diese Jahreszeit sind viele Redaktionsmitglieder im Urlaub. Diejenigen von uns, die noch arbeiten, übernehmen die Aufgaben aus anderen Ressorts. Ich habe außer für den Sport- auch für den Nachrichtenteil geschrieben. Daher fuhr ich nach Agatea, um einen Artikel über ein Feuer zu schreiben, das über Ferragosto ausbrach und zwei Todesopfer forderte. Zwei junge griechische Fußballspieler, von denen man glaubte, sie seien vom Feuer überrascht worden.«

Die Kamera zoomte auf den Artikel. Zu lesen war die Überschrift: *Tödlicher Brand*, und man sah das Foto, auf dem Giulio die verkohlten Überreste der beiden jungen Fußballer verewigt hatte.

»Auf den ersten Blick handelt es sich nicht nur für mich um einen schrecklichen Unfall. Aber schnell zeigt sich, dass irgendwas an der Sache nicht stimmen konnte. Die beiden Opfer haben schwere Schädelverletzungen. Es hat sie also jemand geschlagen, es kann sich nicht um ein tragisches Unglück handeln. Außerdem gibt es ein Geständnis. Ein paar Tage nach dem Brand gesteht ein gewisser Giovanni Cutrupi schriftlich, das Feuer gelegt zu haben. Er sagt, der Tod der beiden jungen Männer sei ein Unglück gewesen, und nimmt sich das Leben. So scheint es jedenfalls, auch wenn die genaueren Umstände seines Selbstmords noch nicht geklärt sind.«

Auf dem Bildschirm erschienen Cutrupis Geständnis und das Faksimile eines weiteren Artikels von Tina mit dem Titel: *Eine ganz normale Gegend.*

»In diesem Artikel berichte ich, was ich gerade erzählt habe. Ich erwähne noch, dass Herr Cutrupi, der Selbstmörder, ein bekannter 'Ndranghetista ist, der für die Parisi-Familie arbeitet. Außerdem erwähne ich, dass in derselben Nacht noch jemand gestorben ist, ebenfalls in der Nähe von Agatea und ebenfalls unter wenig glaubhaften Umständen. Was ich in der Zeitung nicht erwähne – aus reiner Nachlässigkeit, für die ich mich an dieser Stelle entschuldigen will –, ist, dass auch diese andere Person einer Mafia-'Ndrina aus Agatea angehört, und zwar einer, die als Gegenspielerin der 'Ndrina von Parisi gilt.«

An den Nachnamen, den Gigi ihr verraten hatte, hatte sie sich nicht mehr erinnern können. Von ihrer eigenen Erzählung mitgerissen, hatte sie auch nicht in ihren Notizen nachgesehen. Sie hatte beschlossen, sich nicht selbst zu unterbrechen, um im Fluss zu bleiben.

»Am nächsten Tag veröffentlicht der *Quotidiano*, was ich Ihnen beschrieben habe, nichts weiter. Ein Brand, zwei ermordete junge Männer und zwei weitere merkwürdige Todesfälle: ein wenig glaubhafter Selbstmord und ein Unfall, der keiner sein kann. Was geschieht nun mit mir?«

Der Kameramann zoomte auf die Narbe an ihrem Arm.

»Was Sie hier sehen, ist natürlich nur ein Kratzer. Aber am Tag nach Erscheinen des Artikels passiert Folgendes: Zwei Männer folgen mir, während ich mit meinem Freund einen Ausflug in die Berge mache, und zünden mein Auto an, nachdem wir es abgestellt und uns ein Stück davon entfernt haben. Mein Freund … Wie gesagt, mein Freund hat das Pech, sie dabei zu ertappen, und versucht sie aufzuhalten. Die beiden Banditen versuchen zu fliehen, doch sie fahren auf ihn drauf und prallen auf einen Baum. Ich beobachte alles, ohne eingreifen zu können. Mein Freund, der mit dieser Geschichte nichts zu tun hat, liegt lebensgefährlich verletzt auf dem Asphalt. In diesem Moment bemerkt mich einer der beiden Verbrecher. Er wirft sich auf mich, mit einer einem Baseballschläger ähnelnden Lenkradsperre bewaffnet. Ich wäre heute nicht hier, wenn dieser Mann nicht eingeschritten wäre.«

Das Foto, das Tina von Curatola erhalten hatte, füllte den Bildschirm.

»Er heißt Alessio Caridi und gehört ebenfalls zu einer ’Ndrina aus Agatea. Ich weiß nicht warum, aber er verteidigt mich. Er schießt zweimal auf meine Angreifer und nimmt uns, mich und Pyrros, in sein Auto, um uns dem ersten Krankenwagen zu übergeben, dem wir auf der Straße nach Reggio begegnen. Am Abend desselben Tages erfahre ich, dass die beiden Rocco Papalia und Alberto Corsaro heißen, der ’Ndrina von Peppe Parisi angehören und durch zwei weitere Pistolenschüsse getötet wurden. War dieser Mann der Mörder?«

Wieder erschien das Foto von Rummenigge.

»Ich weiß es nicht. Aber was ich weiß, ist, dass mir nur noch Unheil widerfährt, seit Herr Parisi Teil meines Lebens geworden ist. Trotz meiner Verletzungen lasse ich nicht locker. Ich schreibe einen weiteren Artikel, er heißt *Die Macht der Worte*. Das ist er, vom letzten Samstag …«

Tinas Hand bewegte sich in den Bildvordergrund und die Kamera zoomt die ersten Sätze des Textes heran.

»Ich erkläre noch einmal, was mir geschehen ist, und mache auf den merkwürdigen Zufall aufmerksam, dass mir ein Unglück nach dem anderen widerfährt, seit ich den Namen des Herrn Parisi genannt habe. Gestern kommt es zu einem weiteren Anschlag. Ich komme nach Hause, in die Wohnung, die ich mir mit meinem Onkel teile. Er ist über sechzig und pensionierter Witwer. Ich finde ihn gefesselt und geknebelt vor. Jemand hat ihn gefoltert, ihm Finger- und Fußnägel ausgerissen, dann meinen Laptop gestohlen und einige kleinere Gegenstände entwendet. Ich vermute, dass das ein Versuch war, irgendetwas zu finden, was in meinem Privatleben nicht gut läuft, oder aber wichtige Dokumente an sich zu bringen. Wer immer diese schändliche Tat begangen hat, sich mit einem alten Mann angelegt und mich beklaut hat, dem sage ich, dass er damit nicht durchkommen wird. Er wird nichts finden, was er gegen mich verwenden könnte. Er wird Beschuldigungen erfinden, mich verunglimpfen müssen.

Ganz nach Mafia-Art. Wer einen angreift, wird diskreditiert. Ich lege Wert darauf, zu betonen, dass ich keine investigative Journalistin bin. Ich habe nicht jahrelang recherchiert wie einige meiner Kollegen, die viel mutiger sind als ich. Ich weiß nicht, was Saviano über die Casalesis oder Abbate über die Corleonesi weiß. Ich bin durch Zufall in diese Sache hineingeraten. Genau wie mein Freund, der jetzt im Koma liegt. Das versuche ich hier zu erklären, daher meine Wut und daher meine Angst. Es gibt niemanden, der hier in Kalabrien lebt und nicht Teil dieses Systems ist. Solange es Menschen wie Don Peppe Parisi gibt, werden wir alle mögliche Opfer sein. Ich hoffe, dass die Staatsmacht rasch auf diese Verbrechen reagiert, und dass sie herausfindet, was dieser Herr von mir will.« Wieder wurde das Bild von Alessio Caridi gezeigt. »Vor allem aber hoffe ich, dass alle, die mich jetzt von zuhause aus sehen, begreifen, in welcher Gefahr sie sich jeden Tag befinden, solange es Verbrechern wie Parisi möglich ist, uns zu tyrannisieren. Ich danke TG3 für diese Gelegenheit, mich hier zu äußern, und wünsche allen einen guten Abend.«

Niemand hörte auf die abschließenden Bemerkungen der Moderatorin und noch weniger auf die zum Abschluss noch einmal ertönende Erkennungsmelodie der Sendung.

Tina verließ die TG3-Seite. Sie fand, dass sie noch hässlicher und plumper ausgesehen hatte als sonst. Ihre Kollegen wirkten wie versteinert. Giulio löste sich als Erster aus der Gruppe hinter ihrem Schreibtisch. Dass Tina Pyrros mehrfach erwähnt hatte, gefiel ihm überhaupt nicht. Und sein Foto war im Fernsehen gezeigt worden, ohne auch nur ein kurzes Dankeswort an diesen Dummkopf von Giulio Cotroneo. Obwohl sie bis vor wenigen Tagen noch gesagt hatte, sie seien ein Team. Er ärgerte sich, dass er sich in so eine Ziege verknallt hatte.

Nachdem Giulio gegangen war, entfernten sich nach und nach auch die anderen. Schweigend. Tommaso schluckte. Er konnte nicht bestreiten, dass ihn die Sendung aufgewühlt hatte. Wenn er an die möglichen Folgen dieses Monologs dachte … Was, wenn sie wegen Tina eine Bombe in den Redaktionsräumen deponierten? Selbst Poliwoman und Gigi Barreca waren erschüttert vom Handstreich ihrer jungen Kollegin.

Verduci dagegen drückte ihre Schulter. »Viel Vergnügen«, sagte er. Tina sah ihn verwirrt an. »Jetzt musst du alles aufschreiben, was du gesagt hast«, fuhr er fort. »Wir brauchen es für die morgige Ausgabe.«

45

Er hätte sie alle ohrfeigen können, einen nach dem anderen, gleich dort bei der Romeo im Flur. Andererseits: Was hatte er von diesen Halbwüchsigen erwartet? Er kannte ihre Schwächen, als er sie beauftragt hatte. Und er war sich noch nicht einmal sicher, dass er ihnen den Auftrag bis ins Kleinste erklärt hatte.

»Wie seid ihr auf diese Idee gekommen? Einer Privatperson Unterlagen aus dem Polizeiarchiv zu geben?«

»Wir wussten ja nicht, dass sie sie im Fernsehen zeigen würde«, Latella versuchte vergeblich, die Schuld von sich zu weisen.

Modafferi unterbrach ihn: »Seit die Sendung ausgestrahlt worden ist, haben sich schon drei Leute gemeldet, die behaupten, Alessio Caridi gesehen zu haben.«

»Das ist doch prima, Inspektor«, sagte Curatola gedankenlos.

»Das ist überhaupt nicht prima. Die Hinweise kommen zeitgleich aus Messina, aus Pizzo Calabro und aus der Provinz von Matera«, antwortete Modafferi.

Er zog das Fläschchen mit den Kapseln aus der Gürteltasche und schluckte ein paar davon. »Ingwer«, sagte er, als Gangemi ihn skeptisch ansah. Er würde das vielleicht noch brauchen, um wachzubleiben. Am späten Nachmittag hatte er eine Siesta gemacht, um den verpassten Schlaf der letzten Nacht nachzuholen und sich auf eine weitere vorzubereiten. Er wollte die Romeo davon überzeugen, ihn von ihrem Wohnzimmersofa aus aufpassen zu lassen. Jedenfalls solange die Klärung des offiziellen Begleitschutzes andauerte. Es war ihm klar, dass er kein Auge zubekommen würde, wenn sie einwilligte. Er konnte sich keinen weiteren Fehltritt erlauben.

Also legte er sich vorbeugend gegen halb sieben hin. Um neun, kurz vor dem Klingeln des Weckers, war der Vize-Polizeidirektor am Telefon, der ihn in wenig freundlichem Ton fragte, wie es möglich war, dass eine Journalistin des *Quotidiano* im Fernsehen ein Foto zeigte, das aus dem Polizeiarchiv kam. Das Foto war Teil eines Dossiers, das der Inspektor vor zwei Tagen angefordert und der Beamte Curatola am Vormittag abgeholt hatte.

Modafferi hatte dem Vize-Polizeidirektor keine Erklärung geben können. Aber er eilte zu Tina Romeos Wohnung, um selbst eine zu bekommen. Die Jungs vom Begleitschutz waren abrundtief naiv gewesen. Aber sie wussten nicht, was Tina auf TG3 gesagt hatte.

Modafferi schien es angebracht, bei Tina zu klingeln und sie direkt zu fragen.

»Sie müssen morgen nur die Zeitung kaufen«, wich Tina aus. »Ich habe es genauso gemacht wie früher an der Uni, als wir die Vorlesungen der Professoren mitgeschrieben haben. Nur dass ich diesmal bei mir selbst mitgeschrieben habe.«

»Ich kann nicht bis morgen warten«, antwortete Modafferi.

»Dann laufen Sie in die Redaktion, da müsste noch jemand sein. Sie können Ihnen die Datei geben. Ich selbst habe im Moment leider keinen Computer, wie Sie ja wissen.«

»Es tut mir leid, was mit Ihrem Onkel passiert ist, mit Ihrem Computer und …«

»Sie tun, was Sie können, ich weiß. Zu meinem Unglück genügt das nicht.«

Die Frau irritierte ihn.

»Ich würde heute Nacht gern hier bleiben«, sagte er ohne Umschweife.

Tina schüttelte den Kopf.

Der Inspektor bewegte sich keinen Millimeter. Er sah sie eindringlich an, bis sie sich ihrer Ängste entsann. »Nur heute Nacht.«

Aber vielleicht würde ihr am Wochenende die nächtliche Beobachtung durch den Inspektor noch ganz gelegen kommen.

»Barbara Solcini ist vom Kontrolleur auf frischer Tat erwischt worden. Er hat ihr direkt ins Gesicht geschaut, aber ohne sie zu erwischen«, lautete der neue Status, den Alessio Caridi am vergangenen Abend auf Facebook eingegeben hatte.

Marco Pizzi alias Mimmo Stillitani hatte wenige Minuten später einen Kommentar hinzugefügt: »Du musst vorsichtiger sein, sonst kommen zum Schluss noch deine Eltern dahinter. Vielleicht verrat ich es ihnen sogar ;-)«

»Mal gucken, wie sie es nehmen«, hatte Barbara ihrerseits reagiert. »Morgen geh ich wohl nicht in die Schule, oder?«

Da er im Laufe des Abends keine Antwort erhalten hatte, ging er davon aus, dass sein Vorschlag auf Zustimmung gestoßen war. Es war besser, sich in nächster Zeit nicht in Romeos Nähe blicken zu lassen. Der Bulle war tatsächlich nur einen Schritt von seinem Hyundai entfernt gewesen. Sie, Don Rocco, Mimmo und die anderen, mussten sich damit abfinden. Er musste es ja auch akzeptieren. Er war nicht mehr der Rummenigge von früher. Er war alt geworden. Außerdem war nicht alles ein Unglück, was im ersten Moment danach aussah.

Voller Begeisterung erzählte er Mela, dass er sich freue, den nächsten Tag zuhause zu verbringen. Mela wunderte sich. Normalerweise zeigte Alessio seine Gefühle nicht. Er hatte auch noch irgendetwas anderes gemurmelt, was sie nicht verstanden hatte. Irgendetwas über das Ende seiner Sühne. Mela bat ihn wie gewohnt nicht, sich zu erklären. Sie kam ihren ehelichen Pflichten nach.

Doch dann stand Alessio mitten in der Nacht auf und prüfte in immer kürzeren Abständen, ob es neue Kommentare zum Facebook-Profil von Barbara Solcini gab. Aus der Zufriedenheit des Vorabends war angespannte Besorgnis geworden. Nicht einmal die Gegenwart seiner Töchter beruhigte ihn. Und mit seinem Enkelkind zu spielen half auch nicht.

Schließlich traf am späten Nachmittag doch noch ein Kommentar ein: »Deine Eltern sind unzufrieden, aber sie meinen es gut mit dir.«

Er atmete erleichtert auf. Sein Appetit meldete sich zurück. Er schlug Mela einen kleinen Abendspaziergang vor, sah aber ordnungshalber noch mal nach, ob es Neuigkeiten gab.

»HEUTE ABEND PIZZA!!!«, lautete die Nachricht, die um 21:07 auf die Pinnwand gesetzt worden war. Er sah auf die Uhr. 21:19. Er rief Mela zu, dass aus dem Spaziergang nichts werde, und versuchte, die böse Vorahnung zu unterdrücken. Beim Hinausgehen zog er sich einen leichten Anorak über.

Hinter ihm leuchteten die Scheinwerfer eines Autos auf. Seine Silhouette hob sich im Licht ab. Alessio sah seinen eigenen Schatten vor sich und stellte sich vor, wie er sich in wenigen Sekunden auf ihn legen würde, von Kugeln durchsiebt.

Er wartete auf den Schmerz. Er hielt die Luft an. Er wollte nicht laufen, wollte nicht schreien. Keine geschmacklosen Szenen.

Doch nichts von all dem geschah.

Er drehte sich langsam um.

»Steig ein«, hörte er.

Er erkannte den Audi von Mimmo Stillitani und auch die Stimme des Mannes, der ihn aufforderte, einzusteigen. Er näherte sich dem Auto mit dem schleppenden Schritt eines Mannes, der zum Tode verurteilt ist. Mimmo Stillitani winkte ihm, sich zu beeilen. Die Hinrichtung war nur aufgeschoben, bis sie sich an einem weniger auffälligen Ort befanden, dachte Caridi.

46

Er hatte noch nie solchen Sand gesehen. Nicht einmal auf Djerba, in Scharm el-Scheich oder Thailand. Zum Glück hatte er die Kreuzfahrt in der Karibik gegen eine Woche in Miragoâne getauscht. Statt sich jeden Tag auf einem Transatlantik-Kreuzer irgendwo zwischen Jamaika und Santo Domingo animieren zu lassen, fühlte er sich im ereignislosen Haiti nun ganz in seinem Element. Dieser Strand mit Sandkörnern fein wie Zucker, aber ohne an der Haut zu klebten, schlug alles, was er bisher erlebt hatte.

Und dann das Meer … Hier war der Atlantik ruhig und freundlich. Eine von Palmen eingerahmte türkisgrüne Fläche. Und Tausende Kilometer weit weg von Mailand, von neblig grauen Morgen, von seiner Studentenzeit an der Bocconi-Universität. Damals war er bei Dutzenden Vereinen Mitglied geworden, um Leute kennenzulernen, die ihn nicht an seine Herkunft in Kalabrien erinnerten. Er war auf Partys gegangen, auf denen gekokst und gevögelt wurde. Er hatte dafür bezahlt, sich an einigen exklusiven Orgien beteiligen zu dürfen.

Während ihm Joaquin den Rücken massierte, erinnerte sich Guido Parisi an das erste Mal, als er mit einem Transsexuellen gefickt hatte. Die Überraschung, und dann der Aha-Moment. Er hatte entdeckt, dass es ihn genauso entzücken konnte, jemandem einen zu blasen, wie selbst einen geblasen zu bekommen. Die Partys, auf denen gekokst und gevögelt wurde, hatte er aufgegeben. Nur das Koksen hatte er beibehalten. Er hatte keine Lust mehr, viele Leute um sich zu haben. Keine Lust auf Freunde, Bekannte, Abendessen.

Seit er nach Kalabrien zurückgekommen war, um sich um die wirtschaftlichen Angelegenheiten seiner Familie zu kümmern, gönnte sich Guido fast zweimonatlich eine Reise in ein exotisches Land. Eine einwöchige Pause, während der er Energie tankte und sich für die sexuelle Enthaltsamkeit entschädigte, zu der er sich in Agatea zwang.

»*Muito bem, muito bem, Joaquin*«, sagte er zu dem brasilianischen Jungen, der ihm den Rücken massierte.

Joaquin hatte sich auf sein Becken gesetzt. Guido spürte das ganze Gewicht des Körpers, den er schon vor einigen Stunden im Hotelzimmer ausprobiert hatte. Er würde Joaquin auch heute Nacht bei sich behalten. Fürs Wochenende hatte man ihm allerdings zwei Haitianer empfohlen, gerade volljährig, die zu zweit arbeiteten. Er musste noch mit dem Bademeister des Hotels reden, um die Verabredung zu bestätigen.

In diesem Paradies erreichte ihn der Anruf seines Vaters wie ein Blitz aus heiterem Himmel. Bevor er zum Telefon griff, bedeutete er Joaquin, weiterzumachen. Nur etwas sanfter.

»Guido, wie geht's dir?« Die Stimme klang metallisch, verzerrt.

»Gibt's ein Problem?« Sicher gab es schlechte Neuigkeiten. Er konnte sich nicht vorstellen, aus welchem anderen Grund sein Vater ihn auf der anderen Seite des Ozeans sprechen wollte. Ihre Abmachung war klar. Wenn er weg war, war er weg. Für alle.

»Unsere Freunde, die Hausbesucher«, begann Giorgio leicht verlegen noch mal. »Sie haben ein bisschen Durcheinander veranstaltet …«

»Wie genau?«, fragte Guido gereizt. Er streckte eine Hand aus und griff nach Joaquins Fußgelenk.

»Sagen wir einfach, dass sie sich mit dem Hausherrn angelegt haben.«

»Wen zum Teufel habt ihr denn …«

»Moment, Guido«, unterbrach ihn sein Vater. »Morgen läuft die Sache, auf die wir uns geeinigt haben. Das Problem ist, dass unsere Freundin das heute schon allen verraten hat.«

Guido bedeutete Joaquin, die Massage abzubrechen und aufzustehen.

»Was heißt das, sie hat es allen verraten?«

»Im Fernsehen«, flüsterte Giorgio.

Guido sprang auf. »Und wie hat sie das verdammt noch mal wissen können? Haben diese Drecksjournalisten geredet?«

»Ich weiß es nicht. Aber sie hat gesagt, dass jemand versuchen könnte, ihr einen Streich zu spielen. Und zwar ziemlich genau den, den wir uns ausgedacht haben.«

Guido blickte zum Horizont. Die Küstenlinie zog sich bis Port-au-Prince hin und machte dann im Norden einen Schlenker nach Saint-Marc. Der Himmel war makellos blau. Er lief ein paar Schritte im zarten Grün des seichten Wassers.

»Wir müssen ihr diesen Streich trotzdem spielen«, sagte Guido verunsichert.

»Es gibt noch ein anderes Problem. Genaugenommen sogar noch zwei. Erstens hast du Recht gehabt: Unsere Freundin hat auch gesagt, dass sie von jemandem beobachtet wird. Es war aber keiner von denen, an die du gedacht hast.«

»Sondern?«

»Es war so, wie Opa gesagt hat. Einer der Männer von Herrn S.«

Guido brauchte einen Moment, bis er verstand.

»Von diesem Herrn S.?«

»Genau von dem«, bestätigte Giorgio.

»Scheiße.«

»Und das zweite Problem ist, dass Opa der Streich, der für Morgen geplant ist, nicht genügt. Ich bin mir ziemlich sicher, dass er darauf drängen wird, zum Althergebrachten zurückzukehren.«

»Er soll abwarten, Papa. Wenn er nicht ein bisschen Geduld hat, dann nützt alles nichts.«

»Ich versuch's, Guido. Aber du weißt ja, wie er ist. Und du? Alles in Ordnung?«

Guido blickte zu Joaquin. Aus dieser Entfernung glich er Amauri, dem neuen Stürmer von Juventus Turin. Nur hatte er einen muskulöseren Oberkörper.

»Ja, ja«, stotterte Guido.

Und nach kurzer Pause: »Aber, was plant Opa jetzt wegen Herrn S.?«

»Ich weiß es nicht genau, aber ich denke mal, er wird das Fest abwarten. Also mach dir keine Sorgen.«

Guido atmete erleichtert auf. In eine Lokalfehde zu geraten war das Letzte, was er wollte. Sie würden sich also auf der Zusammenkunft der Capobastoni während des Festes der Madonna von Polsi aussprechen. Wenn es dort schlecht laufen sollte, würde Guido die Reißleine ziehen. Er würde in irgendein halbwegs kostengünstiges Paradies auf Erden abtauchen.

»Wir sehen uns in ein paar Tagen, Papa, okay? Halt mich auf dem Laufenden.«

»Alles klar, Guido.«

Guido legte auf.

Mit Sorgenfalten auf der Stirn kehrte er zu Joaquin zurück, hob das Handtuch auf, erfreute sich an dem perfekten Körper des Brasilianers und gab ihm ein Zeichen, ihm aufs Zimmer zu folgen.

47

Tina bat Modafferi ins Wohnzimmer und bot ihm etwas zu trinken an, doch er lehnte ab. Dort stand noch der würzig-süßliche Haschischgeruch, obwohl sich Nino Vinci bereits in sein Zimmer zurückgezogen hatte. Der angeschlagene Kämpfer war früh ins Bett gegangen.

»Ich glaube, vorher hat mein Onkel nicht so viel geraucht«, sagte Tina.

»Etliche meiner Kollegen machen es nicht anders«, bemerkte der Inspektor, um sie aus ihrer Verlegenheit zu befreien.

»Ich hole Ihnen ein Laken und eine leichte Decke.«

Obwohl er darauf verzichtet hätte, kam sie mit weißem Bettzeug zurück.

»Zum Bügeln habe ich keine Zeit. Aber sauber ist es«, rechtfertigte sie sich, als sie Modafferis verdutzten Blick sah.

Dessen Gesichtsausdruck hatte allerdings nichts mit dem Zustand des Bettbezugs zu tun. Modafferi fragte sich vielmehr, warum sich Tina ihm gegenüber auf einmal so anders verhielt.

»Tausend Dank, das wäre nicht nötig gewesen«, sagte er. »Ich bin ja nicht zum Schlafen hier.«

»Warum tun Sie das für mich? Niemand hat Sie darum gebeten. Und Sie bekommen Ihre Überstunden bestimmt nicht bezahlt.«

Die Frage überrumpelte ihn.

»Es scheint mir das Richtige zu sein.«

»Und Ihre Jungs? Wie haben Sie die überzeugt?«

»Die vertrauen mir. Und sie sehen es als interessante Erfahrung.«

»Schlafen Sie ein bisschen, Inspektor, das kann nicht schaden. Sonst müssen Sie demnächst noch mehr Pillen schlucken.«

Am nächsten Morgen stand Tina in aller Ruhe auf. Den Inspektor im Haus zu haben, schien ihr die beste Lösung zu sein. So schöpfte er am wenigsten Verdacht und für sie würde es später einfacher sein. Es überraschte sie nicht, dass der Inspektor schon auf den Beinen war. Dass er Kaffee zubereitete und mit Nino Vinci beim Frühstück saß, hatte sie nicht erwartet.

Tina grüßte aus dem Flur und ging ins Bad.

»Die Jungs warten unten auf uns«, sagte Modafferi, als sie wieder herauskam.

Ihr Onkel warf ihr einen bittenden Blick zu. Tina erriet den Grund und bat den Inspektor, vorauszugehen.

»Ich warte vor der Tür«, antwortete er.

»Dann können sie auch gleich hier bleiben«, sagte Tina und machte sich daran, einen kleinen Klumpen Haschisch aus der Schatulle ihres Onkels zu holen. Sie zerbröselte ein Drittel davon und drehte ihm eine Tüte. »Versuch mal, damit auszukommen«, sagte sie in bemüht strengem Ton.

Gangemi, Curatola und Latella reagierten zu langsam. Sie hielten die Zeitschrift noch in Händen, als Tina und Modafferi vor ihnen erschienen.

»Bisschen Porno am Morgen, Jungs?«, fragte sie.

Latella schüttelte den Kopf, konnte seine Verlegenheit aber nicht verbergen. »Nein, es ist nicht wie sie denken …«

»Latella, lass uns die Sache nicht noch schlimmer machen!«, ertönte die Stimme des Inspektors.

»Aber nein, was denn für ein Porno?«, verteidigte sich Curatola.

Um seine Unschuld zu beweisen, zeigte er die Titelseite von *Ich weiß Bescheid*, des neuesten Tratschblatts der Springer-Gruppe. Tina war neben Clooney, Canalis und den Paparazzi-Bildern der Hochzeit von Ela Weber in einem schwarz umrahmten Kasten zu sehen. Das Foto musste vor etwa fünf, sechs Jahren aufgenommen worden sein. Man sah sie im Halbprofil mit dümmlichem Blick, in der Hand etwas, das wie eine Tüte aussah. Dazu ein Mann, dessen Gesicht man unkenntlich gemacht hatte, der ihr am Ohr leckte. Überschrift: »Die Journalistin, die Gutes predigt und Schlechtes tut.«

»Verdammte Scheiße!«, brach es aus Tina heraus.

»Und das, wo Sie mit leichten Drogen nun wirklich nichts zu tun haben«, spottete Modafferi.

»Das Foto kommt von den verfluchten Bastarden, die bei mir eingebrochen sind«, spuckte Tina giftig.

Modafferi nahm wieder eine professionelle Haltung ein. »Hatten Sie noch mehr solche Sachen auf dem Computer oder in den Schubladen?«

Tina fielen die Fotos ein, zu denen ihr Ex Marco sie überredet hatte, als sie noch mit ihm zusammen war. Sie war sich sicher, sie vom Laptop gelöscht zu haben. Aber sie wusste auch, dass ein geschickter Informatiker Daten hervorzaubern konnte, die ihr für immer gelöscht schienen.

»Kann ich mal einen Blick drauf werfen?«, fragte Tina die Jungs vom Begleitschutz und zeigte auf die Zeitschrift. »Oder würde es euch etwas ausmachen, wenn ich gleich mitfahre?«

»Sie ist jetzt ganz die eure«, sagte Modafferi. »Bis heute Abend vielleicht«, fügte er im Gehen hinzu.

Tina setzte sich ins Auto, fasste sich und begann mit der Lektüre. Die Zeitschrift hatte ihr ganze zwei Seiten gewidmet, auf denen sie als junges Mädchen mit Borderline-Syndrom beschrieben wurde, die gewohnheitsmäßig Drogen konsumierte und einen schlechten Umgang pflegte. Ihr wurde vorgeworfen, den Kontakt zu ihrem früheren Freundeskreis abgebrochen zu haben, nachdem man ihren Ex-Freund Marco als Dealer verhaftet hatte. Außerdem denke sie nur an ihre Karriere. Der Schreiberling fragte sich auch, welchen Methoden sie wohl ihren beruflichen Aufstieg verdankte.

Ihr war klar, dass man *Ich weiß Bescheid* auch in der Redaktion des *Quotidiano* eingehend studiert hatte.

Der Enthusiasmus vom Abend davor war verflogen und wich einer stillen Verlegenheit. Der Schlag, den sie gegen ihre Feinde gerichtet hatte, kam wie ein Bumerang zurück. Und genau das hatte sie im Fernsehen selbst vorhergesagt. Aber sie hatte nicht damit gerechnet, dass die Verunglimpfung so schnell erfolgen würde.

Rosalba errötete und senkte den Kopf, als Tina eintrat. Gigi bemühte sich neutral zu wirken. Auch auf ihn hatten diese Fotos Eindruck gemacht. Seine Zuneigung schien mit väterlicher Enttäuschung zu kämpfen. Tommaso gab sich keinerlei Mühe, ein spöttisches Grinsen zu verbergen.

Giulio hatte ihr einen Zettel auf dem Schreibtisch hinterlassen: »Ich glaube nicht, dass du das bist.« Kaum eine Minute später schickte er ihr eine SMS, um zu fragen, ob sie seine Nachricht gelesen habe. Tina brüllte ihn vom Schreibtisch aus an: »Ich bin nicht blind!«

Am meisten sorgte sie sich darüber, dass ihre Eltern davon erfahren könnten. Würden die entsprechenden Sender die Meldung aus *Ich weiß Bescheid* aufgreifen, würde Tina in Màrnoli fortan als bekiffte Nutte gelten. Ein nie zu tilgender Schandfleck, der ihre Eltern ins Unglück stürzen würde.

Sie sollte einen Anwalt anrufen und diese Schmalspurscheiber von *Ich weiß Bescheid* verklagen.

Warum hatte sie nur jemals diese Fotos auf dem Laptop gespeichert? Und überhaupt, wie sinnlos war doch diese ganze unglückliche, masochistische Zeit mit Marco gewesen.

Mit Pyrros an ihrer Seite wäre alles anders gelaufen. Aber auch heute würde sie den Besuch im Krankenhaus ausfallen lassen.

Tina machte sich an die Arbeit und schrieb einen Routineartikel über das Spiel zwischen Padua und der Reggina. Dann widmete sich wieder der Aufgabe, die die Polimeni ihr aufgetragen hatte. Die Zahlen des Kulturreferenten waren geradezu lächerlich. Auf der Ausgabenseite waren absurde Angaben zu lesen. Einige VIPs hatten Tausende von Euro erhalten, nur dafür, dass sie abends auf der Via Marina spazieren gegangen waren.

Ihr Blick fiel erneut auf das Schmierenblatt.

Sie dachte an Rache. Vielleicht würde schon das morgige Treffen mit dem Informanten sie in die Lage versetzen, einen K.o.-Schlag gegen Peppe Parisi zu landen. Natürlich stand auch hinter dieser Medienhetze kein anderer als er.

Irgendwie schlug sie sich bis zur Mittagspause durch. Um halb zwei willigte Gigi Barreca ein, mit ihr essen zu gehen.

»Lass uns einfach nicht darüber reden, okay?«, sagte er, als sie die Redaktionsräume verließen. Kaum auf dem Corso Garibaldi angelangt, klingelte Gigis Telefon.

»Einverstanden, Luciana. Wir kommen sofort zurück«, sagte er mit verändertem Gesichtsausdruck.

»Man hat die Papiere Alessio Caridis und einige Kleider in der Nähe eines Bottichs gefunden«, sagte er, bemüht seine Nervosität zu verbergen.

»Und was heißt das?«

»Der Bottich war voller Säure.«

48

Der Blick des Mannes folgte den Bewegungen seiner Frau. Sie weigerte sich beharrlich, ein Hausmädchen anzustellen. Sie wollte keine Fremden im Haus. Aber sie beschwerte sich darüber, dass er ihr nie zur Hand ging.

Der Mann beobachtete, wie sie sich mit geübter Hand durchs Wohnzimmer bewegte. Sie schlug den Bezug auf dem Diwan um und machte sich daran daran, den Staub vom Bücherregal zu wischen.

»Heute Abend muss ich abreisen. Mein Flieger geht in drei Stunden«, ließ er sie wissen.

Er teilte seine Abreise immer erst in letzter Minute mit. Oft erfuhr er selbst nur kurz vorher, dass er fortmusste. Aber auch, wenn er es länger im Voraus wusste, informierte er sie über seine Dienstreisen erst so spät wie möglich. Um ihr Schwierigkeiten zu ersparen und um ihr keine Gelegenheit zu geben, Einwände zu erheben.

»Wann kommst du zurück?«, fragte die Frau. Es interessierte sie schon lange nicht mehr, wohin er reiste.

»Morgen früh ist die Verabredung. Am Abend bin ich wieder hier.«

Der Mann ging ins Schlafzimmer, um einen kleinen Koffer zu packen. Er suchte ein paar Wechselklamotten und griff ohne hinzuschauen einen historischen Roman vom Nachttisch, den er eben erst zu lesen begonnen hatte. An den Titel konnte er sich nicht erinnern. Er zog sich kurz an seinen Schreibtisch zurück und schaltete den Laptop ein. Er kopierte zwei Dateien auf einen USB-Stick und sicherte sie mit einem Passwort. Bevor er das Gerät ausschaltete, sah er noch einmal in seine Mails. Sicherheitshalber.

Keine Neuigkeiten.

Die letzte Nachricht hatte er vergangene Nacht um 1:52 Uhr mit dem Absender »Rosario Stella« erhalten. Eine Nachricht von Don Rocco Stillitani oder einem seiner engsten Vertrauten. Einer der Wege, über die sie kommunizierten. Verschlüsselte Mails, Facebook, natürlich mit falschen Identitäten, und zwei Blogs.

Der Mann las die Mail noch einmal. So eilig hatte er es ja nicht.

»Liebe Giulia,

wie geht es dir? Wir müssen uns bald treffen, weil man uns ziemlichen Ärger macht. Erinnerst du dich an deine Freundin, mit der du immer in der Pause sprichst, die von der Schülerzeitung? Weißt du was die gemacht hat?

Sie hat in der Gegend herumerzählt, ein sehr guter Freund von mir habe sie angegraben. Ist das nicht irre? Sie hat angefangen, es allen unter die Nase zu reiben. Du musst wissen, dass sie meinem Freund nicht gefällt und er sie auch nie angegraben hat. Jetzt wird es jedenfalls ganz schön Ärger geben, weil sich die Kumpels von dem Freund deiner Freundin eingemischt haben. Sie werden stinksauer auf meinen Freund sein, und dann natürlich auch auf mich.

Lass uns überlegen, was wir da machen können. Wir sehen uns in ein paar Tagen.

Rosario.«

Der Mann musste zugeben, dass Stillitani sich hervorragend verstellen konnte. Der Brief schien wie von einem Jugendlichen geschrieben, und man musste wissen, worum es ging, um seinen verborgenen Sinn zu verstehen. Der Link am Ende der Mail, der zur YouTube-Seite führte, hätte einen Außenstehenden vielleicht misstrauisch gemacht. Aber die Bedeutung hätte sich ihm nicht erschlossen.

Der Mann klickte auf den Link. Die Aufnahme stammte aus einer RAI-Nachrichtensendung. Die Bildqualität war schlecht. Als die Ansagerin den Namen Tina Romeos nannte, lief ihm ein Schauder über den Rücken. Er hatte erraten, dass sie die »beste Freundin« war. Aber eine Inszenierung dieser Art hatte er nicht erwartet. Der Mann lehnte sich zurück und spielte die Sendung mit Tinas Monolog ab. Er achtete genau auf ihr Gesicht und ihre Stimme. Er hatte sie sich blond vorgestellt, warum auch immer.

Er hatte sich keine Fotos von Romeo besorgt, weil er sich am Tag der Verabredung überraschen lassen wollte. Hin und wieder musste man sich auch bei der Arbeit ein stilles Vergnügen gönnen. Schade, dass er nun schon wusste, wie sie aussah.

»Es wird nicht nach Plan gehandelt«, lautete der Schlusssatz eines historischen Romans, den er sehr schätzte. Wie wunderbar wäre es, diesen

Satz zu beherzigen und jegliche Planung zum Teufel zu schicken. Leider war das nicht möglich. In seinem Metier musste alles nach Plan gehen. Trotzdem liebte er es, hin und wieder eine Ausnahme zu machen. Die winzige Abweichung von der Regel, die er sich morgen gerne genehmigt hätte, war jetzt nicht mehr möglich.

Er achtete auf jedes von Tinas Worten und machte sich ein paar Notizen. Er wollte den Angriff auf Peppe Parisi analysieren. Dann sah er sie das Bild des Mannes in die Kamera halten. Das 'Ndrina-Mitglied, von dem Don Rocco Stillitani geschrieben hatte. Der »beste Freund«.

Der Name Stillitanis war in der Sendung nicht genannt worden. Aber wer das Foto gesehen hatte, würde keine Schwierigkeiten haben, die Verbindung herzustellen. Genau das würde jetzt die Staatsmacht tun. Und die 'Ndranghetisti der Gegenseite.

Erst gegen Ende der Aufnahme, als Tina die Stirn in Falten legte, wurde ihm die Ähnlichkeit bewusst. Zuerst hatte Tinas blasses Gesicht keinen besonderen Eindruck auf ihn gemacht. Oder vielleicht hatte er einfach den Vergleich nicht angestellt. Der Mann rieb sich die Augen, spulte ein Stück zurück und heftete seinen Blick auf den Bildschirm.

»Hast du dich schon wieder eingesperrt?«, herrschte ihn die Frau von draußen an.

Der Mann stoppte den Film, als wäre er bei einem Pornofilm ertappt worden. Sie rüttelte am Türgriff. Auf dem Desktop erschien der Bildschirmschoner der Bank, mit Firmenlogo und verschiedenen Grafiken. Dann drückte er auf »Herunterfahren«.

»Tut mir leid, Schatz. Die Gewohnheit«, antwortete er. Er stand auf und öffnete die Tür.

»Du weißt doch, dass ich es nicht mag, wenn du dich einsperrst«, rügte sie ihn.

»Ich tu es ja nicht mit Absicht! Blöde Gewohnheit, der Direktor verlangt es eben in der Filiale ...«

Seine Frau warf ihm einen misstrauischen Blick zu. Seine ständigen Reisen gefielen ihr nicht. Sie hatte den Verdacht, dass er ihr etwas verbarg. Der Mann umarmte sie. »Ich muss mich beeilen, sonst verpasse ich den Flieger.«

»Soll ich dich begleiten?«

Sie fragte jedes Mal, und er lehnte jedes Mal ab.

»Nein danke, ist nicht nötig«, antwortete er, wie es ihr Drehbuch vorgab. »Ich nehme den Zug nach Fiumicino.«

Er nahm den Koffer und verabschiedete sich.

Das Gesicht der Romeo ging ihm nicht aus dem Kopf. Vielleicht war die Ähnlichkeit nur Zufall. Und er hatte nicht richtig hingesehen. Sich etwas eingebildet. Halluziniert.

Er würde sie persönlich sehen. Dann würde sich sein Eindruck entweder bestätigen oder nicht. Aber wenn ihn seine Intuition nicht täuschte, dann hatte der Mann seinen mächtigen Ordensbruder Nr. 10 jetzt an den Eiern.

49

Tina entschied sich für das kleinere Übel. Reichlich nervös fuhren sie zusammen die ionische Küste hinunter. Sie, Giulio, Gangemi, Curatola und Latella. Es war einfacher sie zu schützen, wenn sie bei ihnen im Auto saß. Und Guilio war gezwungen, seine romantischen Anflüge unter Kontrolle zu halten.

Um punkt zwei Uhr nachmittags setzten sie sich in den grauen Uno, die Fenster geschlossen und die Klimaanlage auf Hochtouren gedreht. Tina musste sich aus Sicherheitsgründen auf die Rückbank setzen, zwischen Curatola und Gangemi. Seit ihrem Auftritt bei RAI Tre hatte Modafferi seinen Beamten befohlen, verstärkt auf sie aufzupassen.

»Am Autobahndreieck nach Platì, sagten Sie?«, fragte Latella.

»Es müsste auf der Höhe von Bovalino sein«, bestätigte Tina.

Bei diesem Tempo würden sie mindestens noch zwei Stunden brauchen. Am letzten Augustwochenende staute sich der Verkehr, wohin man auch blickte.

Auf dem Pannenstreifen geparkte Autos, Badegäste, die leicht bekleidet an der Küste entlang schlappten, Leute, die unter kleinen Strohdächern diskutierten, welcher Standabschnitt für sie der beste sei. In dem Riesendurcheinander waren natürlich auch noch die auf der 106 üblichen Idioten unterwegs.

Das Meer hatte einen Gutteil des Ufers geschluckt, was jeden übrig gebliebenen Quadratmeter von Jahr zu Jahr kostbarer machte. Der Tourismus war in der Krise, aber die Menschendichte in Bikinis und Bermuda-Shorts schien sich verdoppelt zu haben.

Guilio, Gangemi, Curatola und Latella schauten neidvoll auf das Heer der Badegäste unter den Sonnenschirmen. Giulio fotografierte die Polizisten, ohne dass sie es bemerkten. Ihre Gesichtszüge spiegelten den Frust, den sie trotz ihres jungen Polizistenlebens schon angesammelt hatten.

Guilio verspürte den Drang, sich selbst zu fotografieren. Eine seltene Anwandlung. Sein Verlierergesicht gefiel ihm nicht. Aber in diesem Auto war er in guter Gesellschaft. Er machte drei Selbstporträts. Vor allem auf dem dritten meinte er, eine leicht kämpferische Miene zu entdecken.

»Mit Blaulicht wäre alles in Butter«, sagte Latella, genervt vom Verkehr um Lazzàro. Doch genau das hatten sie nicht und waren gezwungen, sich weiter über den Asphalt zu quälen. Erst nach anderthalb Stunden bogen sie an der Ausfahrt vor Bovalino Richtung Platì ab.

Tina ärgerte sich über die Zeit, die sie bei dieser Fahrt verloren hatte. Aber wenigstens hatte sie noch Zeit zu verlieren. Sie fürchtete sich vor dem Anblick des Bottichs, in dem man den Mann aufgelöst hatte, der ihr das Leben gerettet hatte. Auch wenn er ein Mafioso war, sie war ihm dankbar. Wer konnte schon wissen, warum er es getan hatte.

Die Frage, die sie beschäftigte, war eine andere: War Alessio Caridi ihretwegen gestorben? Wegen dessen, was sie im Fernsehen gesagt hatte? Sie erinnerte sich an sein Profil, wie er aussah, nachdem er ihr gesagt hatte, sie solle ihn vergessen. Stattdessen hatte sie sein Bild im Fernsehen gezeigt. Und tags darauf war er tot.

»Wir sind da«, sagte Latella und fuhr auf die staubige Straße, das letzte Stück Weg hinter Lacchi nach Platì. Vor einem alten gemauerten Haus, das mitten in der Landschaft stand, sahen sie zwei Carabinieri-Wagen. Dahinter drei weitere Autos.

»Die Letzten werden die Ersten sein«, bemerkte Tina. Aus dem Uno steigend, erkannte sie einen Kollegen von der *Gazzetta del Sud*, der mit einem jungen Carabiniere verhandelte. Cozzupoli, oder Cozzupuli, Tina erinnerte sich nicht mehr genau an den Namen, erbat die Erlaubnis, das Haus zu betreten. Der junge Mann in Uniform hielt ihn hin, solange er keine Anweisung seines Vorgesetzten erhielt.

Tina stellte sich neben Cozzupoli/Cozzupuli und setzte den Beamten zusätzlich unter Druck, überragt von der Bohnenstange Giulio.

»Unseren Fernsehstar hier werden Sie ja wohl nicht abweisen können«, bemerkte der Kollege sarkastisch. Was sich als unverhoffter Türöffner erwies. Der wenige Meter entfernte Marschall erteilte ein unerwartetes Okay. Er hörte, dass ein Fernsehstar anwesend sei und beschloss, ein Auge zuzudrücken. »Ihr dürft aber nichts anfassen.«

Als Tina an ihm vorbeiging, fragte er sie: »Für wen arbeiten Sie eigentlich?«

Tina vermied, ihm zu antworten, und näherte sich vorsichtig dem Hauseingang.

Für ihren Magen fürchtete sie das Schlimmste. Von Gigi wusste sie, dass man Caridi in Säure aufgelöst hatte.

Sie trat in den feuchten, dunklen Raum. In einem ähnlichen hatte ihr Vater früher die Mostbottiche stehen. Zur Weinlese hatten ihre Eltern sie als kleines Kind schon in die »Kantine« gebracht. Sie erinnerte sich an die gelb und blau gefärbten Shorts, an ihre mageren Beine, die die Trauben in Bottichen zerstampften. Der Kopf benommen vom überwältigenden Geruch der zerdrückten Trauben.

Auch hier standen zwei Bottiche, und auch hier fielen einige Sonnenstrahlen durch Wandschlitze in den ansonsten finsteren Raum. Einer der Lichtstreifen ließ einen Sommeranorak und den Personalausweis Alessio Caridis erkennen. Daneben einige Fotos. Wahrscheinlich seine Frau, seine Töchter und sein Enkelkind.

»Die Brieftasche war leer. Kein Geld«, sagte einer der Carabinieri.

»Elende Hungerleider«, bemerkte Cozzupoli/Cozzupuli.

Der Geruch, dachte Tina. Es fehlte nur der Geruch, der des gärenden Weins. Sie näherte sich den Bottichen. Der eine war leer. Der andere nicht. Beide schienen gleich tief zu sein. Im angefüllten Bottich stand die Säure etwa einen halben Meter hoch. Wenn die Anzeichen nicht trogen, war Alessio Caridi einen qualvollen Tod gestorben. Sie hatten ihn nach und nach aufgelöst. Zuerst die Füße und Waden, dann den restlichen Körper.

Der Gedanke, dass der Mann sich einer Salzfigur gleich auflöste, ließ sie das Gebäude postwendend verlassen.

Kaum über der Türschwelle, stieg das bekannte würgende Gefühl in ihr hoch und sie übergab sich.

Giulio kam, um ihr zu helfen. Diesmal ließ sie ihn gewähren. Sie nahm sein Papiertaschentuch und ließ sich stützen. Sie ging wieder hinein und bemühte sich, ihre anhaltende Übelkeit zu unterdrücken. Eigentlich hätte sie den Carabiniere interviewen müssen, so wie es Cozzupoli/Cozzupuli gerade am Eingang tat. Aber ihr war nicht danach. Sie hoffte, dass Giulio oder die Jungs vom Begleitschutz die eine oder andere Antwort aufgeschnappt hatten. Sie ging zum Marschall: »Ist nichts mehr von ihm übrig?«

»Können wir noch nicht sagen«, antwortete der Beamte. »Keiner möchte die Finger in das Zeug stecken. Normalerweise ist aber nach ein paar Minuten …«

»Geben Sie mir wenigstens einen Tipp. Welcher Sender?«, insistierte der Marschall. Tina überhörte seine Frage ein zweites Mal und sah Giulio, wie er den Tatort fotografierte.

Sie ignorierte den Marschall, der sowieso nicht viel ermittelt zu haben schien. Jetzt würde es für sie nur noch eine Abendbeschäftigung geben: Mehr über Alessio Caridi zu recherchieren. Herausfinden, wer er war und warum er auf diese Weise gestorben war. Recherchen, die sie am Ort, an dem man ihn geopfert hatte, nicht machen konnte.

»Ich kann nicht mehr«, gestand Tina. »Ich bin am Ende.«

Tina saß zusammengekauert hinter Gigi Barrecas Tisch, den Kopf auf Höhe der Schreibtischplatte. Die Szene hätte leicht missverstanden werden können. Er saß entspannt auf dem Stuhl, sie hockte am Boden, in die Knie gesackt, wie als Kind beim Froschhüpfen.

»Alles bricht über mich herein. Pyrros, mein Onkel, dieser Typ«, fuhr sie mit tränenunterlaufenen Augen fort.

»Sag mir, wie ich dir helfen kann.«

»Ich kann keinen Artikel über Caridi schreiben. Ich habe das Gefühl, dass ich an seinem Tod schuld bin.«

»An seinem Tod ist nur er schuld«, widersprach Barreca.

Tina schniefte.

Tommaso blickte auf. Auch die Polimeni wurde neugierig.

»Du hast mit denen nichts zu tun, verstehst du? Nichts!«, flüsterte Gigi und strich ihr über die Haare.

»Ja, nein«, antwortete sie wenig überzeugt.

»Bloß den Artikel, den kann ich nicht für dich schreiben. Sprich mal mit Luciana, sie ist für die Tagesmeldungen zuständig.«

Natürlich war die Polimeni zuständig. Aber sie war ja zu Gigi gekommen, um nicht zu ihr zu müssen. Er sollte den Artikel schreiben. So wie Eltern für ihre Kinder die Hausaufgaben machen.

»Erklär ihr, wie es dir geht. Schlussendlich verhält sie sich immer sehr verständnisvoll.«

Tina sah ihn ein letztes Mal Gnade erheischend an. Gigi deutete mit dem Kopf auf den Schreibtisch seiner Kollegin. Poliwoman zeigte sich tatsächlich einigermaßen verständnisvoll. Wenn auch auf ihre Weise:

»Natürlich verstehe ich dich. Es ist klar, dass du dich schuldig fühlst … Wer würde das an deiner Stelle nicht tun?«

Dann ließ sie sich Tinas Notizen geben und hörte sich ihren Bericht an. Sie finde es merkwürdig, analysierte Tina, dass man den Personalausweis und den Anorak von Alessio Caridi am Tatort gefunden habe. Normalerweise setze man Säure ein, um die Identifizierung einer Leiche zu verunmöglichen. Sie diene dazu, Personen auszuschalten, von denen niemand wissen solle, dass man sie umgebracht habe. Oder dazu, Menschen im Zweifel zu belassen. Aber in Caridis Fall …

»Mach dir keine Sorgen«, sagte die Polimeni, nachdem sie Tinas Verwunderung über dieses Detail zur Kenntnis genommen hatte. Und beschloss, im Artikel nichts darüber zu schreiben.

Tina bedankte sich bei ihr und ging nach Hause, erschlagen vor Müdigkeit.

Modafferi wartete im Hof.

»Heute Abend nicht!«, sagte sie gereizt. »Ich bitte Sie. Sie wissen doch, was für einen Tag ich hinter mir habe.«

»Ich hatte gestern Abend nicht den Eindruck, Sie zu stören.«

»Machen Sie, was Sie wollen«, sagte sie und zeigte auf die Haustür.

Sie brauchte noch länger als sonst, um das Schloss zu öffnen, warnte Modafferi aber mit einem finsteren Blick davor, das in irgendeiner Weise zu kommentieren. Modafferi hielt sich zurück und entließ die Jungs vom Begleitschutz mit einer Handbewegung in den Feierabend. Gangemi, Curatola und Latella warteten, bis die beiden hineingegangen waren. Dann verließen sie den Hof.

Tina sah nach ihrem schlafenden Onkel, der nicht einmal seine Tüte aufgeraucht hatte, so sehr schien ihn der Cocktail aus Antibiotika und Schmerzmitteln zu ermüden, und legte sich ins Bett.

Um halb sieben schreckte sie ihr Handy-Wecker aus dem Schlaf. Sie schaffte es, ihn nach dem ersten Ton auszuschalten. Sie wollte so leise wie möglich sein und verzichtete auf den Gang ins Bad. Sie zog sich im Dunkeln an und horchte vorsichtig an der Wohnzimmertür, beruhigt vom schweren Atem Modafferis. Von wegen Bewacher. Der Bulle schnarchte. Wie eine Diebin stahl sie sich aus dem Haus.

Sie hatte eine Bar unweit der Villa Comunale im Sinn, in der sie sich für ein paar Stunden verkriechen konnte. Bis zur Verabredung mit dem Informanten.

50

Als kleines Kind war sie, während ihre Mutter Einkäufe in der Stadt erledigte, öfter mit ihrem Vater hier gewesen. Damals beschränkten sich ihre Besuche der Villa Comunale, des als Botanischer Garten geltenden Parks der Stadt, auf die Besichtigung eines alten an Haarausfall leidenden Löwen und von ein paar Affen. Das Raubkatzengehege war nun unbewohnt. Ein vergitterter Zementkasten. Der Weiher mit den Gänsen und Schwänen suppte verlassen und halb ausgetrocknet vor sich hin. Doch der staubige Schotter schien noch derselbe zu sein wie vor zwanzig Jahren.

Tina ging durch das schwere schmiedeeiserne Tot entlang des Palmenwegs Richtung Via Marina. Dort in der Nähe sollte sie den Informanten treffen. Viertel vor neun. Sie war so lange wie möglich in der Bar vor der Villa Comunale gebleiben. Ironie des Schicksals: Die Bar schien sich zum Stammlokal der Beamten der benachbarten Polizeiwache entwickelt zu haben.

Ständig traten uniformierte Polizisten ein und plauderten mit ihren Kollegen in Zivil, während sie sich in eine ausführliche Zeitungslektüre vertiefte.

Sie bog in die kleine Allee ein, um zur verabredeten Stelle zu gelangen. Ein Mann mittleren Alters saß auf der Bank und las den *Quotidiano.* Tina versuchte das Foto von Alessio Caridi auf der Titelseite zu ignorieren.

Der Mann hatte lichtes, graumeliertes Haar und ein Pferdegesicht. Unter der Zeitung staken lange schlaksige Beine in einer dunklen Leinenhose hervor. Zwischen seinen Füßen stand ein kleiner Reisekoffer. Neben ihm, auf der Bank, ein Stapel Tageszeitungen und Zeitschriften. Ganz oben *Ich weiß Bescheid*, was schlecht zu der seriösen Erscheinung des Mannes passte. War dieses bürokratisch wirkende Männchen der Informant?

Tina lief an ihm vorbei und wartete auf ein Zeichen. Der Mann sah nicht auf. Er ließ Tina vorbeigehen. Einen Augenblick lang fürchtete sie, in eine Falle getappt zu sein. Dann hörte sie ihn leise rufen. »Kommen Sie, ich bin es.«

Sie drehte sich noch einmal in alle Richtungen um und setzte sich neben ihm auf die Bank.

»Nehmen Sie die oberste Zeitschrift«, wies er sie an

»Danke, die kenne ich schon«, sagte Tina.

»Warum sind Sie bereit, mich zu treffen?«, wollte sie das Gespräch in Gang bringen.

»Das müssen Sie nicht wissen«, antwortete der Informant trocken. »Ich dachte, Sie hätten verstanden. Sie stellen keine Fragen. Ich entscheide, was ich Ihnen sage.«

Reflexhaft wollte sie protestieren, hielt sich aber zurück.

»Wenn Sie es vermeiden, sich umbringen zu lassen und zum Star der Klatschpresse zu werden, könnten Sie in einigen Tagen Zeugin der Verhaftung eines gefährlichen Verbrechers werden.«

»Um wen geht es?«

»Wären Sie mit Ihrem Freund Giuseppe Parisi zufrieden?«

Tina blieb die Luft weg. »Wann?«

»Ich sage Ihnen Bescheid, wenn ich es selbst weiß«, antwortete der Informant und legte einen USB-Stick auf den Zeitungsstapel.

Tina nahm ihn, ohne weitere Fragen zu stellen.

»Behalten Sie das zuhause. Das ist für Sie jetzt der sicherste Ort«, fügte der Mann hinzu.

Tina dachte an die widerliche Fresse Don Peppe Parisis, an dieses Tier, das ihr Leben ruiniert hatte. Sie wollte ihn für den Rest seines Lebens hinter Gittern versauern sehen. Sie dachte an Pyrros, den sie seit Tagen nicht mehr im Krankenhaus besucht hatte.

»Der Stick enthält zwei Dateien. Die erste erklärt sich von selbst. Die zweite nicht unbedingt. Aber wenn Sie verstanden haben, worum es geht, dann behalten Sie es für sich. Das könnte Ihnen von nun an das Leben retten.«

Tina runzelte die Stirn: »Warum geben Sie mir die Dateien?«

»Ihr Leben ist schon schwer genug. Machen Sie es nicht noch schlimmer«, erwiderte der Mann beim Aufstehen.

»Die Passwörter beruhen auf Ihrem Vor- und Nachnamen. Beim Vornamen tippen Sie für jeden Buchstaben die Taste rechts daneben, beim Nachnamen die Taste links daneben.«

Er hob den kleinen Koffer auf die Bank, öffnete das Schloss und legte die Zeitungen und Zeitschriften auf die Kleider, die er gestern getragen hatte.

»Die da«, sagte er und zeigte auf die Zeitschrift, die Tina in den Händen hielt, »können Sie behalten. Lesen Sie sich das durch.«

Tina war verdutzt über seine Entscheidung, so unvermittelt zu gehen.

»Vermeiden Sie es, mir hinterherzulaufen. Das ist für uns beide das Beste«, flüsterte der Mann, bevor er sich entfernte.

Tina sah ihm nach, wie er hinter den Blumenbeeten im Schatten der Karussellanlage verschwand. Es fiel ihr schwer, ihm nicht zu folgen. Sie blätterte *Ich weiß Bescheid* durch. Den Artikel über sie kannte sie schon fast auswendig. Der Rest interessierte sie nicht.

Sie legte die Zeitschrift zur Seite und schloss die Augen.

»Und?«

Eine vertraute Stimme riss sie aus ihrem Schlummer.

»Wer war der mysteriöse Herr?«

Modafferi. Er reichte ihr einen dampfenden Plastikbecher.

»Ich wollte nicht stören. Sonst hätte ich ihm auch einen Kaffee gebracht.«

Tina umklammerte den USB-Stick in der rechten Hand. Sie bemühte sich, ihn unauffällig in die Hosentasche zu stecken, und nahm mit der linken Hand den Becher.

»Danke schön, Herr Inspektor«, sagte sie leicht verlegen. »Sind Sie heute mit dem falschen Bein aus dem Bett gestiegen?«

Sie hätte sich eine gute Ausrede einfallen lassen müssen. Aber Modafferi würde ihr sowieso nicht glauben.

»Ich kenne seinen Namen nicht. Und selbst wenn, er ist einer meiner Informanten und es wäre meine berufliche Pflicht, Ihnen den Namen nicht zu nennen. Ich nehme an, dass er ein kleiner Fisch aus dem Geheimdienstapparat ist«, sagte sie und bemühte sich dabei, so naiv wie möglich zu wirken.

Der Mann entfernte sich, die Aufmerksamkeit auf jedes Geräusch gerichtet. Er hörte keine Schritte auf dem Schotter hinter sich. Die Frau hatte verstanden. Sie schien ihm impulsiv, aber zuverlässig. Sie hatte keinen Fehler gemacht. Sie war allein gekommen, und nachdem er gegangen war, war sie sitzen geblieben, wie er es ihr geraten hatte.

Er verließ die Gärten der Villa Comunale und lief auf dem Corso Garibaldi Richtung Bahnhof. Es gab nur wenige italienische Städte, in denen es ihm schwer fiel, sich zu orientieren. Er hoffte, am Bahnhof ein Taxi zu finden, das ihn unverzüglich zum Flughafen fahren würde. Mit etwas Glück würde er noch den Flug um viertel nach elf nach Rom erwischen.

Er wollte den Anblick Tina Romeos im Gedächtnis behalten und ihren Gesichtsausdruck vor sich sehen, wenn er sich hinsetzte, um sein Erinnerungsbild mit bestimmten Fotos abzugleichen. Vorhin in der Villa Comunale erschien ihm die Ähnlichkeit frappierend.

Er erreichte die Piazza Garibaldi, wo sich der Taxifahrer fast anbetteln ließ, bevor er einwilligte, ihn zum Flughafen zu fahren. Beim Check-in verhandelte er lange mit dem Angestellten der Fluggesellschaft, ehe der ihn schließlich auf die Passagierliste des nächsten Fliegers setzte.

Die Sache war es wert. Er würde einige Stunden früher zuhause sein als geplant und seine Frau überraschen. Und er konnte die Zeit gut gebrauchen. Er musste sich etwas einfallen lassen, um die Sache, mit der ihn Don Rocco Stillitani beauftragt hatte, zu klären. Was die Frage der Gesetzesverordnung anging, so hatte er entsprechende Informationen über die nächsten Vorhaben der Regierung erhalten. Jetzt galt es, ein paar Tage abzuwarten. Dass die Regierung ad hoc eine Gesetzesverordnung verabschieden würde, war eher unwahrscheinlich. Aber sein Mann aus dem Parlament hatte ihm eine Alternative in Aussicht gestellt, die sich die Kompetenzerweiterung des Zivilschutzes zunutze machte. Was den letzten Zwischenfall anging, so fühlte sich der Mann nicht zuständig. Das war ein diplomatisches Problem, das die 'Ndrine unter sich zu lösen hatten. Wahrscheinlich waren erst einmal alle zufrieden, nachdem man diesen Alessio Caridi geopfert hatte. Bis zum Treffen in Polsi würden sie die Füße stillhalten. Aber das Wichtigste war, Stillitani würde ihm Parisi auf dem Silbertablett servieren. Damit hatte er endlich etwas vorzuweisen, er war nicht umsonst das Risiko eingegangen, die Santa zu infiltrieren.

Nach den aufwändigen Manövern der letzten Zeit wäre es ein Jammer gewesen, ausgerechnet jetzt aufzufliegen.

51

»Sehen Sie mich nicht so an«, sagte Tina, während er sie zur Redaktion begleitete.

»Ist das der Typ, der Ihre Artikel inspiriert?«, wollte Modafferi wissen. »Deswegen wissen Sie immer schon im voraus, was gemunkelt wird. Wegen eines Maulwurfs?«

»Inspektor, ich bitte Sie. Das ist doch lächerlich. Wie glauben Sie denn, dass wir Journalisten an unsere Informationen kommen? Wir brauchen natürlich ein bisschen Unterstützung.«

Modafferi war empört. Er fand es überhaupt nicht selbstverständlich, dass dieses bisschen Unterstützung aus dem Staatsapparat kommen sollte. Es schien ihm sonnenklar, dass das graue Männchen, ein typischer Spion, für den Inlandsgeheimdienst SISDE arbeitete.

Er sah auf Tinas verstaubte Füße in den Sommerlatschen. Die Frau war eine Schlange. Fast hätte sie ihn reingelegt. Zum Glück hatte ihn die freundliche Unterhaltung vor zwei Abenden misstrauisch gemacht. Tina hatte offenbar gehofft, ihn einzulullen. Doch er war auch die zweite Nacht auf der Hut geblieben, hatte ausgestreckt und mit halboffenen Augen auf das kleinste Geräusch geachtet. Bei Sonnenaufgang hatte er etwas knarren gehört. Vielleicht hätte sie es geschafft, sich vor seiner Nase davonzustehlen, wenn sie nicht das Geräusch ihrer Latschen verraten hätte. Niemand schlüpft nachts in seine Latschen, um auf die Toilette zu gehen. Außerdem war von der Spülung nichts zu hören gewesen, wohl aber von leisen Schritten zur Wohnungstür. Er hatte sogar ein Schnarchen vorgetäuscht, um nach dem Geräusch der sich schließenden Wohnungstür ebenfalls aufzustehen und ihr in angemessenem Abstand zu folgen.

Als sie sich in der Bar verkroch, glaubte er schon, zu scheiteren. Dort hätte er allen möglichen Leuten begegnen und das Geschehen schlecht im Blick behalten können. Aber mit der Geduld eines Maultiers wartete er gut postiert in der Nähe der Bar.

Als Tina in der Villa Comunale den Bürokraten traf, konnte er den Verdacht fallen lassen, dass es bereits in der Bar ein Stelldichein gegeben hatte.

»Warum haben Sie mir bezüglich Caridi nicht geholfen?«, fragte Modafferi in hartem Ton.

»Allem Anschein nach sind Sie auch allein ganz gut zurecht gekommen.«

»Ein Informationsaustausch wäre für uns beide gut gewesen …«

»Ich kann mich nicht erinnern, dass Sie das jemals vorgeschlagen hätten«, entgegnete Tina. »Und die Sache mit Caridi ist ja jetzt gelaufen.«

Sie hatten die Via Cavour erreicht und standen vor der Redaktion des *Quotidiano*.

»Aber wie hätte ich Ihnen denn einen solchen Vorschlag machen können, wo doch …«

»Sehen Sie, es lag gar nicht an mir. Auf Wiedersehen, Herr Inspektor«, verabschiedete sich Tina. Sie schob die Tür auf und ging hinein.

Modafferi musste sich zurückhalten, um sie nicht am Handgelenk zu packen und zu schütteln.

Die Redaktion war noch dabei, sich warm zu laufen. Rosalba war noch halbwegs bei Bewusstsein, aber sobald es ein paar Grad wärmer würde, würde sie wieder zum Roboter mutieren. Die Tür des Grafikers war geschlossen. Anscheinend waren Valerio und Giulio noch nicht zur Stelle. Vom anderen Ende der Redaktionsräume schallte die Stimme Verducis am Telefon herüber. Auch Gigi und Tommaso hatten sich noch nicht blicken lassen. Luciana Polimeni saß allein in ihrem Büro und hackte energisch auf ihre Tastatur ein.

»Die letzten ruhigen Tage hier«, bemerkte sie. »Heute ist schon der Neunundzwanzigste.«

Die andern Kollegen würden am kommenden Montag aus den Ferien zurück sein, spätestens aber am 1. September, einem Dienstag: Ottavia, Paolo, Silvia …

»Wie läuft's mit den Recherchen, um die ich dich gebeten habe?«, fragte die Polimeni und tippte weiter.

Die Kulturausgaben Reggios im Sommer 2009 und das Dossier über die 'Ndrangheta-Prozesse. Tina hätte fast vergessen, dass sie schon damit angefangen hatte. Jetzt aber brannte ihr der USB-Stick ein Loch in die Tasche. Sie fragte sich, ob ihr Büro-PC sicher sei.

»Ich wollte die Sachen noch etwas genauer durchforsten«, antwortete sie beiläufig. Ihr Blick fiel auf den neuen Mac von Ottavia Pizzimenti. Ottavia war es als Einziger gelungen, Verduci von der Notwendigkeit dieser Anschaffung zu überzeugen. Tina stellte sich vor den Mac. Ihre Hoffnung bestätigte sich: Ottavia hatte kein Passwort eingerichtet.

Sie tastete mit der rechten Hand nach dem Inhalt ihrer Hosentasche. Der USB-Stick glühte in ihrer Hand. Beherzt klopfte sie an Verducis Bürotür, der sein Telefonat offensichtlich beendet hatte, und trat ein.

Wenige Minuten später saß sie wieder an ihrem Schreibtisch und arbeitete an Ottavias Mac. Sie zog die beiden Dateien vom USB-Stick auf den Rechner, tippte die Tasten neben denjenigen, die ihren Vor- und Zunamen ergaben, so wie der Informant gesagt hatte, und drückte erwartungsvoll auf »Enter«.

Die Datei öffnete sich sogleich.

In einem Punkt hatte der Informant recht. Es wurde sofort klar, worum es sich handelte.

Eine Sammlung von Informationen über GP, die Initialen Giuseppe Parisis.

Das Dokument bestand aus 17 Seiten grob zusammengestellter Texte und war in zwei Hauptabschnitte gegliedert. Im ersten Teil fanden sich etliche wenige Zeilen lange Notizen, die von eingescannten Fotos ergänzt wurden. Der zweite dagegen bestand aus einem mit Zahlen und Dokumenten gespickten Fließtext.

Tina überflog die ersten Seiten. Unter der Überschrift »Giuseppe Parisi« prangte eine fett gesetzte Zwischenüberschrift: »(1) Verbrechen, die GP von der Staatsanwaltschaft nicht vorgeworfen werden, für die es aber Beweise oder ernst zu nehmende Indizien gibt.« Es folgte eine nicht nummerierte Liste: »Hinterhalt auf die Rizzo-Brüder, Santo Stefano d'Aspromonte, 11. Oktober 1982. Laut einer zwei Jahre später zurückgezogenen Aussage des Kronzeugen Francesco Marra, dessen Frau Drohungen erhalten hatte.« Nächster Absatz: »Auftragsmord an Giovanna De Nava, Ortì, 7. November 1991. Quelle: Camorra-Killer Ciro Canavacciulo, Aussage im Crotone-Prozess 1995. Die entsprechenden Prozessakten fehlen.« Einen Absatz später: »Mord an Pasquale Arlacchi, Bova Marina, 28. April 1998. Am Vortag hat Arlacchi in der Bar über GPs jungen Enkelsohn Guido hergezogen. Er sagte, Guido sei homosexuell. Vier Zeugenaussagen, wurden später alle zurückgezogen.«

Tina betrachtete das Foto, das dem dritten Eintrag beigefügt war. Darauf waren zwei Personen zu sehen. Sie erkannte den deutlich jüngeren Giuseppe Parisi als die Person mit wenigen weißen Haaren auf dem anderen Foto. Daneben ein Jugendlicher mit unverkennbarer Ähnlichkeit.

Guido, dachte Tina.

Im weiteren Text wurde Giuseppe Parisi als Urheber von Morden und Körperverletzungen, die ihm in den anhängigen Verfahren nicht vorgeworfen wurden, benannt. Diese Verbrechen vervollständigten die Liste der Vorwürfe, die die Richter mit der Verurteilung zu lebenslanger Haft bestätigt hatten. Dazu Fotos, die den alten Boss in verschiedenen Lebensabschnitten sowie einige seiner Familienangehörigen zeigten.

Tina überflog diesen Teil des Textes bis zur zweiten Zwischenüberschrift: »(2) Finanzielle Verwicklungen des Imperium Parisi.«

Schriftart, Formatierung und Schreibstil änderten sich.

»Die im Besitz des Herrn Giuseppe Parisi befindlichen Güter haben sich im Laufe des vergangenen Jahrzehnts spürbar verändert, sowohl hinsichtlich ihrer Quantität (bewegliche Güter und Immobilien) als auch hinsichtlich ihrer Wertentwicklung. Eine genaue oder wenigstens eine nur geringe Fehlermarge aufweisende Berechnung seines Vermögens wird erschwert durch die massive Eigentumsübertragung von Herrn Giuseppe Parisi an Giorgio Parisi, Guido Parisi und Giuseppina Ventura, die vor allem in den vergangenen 15 Monaten vollzogen wurde. Zu beachten sind in dem erwähnten Zeitraum darüber hinaus auch der deutliche Anstieg in der Anzahl neu gegründeter Offshore-Firmen und die im Juni 2009 durch Giuseppe, Giorgio und Guido Parisi sowie durch Giuseppina Ventura erfolgte Eröffnung zweier Briefkastenbanken in Nauru.«

»Entschuldige, Tina.« Gigis Stimme riss sie aus der Lektüre.

Tina blickte kaum auf. »Was gibt's?«

»Giacomo hat mich gerade angerufen.«

Tina hatte weder das Telefon läuten gehört noch das Gespräch bemerkt. Vor allem hatte sie nicht die leiseste Idee, wer Giacomo war.

»Dr. Placanica, mein Bekannter aus dem Krankenhaus, der dir den Verband angelegt hat.«

Tinas Magen krampfte sich zusammen. Gigi war im Begriff, ihr etwas über Pyrros mitzuteilen. Ein Verdacht, der sich umgehend bestätigte: »Er sagt, Pyrros …« Tina schloss die Augen. Tommaso und Luciana Polimeni unterbrachen ihre Arbeit.

»Sie haben keine Verwandten gefunden, die sie informieren können. Erinnerst du dich, dass sie uns gefragt haben, ob wir uns darum kümmern können?«

Tina spürte, wie ihr Brustkkorb zu Stein wurde. Ihr Atem stockte. Ihre Zähne pressten sich in ihre Unterlippe.

»Nein, Moment, woran denkst du denn?« Gigi versuchte das Missverständnis richtigzustellen. »Sie wollen ihn aus dem Koma wecken, nächste Woche. Ihn von den Geräten nehmen. Um zu sehen, wie er reagiert.«

Tinas Körper begann zu zucken. Sie brauchte ihre ganze Kraft, um sich zu beherrschen. »Es geht ihm besser?«

»Ich glaube schon«, antwortete Barreca. »Ich weiß es nicht … Giacomo meint, der Vorgang sei riskant.«

»Wann wollen sie es machen?«

Gigi hob die Schultern. »Nächste Woche, hat er gesagt. Wenn du willst, frage ich noch mal.«

»Ich wäre gern dabei, wenn es so weit ist.«

Die Reggina-Mannschaft hatte einen schlechten Start hingelegt, Padua dagegen schien unaufhaltsam. Schließlich hatte die Bessere der beiden Mannschaften das Nachsehen, wie es im Fußball manchmal so geht. In der 13. Minute der ersten Halbzeit nutzte Brienza einen Konter und schoss das entscheidende Tor zugunsten der Lokalmannschaft.

Tina tippte ihre Notizen unwillig in den Mac. Es fiel ihr schwer, sich zu konzentrieren. Den ganzen Morgen gingen ihr Erinnerungen an Pyrros durch den Kopf. Die einzige sinnvolle Tätigkeit, zu der sie sich in der Lage fühlte, bestand darin, die zweite Datei herunterzuladen. Aber sie hatte keine Zeit, sie anzusehen. Sie ignorierte selbst Poliwoman, die Druck machte und Ergebnisse der Recherche über die Kulturausgaben sehen wollte.

»Sie werfen das Geld zum Fenster raus«, antwortete Tina bei der x-ten Nachfrage hastig.

»Ich kümmere ich mich gerade um den Sportteil«, log sie.

Poliwoman gab ihr bissig zu verstehen, dass sie ihr noch mehr als einen Gefallen schuldig sei.

Bis viertel vor eins war sie nicht in der Lage, auch nur eine Zeile zu schreiben. Ihr Herz raste. Sie würden Pyrros aus dem Koma holen. Aus Selbstschutz hatte Tina eine eigenartige Form der Trauer entwickelt, ein verworrenes Gefühl zwischen der distanzierten Sorge einer Krankenschwester und der irrationalen Entrückung eines Fans. Sie hatte versucht, sich auf andere Dinge zu konzentrieren, um nicht ständig an ihren an Geräten hängenden Geliebten zu denken. Doch heute Morgen versagte diese Strategie. Sie war von der Nachricht, dass Pyrros demnächst aus dem Koma geweckt werden würde, wie gelähmt.

Kurz vor eins verschlang sie ein Brötchen, griff sich den Mac und machte sich auf zum Stadion. Während des Spiels stiegen Schuldgefühle in ihr hoch, weil sie ihre Arbeit vernachlässigte. Sie klappte den Rechner auf. Das Passwort der zweiten Datei des Informanten setzte sich aus den eine Taste nach links verschobenen Buchstaben ihres Nachnamens zusammen: EINWI.

Die Datei »SS« öffnete sich. Der Text trug keinerlei Überschrift, nur eine Liste nummerierter Namen, denen meist ein kurzer Hinweis beigefügt war.

Das Publikum brüllte auf und Tina erschrak. Die Paduaner hätten fast das Tor zum Unentschieden geschossen, erklärte Gangemi, der neben ihr saß. Die drei Polizisten freuten sich über diesen unverhofften Arbeitsplatz. Sie wussten nichts von Tinas nächtlichem Ausriss. Modafferi hatte ihnen nichts davon erzählt. Er hatte sie einfach in die Via Cavour geschickt, zur Redaktion.

»Schönes Spiel«, bemerkte Gangemi und blickte auf den Mac-Bildschirm. »Wenn sie mich früher ins Stadion geschickt haben, als Aufpasser, habe ich nicht mal die Hälfte mitbekommen.«

Tina zog den Laptop näher zu sich heran. Sie wollte keine neugierigen Blicke. Sie aktualisierte die Spieltabelle und versuchte, den Sinn der Liste in der zweiten Datei zu begreifen. Schon der Dateiname erschloss sich ihr nicht. Sie dachte an Nazis. Aber welche Bedeutung konnte im Jahr 2009 einer Liste rechtsextremer Fanatiker zukommen? Sie wäre ein offenes Geheimnis.

Sie las die ersten Namen:

(1) Giovanni Romeo, Fiat
(2) Salvatore Morabito
(3) Gianni Sapone, Roccella Ionica
(4) Antonio Canale, Hafen von Gioia
(5) Salvatore Iaria, Steuerfahndung Melito
(6) Alfredo Vazzana, Richter Palmi

Alles Personen aus der Provinz Reggio. Vier der Namen um eine Ortsangabe ergänzt. Die Zusätze bei Romeo, Canale, Iaria und Vazzana bezogen sich vermutlich auf deren Tätigkeiten. Der letzte Name war am leichtesten zu recherchieren. So bald wie möglich würde sie überprüfen, ob es in Palmi einen Richter namens Vazzana gab.

»Sie vernachlässigen die Flügel«, kommentierte Gangemi. Tina nickte uninteressiert, ohne vom Bildschirm aufzublicken.

Latella drehte sich um: »Nein, das Problem ist der Abstand zwischen Sturm und Mittelfeld.« Er saß eine Reihe weiter vorn.

»Entschuldigt Jungs, aber seid ihr hier, um das Spiel zu kommentieren?«, fragte Tina. »Nur so eine Frage. Weil ich hier bei der Arbeit bin.«

Gangemi und Latella wechselten einen schuldbewussten Blick. Curatola dagegen lief auf den Stufen hin und her und beobachtete jede auffällige Bewegung.

Tina senkte den Blick, um die anderen Namen zu studieren.

(7) Antonio Laganà
(8) Giovanni Caminiti
(9) Alfredo Calabrò, PDL Cosenza
(10) Rocco Stillitani, Agatea
(11) Carlo Larusso, Richter Bari
(12) Pietro Latella
(13) Agostino Riganò, Gaststätte Mailand-Brescia
(14) Adolfo Castellani, Amstgericht Ascoli
(15) Daniele Rosmini

Der geographische Radius vergrößerte sich, einige der Namen waren bereits Orten in Norditalien zugeordnet. Tina konnte nichts damit anfangen, bevor sie nicht gründlich recherchiert hatte, und sie war sich nicht sicher, ob sie zu einer solchen Recherche in der Lage war. Ob sie die Mittel dazu hatte.

SS, ging es ihr weiter durch den Kopf. Vielleicht *servizi segreti*, Geheimdienste?

Die Liste ging bis Nummer dreiunddreißig. Die letzten Einträge zogen Tinas Aufmerksamkeit auf sich:

(31) Paolo Lamberti, Landrat Veneto
(32) Marco Pustorino
(33) ich

Gehörte der Informant auch zur Gruppe? Bezog sich das »ich« auf ihn selbst? Unter dieser Liste standen ungefähr zehn weitere Namen ohne Nummerierung. Auch diese Namen waren um Ortsangaben sowie Hinweise, die sich vermutlich auf die jeweilige Tätigkeit bezogen, ergänzt. Außerdem hinter jedem Namen ein Kreuz und ein Datum. Es musste sich um Verstorbene handlen.

Im Stadion erhob sich ein Fluch-, Schrei- und Pfeifkonzert. Auch Gangemi fluchte: »Verdammt, Scheißglück!«

Tina sah Cassano, den Torwart Reggios, den Ball aus dem Tor holen. Padua hatte es geschafft: Gleichstand. Auf der Anzeigetafel wurde das Tor Cani zugeschrieben, doch Gangemi behauptete, es sei eindeutig ein Eigentor gewesen.

Und wenn »SS« die Abkürzung für »Superspione« oder »Spezialspione« war?

Sie notierte das Tor in der 38. Minute auf dem Mac. In der Spielpause gelang es ihr dank Gangemis und Latellas Hilfe, einen passablen Bericht über die erste Halbzeit zu schreiben. Wenn sie in der zweiten Halbzeit ein bisschen aufpasste und zum Spielschluss einen guten Aufhänger fand, könnte sie mit dem fast fertigen Artikel in die Redaktion zurückkehren.

Sie legte die Namensliste aus der Datei zur Seite und konzentrierte sich auf das Spiel. Reggio spielte in der zweiten Halbzeit offensiver, kam mehr über die Flügel und versuchte es mit langen Pässen auf die Stürmer. Doch bei Spielschluss stand es immer noch unentschieden.

Tina versuchte sich das Gesicht eines Mannes einzuprägen, der sie aus der Ferne beobachtete. Er hatte einen dunklen Schnauzbart und einen kahlgeschorenen Schädel.

»Vielleicht klingt es lächerlich«, sagte sie zu Gangemi, die Lippen zusammengepresst. »Aber siehst du den Typen dort unten am Ende der Tribüne?«

Gangemi kniff die Augen zusammen. »Welchen?«

»Den Glatzkopf mit Schnauzbart«, flüsterte sie.

Latella hatte das Gespräch mitgehört. »Ich sehe ihn«, sagte er. »Aber was ist so auffällig an ihm?«

Als der Schnauzbart bemerkte, dass Gangemi und Latella ihn beobachteten, drehte er sich um und verlor sich in der Menge, die gerade die Tribüne verließ.

53

Auf Don Rocco Stillitanis Nachttisch lagen die Kaiserbiographien von Sueton, die Autobiografie von Elias Canetti, der dritte Band der Trilogie von Stieg Larsson und eine voluminöse Gesamtausgabe von Prousts *Suche nach der verlorenen Zeit.* Don Rocco gefiel es, von einer Welt in die andere zu wechseln und sich in Helden und Alltagsgestalten einzufühlen, die sich in verschiedenen Zeitaltern und unter völlig anderen Umständen bewegten.

Nachdem er eine Mail an »Giulia«, Pseudonym des grauen Männchens vom Geheimdienst, das er scherzhaft Commendatore nannte, geschrieben hatte, loggte er sich aus dem Internet aus. Er selbst gab sich als Rosario aus. Ein beliebiger pickeliger Teenager, der eine schrecklich jungenhafte Sprache benutzte. Und so verspürte er jetzt das Bedürfnis nach einem kulturell-moralischen Gegengewicht.

Er betrachtete die Bücher, in die er sich während der letzten Wochen vertieft hatte. Was er jetzt brauchte, war ein philosophischer Text, etwas von Seneca oder dem Heiligen Augustinus, um sich mit sich selbst zu versöhnen.

So sehr er sich auch den Kopf zerbrochen hatte: In Sachen Rummenigge hatte er keine andere Lösung gefunden. Er verließ sich darauf, dass es Mimmo, seinem Enkelsohn, gelungen war, den Plan wie vorgesehen auszuführen.

Es würde schwieriger sein, dem alten Parisi seine schnelle Reaktion angemessen zu übermitteln. Die Nachricht von Alessio Caridis Hinrichtung musste von den Medien massenhaft verbreitet und in der ganzen Gegend zum Gesprächsthema werden. Nach Tinas Fernsehauftritt galt es, das dümmliche Geplapper zu übertönen, demzufolge Rummenigge etwas mit der Schießerei zu tun gehabt hatte, der Papalia und Corsario zum Opfer gefallen waren. Zumindest durfte er nicht in seinem Auftrag gehandelt haben.

Erst wenn deutlich wurde, dass Rummenigge zeitnah für seinen Ungehorsam bestraft worden war, konnte Don Rocco um ein Gespräch mit Peppe Parisi ersuchen. Er wusste nicht, wo sich der alte Capobastone versteckte. Es gab kaum etwas, worüber er sich mehr ärgerte als darüber, dass es ihm nicht gelungen war, den Bunker seines Rivalen ausfindig zu machen.

Wahrscheinlich würde sich Don Peppe nicht auf ein Treffen mit ihm einlassen. Er verweigerte schon seit den 70er Jahren jede Begegnung. Seit sich Don Rocco unwillig gezeigt hatte, Parisi beim Aufspüren seiner Tochter Donatella behilflich zu sein.

Don Rocco sah auf die Uhr und beschloss, zu Bett zu gehen. Er sprach sein Abendgebet und entschied sich für Sueton. Er blätterte in der Biografie Vespasians. Was für ein elendes Schicksal, unter dem Namen einer Toilettenfirma in die Geschichte einzugehen, dachte er noch, bevor er das Buch nach wenigen Seiten wieder auf den Nachttisch legte und das Licht löschte.

Er schlief die üblichen vier Stunden, von halb drei bis halb sieben. Um sieben Uhr hatte er bereits die Presseschau durchgesehen, gefrühstückt und damit begonnen, den Bau der Deponie in der Nähe von Agatea zu planen. Er sollte eine Anlage sein, die dem unkultivierten, wilden Land seiner Heimat eine Recyclinganlage bescherte, die Maßstäbe setzte. Er konnte es nicht ertragen, dass immer nur schlecht über

Kalabrien geredet wurde. Er wollte der Gegend eine Zukunft schenken. Und dabei eine Menge Geld verdienen.

Gegen elf, nachdem er die Vorschläge der Umweltingenieure, die einen Bereich für Biomüll planten, durchgesehen hatte, rief er seinen Enkelsohn zu sich. Mimmo erschien innerhalb einer Viertelstunde, parfümiert, gekämmt und gut gekleidet. Mimmo war einer der wenigen Verwandten, denen Don Rocco blind vertraute. Seine einzige Schwäche war, dass er dem Laster des Rauchens erlegen war, und dabei ziemlich übertrieb. Auch heute Morgen erschien er mit einer Zigarette zwischen den Lippen.

»Und, Mimmuzzo? Was gibt's?«

»Alles nach Plan gelaufen«, beruhigte ihn sein Enkelsohn, um dann zu erzählen, wie er den anonymen Anruf getätigt hatte. Er hatte der Polizei den Ort mitgeteilt, an dem sie Caridis Papiere finden würden. Dem Telefonisten hatte er gesagt, ihm sei ein merkwürdiger Geruch aufgefallen, der aus einem Gebäude in der Nähe von Lacchi komme. Als er hineingegangen sei, sei ihm eine auf dem Boden liegende Geldbörse aufgefallen. Und er hätte Kleider am Boden bemerkt, sei aber wieder hinausgegangen und davongelaufen, da ihm die Augen gebrannt hätten.

Don Rocco beglückwünschte sich zur perfekten Ausführung des Plans.

»Jetzt fehlt nur noch eins. Mimmuzzo, tu mir den Gefallen. Geh zur Bar der Parisi und sprich mit einem dieser Volltrottel. Sag ihm… Sag ihm, dass auch bei ihnen schon schon Dinge schiefgelaufen seien. Dass sich keiner von uns beschwert hat, als Cutrupi sich zur Brandstiftung bekannte.«

Zwei Stunden später unterhielt sich Mimmo Stillitani wenige Meter vor dem Eingang zur Bar, die Don Peppes Leute zu besuchen pflegten, mit Giorgio Parisi.

»*Capiscisti* chiddu *chi ti rissi*?«, raunte ihm Mimmo Stillitani zu.

Giorgio sah ihn krumm an. Er war doch kein Idiot, für wen hielt er ihn eigentlich? Natürlich hatte er verstanden. Er wusste nur nicht, was er antworten sollte. Er beneidete seinen Vater um seinen Kannibalen-Instinkt und seinen Sohn um die geistreiche Redeweise.

Der andere hatte sich vorher genau überlegt, was er sagen würde. Er hatte sich vorbereitet. Ganz einfach. Er dagegen war unsicher und wusste nicht, wie er sich verhalten sollte. Das Einzige, was er wirklich tun konnte, war auf Don Peppe zu verweisen. Er konnte die Sache nicht allein entscheiden.

»Ich spreche mit meinem Vater!«, antwortete er so würdevoll er konnte. Er atmete tief durch: »Dann sehen wir, was zu tun ist.«

Er hatte sein Selbstbewusstsein zurückgewonnen. Er hatte einen Plural verwendet, der sich auf ihn und seinen Vater, auf seine Familie und die Stillitanis oder aber auf die ganze Menschheit beziehen konnte.

»*Me zio u fici già* chiddu *chi s'aviva a fari!*«, erwiderte Mimmo Stillitani.

Die Sache war ihm in aller Klarheit dargelegt worden. Innerhalb der 'Ndrine hatten sich kleine, unabhängig agierende Gruppen gebildet. In Parisis 'Ndrina waren es die Cutrupi-Vetter, die auf eigene Faust gehandelt hatten. In Stillitanis 'Ndrina waren Bergomi und Rummenigge vom rechten Weg abgekommen. So als gäbe es einen Dritten, der die Macht der beiden Capobastoni brechen wollte.

Als Don Rocco Stillitani erfahren hatte, dass ein Mitglied seiner 'Ndrina seine Pflichten verletzt hatte, hatte er ihm die eindrücklichste aller Lektionen erteilt. Eine, die keine weiteren Fehler zuließ und zugleich den anderen eine Warnung war.

Er wollte, dass Don Peppe das wusste. Und dass Don Peppe gleichfalls konsequent gegenüber denjenigen seiner Leute durchgreifen sollte, die Fehltritte begangen hatten oder noch begehen würden.

»Und welche meiner Picciotti sind denn seiner Meinung nach vom rechten Weg abgewichen?«, fragte Don Peppe Parisi, als sein Sohn ihm von dem Gespräch berichtete.

Wieder wusste Giorgio nicht, wie er antworten sollte. Tatsächlich hatte keiner von ihnen etwas Falsches getan. Was mit den Cutrupis passiert war, blieb rätselhaft. Giovanni hatte sich auf ziemlich unglaubwürdige Weise umgebracht. Und der Vetter, der ihn ständig begleitet hatte, Pasquale, der Orbu, hatte sich in Luft aufgelöst.

Vielleicht hatte Don Rocco Pasquale im Sinn. Nach dem wurde schließlich gefahndet. Giorgio dachte nicht einmal daran, diese Möglichkeit anzusprechen.

»*Cu sbagghia, pava!* Wer einen Fehler begeht, bezahlt. Aber meine Picciotti wissen das. Und ich bin nicht darauf angewiesen, dass dieser Sack von Stillitani mir erklärt, was ich zu tun und was ich zu lassen habe.«

Don Peppes Stimme hallte im Halbdunkel des Bunkers nach.

Giorgio fragte sich besorgt, ob er etwa die Luke zum Tunnel offen gelassen hatte. Er hatte gewusst, dass das Treffen mit seinem Vater anstrengend werden würde. Normalerweise bestand seine Rolle darin, zwischen seinem Vater und Guido zu vermitteln. Doch wenn sie zu zweit waren, dann war er allein das unmittelbare Gegenüber. Und Don Peppe duldete nur eine Art von Dialog. Die, bei der sich das Gegenüber seinem Willen unterwarf.

Giorgio besaß nicht den Ehrgeiz, seinem Vater die Stirn zu bieten. Er versuchte ein halbwegs angenehmes Leben zu führen und den Laden am Laufen zu halten. Für ihn glich der Ehrbegriff des Vaters einer alten Fahne, als letztes Zeugnis einer vergangenen Welt. Andererseits erschien ihm die Macht- und Geldgier seines Sohnes nicht erstrebenswert. Seine Aufgabe bestand darin, für Ordnung zu sorgen, abzuwägen zwischen der archaischen Nostalgie eines 80-Jährigen und den unüberlegten Ambitionen eines 25-Jährigen.

»Also, Papa, was soll ich ihm sagen?« Giorgio versuchte eine angemessene Antwort auf seine Frage zu erhalten.

»*Chi spittamu, ma chi Don Peppe Parisi non si sperdi nenti.*«

Warten. Die Strategie bestand also darin, zu warten. Warten, ohne zu vergessen. Giorgio atmete erleichtert auf. Er würde zu Mimmo Stillitani gehen und es ihm ins Gesicht sagen: »Sag deinem Onkel, dass wir bis zum Treffen der Maria von Polsi warten. Und sag ihm, dass Don Peppe Parisi nichts vergisst.«

Das klang gut. Gerade arrogant genug, um zwischen den beiden Familien Frieden zu wahren. Niemand hatte Lust, wieder eine Fehde zu beginnen. Nur die Alten konnten darauf hoffen, früher zu sterben. Also würde bis Polsi erst einmal nichts passieren?

Giorgio fragte sicherheitshalber noch einmal nach. Hatte er richtig verstanden?

Don Peppe Parisi grinste. Sie dachten, er wäre verblödet und sie könnten mit ihm machen, was sie wollten. Auch wenn ihn seine Augen mehr und mehr im Stich ließen: Das Gesicht des Mannes, der ihn aufs Kreuz legen wollte, konnte er noch erkennen.

»*A buttanazza*«, sagte er langsam. »*Chi succeriu cu chidda?*«

Was mit der Schlampe passiert war? Giorgio erzählte ihm, dass in einer Zeitschrift ein Artikel erschienen sei, der sie völlig bloßgestellt hatte. Der zeigte, dass sie ein leichtes Mädchen war, das Drogen nahm.

»Unsinn, es reicht. Genug Zeit verloren!«, unterbrach ihn Don Peppe. Die Sendung auf RAI Tre war der Tropfen, der das Fass zum Überlaufen gebracht hatte.

»*Prima ra fest i Maronna, non s'avi cchiù se'ntiri parrari i dda fimmina!*«

»Aber Papa, noch vor dem Fest der Madonna …«

»Schschhh«, zischte der alte Boss. »Die Sache ist doch hoffentlich beschlossen, oder?«

Giorgio wusste nicht, wie er widersprechen sollte. Die Strategie seines Sohnes Guido, den Ruf der Journalistin durch eine Reihe von Schmähungen zu ruinieren, erforderte Zeit und Energie, die Don Peppe nicht aufzubringen bereit war. Er wollte die Journalistin so schnell wie möglich ausschalten. Er musste es tun, um seine Ehre bis zum Treffen in Polsi wiederherzustellen.

»Klar, wir halten die Füße still, aber das bezieht sich nicht auf die Schlampe … *e su 'sta questioni non m'avi a scassari a minchia*, und nerv mich nicht nochmal damit, hörst du!«

Als Giorgio Mimmo Stillitani über Tina Romeos Todesurteil unterrichtete, milderte er die Worte seines Vaters etwas ab. Aber er sagte, Don Peppe wolle keine Einwände hören. Die Frau müsse so schnell wie möglich verschwinden. Bald schon, sofort. Da gäbe es nichts zu verhandeln.

Mimmo Stillitani antwortete, dass das nichts mit ihm und seiner 'Ndrina zu tun habe. Oder nur am Rande. Jedenfalls war er mit der Entscheidung einverstanden und unterstützte sie. In der TG3-Sendung sei sie schließlich kurz davor gewesen, auch seine Familie in den Dreck zu ziehen. Eine Journalistin weniger. Das war immer eine gute Sache.

Giorgio Parisi hörte ihm mit einem gewissen Neid zu. Er hatte es nicht nötig, die Meinung seines Capobastone einzuholen und ihn um Erlaubnis zu fragen. Vielleicht wurde er anschließend sogar noch von Don Rocco gelobt.

Mimmo berichtete ausführlich von dem Gespräch. Don Rocco grübelte zu diesem Zeitpunkt schon über die Lösung des Problems.

Tina. Es musste ihm gelingen, sie umsichtiger und zuverlässiger zu beschützen. Parisis Offensive würde nach einer Reihe von Niederlagen alles andere als harmlos ausfallen. Doch er, Don Rocco, durfte dabei nicht in Erscheinung treten. Wenn ihm jetzt jemand helfen konnte, dann der Staat. Er musste sich mit dem Commendatore in Verbindung setzen.

54

Tina zog es vor, in der Redaktion niemandem von dem zu erzählen, was im Stadion geschehen war. Sie hatte die Reaktion der Jungs vom Begleitschutz sehr wohl bemerkt, als sie ihnen den Mann gezeigt hatte. Die Verwunderung in ihren Gesichtern. Eine normale Reaktion. Sie selbst hätte sich nicht anders verhalten, wenn jemand ihr gegenüber behauptet hätte, ein Gespenst gesehen zu haben.

Sie senkte den Kopf, versuchte sich zu konzentrieren. Gigi Barreca hatte ihr einen Trick beigebracht, um überflüssige Gedanken zu verscheuchen. Sie griff häufig darauf zurück, wenn sie schnell einen Artikel schreiben musste. Dummerweise gelang es ihr nicht, die Gedanken, die sie jetzt plagten, als überflüssig einzustufen.

Sie hinterließ eine Spur von Toten und bestätigte damit Modafferis düstere Vorahnungen. Sie machte sich Sorgen um sich, um ihre Eltern. Sie hatte sich in eine gefährliche Situation begeben, die sie nicht mehr kontrollieren konnte. Wie sollte sie da wieder rauskommen? Wie lange würde sie noch auf den Schutz der Polizei angewiesen sein?

Und vor allem: Würde sie das durchzustehen, ohne kirre zu werden? Die Leichen der ersten Toten waren ihr schon im Traum erschienen. Ihre toten Gesichter waren vor ihr aufgestiegen, die ausgehöhlten Augen, die verkohlte Haut.

Etwas war ihr jedoch bis zu dem Moment im Granillo-Stadion noch nicht widerfahren: Dass sie die Toten mit den Lebenden verwechselte und beobachtete, wie sie sich unter anderen Menschen aufhielten, sich durch die Wirklichkeit bewegten.

Finsternis: Das hatte Gigi Barreca ihr geraten.

Die Augen schließen und nur auf die Finsternis achten. Jede Gestalt auslöschen, die sich im Kopf breitzumachen versucht. Völlige Finsternis. Dann, wenn es finster war, sich ein weißes Blatt vorstellen. Nur eine Seite, makellos, unbeschrieben. Dann auf einer imaginären Schreibmaschine die ersten beiden Worte tippen. Nur zwei, nicht mehr. Sich auf die zwei Worte konzentrieren, sich von der Form der Buchstaben hypnotisieren lassen, dann die Augen wieder öffnen. Sofort auf den Bildschirm sehen und ohne zu zögern die zwei Wörter in die Tastatur tippen. Hinter dem Bildschirm sich weiter Finsternis vorstellen. Den Satz zu Ende schreiben, ohne die Augen vom Bildschirm abwenden, dann ohne Unterbrechung den Rest des Textes tippen.

Tina schloss die Augen. Sie jagte Rummenigge davon. Auch ihren Onkel. Und Stamatios und Georgios. Es gelang ihr nur schlecht, Pyrros aus dem Kopf zu verbannen. Sein Bild erschien ihr so klar, dass sie meinte, sich über Gigis Regeln hinwegsetzen zu können. »*Be quiet*«, sagte sie und küsste seine Hand, an der Stelle gleich neben dem Tropf. Er forderte sie auf, sich ihm zu nähern, und flüsterte ihr ins Ohr: »*I'm so tired.*« Und sie streichelte ihm über den Kopf und ließ ihn schlafen.

Sie nutzte diesen Moment des Traums, um sich von ihm zu verabschieden. Finsternis, hatte Gigi gesagt. Tina spannte eine schwarze Leinwand hinter ihren Augenlidern auf. Und wartete ein paar Sekunden im Dunkeln. Dann versuchte sie, das weiße Blatt vor sich erstehen zu lassen. Ein dünnes Blatt, scharf umrandet. Das Blatt legte sich vor den schwarzen Hintergrund.

»Was machst du?«, lispelte jemand. »Schläfst du?«

Sie spürte, wie jemand ihren linken Arm packte, ganz in der Nähe ihrer Verletzung, und ihn schüttelte. »Alles in Ordnung?«

Tina riss die Augen auf.

Tommaso sah sie besorgt an. Verabreichte ihr leichte Schläge auf die Schulter.

»Geht's dir gut? Du hast schlecht …, es sah aus, als …«

»Alles okay, alles okay«, unterbrach ihn Tina.

Sie musste das Experiment von vorn beginnen.

Gegen halb acht waren beide Artikel fertig. Der eine über das Reggina-Spiel und der andere über die Kulturausgaben.

Tina schickte den zweiten an die Polimeni und entschuldigte sich für die Verspätung. Was die Recherche über die Prozessakten anging, müsste ihre Kollegin ja wohl wissen, dass es sich um eine komplizierte Angelegenheit handelte, die mehr Zeit in Anspruch nahm.

»Und wenn ich morgen einfach nicht komme?«, fragte Tina Barreca und die Polimeni.

»Uns musst du nicht fragen«, antwortete Gigi schnell.

Luciana war versucht zu antworten, dass das überhaupt nicht in Frage käme.

Sie musste sich erst noch daran gewöhnen, dass nun Verduci wieder zu entscheiden hatte.

Tina ging zum Redaktionsleiter und gab vor, den Tag mit der Recherche über den Kulturetat verbringen zu wollen. Keine schlechte Ausrede. So hätte sie Zeit, Informationen zu den Namen in der zweiten Datei des Informanten zu recherchieren. Sie würde die Liste der 33 Namen durcharbeiten und versuchen herauszufinden, was sie miteinander verband und warum sie in dieser Liste auftauchten.

Verduci war sofort einverstanden. Gegen acht Uhr abends verließ Tina die Redaktion. In der Via Cavour warteten nicht die Jungs vom Begleitschutz, sondern Modafferi.

»Ich denke, wir beiden sollten uns mal unterhalten«, begrüßte sie der Inspektor und zeigte auf seinen roten Seicento.

»Was für ein netter Einfall«, antwortete Tina und dachte wehmütig an ihr altes Auto. »Obwohl … Wie soll ich sagen? Obwohl ich mir für heute Abend nichts mehr gewünscht hatte, als ein bisschen allein zu sein.«

Modafferis Geschick bestand unter anderem darin, sich zurückhalten zu können. Er zwang sich zur Selbstbeherrschung. Gab dem Instinkt, massiver aufzutreten, nicht nach. Er schwieg vom Stadtzentrum bis Gebbione. Sie wollte allein sein. Das konnte sie haben, obwohl er neben ihr saß.

Sie erreichten den Hof und parkten. Sie stiegen aus dem Auto und gingen zum Hauseingang, wie ein gewöhnliches Paar, das von der Arbeit nach Hause kommt. Ein Paar, das sich gerade gestritten hatte.

»Scheiße«, fluchte Tina. Sie kämpfte wie immer mit dem Schloss. Modafferi gab der Tür einen leichten Stoß mit der Schulter. So wie er es in den letzten Tagen von ihr gelernt hatte.

»Warum haben Sie heute Morgen dieses kleine Schauspiel aufgeführt?«, fragte er im Aufzug.

»Ich konnte nicht anders«, antwortete Tina und sah ihm in die Augen.

Im fünften Stock öffnete sich knarrend die Aufzugtür. Sie hörten die Gitarretöne von Jimi Hendrix durch den Flur vibrieren, dazu die krächzende Stimme Nino Vincis: »*Ooh, foxy lady*«.

»Er hat sich erholt«, kommentierte Modafferi.

»Er befindet sich in einem Zustand, in dem ihm das alles nichts ausmacht«, bemerkte Tina.

Sie betraten die Wohnung und gingen ins Wohnzimmer. Nino Vinci saß qualmumhüllt im Sessel. »*I'm tired of wasting my precious time*«, gab er lautstark zum besten.

»Na, Onkel, wie geht's?«

Vinci setzte ein listiges Lächeln auf. »Ich weiß jetzt, wie ich es selbst hinkriege«, deutete er auf seine Tüte.

Modafferi sah in die andere Richtung. Ihr Onkel war wieder in einer anderen Welt, dachte Tina. Dort, wo ihm niemand weitere Verletzungen zufügen konnte.

»Haben Sie schon gegessen, Herr Inspektor?«

»Mir geht's gut, Nipo … Tina, danke für die Einladung«, antwortete Vinci und wippte mit dem Kopf zum Rhythmus der Musik.

Modafferi schüttelte den Kopf.

»Wollen wir dieses glorreiche Gespräch vielleicht beim Abendessen führen?«, schlug Tina vor. »Sie essen alles?«

Modafferi hatte keine Zeit, zu reagieren. Tina lief bereits in die Küche. »Ich bin allergisch gegen Auberginen«, rief er ihr nach.

Tina liebte gutes Essen, auch wenn sie keine große Köchin war. Sie griff zur Fertigsoße und offerierte Modafferi einen Teller Rigatoni mit Pesto Trapanese.

»Erinnern Sie sich, was Sie heute Morgen zu mir gesagt haben?«, fragte er und streute Käse über die Pasta.

»Ich hab Ihnen so einiges gesagt«, antwortete Tina, »möglicherweise zu viel.«

»Sie hatten mir einen Informationsaustausch vorgeschlagen.«

Tina lächelte zufrieden, mit vollem Mund, wie eine Trompetenspielerin, die Lippen zusammengepresst, die Wangen aufgeblasen.

»Was denn nun, Herr Inspektor? Heute Morgen schienen Sie noch wenig erbaut darüber, dass ich auf Informanten zurückgreife.«

Sie wusste nicht, warum sie ihn so behandelte. Ihr war danach, ihn zu provozieren. Sie sah, wie er sich beherrschte. Sie regte ihn jedes Mal aufs Neue auf.

»Ich schlage Ihnen einen Austausch vor, nichts weiter. Ich biete Ihnen kein Geld und will auch kein Geld von Ihnen. Auch keine andere Belohnung.«

Tina zog die Augenbrauen hoch. Wurde der Inspektor etwa kokett?

»Was wollen Sie wissen? Und vor allem: Was werden Sie mir im Gegenzug liefern?«

»Alles, was wir jeweils wissen müssen. Fragen Sie und ich sage es Ihnen. Die gleiche Zusage möchte ich von Ihnen.«

»Herr Inspektor, dann schlagen Sie mir aber etwas Illegales vor! Denken Sie an das Untersuchungsgeheimnis, die vertraulichen Untersuchungen … Dinge, über die man mit einer Privatperson nicht sprechen sollte.«

Modafferi spießte die letzten Rigatoni auf, während er ihren Sarkasmus verwand. Er erinnerte sich, dass er sie als Privatperson betitelt hatte, als sie die Leichen Cutrupis und Quattrones entdeckt hatte.

»Vielleicht haben es Ihnen Ihre Jungs schon gesagt? Bestimmt haben sie Ihnen gesagt, dass sie sich Sorgen machen. Dass die Romeo anfängt zu spinnen … Aber ja, ich meine, dass ich Caridi im Stadion gesehen habe!«

Modafferi hielt inne, die Gabel auf halbem Weg zwischen Mund und Teller.

»Nein, haben sie nicht.«

»Er sah anders aus als auf dem Foto. Ohne Haare und mit dunklem Schnauzer. Aber ich glaube, dass er es war.«

Modafferi runzelte die Stirn.

»Wird es eine Beerdigung geben, obwohl keine Überreste gefunden wurden?«, fragte sie.

Der Inspektor schüttelte den Kopf. »Für uns gilt er als vermisst, nicht als verstorben. Die Frau besteht auf einer religiösen Zeremonie, aber der Pfarrer kann keine Beerdigung für jemanden abhalten, der offiziell gar nicht gestorben ist.«

»Möchten Sie noch eine Portion?« Tina hielt den Kochtopf in der Hand.

»Vielleicht noch ein wenig«, sagte Modafferi.

Auch sie nahm noch einen Happen.

»Bald werden Sie Don Peppe Parisi verhaften.«

»Hoffentlich«, sagte Modafferi.

»Nein, Herr Inspektor, das ist mehr als eine Hoffnung. Ich weiß es ganz sicher. Sie wollten doch Informationen ...«

Das Klappern von Modafferis Gabel auf dem Teller ließ sie aufblicken.

»Mein Informant behauptet, die Verhaftung Parisis sei ausgemachte Sache.«

»Dieses bescheuerte SISDE-Männchen«, brummte Modafferi.

»Ich soll dabei sein, um die Story zu bringen. Den Fotografen nehme ich natürlich mit.«

Der Inspektor zögerte, bevor er seine Frage stellte. »Sagen Sie mir Bescheid, wenn es so weit ist?«

»Wenn wir wirklich einen Pakt schließen wollen …«

Modafferi nickte bedächtig. Er brach ein Stück Brot ab, um den Rest Pesto vom Teller zu wischen. »Fragen Sie mich, was Sie wollen.«

Tina kaute ebenfalls an einem Stück Brot, antwortete aber nicht. Als beide ihre Teller gesäubert hatten, sagte sie: »Wenn Sie fertig sind, kommen Sie bitte mit.«

Sie führte ihn zu Ottavias Mac, öffnete die erste Datei des Informanten und forderte ihn auf, sich neben sie zu setzen.

Der Inspektor las die Liste der Verbrechen, wegen derer Giuseppe Parisi noch nicht angeklagt worden war, und den Bericht über sein Vermögen und sein Finanzimperium.

Schon wieder diese graue Maus.

»Was haben Sie mit diesen Informationen vor?«, fragte er.

»Das werden Sie sehen, wenn Sie Parisi verhaften.« Tina hielt inne, bevor sie die Datei wieder schloss. »Ach, Herr Inspektor, eine Sache noch. Kennen Sie einen Richter namens Vazzana aus Palmi?«

Modafferi gab zu verstehen, dass er ihn kannte.

»Was halten Sie von ihm?«

»Er scheint sich aus allem rauszuhalten.«

»Danke, Herr Inspektor.«

»Warum wollen Sie das wissen, Romeo?«

»Nur so, reine Neugier.«

Als Nino Vinci seine Doors-Session um halb zwölf beendete, zog sich Modafferi zum Schlafen ins Wohnzimmer zurück, wo es ihm so neblig wie in London erschien.

Tina machte sich an die Namensliste der zweiten Datei.

55

Alfredo Vazzana war Richter am Landesgericht von Palmi. Er hatte es von einem Tag auf den anderen zu Berühmtheit gebracht, weil er Ende der 90er Jahre für die Untersuchung der Schmiergeldaffäre um den Bau des Städtischen Krankenhauses zuständig gewesen war.

Einer, der sich aus allem raushielt ... Tina war nicht klar, ob Modafferi das für einen Vorzug oder eine Schwäche hielt. Einer, der nur an seinen eigenen Vorteil dachte, oder ein ernsthafter und zurückhaltender Staatsbeamter?

Vor fast zwanzig Jahren hatte er offensichtlich erfolgreich um seine Versetzung nach Palmi ersucht. Mehr oder weniger zu dem Zeitpunkt, ab dem im Hochsicherheitstrakt von Palmi keine Ex-Mitglieder der Roten Brigaden mehr einsaßen.

Im Netz fand Tina ein aktuelles Foto, das bei einer Diskussionsrunde aufgenommen worden war. Vazzanas Gesicht wirkte keineswegs vertrauenserweckend. Buschige Augenbrauen, begehrliche Augen über hohlen Wangen, fliehendes Kinn.

Tina suchte nach den Namen, die mit Ortsangaben und Berufsangaben versehen waren.

Paolo Lamberti, Nr. 31 auf der Liste, war tatsächlich Landrat im Veneto, gewählt als Kandidat der Lega Nord. Seine persönliche Website lobte sein sportliches Talent als erfolgreicher Amateur-Läufer, beschrieb ihn als guten Familienvater und hob hervor, dass er sich bereits seit seiner Jugend politisch engagiert habe.

In einigen Fällen erwies sich die Recherche als schwieriger. So gab es im Hafen von Gioia mindestens drei Antonio Canales. Früher oder später würde sich Tina für einen entscheiden müssen. Einer arbeitete bei der CONSFER, einer Firma, die die Motorboote der Küstenwache wartete. Der Zweite, ein älterer Mann, hatte die Proteste gegen die Hafeneröffnung organisiert, eine Art Globalisierungsgegner *avant la lettre*, von dem sie Interviews in Tageszeitungen fand. Der Dritte, Antonio Canale, war Umweltingenieur und Autor von Gutachten zu den ökologischen Folgen einer Verdoppelung der Liegeplätze.

Tina kopierte sämtliche Informationen in eine neue Datei, zusammen mit den Lebensläufen und Meldungen zu Lamberti und Vazzana.

Sie versuchte zu jedem Namen ein Gesicht zu finden und sich den entsprechenden Charakter mittels einer Art lombrosianischen Intuition vorzustellen. Bis in die frühen Morgenstunden durchforstete sie das Netz und sammelte Informationen.

Der Flieger des Mannes landete um 12:10 Uhr am Flughafen von Fiumicino. Um halb drei war er zuhause. Weder klingelte er an der Haus- noch an der Wohnungstür. Und er klopfte auch nicht. Ohne Ankündigung öffnete er die Wohnungstür und platzte herein: »Ta-taaam!«

Es machte ihm Spaß, seine Frau hin und wieder zu erschrecken.

»Anita! Ich bin wieder da!«, kündigte er lauthals an.

Stille. Die Wohnung schien leer.

Anita war des Öfteren außer Haus, wenn er zurückkam. Und immer spürte er ein Stechen im Herz, wenn er eintrat, ohne eine Antwort zu erhalten. Der Schrecken, die Wohnung leer vorzufinden. Die Angst, sie mit jemandem im Bett zu erwischen. Der Mann kontrollierte jedes Zimmer. Er lief auf Zehenspitzen und nuschelte in unregelmäßigen Abständen ein schüchternes: »Anita, bist du da?«

Sie war wirklich ausgegangen. Sie musste einen anderen Ort gewählt haben, um sich umzubringen oder ihn zu betrügen. Wahrscheinlich war sie nur unterwegs, um ihre Wochenendeinkäufe zu erledigen. Es war Samstagnachmittag.

Der Mann ging in sein Arbeitszimmer. Die Tür sperrte er, wie es seiner Gewohnheit entsprach, hinter sich ab. Dann schaltete er den Computer an. Während der Rechner hochfuhr, fixierte er die Gerichtsakten im Wandregal. Er durchstöberte die Akten in der zweiten Reihe, zog eine heraus und machte es sich auf dem Sessel bequem. Er blätterte in der Akte, während er nach seinen E-Mails sah.

Seine Aufmerksamkeit wanderte zwischen Rechner und Aktenordner hin und her, richtete sich aber sofort auf den Bildschirm, als er die Mail von Rosario Stella bemerkte, die dieser ihm am Vorabend geschickt hatte.

Am Freitag, dem 28. August, um 21:37 Uhr.

Hallo Giulia,

ich muss dich unbedingt treffen oder mal mit dir sprechen. Es ist wirklich dringend. Erinnerst du dich an diese Freundin von dir? Ich glaube, sie hat richtig großen Ärger. Du kennst doch einen Haufen gut gebaute Leute. Setz dich mal mit ihnen Verbindung und lass sie bewachen so schnell und so gut es geht. Erinnerst du dich an diesen den Freund von mir, der immer bei ihr abhing? Er soll sich in Luft aufgelöst haben. Ich bitte dich: Sprich mit den Freunden von dir darüber, mit deine großen Brüder. Beeil dich. Ich weiß, das ein paar Leute richtig sauer auf sie sind und ihr das ganze Durcheinander heimzahlen wollen, dass sie veranstaltet hat …

Der Mann stellte sich vor, wie Don Rocco sich über die kleinen Schnitzer freute. Darüber, wie gut er seine Rolle zu spielen verstand.

Er las weiter:

Außerdem müssen wir uns unbedingt mal einigen wegen der Geschichte mit der Schule. Du sollst den Sozialkundelehrer fragen, ob er uns auf unserem Ausflug begleiten will. Sehen wir uns am Sonntag am gleichen Ort wie immer zur selben Zeit?

Kuss,

Rosario

Wenn er Don Roccos Worte richtig deutete, dann musste Tina Romeo besser beschützt werden.

Er musste ganz oben darum ersuchen, dass sie einen Begleitschutz bekam, und das sehr dringend. Warum wandte sich Stillitani nicht gleich an Larusso, der in diesem Bereich über beträchtliche Autorität verfügte? Warum setzte er sich nicht mit den beiden Santisti in Verbindung, die im Verteidigungsministerium mitmischten?

Vielleicht wollte er nicht, dass jemand aus der höheren Società seinen Namen mit der Journalistin in Verbindung brachte. Der Mann grinste zufrieden, seine Intuition schien ihn nicht zu trügen. Er blätterte weiter im Aktenordner und verspürte ein Hungergefühl.

Für die Romeo sah es schlecht aus. Wenn Stillitani dermaßen besorgt war, konnte das nur bedeuten, dass man die Journalistin zum Tode verurteilt hatte. Der Mann sah sie neben sich auf der Parkbank sitzen, in einer der mafiaverseuchtesten Städte der Welt.

Wenn er früher von der Verabredung mit Stillitani gewusst hätte, wäre er in Reggio geblieben. Jetzt musste er schon wieder hin- und herfliegen, sollte es ihm nicht gelingen, das Treffen zu verschieben. Was ihm in diesem Fall nicht völlig ausgeschlossen erschien. Die Entscheidung hing mit der letzten Bitte zusammen, die ihm in der E-Mail übermittelt wurde.

Wenn Rosario Stella auf den Ausflug mit dem Sozialkundelehrer hinwies, dann meinte er die Unterstützung der Regierung bei der Zuteilung bestimmter Gelder in Bezug auf das Entsorgungsprojekt. Stillitani hatte um den Erlass einer Ad-hoc-Verordnung gebeten. Der Mann hatte natürlich auf andere Weise vorgesorgt. In dieser Sache wartete er noch auf eine endgültige Bestätigung. Es konnte sich nur noch um wenige Stunden handeln, hatte man ihm versichert, und vielleicht noch um das eine oder andere Treffen.

Allso antwortete er:

Lieber Rosario,

ich hab unheimlich viel zu tun wegen der Vorbereitung des Ausflugs. Wie fändest du es, wenn wir uns diesmal erst am Montag treffen? Gleicher Ort, gleiche Zeit. Dann weiß ich auch genauer, wie sich der Lehrer entschieden hat, auch wenn ich mir ziemlich sicher bin, dass er einverstanden sein wird.

Kuss,

Giulia

P.S.: Wegen meiner Freundin spreche ich gleich mal mit ein paar Leuten.

Das Treffen um einen Tag zu verschieben war auch eine Art, sich einmal gegen Don Rocco zu behaupten, anstatt sich immerzu seinen Entscheidungen zu fügen. Er hoffte auf eine rasche Antwort.

In der Zwischenzeit erledigte er drei Telefonate. Er rief zwei Mitarbeiter des Ministeriums an, und Larusso, um sich zu versichern, dass der Begleitschutz für Tina Romeo sobald als möglich bewilligt wurde. Von Larusso erfuhr er, dass die Polizeiwache von Reggio Calabria bereits vorige Woche einen entsprechenden Antrag gestellt hatte. Wahrscheinlich würde Romeo innerhalb von wenigen Tagen offiziellen Schutz erhalten, für mindestens drei Monate. Außerdem begann auch die Presse darauf zu drängen.

Der Mann entspannte sich.

Die erste Aufgabe war so gut wie erledigt.

Lieber Rosario,

was meine Freundin angeht, müsste in ein paar Tagen alles geregelt sein.

Kuss,

Giulia

Stillitani hatte noch nicht auf seinen Vorschlag, das Treffen zu vertagen, reagiert. Dem Mann knurrte der Magen, während er erneut im Aktenordner wühlte. Er war sicher, die Bilder, die er suchte, in diesem Ordner zu finden.

Im letzten Drittel des Ordners fand er, was er suchte. Er grinste zufrieden, als er die Fotos aus der Klarsichtfolie zog, in der er sie selbst abgelegt hatte. Er schloss die Augen und rief sich das Gesicht Tina Romeos ins Bewusstsein. Dann verglich er sein Erinnerungsbild mit den beiden Fotos. Das eine musste ungefähr zwanzig Jahre alt sein, das andere deutlich weniger alt.

Es konnte kein Zufall sein. Jedenfalls war es ein Zufall, der so manches erklärte.

Ein schepperndes Piepen benachrichtigte ihn über den Empfang einer neuen Mail.

> Weißt du, Giulia …
>
> wenn du meinst, Montag sei besser, dann sagen wir eben Montag. Ich bin froh, dass sich die Sache mit deiner Freundin in zwei Tagen klärt. Ich hoffe nur, dass vorher nichts passiert.
>
> Ciao,
>
> Rosario

Don Rocco drohte ihm, aber es war besser, nicht nachzugeben. Wenn er jetzt nachgab, brach die Fassade zusammen, die er mühsam aufgebaut hatte. Er war zwar ein Neophyt, ein Neuaufgenommener unter den Ordensbrüdern, aber er durfte nicht wie das fünfte Rad am Wagen wirken.

> Okay, Rosario, dann bis Montag. Jetzt kümmere ich mich um den Ausflug.

In dem Moment hörte er, wie die Wohnungstür geöffnet wurde. Er sprang auf, um die Tür des Arbeitszimmers aufzuschließen, um den zu erwartenden Vorwurf seiner Frau zu vermeiden. Er lehnte die Tür an, um ihr zu beweisen, dass er sich nicht immer einsperrte.

Dann fiel ihm ein, dass sie ihn ja noch gar nicht erwartete. Dieser Gelegenheit konnte er nicht widerstehen. Er setzte sich hin, stellte den Ton ab, loggte sich aus, wartete und lauschte. Diesmal würde er Anita in der Wohnung erschrecken. Und sie spüren lassen, wie unaufmerksam sie war. Sonst hätte sie gemerkt, dass sie den Schlüssel nur ein Mal im Schloss umdrehen musste.

Der Mann wollte gerade aufzuspringen, als er Anitas Stimme vernahm. Sie hatte ihn entdeckt … Nein, sie sprach gar nicht mit ihm. Der Mann blieb wie versteinert stehen. Sie war nicht allein!

Er konnte nicht richtig verstehen, was sie sagte, aber der verschwörerische, honigweiche Tonfall schien ihm eindeutig. Er spitzte die Ohren.

»Ach wo, der merkt nichts, der kennt nur seine Arbeit. Außerdem frage ich ihn ja auch nicht, wo er hingeht und mit wem.«

Er wartete auf die Antwort ihres Gegenübers. Nichts.

Es war doch niemand bei seiner Frau. Anita sprach ins Telefon. Mit jemandem, dem sie nahestand und von dem er nichts wusste. Das Gesicht des Manns rötete sich vor Zorn. Er kannte Geheimnisse, die das Land in den Abgrund stürzen konnten, und hatte nicht gemerkt, dass ihm seine Frau Hörner aufsetzte. Vor seiner Nase.

Er riss sich zusammen, wollte seine Würde bewahren. Doch er würde sich noch um sie kümmern. Er würde alles kontrollieren, ihr Telefon abhören lassen und Wanzen in der Wohnung platzieren. Keine Kamera, sonst gab es womöglich noch böse Überraschungen oder hässliche Szenen.

Er musste sich so verhalten, als sei nichts, keinen Verdacht aufkommen lassen. Er wartete, bis sich seine Frau dem Arbeitszimmer näherte, dann sprang er heraus wie ein griechischer Satyr: »Anitaaa!« brüllte er. Dabei verbarg er seine Enttäuschung hinter einem aufgesetzten Lächeln.

Die Frau machte einen Satz zurück und ließ das Handy fallen.

»Ich bin früher zurückgekommen«, erklärte er, jetzt in normaler Lautstärke.

Anita verschränkte die Hände vor der Brust. Sie schien ihr Herz festhalten zu wollen. Er hatte sie wirklich erschreckt. So gut war ihm der Scherz noch nie gelungen.

»Ich hätte fast einen Herzinfarkt bekommen«, sagte Anita und ging in die Knie, um das Telefon aufzuheben. Voller Nonchalance legte sie auf und stellte das Gerät ab.

Die Person am anderen Ende der Leitung musste verstanden haben, dass der betrogene Ehemann unerwarteterweise aufgetaucht war.

Sie begrüßten sich kühl.

»Würde es dir etwas ausmachen, mir etwas zu essen herzurichten, Anita?«, fragte der Mann höflich.

Er dachte, dass seine langjähre Erfahrung als Agent ihm demnächst sehr nützlich sein würde. Und zwar sobald er sie wieder allein ließ, in zwei Tagen.

56

Tina öffnete die Jalousie, blickte verschlafen hinaus und dankte dem Himmel. Der Tag war grau, und es regnete. Das musste nicht bis zum Abend so bleiben. Aber wenigstens für ein paar Stunden war die Temperatur bestens dazu geeignet, zuhause zu bleiben und zu arbeiten.

Sie lief zum Schreibtisch und betrachtete die Liste, die sie in der Nacht ausgedruckt hatte. Sie überflog die Namen. Diejenigen, die sie bereits abgehakt hatte, und jene, die es noch zu überprüfen galt. In 16 von 23 Fällen deckten sich die Ergebnisse ihrer Internetrecherche mit den wenigen Angaben auf der Liste. Bei zwei Personen, Antonio Canale und Giovanni Romeo, war sie auf mehrere Leute gestoßen, die denselben Namen trugen, ohne herausfinden zu können, wer der Richtige war. Bei fünf Personen hatte sie keine Hinweise gefunden. Allerdings trugen diese auch häufig vorkommende Nachnamen. Außerdem lieferte das Netz nur recht oberflächliche Ergebnisse.

Nach ihren Recherchen gab es keinen Grund zu glauben, dass die Liste Ungereimtheiten enthielt. Es handelte sich um Namen unterschiedlichster Personen: Politiker, Polizeibeamte und Carabinieri, Regierungsbürokraten, Unternehmer aller Art, höherrangige Versicherungsangestellte, Reeder, Bauherren, Restaurantbesitzer. Und Personen aus der Mafia wie Pasquale Serrano, ein 'Ndranghetista aus Taurianova, nach dem gefahndet wurde, oder Rocco Stillitani, dem bekannten Capobastone aus Agatea.

Tina wurde von Geräuschen aus der Küche abgelenkt. Jemand fummelte an der Kaffeemaschine herum. Ihr Onkel konnte aufgrund seiner Handverletzungen noch keine präzisen Bewegungen ausführen. Es musste Modafferi sein.

Ein komischer Typ, dachte Tina. Ein Mann, der einem sofort Vertrauen einflößte. Ernsthaft, zuverlässig, fast schon naiv in seiner Korrektheit. Und doch hatte sie ihm die Existenz der zweiten Datei verschwiegen.

Die Mafiosi auf der Liste, verliehen ihr eine ziemlich eindeutige Bedeutung.

Und dann die Namen ohne weitere Hinweise: Giovanni Caminiti, Daniele Rosmini, Antonio Laganà, Pietro Latella, Marco Pustorino. Es könnte sich um Leute handeln, nach denen gefahndet wurde. Darauf hätte sie gewettet.

Aber was zum Teufel hatte es mit diesen 33 Leuten auf sich?

Warum erschienen sie in dieser Konstellation auf der Liste? Sie hörte das Blubbern der Kaffeemaschine und konnte dem Kaffeegeruch nicht widerstehen.

»Ist noch was übrig?«, fragte sie, auf Zehenspitzen herbeihüpfend.

»Sicher«, sagte er und nahm eine zweite Tasse aus dem Regal über dem Spülbecken.

Dieser Fremde gewöhnt sich langsam an meine Wohnung, dachte Tina. Er bewegt sich bereits mit beunruhigender Vertrautheit durch die Räume.

»Ich gehe kurz ins Bad«, sagte sie zu Modafferi, während er ihr den Kaffee eingoss.

Sie hatte den Computer nicht heruntergefahren. Schlimmer noch: Sie hatte die Datei mit ihren Notizen offengelassen, und der Ausdruck der Liste lag auf dem Schreibtisch. Sie konnte Modafferi gerade noch abfangen.

»Hier bin ich«, beeilte sie sich und versperrte ihm die Tür zu ihrem Zimmer, bevor er eintreten konnte.

Im selben Augenblick wurde ihr klar, warum sie ihm nichts von der Liste gesagt hatte. Es gab keinen rationalen Grund. Sie folgte nur ihrer Intuition.

Der Informant war Teil des Staatsapparats. Von dort erhielt er seine Informationen, wahrscheinlich gab er sie auch in dessen Auftrag weiter. Wenn er gewollt hätte, dass die Polizei von der Liste erfuhr, dann hätte er sie selbst den entsprechenden Personen zukommen lassen können.

Mit seiner Korrektheit war Modafferi womöglich in der Lage, die von den Geheimdiensten eingesetzten Personen anzuzeigen und ihnen einen Strich durch die Rechnung zu machen. Ganz richtig! Wenn das Geheimdienstprojekt die Verhaftung Don Peppe Parisis beinhaltete, dann hatte Tina keinen Grund, das zu verhindern. Jedenfalls nicht jetzt.

Sie setzten sich in die Küche. Tina trank einen Schluck und machte dem Inspektor ein Kompliment: »Wunderbar, Ihr Kaffee.«

»Ich weiß nicht, ich trinke fast nie welchen. Aber ich mag es nicht, wenn er anbrennt«, antwortete der Inspektor.

»Nein, ganz im Ernst.«

Modafferi bedankte sich, erhob sich und drehte den Wasserhahn auf. »Warum haben Sie mich gestern Abend nach Vazzana gefragt?«

»Das habe ich Ihnen doch schon gesagt. Aus reiner Neugier.«

»Okay. Aber wie sind Sie auf seinen Namen gekommen?«, insistierte der Inspektor und spülte seine Tasse aus.

»Wir arbeiten an einer Recherche zu den italienischen Richtern«, antwortete sie geistesgegenwärtig.

»Vergessen Sie unseren Pakt nicht.«

»Vergessen Sie nicht, sich ab und an mal schlafen zu legen.«

»Das mache ich, sobald die Jungs hier aufschlagen.«

»Gucken wir doch mal, ob sie schon da sind«, sagte Tina und reichte ihm ein Geschirrtuch.

Sie gingen auf den Balkon. Das Licht war beunruhigend klar. Trotz der dunklen Wolken am Himmel war die Küste Siziliens deutlich zu erkennen. Lichtverhältnisse, die Fata Morganas erzeugen konnten. In den Wolken über der Straße von Messina öffnete sich ein Spalt, durch den das Licht strömte, als würde es von einem gigantischen Filmprojektor ausgestrahlt. Ein Foto, kitschig, von der schlimmsten Sorte.

»Da sind sie«, sagte er und zeigte auf den grauen Uno. Es schien ihm fast leid zu tun, gehen zu müssen.

»Wir sehen uns heute Abend. Oder, Herr Inspektor?«

»Ja, und denken Sie dran«, wies er sie erneut darauf hin, während er sich zum Gehen bereit machte.

Tina kniff die Augen zusammen: »Woran?«

»An den Pakt.«

»Sag mal, neulich hat sie uns hochgebeten, und heute bei diesem Dreckswetter nicht?«, knurrte Curatola.

»Was willst du denn?«, antwortete Gangemi. »Ist ja keine Freundin, die uns reinbitten muss.«

»Das nicht. Aber ich frag mich, was sie jetzt wieder geritten hat.«

»Erinnerst du dich an gestern, als sie uns das Gespenst gezeigt hat?«

»Was die geritten hat, weiß ich!«

Curatola konnte sich nicht zurückhalten, als er die Geste seines Kollegen sah. Wenn es um Frauen ging, verlor er einfach den Kopf. Er erlaubte sich ein kleines Kichern. »Erzähl mir nicht, dass du nicht auch gern mal mit ihr in die Kiste steigen würdest.«

Gangemi verzog das Gesicht. »Nicht mal gegen Bezahlung. Hast du gesehen, wie mollig sie ist?«

Curatola ahmte mit den Händen die Form zweier Brüste nach. »Klar hab ich gesehen, wie mollig sie ist!«

»Meinst du, dass der Inspektor nachts …« Gangemi ballte die Hand zur Faust und schob sie vor und zurück.

Curatola lachte. »Na, Latella jetzt vielleicht auch!« Er wiederholte Gangemis Geste, diesmal mit beiden Händen.

Ihr Kollege bewachte Tinas Wohnungstür nun schon seit zwei Stunden. Bei seiner Ankunft hatte er über die Gegensprechanlage Hallo gesagt und seine Ankunft auf der Etage mitgeteilt. Dabei hatte er gehofft, Tina würde ihn hereinbitten.

Sie hatte aber keine Zeit für ihn. Wenn irgendwas sei, solle er klingeln. Egal was. Sie würde den ganzen Tag zuhause bleiben.

Er vielleicht nicht?, wollte er antworten. Jetzt war seine Kehle trocken. Entweder er ging hinunter, ließ sich von Gangemi ablösen und genehmigte sich eine kurze Pause in der Bar, oder er ließ sich ein Glas Wasser geben.

»Egal was«, hatte die Romeo gesagt.

Er klingelte mehrfach. Nach einer Minute wurde die Tür geöffnet. Aber nicht von ihr, sondern von ihrem Onkel mit den verbundenen Händen und Füßen. Im rechten Mundwinkel klebte ein erloschener Stummel.

»Sie wünschen?«

»Ich hätte gern ein Glas Wasser.«

Nino Vinci machte die Tür frei und bat ihn herein. »Bitte schön, kommen Sie rein. Hätten Sie auch gern ein paar Salzstangen, oder vielleicht einen Aperitif? Fühlen Sie sich wie zuhause.«

Latella, kaum über die Türschwelle, antwortete unsicher: »Ich wollte gar nicht stören.«

»Sie hätten nicht Sturm läuten brauchen, während ich gerade mit Roger beschäftigt war«, erwiderte der Onkel.

Latella hörte im Hintergrund die Melodie von *Wish you were here*. Diesen Pink-Floyd-Song kannte selbst er. Alter Sack, dachte Latella, Arsch von Musikfan.

»Sie sind sich darüber bewusst, dass Sie eine bewusstseinsverändernde Droge konsumieren, deren Besitz strafbar ist?«, sagte er in einem Atemzug, als habe er die Frage aus einem Handbuch memoriert.

Nino Vinci brach in schallendes Gelächter aus. Dann nahmen seine glasigen Augen einen ernsthaften Ausdruck an. »Und sie, junger Mann, sind sich darüber bewusst, dass Sie mir gerade ziemlich auf den Sack gehen?«

Bevor Latella wusste, wie ihm geschah, hatte Nino Vinci ihn von der Türschwelle geschoben. Der Alters- und Kraftunterschied hätte keine einigermaßen gerechte körperliche Auseinandersetzung erlaubt, von Vincis Verletzungen ganz zu schweigen. So fand sich Latella im Treppenhaus wieder, überrumpelt, bevor er sich wehren konnte.

»Hee«, knurrte er. »Das ist körperliche Gewalt gegen einen Amtsträger, das wissen Sie aber schon!«

Vinci antwortete mit einem unzweideutigen Hinweis auf die Schwester und die Mutter des Amtsträgers. Die Situation lief Gefahr zu eskalieren. Unüberhörbare Beleidigungen wechselten in anschwellender Lautstärke ihre Adressaten. Tina sah sich gezwungen, herauszukommen, um ihren Einfluss geltend zu machen. Sie stellte sich zwischen die Streithähne. »Onkel!«, »Curatola!« rief sie ein paar Mal.

»Latella«, stellte der Beamte richtig, während er sein Uniformhemd zurechtzog. »Ich bin Latella.«

Sie konnte sie immer noch nicht auseinanderhalten. Sie riskierten ihr Leben, um sie zu schützen, und diese Ziege konnte sich nicht einmal merken, wie sie hießen.

»Tut mir leid«, sagte Tina und wandte sich an ihren Onkel: »Kannst du mir erklären, was hier los ist?«

»Frag doch den Kommissar Montalbano!«, antwortete Vinci.

Bevor Latella antworten konnte, bedeutete Tina ihm, die Klappe zu halten. Neben dem Pink-Floyd-Song war nun auch ihr Telefon zu hören.

»Kann ich euch kurz allein lassen oder fangt ihr wieder mit dem Zirkus an?«, fragte sie verärgert. Ohne auf eine Antwort zu warten, eilte sie in den Flur und holte ihr Handy.

Es konnte der Informant sein, mit einem Hinweis auf Parisis Verhaftung. Oder Gigi. Vielleicht mit Neuigkeiten von den Ärzten, die Pyrros aus dem Koma holen wollten.

Doch es war Giulio. Ein Unglück kommt selten allein, dachte sie. Sie zögerte. Giulio ließ nicht locker. Schließlich drückte Tina die grüne Taste. Zunächst war nur eine rauschende Stille vernehmbar. Dann Giulios Stimme. Er schien sich seine Rede bis ins kleinste Detail überlegt zu haben, denn plötzlich legte er mit Volldampf los. Nach ein paar Sekunden begann er vor Aufregung zu stottern. Tinas Kopf schwirrte. Draußen erhitzten sich erneut die Gemüter. Vincis hämisch-flapsiger Tonfall wechselte mit Latellas jungenhaft hoher Stimme.

Sie sprach unkonzentriert und beiläufig ins Telefon, während sie die beiden auseinanderzerrte.

»Ich komm also später vorbei, ja?« Erst als Giulio das sagte, wurde ihr klar, dass sie sich soeben bereit erklärt hatte, mit ihm auszugehen.

57

Tina wollte ihn nicht in die Wohnung bitten. Sie hatte keine Lust, ihn von Gangemi durchsuchen zu lassen, und teilte ihm durch die Gegensprechanlage mit, sie würde gleich herunterkommen.

Sie blickte aus dem Fenster, um sich etwas Passendes anzuziehen. Es nieselte stecknadeldünne Tropfen. Um die Gipfel des Aspromonte hatte sich ein feuchter Nebel gelegt. Die Küste in Richtung Sizilien wirkte ferner und verschwommener als noch am Morgen. Sie würde feste Schuhe anziehen müssen.

Sie sah auf die Küchenuhr. Um fünf Uhr wollte Giulio hier sein, und um fünf stand er vor der Tür. Pünktlich wie die Maurer.

Sie entschied sich für eine Jeans, ihre Chucks und ein langärmliges Shirt. Sie hatte nicht die geringste Lust auf Giulio. Doch sie verspürte das Bedürfnis, mal rauszugehen. Sie war erschöpft, ihr Rücken schmerzte.

Sie speicherte die stundenlangen Recherchen auf dem Mac. Sieben Stunden hatte sie fast ohne Unterbrechung die Tastatur bearbeitet. Immerhin konnte sie die Untersuchung der Namensliste abschließen. Bei den mit einem Kreuz versehenen, hatte sich ihre Vermutung bestätigt. Es handelte sich tatsächlich um Verstorbene. Rein statistisch wiesen sie dieselben Eigenschaften auf wie die 33 Personen, zu denen sie bereits recherchiert hatte. Eine bunte Mischung aus Mafiosi und Personen aus wichtigen Politikbereichen. Einige kamen auch aus der Industrie, der Verwaltung oder staatlichen Institutionen.

Als sie sich dem Dossier mit Prozessakten widmete, das die Polimeni ihr übergeben hatte, war ihr ein Licht aufgegangen. Sie suchte darin nach Namen aus der Liste. Acht Personen waren vor Gericht zitiert worden, auch wenn sie nie auf die Anklagebank gekommen waren. Sie waren alle flüchtig. Bei sechs anderen handelte es sich hingegen um Richter, Anwälte und Zeugen.

Die Türklingel ging erneut. Giulio. Das konnte man ihm nicht übelnehmen. Seit einer Viertelstunde wartete er auf dem Hof.

Er lud sie unter seinen Regenschirm ein. »Wohin willst du gerne?«

Tina zuckte mit den Schultern.

»Machen wir einen kleinen Spaziergang«, stammelte er.

Sie willigte ein, kam unter den Regenschirm und bedeutete den Jungs vom Begleitschutz, dass sie sich ein bisschen die Beine vertreten wollte, indem sie mit Zeige- und Mittelfinger eine Gehbewegung nachahmte. Eine Sekunde später stieg Curatola aus dem Auto, um ihnen zu folgen. Giulio drehte sich empört um: »Wir würden gern ungestört reden«, stoppte er ihn.

Curatola blieb abrupt stehen. »Wir müssen Ihnen folgen«, antwortete er. »Aber wir können es mit dem Auto machen, in einigen Metern Abstand.«

»Macht, was ihr wollt«, sagte Tina ohne sonderliches Interesse.

Sie verließen den Hof und liefen über die Via Gebbione zur Via Padova in Richtung Industriegebiet. Giulio hatte von einer anderen Kulisse geträumt. Zuerst dachte er an ein Treffen bei Tina zuhause. In ihrem Schlafzimmer oder wenigstens im Wohnzimmer. Als sie ihn nicht hinaufbat, wich er auf eine andere Szenerie aus und entschied sich für das Meer. Er sah ihre Fußabdrücke im Sand, hörte ein angeregtes Gespräch, und dann ... Dann küsste er sie, und sie verschloss sich nicht. Sie hätten einander umschlungen vielleicht am Strand miteinander geschlafen, im Regen.

An die beklemmende Anwesenheit des Begleitschutzes, der ihnen auf Schritt und Tritt folgte, hatte er nicht eine Sekunde gedacht.

Sie folgten ihnen im Auto, im Schritttempo. Wie bei einem Leichenzug.

Tina und Giulio hatten sich für den rechten Gehsteig der Via Padova entschieden, gegenüber einer Reihe winziger Palmen, die die Gemeinde vor einigen Jahren in den Zement gepflanzt hatte. Sie waren von kümmerlichem Wuchs, eingezwängt in Stützvorrichtungen. Ein Geruch von Plastik und Fabrik lag in der Luft. Giulio kannte ihn schon seit Kindheitstagen. Er kannte die Gegend, in der es nach Industrieabgasen stank, nach Benzindünsten, faulem Fisch und faulen Eiern. Selbst der Regen hatte die Luft nicht gereinigt.

»Danke, dass du dich bereit erklärt hast, mit mir zu sprechen«, sagte er, nachdem sie zweihundert Meter lang geschwiegen hatten.

Tina ging weiter, ohne zu antworten.

Giulio ließ sich nicht entmutigen. »Ich hab viel an uns gedacht in den letzten zwei Wochen.« Das schien ihm ein guter Einstieg. Er atmete regelmäßig, stotterte nicht. Und sie hatte ihm nicht widersprochen.

In Wirklichkeit hatte Tina andere Dinge im Kopf. Geistesabwesend starrte sie auf die vor ihnen liegende Unterführung. Fixierte einen imaginären Punkt, auf den sie zusteuern konnte. Sie bemerkte das Auto nicht, das mit quietschenden Reifen aus dem Flughafentunnel geschossen kam. Normalerweise vermied sie es, dort zu Fuß durchzulaufen. Es machte sie nervös. Immer dachte sie daran, dass unmittelbar über ihrem Kopf Flugzeuge landeten.

»Ich hab verstanden, dass du mich nicht sonderlich ernst nimmst«, fuhr Giulio fort. Von Tina kam nur ein leichtes Kopfnicken. Sie hätte seine Worte mechanisch wiederholen können, wie einst die Erklärungen des Lehrers in der Schule.

»Du täuscht dich aber, wenn du in mir nur einen kleinen Jungen siehst, jemanden, der … der …«

Giulio begann zu stottern. Sie sah ihn als jemand, der … nichts, ein schwarzes Loch, es fiel ihm nichts ein.

Tina erbarmte sich. Sie wollte etwas sagen, bevor er völlig den Faden verlor.

»Giulio, ich dachte, zwischen uns sei jetzt alles ziemlich klar.«

»Nein, nein«, fing er wieder an. »Du siehst mich als jemanden, der sich nicht um dich kümmern kann, der dich nicht beschützen kann, der …«

Wieder eine Pause. Er bewegte die Lippen, brachte aber keinen Ton heraus.

Er war wieder ins Stocken geraten, dachte Tina. Seine Stimmbänder hatten ihn wieder im Stich gelassen.

Doch damit hatte sein Aussetzer nichts zu tun. Er drehte sich um. Hinter ihnen heulte der Motor eines heranrasenden Autos auf. Ein komisches Gefühl beschlich ihn, ein Zucken unter der Haut. Und so warf er einen Blick über die Schulter.

Er sah das Motorrad die Gerade hinunterdonnern. Darauf zwei Männer, die Helme mit dunklem Sichtschutz trugen. Giulio wunderte sich über die Pistole in der Hand des Zweiten. Instinktiv gab er den Polizisten ein Zeichen. Doch der Begleitschutz hatte schon keine Zeit mehr zu reagieren. Der Motorradfahrer drosselte das Tempo, als er sich Giulio und Tina näherte. Sein Sozius mit der Pistole streckte den Arm in ihre Richtung aus. Reflexartig drehte Giulio den aufgespannten Regenschirm seitlich vor sich und Tina.

Zwei Schüsse zerrissen den Nachmittag, denen der violette Schirmbezug keinen Widerstand entgegenzusetzen vermochte. Hinter dem Achteck des Regenschirms verborgen sah Tina das Motorrad und die beiden Männer nur für den Bruchteil einer Sekunde. Dann wurde es dunkel. Einem weiteren Schuss folgte ein plötzlicher, qualvoller Schrei.

Tina hörte noch mindestens fünf oder sechs Schüsse. Sie klangen dumpf, als hätte sie Watte in den Ohren. Dann fiel eine Pistole auf den Asphalt.

Der Auspuff der Kawasaki 500 spie qualmende Abgase, die Reifen pfiffen über den Asphalt. Der Mann auf dem Sozius kippte unnatürlich nach links. Sein rechter Arm baumelte schlaff, der Kopf klappte zur Seite weg, als sei ein Halswirbel gebrochen. Er rutschte in der ersten Kurve von der Sitzbank. Vielleicht hatte der Fahrer ihn hinuntergedrückt, aus Angst vor Verfolgern.

Der Fahrer traute seinen Augen nicht, als er in Höhe der Autobahnauffahrt wieder in den Rückspiegel blickte. Niemand war hinter ihm.

58

Er hatte sie unter seinem Körper begraben. Sie lag unter ihm und öffnete mühsam die Augen. Aus Giulios Mundwinkel floss ein kleiner Blutstrom und sickerte durch seinen Dreitagebart. Der rote Fleck auf seinem Hemd verstärkte das Eigenartige seiner Erscheinung.

Tina war wie gelähmt. Sie spürte nichts. Wusste nicht, ob sie verletzt war. Aber sie lebte. Und Giulio war es gelungen, sie zu beschützen, wie er versprochen hatte. Sein Körper hatte ihr als Schutzschild gedient, bevor er auf sie gefallen und sie wie ein Mantel bedeckt hatte. Er hatte sie gerettet.

Tina hörte Stimmen in ihrer Nähe. Sie meinte, den Tonfall Modafferis zu erkennen. »Worauf wartet ihr, verdammt noch mal?« brüllte er. »Folgt ihm, los!«

In ihren betäubten Ohren drangen wirre Antworten. Das mussten die Jungs vom Begleitschutz sein. Es folgten weitere Rufe, hastige Schritte, quietschende Reifen – der Uno – und das Hupen anderer Autos.

»Giulio!«, versuchte Tina ihn anzusprechen. In der Hoffnung, er würde sie verstehen.

Ihre Stimme bebte. Dann begannen auch ihre Beine, Schultern und Arme wie eine Stimmgabel zu vibrieren.

»Giulio«, flüsterte sie noch einmal.

Giulios Körper lastete schwer auf ihr. Er war zwar schlank, aber auch fast zwei Meter groß. Sie hielt die Luft an. Das Gewicht auf ihr wurde leichter. Er bewegte sich. Lebte er?

Aber der schmerzverzerrte Ausdruck auf seinem Gesicht veränderte sich nicht. Seine aufgerissenen Augen starrten sie weiter an, die Augen einer Maske. Aus seinem Mund rann weiterhin Blut.

Jemand hob ihn von ihr weg.

Gleich würde sie in die erregten Augen Modafferis blicken.

Doch hinter Giulios Körper erschien das Gesicht Alessio Caridis. Rummenigges Kopf war kahlgeschoren und er trug einen schwarzen Schnurrbart. Genau, wie sie ihn im Stadion gesehen hatte.

Tina schrie auf, so laut sie konnte. Ihr Kollege war gerade neben ihr erschossen worden. Bestimmt stand sie unter Schock. Aber ihr Verstand sagte ihr, dass Gespenster nicht die Kraft haben, Leichen wegzuheben.

Trotz der Zincum-Metallicum-Kapseln, die er morgens geschluckt hatte, war es Modafferi nicht gelungen einzuschlafen. Er tröstete sich damit, dass er bei der Romeo zuhause ein paar Stunden gedöst hatte.

Gut war das nicht. Schließlich verbrachte er die Nächte bei ihr, um sie zu bewachen, nicht um auf dem Sofa zu pennen. Dass er eingenickt war, erschien ihm als Zeichen von Nachlässigkeit. Dabei gab es gerade jetzt keinen Grund, nachlässig zu werden. Romeos Lage spitzte sich immer weiter zu.

Am Montag würde er seinem Antrag auf Begleitschutz noch einmal Nachdruck verleihen. Nur den Pakt, den sie miteinander geschlossen hatten, konnte er nicht als zusätzlichen Grund anführen. Das Mädchen war ja fast schon eine Kronzeugin.

Gegen ein Uhr hatte er bereits zu Mittag gegessen, die Fernsehnachrichten gesehen und eine Akte bearbeitet, auf die die Urlaubsvertretung des Staatsanwaltes seit Tagen wartete. Er hatte es noch mal mit einem Kurzschlaf versucht. Wieder ohne Erfolg.

Er ging auf den Balkon. Im schwachen Regen dieses Augustsonntags sah Reggio friedlich und ruhig, fast unwirklich aus. Im Hintergrund hörte er Reportagen und Direktübertragungen aus dem Abonnementsfernsehen.

Modafferi interessierte sich nicht für Fußball. Aber er wusste, dass die Jungs vom Begleitschutz eingefleischte Fans waren. Er wollte sie überraschen, während sie mit Sicherheit die Spielübertragung im Radio verfolgten. Vielleicht sollte er wirklich einmal nach ihnen sehen, um sie ein bisschen auf Trab zu halten. Die Romeo würde sowieso den ganzen Tag zuhause bleiben, sofern sie ihm keine Märchen erzählt hatte. Er beschloss, nicht anzurufen, sondern ihr einen Überraschungsbesuch abzustatten.

Er setzte sich müde und gedankenschwer ins Auto und fuhr los.

Auf der Kreuzung zwischen dem Viale Aldo Moro und der Via Gebbione sah er sie um die Ecke gehen. Neben ihr lief diese Bohnenstange von Fotograf.

Mit Tina Romeo war es immer dasselbe. Sie schaffte es einfach nicht, die Wahrheit zu sagen, selbst wenn man sie foltern würde.

Hinter ihr schlich der Uno des Begleitschutzes.

Seine Jungs folgten ihr im Auto. Lächerlich. Modafferi stellte den Seicento im Parkverbot ab. Er würde zum Uno gehen und den Jungs sagen, wie bescheuert sie sich aufführten. Fürchteten sie sich vielleicht vor ein bisschen Regen?

Er schloss gerade die Autotür, als er aus dem Augenwinkel eine Bewegung wahrnahm. Etwas, das ihm instinktiv nicht gefiel. Auf Höhe des Kiosks öffnete ein Mann seinen Regenschirm. Kaum waren die Romeo und der Fotograf an ihm vorbei, schloss er ihn wieder. Im selben Moment tauchte auf der anderen Seite der Kreuzung ein Motorrad auf. Der Sichtschutz an den Helmen der beiden Männer war heruntergeklappt. Modafferi konnte ihre Gesichter nicht erkennen. Sie rasten bereits Richtung Via Padova.

Alles ging unglaublich schnell.

Das Motorrad bremste ab, nachdem es am Uno vorbei war, und fuhr näher an die Romeo und ihren Begleiter heran. Der Fotograf lief außen und begriff als Erster, was geschah. Er verfiel auf eine lächerliche Geste: Er versuchte, sich mit dem Regenschirm zu schützen, während der Soziusfahrer seine Pistole auf ihn richtete.

Modafferi war häufig unbewaffnet unterwegs. Auch diesmal trug er keine Waffe. Seine Pistole lag zuhause, im Safe gesichert. Ihm blieb nichts anderes übrig, als ohnmächtig zuzusehen. Der Fotograf stürzte auf die Romeo und beide gingen zu Boden.

Fast gleichzeitig ertönte ein weiterer Schuss.

Der Mann auf dem Motorrad ließ die Pistole fallen. Jemand hatte ihn angeschossen. Jemand, der sich mit einem Schuss nicht zufrieden gab. Der Fahrer dachte nicht zweimal nach und floh.

Modafferi schaute auf seine Jungs im Uno, keiner hatte sich auch nur bewegt. Nicht weit von ihnen entfernt, hinter einer der Palmen, die den Gehsteig säumten, steckte ein Mann mit geschorenem Schädel eine Automatikpistole in die Tasche. Modafferi beobachtete, wie er sich zu Romeo und dem Fotografen beugte.

»Worauf wartet ihr, verdammt noch mal?«, schrie der Inspektor. »Folgt ihm, los!« Und zeigte auf den fliehenden Motorradfahrer, bevor sie auf die Idee kamen, sich auf den Glatzkopf zu werfen.

Latella setzte mit aufheulendem Motor hinterher, als plötzlich der Körper des Killers vom Motorrad stürzte.

Alessio Caridi hätte ihr gern den Mund mit der Hand zugehalten, doch er widerstand der Versuchung: Er wusste, sie würde zubeißen. Die Frau schien unverletzt. Sie war mit Blut beschmiert, aber das musste das Blut des jungen Mannes sein. Er musste jetzt dafür sorgen, dass sie zu schreien aufhörte, sonst würde sie noch die Aufmerksamkeit der halben Stadt auf sich ziehen.

Jemand klopfte ihm auf die Schulter.

Wer mischte sich da ein? Caridi drehte sich aufgeschreckt um. Er war nervös, erkannte den Mann aber sofort. Neben ihm stand der Bulle, der der Romeo folgte. Der Typ, der vor einigen Tagen fast zu ihm ins Auto gesprungen wäre.

Zum Nachdenken blieb keine Zeit. Er handelte instinktiv. Er rammte seinen kahlen Schädel zwischen die Beine des Inspektors. Die seitlich fixierte Gürteltasche dämpfte den Aufschlag nur geringfügig. Modafferi krümmte sich und sackte zusammen, ihm blieb die Luft weg. Sein Magen kramfte, seine Venen traten hervor.

Auch er hatte seinen Kontrahenten, den vor Tina knieenden Mann, erkannt. Er hatte sich einen anderen Look verpasst, aber es war Caridi. Dieser Caridi, den man in Säure aufgelöst hatte, der ihm aber einen quicklebendigen Kopfstoß in die Weichteile versetzt hatte, wie der stechende Schmerz in seinen Hoden bewies.

Modafferi biss die Zähne zusammen und sah ihn davonrennen.

Sein Handy klingelte. Er antwortete röchelnd, ohne auf die angezeigte Nummer zu achten. Latella, teilte ihm mit, dass sie das Motorrad an der Abzweigung zwischen Brunnen und Flughafen aus den Augen verloren hatten. Sie waren zur ersten Kurve zurückgefahren, wo der Mann mit der Pistole lag. Der Killer. Der tote Killer.

Modafferi befahl ihm, Verstärkung zu rufen, und legte auf, ohne Latellas Frage nach der Romeo zu beantworten.

Er kroch auf allen Vieren zu ihr, biss die Zähne zusammen und richtete sich auf.

»Alles in Ordnung?« fragte er unpassenderweise, während sich seine Lungen wieder mit Luft füllten.

Tina antwortete nicht. Sie starrte in Giulios glasige Augen und dachte an die Worte, die sie kurz vor seinem Tod gewechselt hatten.

Der Inspektor bemerkte die Kamera unweit des Fotografen. Gleich würde die Spurensicherung eintreffen. Es regnete, die ersten Neugierigen trampelten über den Tatort. Von ihnen würde er kaum brauchbare Hinweise bekommen. Er nahm die Kamera an sich und suchte im Speicher. Die letzten Fotos zeigten Tina und Giulio, wie sie dicht beieinander unter dem Regenschirm standen und redeten.

59

Er hatte den Bullen am Boden liegend zurückgelassen. Er war nicht scharf darauf gewesen, ihm den Kopf in die Eier zu rammen. Aber das Risiko, festgehalten zu werden, konnte er nicht eingehen. Die Jungs vom Begleitschutz hatten nicht mit ihm gerechnet und sich darauf konzentriert, das Motorrad zu verfolgen. Was für Idioten. Ein Fiat Uno gegen eine Kawasaki 500? Keine Chance, dachte Rummenigge.

Er sah sich um. Niemand achtete auf ihn. Er rannte zum Hyundai an der Kreuzung Via Padova Via Gebbione, sprang hinein und machte sich Richtung Stadtzentrum aus dem Staub. Kurz vor dem Stadion, an der Hauptwache der Polizia Municipale, drosselte er das Tempo, um nicht aufzufallen.

Die Romeo hatte nur durch ein Wunder überlebt. Don Rocco konnte sich glücklich schätzen. Aber so konnte es nicht weitergehen. Der Killer hatte zwei Mal daneben geschossen. Er dagegen war ruhig geblieben und hatte ihn wie ein Sieb durchlöchert, bevor er es ein drittes Mal versuchen konnte.

Wen hatte er wohl diesmal über den Jordan befördert? Einen, den er kannte? Vielleicht hatten sie einen dieser halbgaren, zugekoksten osteuropäischen Killer angeheuert.

Er musste ein Internet-Café finden, um Don Rocco mitzuteilen, was passiert war. Und er musste ihm sagen, dass sowohl Tina als auch der Inspektor ihn trotz seines neuen Looks erkannt hatten. Sie wussten jetzt, dass er noch lebte. Wie paradox, dass Mela und seine Töchter hingegen um ihn trauerten. Aber so waren die Bedingungen, sonst drohte ihm tatsächlich die Säure. Mimmo Stillitani hatte in deser Hinsicht kein Missverständnis aufkommen lassen. Don Rocco hatte ihm schon einmal verziehen. Er durfte seine Geduld nicht überstrapazieren.

Caridi dachte daran, wie absurd der letzten 70 Stunden verlaufen waren. Der Spitzname, der ihm vor dreißig Jahren verliehen worden war, schien ihm gar nicht so unpassend.

Donnerstagnacht hatte Rummenigge seine ganze teutonische Kälte benötigt. Dabei war er schon unruhig geworden, als er anstelle seiner Frau Mimmo Stillitani in seiner Küche vorfand. Am Tag, an dem ihm die Ermordung von Mico Quattrone und Giovanni Cutrupi befohlen wurde. Ein solcher Fehler würde ihm nicht noch einmal unterlaufen. Das hatte er sich geschworen. Nächstes Mal würde er völlig ruhig bleiben.

Und das war ihm auch gelungen. Als Mimmo Stillitani ihn vor dem Haus erwartete, die Autoscheinwerfer auf ihn richtete und ihn anwies, in den Audi zu steigen, hätte er sich vor Angst in die Hose pissen können. Doch er riss sich zusammen. Legte eine vorbildliche Selbstbeherrschung an den Tag. Obwohl er glaubte, dass man ihn zum Tode verurteilt hatte.

Sie würden ihn außerhalb von Agatea ausschalten, hatte er gemutmaßt. Er wusste zu viel, hatte wiederholt Fehler begangen, war unbequem geworden. So hatte er sich die Situation instinktiv erklärt. Obwohl er davon ausging, seine Familie nicht wiederzusehen, machte Alessio Caridi kein Theater. Er stieg mit anerkennenswerter Würde ins Auto.

Um die Wahrheit zu sagen, wunderte er sich, dass sie durchs Ortszentrum fuhren, um erst dann die Straße nach Platì zu nehmen. Denn so wurden sie von mindestens zehn Zeugen gesehen. Auf der Höhe von Lacchi bog Mimmo Stillitani in eine ramponierte Staubstraße. Das verlassene Gebäude und das Schweigen während der Fahrt verfestigten in Rummenigge den Glauben, dass sein Tod bevorstehe. Er war ihm geradezu zur Gewissheit geworden.

»Du weißt, dass sie dein Foto auf TG3 gezeigt haben? Mit deinem Namen obendrein … « Das waren die ersten Worte, die Mimmo Stillitani an ihn richtete, seit er in den Audi gestiegen war. Caridi brauchte ein paar Sekunden, um ihren Sinn zu verstehen. Jemand hatte ein Foto von ihm auf TG3 gezeigt und seinen Namen genannt?

Mimmo Stillitani erklärte es ihm. Die Romeo hatte ihn durch den Dreck gezogen, und es galt jetzt schnell zu handeln, wenn es innerhalb der Mafia nicht zu einer Fehde kommen sollte.

»Wie denn zu handeln?«, fragte Rummenigge.

»Wirst du gleich sehen.«

Mimmo Stillitani stieg aus dem Audi und wies ihn an, ihm zu folgen. Vor seinen Augen öffnete er den Kofferraum, in dem ein Dutzend Behälter voller Schwefelsäure lagen. Caridi starrte sie entsetzt an. Er wandte sich Mimmo zu, davon überzeugt, dass es für ihn keine Rettung mehr gab.

Stillitani hielt ihn am linken Arm fest, ohne Gewalt, auf eine etwas bevormundende Weise, und lächelte ihn an.

»*T'avimu fari mòriri*«, zwinkerte er ihm zu.

Caridi verstand nicht. Was sollte das heißen, sie müssten ihn sterben lassen? Außer dass man ihn jetzt umbringen würde natürlich.

»Wir bringen alle Kanister rein, los«, befahl ihm Mimmo und zeigte auf das gemauerte Gebäude. Dann hob er zwei Säurebehälter aus dem Kofferraum und reichte sie ihm. Zwei weitere trug er selbst.

Rummenigge wusste, dass die Bottiche in dem Gebäude dazu dienten, Weintrauben zu stampfen. Jeder von ihnen war etwa anderthalb Meter tief.

»Da rein«, sagte Stillitani und zeigte auf den linken.

Caridi begriff sofort und goß die Säure hinein. Wobei er darauf achtete, keine Spritzer abzubekommen. Mimmo Stillitani holte inzwischen die restlichen Behälter.

In diesem Moment stieg eine unbändige Angst in ihm auf und er dachte daran, davonzulaufen. Aber er konnte sich keine sinnvolle Flucht vorstellen, im Dunkel der Nacht, und überhaupt. Er konnte die Situation einfach nicht fassen.

Mimmo ging hin und her, ohne jemals mit leeren Händen zurückkehren. Sie füllten den Bottich bis kurz vor den Rand.

»Zieh ihn aus«, sagte Stillitani, berührte seinen Anorak und fügte hinzu: »Und lege ihn neben den Bottich.«

»Mit den Papieren?«

»Führerschein und den Rest«, erklärt Mimmo Stillitani.

Caridi gehorchte. Er legte seine Geldbörse mit Führerschein und Personalausweis auf den Boden neben den Bottich, und dann den Anorak.

»Die Kohle darfst du behalten, schlug Stillitani vor.

Rummenigge ging auf die Knie und nahm die fünfzig Euro und das Kleingeld aus der Geldbörse.

»*Iamunindi*«, sagte Stillitani, »gehen wir«, als alles erledigt war.

Alle sollten denken, dass er tot war. Alle, ausnahmslos alle. Auch seine Angehörigen. Das war für Don Rocco die einzige Möglichkeit, ihn am Leben zu lassen.

»Auch meine Frau?«, fragte Caridi.

»Deinen Verwandten müssen wir als Erstes Bescheid sagen«, amüsierte sich Mimmo Stillitani und lachte.

Er hatte ihn in sein Haus in Condofuri mitgenommen. Die Stillitanti besaßen Häuser in ganz Kalabrien. Alle fünfzig Kilometer über einen Ort zu verfügen, an den sie sich ungezwungen zurückziehen konnten, erschien ihnen nicht als exzentrisch, eher als Notwendigkeit.

Rummenigge und Mimmo Stillitani betraten die Wohnung auf leisen Sohlen, in der Hoffnung, nicht von den Nachbarn bemerkt zu werden. Der Hausherr forderte ihn auf, im winzigen Bad Platz zu nehmen, auf dem Klo, und kam mit einem elektrischen Rasierer zurück.

»Die Haare komen runter«, sagte er.

Caridi ließ sich widerwillig darauf ein. Es schien ihm, als hätte Mimmo Stillitani Spaß daran, ihn kahl zu scheren. Doch auch nach dem Einsatz des Kosmetik- und Schminkkastens hielt sich die Verwandlung in Grenzen. Der falsche schwarze Schnurrbart verfremdete ihn noch am meisten.

Schließlich machte Mimmo ein Foto mit der Digitalkamera.

»Morgen bring ich dir neue Papiere«, erklärte er, bevor er ging und ihn in Condofuri allein zurückließ. Rummenigge verbrachte eine Nacht voller Zweifel und mit wenig Schlaf. Seine Hauptsorge galt Mela, der er nicht sagen durfte, dass er noch lebte und sie sich nicht grämen brauchte.

Am nächsten Tag stattete ihm Mimmo Stillitani einen morgendlichen Besuch ab und überreichte ihm eine Tüte: »*Ndi virimu, Antonio Macheda. E pulizza u bagnu prima mi ti ndi vai.*«

Ja, er, Antonio Macheda, und Mimmo würden sich sehen – vielleicht. Und natürlich würde er das Bad sauber hinterlassen.

Rummenigge betrachtete den Führerschein und den Personalausweis mit seinem neuen Namen. Und er las den bedruckten und gefalteten Zettel: »Wie vorher. Folg ihr. Zum Schlafen Via Aschenez, 37B, dritter Stock, Nachname Agnoletti, Schlüssel unter Fußmatte.«

Auch der Schlüssel für seinen Hyundai lag in der Tüte. Er ging zum Fenster und sah das Auto vor der Wohnung. Nicht die Nerven verlieren, beschwor er sich immer wieder. Auch wenn er jetzt wieder der Romeo hinterherlaufen musste, um seine Schuld zu sühnen, ohne seine verwitwete Frau und seine Waisenkinder besuchen zu können.

Oder wusste Mela doch Bescheid? Wie wäre es Mimmo Stillitani ansonsten gelungen, das Auto und die Schlüssel zu holen und nach Condofuri zu bringen? Jemand musste ihn begleitet haben.

Rummenigge bemühte sich, nicht daran zu denken. Er nahm sich vor, den Befehlen Folge zu leisten. Er kehrte die Haare im Bad auf und machte sich auf den Weg nach Reggio, um sich der Romeo an die Fersen zu heften. Er folgte ihr, trotz des Begleitschutzes, der sie nicht aus den Augen ließ. Am frühen Samstagmorgen folgte er ihr zur Villa Comunale, wo sie sich mit diesem komischen Typen traf. Und dann weiter zum Fußballspiel, wo sie ihn fast entdeckt hätte. Und am Abend sah er sein eigenes Gesicht auf den Titelseiten der Lokalzeitungen.

Aber er ließ sich von der Angst, entdeckt zu werden, nicht überwältigen. In seiner dürftigen Verkleidung blieb er bis Sonntagnachmittag in Romeos Nähe. Er folgte ihr wie ein Schatten, bis die Drohungen wahrgemacht wurden.

Barbara Solcini hat es »gerade noch einmal geschafft«, tippte Caridi in einem Internet-Café in der Nähe der Piazza De Nava. Der Hyundai stand ein paar hundert Meter entfernt, weit weg von der Wohnung in der Via Aschenez und weit weg von diesem Internet-Café. Er musste verhindern, dass man ihm über das Auto auf die Schliche kam. Es war schon merkwürdig, dass sich niemand über das Verschwinden des Autos Gedanken zu machen schien. Obwohl ihn am Donnerstagabend ein Dutzend Zeugen mit Mimmo Stillitani gesehen hatten.

Mela war am Morgen bestimmt in die Kirche gegangen. Hatte für ihn gebetet, ihm nachgetrauert.

»So geht es nicht weiter«, kommentierte er den Facebook-Status von Barbara Solcini. Dann fügte er hinzu: »Sie hätten es fast geschafft. Mein neuer Look gefällt unseren Freunden ganz gut.«

Er stand auf, bezahlte die Viertelstunde Internetzugang und ging rasch hinaus.

Einige Sekunden später sah sich die Dame aus dem Internet-Café gezwungen, ihm zu folgen.

»Herr Macheda, Herr Macheda …« Rummenigge brauchte lange, um zu begreifen, dass sie ihn meinte. Er hatte seinen neuen Personalausweis vergessen.

60

Georgios Elytis. Stamatios Seferis. Giovanni Cutrupi. Domenico Quattrone.

Sie war ihnen erst als Toten begegnet. Vorher hatte sie sie nicht gekannt, und sie war nicht dabei gewesen, als sie starben.

Georgios und Stamatios hatte sie aus der Entfernung beobachtet, auf dem Spielfeld. Aber sie hatte nie ein Wort mit ihnen gewechselt.

An Papalia und Corsaro dachte sie noch nicht einmal. Sie hatte die beiden am Boden liegen sehen, verletzt. Aber für sie waren das nur die beiden Drecksäcke, die versucht hatten, Pyrros umzubringen. Sie hatten ihr Leben auch nicht durch die zwei Schüsse verloren, die Caridi glücklicherweise abgegeben hatte.

Außerdem behielt Tina von jenem Nachmittag nur das Bild Pyrros' im Gedächtnis. Und die Fahrt zum Krankenhaus, als sie um ihn bangte, betete und hoffte.

Beim Gedanken an den Mann, den sie liebte, wechselte Tina die Personengruppe. Jetzt dachte sie nicht mehr an die Toten, sondern an die Überlebenden. Seit der Fahrt in Caridis Auto und dann im Krankenwagen, während ihrer Besuche auf der Intensivstation, nachdem man ihn in ein künstliches Koma versetzt hatte, wanderte Pyrros auf dem schmalen Grat, der den entscheidenden Unterschied macht. Die neuesten Hinweise der Ärzte gaben Anlass zur Hoffnung. Es sah so aus, als würde er sich bald wieder diesseits der Grenze, auf der Seite des Lebens befinden. Tina hatte es das Herz zerrissen, ihren Onkel auf dem Boden zu sehen, blutig und mit Folterspuren. Aber selbst Nino Vinci hatte sich erholt und lag wieder auf dem Sofa. Mit seiner Musik, seinen Tüten, seiner Unfähigkeit, eine Verbindung zum Rest der Welt herzustellen.

Giulio dagegen war tot. Endgültig. Er war der vorläufig Letzte in einer Reihe von Toten, mit denen sie zu tun gehabt hatte. Aber auch der Erste, der ihr so nahestand. Der Erste in einer Reihe, die sich fortsetzen könnte. Vielleicht mit ihr selbst?

Giulio war als Freelancer zur Redaktion gestoßen. Vor etwas mehr als einem Jahr hatte er dann einen befristeten Vertrag ergattert. Dem Anblick von Leichen ging er nicht aus dem Weg. Anders als so manche, die sich berufsbedingt damit konfrontieren mussten, wie Ärzte oder Polizeibeamte. Viele lernten nur mühsam, den Anblick zu ertragen.

Bei Fotografen verhielt es sich anders, hatte Gigi Barreca ihr erklärt. Fotografen legten dann erst richtig los. Sie ertrugen den Anblick, auch weil sie über Schutzbarrieren verfügten: ihr Kameraobjektiv, den Blitz, die Fotoabzüge.

Vielleicht lag es auch an Giulios Fotostil, seiner Vorliebe für Dreivierteläufnahmen. So musste er dem Tod nicht direkt ins Auge sehen.

Modafferi dagegen war zwar Polizist, hatte es aber nie geschafft, sich daran zu gewöhnen. Er brauchte regelmäßig seine Kapseln. In der Via Padova hatte er allerdings gut reagiert. Er hatte ihr geholfen aufzustehen, hatte sie von Giulio weggeführt. Fort von diesem reglosen, leeren Blick. Und er hatte sie in den Arm genommen, als sie zu weinen begonnen hatte, und gesagt, es sei alles seine Schuld.

»Es ist nicht Ihre Schuld, das wissen Sie ... Sie haben ihn nicht umgebracht.« Der Inspektor tröstete sie, während er sie zu Fuß nach Hause begleitete. Während Giulios erster Monate in der Redaktion hatte sie ihn kaum bemerkt. Ein schüchterner Typ, wortkarg, der seine Arbeit machte, ohne Allüren. Erst mit der Zeit verstand sie, dass seine Schüchternheit auf eine doppelte Verlegenheit zurückging. Erstens stotterte er leicht und zweitens hatte er sich in sie verliebt.

Deswegen hatte Tina ihm gegenüber eine abweisende, fast schon barsche Haltung eingenommen. Aber manchmal waren sie wirklich ein gutes Team gewesen. Nicht nur während ihrer Recherchen in Agatea. Mit den Bildern der verkohlten Leichen hatte Giulio einen wichtigen Beitrag geleistet, und er hatte sich als hervorragender Reisebegleiter erwiesen.

Sie bedauerte, ihm gegenüber so wenig feinfühlig gewesen zu sein, gerade auch in den Sekunden vor seinem Tod. Bevor er starb, um sie zu schützen.

»Kann ich etwas für Sie tun?«, fragte Modafferi, als sie ins Haus traten.

»Sagen Sie bitte meinem Onkel, er soll die Musik abstellen«, flüsterte sie, als sie den fünften Stock erreichten.

Modafferi überzeugte Nino Vinci, die Musik abzustellen, und erklärte ihm in groben Zügen, was geschehen war.

Tina huschte während des Gesprächs zwischen Modafferi und dem Onkel ins Bad und übergab sich. Sie kniete vor der Kloschüssel und wischte sich mit dem Ärmel ihres Shirts den Mund ab. Mühsam richtete sie sich auf und blickte in ihr Spiegelbild. Sie sah furchtbar aus, Blutflecken, zerwühlte Haare, blasse Haut. Sie riss sich die Kleider vom Leib.

Das Wasser aus der Dusche legte sich wie ein schützender Kokon um ihren Körper. Es würde ihr helfen, den Nachhall der Schüsse zu dämpfen. Sie schloss die Augen, doch Giulio starrte ihr mit gläsernem Blick entgegen. Sein Bild wechselte sich mit den Bildern der anderen Toten ab. Mehrfach öffnete und schloss sie die Augen und blieb so lange unter dem Wasserstrahl, bis es ihr gelungen war, die Gespenster zu vertreiben. Dann wickelte sie sich in ihr Handtuch und ging hinaus.

Modafferi wartete in der Küche.

»Ich habe mir erlaubt, Ihre Kollegen anzurufen«, sagte er, als er ihre Schritte im Flur hörte.

»Danke.«

»Sie sind auf dem Weg hierher. Sie haben mich gebeten, es Ihnen zu sagen.«

»Ich möchte niemanden sehen«, entgegnete sie, ließ den Kopf hängen und begann zu schluchzen. Dann floh sie in ihr Zimmer.

Nach fünf Minuten klopfte Modafferi an ihre Tür und wartete auf Antwort.

»Romeo, hören Sie mich?«, fragte er und klopfte noch mal. Vinci kam mit einer Tüte in der Hand aus dem Wohnzimmer.

»Romeo«, rief der Inspektor.

Er öffnete die Tür.

Sie saß, den Rücken zu ihm gewandt, vor dem Computer, das Handtuch noch immer um sich gewickelt.

»Wir haben doch einen Pakt geschlossen, oder?«, fragte Tina mit gebrochener Stimme. »Dann kommen Sie bitte her und helfen Sie mir, statt dort herumzustehen.«

»Was ist das?«, fragte Modafferi und blickte verwirrt auf den Bildschirm.

Die Situation behagte ihm nicht. Er setzte sich neben sie und überflog die Namensliste: Giovanni Romeo, Salvatore Morabito, Gianni Sapone …

Er erinnerte sich an Gesichter von gesuchten Verbrechern, an Leute, die mittlerweile gestorben waren, an Bekannte und an einen alten Schulkameraden. Die Vor- und Nachnamen waren doch allzu verbreitet.

»Warten Sie einen Moment«, sagte Tina und öffnete die Datei, in der sie die Kurzbiografien zusammengestellt hatte.

»Ich habe nicht die leiseste Ahnung, um was es sich bei dieser Liste handelt. Aber ich habe das hier zusammengesucht.«

»Ist die auch von diesem Bekannten?«

Tina nickte. Modafferi arbeitete sich durch die Biografien. Sie hatte hervorragende Arbeit geleistet. Das Mädchen hatte Talent, das musste man ihr lassen. Die meisten seiner Kollegen hätten es nicht besser machen können. Modafferi stockte, als er den zehnten Namen las: Rocco Stillitanti.

Der Name dieses Capobastone war in letzter Zeit viel seltener genannt worden, als es seiner Bedeutung entsprach. Bei diesem Durcheinander musste er seine Finger im Spiel haben.

»Insgesamt sind es 33«, sagte Tina leise.

Modafferi hörte kaum hin, völlig in die Lektüre und seine Überlegungen vertieft. Nach Romeos Recherchen enthielt die Liste unterschiedlichste Personengruppen, wiewohl alle eine mittlere bis höhere Stellung innehatten. Unternehmer, Politiker, Richter, Staatsbeamte. Sowie Namen, die der ’Ndrangheta zuzuordnen waren.

Ein Spektrum, das sehr gut zu den Prinzipien einer Freimaurersekte passen würde. Aber die ’Ndrangheta lehnte Freimaurerei und die Zusammenarbeit mit Staatsorganen ab. Ihr archaischer Schwur beinhaltete den Grundsatz, niemals mit Männern in Uniform zusammenzuarbeiten.

Außer in einem Fall.

Modafferi riss die Augen auf: »33 sagen Sie?«

Tina fuhr leicht zusammen, ob seiner unvermittelten Reaktion, und bestätigte die Zahl.

Modafferi blickte auf den Namen der Datei. »Warum haben Sie sie ›SS‹ genannt?«

»Hab ich so bekommen«, antworte Tina und zuckte mit den Achseln, wobei das Handtuch von ihrer Schulter rutschte und einen Teil ihres Busens freigab.

Der Inspektor konzentrierte sich auf den Bildschirm. »Sie wissen bereits, was wir hier verdammt noch mal vor uns haben?«

»Das versuche ich gerade herauszufinden.«

»Haben Sie jemals von der Santa gehört?«

»Was für eine Santa?«

Modafferi hielt inne. »Ich sag Ihnen jetzt, was ich … Ich werde Ihnen jetzt das Organisationsprinzip der 'Ndrangheta erklären, wie sie sich entwickelt hat und alles … Aber …«

Tina wandte sich zu ihm. Das Handtuch überließ jetzt nichts mehr der Fantasie. Modafferis Blick fiel auf ihre rechte Brust. Er versuchte sich zu konzentrieren, ohne sie anzustarren, aber es fiel ihm schwer.

»Gut. Also es gibt kleinere Familienstrukturen, die 'Ndrine heißen. Klar? Die 'Ndrine unterstehen einer weiteren Organisation, dem Locale. Über den verschiedenen Locali stehen drei Kommissionen, die im Wesentlichen die Gegenden von Gioia, Locride und Reggio abdecken. Alles klar?«

Tina strich die Haare hinter die Schultern und nickte.

»Diese Zusammenhänge bestehen alle aus 'Ndranghetisti, die untereinander verwandt, durch Blutsbande miteinander verbunden sind. Aber es gibt eine Organisation, die über allem steht: die Santa!«

»Und Sie glauben, dass diese …«

»Zur Santa gehören nicht nur 'Ndranghetisti. Hier berühren sich Mafia und Zivilgesellschaft. Hier werden die wichtigsten Abkommen geschlossen.«

Tina verzog das Gesicht, ihre Nieren krampften sich zusammen.

»Das heißt mit dieser Liste …«

»Das Dokument wäre vor Gericht wahrscheinlich wertlos. Aber wir wissen jetzt, mit wem wir es zu tun haben.«

»Und was hat es mit der Zahl 33 auf sich?«

»Ein alter Grundsatz, es darf nicht mehr als 33 Santisti geben.«

»Die Abkürzung ›SS‹ bezieht sich also auf die Santisti!« Tina hielt sich die Hand vor den Mund, bemerkte ihre entblößte Brust und zog das Handtuch hoch.

»Ich brauche sofort eine Kopie«, sagte Modafferi und versuchte die Situation zu überspielen.

»Schreiben Sie sie von Hand ab und denken Sie sich etwas aus, um die Namen zu verschlüsseln.«

Der Inspektor wühlte in seiner Gürteltasche und nahm sein Telefonbuch heraus. »Machen wir es so, ich verschlüssele die Namen dieser Sportsfreunde in Form von Telefonnummern.«

Er notierte die Namen der Santisti in alphabetischer Reihenfolge und erfand für jeden eine Telefonnummer.

»Warum tun Sie das alles, Inspektor?«, fragte sie. »Zum Schluss gewinnen ja doch immer …«

»Und was sollen wir machen? Warten, bis sie uns alle umbringen, obwohl wir nichts damit zu tun haben?«

»Nipo… Tina.« Nino Vinci klopfte mit dem Ellbogen an die Tür.

»Was gibt's?«, brüllte sie, ohne aufzustehen.

Ihr Onkel öffnete die Tür einen spaltbreit. »Unten ist ein Kollege von dir. Barreca, hat er gesagt, glaube ich.«

Tina sah Modafferi an: »Können Sie ihm freundlich sagen, dass es mir gutgeht, dass ich aber niemanden sehen möchte.«

Der Inspektor nickte.

»Aber Sie kommen bitte noch mal zurück …«

61

Er stieg leise aus dem Bett und hoffte, sie würde ihn nicht bemerken. Der Lattenrost knarrte nur leicht. Aus ihrem Mund drang ein brummendes Geräusch. Sie musste die Bewegung der Matratze gespürt haben, aber sie drehte sich auf den Bauch, ohne aufzuwachen. An der Türschwelle schaute sich der Mann kurz um. Sie schlief.

Diesmal hatte er ihr nichts gesagt, seine Abreise noch nicht einmal angedeutet. Er hinterließ einen Zettel in der Küche: »Ciao Anita, bin bald zurück.« Die Botschaft sollte vage und provokant wirken.

Der Mann holte den kleinen Koffer, den er am Vorabend gepackt hatte, und verließ die Wohnung auf leisen Sohlen. Es war 06:40 Uhr. Zeit, den Zug nach Fiumicino zu nehmen, um nach Lamezia zu fliegen.

Wie würde sich seine Frau fühlen, wenn sie die Nachricht entdeckte? Würde sie versuchen, ihn telefonisch zu erreichen, oder würde sie sich gleich bei diesem Lackaffen melden, der ihr den Hof machte? Er fragte sich, wie weit dessen Mut reichte. Oder dessen Frechheit.

Am Vortag hatte der Mann die gespeicherten Nummern auf Anitas Festnetztelefon und Handy kontrolliert. Es war kinderleicht gewesen, die Identität des Galans zu ermitteln. Giampiero Marconi, 41, verheiratet, Vater eines behinderten Sohnes, Angestellter eines Reisebüros.

Mit dem fertig zu werden, würde nicht schwierig sein. Es wäre mit einem einzigen Anruf getan, vielleicht mit einem Brief oder einer E-Mail. Giampiero Marconi würde dahinschmelzen wie Schnee in der Sonne.

Sicherheitshalber hatte er ein paar Wanzen in der Wohnung platziert. Einfache Geräte, die er noch im Arbeitszimmer rumliegen hatte.

Im Flieger nach Lamezia überlegte er sich, was er Don Rocco sagen würde. Er war froh, dass er das Treffen vertagt hatte. Er hatte die Terminverschiebung von Sonntag auf Montag gegenüber Don Rocco durchgesetzt, was bewies, dass er nicht sein Untergebener war. Und es war ihm am Wochenende gelungen, die Frage der Verordnung zu regeln. Er war auf eine Lösung gekommen, die ihm ganz vorzüglich schien.

Abgesehen von dem Ass, das er noch im Ärmel hatte.

Beim Landeanflug blickte der Mann auf die endlose Autoschlange hinunter, die sich von Salerno nach Reggio Calabria wälzte. Heimkehrende Urlauber, ein hoffnungsloser Stau. Sie waren bis zur letzten Stunde in den Ferien geblieben und hatten sich erst am Montag, dem 31., auf den Heimweg gemacht.

Im Terminal warteten Don Roccos Handlanger an der gewohnten Stelle auf ihn. Der Mann begrüßte sie mit einer Kopfbewegung. »Die Herren.«

Sie murmelten ein »Guten Tag«, mit deutlich kalabresischem Akzent.

Der Mann nahm auf dem Rücksitz des Legacy Subaru Platz, mit dem sie ihn auch die letzten Male abgeholt hatten. Er gab dem Handlanger auf dem Beifahrersitz unaufgefordert sein ausgeschaltetes Handy, beugte sich etwas nach vorne und ließ sich die Augenbinde anlegen. Dazu setzte er seine Sonnenbrille auf.

Nach der zweiten Fahrt war ihm klar, dass der Subaru in den anderthalb Stunden, die sie zu Don Roccos Bunker unterwegs waren, eine viel zu lange Strecke zurücklegte, um die Lage des Verstecks ermitteln zu können. Möglicherweise lag der Bunker auch außerhalb Kalabriens. Er hielt es für unwahrscheinlich, schloss es aber nicht völlig aus. Noch fühlte er sich nicht sicher genug, um einen GPS-Chip am Körper zu verstecken, der Stillitanis Versteck enttarnt hätte.

So sehr er sich auch konzentrierte, er konnte nicht rausfinden, auf welcher Art von Straße die beiden Schergen fuhren. Wahrscheinlich nahmen sie von Mal zu Mal eine andere Route.

Anita … fiel ihm plötzlich ein. Er hätte gerne nachgesehen, ob sie ihn angerufen hatte. Luciana hatte ihn schon an ihrem Hochzeitstag ermahnt, ihr nicht zu trauen.

Er stellte sich Anita mit Marconi vor. Wie lange ging das schon mit dem Hanswurst? Die Nummer tauchte auf der Liste der Telefonate aus den letzten drei Monaten immer häufiger auf. Wie hatte er das bloß nicht merken können?

Würde sich Don Rocco in einer solchen Situation wiederfinden, er wüsste sofort, was zu tun sei. Aber er war nicht so, er gehörte zum Staat, stand auf der Seite der Guten. Er konnte nicht aus persönlichen Motiven zur Gewalt greifen. Oder doch?

Das letzte Stück des Weges erkannte er mittlerweile. Der Subaru rollte über eine Staubstraße. Er hörte den Schotter unter den Reifen und kämpfte mit den Fliehkräften, die ihn in den vielen Kurven hin- und herwarfen.

»Wir sind da«, sagte einer der beiden Handlanger, als sie parkten.

Don Rocco bereitete ihm einen unterkühlten Empfang. Während der Mann sich setzte, schickten ihm Don Roccos Augen Feuerblitze entgegen. Als wolle er ihn versengen.

»Commendatore, Sie haben sich geirrt.«

Der Mann war verblüfft. Einen solchen Empfang hatte er nicht erwartet.

»Wie meinen Sie das, Herr Stillitani?«, fragte er zögernd.

»Wissen Sie denn nichts über ihre Freundin? Ich dachte, Sie seien … besser informiert.«

Der Mann ärgerte sich, dass er seit gestern Abend weder seine E-Mails kontrolliert noch Nachrichten gehört hatte.

Er hatte sich völlig auf die Liste der Telefonnummern konzentriert, auf Anita und diesen Marconi. Auch im Flieger hatte er keinen Blick in die Zeitung geworfen, sondern seine Zeit mit einem historischen Roman und Herumdösen verbracht.

»Ich weiß nicht, wovon sie reden, tut mir leid«, musste er zugeben.

»Man hat auf sie geschossen.«

Der Hals des Mannes schnürte sich zu.

»Wann ist das passiert?«

»Gestern Nachmittag. Sie ist unverletzt, wie durch ein Wunder. Aber der Fotograf ist tot.«

Don Rocco legte eine Pause ein.

»Commendatore, als ich Sie gebeten habe, Begleitschutz für sie zu organisieren, werde ich mir schon etwas dabei gedacht haben, oder?«

»Ich habe getan, was ich konnte. Heute … Also, so bald wie möglich, hat man mir gesagt. Ich glaube heute«, murmelte der Mann.

»Wir leben in einem schrecklichen Land, Commendatore. Wie kann es sein, dass solche Dinge geschehen? Was muss passieren, damit der Staat sich um seine Bürger kümmert?«

»Ich werde darauf bestehen, dass sie noch heute den Schutz erhält«, sagte der Mann. »Sie haben mein Wort.«

Schon hatte er sich an die Wand spielen lassen. Er war versucht, sofort mit seinem Trumpf-Ass rauszurücken. Aber er wusste, dass es besser war, sich zu gedulden und den entscheidenden Schlag für das Finale aufzuheben.

»Ich möchte Ihnen glauben, Commendatore. Aber das nächste Mal, wenn ich Sie rufen lasse, sollten Sie unsere Verabredung nicht vertagen. Wenn ich es eilig habe, dann hat das seinen Grund.«

»Herr Stillitani, ich bin in Ihren Angelegenheiten nicht untätig geblieben«, versuchte der Mann sich zu rechtfertigen. »Ich habe schon einiges klären können, wegen der Deponie.«

»Also ist die Sache geklärt? Die Verordnung wird verabschiedet?« Don Rocco fuhr hoch. Sein feuriger Blick wurde sanfter und wirkte fast erstaunt. Der Mann musste ihn stoppen, bevor sich dieser Kriminelle zu große Hoffnungen machte.

»Nein, Herr Stillitani, ein solches Vorgehen ist unmöglich. Wir können uns zwar einiges an Unterstützung aus der Regierung und auch von der Opposition sichern, aber ein solcher Schritt wäre zu durchsichtig. Eine Umwidmung der für den Brückenbau bewilligten Gelder würde bedeuten zuzugeben, dass die Summe zu hoch veranschlagt war. Das wäre kein guter Schachzug für alle, die, wie Sie selbst, in dieses Projekt investiert haben. Außerdem würde die Lega durchdrehen, wenn weitere Gelder für Infrastrukturprojekte in Kalabrien beantragt würden.«

Don Rocco wechselte noch einmal seine Position. Vor wenigen Augenblicken hatte er fast auf seinem Sessel gelegen, die Hände hinter dem Kopf verschränkt, in Erwartung guter Neuigkeiten. Jetzt dagegen lehnte er sich vor, die Arme vor der Brust verschränkt, die erloschene Zigarre zwischen den Lippen baumelnd: »Nun Commendatore, Sie behaupten, in dieser Angelegenheit nicht untätig gewesen zu sein. Was zum Teufel haben Sie zustande gebracht?«

»Eine Abmachung«, antwortete er stolz. Das Gespräch nahm endlich die Richtung, die ihm vorschwebte.

»Eine Abmachung mit wem? Und worüber?«, fragte Don Rocco so langsam wie möglich.

»Sie wollen den Zivilschutz privatisieren, in eine Aktiengesellschaft umwandeln. Der Zivilschutz könnte bei wichtigen Anlässen so viele öffentliche Gelder ausgeben, wie er will. Ohne Kontrolle, ohne Autorisierung, ohne Rechenschaft. Es gäbe sogar die Möglichkeit, bestimmte Ausgaben geheim zu halten.«

»Was hat das mit der Deponie in Agatea zu tun?«

»Nun, die Deponie wird eines der ersten Projekte des neuen Zivilschutzes sein. Das ist schon vereinbart. Und wenn es anders kommt, verliert der Chef seinen Posten.«

Don Rocco sah ihn verständnislos an. Er hatte den Eindruck, dass ihm das graue Männchen einen Romanstoff präsentierte.

»Der neue Zivilschutz wird Events organisieren, vom Papstbesuch bis zu Sportveranstaltungen, und er wird sich um die Sanierung der Region kümmern. Und wenn es nicht genügen sollte, dass Kalabrien objektiv eine Deponie benötigt, dann könnten wir der Notwendigkeit des Bedarfs etwas nachhelfen, indem wir zum Beispiel einen kleinen Abfallskandal inszenieren. Wir liefern ein paar tote Schafe, eine Vergiftung ...«

Don Rocco spie die vor sich hinqualmende Zigarre aus. »Commendatore, ich werde in zwei Tagen auf dem Treffen in Polsi sprechen, und das sind die Garantien, die Sie mir mitgeben? Schlagen Sie mir allen Ernstes vor, ein paar Schafe zu töten, um die Baugenehmigung zu erhalten?«

»Nein, Herr Stillitani, ich weihe Sie in ein Projekt ein, von dem bis jetzt nur wenige wissen. Wenn der Ministerrat in einigen Monaten den Vorschlag macht, werden die meisten Unternehmer aus allen Wolken fallen. Sie dagegen werden gut vorbereitet sein. Ein beträchtlicher Vorteil in einer Gegend wie dieser, die sich in dauerhaftem Ausnahmezustand befindet, finden Sie nicht?«

Der Mann war zufrieden. Er schwitzte nicht, er rutschte nicht auf dem Sessel hin und her, er schlug sich gut. Und jetzt wollte er seine Gegenleistung. »Glauben Sie mir, Herr Stillitani, die Deponie ist Ihnen sicher. Selbst wenn die Regierung stürzen sollte, was nicht geschehen wird. Selbst in diesem Fall werden Sie über eine Institution verfügen, die unabhängig von der Regierung arbeitet und Ihnen erlaubt, zu tun, was Sie wollen.«

»Und wenn diese Zivilschutz GmbH nun doch nicht gegründet wird?«

Der Mann erlaubte sich ein Lachen. »Auf die eine oder andere Weise wird sie gegründet, da brauchen Sie sich keine Sorgen zu machen.«

Don Rocco starrte ihn an, ohne etwas zu sagen. Der Mann nahm sich etwas zurück. Er sollte es nicht übertreiben. Stillitani wirkte wie eine Statue, ohne jede Mimik.

»Sie wissen, Commendatore?«, fragte der Capobastone schließlich. »Es heißt, beim Lächeln bewegt man etwas mehr als zwanzig Gesichtsmuskeln, wenn man sich aufregt oder ärgert ungefähr achtzig. Ich bin imstande, auf jegliche Muskelbewegung zu verzichten, auch in Momenten äußerster Wut. Das kommt nur selten vor, ist aber, wie ich Ihnen versichern kann, außerordentlich folgenreich. Ich würde sie Ihnen ja gerne glauben, Commendatore, diese Geschichte über den Zivilschutz …«

Der Mann nickte und holte Luft.

»Gibt es noch was, Commendatore?«

»Um die Wahrheit zu sagen, ja. Wir müssten einmal über Peppe Parisi sprechen. Wir hatten ein Tauschgeschäft vereinbart.«

Don Rocco zündete erneut seine Zigarre an. »Er ist ein armer alter Mann, so alt, dass man ihn nicht einmal ins Gefängnis stecken kann. Was nützt es Ihnen, ihn verhaften zu lassen?«

»Mir nützt es nichts. Aber das ist auch einer der Gründe, weshalb wir hier an diesem Tisch sitzen und uns unterhalten.«

Don Rocco drückte die Zigarre im Aschenbecher aus. »Kennen Sie die Gegend von Polsi?«

Der Mann schüttelte den Kopf.

»Sie machen sich keine Notizen. Sie behalten alles im Gedächtnis. Sie wissen, dass Mittwoch das Fest beginnt, und dann das Treffen stattfindet.«

»Wenn man von Montalto herunterkommt, trifft man auf einen Pilgerpfad. Polsi, das Kloster, diese vier Häuser, die liegen unten im Tal. Wenn Sie dem Pfad folgen, gelangen Sie an einer bestimmten Stelle zu einer gefällten Kastanie, mit einem eingekerbten Herz auf der rechten Seite …« Während er sprach, schaute er in die Luft, zur Decke hin, als gehe er selbst den Pfad entlang. »Dort steht ›Giuseppe und Maria‹. Zwanzig Schritte weiter finden Sie auf der rechten Seite einen kleinen Weg, der nach links abbiegt. Folgen Sie ihm ungefähr hundert Meter. Dann stoßen Sie auf eine Art Steinaltar. Mehr brauchen Sie nicht zu wissen. Peppe Parisi legt diesen Weg jedes Jahr zurück, nach dem Gottesdienst … Eine Sache muss aber klar sein, Commendatore. Auch andere 'Ndranghetisti, andere Capobastoni benutzen diesen Weg. Meine Blutsbrüder. Sie haben sich nur Parisi verdient, ihn und nur ihn. Sehen

Sie zu, dass Sie keinen Fehler begehen. Wenn ich Ihnen das so ausdrücklich empfehle, habe ich nur Ihr Bestes im Sinn, und das Ihrer Frau … A propos, wie geht es eigentlich Ihrer Frau?«

Der Mann schluckte. Er musste sich den Weg merken. Zwanzig Schritte nach der Kastanie links abbiegen, hundert Meter bis zum Steinaltar. Warum erkundigte der sich jetzt nach seiner Frau? Es war das erste Mal. Vielleicht wusste er etwas?

»Tausend Dank, Herr Stillitani, uns geht es beiden bestens.« Er achtete darauf, sich nichts anmerken zu lassen.

»Dann bleibt uns jetzt nichts als …« Don Rocco stand auf und reichte ihm die Hand.

Der Mann blieb sitzen. Jetzt musste er handeln. Mit einer theatralischen Geste nahm er einen Briefumschlag aus seinem kleinen Koffer und ließ ihn auf den Tisch gleiten. Er dachte daran, wie er den Bunker betreten hatte. An den Metalldetektor, mit dem sie seinen Koffer kontrolliert hatten, ohne zu wissen, dass er in diesem Briefumschlag den gefährlichsten aller Sprengsätze mit sich führte.

»Was haben Sie da für mich, Commendatore?«, fragte Don Rocco und sah auf den Umschlag.

»Machen Sie ihn nur auf«, sagte der Mann und bemühte sich, selbstsicher zu wirken. »Sie dürften den Inhalt schon kennen.«

Don Rocco setzte sich noch einmal und hielt den Umschlag gegen das Licht. Er öffnete ihn und nahm die beiden Fotos heraus. Eines zeigte Tina Romeo. Das andere war ein älteres Bild von ihm selbst. Er erstarrte, die Fotos in halber Höhe vor sich haltend.

»Sie ähneln einander sehr«, bemerkte der Mann.

Don Rocco legte die Bilder auf den Schreibtisch und zupfte ein imaginäres Haar von seinem Ärmel. »Chapeau, Commendatore, Sie haben wirklich eine hervorragende Intuition. Wann haben Sie das entdeckt?«

»Erst vor kurzem, Herr Stillitani. Die bloße Ähnlichkeit genügte mir nicht, ich musste mehrere Vergleiche anstellen. Das ist der Grund, weshalb ihre Männer sie beschützen, nicht wahr?«

»Richtig.«

»Und deswegen ist sie auch in Messina geboren.«

»Ebenfalls richtig.«

»Es gibt allerdings noch ein paar Dinge, die ich nicht verstehe. Wer zum Beispiel ist ihre Mutter? Ihre Frau kann es nicht gewesen sein. Und die Frau aus Màrnoli, die sie großgezogen hat?«

»Übertreiben Sie nicht, Commendatore. Ich gehe davon aus, dass Sie meine Frau mit diesen Fragen nicht beleidigen wollten. Als Tina geboren wurde, war sie zwölf. Und ich versichere Ihnen, dass Tinas Adoptiveltern gute Menschen sind. Sie sind einander treu, die Glücklichen … Wissen Sie, wie selten das heutzutage ist? Sie haben sie aufgenommen wie ihre eigene Tochter, um mir und ihrer gesegneten Mutter einen Gefallen zu tun. Doch mehr sollten Sie mich nicht fragen, Commendatore, denn Sie wissen bereits genug. Vielleicht sogar zu viel …«

Dem Mann war klar, dass er jetzt handeln musste, bevor es zu spät war: »Herr Stillitani …«

»Commendatore, lassen Sie mich ausreden, ich bitte Sie. Ich wollte sagen, dass ich Ihren Mut bewundere und auch die Intelligenz, mit der Sie mein kleines Geheimnis aufgedeckt haben. Doch Sie sollten von beidem nicht übermäßig Gebrauch machen. Tina weiß nichts und darf davon auch nichts einmal nur ahnen. Einverstanden?«

Der Mann stand auf. Diesmal war er es, der die Hand zum Gruß ausstreckte. »Herr Stillitani, Sie sollten nicht von Mut sprechen, wenn es um solche Angelegenheiten geht. Wenn ich gekommen wäre, ohne mir sicher zu sein und ohne mich entsprechend vorbereitet zu haben, wäre das sträflicher Leichtsinn gewesen. Ich habe dieses Material, häppchenweise, an verschiedene Leute weitergegeben. Im Falle meines plötzlichen, vorzeitigen Ablebens werden sie die Puzzleteile zusammenfügen und den Grund meines Todes erkennen. Ihren Wunsch, Tina nichts zu sagen, werde ich respektieren, auch Ihren Wunsch, mir nichts Weiteres mitzuteilen. Doch von nun an, Herr Stillitani, reden wir auf Augenhöhe. Wir bewegen uns auf gleicher Ebene, wie es die Regeln der Santa verlangen. Wir bewegen uns unter Santisti-Brüdern.«

»Kompliment, Commendatore«, sagte Stillitani. »Sie haben sich heute meinen Respekt erworben.«

»Meinen hatten Sie bereits«, erwiderte der Mann. Er schüttelte ihm die Hand und nahm die Fotos wieder an sich. Er fürchtete, Stillitani könnte ihn niederschlagen, sobald er sich umdrehte. Stattdessen erschienen die Handlanger, um ihn zum Flughafen von Lamezia zurückzubringen. Niemand rührte ihn an, bis er in das Flugzeug nach Rom stieg.

Kurz vor dem Check-in schaltete der Mann sein Handy ein. Kein Anruf von Anita.

62

Tina döste. Das Handy läutete zum wiederholten Mal. Sie hatte in der Nacht kein Auge zugetan und war am Montagmorgen zwischen Bett und Schreibtisch hin und her getigert, leicht apathisch, gepeinigt von der Trauer um Giulio und einem ungesunden Drang, ihre Recherche über die Santisti fortzusetzen. Sie musste Ottavia den Mac zurückgeben, die sich wahrscheinlich schon ärgerte, ihn nicht auf ihrem Schreibtisch vorzufinden. Aber ihr war nicht danach, in die Redaktion zu gehen. Verduci hatte ihr geradezu befohlen, dem Büro fernzubleiben. Außerdem schien es ihr wichtiger, den Laptop zu behalten und ihre Arbeit fortzusetzen.

Sie griff zum Telefon. Vielleicht ein Anruf des Krankenhauses mit der Nachricht, dass Pyrros aufgewacht war?

Betrübt las sie den Namen auf dem Display: »Agatino«. Der Informant. Sie meldete sich mit belegter Stimme. Ihre Zunge fühlte sich pelzig an.

»Passen Sie auf: Ich habe keine Zeit, mich zu wiederholen«, herrschte sie die Stimme vom anderen Ende der Leitung an.

»Ich höre«, sagte Tina, sprang auf und suchte nach Zettel und Stift.

»Von Montalto führt ein Pilgerpfad zur Kapelle von Polsi. Wenn Sie ihm folgen, sehen Sie auf der rechten Seite eine gefällte Kastanie, mit einem eingekerbten Herz und den Worten ›Giuseppe und Maria‹ …«

»Wie weit ist es bis zur Kastanie?«, fragte Tina und kritzelte auf dem Zettel rum.

»Unterbrechen Sie mich nicht! Also, ab der Kastanie zählen Sie zwanzig Schritte, dann sehen Sie rechts einen Weg, der nach links biegt. Dem folgen Sie ungefähr hundert Meter. Dort finden Sie einen Altar oder Felsblock … Mehr müssen Sie nicht wissen. Die Sache läuft mehr oder weniger dort ab, eine Stunde nach der Mittwochsmesse.«

»Welcher Mittwoch?«

»Mittwoch dieser Woche. Übermorgen«, antwortete der Informant und legte auf.

Bei den letzten Worten hörte Tina im Hintergrund einen Lautsprecher, der einen Flug nach Rom ankündigte. Das graue Männchen war am Flughafen. Aber auf welchem? Wie viele Flüge nach Rom gab es um 13:30 Uhr an den verschiedenen italienischen Flughäfen?

Übermorgen, dachte Tina.

Der Hinweis zur Mittwochsmesse bezog sich auf die Kapelle von Polsi, das schien klar. Ihre Nebenniere setzte einen Adrenalinschub frei. In zwei Tagen würde dieser Bastard im Knast landen. Dieser Verbrecher, das dumme Tier. Sie ballte die Fäuste und ließ sich aufs Bett fallen. Versuchte, den Moment zu genießen.

Sollte sie Modafferi von der geplanten Verhaftung erzählen?

Sie hatten einen Pakt geschlossen, den wollte sie jetzt nicht brechen.

Der Inspektor würde tausend Fragen stellen. Wer würde es sein, der Don Peppe Parisi die Handschellen anlegt? Welche Verbindungen bestanden zwischen dem Informanten und den Ordnungskräften?

Es würde eine Coverstory ohne Giulio werden. Sie stützte sich auf die Ellbogen und blickte zur Kamera auf dem Schreibtisch. Modafferi hatte sie in der Via Padova aufgelesen und hier bei ihr vergessen. Sie würde die Fotos selbst machen. Sie wollte keinen anderen Fotografen dabei haben.

Sie streckte sich auf dem Bett aus, lag weich auf der einladenden Matratze. Sie fühlte sich klein. Ihre Augenlider wurden schwer, ihre Körper müde. Tränen rannen ihr über die Wangen, während sich die Atmung verlangsamte. Innerhalb weniger Minuten war sie eingeschlafen.

Seit Giulios Ermordung hatte sie kaum ein Auge zugetan. Es war ihr einfach nicht gelungen, sich zur Wehr zu setzen. Die Kollegen des *Quotidiano*, die Polizisten, der stellvertretende Staatsanwalt, die Journalisten anderer Zeitungen, die Jungs vom Begleitschutz, alle wollten etwas von ihr. Modafferi hatte versucht, die Leute auf Abstand zu halten. Trotzdem hatte sie kaum eine freie Minute gehabt. Selbst manche Freunde hatten sich als aufdringlich erwiesen. Natürlich waren ihr auch die pedantischen Fragen eines Gerichtsreporters nicht erspart geblieben, der eher durch ein Unglück als durch Zufall an diese Story geraten zu sein schien.

Modafferi blieb die ganze Zeit an ihrer Seite. Während sie dem stellvertretenden Staatsanwalt Rede und Antwort stand, überprüfte er noch einmal die Namen der Santisti in seinem Telefonbuch.

Bis acht Uhr abends kam Tina ihren Pflichten gegenüber der Justiz nach. Dann sprach sie mit einigen Kollegen von der Zeitung, weigerte sich aber, Interviews zu geben.

Die gesamte Redaktion des *Quotidiano*, mit Ausnahme Rosalbas, hielt sich in ihrer Wohnung auf. Ihre Kollegen schlugen vor, die Montagmorgen-Ausgabe ausfallen zu lassen, zumindest den Lokalteil. Als Zeichen der Trauer. Kurz bevor die Zeitung in Druck gehen sollte, erteilte die Redaktionsleitung in Cosenza angesichts der Schwere des Vorfalls ihre Zustimmung.

Tina durchlief alle Hochs und Tiefs. In manchen Momenten konnte sie den bitteren Anlass des Auflaufs in ihrer Wohnung fast vergessen. Dann wieder glaubte sie, schier verrückt zu werden. Beim Anblick der von Giulios Blut verschmierten Kleider, die noch im Badezimmer herumlagen, stand sie kurz vor einer Panik. Nur weil die Polimeni gerade zur Toilette wollte, war es nicht zu einer dramatischen Szene gekommen. Luciana stopfte die Kleider in eine Plastiktüte und versprach, sich darum zu kümmern.

Gegen Mitternacht beschlossen die meisten Gäste, ihre Zelte wieder abzubrechen. Gigi ging als Letzter. Er verstand, dass Modafferi die Wohnung nicht verlassen würde. Barreca hatte alles versucht, um allein mit Tina zu reden, aber es hatte sich keine passende Gelegenheit ergeben.

»Du weißt, dass du dich auf mich verlassen kannst«, versicherte er ihr an der Türschwelle, als er sie zum Abschied umarmte.

Tina bedankte sich. Doch jetzt wollte sie sich auf niemanden mehr verlassen, sondern nur noch schlafen. Stattdessen verbrachte sie eine schlaflose Nacht. Der Gedanke, noch am Leben zu sein, ließ ihr keine Ruhe. Die Schüsse hätten sie treffen sollen. Diese Bastarde hatten ihr alles nehmen wollen, all ihre Träume, ihr Leben. Erinnerungen und Bilder an Giulio stiegen in ihr hoch, setzten sich zu einem Film zusammen, der ihre gemeinsamen Momente zeigte.

Sie griff zur Kamera und betrachtete die gespeicherten Fotos, auch die im Ordner »T«. Bilder von ihr aus den letzten Monaten.

Gegen drei Uhr nachmittags weckte sie Modafferi über das Telefon.

»Es gibt Neuigkeiten«, verkündete er.

»Ich hab auch welche«, antwortete Tina müde.

Wie lange hatte sie geschlafen? Eine Stunde, zwei?

»Wo kann ich Sie treffen?«

Offenbar hielt Modafferi es für zu unsicher, am Telefon zu sprechen.

»Kommen Sie zu mir«, antwortete sie.

Eine halbe Stunde später standen sie sich in ihrem Zimmer gegenüber. Das Wohnzimmer nahm Nino Vinci in Beschlag.

Modafferi gab sich einen Ruck, um seine anfängliche Verlegenheit zu überwinden. Nach seinem Gefühl hatte sich am Vortag eine fast schon unangemessene Intimität zwischen ihnen eingestellt.

Die letzte Nacht hatte er wieder in ihrem Wohnzimmer verbracht, traute sich aber nicht, ihr morgens Hallo zu sagen. Er überließ sie den Jungs vom Begleitschutz und ging müde nach Hause, im Bewusstsein, das reinste Hundeleben zu führen. Nun, die Mitteilung, die er der Romeo zu machen hatte, würde dem ein Ende setzen.

»Wenn Sie irgendetwas möchten, bedienen Sie sich einfach ... Sie sind hier ja schon zuhause«, forderte Tina ihn auf und kreuzte die Beine zum Schneidersitz.

»Aber nicht mehr lange.«

»Wie meinen Sie das?«

»Der offizielle Begleitschutz ist endlich bewilligt worden. Ab übermorgen werden Sie abwechselnd von vier Profis bewacht.«

Tina verschränkte die Hände hinter dem Kopf. Sie war an einem Punkt angelangt, an dem sie nicht mehr frei über ihre Zeit verfügen konnte. Ihre Privatsphäre ging endgültig verloren.

Sie konnte sich nicht wirklich vorstellen, welchen Gefahren sie nach der Verhaftung Parisis ausgesetzt sein würde. Aber es war nicht ausgeschlossen, dass die Familie zum Racheschlag gegen sie ausholen würde.

»Sagten Sie übermorgen?«

»Ja, allerdings ist da etwas, das ich nicht verstehe. Zu denen, die den Begleitschutz für Sie beantragt haben, gehört auch ein gewisser Larusso, ein Richter aus Bari ...«

Tina benötigte keine weiteren Erklärungen. Ihr fiel sofort die Nummer Larussos auf der Liste ein. Elf. Der elfte Santisti, gleich nach Rocco Stillitani.

»Demnach macht sich einer von denen Sorgen um meine Sicherheit?«, fragte sie unsicher.

»Sieht so aus.«

Welches Interesse konnten diese Leute haben, sie zu beschützen?

»Und was wollten Sie mir erzählen, Romeo?«

»Ich wollte Sie fragen, ob Sie mich zur Verhaftung Peppe Parisis begleiten würden.«

»Ihr Freund, der Spion ...« brummte Modafferi.

»Die Verhaftung findet übermorgen statt, zwischen Polsi und Montalto. Was sagen Sie? Kommen Sie mit?«

»Übermorgen?«, fragte Modafferi.

»Haben Sie eine Vorstellung davon, was in zwei Tagen in Polsi passieren wird? Mittwoch ist der zweite September, das Fest der Madonna della Montagna«, erklärte er, als handle es sich um einen allseits bekannten Festtag.

»Und?«

»Nun, dann erkläre ich Ihnen mal, was das bedeutet.«

Einige Minuten später war Tina ins Bild gesetzt. Zwischen dem zweiten und vierten September würde, wie jedes Jahr, zeitgleich mit dem in der Kapelle von Polsi begangenen Fest der Madonna della Montagna eine Versammlung sämtlicher Vertreter der italienischen Locali stattfinden. Auch einige Delegierte aus dem Ausland würden anwesend sein. Auf diesem Treffen zog die 'Ndrangheta Bilanz und besprach die Pläne für das nächste Jahr. Wer wusste, wie und wo sich Peppe Parisi während des Treffens bewegte, wusste genug, um Dutzende gesuchter Schwerverbrecher auf einen Schlag zu verhaften.

Es gab keine Zeit zu verlieren. Er musste sich mit den höheren Rängen des Polizeiapparats in Verbindung setzen.

Tina stoppte ihn. »Inspektor, beruhigen Sie sich. Sie wissen besser als ich, dass mein Informant verbrannt wäre, wenn Sie diese Information verbreiten würden. Schlimmer noch, es würde zu überhaupt keiner Verhaftung kommen. Diese Leute haben ihre Maulwürfe, überall … Ich gebe alle meine Informationen über das, was passieren wird, an Sie weiter. Aber Sie dürfen nicht verhindern, dass es passiert.«

Modafferi folgte unwillig Tinas Gedankengang. »Vielleicht haben Sie Recht«, flüsterte er. Und machte ein Gesicht wie ein getretener Hund.

Plötzlich hegte sie Zweifel, ob sie ihm vertrauen konnte. Modafferi schien ihr zu starrsinnig und integer. Sie beschloss, zwei Fliegen mit einer Klappe zu schlagen. Sie musste der Kontrolle des Begleitschutzes entkommen. Und sie wollte sicher sein, dass der Inspektor keine Dummheiten beging.

»Inspektor, entschuldigen Sie bitte meine Dreistigkeit, aber meinen Sie, ich könnte heute Abend und morgen bei Ihnen übernachten?« So könnte sie den Begleitschutz loswerden.

»Wo ich wohne, ist es ein bisschen komisch. Nicht sehr einladend«, antwortete Modafferi und schluckte zwei Kapseln.

»Was schlucken Sie denn da?«

Modafferi stellte sich dumm.

»Hagedorn und Passionsblume.«

»Und wozu ist das gut?«

»Um einen klaren Kopf zu behalten«, sagte Modafferi und sah auf die Uhr. Er seufzte. »Gleich fangen sie mit der Autopsie von Cotroneo an. Ich wollte da mal vorbeischauen …«

Tina legte ihm eine Hand aufs Bein. »Gibt es irgendwelche Zweifel, wie Giulio gestorben ist? Verlieren wir keine Zeit, Inspektor … Gehen wir zu Ihnen!«

63

Modafferis Gesicht war leicht gerötet. Die Situation war ihm peinlich. Hagedorn und Passionsblume hatten ihre Wirkung noch nicht entfaltet. Er war nervös. Er hatte nichts gegen Romeos Vorschlag, zwei Nächte bei ihm zu verbringen. Aber … Er riss sich vom Uno los. Latella, Gangemi und Curatola verabschiedeten ihn mit Gesten, aus denen etwas zwischen Zustimmung und Frotzelei sprach.

»Hetzen Sie nicht so, Romeo«, sagte er in leicht gereiztem Ton.

Tina ging nicht auf ihn ein. »Ich weiß gar nicht, wo Sie wohnen«, sagte sie, als sie im Auto saß. »Sie wissen ja, ich bin neugierig …«

Modafferi antwortete nicht sofort, ihr Verhalten machte ihn kirre. Sie änderte dauernd den Tonfall. Vor zehn Minuten schmeichelnd, im Aufzug zynisch, vor dem Begleitschutz bissig und jetzt im Auto wieder freundlich.

Vielleicht bluffte sie nur. Er hatte sie angespannt erwartet, verstört durch jede halbwegs verdächtige Bewegung. Schließlich verließ sie seit dem Attentat zum ersten Mal das Haus. Stattdessen lächelte die Romeo vor sich hin, während er fuhr.

Die Aussicht auf die baldige Verhaftung Parisis schien sie vollkommen in den Bann zu ziehen. Es schien, als habe sie die Sorge um ihre eigene Unversehrtheit und den Schmerz angesichts des Todes ihres Kollegen einfach beiseite geschoben.

Modafferi glaubte nicht, dass das lange funktionieren würde. Er kannte die unterschiedlichen Reaktionen der Menschen, die dem Tod ins Auge hatten sehen müssen, die Stimmungsschwankungen bis hin zu Albträumen und Depression, oft erst Monate später.

»Sie wirken nachdenklich. Sind Sie sicher, dass ich Ihnen nicht zu viele Umstände bereite?«, fragte Tina, als der Seicento in die Via Galileo Galilei einbog.

»Sie lassen mir keine andere Wahl«, erwiderte Modafferi.

Er hat keine Lust zu reden, dachte Tina.

Vielleicht überlegte er gerade, wie er seinen Vorgesetzten die Informationen bezüglich des kommenden Mittwochs aufbereiten konnte. Aber sie würde es ihm nicht leicht machen. So schnell würde er sie nicht loswerden.

»Ich habe auch keine Wahl«, sagte sie.

Modafferi ignorierte die Bemerkung. Er bog in die Schnellstraße Richtung Reggio Nord.

»Inspektor, entschuldigen Sie bitte, wenn ich mich in Ihre Angelegenheiten mische. Aber leben Sie allein?«, fragte Tina auf Höhe des Dreiecks Cardinale Portanova.

»Ja und nein«, antwortete Modafferi nach einer längeren Pause auf die persönlichste Frage, die sie ihm bislang gestellt hatte.

Er nahm die Ausfahrt San Brunello und zog die Kurvenstraße nach Vito hinauf. Modafferi parkte am letzten Haus vor dem Universitätsgebäude. Ein Häuschen mit bröckligem Putz und Blick auf die Straße von Messina, umgeben von einem Streifen Brachland.

»Hier wohnen Sie? Ein bisschen unheimlich«, entfuhr es Tina.

Die Tür quietschte, wie um ihre Theorie zu bestätigen. »Nicht, dass es hier spukt!«

»Genau das versuche ich herauszufinden«, antwortete Modafferi ohne jede Ironie.

Der Eingang führte in ein altmodisches, von Staub bedecktes Wohnzimmer, mit gefliestem Boden und Kamin. Unzählige Bücher lagen zwischen Theatermasken, schmutzigen Teetassen und salzverkrusteten Amphoren. In einer Ecke stand eine ganze Ansammlung davon, als hätte er sie gerade einer archäologischen Fundstätte entnommen. Am Ende des Wohnzimmers waren drei geschlossene Türen zu sehen. Modafferi zeigte ihr nicht, was sich dahinter verbarg.

Er führte sie die Treppe hinauf nach oben. Die Stufen kommentierten jeden ihrer Schritte mit einem unheimlichen Knarren.

»Hier ist die Küche und hier das Schlafzimmer.«

Tina ging durch die Küche zur Fenstertür und blickte auf die Straße von Messina. Vor ihr entfaltete sich ein atemberaubendes Panorama. Es hätte ein wunderschöner Ort sein können.

»Sie haben einen tollen Ausblick«, beglückwünschte sie ihn.

Modafferi bedankte sich. Es sei nicht sein Verdienst, sagte er und blieb schweigend hinter ihr stehen. Für einen kurzen Moment überfiel ihn die Anwandlung, sie zu umarmen. Doch zweifelhafte Annäherungsversuche waren nicht seine Sache. Modafferi wies die Idee entschieden zurück, blieb höflich und professionell.

Die Vorstellung, sich einer Frau zu nähern, war für ihn fest an die Gewissheit gekoppelt, dabei nicht mehr scheitern zu können. Er machte keine sexuellen Angebote. Das machten die Frauen, die sich ihm hingaben.

Und was die Romeo anging, so wusste er, dass er sich auf vermintes Gelände begeben würde.

»Haben Sie Hunger? Ich bereite uns eine Kleinigkeit zu«, schlug Modafferi vor und öffnete den Kühlschrank.

Sie aßen im letzten Licht des Sonnenuntergangs, das durch die Fenstertür fiel, und sprachen über Parisis Verhaftung. Beide blieben bei ihren Ansichten. Sie wussten, dass sie Schach miteinander spielten. Modafferi wollte auf der Polizeiwache weitere Informationen einholen, um herausfinden, warum er nicht eingeweiht worden war. Tina wollte ihn nicht gehen lassen. Sie fürchtete, er könnte mit seiner zwanghaften Korrektheit die Sache noch an die Wand fahren. Außerdem brauchte sie einen unverdächtigen Ort, um sich den Klauen des offiziellen Begleitschutzes zu entziehen, der sie ab Mittwoch früh nicht mehr aus den Augen lassen würde.

Sie aßen den schlecht gewürzten Salat. Genauso hatte Tina sich Modafferis Speiseplan vorgestellt. Fantasielos zubereitete Salate, Vorgekochtes und Tiefkühlkost.

»Inspektor, Sie haben vielleicht noch nicht verstanden, dass wir uns bis Mittwoch nicht mehr trennen werden.« Mit den Daumen und Zeigefingern beider Hände bildete sie zwei ineinander verschränkte Kettenglieder. »Bis Mittwoch sind wir so, wir kommen nicht voneinander los. Sonst bereue ich noch, dass ich Ihnen alles erzählt habe.«

Modafferi schüttelte den Kopf. »Sie wollen nicht, dass ich auf der Wache mit bestimmten Leuten darüber spreche, was? Aber was Sie von mir hören, das können Sie problemlos in der Zeitung veröffentlichen!«

»Was haben Sie mir denn gesagt, das ich veröffentlicht habe?«

Modafferi wurde nachdenklich und hielt inne. Dann stand er auf: »Ich muss mal eben telefonieren.«

Tina lauschte mit gespitzten Ohren. Sie hörte, dass er die nächsten zwei Tage nicht auf die Wache kommen könne. Er sei mit einer wichtigen Untersuchung beschäftigt.

Als er zurück in die Küche kam, sah er sie am Balkon lehnen. Eine Zigarette im Mundwinkel hätte ihr gut gestanden. Diesmal zweifelte Modafferi nicht, was zu tun war. Er machte kehrt und ging ins Erdgeschoss. Tina hörte ihn an den Türen hantieren. Er stellte sicher, dass sie alle verschlossen waren.

Sie arbeiteten den Rest des Abends an ihren Laptops. Tina wusste, dass Modafferi ihr jederzeit einen Strich durch die Rechnung machen konnte, indem er eine Mail schrieb. Sie saßen im Wohnzimmer, er auf dem Sofa, sie im Sessel.

Beide konzentrierten sich auf Larusso, bekamen aber nicht viel heraus. Im Netz war zu Larusso außer einem oberflächlichen Lebenslauf nichts zu finden. Er hatte in Rom seinen Hochschulabschluss gemacht, um dann in Molfetta als stellvertretender Staatsanwalt und anschließend als Richter des Anti-Mafia-Ausschusses zu arbeiten. Über seine Familie war nichts zu erfahren. Modafferi musste so bald wie möglich in der Anti-Mafia-Datenbank recherchieren.

Gegen Mitternacht stellte Tina ihren Laptop beiseite. »Ich geh ins Bett.« Sie wusste noch immer nicht, wo sie schlafen sollte. Modafferi wies sie ins Schlafzimmer, wechselte das Bettzeug und verschwand, bevor seine Anwesenheit zu Missverständen Anlass geben konnte.

Tina sah ihn die Treppe hinuntergehen. Sie musste ihm vertrauen. Er würde sie zur Verhaftung begleiten, ohne auf der Wache ein Wort darüber zu verlieren. Möglicherweise waren die Carabinieri zuständig und nicht die Polizei, hatte er ihr erklärt, während sie nach Informationen über Larusso suchten. Als hätte er sich damit abgefunden.

»Gute Nacht, Inspektor«, murmelte Tina und machte es sich auf der Matratze bequem.

»Gute Nacht«, antwortete Modafferi aus dem Erdgeschoss. »Und machen Sie sich keine Gedanken, wenn Sie Geräusche hören.«

64

Nichts. Sie hatte tief geschlafen und nichts gehört. Jedenfalls war sie nicht wegen irgendwelcher Geräusche wach geworden.

Sie trank ihren Morgenkaffee und beantwortete Modafferis Fragen. Sie genoss den heißen, dampfenden Kaffee. Modafferi war zu dieser Uhrzeit zappeliger und unruhiger, als ihr lieb war.

»Haben Sie wirklich durchgeschlafen?«, fragte der Inspektor.

»Ja«, antwortete Tina. »Aber Ihnen ist klar, dass ich heute eigentlich tausend Dinge zu erledigen hätte?«

»Wem sagen Sie das!«

Tatsächlich wollte sie trotz Verducis Anordnung auf einen Sprung in die Redaktion vorbei. Und das Wichtigste, sie musste die Gliederung des morgigen Artikels über die Verhaftung von Parisi vorbereiten.

»Wissen Sie was, Inspektor?«, folgte sie einer spontanen Eingebung beim Blick auf die Straße von Messina. »Ab morgen habe ich professionellen Begleitschutz, dem es vielleicht sogar gelingen wird, mich zu schützen ... Oder vielleicht auch nicht, wenn ich daran denke, wer mir den Begleitschutz schickt. Jedenfalls wird es ein bisschen so sein wie im Gefängnis. Erinnern Sie sich, welchen Aufwand ich am Samstag betreiben musste, um mich mit dem Informanten zu treffen? Und dann habe ich ja gesehen, was mit Giulio passiert ist. Wissen Sie, was ich gern hätte?«

Modafferi schluckte. Der Romeo traute er jede Kurzschlusshandlung zu.

»Ich hätte gern einen Tag lang frei. Und zwar heute! Ich möchte mich ungebunden fühlen. Ohne 'Ndrangheta, ohne Staat.«

»In Ordnung«, willigte Modafferi ein, ohne zu wissen, wie sich diese Worte in konkrete Handlungen übersetzen würden. »Kann ich Ihnen dabei irgendwie behilflich sein?«

»Machen Sie einen Ausflug mit mir!«, sagte Tina.

Modafferi willigte, von sich selbst überrascht, ein.

Die Fernstraße Salerno–Reggio Calabria war zum größten Teil einspurig. Zu den ewigen Bauarbeiten, die mit dem Bau der Straße Anfang der 60er Jahre begonnen hatten, waren nun Ausbau- und Erneuerungsarbeiten hinzugekommen.

Bald sollte der Grundstein für die Brücke über die Straße von Messina gelegt werden. Eine Brücke, die den Zugang zu einer Autobahn verbessern sollte, auf der sich seit Jahren eine Baustelle an die andere reihte.

Sie fuhren in Bagnara ab, der Gegend der Martini-Berté-Schwestern, hinter der Hängebrücke, die die Bucht in dreihundert Metern Höhe überquerte. Für weniger als vierzig Kilometer hatten sie fast eine Stunde gebraucht. Nicht die übliche Fahrzeit auf einer Autobahn. Aber in Kalabrien war auch das normal.

Nein, es war eine normale Gegend, sagte sie sich selbst. So hatte sie es geschrieben. Einerseits die wilde, wunderbare Landschaft mit ihren blendend intensiven Farben. Andererseits die monströs ausufernden Bauten, eine planlose Infrastruktur, die sozialen Verwerfungen, die kulturelle Krise.

Modafferi kannte den Weg zum Vorgebirge von Sant'Elia, doch Tina sparte nicht mit Hinweisen. Sie erreichten den Pinienwald und fuhren weiter bis zur Ebene. Dann bat ihn Tina anzuhalten.

»Steigen Sie aus, Inspektor. Kennen Sie diesen Weg?«

Modafferi sah auf das rot-weiße Absperrband und das Schild mit der Aufschrift »Zutritt verboten«. Dahinter führte eine gemauerte Freitreppe zum Meer.

»Kommen Sie, es lohnt sich!«

Zwischen den Steinstufen klafften Lücken. Man hörte Felsbrocken hinunterrollen und ins Wasser stürzen. Doch es lohnte sich.

Die Stufen führten zu einem Felsvorsprung. Von dort sah man die Bucht von Palmi, den Hafen von Gioia, die glitzernd gekräuselte Fläche des Meeres, die Häuser von Stromboli und die in Dunst gehüllten Umrisse von Strombolicchio, die Salinen von Ganzirri, das Elektrizitätswerk und die nach Süden hin fließende Küste Siziliens.

»Wissen Sie, ich hätte Lust zu schreien!«, rief Tina.

»Schreien Sie! Mich stört es nicht.«

Tina holte bereits Luft.

Der Schrei hallte die Felswände entlang und verlor sich im blauen Dunst über der Küstenlinie Richtung Sizilien.

»Was ist mit Ihnen?«, fragte sie und drehte sich zu Modafferi um.

Der Inspektor schüttelte den Kopf.

»Na los, trauen Sie sich.« Tina ließ nicht locker.

Modafferi hörte ihr schon nicht mehr zu. Er nahm eines seiner vielen Fläschchen aus der Gürteltasche und schluckte drei Kapseln.

»Sulfur, gegen Schwindelgefühle.«

»Ihnen bleibt auch nichts erspart«, scherzte Tina. Sie ging mit strenger Miene auf ihn zu.

»Was haben Sie denn noch alles in Ihrer Gürteltasche? Warum schmeißen Sie die nicht einfach weg, Ihre Medizin?«

Modafferi verschloss die Tasche und sah ihr bestimmt in die Augen. Ohne Vorwarnung riss er den Mund auf und schrie so laut er konnte.

»Dieser Tag gefällt mir hervorragend«, gestand Tina. Sie saß mit den Füßen im Wasser, um sich abzukühlen. Sie waren allein. Weit und breit war niemand zu sehen.

»Es hat mir gefallen, wie Sie geschrien haben. Das hätte ich Ihnen nicht zugetraut.«

»Sie kennen mich doch gar nicht«, sagte Modafferi. »Sie wissen nichts über mich.«

Sie blickte zum Horizont wie eine Seefahrerin.

»Warum gefällt Ihnen dieser Tag?«

»Weil ich ihn lebe, als sei es der letzte meines Lebens«, antwortete Tina und schwenkte die Füße wie Scheibenwischer. »Ich versuche alles so intensiv zu genießen wie möglich.«

Modafferi saß an einen Felsen gelehnt.

»Ich hab sogar Lust bekommen, mit jemandem zu schlafen ...«

Modafferi stockte der Atem.

»Ich kann es gar nicht erwarten, dass Pyrros wieder aus diesem verfluchten Krankenhaus entlassen wird. Entschuldigen Sie, wenn ich Ihnen solche Dinge erzähle, Inspektor.«

»Ich bitte Sie«, antwortete Modafferi und versuchte so unverkrampft wie möglich zu wirken.

»Ich gehe lieber mal schwimmen«, sagte Tina. »Würde es Ihnen etwas ausmachen, sich umzudrehen, bis ich im Wasser bin? Ich müsste mich ausziehen ...«

»Natürlich nicht«, Modafferi drehte sich um.

Er verstand, warum sich der Fotograf, jung wie er war, in sie verliebt hatte. Und er verstand auch diesen griechischen Trainer. Die Romeo war eine dieser Frauen, die verführerisch wirkten, auch wenn sie es gar nicht darauf anlegten.

Vielleicht war es Irrsinn, dachte Tina beim Ausziehen. Leben, als sei dieser Tag der letzte. Sie nahm den BH ab und schaute, ob Modafferi sie nicht doch beobachtete. Natürlich nicht! Er stand stocksteif mit dem Gesicht zu den Bergen.

Tina zog den Slip aus und sprang ins Wasser.

Das Salzwasser auf der Haut. Die nassen Haare, die sich wellenförmig bewegten, wenn sie untertauchte. Das verzerrte Bild ihres eigenen nackten Körpers unter der Meeresoberfläche. Das Rot ihrer Brustwarzen, die dunkle Scham. Sie fühlte sich lebendig. Unglaublich lebendig.

Sie schrie wieder so laut sie konnte.

»Alles okay?«, fragte Modafferi, ohne sich zu bewegen. Er stand immer noch mit dem Rücken zu ihr.

Tina konnte sich nicht beherrschen und brach in schallendes Gelächter aus.

Zurück in Reggio blickte sie in die untergehende Sonne, die man dank der Lage von Modafferis Haus hinter den Bergen Siziliens versinken sah. Der Inspektor machte sich wieder daran, eine Mahlzeit zuzubereiten. Sie waren den ganzen Tag unterwegs gewesen und hatte außer einer Granita nichts zu sich genommen.

Vor dem Teller Orecchiette mit Brokkoli, Sardellen und Mandeln musste Tina ihre Meinung über Modafferis Kochkünste korrigieren. Sie hätte nicht geglaubt, dass Modafferi auch nur das Mindeste vom Kochen verstand. So wie sie ihm das sagte, wirkte es nicht unbedingt wie ein Kompliment.

Sie genehmigten sich ein Glas weißen Cirò und einen Schluck Limoncello. Weiter nichts. Am nächsten Tag mussten sie in Hochform sein.

Tina sah die Meldung über 19 verpasste Anrufe, alle von Unbekannten. Auch Gigi hatte sich nicht gemeldet. Sie wählte seine Nummer und ging ins Freie.

»Wo bist du?«, war seine erste Frage, der sie prompt auswich. Sie wollte es ihm lieber nicht sagen und musste sich anhören, wer sich alles Sorgen um sie machte. Alle wollten wissen, wie es ihr ging. Vor allem er. Aber er meinte auch, sie habe das Recht, sich ein paar Tage freizunehmen. Er würde sich um alles kümmern.

»Morgen ist Giulios Beerdigung, falls du hinwillst«, informierte er sie. »In Sant'Agostino, um vier.«

»Ich versuche dort zu sein«, antwortete sie traurig.

»He, Gigi«, sagte sie noch, bevor sie auflegte. »Halt mir Donnerstag im Nachrichtenteil etwas Platz frei.« Mehr wollte sie nicht preisgeben.

Um sechs Uhr morgens wurden beide vom Wecker aufgeschreckt, er unten auf dem Sofa, sie oben im Schlafzimmer.

Modafferi riss die Augen auf. Er spürte das Adrenalin, das in seine Blutbahn schoss. »Möchten Sie einen Kaffee?«, rief er und streckte sich, mehr um sich zu beruhigen als um seine Muskeln zu dehnen.

»Jaaa«, miaute sie von oben.

Modafferi ging in die Küche. Als er ihr den Kaffee ans Bett brachte, erschien ihnen das als allzu vertrauliche Geste. Keiner von ihnen wollte über die vergangene Nacht sprechen.

Tina nahm einen Schluck und sagte entschlossen: »Jetzt geben wir's ihm.«

Eine Viertelstunde später waren sie auf der Straße. Gangemi, Curatola und Latella warteten schon draußen. Tina wandte sich erstaunt an Modafferi. »Kommen die mit?«

»Wir werden ein wenig Verstärkung brauchen, wenn wir's ihm so richtig geben wollen.«

65

»Gib's mir, komm!« Guido sprach lieber Italienisch. Er brüllte in seiner Muttersprache, ohne dass der andere ihn verstehen konnte. Deswegen fuhr er ins Ausland. Damit man ihn nicht verstand, damit er sich ungehemmt ausdrücken konnte, ohne Scham. Er lebte seine Sexualität immer noch auf verschämte Weise aus, vor allem in den Stunden vor der Rückkehr nach Kalabrien. »Nach Hause«, wie er enttäuscht sagte.

»Los, reiß mir den Arsch auf, du gelbe Sau!« Er war völlig außer Atem, als das Telefon um Mitternacht klingelte.

Der Koreaner hinter ihm blieb im Takt, wie eine Maschine. Zwei Stunden hatten sie vereinbart, alles inklusive. Guido hatte ihn nach den Hinweisen eines französischen Homosexuellen ausgewählt, den er am Strand kennengelernt hatte.

Diese transalpine Schwuchtel hatte schlecht von ihm gesprochen, hatte ihn als einen lustlosen und untalentierten Liebhaber beschrieben, der nie kam. Genau das Richtige für Guido.

Nachdem er eine Woche mit begnadeten Bettgenossen verbracht hatte, sich aber nicht penetrieren ließ, war es Zeit für einen vollständig passiven Beischlaf. Guido ertrug keine Schmerzen. Doch jetzt hatte er den Punkt erreicht, an dem er versuchen musste, den Schmerz in Genuss zu verwandeln. Aber er wollte es vorsichtig angehen. Chiang Wing Lee war genau der Richtige, mit seinem kleinen Ding.

Guido ignorierte das Telefon, ohne auf die Nummer zu sehen. Er wusste nur zu genau, wer ihn um diese Uhrzeit von der anderen Seite des Atlantiks anrief. Um sechs Uhr morgens italienische Ortszeit.

Sein Vater insistierte hartnäckig. Beim vierten Anruf gab Guido auf.

Er stoppte den Koreaner und ging ans Telefon.

Giorgio Parisi war hocherregt. »Wir gehen …«

»Ich weiß schon«, sagte Guido und versuchte ruhig zu bleiben.

Er sah das Glied des Koreaners herunterhängen wie den Ast einer Trauerweide.

»Versuch morgen dazuzustoßen, Großvater möchte, dass du dabei bist.«

»Ich hab's dir schon gesagt. Ich werde da sein. Ist das alles? Hast du mich deswegen anrufen?«, entfuhr es Guido, der die ganze Aufregung nicht verstand.

»Nein, ich hab was Komisches gehört …«

Guido hielt die Luft an. In solchen Situationen befürchtete er immer, dass sein Vater ihm enthüllen würde, alles über seine Homosexualität zu wissen.

»Was denn Komisches?«

»Es heißt, unsere Freunde könnten uns in diesem Jahr Ärger machen.«

»Unsere Freunde. Die, an die ich denke?«

»Die Infamen.«

»Ach komm!« Auch Guido glaubte an die absolute Heiligkeit, die über dem Treffen von Polsi lag. Am Wallfahrtsort erfreute sich die 'Ndrangheta während jener Tage traditionellerweise einer Art Straflosigkeit. Natürlich, in einigen Regionen herrschte quasi das ganze Jahr über Straflosigkeit. Aber Polsi im September war das Nonplusultra.

Zwar gab es ein paar Indiskretionen, die möglicherweise auf eine Überraschungsaktion der Staatsmacht hindeuteten. Aber Guido hielt das nicht nur für unwahrscheinlich, sondern für unmöglich.

»Ist das alles, Papa?«, fügte er in gehetztem Tonfall hinzu.

Giorgio beantwortete die Frage mit Ja und wünschte ihm eine gute Reise. »Und viel Vergnügen.«

Doch da hatte Guido schon den Schwanz des Koreaners im Mund.

Er musste daran denken, noch ein paar Foto zu machen, bevor er fuhr. Er kam von jeder Auslandsreise mit ein paar Fotos zurück. Darauf die schönsten Mädchen der Gegend, denen er ein paar Scheine in die Hand gedrückt hatte, zum Beweis, dass er ein richtiger Playboy war. Die Fotos waren seine Trophäen. Alles andere war nur Gerede, Fantasie und Statistik. Und wenn er sich mal mit einem Mann fotografieren lassen würde? Wie würde sein Vater reagieren, wenn er ihn vor Chiang Wing Lee auf den Knien sähe?

66

Latella hatte sich schlau gemacht. Tina hatte sich, was die Fahrt nach Montalto und den Fußweg anging, nur auf Google Maps verlassen. Latella dagegen ließ sich von seinen gleichnamigen Vetter in Gioia Tauro eine Wegbeschreibung geben, nachdem er vor Modafferis Haus das Ziel ihrer Reise erfahren hatte.

Der überaus fromme Vetter erklärte ihm, dass die Zeit mühevoller, masochistischer Wallfahrten vorüber sei. Mit einem vernünftigen Auto komme man über die Waldwege bis zur Kapelle. Selbst kleine Transporter führen dorthin, um Pilger abzuladen, die zwar den Mühen der Wallfahrt nachtrauerten, aber zu alt waren, um den ganzen Weg zu Fuß zurückzulegen.

Als vernünftiges Auto stellte sich trotz Tinas Einspruch der Uno heraus. Sie wäre lieber mit zwei Wagen gefahren.

»Gut, weil es mein letzter Tag mit euch ist«, meinte sie schließlich.

Sie quetschten sich zu fünft hinein und machten sich auf den Weg über die nun ausgestorbene Fernstraße 106. Nach den sommerlichen Staus wirkte sie fast schon gespenstisch leer.

Das Verkehrschaos hatte sich auf die Staubstraße verlagert, die zum Wallfahrtsort in Polsi führte. Ungefähr drei Kilometer vor dem Tal sahen sie sich gezwungen, den Wagen abzustellen und den Rest des Weges zu Fuß zu gehen.

Modafferi spürte, dass die Leute sie beobachteten. Tinas Bild war am Vortag in allen Zeitungen und Nachrichtensendungen zu sehen gewesen. Wahrscheinlich rochen er und die Jungs noch gegen den Wind nach Bullen. Er hatte der Romeo geraten, sich einen Foulard umzulegen und eine Sonnenbrille aufzusetzen. Was sich nun eher als kontraproduktiv herausstellte. Jetzt schien es ihm, als ob die beiden Accessoires, die sie an einem Marktstand entlang der 106 gekauft hatten, die Romeo nur noch auffälliger aussehen ließen. Vielleicht sah er auch Gespenster. Vielleicht achtete niemand auf sie.

Je mehr sie sich dem Tal näherten, desto mehr Gläubige und Neugierige waren um sie herum. Man hatte fast das Gefühl, mitten in einer Hippie-Großversammlung gelandet zu sein. Einem Woodstock für Katholiken. Anstelle der Langhaarigen und Blumenkinder sah man hier allerdings den ganzen Weg lang Bauern, Handwerker und Hirten.

Tina betrachtete die kleine Kapelle, die Mauern des Klosters, den Platz zwischen den Bauten am Hang. Tausende hatten sich bereits eingefunden. Sie konnte die genaue Zahl nicht einmal ansatzweise schätzen.

Näher zur Kapelle hin wurde die Menschendichte unangenehm, besonders dort, wo sich spontane Tanzkreise bildeten. Wo immer sich ein Tamburin, ein Akkordeon oder ein Dudelsack fanden, scharten sich die Tänzer.

»Können Sie tanzen, Inspektor?«, fragte Tina, um für etwas Entspannung zu sorgen.

»Ich bitte Sie, Romeo«, erwiderte Modafferi und blickte sich um.

Tina verstand nicht, ob er das als Witz meinte oder ob Modafferi es wirklich für unwahrscheinlich hielt, dass ein Mann wie er Tarantella tanzen könnte.

»Wir gehen besser nicht in die Kirche«, fuhr er fort.

Keiner aus der Gruppe widersprach.

Er zog es vor, sich an einer abgelegenen Stelle in Position zu begeben. Noch hatten sie den Weg nicht entdeckt, dem sie folgen mussten. Dafür hatte er schon ein Dutzend gesuchte Verbrecher erkannt. Kleine Fische, die meisten hier aus der Gegend. Einige davon hatte er selbst schon einmal hinter Gitter gebracht. Sollten sie ihn erkennen, wären sie über das Wiedersehen wohl nicht sonderlich erfreut. Nun beneidete er die Romeo um ihre dunkle Sonnenbrille.

»Habt ihr kapiert, um welchen Weg es geht?«, fragte er in die Runde.

Latella war es, der ihn entdeckte, genau da, wo es ihm sein Vetter beschrieben hatte. Die Pilger bildeten dort eine Prozession, liefen im Gänsemarsch eine Serpentine hinauf, geräuschvoll und langsam. Auch die Gesichter der Jüngeren erschienen uralt, wie in Stein gemeißelt.

»Wie kommen wir in dem Durcheinander bloß voran?«, fragte Tina.

»Vielleicht lichtet sich das Gedränge, wenn die Messe beginnt«, antwortete Modafferi, ohne große Hoffnung. Es würde fast unmöglich sein, gegen die Menschenmenge anzulaufen.

»Wir umgehen sie«, schlug Gangemi vor. »Links und rechts. Der Wald ist nicht so dicht.«

Alle waren einverstanden.

»Gehen wir jetzt rauf?«, fragte Latella und sah Modafferi an.

Der Inspektor wandte sich an Tina.

»Ich würde sagen ja, aber Sie sind der Fachmann.«

»Gehen wir«, entschied Modafferi.

Eine gefällte Kastanie auf der rechten Seite, hatte der Informant gesagt, als er den Weg von Montalto aus beschrieb. Wenn sie von hier hinaufliefen, musste der Baum auf der linken Seite liegen.

Zu Fuß brauchte man von Montalto nach Polsi ungefähr drei Stunden. Vom Informant wusste sie, dass Parisi ungefähr eine Stunde nach der Messe auftauchen würde. Offenbar wusste er nicht genau, ob der alte Capobastone die Messe tatsächlich besuchen würde. Wenn ja, musste das Treffen unweit von Polsi stattfinden. Dann konnten sie nicht weit von der Kastanie entfernt sein. Parisi war alt, allzu lang würde er den Hang nicht hinaufgehen können.

Aber ihre Theorie, das Treffen würde ganz in der Nähe des Ortes stattfinden, überzeugte sie nicht. Sie fragte Modafferi. Der Inspektor war derselben Meinung. Der Informant hatte wohl nur eine ungefähre Zeitangabe machen wollen. Ein jüngerer 'Ndranghetista hätte wohl den Gottesdienst besucht, um dann den Hang hinaufzusteigen, so wie sie es jetzt taten. Aber Parisi würde sich anders fortbewegen.

»Die Messe beginnt um zehn«, rechnete Modafferi vor. »Sie wird um elf zu Ende sein. Parisi müsste ungefähr mittags an dem Ort auftauchen, den Sie beschrieben haben.«

Es war erst viertel nach neun. Alle paar Minuten kontrollierte Tina die Uhrzeit und die Aufmerksamkeit des Inspektors. »Noch keine Kastanie in Sicht?«

Modafferi schüttelte dann den Kopf oder antwortete einsilbig.

Nach einer halben Stunde schlug Tina vor, eine Pause einzulegen. Sie keuchte, der Schweiß rann ihr aus allen Poren und lief ihr den Rücken hinunter. Ihren athletisch veranlagten Weggefährten schien es nicht viel besser zu gehen.

Dazu kam bei ihr allerdings ein Stechen im Bauch. Ihre Regel … Dabei war sie gestern schon guter Laune gewesen, weil sie sonst immer unter PMS litt.

Sie brauchte Modafferi ihre Schmerzen nicht erklären. Der Kommissar kam schon mit einem Fläschchen auf sie zu. »Nehmen Sie ein paar Kapseln Colocynthis, das wird Ihnen guttun.«

Tina lehnte ab und verließ sich lieber auf ihr übliches Aulin-Pulver.

»Gehen wir weiter, die Wirkung wird bald einsetzen.«

Kurz darauf lag ein Baumstamm auf dem Weg.

»Ist das eine Kastanie?«, fragte Tina in der Hoffnung, dass die Wanderung zu Ende sei.

Modafferi schüttelte den Kopf. »Aber nein, Kastanien sind viel größer«, sagte er und blickte nach vorn. »Sehen Sie … wie der Baum da hinten.«

Über ihnen, ungefähr hundert Meter von der Stelle, an der sie sich jetzt befanden, blockierte ein gewaltiger Baumstamm den Weg.

»Lassen Sie uns nachsehen«, sagte sie, wieder voller Energie.

Die eingekerbten, von einem Herz umschlossenen Namen »Giuseppe und Maria« waren eben noch zu erkennen.

»Das ist der Baum«, sagte Latella kniend und zeigte auf eine Stelle an der Baumrinde.

»Dann gehen wir jetzt wieder runter, zählen zwanzig Schritte und biegen links ab«, sagte Tina.

Sie gingen zum Fußweg und mischten sich unter die Pilger. Nach ungefähr zwanzig Metern scherten sie aus der Prozession aus und liefen ins Dickicht.

Begleitet von den Blicken zweier Männer, die Modafferi nicht gefielen.

»Ungefähr hundert Meter, hier lang«, flüsterte Tina.

Der Weg war an einigen Stellen im dichter werdenden Wald fast nicht zu erkennen. Über ihnen verschränkten sich die Kronen der Ahorne und Erlen wie das Dach der Gartenlaube ihrer Eltern in Màrnoli.

Sogar das Geräusch des Polizeihelikopters, der das Tal überflog, wirkte hier unten gedämpft. Es roch nach Moos und Pinien. Latella und Gangemi liefen voraus und traten eine Schneise frei.

»Das ist der kleine Altar, oder?«, fragte Modafferi und zeigte auf einen etwa einen halben Meter hohen weißen Stein. Tina nickte.

Der Inspektor blickte sich um. Möglicherweise waren sie schon ins Visier der Sondereinheiten geraten. Ab hier war kein Pfad mehr zu erkennen. Nach hundert Metern Dickicht wären sie aus der zivilisierten Welt herausgetreten. Tina, Modafferi, Gangemi, Latella und Curatola umkreisten den weißen Stein des Altars.

»Und jetzt?«, fragte Tina. Sie zwang sich, nicht an ihren letzten Waldbesuch zu denken, als sie drauf und dran gewesen war, mit Pyrros zu schlafen.

»Wir müssen ein Versteck finden«, sagte Modafferi. »Und das dürfte wohl nicht so schwierig sein.«

»Und wenn es nicht die richtige Stelle ist?«, mutmaßte Curatola.

Modafferi drehte sich abrupt um. Er meinte, ein Rascheln gehört zu haben.

»Das werden wir gleich wissen …«

Er zog seinen Dienstausweis aus der Gürteltasche und fuchtelte mit ihm herum.

»Juuungs, seit ihr von der GIiiiiS oder von der NOooooCS?«, rief er in gedämpftem Tonfall, sodass sich die Adern an seinem Hals abzeichneten. Er holte noch einmal Luft: »Ich bin euer Kolleeeege!« fuchtelte er wieder mit dem Ausweis herum.

Binnen weniger Sekunden waren sie von einem Dutzend bulliger Männer in Tarnanzügen eingekreist. Allesamt vermummt und mit kugelsicheren Westen.

Modafferi erkannte noch das Abzeichen der NOCS, der Hardcore-Einheit, bevor er hinter einen Wacholderstrauch gezerrt wurde. Genau wie Tina und die Jungs vom Begleitschutz. Sie hatten keine Zeit, zu reagieren.

»Und wer zum Geier seid ihr?«, war die erste Frage, die einer der Männer den Jungs stellte, die sie auf den Boden gedrückt festhielten.

»Polizei, Kollege«, sagte Modafferi.

»Und Presse«, ergänzte Tina.

»Und warum schreist du dann so, Kollege?«, fragte der bullige Mann den Inspektor abschätzig.

»Sei mir nicht böse, Kollege. Das mit dem Schreien habe ich von ihr gelernt«, antwortete Modafferi und zeigte auf Tina.

67

»Was hast du hier verloren, Inspektor Modafferi?«, fragte der bullige Mann, nachdem er den Ausweis geprüft hatte.

Die Illusion, dass ihn jemand aus der Abteilung erkennen würde, war endgültig verflogen. Aber auch ihm kam die Einheit nicht bekannt vor. Wie er feststellte, als sie ihre Sturmhauben auszogen. Darunter musste es verdammt heiß sein.

»Wir wollten ein bisschen frische Luft schnappen«, mischte Tina sich ein.

Der bullige Typ presste Modafferi an den Boden. »Zieh mich nicht auf … Was zum Geier machst du hier, Inspektor? Woher weißt du, dass wir hier warten?«, zischte er leicht hysterisch.

»Interessanter ist, auf wen«, warf Tina ein. »Auf Don Peppe Parisi?«

Der NOCS-Beamte sah sie verwirrt an. Wieso wusste jetzt auch noch die Presse Bescheid?

»Mach dir keine Sorgen, Kollege! Mir, dir und ihr hat es dasselbe Vögelchen gezwitschert«, beruhigte ihn Modafferi.

»Unmöglich«, gab der bullige Mann zurück.

»Dann sind wir eben rein zufällig hier und ich habe einen ganz außerordentlichen Instinkt«, sagte Tina.

Der bullige Mann dachte nach und stieg von Modafferis Rücken. »Lasst sie los«, sagte er seinen Männern, und wischte sich den Mund mit dem Handrücken ab. Vor lauter Zischen hatte er schon Schaum vor dem Mund.

»Also, was wollt ihr hier?«, versuchte er es noch mal in vorsichtigerem Tonfall.

»Wie viele wollt ihr euch schnappen?«, fragte Modafferi.

»Parisi, den Alten, den schnappen wir uns.«

Modafferis Muskeln spannten sich. Ihnen bot sich die Gelegenheit, die obere Hierarchie der 'Ndrangheta zu zerschlagen, dem System einen harten Schlag zu versetzen, und sie begnügten sich mit einem alten Capobastone, dessen Tage sowieso gezählt waren.

»Man müsste nur ein paar von ihnen folgen«, brummte er. »Sie würden uns direkt zum Treffen führen. Wir könnten reinen Tisch machen.«

»Wir können nicht reinen Tisch machen, Inspektor. Die Abmachung betrifft Parisi. Wenn wir uns über die anderen hermachen, bricht hier der Bürgerkrieg aus.«

Tina beobachtete die diskutierenden Männer. Sie schienen, wenn nicht verschiedenen Welten, dann jedenfalls verschiedenen Spezies anzugehören. »Soll das heißen, dem Staat fehlen die Mittel, um fünfzig Leute oder hundert zu verhaften, oder wie viele auch immer dort unten sind?«, ging sie erneut dazwischen.

»Das soll heißen, dass der Staat das kann oder eben nicht kann. Punkt, Schluss, aus! Mir haben sie gesagt, ich soll einen schnappen, und einen werde ich schnappen, den und keinen anderen. Und jetzt verschwindet. Ich muss immerhin diesen Parisi im Gepäck haben, wenn ich hier wieder abziehe.«

»Draußen scheint die Sonne, aber nur ganz schwach«, ließ Giorgio seinen Vater wissen.

Er wollte ihn ermutigen, die Berghütte zu verlassen.

Sie waren letzte Nacht gegen elf angekommen. Sie hatten den Bunker nach Sonnenuntergang verlassen. Sie waren bis Montalto hochgefahren. Von dort hatten sie mit dem Raupenfahrzeug, mit dem sie sich durch den Wald bewegten, noch fast eine Stunde gebraucht. Don Peppe Parisi ertrug nun auch die holprige Fahrt nicht mehr. Sein Rücken schmerzte. Aber es war die einzige Möglichkeit, halbwegs sicher zum Treffen zu kommen.

Er hatte sich eigens eine Berghütte in der Nähe der Stelle bauen lassen, an der das Treffen in den letzten Jahren stattgefunden hatte. Eine einfache Hütte, die ihm ermöglichte, vor Ort zu übernachten und zu Fuß dahinzugehen, wo er sich mit seinen Blutsbrüdern traf.

»Mal sehen«, sagte Don Peppe und trat hinaus, seine dunkle Sonnenbrille auf der Nase. Die Äste der Kastanien dämpften das Licht.

»*Un minutu*«, sagte er zufrieden, »dann können wir gehen.«

Giorgio sah seinen Vater zurück in die Hütte gehen. Er wartete draußen.

Don Peppe machte sich fertig. Er kämmte sich und steckte sein Klappmesser in die Hosentasche. Er nahm es immer mit, so konnte er eine Waffe abgeben und sah nicht aus wie ein Infamer. Heute hatte er noch einen anderen Grund. Er wusste nicht, wie die Sache mit diesem Bastard von Stillitani ausgehen würde. Zur Not würde er es allein regeln.

Es hatte keinen Sinn, sich auf die neue Generation zu verlassen und jemanden zu beauftragen, sich um Don Rocco zu kümmern. Er hatte ja auch den Befehl gegeben, diese Schlampe von Journalistin kaltzumachen. Und rausgekommen war dabei rein gar nichts. Sie hatten es nicht geschafft, seinen Befehl auszuführen. Entweder hatte die mehr Leben als eine Katze, oder die Jungs waren schlicht unfähig. Er aber war es, der dabei das Gesicht verlor.

»*È tardu?*«, fragte er seinen Sohn, als er wieder aus der Hütte kam.

»Elf Uhr, Papa.«

»Gehen wir los, gemütlich«, sagte Don Peppe.

Deswegen waren sie ja so früh aufgebrochen, um sich nicht beeilen zu müssen, dachte Giorgio. Er bot seinem Vater den Arm und sie machten sich auf den Weg. Das Zerbrechen der kleinen Äste unter ihren Füßen erzeugte ein hypnotisches Tick-Tack-Geräusch, wie der Zünder einer Bombe oder ein Uhrwerk. Giorgio dachte an seinen Sohn, der in wenigen Stunden aus der Karibik zurückkehren würde. Jedes Mal, wenn einer seiner Lieben in einem Flugzeug saß, fürchtete er, es könnte explodieren.

Er stellte sich und Guido in zwanzig Jahren vor. Wer konnte schon sagen, ob Guido sich um ihn kümmern würde, so wie er es gerade mit seinem Vater tat? Wann war die Veränderung eingetreten, der Übergang vom Betreuten zum Betreuer, in welchem Alter? Er konnte sich nicht erinnern.

Vielleicht würde Guido ihn einer slawischen Pflegerin überlassen oder gleich in ein Altenheim sperren, besessen von allem Modernen, wie er nun mal war.

»Langsam, Papa, langsam«, sagte Giorgio beim Gehen. »Und Vorsicht, hier ist eine Wurzel.«

»Ich bin nicht blind«, antwortete Don Peppe und wäre beinahe gestolpert.

Modafferi nahm eines seiner Fläschchen aus der Gürteltasche. Diesmal fragte Tina erst gar nicht, um welches Mittel es sich handelte. Aber sie bemerkte seine Pistole. Er hatte sie mitgenommen.

Nicht wie zuletzt, als er sich Vorwürfe gemacht hatte, sie nicht geschützt zu haben, Giulio nicht geschützt zu haben. Obwohl beide wussten, dass er keine Gelegenheit dazu gehabt hatte.

Tina sah auf ihre Handy-Uhr. Viertel nach elf. Um vier sollte die Beerdigung stattfinden. Sie wollte gern dabei sein. Sie hoffte, dass dieses Dreckstück von Parisi schnell auftauchte und festgenommen wurde, damit sie gehen konnte.

Mittlerweile konnte sie nichts mehr überraschen. Auch nicht, dass der Staat willentlich beschloss, Kriminelle und Mörder nicht zu verhaften, um das soziale und politische Gleichgewicht nicht zu stören. So war das in Italien.

Sie erinnerte sich an die harte Schule Gigi Barrecas. Er hatte im Kleinen immer versucht, ihr diese Dinge zu erklären. Sie würde wieder bei ihm in die Lehre gehen müssen, um sich den nötigen Zynismus und Realitätssinn anzutrainieren.

Modafferi dagegen konnte sich damit nicht abfinden. Der NOCS-Einsatzleiter hatte ihm genehmigt, vor Ort zu bleiben. Er musste sich aber ein Stück weiter hinten und abseits aufhalten. Und er hatte ihm strengstens verboten, sich in den Zugriff einzumischen. Der Inspektor war fassungslos. Eine solche Gelegenheit konnte man sich nicht entgehen lassen. Er arbeitete jahrelang, um an die Kerle ranzukommen. Die hier bekamen solche Verhaftungen auf dem Silbertablett serviert und wurden plötzlich zimperlich.

Tina sah, wie er innerlich kochte. Sie betrachtete die Jungs. Gangemi, Curatola und Latella hockten hinter ihm, mit angespannten Gesichtern. Die Sache war eine Nummer zu groß für sie. Sie schoss ein Foto. So, wie Giulio es immer getan hatte, mit seiner Spiderman-Technik.

Sie wollte sich alles einprägen, was um sie herum geschah. Sie würde jede Bewegung aufschreiben, jeden Dialog, jeden Wortfetzen. Sie wollte dieses Dreckstück in Handschellen sehen, aber auch jeden der anderen.

Wenn die ’Ndrangheta überlebte, dann hatte sie das nicht sich selbst zu verdanken. Der Staat trug die Verantwortung. Sie konnte Hunderte von Artikeln schreiben, die den Mut und die Pflichten der Bürger beschworen. Wenn der Staat nicht die Absicht hatte, die ’Ndrangheta zu zerschlagen, dann war nichts zu machen. Die Bedingungen eines zivilisierten Zusammenlebens in Kalabrien waren schlicht nicht gegeben.

Modafferi näherte sich: »Bauen Sie jetzt keinen Scheiß, Romeo.«

»Pass auf, dass du selber keinen baust, Roberto«, antwortete sie.

»Du erinnerst mich an Rei, wenn du so läufst.«

»*A cui?*«, fragte Don Peppe.

»An Ray Charles, den schwarzen Pianisten, den halbblinden«, erklärte Giorgio.

Don Peppe Parisi blieb wie versteinert stehen. Sein Sohn befürchtete einen Augenblick lang, er könnte zusammenbrechen. Dann traf ihn die Ohrfeige hart wie ein Peitschenhieb. Damit war alles gesagt. Der alte Parisi atmete durch und ging weiter, wobei er sich vom Arm seines Sohnes freimachte. Er wollte sich schon seit längerem einen Gehstock zulegen. Auf dem holprigen Waldboden hätte er ihn gut gebrauchen können.

Giorgio beobachtete, wie sich sein Vater entfernte, und fragte sich, warum er sich so was noch gefallen ließ. Erstens hatte er es nicht verdient. Zweitens konnte der Alte sich das einfach nicht erlauben. Sein Vater war ihm gegenüber immer streng gewesen. Er war selten für ihn da, knüpfte aber hohe Erwartungen an ihn. Doch nun herrschten andere Zeiten, und die Ausfälle des Alten waren völlig unangebracht.

Und doch blieb Giorgio stehen, ohne zu reagieren. Er hatte sein ganzes Leben den Mittler gespielt, jetzt wollte ihm kein Wutausbruch gelingen. Es war nicht leicht, das im Alter von fast fünfzig Jahren noch zu lernen. Aber er ließ sich das jetzt schon mehr als drei Jahrzehnte gefallen. Vor allem seit dem Verschwinden seiner Schwester Donatella. Als sei er daran schuld. Er ging schneller, bis er seinen Vater eingeholt hatte. Einen Moment lang verspürte er den Impuls, den Alten in einen Dornbusch zu stoßen. Um ihm klarzumachen, dass er nur noch ein kraftloser alter Mann war. Doch er hielt sich zurück und hakte sich erneut bei seinem Vater ein.

Don Peppe wehrte sich nicht. Nach einigen Schritten sagte er: »*Nu niru!* Du hast gesagt, ich würde wie ein Schwarzer aussehen!«

»Er macht schöne Musik, Papa«, rechtfertigte sich Giorgio und tat so, als hätte er die letzten Minuten bereits vergessen.

»Lass mich gehen«, brummte Don Peppe. »*A musica* … So sind sie, die Söhne …«

Giorgio erwiderte nichts. Sie waren jetzt in der Nähe des Treffpunkts. Nach dem weißen Stein lief man noch ungefähr eine Viertelstunde. Und den Stein würden sie jetzt gleich erreichen, wenn er sich richtig erinnerte.

»Pascali, wie hast du dich denn hergerichtet«, sagte Don Rocco Stillitani, als er den unterirdischen Raum betrat und Pasquale Serraino umarmte, der auf ihn zukam, um ihn zu begrüßen.

»Das musst gerade du sagen, Roccu. Du siehst ja aus wie der Bruder von 007«, konterte Serraino.

»Den kanntest du doch gar nicht. Ich musste dir doch erklären, wer Sean Connery ist«, brachte sich Alfonso Cuzzocrea ein.

»*Quanti simu?*«, fragte Don Rocco.

»Bis jetzt zwölf«, antwortete Peppe Luvarà.

Es fehlten noch etliche, aber es war auch noch früh. Noch nicht einmal Mittag. Viele würden die Messe zu Ehren der Madonna della Montagna besuchen. Und die Frommsten unter ihnen würden die Madonna sogar ein Stück weit bei der Prozession begleiten. Die beiden Saffioti-Vetter, Fischer aus Bagnara und für den Transport der Ikone zuständig, hatten bereits angekündigt, dass sie später eintreffen würden.

Stillitani schaute sich den kleinen Bunker an, den er vor ein paar Jahren hatte ausheben lassen. Man betrat ihn durch eine kleine Grotte. Er war nicht größer als fünfzig Quadratmeter und hatte einen Notausgang, oder besser gesagt Fluchtweg gegenüber dem Eingang. Als er und vier andere Capobastoni den Bau in Auftrag gegeben hatten, befürchteten sie, dass sich die anderen mit diesem Ort nicht anfreunden würden. Doch tatsächlich hatten die meisten längst keine Lust mehr, während der nächtlichen Versammlungen im Wald herumzustehen.

»Was macht ihr denn nur in Agatea? Jeden Tag seid ihr in der Zeitung oder im Fernsehen«, provozierte Cuzzocrea.

»Das frag mal lieber Peppuzzu, nicht mich«, wich Stillitani aus. Obwohl er wusste, dass sich sein Vorschlag wohl nicht mehr umsetzen lassen würde. Die Verhaftung Don Peppe Parisis sollte mehr oder weniger zu dieser Zeit stattfinden, wenn der Commendatore alles richtig organisiert hatte.

Sie hatte ihn beim Vornamen genannt: Roberto. Modafferi war baff. Bevor er ihr antworten konnte, sah er die NOCS sich in Bewegung setzen. Der bullige Typ, der ihn zu Boden geworfen hatte, knurrte in sein Funkgerät und prüfte, ob alle vermummt waren.

Modafferi entdeckte zwei Gestalten, die sich von der gegenüberliegenden Seite her näherten. Ein alter Mann mit Sonnenbrille und ein etwa fünfzigjähriger mit schlaffer Körperhaltung. Er erkannte sie sofort.

»Peppe und Giorgio Parisi, Vater und Sohn«, flüsterte er Tina zu.

Tina holte sie mit dem Zoom heran und machte ein Foto.

Die NOCS gingen genauso vor wie vorhin bei ihnen. Sie bewegten sich blitzschnell. Tina schaffte gerade noch zwei weitere Fotos, bevor sie die beiden überwältigt hatten. Auf dem ersten sah man die Polizisten aus den Büschen springen, auf dem zweiten hatten sie Parisi bereits die Handschellen angelegt. Allerdings nur dem Alten. Für den Jüngeren interessierten sie sich nicht.

Tina stand auf und rannte hinüber. Modafferi und die Jungs vom Begleitschutz taten dasselbe. Sie hielt den Auslöser der Kamera gedrückt und schoss Fotos nach Giulios Methode, bis sie die Stelle erreicht hatte, an der sich Peppe Parisi auf dem Boden wand.

Giorgio stand unter Schock. Also stimmte, was er gehört hatte. Die Bullen planten einen Überfall auf das Treffen von Polsi. Aber warum interessierten sie sich nicht für ihn? Warum behandelten sie ihn, als sei er unsichtbar? Das war ein Sonderkommando. Die konnten gar nicht so dilettantisch sein. Er lief ein paar Schritte zurück. Er sah seinen Vater bäuchlings auf dem Boden liegen, in Handschellen. Er hatte seine Sonnenbrille verloren und brüllte vor Schmerz. Und schrie, dass er erblinden würde, bei dem grellen Licht. Er konnte Giorgio nicht sehen, und er rief auch nicht seinen Namen. Als ob er gar keinen Sohn hätte.

Giorgio flüchtete nicht, wollte seinen Vater nicht im Stich lassen. Der aber dachte überhaupt nicht an ihn. Er war gerade dabei, sich umzudrehen und loszulaufen, als ein Mann in Zivil ihm mit einer Pistole zwischen die Augen zielte.

»Hände hinter den Kopf«, brüllte Modafferi, die Pistole auf ihn gerichtet.

68

Giorgio Parisi gehorchte. Er legte die Hände hinter den Kopf und spreizte die Beine, wie er es in amerikanischen Filmen gesehen hatte.

Vielleicht hatten die Bullen einen Plan. Vielleicht hatten sie seinen Fluchtversuch eingeplant und wollten ihm in den Rücken schießen. Aber den Gefallen würde er ihnen jetzt nicht mehr tun. Lieber eine lebendige Maus als ein toter Löwe.

Der Zivilbulle, der ihm die Knarre vorhielt, war in Begleitung von drei weiteren Beamten. Junge Männer, so alt wie sein Sohn Guido. Und dahinter eine Frau. Als Einzige unbewaffnet, aber mit Kamera. Giorgio betrachtete ihr Gesicht. Es war ihm nicht unvertraut. Einen Moment lang sah die Frau auch ihn an. Dann wandte sie sich ab und drehte sich zu seinem am Boden liegenden Vater um.

Tina schaute auf Don Peppe Parisi. Die NOCS hatten ihm bereits Handschellen angelegt. Sie hätten ihn vom Boden gehoben, wenn er nicht wie von der Tarantel gestochen, gezuckt hätte. Dieses erbärmliche Wesen, das herumquengelte und um sich trat wie ein Kind, hatte ihr Leben ruiniert.

Mehr noch, es hatte ihren Tod befohlen. Dieser Mann hatte sich das Recht angemaßt, das Ende ihrer Existenz zu verfügen. Sie bekam Lust, ihm ins Gesicht zu treten, ihn immer und immer wieder den Absatz ihres Schuhs spüren zu lassen, bis er Ruhe gab. Was hatte das alte Miststück zu jammern?

»Was zum Geier machst du da, Inspektor?«, brüllte der bullige Mann und rannte auf Modafferi zu.

Tina erkannte die Stimme des Einsatzleiters. Der blitzschnell ausholte, in einer bogenförmigen Bewegung, als würde er einen Hammer schwingen, der hart auf Modafferis Handgelenk drosch. Der Inspektor stöhnte vor Schmerz und ließ die Pistole fallen. Der verblüffte Modafferi versuchte, die Waffe aufzuheben, während der Einsatzleiter befahl: »Jungs, ein paar hierher.«

Die anderen NOCS-Beamten kümmerten sich um Gangemi, Curatola und Latella.

Wie Giulio erinnerte sich Tina wieder an die Kamera in ihrer Hand, und schoss eine Serie von Fotos aus dem Handgelenk. Giorgio Parisi stand wie angewurzelt da und beobachtete das Schauspiel.

Tinas ehemaliger Begleitschutz war in wenigen hektischen Sekunden entwaffnet und fixiert. Auch sie fand sich am Boden wieder, die Hände hinter dem Rücken. Sie drehte den Kopf Richtung Einsatzleiter, der Modafferi festhielt. Der NOCS-Chef schaute zu Giorgio Parisi. Sie meinte sogar, eine leichte Kopfbewegung zu bemerken, mit der er ihm bedeutete, sich aus dem Staub zu machen. Doch Giorgio stand da, ohne sich zu rühren.

Er hatte verstanden. So dumm war er nicht. Es gab keinen Grund, ihn gehen zu lassen. »Meine Herren, ich stelle mich der Justiz«, sagte er und streckte die Hände aus, um sich Handschellen anlegen zu lassen.

Es gibt kein besseres Versteck als den Ort, an dem das größte Durcheinander herrscht, hatte er sich gedacht. Doch insgeheim wusste er, dass das eine Dummheit war. Viele könnten ihn trotz seiner veränderten Erscheinung erkennen. Wenn die Romeo und der Bulle ihn identifiziert hatten, trotz Glatze und Schnurrbart, dann würden ihn seine Nachbarn, Bekannten und Verwandten erst recht erkennen. Und beim Fest der Madonna von Polsi würde er es mit Menschen aus allen drei Kategorien zu tun haben.

Natürlich hielten ihn alle für tot. Don Rocco hatte ihm über Facebook ausrichten lassen, dass er sich vorläufig etwas im Hintergrund halten und an seine neue Identität als Antonio Marcheda gewöhnen sollte. Aber das Nichtstun machte ihn verrückt. Er ertrug es nicht, nur in seinem Versteck herumzusitzen und an seine leidende Familie zu denken. Deshalb hatte er am Dienstagabend trotzig beschlossen, aufzubrechen. Er hatte den letzten Bus über die Tyrrhenische Küste nach Gambarie genommen. Das Risiko von Zufallsbegegnungen schien ihm auf dieser Strecke geringer. Am Abend hatte er sich schließlich einer Pilgergruppe angeschlossen, mit der er um sechs Uhr morgens Polsi erreichte.

Mela fuhr jedes Jahr zum Fest der Madonna della Montagna. Gerade jetzt würde sie keine Ausnahme machen. Soweit er wusste, nahm Mela immer denselben Weg. Sie lief nicht über die Pfade hinunter, sondern nahm die unbefestigte Straße, die zur Piazza führte. Um sie abzufangen, würde er die Augen offen halten und sich konzentrieren müssen, und zwar an einer Stelle, an der er selbst so gut wie nicht in Erscheinung trat. Er hatte ungefähr eine Stunde mit der Suche nach einem geeigneten Ort zugebracht. Gegen acht Uhr morgens glaubte er, den richtigen Platz gefunden zu haben. Ein Erdwall, darauf ein paar Sträucher, der parallel oberhalb der Straße verlief.

Dort konnte er halb verdeckt abwarten. Er setzte sich auf den Boden, die Hände halb vor seinem leicht nach unten geneigten Gesicht. So wirkte es, als würde er beten und sich vor der Sonne schützen.

Mehrfach meinte er sie zu sehen, um dann frustriert festzustellen, dass er sich getäuscht hatte. Seit Sonnenaufgang waren schon etliche Stunden vergangen. Die Messe wurde soeben beendet. Die in Gang kommende Prozession war jetzt seine letzte Chance, dachte er.

Die Fischer aus Bagnara trugen die Ikone. Ein Abbild der Madonna mit der Krone und dem Kind. Litaneien wurden heruntergebetet und Flüche ausgerufen, dazwischen hörte man immer wieder: »Jetzt und in Ewigkeit, es lebe Maria!«

Alessio Caridi schärfte seinen Blick. Vielleicht konnte er ja irgendwo eine Gruppe von Frauen aus Agatea ausmachen. Mela würde möglicherweise einen schwarzen Schleier tragen. Und natürlich konnten auch seine Töchter dabei sein. Doch nichts.

Er hatte sich getäuscht, war ein großes Risiko eingegangen, für nichts und wieder nichts. Aber gehen wollte er noch nicht. Er würde bis zum Schluss bleiben, um sich hinterher keine Vorwürfe machen zu müssen. Vielleicht war Mela ja doch irgendwo dazwischen und er hatte sie nur übersehen. In diesem Durcheinander jemanden zu finden, war nicht einfach und hätte wohl eher eines Zufalls bedurft. Wieder beäugte er die Frommen, wieder machte er sich Hoffnungen, wieder wurden sie enttäuscht.

Und dann plötzlich Serafina. Micos Witwe. Und neben ihr, vom Schmerz gezeichnet, Mela.

Caridi sprang auf. Fast hätte er eine Dummheit begangen. Fast wäre er ihr entgegengerannt, hätte ihr zugerufen, ihr gezeigt, dass er lebte und alles in Ordnung war.

Mela sah um zehn Jahre gealtert aus. Ihr Gang war schwerfällig, der Rücken krumm nach vorne gebeugt. Er konnte kaum mehr die Frau erkennen, mit der er noch letzte Woche das Bett geteilt hatte.

»He, Kleiner«, rief Caridi einen Jungen in seiner Nähe. »Komm her.«

Der Junge zögerte, gehorchte aber und kam herüber. Caridi erklärte ihm, was er tun sollte. Er nahm ihn auf die Schulter und zeigte ihm die Person, um die es ging. Der aufgeweckte Junge tat wie ihm geheißen. Caridi sah, wie er sich Mela näherte und an ihrem Ärmel zupfte. Mela beugte sich zu ihm, um zu hören, was er zu sagen hatte. Dann hob sie ruckartig den Kopf. Bestimmt fragte Serafina schon, ob alles in Ordnung sei. Mela nickte, wahrscheinlich beruhigte sie ihre Freundin.

Caridi gefiel ihre Reaktion. Sie war schon immer eine findige Frau gewesen. Er sah, wie sie Serafina etwas ins Ohr flüsterte. Dann scherte sie, von dem Jungen geführt, aus der Prozession aus. Caridi kontrollierte, ob Serafina ihr folgte. Doch in der Menschenmenge war es ihr nicht einmal möglich, Mela hinterherzusehen. Noch nie hatte sein Herz bei ihrem Anblick so heftig geschlagen.

Sie stand vor ihm. Er schaute in Melas unendliche Augen.

»Alessio«, flüsterte sie. »Ich dachte, der Kleine macht einen schlechten Scherz ...«

Sie konnte die Tränen nicht zurückhalten. Er umarmte sie, und sie versteckten sich hinter den Sträuchern.

»Alessio ...«

»Mela ...« Er streichelte ihre feuchten Wangen und lächelte. Dann brach auch er in Tränen aus. Der Knoten in seinem Hals löste sich. Für Erklärungen, Lösungen und Pläne würde später noch Zeit sein. Jetzt waren sie wieder beide am Leben.

Domenico Trimboli und Luciano Livarroti begegneten sich, als sie von Polsi nach Montalto hinaufgingen. Trimboli, der entschlossene und blutrünstige Capobastone des Locale, kontrollierte das Gebiet zwischen Fuscaldo und Cetraro. Livarroti, der den Spitznamen *Spadda liscia,* Fischgräte trug, galt als etwas träge, aber auch als aufsteigender Boss der Region von Sibari.

Sie unterhielten sich über die Predigt bei der Messe. Keinem der beiden hatte sie gefallen. Priester sollten sich nicht mit Politik befassen, sondern den Christen erklären, wie viele Ave-Maria und Vaterunser sie aufzusagen hatten, um ins Paradies zu kommen.

»Hast du das gehört?«, fragte Trimboli Livarroti, als sie in den Wald kamen.

Er ging nicht gern allein, ohne seine Jungs. Er war bewaffnet, wie immer, aber es war schon etwas her, seit er zum letzten Mal von der Waffe Gebrauch gemacht hatte.

Aber die Regel war eindeutig. Die unteren Handlanger durften nicht am Treffen teilnehmen. Die Gefahr wäre zu groß, dass Informationen nach außen gelangten. Nach Polsi durften nur die Capobastoni und vielleicht die Crimini der größeren ’Ndrine, außerdem die Söhne der älteren Bosse, die auf einen Begleiter angewiesen waren, aber keine bis an die Zähne bewaffneten Picciotti.

»*I animali*«, sagte Livarroti, er war sich sicher, es waren bloß Tiere.

Trimboli beruhigte sich und redete wieder von den Priestern. Es gefiel ihm auch nicht, wenn sie von großen Systemen schwafelten, von Philosophie oder Religion im abstrakten Sinn. Die Christen in der Messe wollten wissen, wie sie sich verhalten sollten, sonst nichts. Sie wollten erzogen werden, entlang klarer Leitlinien.

»Ssschhh«, entfuhr es ihm. Diesmal war er sicher, einen Schrei gehört zu haben. Sie näherten sich dem steinernen Altar.

»Damit sie nicht lesen und schreiben lernen müssen«, brummte er, zog dabei die Pistole aus der Tasche und entsicherte sie.

Der Einsatzleiter schüttelte den Kopf. Dieser Blödmann schien sich tatsächlich stellen zu wollen. Ihn jetzt laufen zu lassen, wäre eine Straftat.

»Legt ihm Handschellen an«, befahl er. »Und die hier könnt ihr wieder loslassen.«

Tina und die anderen wurden zum zweiten Mal von der Last befreit, die sie zu Boden drückte. Sie richteten sich auf und zupften die Zweige und Blätter von ihren Kleidern. Tina griff unauffällig nach der Kamera. Modafferi und die drei Jungs sammelten ihre Waffen auf.

Tina verzichtete auf weitere Fotos, als Peppe und Giorgio Parisi in Handschellen abgeführt wurden. Das Risiko, die Kamera durch eine Beschlagnahme zu verlieren, schien ihr zu groß.

Don Peppe trug wieder seine dunkle Sonnenbrille. Einer der NOCS-Beamten hatte sie ihm aufgesetzt.

Don Peppe hatte ihm versichert, ihn zu verschonen, wenn die Zeit gekommen sei, seinen Kollegen die Eier abzuschneiden. Sie führten ihn nur wenige Meter an ihr vorbei. Doch sie fand keine großen Worte, die sie ihm hätte hinterherschreien können, und bevorzugte es, zu schweigen.

Sie sah ihn besiegt und gedemütigt. Das war es, was sie sich gewünscht hatte, seit sie das erste Mal auf den Namen Giuseppe Parisi gestoßen war. Und doch hatte sie nicht das Gefühl, dass sich irgendetwas geändert hatte. Giulio war tot, Pyrros lag im Koma. Die Verhaftung konnte nichts ungeschehen machen.

Nach dem Vater kam der Sohn an die Reihe. Giorgio Parisis Augen blitzten, als sich ihre Blicke begegneten. Sie las es von seinen Lippen ab, er sprach ihren Namen. Er hatte sie erkannt.

Sag's deinem Vater, dachte Tina zufrieden. Das Spiel war aus. Vorbei. Der Schiedsrichter hatte drei Mal gepfiffen.

Aber warum hallten dann noch Schüsse und Schreie durch den Wald?

69

Bullen. Entweder Polizisten, Carabinieri oder Militärpolizei. Jedenfalls Wesen dieser Gattung, da war sich Domenico Trimboli sicher. Und sie waren dort, wo sie zu diesem Zeitpunkt nicht sein durften. Sie waren dermaßen fehl am Platz, dass in ihm neben einem Anflug von Angst eine unbändige Wut aufstieg. Sie waren genau wie die Gottlosen im Tempel, von denen im Evangelium die Rede war. Die Stelle, die er gerade in der Messe gehört hatte. Gotteslästerer, Fluchende, Sünder, die es so schnell wie möglich auszumerzen und zu entfernen galt. Bevor sie die heiligen Stätten entweihten.

Für ihn, seine Familie und seine Blutsbrüder war Polsi ein heiliger Ort, an dem Polizei, Carabinieri und Militärpolizei nichts zu suchen hatten. Er sah sie schweigend vorrücken. Mindestens dreißig, die meisten in Tarnanzügen. Die Beamten der Sondereinheit gingen langsam, arrogant, ohne sich zu verstecken. Er sah Peppe Parisi und seinen Sohn in Handschellen.

Gleichzeitig hörte er Livarrotis bestürzten Ausruf: »Was geht hier vor, was erlaubt ihr euch?« Was hier vorging? Die Antwort hielt er in der Hand. Er zielte mitten in die Gruppe und drückte ab.

Sie warfen sich fast alle zu Boden, fielen hin, als ob Trimboli ein Kartenhaus zum Einsturz gebracht hätte. Er feuerte einen zweiten Schuss ab, wieder ohne auf irgendwen Bestimmtes zu zielen, mitten in die Gruppe.

»Feuer einstellen, oder wir sind gezwungen, zurückzuschießen«, kam der Ruf von der anderen Seite. Domenico Trimboli kümmerte sich nicht drum und feuerte zwei weitere Schüsse auf sie. Neben ihm hatte Livarroti gerade noch genug Zeit, sich zu Boden zu werfen. Er hatte Trimboli schon immer für einen Idioten gehalten, aber für so dämlich nun auch wieder nicht. Es war klar, dass man ihnen jetzt keine Chance mehr lassen würde. Liegend hörte er das Pfeifen von drei Kugeln, die Trimboli unterhalb der Kniescheibe in die Beine trafen. Trimboli brach schreiend zusammen.

Livarroti reagierte sofort. »Aufhören, aufhören, wir ergeben uns!«, rief er. Natürlich hatten sie gegen die Sondereinheit keine Chance. Trimboli schien der Idee, aufzugeben, nun auch offener gegenüberzustehen.

Am absurdesten erschien Livarroti die Szene, als sie ihnen die Handschellen anlegten. Er war sich sicher, dass sie es nur äußerst widerwillig taten. Am unzufriedensten schien ihm der Bulle zu sein, den er trotz Sturmhaube als NOCS-Einsatzleiter erkannte.

Alle hatten die Schüsse gehört. Dem Moment, in dem alle zusammengezuckt waren, folgte ein Chor von Flüchen und Verwünschungen.

Irgendwas schien verdammt schiefgelaufen zu sein, fuhr es Don Rocco Stillitani durch den Kopf. Vielleicht hatte Peppuzzo in einem Anflug von Stolz versucht Widerstand zu leisten. Er forderte die Anwesenden auf, ruhig zu bleiben, sofort still zu sein, um keine Aufmerksamkeit auf den Bunker zu lenken.

»Schschhh«, machte er ein paar Mal und hielt den Zeigefinger vor den Mund »Ruhig!« Sie mussten jetzt alle konzentriert bleiben, mit geladenen Waffen, und keine Scheiße bauen.

Er bat Pasquale Serraino, Eingang und Fluchtweg zu kontrollieren. Serraino schlich zur Grotte, lief einige Meter durch den Wald und kehrte mit beruhigenden Gesten zurück. Auch der Notausgang war frei.

»Seht ihr, alles in Ordnung«, beruhigte Don Rocco.

Fast hätten sie ihm geglaubt. Und doch hatten sie Schüsse gehört. Und das war alles andere als normal. Das hatte es noch nie gegeben. Und vor allem waren es nicht die üblichen Schüsse aus einem Jagdgewehr gewesen, mit denen man die Madonna feierte.

Um die Skeptiker zu beruhigen, schlug Don Rocco vor, noch etwas abzuwarten und dann draußen nachzusehen. »Warten wir kurz und gehen dann raus, um nachzuschauen«, sagte er bestimmt.

Sie waren fast vollständig, ungefähr vierzig Leute. Die Abwesenden konnte man an einer Hand abzählen. Er ließ ungefähr zehn Minuten verstreichen. Lange genug, um die Luft im Bunker mit Tabakrauch zu sättigen und wieder in gewohnter Lautstärke zu sprechen. Hin und wieder rief jemand vergeblich dazu auf, still zu bleiben.

Ein lautes Pfeifen rief alle wieder zur Ordnung. Als Don Rocco die Finger aus dem Mund nahm, waren alle Blicke auf ihn gerichtet.

»Wer geht mit mir raus?«, fragte er.

Vier willigten ein, sich mit ihm hinauszubegeben. Peppe Luvarà, Daniele Arecchi, Giovanni Migliardi und Alfonso Cuzzocrea.

Er führte sie erst zur anderen Seite, weg vom Steinaltar, bei dem, wie er wusste, Parisi verhaftet werden sollte. Dann gingen sie in einem langen Bogen herum und erreichten den weißen Stein. Es war nichts Verdächtiges zu sehen. Aber auch er wollte wissen, wie es zu den Schüssen gekommen war. Er würde sich beim Commendatore danach erkundigen.

»*Non c'è nenti*«, sagte Don Rocco zu den anderen. »Nichts, also gehen wir zurück.«

Arecchi schlug vor, den Bunker durchzulüften. Die anderen wollten nicht länger warten. Die Diskussion musste beginnen, es gab viel zu besprechen. Zunächst einmal natürlich die Brücke über die Straße von Messina. Früher oder später würden sie auf die Deponie zu sprechen kommen, dachte Don Rocco und zündete sich zufrieden eine Zigarre an.

Der erste Schuss hatte Tina erschreckt. Beim zweiten war ihr unbehaglich geworden. Bis vor kurzem hatte sie das Geräusch nur aus dem Kino oder Fernsehen gekannt. In letzter Zeit begegnete es ihr ein wenig zu oft, aber nicht im Kino. Die NOCS-Beamten hatten sich zu Boden geworfen und die Angreifer aufgefordert, das Feuer einzustellen.

Ungefähr vierzig Meter entfernt bemerkte Tina einen Mann mit Pistole. Sie war davon überzeugt, dass die Waffe genau auf sie gerichtet war. Nach dem zweiten Schuss war sie sicher, getroffen worden zu sein. Sie spürte den Druck in der Magengegend und erwartete den einsetzenden stechenden Schmerz. Doch es war etwas Warmes, fest und weich zugleich, das sie nach unten zog. Eine Hand. Die Hand Modafferis.

»Bleiben Sie liegen, Romeo«, flüsterte er ihr ins Ohr.

Er schaffte es einfach nicht, sie zu duzen.

Tina hob den Kopf leicht an, gerade hoch genug, um zu sehen, wie der Mann, den sie für den Schützen hielt, unter den Schüssen der NOCS-Beamten zu Boden ging. Jetzt zückte sie die Kamera und fotografierte seine Verhaftung. Und bekam den anderen Typen ins Bild, dem ebenfalls Handschellen angelegt wurden.

Modafferi lag flach neben ihr auf dem Boden. Seine Hand immer noch um ihre Taille gelegt. »Wir müssen weg hier«, flüsterte sie.

Als sie keine Antwort bekam, wiederholte sie den Vorschlag mit mehr Nachdruck: »Wir müssen hier weg. Sofort. Sonst schaffen die es noch, mir die Kamera wegzunehmen.«

Wieder Schweigen.

Tina wandte sich zum Inspektor.

Er nickte wortlos, während er der Sondereinheit bei der Arbeit zusah. Letztlich hatte er einen Teil dessen erreicht, was er wollte. Sie hatten vier Leute verhaftet. Die beiden Letzten hatte er auch aus der Ferne erkannt. Domenico Trimboli und Luciano Livarroti. Es hätte alles viel besser laufen können. Sie hätten sie alle plattmachen, reinen Tisch machen können. Aber die Entscheidung von oben war anders ausgefallen. Irgendwer war daran interessiert, dass sich die Situation nicht änderte, wollte, dass die 'Ndrangheta Teil des kalabrischen Erbes blieb.

Er wandte sich zu Romeo, die ihn anstieß und fragte, ob alles in Ordnung sei.

»Ja, alles in Ordnung«, antwortete er, als sei er aus einem Traum erwacht.

Er gab seinen Jungs ein Zeichen und sie machten sich aus dem Staub.

70

Ihr Display zeigte zehn verpasste Anrufe. Grotesk. Bis vor zwei Wochen hatte sie dem Handy eine geradezu krankhafte Aufmerksamkeit geschenkt, in ständiger Erwartung einer SMS von Pyrros oder einer eiligen Mitteilung aus der Redaktion. In den letzten Tagen ignorierte sie das Gerät fast völlig. Sie schaltete auf stumm oder stellte es gleich ganz ab. Anrufe unbekannter Teilnehmer erwiderte sie erst gar nicht.

Sie sah nach der Uhrzeit. Kurz vor eins. »Können Sie mich gleich zur Redaktion fahren?«, fragte sie Latella, der den Uno lenkte.

Im Auto sprach niemand über die Vorkommnisse in Polsi. Aber alle wollten die Fotos sehen, die Tina geschossen hatte. Die meisten waren verwackelt, boten jedoch ein getreues Abbild dessen, was sie erlebt hatten.

Tina stellte in Gedanken schon ihren Artikel zusammen. Einiges hatte sie zur Person Parisis ja schon vorbereitet. Die Faustregel mit den fünf Ws half ihr hier nicht weiter. Sie musste sich entscheiden. Sollte sie die Wahrheit schreiben oder nicht? Ihre Entscheidung fiel auf Höhe Riace Capo d'Armi. Gleich nach dem Tunnel fuhren sie die scharfe Aufwärtskurve. Rechts warnte ein Schild vor losem Geröll, das von den Felsen auf die Straße hinabzustürzen konnte. Links lauerte drohend der Abhang über dem Meer. Die Straße war hier sehr uneben, aber vor ihren Augen breitete sich ein wundervolles Panorama aus. Vor dem Horizont ragte der Fels in den Himmel und verschmolz mit dem Meer, auf das sie zusteuerten, zu einem malerischen Bild. Die Strömungen entlang der ionischen Küste warfen glitzernde Gischtkronen auf. Lazzarò, San Gregorio, die Andeutung der sizilianischen Küste. Es war der Abschnitt der 106, der Tina am besten gefiel.

»Kommen Sie später auf die Wache«, sagte Modafferi, als sie die Stadt erreichten. »Sie werden sicher schon vom Begleitschutz gesucht.«

»Könnt ihr das nicht machen Jungs, nur heute noch?«, bat sie leicht grinsend.

In der Redaktion grüßte Tina ihre Kollegen, bedankte sich für die Unterstützung, teilte ihnen mit, dass es ihr gut gehe, sie aber nun dringend zu arbeiten habe, und wandte sich an Gigi. »Hast du eine Minute Zeit?« Barreca nickte. »Ich brauche einen Rat.«

Dann erzählte sie ihm, was am Morgen passiert war und wie sie darüber berichten wollte. Gigi seufzte.

»Klar, wir können das so veröffentlichen und wir können auch hoffen, dass sie in Cosenza genauso mutig sind. Aber wer wird uns glauben?«

»Wenn wir es nicht schreiben, wird keiner die Möglichkeit haben, es uns zu glauben.«

»Sämtliche Fernsehsender berichten über die Verhaftungen. Die Regierung, die Polizei, alle werden versuchen, als Helden dazustehen. Und du willst schreiben, dass sie ihre Pflicht sträflich vernachlässigt haben? Dass sie sich ihr entzogen haben? Dass sie die Möglichkeit hatten, ganze Mafia-Dynastien zu zerschlagen, und es nicht taten?«

Tina blickte ihm in die Augen.

»Warst du es nicht, der mir das genau so beigebracht hat?«

Gigi lächelte. »Okay, wenn du überzeugt bist, dann mach es!«

Tina suchte seine Umarmung.

»Na los, worauf wartest du?«, sagte er etwas verlegen, als sie sich voneinander lösten.

Nach einer guten Stunde ließ sie Gigi den Artikel lesen, der ihn ohne Korrekturen an Luciana Polimeni und Verduci weiterleitete. »Verdammt starker Tobak«, kommentierte der Redaktionsleiter. »Aber ja, wir sollten ihn veröffentlichen.«

»Nach Cosenza schicken wir ihn besser erst später, nach der Beerdigung«, schlug Gigi vor.

Tina schluckte.

»Wie hast du dich entschieden? Kommst du mit?«, fragte er.

»Ja«, sagte Tina und versuchte die Erinnerung an den Schmerz zu unterdrücken.

Die Kirche von Sant'Agostino lag in der Nähe und war gut zu Fuß erreichbar. Sie bogen eben auf den Corso Garibaldi, als Barrecas Telefon klingelte.

»Giacomo, mein Freund ...«, antwortete er.

Tina erinnerte sich an den Vornamen Dr. Placanicas.

Gigi hörte zu, unterbrach nur selten den Monolog seines Freundes, um unbestimmte, einsilbige Laute von sich zu geben.

»Tausend Dank, mein Freund ... Ja, sicher, ich sag ihr Bescheid«, versicherte er, bevor er auflegte.

Tina konnte sich kaum noch beherrschen.

»Sie wollen heute versuchen, ihn aufzuwecken«, informierte sie Barreca.

»Wann, heute?« Das Wort »heute« hallte in ihrem Kopf nach. Heute, heute, heute ...

»Jetzt gleich.«

Tina schwieg.

»Wie, jetzt?«

»Ja, jetzt gerade. In diesem Augenblick«, antwortete er, als sie die Piazza Sant'Agostino betraten.

In diesem Augenblick kam der Leichenzug im Schritttempo aus der Via San Francesco da Paola. In der ersten Reihe erkannte Tina Giulios verzweifelte Eltern. Der schwarze Wagen mit dem Sarg hielt schon vor der Kirche.

Und jetzt, während man Giulios Leichnam in die Kirche trug, kämpfte Pyrros darum, aufzuwachen. Der Gedanke erschien ihr schäbig, aber sie wollte zu Pyrros. Dabei sein, wenn er aufwachte, ihn umarmen.

Sie wartete, bis man den Sarg in die Kirche getragen hatte. Dann drehte sie sich zu Gigi. »Ich weiß nicht, ob ich hier bleibe.« Es kam ihr vor, als müsste sie sich zwischen Leben und Tod entscheiden.

Sie drehte sich um. Gangemi vom Begleitschutz stand dicht hinter ihr. Sie gab ihm ein Zeichen, mitzukommen.

»Ich muss ins Krankenhaus«, flüsterte sie.

»Alles in Ordnung?«, fragte er besorgt.

Tina nickte. »Ja, alles in Ordnung. Würden Sie mich begleiten?«

»Natürlich«, sagte Gangemi und informierte Modafferi und die anderen.

Tina überquerte die Piazza Sant'Agostino mit ihren vier Musketieren.

»Wohin gehen wir?«, fragte Modafferi, der nicht alles mitbekommen hatte.

»Ins Krankenhaus«, antwortete Gangemi.

»Wieso?«

71

Sie würde ihn nicht gleich mit nach Hause nehmen können. Das wusste sie, trotzdem gab sie sich auf der Fahrt ihren Fantasien hin. Sie träumte davon, noch am gleichen Abend mit ihm essen zu gehen, mit ihm den Sonnenuntergang zu genießen. Die möglichen bitteren Folgen der Verletzungen versuchte sie zu verdrängen. Der Zusammenstoß mit Papalia und Corsaro hatte Pyrros vier gebrochene Rippen und einen gebrochenen Oberschenkel beschert, einen Bluterguss in der Lunge und ein Schädeltrauma. Das konnte schwerwiegende Komplikationen nach sich ziehen.

Und von Gigi wusste sie, dass das Aufwachen aus dem Koma mit Risiken eigener Art verbunden war.

Sie wartete nicht, bis Latella einen Parkplatz gefunden hatte, sondern sprang gleich aus dem Auto. Sie rannte ins Krankenhaus zur Intensivstation, Curatola und Modafferi im Schlepptau.

An der Tür trafen sie auf Placanica, der mit dem Anästhesisten diskutierte.

»Nun, Herr Doktor?«

»Die junge Dame ist die Gefährtin des Herrn Mitsotakis«, stellte Placanica sie vor.

Tinas Blick wanderte von Placanica zum Anästhesisten.

»Schauen Sie mich nicht an, ich hab meine Arbeit getan … wie immer«, rechtfertigte der sich. »Wenn Sie wollen, erkläre ich es Ihnen. Wir haben ihn an die Geräte angeschlossen, wie wir es immer machen …«

Tina spürte, wie ihr die Kraft aus den Beinen schwand.

»Die künstliche Beatmung und die Barbiturate haben keinen Einfluss auf den Gesamtzustand, sie dienen nur dazu, die Gehirntätigkeit auf ein Minimum zu reduzieren.«

Tina unterbrach ihn schreiend: »Wo ist er? Was hat er?«

Placanica verzog das Gesicht und bedeutete Tina mit den Händen, leiser zu sprechen.

»Beruhigen Sie sich, beruhigen Sie sich. Wir bringen Sie zu ihm.«

»Lebt er?«, fragte sie und klammerte sich an Placanicas Arm.

»Natürlich lebt er«, antwortete der Doktor, so ruhig wie möglich.

»Und? Wo ist das Problem?«

Sie betraten die Intensivstation.

»Als wir ihn sediert haben, haben wir ihm Barbiturate gegeben, um die Blutgefäße im Gehirn zu verkleinern. Die Absenkung der Hypertonie im Schädelbereich senkt objektiv die Mortalität. Und die invasiven Untersuchungen sind dann nicht so riskant«, erklärte der Anästhesist. »Das Problem ist, dass es keinen Nachweis für irgendwelche günstigen Auswirkungen auf Schädeltraumata gibt. Und das Risiko eines Aneurysma oder eines schädelinternen Blutergusses ist praktisch dasselbe.«

Da lag er.

Er wirkte verängstigt und verloren. Sein gescheckter Bart war gewachsen, er hatte sichtlich abgenommen, die Wangen hohl, mit tiefliegenden Augen.

»Ποιοι είστε? Πού είμαι? Τι Θέλετε από μένα?«

»Verstehen Sie Griechisch?«, fragte einer der Ärzte.

Nein, sie verstand nur vier Worte, mehr hatte sie nicht gelernt.

»Kalispera«, sagte sie. »Kalispera.«

Er starrte sie mit leerem Blick an.

Er hatte sie nicht wiedererkannt.

»Wir haben versucht, auf Englisch mit ihm zu reden, aber er versteht kein Englisch. Auch kein Französisch. Wir warten auf einen griechischen Dolmetscher. Vielleicht kennen Sie jemanden?«

»Vor dem Unfall hat er hervorragend Englisch gesprochen«, antwortete Tina wie gelähmt.

»Möglicherweise hat er einen Gedächtnisverlust erlitten, der sich auch auf das Sprachzentrum erstreckt. Seine Reaktion auf ihre Anwesenheit scheint mir das zu bestätigen.«

»Ποιοι είστε? Πού είμαι? Τι Θέλετε από μένα?«, wiederholte Pyrros verzweifelt zu Tina.

Tina lächelte und machte ihm ein Zeichen, einen Augenblick zu warten.

»Ist das nur vorübergehend oder wird es so bleiben?«, fragte sie Placanica.

»Es kann sein, dass er sich nach und nach wieder an alles erinnert. Es kann sein ...«

Ihre Vergangenheit war ausgelöscht.

Tina beugte sich zu ihm, sie wollte ihn an sich drücken. Sie hatte sich während all der Tage nichts sehnlicher gewünscht als wieder mit ihm zusammen zu sein. Seine Kraft fehlte ihr. Seine Muskeln. Die Gefühle, die er in ihr ausgelöst hatte.

Sie ging neben Pyrros in die Knie. Jetzt mussten sie von vorn anfangen. Wo lag das Problem?

Sie würden alles noch mal machen, ohne Fehler, ohne Gewalt, ohne Schmerz.

Sie war bereit.

Epilog

Rocco Stillitani kaufte eine Zeitung am Fuß der Anhöhe, auf der die Vereinigten Spitäler lagen. Er war schon seit geraumer Zeit nicht mehr in Reggio gewesen. Die Stadt gefiel ihm seit einigen Jahren nicht mehr so gut. Die neuen Architektur-Moden ließen sie allzu gefällig und uneinheitlich wirken. Es gefiel ihm nicht, wie die Stadt sich entwickelt hatte. Arrogant und übertrieben modisch. Besser gefielen ihm die historischen Aufnahmen, am liebsten in Schwarzweiß.

Er durchblätterte die ersten Seiten des *Quotidiano* und lächelte. Noch immer war von der Verhaftung Parisis, Livarrotis und Trimbolis zu lesen, obwohl bereits vier Tage vergangen waren. Unter den Artikeln stand nicht Tinas Name, sondern der Luciana Polimenis.

Es war früher Nachmittag und die Luft roch frisch. Der Sommer wich dem September, der Tramontana blies sanft gegen den Schirokko an.

Die Luft in Reggio war jedenfalls gut. Ein angenehmer Geruch, in dem sich die jodhaltige Meeresbrise und der Duft der Weinreben vermischten, wie um die bevorstehende Ernte anzukündigen.

Stillitani ließ die letzten Tage Revue passieren. Fast wäre das Treffen aus dem Ruder gelaufen, als die Nachricht, die Polizei habe vier 'Ndranghetisti gefasst, den Bunker erreichte. Einige wollten sofort losschlagen.

Ihm war es aber gelungen, die Gemüter zu besänftigen. Er hatte auf die Prioritäten hingewiesen. Vor allem auf die eine. Die Brücke über die Straße von Messina. Die Baukosten schossen in die Höhe, wie geplant. Mittlerweile hatten sie sich fast verdoppelt. Sie konnten sich jetzt unmöglich mit dem Staat anlegen, auch wenn irgendein Bulle sich einen solchen Verstoß erlaubt hatte.

Wer auch immer für den Überfall verantwortlich war, würde dafür bezahlen. Ein paar Köpfe müssten rollen, den einen oder anderen allzu dienstfertigen Beamten müsste man zur Verkehrspolizei oder nach Sardinien versetzen.

Noch hatte er keinen Kontakt mit dem Commendatore aufgenommen, um herauszufinden, was genau geschehen war. Aber Tinas Artikel vom 3. September hatte keine Zweifel gelassen.

Im Grunde hatte Don Rocco damit gerechnet, dass sie sich nicht mit dem alten Peppuzzu begnügen würden. Und vier Verhaftete waren zu verschmerzen. Vor allem, wenn man bedachte, dass der auch der mittlere Parisi und dieser Idiot von Trimboli darunter waren. Trotzdem würde er mit dem Commendatore hart ins Gericht gehen, ihn für seine Anmaßung rügen. Der Commendatore durfte nicht auf die Idee kommen, dass ihn das Wissen um eines seiner Familiengeheimnisse unsterblich machte.

Außerdem würde er den Commendatore darauf hinweisen müssen, auch mal vor der eigenen Haustüre zu kehren. Vor allem seit er diesen Giampiero Marconi beauftragt hatte, die Frau des Commendatore zu vögeln.

Er ging langsam die Stufen zum Krankenhaus hinauf. Er hatte sich die Besuchszeiten mitteilen lassen, um auf Nummer sicher zu gehen. Er betrat das Krankenhaus und ließ sich die Rezeption zeigen. Zufrieden stellte er fest, dass der Krankenpfleger ihm ausgesprochen höflich begegnete.

Tina war im Zimmer. Das erriet er, als er die vier Lackaffen sah, die im Flur herumlungerten. Er ging auf einen zu, um sicher zu sein.

»Ist Doktor Romeo gerade auf Visite?«

Der Mann musterte ihn. Die Person vor ihm hatte eine Zeitung unter dem Arm und hielt ein Geschenkpaket in der Hand.

Er wandte sich an seinen Kollegen.

Don Rocco grinste.

Er konnte sie sogar sehen, wie sie sich im Zimmer bewegte. Sie sprach langsam, wie mit einem Kind, dem sie das Sprechen beibringen wollte. Genau so hatte er sie sich vorgestellt. Schon lange hatte er sie nicht mehr aus der Nähe gesehen.

»Baum«, hörte er sie sagen. »Baum.«

»Baaa-uuumm«, sprach die Stimme des Mannes nach.

Sie versuchte ihm Italienisch beizubringen, eine Sprache zu finden, in der sie sich wieder mit ihm verständigen konnte.

Don Rocco wäre angesichts dieser Szene beinahe schwach geworden. Die Macht der Liebe. Wie viel Tinte war schon geflossen, um sie zu beschreiben. Wie viele Tränen hatten die Dichter vergossen, wie viele Meter Pergamentpapier hatten die Philosophen verschwendet, um ihr Geheimnis zu ergründen.

Ihm fiel das Augustinus-Zitat ein: »Liebe und dann tue, was du willst.«

Er hatte sich immer treu an diesen Leitsatz gehalten. Schon als junger Mann, als er Donatella Parisi gesehen und sich hoffnungslos in sie verliebt hatte. Obwohl ihrer Liebe scheinbar alles im Wege gestanden hatte. Die Feindseligkeit der beiden Familien, die blutige Gegnerschaft der beiden Autokraten, ihr zartes Alter, das Ehrgefühl. Und doch war es ihnen gelungen, zu entkommen. Er hatte sie entführt, ohne dass irgendwer Verdacht schöpfte.

Er hatte Mitleid mit dem verzweifelten Vater, der um seine totgeglaubte Tochter weinte. Aber Don Rocco hatte seinen nachdrücklichen Fragen standgehalten. Er hatte Donatella auf Sizilien versteckt, wo sie ihren ersten Sohn Carmelo gebar. Ein paar Jahre später kam dann Concetta. Tina. Beide mussten bei Pflegeeltern aufwachsen. Und dann war Donatella plötzlich verschwunden. Sie hatte ihm einen Zettel hinterlassen. In der Wohnung bei Messina, in der sie sich immer trafen.

»Verhalte dich, als sei ich gestorben«, hatte sie geschrieben.

Seitdem hatte Don Rocco sie nicht mehr gesehen. Er hatte sie gesucht, und dann hatte er sie tatsächlich tot geglaubt. Er hatte eine neue Familie gegründet, aber seine Kinder im Auge behalten.

Und er hatte ihnen geholfen, wenn es nötig schien. Zum Beispiel als er dafür sorgte, dass dieser Tunichtgut verhaftet wurde, mit dem sich Tina eingelassen hatte, dieser Schmalspur-Dealer, ihr Ex-Freund Marco. Und natürlich in den letzten Wochen, als er sie beschützen musste.

Tina kam aus dem Zimmer.

Der Mann vom Begleitschutz ging zu ihr hinüber, um ihr mitzuteilen, dass ein Herr mit ihr sprechen wollte. Tina drehte sich zu Stillitani um.

Der Commendatore hatte richtig gesehen. Sie glich ihm, wenn sie die Stirn runzelte. Hätte er sich nicht operieren lassen, wären sie ohne weiteres als Vater und Tochter zu erkennen gewesen.

»Ich wollte Ihnen meinen allergrößten Respekt zollen«, sagte der Mann, der sie entfernt an Sean Connery erinnerte.

»Respekt ist etwas für andere Leute. Ich glaube, Sie sprechen mit der falschen Person«, antwortete Tina. Das musste eine dieser üblichen Nervensägen sein.

»Nein, nein, Sie sind es, vor der ich Respekt habe. Sehen Sie, es gibt den Respekt vor der Macht und den Respekt vor dem Mut. Ohne Mut ist die Macht nichts … Aber manchmal ist auch der Mut nichts, wenn ihm die Macht fehlt. Sie haben in diesen Tagen großen Mut bewiesen.

Menschen wie Sie verdienen Respekt ... und ich habe sehr viel Respekt vor Ihnen.«

»Ich danke Ihnen«, sagte Tina.

»Ich will Sie nicht aufhalten, aber ich habe mir erlaubt, Ihnen ein Geschenk mitzubringen.« Er reichte ihr das Paket.

Die Männer vom Begleitschutz schritten sofort ein. Sie rissen ihr das Paket aus der Hand, bevor sie auch nur ein Wort sagen konnte, und hielten es unter den Metalldetektor.

»Es ist nichts Gefährliches«, sagte Stillitanti. »Machen Sie es nur in Ruhe auf.« Er reichte ihr die Hand.

Tina schüttelte ihm mechanisch die Hand und ließ sich das Paket zurückgeben.

Sie öffnete es.

Ein Wörterbuch: Griechisch-Italienisch/Italienisch-Griechisch.

Auf der ersten Seite stand eine Widmung: »›In einer Stunde Liebe steckt ein ganzes Leben‹ (Honoré de Balzac)«.

Darunter: »Aber man braucht etwas mehr als eine Stunde, wenn man erst übersetzen muss.«

Sie hob den Kopf, um nach dem Mann zu sehen. Doch er war bereits verschwunden.

* * *

Literatur bei Assoziation A | Kriminalromane

Dominique Manotti & DOA: Die ehrenwerte Gesellschaft

Eine Gruppe junger Ökoaktivisten plant einen spektakulären Coup gegen die französische Atompolitik und hackt den Rechner eines Ermittlers des Kommissariats für Atomenergie CEA. Sie übernimmt die Kontrolle der Webcam und wird zufällig Zeuge eines Kampfes zwischen dem Polizisten und zwei Geheimagenten, bei dem der Polizist zu Tode kommt. Ein Zwischenfall zu einem denkbar schlechten Zeitpunkt, kurz vor dem ersten Wahlgang zur Präsidentschaftswahl. Gegenüber stehen sich der blasse Kandidat der Linken, Eugène Schneider, und der zynische, machtbesessene Pierre Guérin, Finanzminister und Kandidat der Rechten, wenig zufällig an einen gewissen Nicolas S. erinnernd. Tief verstrickt in ein Machtgeflecht aus Politik, Geheimdiensten und den Eliten der französischen Industrie, will der voraussichtliche neue Präsident seinen Förderern die Privatisierung der französischen Atomindustrie auf dem Silbertablett servieren. Von der Polizei als Mörder ihres Kollegen von der CEA verdächtigt, ziehen sich die Ökoaktivisten zurück, um ihren Coup nicht zu gefährden. Doch das Spiel beginnt für sie lebensgefährlich zu werden, denn nicht nur die ermittelnde Kriminalpolizei ist ihnen auf den Fersen, sondern auch die Schergen der Atommafia, die die Aufdeckung ihres Komplotts befürchtet.

Platz 2 der KrimiZeit-Bestenliste im September und Oktober 2012

»Grand Prix de Littérature Policière«
für den besten französischen Kriminalroman 2011

»Im eisigen Protokoll-Stil und mit hohem Erzähltempo fegen Manotti und DOA durch Korruption, Realpolitik, Machtverhältnisse und Illusionen, dass es nur so spratzelt. Ein Polit-Thriller im Nahkampf mit der Realität. Klasse!«

Thomas Wörtche: Leichenberg 08/2012

Aus dem Französichen von Barbara Heber-Schärer

ISBN 978-3-86241-419-2 | 280 Seiten | 1. Auflage Oktober 2012

Literatur bei Assoziation A | Kriminalromane

Dominique Manotti: Hartes Pflaster

Paris im Frühjahr 1980. Tausende von türkischen Einwanderern beginnen einen Streik und kämpfen für ihre Legalisierung. Als Sans-Papiers arbeiten sie in den Hinterhöfen der Stadt in zahlreichen Schneiderwerkstätten unter erbärmlichen Bedingungen für den Glanz der Modebranche.
In einem Atelier wird die Leiche einer jungen thailändischen Prostituierten entdeckt. Kommissar Daquin nimmt die Ermittlungen auf. Die Spur führt ins Milieu der türkischen Drogenmafia – und ins Herz der Pariser High Society.

Als Dominique Manotti 1994 mit *Hartes Pflaster* (frz. *Sombre Sentier*) ihr literarisches Debüt feierte, wurde ihr Buch auf Anhieb mit dem Prix Sang d'encre ausgezeichnet.

»Spannend, realitätsnah, links. Dominique Manotti beleuchtet in ihren Krimis virtuos die Verbindungen zwischen Politik und Kriminalität, welche die französische Gesellschaft durchziehen.«

Christina Ujma, Der Freitag

»Sprache, Plot, Figuren – alles stimmt, atmet, liebt, kämpft: vom schwulen Kommissar, der die Abhängigkeit des schönen Illegalensprechers weidlich liebevoll nutzt, über das Hinterzimmermilieu der illegalen Werkstätten, ohne die es kein Pariser Prêt-à-Porter gäbe, bis zum iranisch-türkisch-französisch-amerikanischen Drogen-, Waffen- und Menschenhandel. Salut, Dominique!«

Tobias Gohlis, Die Zeit

»Sätze wie Maschinengewehrfeuer. Kurz, präzise, treffend. Die Personen werden messerscharf skizziert. ... Ein Noir-Roman, der so links ist, wie er nur links sein kann. ... Ein absolut zu Recht preisgekrönter Roman, der in die Spitzenklasse des französischen Noir gehört.«

Thomas Kürten, Krimi-Couch

Aus dem Französischen von Ana Rhukiz

ISBN 978-3-86241-411-6 | 312 Seiten | 3. Auflage 2013

Literatur bei Assoziation A | Romane

Luiz Ruffato: Es waren viele Pferde

São Paulo, ein Tag im Mai 2000. Es ist leicht bewölkt, und der Morgen geht auf. Gelegenheitsarbeiter stapfen entlang der Landstraße an ihre Arbeit, spärlich beleuchtete Busse karren Menschen aus allen Himmelsrichtungen heran. In 69 Shortcuts entwirft der erste Roman des brasilianischen Ausnahmeautors Luiz Ruffato ein kaleidoskopisches Abbild der Megacity São Paulo mit ihrem Glamour, ihrem Elend, ihrer Verlogenheit und ihrem Schmerz. Luiz Ruffato bewegt sich nicht als Flaneur durch die brasilianische Metropole, sondern als »Zappeur«, der sich kinematografisch in 69 drastischen Szenen durch die Stadt klickt. So gelingt es ihm, die einzelnen Stimmen wieder hörbar zu machen. Die Schlaglichter fügen sich zur Geschichte eines Landes, das von Gewalt und Entwurzelung gezeichnet ist. Jede der Geschichten hat eine eigene Stimme, einen eigenen Ton, eine eigene soziale Färbung ...

»Ein Buch, das pulsiert wie der Herzschlag ... Entsprechend liest man den Roman von Luiz Ruffato weniger, als dass man ihn lebt.«

Cejana Di Guimarães, Neue Zürcher Zeitung

»Geschichten von Überlebenden und Sterbenden, von Gelegenheitsdieben und Arbeitsuchenden, von Prostituierten und Familienvätern, von Straßenhändlern und Obdachlosen: ein Karussell der verlorenen Seelen.«

Marten Hahn, Deutschlandradio Kultur

»Schon jetzt wird Ruffato als großer Erneuerer der lateinamerikanischen Literatur gefeiert.«

Benno Feichtner, ORF Kultur

»Das ist der Wahnsinn.« Mathias Schnitzler, Frankfurter Rundschau

Aus dem Portugiesischen von Michael Kegler

ISBN 978-3-86241-420-8 | 160 Seiten | geb. | 1. Auflage Oktober 2012

Literatur bei Assoziation A | Romane

Luiz Ruffato: Mama, es geht mir gut

Ein brutaler Familienpatriarch, der mit Axthieben und Brandrodung das Land urbar macht, der seine junge Frau »an die Nabelschnur endloser Schwangerschaft« fesselt, die Jungtiere mehr liebt als seine Kinder, gar die eigene Tochter erschießt. Schonungslos beschreibt Luiz Ruffato die Härte, die Entbehrungen und die Grausamkeit des Landlebens, das die Welt italienischer Einwandererfamilien im Hinterland der Berge von Minas Gerais in der ersten Hälfte des letzten Jahrhunderts prägt ...
Es ist diese Enge und Bedrängtheit des Lebens, der die heranwachsenden Jugendlichen zu entfliehen suchen. Sie machen sich auf in ein vermeintlich besseres Leben, in die nächste Kleinstadt, dann nach Rio oder São Paulo. Den erdverbundenen Werten der Alten, die in einem Tal hinter der Staubstraße eine Heimat gefunden haben, steht die Faszination der Jungen für die Lichter des Fortschritts gegenüber. Die Träume sind bescheiden, Worte werden nur wenige gewechselt, die weite Welt reicht zunächst nur bis zur nächstgrößeren Ansiedlung und deren Busbahnhof.

Das Buch bildet den Auftakt des Romanzyklus »Provisorische Hölle«, mit dem Ruffato den Armen, den einfachen Leuten, den Migranten eine Stimme verleiht. Er hebt sie aus ihrer literarischen Vergessenheit und lässt so die Geschichte des brasilianischen Proletariats wiederauferstehen. Innere Monologe alternieren mit poetischen Passagen, mit Szenen von dramatischer Intensität. Unprätentiös, frei von Sozialromantik und auf höchstem literarischen Niveau. Ruffatos Saga des proletarischen Brasilien ist nüchtern, schmerzhaft und kompromisslos.

Aus dem Portugiesischen von Michael Kegler

ISBN 978-3-86241-421-5 | 160 Seiten | geb. | 1. Auflage Mai 2013